EL REY
MEDIO
AHOGADO

LINNEA HARTSUYKER

EL REY
MEDIO
AHOGADO

novela
salamandra

Traducción del inglés de
Javier Guerrero

Título original: *The Half-Drowned King*

Ilustración de la cubierta: Patrick Arrasmith
Diseño de la cubierta basado en el diseño original de Milan Bozic

Publicaciones y Ediciones Salamandra, S.A.
Almogàvers, 56, 7º 2ª - 08018 Barcelona - Tel. 93 215 11 99
www.salamandra.info

ISBN: 978-84-9838-871-8
Depósito legal: B-7.936-2018

1ª edición, junio de 2018
Printed in Spain

Impresión: Romanyà-Valls, Pl. Verdaguer, 1
Capellades, Barcelona

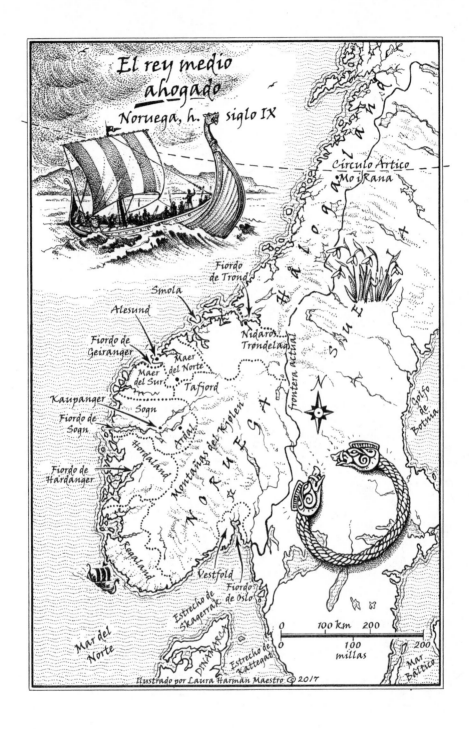

El rey medio ahogado

Noruega, h. siglo IX

Círculo Ártico
Mo i Rana

HALOGALAND

Fiordo de Trond

Smola

Alesund

Fiordo de Geiranger

Maer del Norte

Maer del Sur

Tafjord

Nidaros Trøndelag

Frontera actual

NORUEGA SUR

Golfo de Botnia

Kaupanger

Sogn

Ardal

Fiordo de Sogn

Horaland

Montañas del Kjolen

N

NORUEGA

Fiordo de Hardanger

Rogaland

Vestfold

Fiordo de Oslo

Estrecho de Skagerrak

Mar del Norte

DINAMARCA

Estrecho de Kattegat

0   100 km   200
0   100   200
         millas

Mar Báltico

Ilustrado por Laura Harmán Maestro © 2017

1

Ragnvald danzaba, saltando de un remo a otro, mientras la tripulación bogaba. Algunos mantenían los remos firmes para ponérselo más fácil; otros trataban de hacerlo caer cuando aterrizaba en los suyos. El viento de las montañas, un soplo del persistente invierno, arreciaba desde el fiordo, silbando entre los árboles que se alineaban a lo largo de los acantilados. Sin embargo, bajo aquel sol radiante, Ragnvald tenía calor con su camisa de lana y sus gruesos pantalones. Había llevado esa ropa a lo largo de toda la travesía de regreso por el mar del Norte, a través de las tormentas y las brumas que separaban Irlanda de su hogar.

Se asió al mascarón de proa y se tomó un instante para recuperar el aliento.

—¡Vuelve! —le gritó Solvi—. ¡Te agarras a ese dragón como una mujer!

Ragnvald respiró hondo y saltó una vez más hasta el primer remo. En esa posición bogaba su amigo Egil, con su cabello blanqueado brillando al sol. Egil le sonrió: no lo dejaría caer. Ragnvald perdió un poco el equilibrio al saltar hacia la popa, contra la dirección del movimiento de los remos y deslumbrado por el sol. Avanzó más deprisa esta vez, tambaleándose, resbalando; cada movimiento ascendente lo atrapaba y lo impulsaba hacia el siguiente remo, hasta que volvió a alcanzar la popa y se columpió en la regala para alcanzar la estabilidad de la cubierta.

Solvi había ofrecido un brazalete de oro a quien consiguiera hacer todo el camino de ida y vuelta por el exterior de la eslora del barco, saltando de remo en remo mientras los hombres bogaban. Ragnvald había sido el primero en intentarlo; sabía que Solvi valoraba la audacia. Ya a salvo en cubierta, pensó que su exhibición estaría entre las mejores, difícil de batir, y sonrió. Una estrella de la suerte había iluminado su camino durante toda la travesía, guiándolo por fin lejos de su severo padrastro. No había sucumbido a la enfermedad en Irlanda, donde tantos otros habían muerto, y se había ganado un lugar en el barco de Solvi para otra expedición estival. Durante el invierno, sus largas piernas habían crecido aún más, pero ya no tropezaba a cada paso. A ver quién era capaz de igualar su carrera.

—Bien hecho —lo felicitó Solvi, dándole una palmada en la espalda—. ¿Quién retará a Ragnvald Eysteinsson?

Uno de los hombres de la toldilla de proa saltó a continuación. Ulfarr era un guerrero hecho y derecho, de hombros mucho más anchos que los de Ragnvald, con una larga melena rubia por la sustancia que usaba para aclararse el cabello.

—¡Éste es un juego para jóvenes, Ulfarr! —le gritó Solvi—. Llevas demasiadas joyas. La diosa Ran te querrá para ella.

Ulfarr apenas pudo dar unos pasos sobre los remos antes de resbalar y caer al agua con estrépito. Salió a la superficie resoplando por el frío y se aferró a uno de los remos. Solvi se echó a reír.

—¡Subidme, maldita sea! —gritó Ulfarr.

Ragnvald le tendió la mano y lo ayudó a subir a bordo. Ulfarr se sacudió el agua del mar como un perro mojado y dejó empapado a Ragnvald.

El siguiente en probar suerte fue Egil. Al trepar a la borda, operación que requería cierta habilidad, parecía una grulla desgarbada y torpe. Mientras lo observaba, Ragnvald hizo una mueca. Pero Egil no perdió pie hasta casi alcanzar la proa, y aun entonces consiguió agarrarse y sólo se mojó las botas antes de que Ragnvald lo ayudara a subir de nuevo a bordo.

Ragnvald se acomodó sobre una pila de pieles para observar cómo iban tropezando y remojándose el resto de sus competidores.

Las altas paredes del fiordo desfilaban ante ellos. La nieve de la gran cordillera de Noruega se fundía y se precipitaba por las paredes de los acantilados en cascadas que captaban la luz solar en una sucesión de arcoíris. Las focas, rechonchas y lustrosas, tomaban el sol en las rocas, al pie de los peñascos. Observaban el paso de los barcos con curiosidad y sin temor alguno. Los *drakkar* cazaban hombres, no pieles.

Solvi permanecía de pie en la popa. Aplaudía las buenas intentonas y se reía de las mediocres. Sin embargo, daba la impresión de estar dedicando sólo la mitad de su atención a la carrera; sus ojos no dejaban de vigilar los acantilados y las cascadas. Había mostrado la misma cautela durante las incursiones, y eso había salvado en más de una ocasión a sus hombres de los guerreros irlandeses, que peleaban casi tan bien como los nórdicos.

Ragnvald se había pasado todo el viaje estudiando a Solvi, pues en verdad era digno de estudio: era listo y, al mismo tiempo, sabía ganarse el afecto de sus hombres. Ragnvald nunca había pensado que encontraría esas cualidades en un solo hombre; los fanfarrones y los bebedores casi siempre contaban con numerosos amigos, pero eran demasiado descuidados para sobrevivir mucho tiempo como guerreros. El padre de Ragnvald, Eystein, había sido así. Durante la travesía, todos los hombres de Solvi habían contado historias de Eystein, aparentemente decepcionados por el hecho de que Ragnvald no se pareciera más a él; un hombre cuyas historias todavía se recordaban después de una década, un hombre que abandonaba su deber cuando lo creía oportuno.

Solvi se rió al ver que, tras otra intentona y otra caída, uno de sus hombres trepaba chorreando por la borda y se derrumbaba en la cubierta jadeando por el frío. Solvi tenía el rostro enjuto y atractivo, con pómulos prominentes, colorados como manzanas maduras. De niño había sufrido graves quemaduras en las piernas al derramársele encima el contenido de un caldero que, según se rumoreaba, había dejado caer una de las otras esposas del rey Hunthiof, celosa de la consideración que éste mostraba hacia la madre de Solvi. Sus piernas se habían curado bien —Solvi se contaba entre los más fieros luchadores que Ragnvald había visto jamás—, pero las tenía un tanto arqueadas y torcidas, y más cortas de lo normal. Los hombres lo llamaban Solvi Klofe, Solvi el Paticorto, un apelativo que le hacía sonreír con orgullo, al menos cuando lo utilizaban sus amigos.

Al otro lado del barco, otro guerrero saltó y estuvo a punto de caer. Solvi rió y movió uno de los remos para tratar de desequilibrarlo. Quedaban pocos hombres para desafiar la proeza de Ragnvald. El hijo del piloto, delgado y con el paso seguro de una cabra montesa, era el único, aparte de él, que había completado el reto danzando de popa a proa y volviendo al punto de partida.

Detrás de ellos navegaban las otras cinco embarcaciones que todavía formaban parte de la pequeña flota de Solvi. Otras se habían desviado ya en diferentes puntos para devolver a los muchachos a sus granjas y a los pescadores a sus barcas. Antes de eso, más embarcaciones habían tomado otros derroteros para dirigirse a las islas del pasaje interior, donde sus capitanes se denominaban reyes del mar, aunque sus reinos no poseían más que rocas, estrechas ensenadas y hombres que acudían en tropel a sus llamadas al saqueo. El padre de Solvi también se autodenominaba rey del mar, porque, aunque exigía el pago de impuestos a los campesinos de Maer, rechazaba los demás deberes propios de un rey y no poseía ninguna granja en Tafjord.

El año acababa de empezar, y había tiempo más que suficiente para otra expedición por el Atlántico Norte hasta la llegada del invierno, o para una breve incursión estival por las desprotegidas costas de Frisia. De todos modos, Ragnvald estaba contento de regresar a casa. Su hermana Svanhild y el resto de su familia lo esperaban más allá de las estribaciones del Kjølen, lo mismo que su prometida, Hilda Hrolfsdatter. Ragnvald había conseguido un par de broches de cobre para Hilda, fabricados por los herreros escandinavos de Dublín. El rey escandinavo de allí se los había ofrecido como recompensa por dirigir una osada incursión contra una aldea irlandesa. Le quedarían bien a Hilda, con su altura y su melena pelirroja. Llegado el momento, ella supervisaría la *skali*, el salón comunal que pensaba construir en el lugar donde se había quemado el de su padre. Para entonces, Ragnvald sería ya un guerrero experimentado, tan fuerte y musculoso como Ulfarr, y luciría su riqueza en su cinturón y sus brazaletes. Hilda le daría hijos altos, muchachos a los que él enseñaría a luchar.

Ragnvald pensaba reclamarla en el *ting* ese mismo verano, cuando se reunieran las familias del distrito de Sogn. Su familia y la de Hilda ya se habían puesto de acuerdo, aunque todavía no habían celebrado la ceremonia de esponsales. Él había demostrado su valor en las incursiones y había ganado riquezas con las que comprar más esclavos para que trabajaran en la granja de Ardal. Ahora que había cumplido veinte años y era todo un hombre, podría casarse con Hilda. Su padrastro ya no tendría ninguna razón para negarle lo que era suyo por derecho de nacimiento: las tierras de su padre.

Durante el invierno, también había conseguido un collar de plata que le sentaría estupendamente a Svanhild. Ella se reiría y fingiría que no le gustaba —¿para qué quería un collar de plata si se pasaba el tiempo cuidando vacas?—, pero le brillarían los ojos y se lo pondría todos los días.

Solvi llamó a Ragnvald y al hijo del piloto. Se tocó el grueso brazalete de oro con incrustaciones de cornalina y lapislázuli, fabricado por herreros de Dublín. Un adorno de rey. Si pretendía regalarlo, desde luego era un señor generoso.

—Tengo brazaletes suficientes para ambos, pero preferiría ver cómo uno de los dos acaba cayendo al agua —dijo Solvi.

Sonrió al hijo del piloto, como si Ragnvald no estuviera allí. Bueno, ya se fijaría en él después de esa última carrera, Ragnvald se aseguraría de ello.

—El que regrese antes a la popa se lleva el brazalete —continuó Solvi—. Ragnvald, tú por estribor. —Esta vez sus miradas se cruzaron.

Un soplo de brisa erizó la piel de Ragnvald. Prefería el lado de babor, y Solvi lo sabía. Había notado muchas veces esos extraños cambios de humor hacia él durante la expedición; en un momento dado, Solvi parecía valorarlo, aconsejarle y elogiarlo, y un instante después se olvidaba de su existencia. En ese sentido, se parecía a Olaf, su padrastro. Con Olaf, eso significaba que tenía que esforzarse más para obtener su atención, ser perfecto en todo lo que hacía. No estaba seguro de lo que significaba en el caso de Solvi.

Ragnvald sacudió los hombros y estiró las piernas, que se le habían entumecido de estar sentado. Trepó sobre la borda y retó con la mirada al hijo del piloto, al otro lado de la embarcación. Danzar sobre los remos requería mantener el equilibrio, con el riesgo permanente de caerse antes de recuperar la estabilidad y con otro remo siempre a punto de desaparecer bajo los pies. Ragnvald debía confiar en su cuerpo y en el ritmo de las paladas, prestar atención a las variaciones entre el tirón de un hombre y el del siguiente, mientras un remo se hundía profundamente en el agua y otro se deslizaba por la superficie sin apenas sumergirse. Agni, el hijo del piloto, era más pequeño y más rápido que él. Se había criado a bordo de un barco, así que sería difícil vencerlo.

Solvi dio la orden para que empezara la competición, y Ragnvald se puso en marcha. Ahora que le había pillado el truco, no tendría que tocar todos los remos. Saltó en sincronía con las paladas, dejando que el movimiento lo propulsara hacia delante. El viento era más fuerte y hacía que el barco se moviera con rigidez sobre olas más altas.

Ragnvald alcanzó la proa una vez más, por delante del hijo del piloto. Dio la vuelta y recorrió los remos de nuevo, pero, cuando ya casi había alcanzado el remo del timonel, Solvi gritó:

—¡Ya basta!

Ragnvald alargó una mano hacia la borda del barco, preparándose para trepar a cubierta, donde podría ayudar con la pesada vela de lana. Sabía que Solvi necesitaría a todos los hombres para colocarla en su lugar y orientarla contra el viento.

—Tú no —dijo Solvi.

Estaba muy cerca de Ragnvald. No podía referirse más que a él. De pronto, los remos que los hombres sostenían desaparecieron de debajo de sus pies. El mar sobre el que había danzado con tanta seguridad hacía apenas un instante le golpeó las piernas y pareció tirar de ellas. El agua fría le empapó los pantalones. Se aferró a las planchas de madera de la regala y miró a los hombres que sostenían los remos de aquel lado. Los que llegaron a cruzar su mirada con él la apartaron enseguida.

—¡Ayudadme a subir! —gritó Ragnvald.

No podía creer que Solvi pretendiera tirarlo por la borda.

—¡Ayúdame! —gritó de nuevo, en esta ocasión al único amigo en el que aún podía confiar—. ¡Egil, ayúdame!

Su amigo pareció desconcertado por un momento y empezó a dirigirse hacia él, pero los hombres de Solvi juntaron los hombros y le cerraron el paso en el estrecho extremo del barco.

El borde de la regala a la que Ragnvald se había aferrado se le clavaba en los brazos. Todavía estaba pugnando por encontrar un punto de apoyo cuando, de pronto, vio que Solvi empezaba a sacar la daga del cinturón.

—Preferiría no hacerlo —dijo Solvi—, pero...

—¿Qué? —gritó Ragnvald—. ¡Espera, no lo hagas! ¡Súbeme!

Solvi mostraba una expresión decidida y dura; toda muestra de bondad había desaparecido de su rostro. Ragnvald se quedó paralizado cuando vio cómo desenfundaba la daga y arremetía contra su garganta. Se apartó para esquivarla, pero la hoja le sajó la mejilla.

El dolor lo sacó de su parálisis. La sangre le latía en las sienes. Egil no iba a ayudarlo, no podía atravesar el muro que habían formado los guerreros de Solvi. Al menos todavía tenía la espada; estaba tan acostumbrado a llevarla que la había mantenido en el cinturón para equilibrarse durante la carrera. Soltó una mano y cogió la empuñadura del arma, pero no logró desenvainarla desde ese ángulo. Se agarró a la borda de nuevo y se propulsó por detrás del codaste, con la espada enganchada entre el cuerpo y la tablazón del barco.

Solvi lo sujetó por la muñeca y trató de subirlo para clavarle la daga, mientras Ragnvald sacudía los pies, buscando todavía un punto de apoyo. Solvi resopló por el esfuerzo y arremetió con su arma otra vez, pero Ragnvald se dejó caer con todo su peso, con la esperanza de que Solvi no pudiera con él y tuviera que soltarlo sin asestarle el golpe mortal. Pataleó contra el lateral del barco, desesperado por zafarse, y Solvi se inclinó hacia delante aferrándose a él, con la mitad del cuerpo sobre la borda. Logró hacerle otro corte, esta vez en el cuello, y entonces lo soltó para no verse arrastrado a su vez por encima de la borda.

Ragnvald ahogó un grito al notar el agua helada en el rostro. Respiró y se atragantó. Le escocían las heridas por la sal, pero aquel dolor no era nada comparado con las desgarradoras cuchilladas del frío en sus miembros y la sorpresa por la traición de Solvi. La corriente era fuerte en aquella parte del fiordo, y lo alejaría del barco si se dejaba llevar. Se quedó inmóvil, asomando apenas la boca en la superficie, y contó hasta cien antes de sacar la cabeza del agua y abrir los ojos.

La corriente lo había arrastrado casi hasta los remos del siguiente barco de la flota. Sonaban risas en él, igual que antes en el barco de Solvi. Ragnvald alzó la cabeza y sacó un brazo del agua. Había luchado junto a esos hombres, habían defendido conjuntamente un fuerte en la costa durante un invierno largo y cruel, y habían compartido mujeres después del fragor de la batalla. Deberían ayudarlo.

Entonces se acordó de los hombres que le habían bloqueado el paso a Egil. Solvi no era el único implicado. El día anterior, no habría puesto en duda que esos guerreros arriesgarían su vida para salvar la suya, como él lo habría hecho por ellos, pero, si no podía confiar en Solvi, ¿cómo podía estar seguro de los demás? Dejó que la corriente lo arrastrara lejos del barco, sin gritar.

El frío entumecía sus miembros. Le castañeteaban los dientes. Toda su ira contra Solvi parecía lejana, perdida en el agua junto con el calor de su cuerpo. El frío lo alejaba de sí mismo. Se llevó la lengua a la mejilla herida, y notó el gusto salado y ferroso de la sangre mezclado con el del agua salobre del fiordo. Solvi le había hecho varios cortes en la cara, pero su boca seguía entera. Dio gracias a los dioses por esa pequeña muestra de clemencia.

Había visto ulcerarse y pudrirse una herida igual que aquélla —mejilla y boca partidas por el hacha de un monje— hasta tal extremo que el guerrero, con la cara casi desaparecida, gritaba de dolor entre pesadillas febriles. Ragnvald habría preferido volver hasta el barco de Solvi y permitir que lo matara antes que sucumbir a ese destino. Al menos entonces encontraría el Valhalla en la muerte, en lugar de uno de los fríos y apestosos infiernos de los cobardes caídos.

El sol se puso con rapidez tras la línea de acantilados, y el aire, que le había parecido cálido comparado con las frías aguas, le congeló el rostro. Notaba los miembros cada vez más pesados y entumecidos, mientras su cuerpo se precipitaba a través del frío hasta el umbral desolado que esperaba más allá. Podría deslizarse con facilidad hacia la muerte, y nadie sabría dónde yacería su cuerpo. Sería una muerte casi tan vergonzosa como la causada por la fiebre. Podría haber luchado para volver a subir al barco, pero había optado por el camino de los cobardes y se había hecho el muerto en lugar de afrontar esa batalla desigual. Olaf, su padrastro, no se había equivocado: Ragnvald no estaba preparado para destacar entre guerreros, y nunca lo estaría.

La ropa de lana le pesaba y lo arrastraba hacia el fondo. Trató de nadar hacia la costa, pero la corriente en el centro del fiordo era rápida y potente y ofrecía resistencia a los movimientos de sus brazos. Algo le tiró del tobillo: los dedos helados y atenazadores de Ran, diosa del mar y de los naufragios, se lo llevaban hacia su gélido salón de banquetes.

No parecía una muerte tan terrible, tal vez era mejor que yacer solo para siempre como un cuerpo frío en un túmulo, porque el salón de Ran estaba lleno de marineros y pescadores. Ragnvald los vio, levantando cuernos llenos de agua de mar en un brindis lento y silencioso. Todos los barcos hundidos sacrificaban sus tesoros a la diosa del mar, cuyos guerreros recorrían el fondo para recuperarlos. Algunos haces de luz se reflejaban en el oro que adornaba su salón y se filtraban hacia el lugar donde Ragnvald flotaba.

Contempló maravillado las cambiantes formas del fondo. Formas de oscuridad y luz. Los altos techos del salón estaban decorados con redes doradas. Una doncella marina le tomó el brazo y lo guió hacia ese festín glacial. ¿Es éste mi lugar?, preguntó él. ¿Comeré pescado todos los días? ¿Yo también ahogaré a navegantes?

Las agallas del cuello de la doncella aletearon. Hizo sentar a Ragnvald en un banco, delante de un gran fuego que no daba calor y que ardía con llamas azules y verdes. No sabía cuánto tiempo estuvo allí, junto a esa anfitriona silenciosa. Las doncellas marinas le llevaban comida y bebida, pero todo sabía a sal, todo olía a pescado. Y tenía frío, mucho frío.

Entonces se abrieron las grandes puertas y entró un lobo enorme de ojos azules y pelo dorado, del que saltaban chispas. Avanzó con pasos lentos a lo largo del salón. Cuando tocaba algo con el hocico, algunos hombres ardían; otros, sin embargo, parecían revivir, perdiendo aquella capa verdosa de agua de mar. Ragnvald lo vio pasar entre los hombres y se preguntó si le concedería una muerte cenicienta o una gloria refulgente. Cuando el lobo llegó a su lado, vio que su pelo estaba apelmazado y apagado en algunos lugares. Tendió la mano hacia él y, al tocarlo, el pelo se hizo brillante y resplandeciente como metal recién forjado. Los ojos del lobo eran del azul de un cielo estival, y el tacto de su pelo era tan cálido que Ragnvald apenas se fijó en las llamas que trepaban por sus dedos, por sus antebrazos, calentándolo sólo levemente, cuando en el resto del salón habían consumido sin piedad carne y madera. Se acercó más y abrazó al lobo. La lengua de fuego del animal le lamió la herida del cuello y le llenó la visión de llamas azules. Sabía que el abrazo de aquel lobo podía destruirlo allí mismo, y sin embargo no podía hacer otra cosa que afrontar su muerte.

Aquélla no podía ser una muerte indigna, junto a ese lobo enviado por los dioses. Quería entregarse a ella, pero entonces algo tiró de su tobillo. En esta ocasión, por contra, no se trataba de los gélidos dedos de las doncellas de Ran, porque ya se encontraba en sus dominios. Se resistió cuanto pudo, gritando y protestando, mientras unas manos fuertes lo sujetaban y lo sacaban del agua.

2

Un fuerte crujido despertó a Svanhild de un sueño profundo. La joven se incorporó de golpe y se quedó sentada en su catre. El mismo sonido la había despertado un mes antes, cuando llegaron los saqueadores. Acudieron en plena noche, rodearon el gran salón y se mantuvieron en silencio hasta que un hachazo en la puerta del granero marcó el inicio de su ataque.

Bajo el alero, a través de las rendijas del tejado cubierto de hierba, se filtraban unos débiles haces de luz. La madrastra de Svanhild, Vigdis —la esposa favorita de su padrastro—, seguía durmiendo en el catre, a su lado. Vigdis sonreía en sueños. Tenía motivos para ello. Seguía siendo guapa y no estaba sometida a las muchas humillaciones que Olaf infligía a la madre de Svanhild, con quien sólo se había casado por sentirse en deuda con un amigo muerto.

Svanhild prestó atención por si captaba los mismos sonidos que había oído aquella otra noche: las voces graves de los hombres, la agitación de las vacas. Esta vez no oyó nada de eso. Percibió el olor del humo, pero no era el aroma dulce y aterrador del heno quemado, sino el fuerte olor de la leña medio seca que alimentaba el fuego de la cocina. Aquel crujido provenía de la sala. Luta, la sirvienta, estaba partiendo ramitas sobre las ascuas para reavivar el fuego. Svanhild respiró hondo. El nuevo día no llegaba acompañado de la muerte.

Por debajo del humo, el aire olía a fresco, a luz del sol y a brotes nuevos. Svanhild se cubrió el rostro con las pieles para disfrutar de un último momento de paz antes de saltar de su camastro y ponerse los zapatos. Tenía un buen sitio, cerca del fuego, con un colchón de plumas en lugar de juncos. Tanto ella como las otras mujeres quedaban protegidas de las miradas de los hombres por una cortina. Su padrastro, Olaf, tenía un aposento para él y para la mujer con la que eligiera compartirlo; por lo general, era Vigdis, aunque no aquella noche. El resto de los casi treinta residentes de la granja —los esclavos y los sirvientes libres, y algunos de los hombres de armas de Olaf— dormían en los largos y amplios bancos que se alineaban en el salón comunal, los mismos bancos que abarrotaban los granjeros más pobres en las celebraciones de fin de año. La mañana no seguiría tan tranquila durante mucho tiempo.

En la cocina, Ascrida, la madre de Svanhild, ya estaba supervisando el desayuno, que aquella mañana sólo consistía en avena hervida en leche y moras secas de los pantanos. Ascrida, que nunca estaba satisfecha con el trabajo de los demás, removía con un palo el fuego que un esclavo había encendido.

Ascrida se levantó y sonrió cuando Svanhild se acercó a ella, arreglándose el pelo. Cuando se lo dejaba suelto, le caía hasta por debajo de la cintura, fino como la angora; pero por la noche se le había deshecho la trenza y ahora se lo estaba recogiendo.

—Ven, déjame a mí, niña.

Ascrida se secó las manos en el mandil y colocó los mechones sueltos detrás de las orejas de su hija. Svanhild sonrió tímidamente, contenta de que su madre pareciera feliz aquella mañana. Había días en los que se encerraba en sí misma, sobre todo desde que Ragnvald se había ido. Apenas hablaba con nadie y llevaba el pelo despeinado y suelto, desgreñado, sucio y fuera de la toca. Svanhild nunca sabía qué provocaba ese mal humor, e incluso en aquel momento se acercó a ella con cautela. En vida de Eystein, su madre también estaba siempre vigilante, preocupada. Al hacerse mayor y oír más historias sobre su padre, Svanhild comprendió que un hombre descuidado como él debía tener una mujer prudente. Su padre había muerto cuando ella sólo tenía cinco años, y su amigo Olaf se había hecho cargo de su mujer y su granja. Sin embargo, ahora que Ragnvald había alcanzado la mayoría de edad, le correspondería a él y no a Olaf decidir el destino de Svanhild, y su hermano le había asegurado que volvería a casa con noticias de algún marido dispuesto a llevársela de allí.

Por suerte, los días ya eran lo bastante largos como para que Svanhild no tuviera que pasarlos dentro, hilando lana sin lavar para las velas de los barcos. Sus dedos no se estropearían tanto si le permitieran hacer un trabajo más fino, pero ni Vigdis ni Ascrida confiaban en ella para los pespuntes que requerían los vestidos. Sus túnicas parecían cosidas por una niña campesina, decía Ascrida; ni siquiera los sirvientes de Olaf iban vestidos así. Más le valía limitarse a la interminable tarea de cardar la basta lana para las velas. Esa lana sólo tenía que ser fuerte, no bonita, y Svanhild había tomado buena nota de ello.

—Debo ocuparme de las vacas —dijo Svanhild.

Cogió un puñado de bayas de la olla de esteatita en la que Ascrida las había puesto. Las semillas crujieron entre sus dientes, recordándole el ruido que la había despertado. El mar de hielo ya se estaría rompiendo, y Ragnvald pronto regresaría a casa. Necesitarían su espada si volvían los saqueadores.

Svanhild echaba mucho de menos a su hermano. Aunque se llevaban cinco años, siempre se había sentido más unida a él que a su hermanastro Sigurd, sólo un año mayor que ella. En los días terribles que conformaban sus primeros recuerdos, después de que Olaf trajera la noticia de que habían matado a su padre, después de que los saqueadores quemaran su primera casa, su madre siempre se quedaba sentada, demasiado conmocionada y aturdida para hacer nada. Fue Ragnvald quien, con sólo diez años, consoló a su hermana. Se la llevó al bosque y le mostró dónde hacían sus madrigueras las ardillas, en un agujero en las raíces de un gran roble. Los dos se sentaron a esperar a que la ardilla madre apareciera con sus pequeños.

—Es como el árbol del mundo que sostiene toda la creación —le contó Ragnvald—. Las ardillas llevan noticias de la serpiente de las raíces al águila de las copas, donde descansa Odín. Las ardillas son las mensajeras del bosque. Obsérvalas. Si no consigues verlas, es que el mensaje que llevan es la muerte, y en ese caso debes ocultarte.

—Si no consigo verlas —repuso Svanhild, tratando de sacar a Ragnvald de su solemnidad—, ¿cómo pueden llevar un mensaje?

Pero aquellos consejos y muchos otros le resultaban muy útiles cuando iba al bosque a recoger setas y a atrapar pequeños animales para hacerse con sus pieles; la mantenían a salvo de los depredadores que caminaban a cuatro patas, y también de los que lo hacían a dos.

Svanhild salió del salón y se dirigió al establo, en el extremo norte de la granja. Ahora que Ragnvald se había ido y Svanhild era casi adulta, pasaba más tiempo con las vacas que en el bosque. Las vacas le gustaban porque no hablaban ni discutían, y sobre todo porque no le daban órdenes. Cuando abrió la puerta mostraron su impaciencia con algunos ruidos. En esa época del año aún estaban recuperándose tras casi morir de inanición durante el invierno, así que siempre tenían hambre.

Cuando Svanhild estaba sacando las vacas del establo, el hijo adoptivo de Olaf, Einar, salió por la puerta de la cocina. Caminó con impaciencia hacia ella, tan deprisa como le permitía su cojera. Svanhild lo saludó.

—¿Tu madre te deja salir tan temprano? —preguntó Einar con una sonrisa.

No resultaba muy atractivo con esa cojera, pero era joven y tenía los músculos muy desarrollados por la clase de trabajo que hacía. Su sonrisa era agradable y sosegada, tímida y especialmente seductora por lo poco que la mostraba. Todo hombre libre debería saber cómo forjar una espada, hacer un escudo, construir un barco, preparar una trampa y defenderse con una espada, una daga y un hacha, pero algunos hombres poseían más talento que otros para las artes del yunque y el martillo. Einar era uno de ellos. Al morir de tosferina el viejo herrero, tres inviernos atrás, Einar se había hecho cargo de la herrería de la granja a pesar de su juventud.

Svanhild se revolvió el pelo.

—Puede que sí.

—¿Y si vienen saqueadores? —preguntó Einar.

Svanhild sintió un escalofrío.

—Si vienen saqueadores, los enviaré a casa de Thorkell —contestó.

Thorkell, primo de Olaf, era un tipo enorme, famoso por haber echado de su tierra, él solo, a varios ladrones de vacas. Últimamente había estado insinuando que quería a Svanhild como nueva esposa, para él o para su primogénito, cuando ella alcanzara la edad necesaria.

—Tal vez así acaben matándose unos a otros —añadió la joven.

Einar se acercó.

—¿Y si vienen a por ti, bella doncella?

Svanhild titubeó. El flirteo de Einar la hizo sentirse incómoda. Ragnvald había prometido encontrar entre los hombres de Solvi a un guerrero fuerte y joven para que se casara con ella, y Svanhild tenía la esperanza de que se tratara del hijo de un *jarl*. Su padre había sido *jarl* de Ardal y de las granjas circundantes. Su abuelo había sido rey de Sogn. Ella podía aspirar a algo más que un pobre herrero, por muy azules que tuviera los ojos o por muy anchos que tuviera los hombros. Aun así, Einar le gustaba. Él y Ragnvald habían sido como hermanos durante su infancia, y Einar era un compañero bueno y amable, incluso con su cojera.

Si Ragnvald no volvía, Svanhild preferiría ser la novia de Einar antes que la de Thorkell. Éste ya había enterrado a tres esposas, que habían muerto al dar a luz a alguno de sus hijos. No sabía qué alternativas le ofrecería Olaf. La ley dictaba que su tutor podía elegir un marido para ella, y la única posibilidad que le quedaría a Svanhild sería divorciarse después. Aun así, tras un divorcio no tendría casa ni más riqueza que la dote que le concediera Olaf, y además podría provocar la enemistad entre su familia y la de Thorkell. Si Olaf era tan cruel como para casarla con alguien que le desagradaba, esperaba que al menos no quisiera correr ese riesgo.

—Pues me iré con ellos —dijo Svanhild—, probablemente se pelearán menos que Vigdis y mi madre.

Einar no tenía nada que decir de eso —Vigdis era su tía, y Olaf, su padre adoptivo desde hacía siete años—, pero hizo una mueca.

—¿Crees que Ragnvald volverá pronto a casa? —preguntó la muchacha.

Las pupilas de Einar perdieron su brillo provocador. Dirigió la mirada más allá de Svanhild, hacia su herrería.

—Creo que sería mejor que no volviera. Muchos hombres han encontrado tierras y esposas en Islandia y las islas del sur —dijo, refiriéndose a las Orcadas—. A Ragnvald le convendría hacer lo mismo. Si regresa, ¿se lo harás saber?

—¿Por qué dices eso? —preguntó Svanhild—. Ésta es la tierra de nuestro padre. La tierra de Ragnvald. Olaf prometió...

No recordaba muy bien lo que había prometido Olaf; Ragnvald le había dicho, desde que ella tenía uso de razón, que Olaf sólo conservaba la tierra de su padre en usufructo. No estaba segura de las cuestiones legales, pero Ragnvald había afirmado que, si Olaf quería quedarse la tierra para él, tendría que defender su vergonzosa posición ante el *ting* de Sogn, ante hombres que conocían a la familia de Ragnvald desde hacía mucho tiempo y sabían que la tierra les pertenecía.

Einar parecía incómodo, y con razón, pues cualquier conflicto lo situaría entre Olaf y sus hermanastros. Sin embargo, a Svanhild eso le importaba poco; Ragnvald estaba en su derecho.

—Sé razonable, Svanhild. Tu hermano todavía es un muchacho...

—Ha ayudado a Olaf a expulsar a los saqueadores durante los tres últimos veranos, mientras que tú... —Se detuvo para no ofender su sentido de la virilidad, pero la expresión de Einar le dio a entender que ya lo había herido—. Einar, no quería decir eso; es Olaf quien se portó de un modo miserable por no mantener suficientes hombres aquí... Y si lo que estás diciendo es cierto... —tuvo que tragar saliva para pronunciar las siguientes palabras con calma— probablemente quería que Ragnvald arriesgara su vida contra los saqueadores del verano y que muriera antes de conseguir la tierra.

—Ragnvald es mi amigo —repuso Einar con frialdad—, pero debe de haberse dado cuenta de que Olaf no quiere soltar lo que ahora le pertenece; además, Olaf tiene amigos poderosos. A Ragnvald más le valdría empezar de nuevo en otro sitio.

—No le diré que has dicho eso —dijo Svanhild, estupefacta.

Estaba segura de que Ragnvald no sólo no se había dado cuenta de nada semejante, sino que lo consideraría una gran injusticia. Y Einar era su amigo.

—Tengo que ir a trabajar —continuó Svanhild—. Las vacas parecen hambrientas. —Habían empezado a mordisquear la hierba corta y ya mascada que tenían a sus pies.

—Svanhild... —dijo Einar, suplicante.

—Mi hermano valora la lealtad, igual que yo. Buenos días, Einar.

Su hermanastro se despidió con una expresión apenada y se fue caminando despacio hacia su herrería.

Svanhild usó la vara con las vacas más rezagadas del rebaño para conducirlas por el sendero que rodeaba la orilla sur del lago. Los dominios de Olaf abarcaban todo el tramo de tierra y las granjas arrendadas a lo largo de la costa sur del lago Ardal, así como varias leguas todavía más al sur, hasta una distancia de más de una jornada a pie. Cerca del extremo occidental del lago se alzaban los restos de la casa que había construido Ivar, el abuelo de Svanhild. Ivar había sido rey de Sogn y legó las tierras a su hijo Eystein, que había ido perdiendo algunas partes cada año y que finalmente había perecido luchando junto a Olaf. Cuando éste regresó con la noticia de la muerte de Eystein, se casó con la mujer de su amigo y construyó un nuevo salón, más alejado del fiordo de Sogn y de los saqueadores daneses. Más lejos, también, de los barcos que comerciaban y traían noticias.

En uno de sus primeros recuerdos, Svanhild se veía buscando entre los restos calcinados del salón, arrancando trozos de peltre fundido de las rocas. Ahora la hierba cubría los extremos de los postes, aunque aún podía encontrar trozos de carbón vegetal entre ellos si buscaba bien. A las vacas les gustaba pacer allí, porque la hierba crecía en abundancia en la tierra quemada. Svanhild sólo recordaba a su padre por las historias que le habían contado, mientras que Ragnvald conservaba algunos recuerdos de infancia. Cuando eran más pequeños, lo único que Ragnvald contaba eran aventuras de su padre, que había visitado todos los distritos de Noruega y todas las tierras en torno al mar del Norte. Al hacerse mayores, las dudas de Olaf hicieron que Ragnvald recordara también las mentiras de su padre, el invierno en que había desaparecido sin decir palabra y su madre lo había dado por muerto.

«Se ganaba el amor de todos, pero no su confianza», dijo Olaf de él en un extraño Yule en el que, conmovido, quiso hablar de su amigo caído. Olaf, en cambio, no tenía ni el amor ni la confianza de nadie.

Svanhild sacó su huso y una madeja de lana del bolsillo, y se acomodó en el muro de piedra que separaba ese campo del siguiente. Le dio un capirotazo al huso para hacerlo girar y empezó a hilar la lana grasienta. En dos ocasiones se le cayó el huso al suelo por tirar demasiado del hilo, y al vellón sin hilar se le adhirieron varios trozos de musgo y tierra por los que Vigdis la reñiría más adelante. Svanhild enrolló la lana en torno al huso y se lo guardó todo en el bolsillo. Sus dedos no eran aptos para ese trabajo, y menos aún tras las palabras de Einar. Estaba convencida de que Ragnvald no habría elegido colonizar tierras lejanas sin ella, y menos después de lo que le había prometido; sin embargo, tal vez hubiera muerto en las incursiones, igual que su padre. Si Ragnvald había muerto, no volverían a caminar por el bosque hasta la cueva de las brujas, ni irían a los acantilados con vistas al fiordo de Sogn, ni verían jugar a las focas. Si Ragnvald había muerto, no podía estar contenta con su futuro: Olaf la casaría con Thorkell o con uno de sus hijos para mantener la paz. Thorkell era un animal lo bastante viejo como para ser su padre, y sus hijos eran débiles o igual de brutos. No, Ragnvald no podía estar muerto.

La lluvia caía con fuerza de un lado del fiordo al otro. El sol brillaba por encima de Svanhild, pero las nubes se acercaban desde todas las direcciones. Cuando la lluvia la alcanzó, la joven se puso la capa sobre la cabeza y se sentó al socaire del saliente de una roca. Al atardecer le entró hambre, y reunió a las vacas para llevarlas a casa.

Mientras las dejaba pastando en el campo más cercano al salón, oyó el redoble de armas de madera en el patio de prácticas. Rodeó la valla y vio cómo su hermanastro Sigurd daba unos cuantos golpes con su espada de madera contra el poste de práctica y luego la apoyaba contra la pared. A continuación, se dejó caer al suelo. Tal vez tenía las mismas preocupaciones que Einar sobre las intenciones de Olaf: Svanhild no quería que él se quedara aquellas tierras, pero seguramente él tampoco las quería. Sigurd necesitaba a todas horas que alguien le dijera qué debía hacer. No era capaz de proteger Ardal de los saqueos.

Svanhild se acercó a él y recogió la espada de práctica. Pesaba porque, por dentro de la madera, tenía el alma de hierro. En una ocasión había querido tener una espada como aquélla, pero Olaf la había golpeado por ello, diciendo que si luchaba con los chicos acabaría llena de cicatrices, demasiado fea para el matrimonio. Ragnvald le había enseñado todo lo posible, pero en aquel entonces ella era demasiado pequeña e impaciente, y luego el trabajo doméstico le había dejado poco tiempo.

Sigurd era alto para su edad, espigado como el tallo de una planta de judías, pero ni tan fuerte ni tan astuto como lo había sido Ragnvald a sus años. Era hijo de la primera esposa de Olaf, una mujer que llevaba muchos años muerta, y que Vigdis y la madre de Svanhild habían sustituido. Sigurd era pequeño cuando llegó con Olaf para instalarse en Ardal. Svanhild y Ragnvald eran morenos, como lo había sido su padre, pero Sigurd tenía el cabello del mismo tono descolorido que Olaf; un mechón de pelo rubio le caía sobre el rostro picado de acné, enrojecido por el agotamiento.

Cuando vio que Svanhild cogía la espada, se dirigió a ella con desprecio:

—Deberías estar dentro cuidando de mi hermano pequeño.

El nuevo hijo de Vigdis todavía era pequeño y lloraba pidiendo leche a todas horas. Necesitaba una nodriza, no una chica como ella.

Svanhild levantó la espada y apuntó al cuello de Sigurd.

—No parece tan pesada. —Se balanceó ligeramente para mantener la espada firme e impedir así que su hermanastro pudiera ver que empezaba a temblarle el brazo.

Sigurd dio un manotazo a la hoja. Ella volvió a apuntar al cuello de su hermanastro.

—Trata de practicar con ella durante unas horas —dijo Sigurd—. Verás lo pesada que es entonces.

—¿Crees que a Ragnvald le habrá ido bien en sus incursiones? —preguntó Svanhild. No podía quitarse de la cabeza las palabras de Einar. El borde romo de la madera se hundió en la suave carne del cuello de Sigurd, donde había empezado a crecerle la barba—. ¿Por qué no está en casa todavía?

Sigurd agarró la espada y le dio un tirón para apartarla, esta vez con más fuerza. Svanhild la soltó ruidosamente para no caer ella.

—No lo sé —dijo Sigurd de mal humor—. ¿Estás asustada? Si no vuelve a casa, yo cuidaré de ti.

Svanhild puso los brazos en jarras y lo miró con escepticismo.

—¿Por eso estás practicando?

Sigurd hinchió el pecho.

—Olaf quiere que participe en las expediciones de este verano.

—¿Igual que hizo con Ragnvald? —preguntó Svanhild, levantando aún más la voz—. Einar dice que no cree que Olaf permita que Ragnvald obtenga lo que le corresponde por derecho de nacimiento.

—¿Y por qué iba a permitirlo? —preguntó Sigurd—. Mi padre mantuvo estas tierras cuando tu padre ya no estaba para hacerlo.

—Estas tierras pertenecen a Ragnvald —repuso Svanhild, enfadada—. Olaf sólo tenía que cuidar de ellas, tal como se acordó.

—La tierra pertenece al hombre que puede mantenerla —dijo Sigurd. Su tono de voz sonó al mismo tiempo complacido y avergonzado, como cuando, siendo Svanhild pequeña, le había quemado todas las muñecas—. En cualquier caso, mi padre ha dicho más de una vez que es muy probable que Ragnvald no vuelva. Las incursiones son peligrosas.

Svanhild lo miró.

—Sobre todo... sobre todo si no puedes confiar en los hombres con los que navegas. Sobre todo si alguien no quiere que vuelvas a casa.

Su suposición apenas había cobrado forma cuando pronunció estas palabras, pero de pronto cobró sentido. Olaf se había negado a dejar que Ragnvald participara en las expediciones hasta entonces, después de comprobar que el hijo que le había dado Vigdis había conseguido sobrevivir a los peligrosos años de la primera infancia.

Sigurd la miró como si se sintiera culpable, confirmando su suposición. Svanhild se ruborizó.

—Tú, tú... *ting*.

Sigurd se agachó para coger su arma. Cuando empezó a levantarse, Svanhild le lanzó un puñetazo con todas sus fuerzas, acertándole de lleno en la mandíbula. Sigurd soltó una maldición y cayó otra vez en la hierba. Svanhild le pisó la mano que buscaba el arma.

—¡Es la mano que uso para la espada! —protestó.

—Si no la usas para defender a tu familia, ¿de qué te sirve? —Svanhild le clavó el talón en la palma de la mano.

—Olaf es mi familia. Tú sólo eres...

—¡Olaf y mi padre eran como hermanos! —gritó Svanhild, presionando con más fuerza.

—¡Me estás haciendo daño, pequeño trol!

—¡Bien! Es lo que quiero.

A Svanhild también le dolía la mano de haberle golpeado, un dolor sordo que se intensificaba por momentos. No se había roto nada —lo sabía por experiencia—, pero, si no metía la mano en la nieve pronto, se le hincharía y no podría usarla durante una semana.

—¡Cuéntame por qué no vuelve!

—Sólo he oído rumores —respondió Sigurd, y la tiró al suelo de una patada.

Svanhild cayó de culo en la hierba, pero enseguida se incorporó, sujetándose la mano.

—¡Te voy a dar otra vez! —amenazó Svanhild.

Sigurd, sin embargo, se había dado cuenta de cómo se aguantaba la mano y sabía que, una vez perdido el factor sorpresa, ella tenía pocas posibilidades de hacerle daño. El joven se levantó de un salto y la agarró por los dedos amoratados, casi levantándola del suelo y apretándole brutalmente los nudillos.

—¡No, no lo harás! —gritó Sigurd con voz chillona—. Nunca volverás a pegarme, o te destrozaré esta mano y la bruja del bosque tendrá que cortártela.

Sigurd apretó un poco más, y Svanhild sintió que se le saltaban las lágrimas. Si le pisaba el pie, tal vez la soltaría... O tal vez cumpliría su amenaza. La rabia que le había dado fuerzas para golpear a Sigurd se vio reemplazada por un temor que la dejó temblando.

Ascrida acudió corriendo, con la falda aleteando a su espalda.

—¡Sigurd, suelta a tu hermana! —Los miró fijamente y movió la cabeza—. Svanhild, ven conmigo.

—Pero es que Sigurd ha dicho...

Ascrida la fulminó con la mirada. Svanhild cerró la boca.

✣ ✣ ✣

—¡Qué tonta eres! —la reprendió Ascrida en cuanto llegaron a los aposentos de las mujeres.

—¡Ha dicho que Ragnvald no va a volver!

Ascrida apretó la mandíbula.

—Ninguno de los hombres de Solvi ha vuelto todavía.

—¿Es que no te importa? —gritó Svanhild—. ¡Es tu hijo! Aunque supongo que tampoco te importaba mucho mi padre. ¿Por qué no exigiste que Olaf lo vengara? Eran amigos.

Ascrida le apretó los nudillos amoratados, igual que Sigurd.

—¡Ay, me estás haciendo daño!

—Hablas de cosas que no entiendes —dijo Ascrida con expresión de cansancio.

Svanhild retorció la mano para zafarse de ella.

—Tengo que poner la mano en la nieve o no podré hilar.

Si a su madre no le importaba su dolor, tal vez le preocuparían las tareas domésticas. Tenía que hilar continuamente para vestirlos a todos y fabricar velas de barco, sábanas y sudarios.

—No deberías pegar a Sigurd. —La voz de Ascrida sonó apagada.

Por lo general, Svanhild la dejaba en paz cuando la notaba así, pero ahora estaba demasiado enfadada.

—¿Por qué? —preguntó—. ¿Porque no puede aguantarlo?

Ascrida agarró a Svanhild por el hombro, clavándole los dedos y provocándole una punzada de dolor que le hizo olvidar por un momento su mano magullada.

—No —dijo Ascrida—. Porque, si Ragnvald no vuelve, uno de los hijos de Olaf mandará aquí cuando él no esté.

—¿Tú también crees que Ragnvald no va a volver a casa? —preguntó Svanhild, enfadada—. ¿Es que todo el mundo ha pasado el invierno tramando asesinatos mientras yo aprendía a tejer?

—¿Asesinatos? No. Creo que tu padrastro espera que tu hermano se quede en tierras lejanas.

—Estás ciega, madre —dijo Svanhild, con la visión nublada por las lágrimas—. Olaf no quiere que Ragnvald vuelva a casa.

Ascrida contuvo el aliento.

—Y tú tienes demasiada imaginación, niña. Olaf ha sido tu padre durante los últimos diez años. No creo que fuera capaz de algo así.

—¿No lo crees? ¿Nunca te has preguntado cómo es que él y nuestro padre fueron de expedición y sólo volvió uno?

Su madre le había dicho muchas veces que olvidara esos rumores, que la gente malpensada siempre dudaba, que Olaf podía ser un hombre severo, pero no un asesino.

—Pienso muchas cosas —dijo Ascrida—. Muchas más que una niña cabezota como tú. Y cuando los hijos de Olaf manden aquí, podrán hacer lo que les plazca contigo. Podrían casarte con un borracho violento, y no tendrías nada que decir al respecto. Olaf nunca te querrá. Has demostrado ser una chica demasiado independiente, pero sus hermanastros podrían quererte.

—Nadie me casará con un borracho violento. Me entregaría al saqueador más salvaje antes que dejar que Sigurd me castigara así.

Ascrida levantó una mano para abofetearla, pero Svanhild paró el golpe con el antebrazo y se dio media vuelta antes de que su madre pudiera decir nada más.

Se encontró a Vigdis en el pasillo.

—Deberías ser más amable con tu madre... —dijo ésta.

—¿Ah, sí? —contestó Svanhild. Las lágrimas que habían amenazado con derramarse por sus mejillas estaban empezando ya a correr.

—El saqueador más salvaje probablemente también será un borracho, querida. Tendrás que buscarte otra amenaza.

Al menos el sarcasmo de Vigdis hizo más fácil que Svanhild contuviera las lágrimas.

—No quiero casarme. Quiero tener mi propia tierra, y hombres para cultivarla, y también quiero ir al otro lado del mar, y...

—Una mujer debe casarse —insistió Vigdis—. Casarse con un viejo rico, para ser lo bastante rica cuando él muera y poder elegir al marido que quiera. Creo que Olaf quiere casarte con Thorkell.

—¿Para que muera al dar a luz a su hijo? —La idea le retorció el estómago, como si sus propios órganos lo temieran.

—Tal vez sea él quien muera y te deje viuda para que puedas hacer lo que quieras.

—¿Es eso lo que esperabas al casarte con Olaf?

—¡Svanhild...! —dijo Vigdis con severidad.

—No puedes decirme lo que debo hacer. —La muchacha negó con la cabeza, derramando las lágrimas que tanto se había esforzado por contener, y pasó al lado de Vigdis para salir al prado.

Corrió por los campos hacia el bosque, donde alguna arboleda umbría aún conservaba nieve del invierno. Encontró un poco sin fundir al pie de un roble, y se sentó allí, con la mano entumecida, mientras se ponía el sol.

3

Solvi se sentó en la popa del barco con una mano en el timón, y guió la embarcación hasta la ensenada trazando una larga curva. El viento soplaba desde Tafjord, lo que en parte protegía a la población de los saqueadores que no vivían en la zona. También era un lugar difícil de atacar por tierra, flanqueado como estaba por montañas y barrancos. El padre de Solvi, Hunthiof, y su padre antes que él habían sido reyes del mar. Todos sus antepasados lo habían sido. Su linaje se remontaba a Njord, el dios del mar, que amó a una mujer de tierra adentro a la que abandonó poco después, dejándola con su tristeza y con la crianza de unos hijos que a su vez la abandonarían. Los descendientes de todo aquel dolor se convertirían en un linaje de hombres duros que asolaban las costas escandinavas cuando las tierras situadas más allá del mar del Norte no eran más que una leyenda, antes del tiempo presente en que parecía que cualquier hijo de granjero soñaba con navegar y saquear al otro lado del océano. Ellos nunca habían sido granjeros. Sus huesos no custodiaban ninguna tierra.

Por lo general, Snorri iba al timón, pero a Solvi le gustaba pilotar él mismo su barco en el último tramo hasta Tafjord y el salón de su padre, para poder controlar la aproximación. Como siempre, su padre cuestionaría algunas de las decisiones de Solvi en aquella expedición, aunque los recuerdos de sus propias incursiones eran ya muy difusos. Solvi tocó la empuñadura de su daga con la mano que tenía libre. Había manchas de sangre en las incrustaciones de oro. El hecho estaba consumado. Ragnvald Eysteinsson había sido ofrecido en sacrificio a Njord y a Ran. Si no había muerto por sus heridas, sin duda se ahogaría, arrastrado al fondo por el peso del arnés de cuero y paralizado por el frío.

El recuerdo inquietaba a Solvi. Había tenido muchas oportunidades de terminar con la vida de Ragnvald, y podría haberlo hecho en un momento en que no lo presenciaran sus hombres, que ahora lo miraban con suspicacia y temor. Estaba bien que los hombres temieran a quienes los mandaban, pero el miedo era un arma de doble filo; cualquiera de ellos podía pensar que sería mejor clavarle una daga por la espalda que arriesgarse a ser asesinado sin que mediara provocación alguna cuando a Solvi le cambiara el humor.

Se preguntó si su padre no había apoyado al barco equivocado en esa carrera. El padrastro de Ragnvald, Olaf, era un guerrero astuto; fue él quien acabó con Eystein, el padre de Ragnvald, y tomó a su mujer como esposa. Sin embargo, Ragnvald tenía el don del liderazgo, algo de lo que carecía el taciturno y avaricioso Olaf, que había exprimido con crueldad las tierras robadas a Eystein y las había ido perdiendo, granja a granja, a manos de otros dirigentes menos avariciosos.

—Necesitamos hombres fuertes como Olaf —le había dicho su padre—, y él quiere que se haga esto.

Si Ragnvald sobrevivía a aquella expedición, sin duda buscaría recuperar lo que le correspondía por derecho de nacimiento y, con una determinación como la suya, a Solvi no le cabía duda de que se impondría y protegería su tierra mejor de lo que Olaf lo había hecho.

Cuando el viento lo acercó a la costa, Solvi vio que habían atracado allí barcos que no pertenecían a su padre. Unos barcos magníficos, aunque desconocidos para él. El maderamen de los cascos brillaba con un barniz de grasa que las inclemencias del tiempo no habían deslucido todavía. Visitas importantes.

La playa de guijarros, de escasa profundidad, crujió bajo la quilla del barco. Solvi saltó y se mojó los pies en las aguas que bañaban su hogar. Los salones comunales de Tafjord se hallaban en el lecho del valle, en el extremo del fiordo de Geiranger. Un tapiz de campos y cercas de madera se extendía por las laderas al pie de los acantilados. Más allá se alzaban las montañas del Kjølen, compactas, blancas e infranqueables.

Solvi se agachó y se remojó la cara para quitarse el sudor y la mugre acumulada durante días. Los sirvientes de su padre esperaban en la playa, listos para descargar los barcos. Sin duda, los vigías los habían visto acercarse.

Saltó entonces hasta el poste al que habían amarrado su barco. Gracias a su experiencia, pudo caer con suavidad, sin que su rostro delatara cuánto le dolía el pie surcado de cicatrices, cuánto le costaba que las piernas lo obedecieran después de tanto tiempo en el mar. Habló en voz lo bastante alta como para que pudieran oírle los guerreros de los cinco barcos que lo habían seguido en la larga travesía hasta Tafjord, ahora amarrados en paralelo.

—Todos tenéis hogares a los que ir y doncellas a las que impresionar con vuestras riquezas y vuestras historias. Aun así, esta noche debéis asistir al banquete de mi padre, y allí podréis contar también esas historias a nuestros bardos, para que escriban canciones de nuestras aventuras que luego se entonarán no sólo en vuestras casas, sino en los salones de los reyes.

Todos los hombres lanzaron vítores, salvo Egil, el amigo de Ragnvald, que miró a Solvi con ojos cautelosos desde donde estaba sentado. Cuando su señor terminó de hablar, Egil se concentró en recoger sus cosas. Los otros hombres de Solvi desembarcaron, saltando por encima de las regalas y chapoteando en el agua poco profunda. Cada uno cargaba a sus espaldas una saca con los tesoros que había conseguido por su cuenta en Irlanda. Aquella noche, sin embargo, acudirían al banquete para ver qué más iba a ofrecerles Solvi. Su señor se había labrado la reputación de ser un hombre generoso; sus barcos portaban un rico botín, y habría más para repartir.

Solvi llamó al capataz de su padre mientras los hombres se agolpaban para dirigirse al salón de Hunthiof.

—¿Quién ha venido? —preguntó—. No conozco esos barcos.

—Guerreros de Vestfold. El rey Guthorm y su sobrino Harald.

El hombre habló en un tono neutro, aunque Solvi conocía muy bien esos nombres por las canciones de los bardos, que los mencionaban en las mismas estrofas que a los dioses y a los gigantes. Harald no podía tener más de dieciséis años, pero la leyenda de su habilidad con las armas se había expandido desde Vestfold. Decían que podía superar a cualquier hombre con cualquier arma, y que había derrotado con la espada a diez guerreros sanguinarios. La madre de Harald era una hechicera que había profetizado que su hijo sería el rey de todas las tierras escandinavas. Y ahora estaba en Tafjord. Seguro que eso no era del agrado del padre de Solvi.

Tres de los perros cazadores de alces de Solvi se acercaron brincando para saludar a su dueño. El más grande y oscuro de los tres se abalanzó sobre él para lamerle la mejilla, y le echó en la cara el aliento, que olía a carne. Solvi acarició al perro debajo del mentón, y miró de reojo hacia su barco. Egil seguía sentado en uno de los bancos de remo, quitándose la suciedad de debajo de las uñas con su daga.

—Pondré rumbo a mi casa, señor —dijo Egil al ver que Solvi lo miraba.

Se cargó el petate al hombro. A Solvi no le extrañaba que él y Ragnvald se hubieran hecho amigos. Ambos tenían siempre un ojo puesto en el horizonte, algo inusual en chicos de su edad, y Ragnvald estaba prometido a Hilda, la hermana de Egil. En el próximo *ting* de Sogn, esa unión tendría que haberse formalizado, lo que habría convertido a Egil y Ragnvald en hermanos de hecho.

—Tú también serás bienvenido al banquete —le dijo Solvi, acercándose a él.

Egil se echó atrás instintivamente, perdió su punto de apoyo y cayó sobre la cubierta.

Su mirada se posó en la mano con la que Solvi empuñaba siempre la espada, pero no hizo ningún movimiento de defensa. Era un luchador experto en un muro de escudos o en una emboscada nocturna, pero contra Solvi tenía todas las de perder. Su señor era mucho más fuerte y contaba con un lustro de experiencia en la lucha, los años que marcan la diferencia entre un muchacho y un hombre. Y no tenía ningún reparo a la hora de jugar sucio: el destino le había asestado tantos golpes que estaba dispuesto a aprovechar cualquier ventaja. Egil había podido comprobarlo en muchas ocasiones.

El joven trató de ponerse en pie y apoyó la mano en la borda. Solvi puso su muñequera de acero en los dedos de Egil y presionó hasta que éste se estremeció y volvió a sentarse. El muchacho liberó la mano y se la frotó como un niño.

—No tienes nada que temer de mí, mi señor. Pero debo comunicar la noticia a mi hermana.

Solvi sonrió.

—Coge un brazalete para ella —dijo.

La mirada de Egil se posó en el montón de objetos preciosos que se habían derramado de un saco roto. Vio un grueso brazalete de oro en la pila más cercana del botín de Solvi, y lo cogió. Valía más que la granja de su padre, y Egil lo sabía. Sus ojos se cruzaron con los de Solvi.

—¿Como éste? —preguntó. ¿Qué precio tenía el silencio?

Ese brazalete estaba destinado a comprar el favor de los reyes, no a un muchacho al que todavía le estaba creciendo la primera barba. Si Solvi lo decidía así, podía conducir a sus hombres hasta la granja de Hrolf, arrasar con todo, quemar a Egil en su humilde salón y tomar a su hermana como concubina. Pero Solvi ya había visto bastante sangre aquel día. Su padre le había ordenado matar a Ragnvald, no a sus amigos. Asintió. Egil parecía sorprendido de su suerte. Era una pieza hermosa, pura y delicada.

—No testificarás en su favor, ocurra lo que ocurra —dijo Solvi.

Egil asintió y se guardó el brazalete en su saca. Solvi lo ayudó a levantarse y luego se quedó mirándolo mientras saltaba por encima de la borda y se alejaba caminando fatigosamente por el empinado sendero que lo llevaría al otro lado de los acantilados bañados por la luz de la luna. De regreso a su apacible granja, en busca de una hermana que sobrellevaría el luto con aquel oro.

✦

En el pequeño valle que descendía hasta la ensenada, el salón del padre de Solvi refulgía de luz. El olor de la carne asada llegaba hasta la playa, empujado por la brisa del atardecer. Solvi caminó hacia el salón. Lámparas de aceite de piedra colgaban, fila tras fila, de sogas sujetas al techo y ardían con intensidad, exhibiendo la riqueza de Hunthiof con la misma eficacia que la plata en la hebilla de su cinturón. El barullo que armaban sus guerreros, enzarzados en charlas y discusiones, emborrachándose, lo recibió al entrar en el salón.

En el entarimado, Hunthiof estaba sentado junto a un hombre que sin duda era Guthorm de Vestfold, y a su lado había un chico rubio con cara de impaciencia: Harald Halfdansson.

—Solvi, hijo mío —lo saludó Hunthiof, alzando la voz para que todos pudieran oírle.

El viejo se levantó y abrió los brazos para dar la bienvenida a su hijo a la mesa más elevada. Hunthiof se había dejado una luenga barba desde que ya no participaba en las expediciones anuales. El verano anterior, al zarpar, a Solvi le había parecido que su padre estaba fuerte y sano. Ahora, en cambio, sus pupilas empezaban a perder brillo.

Solvi caminó a lo largo del salón con la máxima firmeza posible, aunque su equilibrio era todavía un tanto precario por las largas semanas pasadas en el mar. Todas las miradas estaban posadas en él, algo que nunca le molestaba cuando estaba al mando de un barco o de un grupo de guerreros en una incursión. En el mar nadie cuestionaba su dominio, así que nunca pensaba en su deformidad.

—¿Está hecho? —susurró Hunthiof al oído de Solvi.

Su padre expelía un aroma a hidromiel dulce y alcohólico, muy distinto del olor a salitre con el que Solvi siempre lo había asociado.

—Sí —dijo Solvi.

Hunthiof escrutó su rostro, entrecerrando los ojos.

—Después has de decirme cómo lo has hecho, para que pueda tranquilizar a Olaf.

Su padre se volvió y presentó a Solvi a sus invitados. Guthorm de Vestfold era un hombre monstruoso, con una corpulencia que acabaría convertida en grasa si alguna vez dejaba de luchar. Solvi ni siquiera le llegaba a los hombros. La boca de Guthorm era una fina cuchillada que se curvaba hacia abajo a través de la barba, y las mejillas se le embolsaban ya en una papada incipiente.

Cuando Harald se levantó, Solvi se dio cuenta de que era casi tan alto como su tío. Mechones de barba dorada le desdibujaban la línea de la mandíbula. Era un gigante joven, que se había hecho adulto de un modo precoz. Al verlo en persona, las hazañas que se contaban sobre él resultaban un poco más creíbles.

Los hombres de Solvi, que habían ocupado su lugar junto al fuego y se habían dispuesto en torno al entarimado, hablaban de sus viajes y de sus hazañas. El joven Harald los escuchaba con atención: un chico que vibraba con historias de batallas. Solvi miró a la entrada del salón, buscando entre las sirvientas que llevaban odres de cerveza y bandejas con pilas de carne. Su esposa Geirny no estaba detrás de ellas, dirigiéndolas, como era su obligación.

Torció el gesto. No debería haber esperado que Geirny estuviera allí. En los años que habían pasado juntos, únicamente le había dado dos hijas y un hijo tan mal formado que ni siquiera había podido respirar el primer aliento. No la había rechazado, porque temía que la tara podía proceder de su propia semilla, pero tampoco la buscaba. Tenía una esclava escocesa que había calentado su jergón en el trayecto de vuelta de las Hébridas. También le serviría esa noche, sobre todo en cuanto pudiera darse un baño.

Hunthiof se puso en pie y se subió a la silla. Levantando su cuerno, habló con una voz atronadora que resonó en todo el salón.

—¡Mis serpientes de guerra, mis conquistadores de tesoros, bienvenidos a casa! Habéis viajado y saqueado, y habéis vuelto ricos y orgullosos. Mis bardos cantarán vuestras glorias. Pero ni siquiera sus halagos ahogarán los gritos de vuestras víctimas.

Los guerreros rugieron en señal de aprobación y aporrearon con los puños las largas mesas de planchas de madera.

—Que mi hijo me cuente lo que habéis hecho, y os recompensaré como os corresponde.

Solvi esbozó una astuta sonrisa. Por más que su padre quisiera recordar a aquellos hombres quién era el rey, ellos siempre recordarían a Solvi como su verdadero señor, pues era él quien los había conducido en la batalla y los había devuelto a casa más ricos que antes de zarpar.

Los hombres bebieron a placer. Hunthiof tomó la bolsa de brazaletes y fue llamando a los guerreros que habían participado en las incursiones. Solvi iba relatando las hazañas de cada uno de ellos, y Hunthiof les daba un brazalete de peltre, de bronce o de plata en función de sus méritos. Algunos no parecían muy satisfechos con su recompensa, pero eso no inquietaba a Solvi. Culparían a su padre, y así tendrían algo por lo que pelear cuando estuvieran lo bastante borrachos. Un banquete que no terminara con al menos una nariz ensangrentada no era digno de ese nombre.

Acabadas las ceremonias de rigor, Solvi se sentó en el banco al lado de su padre y escogió una pieza de la pila caliente de carne asada que una esclava había dejado ante él. Los ricos jugos rojos ya habían empapado la bandeja. Notó que le rugía el estómago. No había comido nada tan abundante desde su partida en otoño —sus guerreros, además, eran pésimos cocineros—, y si comía demasiada carne probablemente acabaría vomitando al final de la noche, pero también disfrutaría de eso: el botín del hogar.

—¿Y qué os trae hasta tan lejos? —le preguntó Solvi a Guthorm.

Harald y su tío ya habían dado buena cuenta de su ración de carne mientras Solvi relataba las hazañas de sus guerreros; Guthorm hizo una seña a una de las sirvientas para que rellenara su copa, y al ver que Harald lo imitaba, frunció el ceño y le hizo un gesto a la muchacha para que se marchara.

Ante la mirada de advertencia de su padre, Solvi añadió:

—Vestfold es mucho más rico que nuestra pobre tierra.

—Aquí los fiordos son muy empinados —dijo Harald adoptando un tono grave, como si temiera que se le quebrara la voz—. ¿Cómo cultivan vuestros hombres la tierra?

—Nosotros no cultivamos —replicó Hunthiof—. Los campesinos son esclavos de su tierra.

—Sin embargo, he visto vacas en los prados altos —dijo Guthorm—. Probablemente, no todas pertenecen a los elfos y a los troles.

—Yo no creo en troles ni elfos —replicó Harald.

—Pues deberías, porque proceden de nuestras montañas —repuso Solvi. Harald le respondió con un parpadeo de incredulidad. Solvi cogió un pedazo de carne y retiró un trozo de cartílago antes de lanzárselo a los perros—. Y no habéis respondido a mi pregunta.

—Harald tiene que conocer las tierras que algún día gobernará —contestó Guthorm.

—Los granjeros atan sus vacas a los árboles para que no se despeñen por los prados más empinados, porque, si no lo hicieran, se ahogarían en el fiordo —explicó Solvi—. Son muchos los que caen y se ahogan. Y no sólo les ocurre a las vacas. Esta tierra es dura con quienes la gobiernan.

La boca de Guthorm se tensó.

—Somos vuestros invitados.

—Sí, lo sois —dijo Hunthiof, dedicando a Solvi una mirada afilada—. ¿Qué deseáis de nosotros?

—Vuestro apoyo, por supuesto —respondió Guthorm—. El rey Hakon ya ha prometido una de sus hijas a Harald.

—El rey Hakon tiene muchas hijas —dijo Solvi con una mirada maliciosa—. Yo mismo he conocido a algunas. ¿Cuál te ha dado?

El joven Harald, cuyos ojos brillantes se habían oscurecido de pronto, cerró la mano en torno a la empuñadura del cuchillo que llevaba en el cinturón.

Guthorm lo detuvo con la vista.

—Tu hijo bordea peligrosamente la ofensa —dijo—. ¿Acaso quiere que esto acabe en un duelo?

—Mi hijo está borracho y acaba de llegar a casa —contestó Hunthiof—. No le hagáis caso.

—Ya conocemos la historia, Hunthiof —dijo Guthorm—. Hace treinta años, luchábamos juntos contra los daneses. Pero luego se dieron cuenta de que obtenían mayores beneficios haciendo incursiones en Inglaterra y, al ir allí, unificaron ese país bajo un solo rey. Suecia tiene ahora un rey, y también Dinamarca. Y el Sacro Imperio Romano envía a sus obispos al norte, respaldados por ejércitos. Los tiempos en que cada hombre que poseía un valle podía llamarse rey están a punto de desaparecer.

Guthorm hizo una pausa y miró a lo alto de las paredes del salón, donde la luz de las teas proyectaba sombras parpadeantes. Solvi pensó que miraba más allá, a los acantilados que delimitaban el fiordo de Geiranger.

—Si no doblas la rodilla ante Harald ahora —continuó Guthorm—, él te la doblará después y no volverás a levantarte. Los reyes que se unan a nosotros se harán más ricos de lo que puedan soñar. Los que no lo hagan perderán todo lo que poseen.

—Es una amenaza osada, cuando viajas con sólo tres *drakkar* y reivindicas a un joven imberbe como tu adalid —dijo Hunthiof.

Solvi miró a su padre con aprobación. Aquellos barcos eran largos navíos de guerra muy bien construidos, con cabezas de dragones labradas en sus rodas, pero esos dragones no eran más que madera. Y ese tal Harald, ese adalid que nunca había conocido derrotas ni penurias, no podía tener aún mucho peso. No era el primer rey que, aposentado en sus llanas y cómodas tierras del sur, pretendía regir un territorio que sólo había visto una vez. Pero ningún hombre podía ser rey de toda la península escandinava; las montañas y los fiordos estaban demasiado aislados unos de otros. Siempre saldría ganando un rey que se limitara a reinar en la tierra que podía proteger con sus barcos, y desde la que pudiera hacer incursiones en tierras vecinas para mantener las fronteras a salvo.

—¿Nos matarás aquí, Hunthiof? —preguntó Guthorm en voz baja—. Pensaba que, puesto que los dioses ya te han maldecido con un hijo tullido, no querrías arriesgarte a provocar otra vez su ira matando a un huésped.

Solvi se levantó de un salto.

—No permitiré que se me insulte en mi propio salón.

—Siéntate —ordenó Guthorm—. He insultado a tu padre, no a ti. Yo sólo insulto a hombres hechos y derechos.

Hunthiof también se levantó.

—¿Así es como enseñas al chico el arte de reinar? ¿Crees que ofendiendo a potenciales aliados conseguirás algo? Tendrás que marcharte, o te echaremos.

Guthorm se levantó; era tan corpulento que Solvi, pese a estar acostumbrado a ser siempre el más pequeño de cualquier grupo, se sintió intimidado.

—En realidad, nunca quisimos que fuerais nuestros aliados —dijo Guthorm con calma—. Al rey Hakon no le parecería bien.

—Entonces, ¿por qué estáis aquí? —rugió Hunthiof.

—Para advertirte. Quiero que os marchéis de estas tierras. Dejádnoslas a nosotros y a vuestros reyes vecinos y sobreviviréis. El lobo está ante vuestras puertas.

Y, tras estas palabras, Guthorm se marchó del salón, seguido de Harald. Antes de salir, sin embargo, el joven Harald lanzó una mirada de preocupación por encima del hombro.

Solvi se acercó a uno de sus hombres, Ulfarr, que estaba levantando la falda de una hermosa sirvienta, y le sacudió el hombro.

—Saca a los hombres de aquí.

Olisqueó el aire, tratando de detectar el aroma de la brea que Guthorm podía usar si pretendía incendiar el salón.

Fuera, algunos hombres de Guthorm montaban guardia mientras otros preparaban los barcos y sacaban los remos. En aquella noche en calma, tendrían que salir a remo de Tafjord y esperar un viento matinal.

—Es osado —dijo Hunthiof, acercándose a Solvi y desenvainando la espada—. Quieren hacer una canción de esto. Una canción que cuente que llegaron hasta aquí y nos advirtieron.

A Solvi aún le hervía la sangre; la idea de que pudieran alejarse sin más, ilesos y a remo, le parecía ofensiva. Debería ordenar ahora mismo a sus hombres que fueran tras ellos, los abordaran y los hundieran, ahogándolos junto con sus profecías y sus insultos. Su padre nunca debería haber permitido aquellas palabras contra su hijo... a menos que estuviera de acuerdo con ellas. Hunthiof puso la mano en el hombro de Solvi.

—Déjalos ir. Es una estupidez.

—El rey Hakon es poderoso —dijo Solvi—. Si él accedió a...

—Como tú mismo has dicho, tiene muchas hijas. ¿Qué hay de malo en cubrirse las espaldas con una de ellas? Siempre puede convertirla en viuda.

Solvi tragó saliva. Pensó en cómo había intentado matar a Ragnvald y en cómo había errado el golpe. Ahora podía redimirse borrando los insultos de Guthorm. Al alejarse con sus barcos, Guthorm y Harald renunciaban al escudo de la hospitalidad.

—Solvi... —dijo Hunthiof, en un tono que daba a entender que no toleraría desacuerdos.

—Sí, padre —contestó Solvi.

Los remos de los hombres de Guthorm se hundían limpiamente en el agua, y, antes de que Solvi pudiera respirar otra vez, el barco había desaparecido en la sombra del acantilado.

—Ahora, cuéntame lo de Ragnvald Eysteinsson —dijo Hunthiof mientras hacía entrar a su hijo en el salón. Solvi tragó saliva.

—Vi cómo sus ojos se hundían debajo de la caña del timón, ante los acantilados —explicó Solvi—. Le corté el cuello y se lo entregué a Ran.

—¿Viste su sangre? ¿No volverá a respirar?

Sólo su padre podía cuestionarlo así y dudar de sus actos. Hunthiof ya era un anciano que había dejado atrás la edad de combatir. Le había dado a su hijo hombres y barcos, pero nunca había confiado en él por completo. ¿Y por qué debería hacerlo? Solvi era un enano embustero, no un verdadero hijo, como su padre le recordaba a menudo. Los recuerdos que Solvi tenía de su infancia, inconexos a causa del dolor de sus quemaduras, eran de largos días en la oscuridad del salón, tan abandonado por todos como los perros que peleaban bajo las mesas.

Solvi ahuyentó aquellas imágenes sombrías y se centró en el pasado reciente. La muerte de Ragnvald no había ido bien. Recordó la mirada de sus ojos horrorizados y acusadores. No había habido mucha sangre. Solvi apretó los puños con fuerza. Ragnvald había desaparecido de su vista como un hombre muerto, no podía haber luchado contra la corriente del fiordo con su ropa mojada arrastrándolo al fondo. Ya tenía la piel fría.

—Si sigue respirando, respira agua —contestó Solvi.

Hunthiof torció el gesto.

—Algunos hombres pueden hacerlo. No me mientas. ¿Está muerto?

—Podría estar vivo todavía —reconoció Solvi, y le contó a su padre lo ocurrido con el menor número de palabras posible—. Está en las manos del destino.

—Pensaba que estaba en tus manos. —Hunthiof apretó con fuerza la nuca de Solvi.

—Las olas me lo robaron.

Podría haberlo matado antes, pero había necesitado a Ragnvald en el largo invierno, cuando las hordas de irlandeses asediaban su campamento. El joven Eysteinsson siempre había sido el primero en atacar, el último en replegarse y, lo que era más importante, el primero en oler la traición. Salvo la que Solvi había perpetrado contra él.

—Si vive, es tu enemigo —dijo Hunthiof—. Debes cumplir la promesa que hicimos a Olaf.

—Olaf es un viejo que...

—La cumplirás —lo interrumpió Hunthiof, apretando los dientes y volviendo a clavar los dedos en la carne de Solvi.

Las miradas de los que estaban en el salón habían empezado a volverse hacia ellos. Solvi se sacudió la mano de su padre y se irguió:

—Haré lo que sea mejor para nuestra familia... y para nuestro reino.

4

Egil apareció a la hora de la cena, empujado hasta Ardal como un pájaro por las mismas tormentas primaverales que habían mantenido a Svanhild encerrada durante los últimos tres días. Y, ciertamente, el joven Egil parecía un pájaro, una cigüeña desaliñada con las plumas empapadas, chorreando agua por el ala del sombrero. A Svanhild le dio un vuelco el corazón al verlo; imaginó por un momento que traería buenas noticias, que Ragnvald aparecería entre la niebla siguiendo sus pasos.

Vigdis apartó a Svanhild para que dejara entrar a Egil en el salón. Lo ayudó a quitarse la ropa delante del fuego y le llevó una túnica y unos pantalones secos; Svanhild se fijó en que eran ropas de Ragnvald. Él no negaría ropa seca a su amigo.

—Tengo una noticia para ti... —dijo Egil mientras se vestía.

—Ahora que estás seco debes saludarnos como es debido —lo interrumpió Svanhild. Se acercó al fuego y añadió unos cuantos troncos para avivarlo, evitando los intentos del joven de establecer contacto visual con ella—. Eres casi mi hermano.

—Tengo que contártelo. —Se inclinó hacia ella—. Se trata de Ragnvald.

Svanhild no quería oírlo. No quería oír la confirmación de todos los indicios, la muerte de sus esperanzas; esas esperanzas, alimentadas por Ragnvald durante todos aquellos años, de tener una vida más feliz cuando él reclamara su herencia. La expedición de Solvi iba a ser solo el primer paso.

—Cuéntame —dijo Svanhild. Cruzó los brazos sobre el vientre para contener el dolor que sentía.

Vigdis llevó un paño para que Egil se secara el pelo, pero Svanhild la interceptó antes de que el muchacho pudiera cogerla.

—Cuéntanos.

—Lo siento, traté de salvarlo. Fue Solvi.

Les explicó entonces cómo había ocurrido; les dijo que había tratado de defender a Ragnvald, pero que los hombres de Solvi se lo habían impedido.

—Mató a tu hermano y dejó que el mar se lo llevara —dijo para terminar.

Svanhild percibió la presencia de Olaf detrás de ella, con su altura imponente. Su proximidad la incomodó.

—¿Lo viste morir? —preguntó Olaf—. ¿Estás seguro de que está muerto?

Era exactamente la misma pregunta que quería hacerle Svanhild, pero, al hacerla Olaf, la joven supo en el acto que sus sospechas eran fundadas, que Olaf no quería que su hijastro regresara de aquel viaje.

—Estoy seguro —contestó Egil—. Se hundió como una piedra. Ahora está en el salón de Ran...

Por un instante, miró a Svanhild a los ojos, pero luego apartó la mirada. Para ocultar su vergüenza, supuso ella, por no haber puesto más empeño en salvar a su hermano, a su amigo.

Vigdis habló de nuevo:

—Estarás cansado. Debes descansar unos días aquí con nosotros, esperar a que deje de llover antes de regresar con tu padre.

Egil buscó otra vez la mirada de Svanhild.

—Murió bien —añadió—. Tenía su espada en la mano, y luchó con valentía en Irlanda y Escocia. Encontrará un lugar junto a Odín. No yacerá con los ahogados.

Svanhild apretó el vientre con más fuerza. No podía decirle una sola palabra amable a Egil en ese momento. Ragnvald estaba muerto, perdido, así que su cuerpo nunca reposaría en el túmulo junto a sus antepasados. Nunca se fundiría con la tierra por la que su familia había luchado y perdido la vida. Se tapó la boca con las manos y salió corriendo de la sala.

A solas en el establo, ni siquiera consiguió llorar, aunque los sollozos convertían su respiración en un jadeo. Había pensado en Ragnvald todos los días desde que se había marchado, imaginando qué hacía y dónde luchaba, gracias a lo que se contaba en las canciones de los bardos. Había pasado tanto tiempo pensando en él que se sentía como si lo hubiera seguido hasta casa a través de noches de insomnio en mar abierto. Hasta las costas de Sogn... No, Ragnvald no podía estar muerto.

Las vacas pateaban el suelo con nerviosismo, percibiendo su inquietud. Svanhild se preguntó qué pasaría si empezaba a gritar. ¿Iría alguien a buscarla, a reconfortarla? En cierto modo, esperaba que Vigdis, o su madre, o tal vez el propio Egil lo hicieran. Pero sólo oyó cómo colocaban las bandejas y las pequeñas copas de peltre en la larga mesa y, por último, cómo charlaban en voz baja y el ruido que hacían al servirse la comida. En el salón principal, la gente de la casa se había reunido para cenar. El olor de cabra asada hizo que a Svanhild se le revolviera el estómago. Tragó saliva y se sacudió una pajita del vestido, antes de abrir la puerta.

—...Me gustaría quedarme más tiempo —estaba diciendo Egil—, pero he de llevar las malas noticias a mi hermana.

—¿Nadie ha pensado que yo también querría comer? —preguntó Svanhild con acritud.

Vigdis se levantó por encima del hombro de Olaf, presionando su cuerpo contra el de él mientras le servía más cerveza.

—Creíamos que debíamos dejarte sola con tu dolor —dijo con suavidad—. Por supuesto, puedes unirte a nosotros si tienes hambre.

Svanhild miró a su alrededor en la mesa. Su madre tampoco estaba allí. Probablemente estaría llorando a solas. Svanhild no la había buscado, y Ascrida tampoco a ella. Pese a que no había podido llorar al conocer la noticia de la muerte de Ragnvald, cuando pensó en su madre se le agolparon las lágrimas en los ojos.

—Mi hermano debió de ganar oro y plata en los saqueos —dijo levantando la voz—. Eso debe entregarse a su familia. ¿Nos lo has traído, Egil Hrolfsson?

Egil levantó la cabeza, sorprendido.

—No —contestó el joven. Abrió la boca como para dar una explicación, pero torció el gesto y la cerró de nuevo.

—Entonces tendremos que pedirlo en el *ting* —afirmó Svanhild—. A mi padrastro no le sobra mucha plata para mi dote. Ragnvald tenía que ganarla para mí.

«Para los dos», pensó la muchacha.

Olaf parecía disgustado. Miró a Sigurd.

—Sí, Solvi no sólo debe una explicación a nuestra familia, sino también el oro y la plata que Ragnvald se ganó luchando a su lado.

—Y también tendrá que pagar por... la muerte de Ragnvald —replicó Svanhild—. A no ser que alguien ya haya pagado por ella.

Vigdis dejó ruidosamente la jarra de cerveza en la mesa.

—Ven conmigo, Svanhild. Tu madre necesitará tu consuelo. Eres su única hija viva.

Svanhild siguió a Vigdis hasta la cocina. Ahí estaba su madre, sentada a la mesa, moliendo grano con parsimonia. Levantó la cabeza y miró hacia su hija con rostro inexpresivo. A Svanhild le hubiera gustado percibir en ella un rastro de tristeza que pudieran compartir. Pero aquella mirada perdida en el rostro de Ascrida, aquel vacío, era la misma expresión que había mostrado cada vez que Svanhild acudía a ella con afrentas grandes y pequeñas. Incluso Vigdis, con sus maneras de gata egoísta, parecía capaz de darle más consuelo.

—Estoy moliendo grano para las gachas del desayuno —dijo Ascrida—. La gente tiene que comer.

Svanhild se sentó frente a ella y le quitó las piedras de moler con suavidad. Tenían poco que ofrecerse la una a la otra, pero no la dejaría sola.

—Déjame a mí, madre —dijo—. Estás cansada.

✛

Svanhild estuvo moliendo grano hasta que le fue casi imposible sujetar la piedra de moler. Le dolían todos los músculos de manos y brazos. Vació la piedra inferior y echó otro puñado de grano. ¿Por qué preocuparse de que las manos le dolieran demasiado para hilar al día siguiente? Ahora necesitaba lastimarse el cuerpo con la piedra de moler, cualquier cosa con tal de olvidarse del dolor que le atenazaba la garganta.

Los demás ya se habían ido a dormir, pero Svanhild siguió trabajando, mientras su madre, con manos torpes y la mirada perdida, ataba manojos de hierbas para ponerlas a secar. Al final, Svanhild estaba tan indignada que ya ni siquiera podía seguir moliendo el grano. Dejó caer de golpe la piedra en la mesa, levantando una fina neblina de harina en el aire.

—Svanhild, la echarás a perder —dijo Ascrida.

—Madre, ¿qué va a ser de nosotras? —preguntó—. Ragnvald tenía que... —Se detuvo. La lista de las cosas que Ragnvald había dejado sin hacer era demasiado extensa. Y había que sumarla a la lista de cosas que su padre no había hecho, como mantenerse con vida para proteger su tierra de los saqueadores... Y de Olaf—. ¿Crees que Olaf mató a nuestro padre? —soltó de pronto.

Ascrida suspiró.

—Ragnvald también me preguntó eso. Ven aquí.

Abrió los brazos, con el agotamiento pintado en el rostro. Svanhild quería dejarse caer en ellos como había hecho de niña, pero recordó cómo la había tratado su madre después de su disputa con Sigurd. Al fin y al cabo, Ascrida compartía el lecho con Olaf.

—No, madre —dijo Svanhild, cruzando los brazos—. Quiero que me digas la verdad.

Ascrida apretó los labios. ¿Acaso había aceptado que el sacrificio de Ragnvald era necesario? Las tres nornas, las tres hadas, se sentaban al pie del árbol del mundo, hilando, midiendo y cortando los hilos de las vidas de los hombres. ¿También Ascrida había medido la vida de Ragnvald y había decidido su final?

—La única persona que puede responder a eso es Olaf —contestó su madre—, y hasta ahora no le ha parecido adecuado compartirlo conmigo. Si de verdad planeó la muerte de Ragnvald...

—¿Lo dudas? Madre, es amigo del rey Hunthiof. Retuvo a Ragnvald en casa, negándose a que participara en expediciones de saqueo con ningún otro rey. Y ahora...

—Te diré lo mismo que le conté a tu hermano —dijo Ascrida—. Hice lo que debía para que nuestra familia sobreviviera. —Su voz sonaba apagada—. A ti te gustan mucho las viejas canciones: Brunhilda, que se vengó cuando la casaron con quien no debían, y Gudrun, que sobrevivió casándose con el asesino de su marido y mató a sus hijos cuando salieron de su vientre para vengar la muerte de su esposo y su propia cautividad. La vida no es así. Debes aprender a sobrevivir y a tomar decisiones difíciles. Los hombres pueden ser inflexibles. Pueden matar o morir. Para las mujeres, no es tan sencillo.

—Podrías matarlo —dijo Svanhild—. Todavía te lleva a su lecho. Mató a tu marido y ahora ha matado a tu hijo.

—No soy un guerrero. Y tampoco soy Gudrun. —Tocó la barbilla de Svanhild y la obligó a mirarla a los ojos—. Y tú aún menos, Svanhild. Si todavía apartas la mirada en los sacrificios estivales, cuando mueren los animales, ¿podrías clavar un cuchillo en el cuello de un hombre?

Svanhild recordó la impotencia y la rabia que había sentido al pelearse con Sigurd: sólo había logrado hacerle daño sin querer. Podía matar animales atrapados en un cepo, pero sólo porque no tenían armas con las que defenderse.

—Aún estás a tiempo de intentarlo —contestó—. Se trata de tu familia, madre.

—¿Y qué ocurre a continuación en esa historia tuya, hija? —preguntó Ascrida—. Cuando matas al hombre que te ha mantenido a salvo estos diez años, ¿tomas una espada y te pones a defender las tierras de los saqueadores y los vecinos que ansían tus riquezas? Una mujer espera y observa. Soporta un trago amargo cuando debe. Como hice yo cuando acepté a Olaf en mi lecho. Ahora te toca esperar. Elige a un hombre fuerte que te mantenga a salvo. —Cogió la esquina de su toca y limpió una mancha de harina en la cara de su hija—. Vete a dormir. Es demasiado tarde. Mañana estarás cansada.

—No me importa.

—Thorkell asistirá al banquete antes del *ting* de Sogn —dijo Ascrida—. Deberías descansar para estar guapa para él.

—¡No quiero que crea que soy guapa! —gritó Svanhild.

—Pues deberías —dijo Ascrida con tristeza—. Es el único poder que tienes ahora.

✛   ✛   ✛

Egil partió a la mañana siguiente para llevar la terrible noticia a su hermana Hilda. Al imaginarla llorando por Ragnvald, Svanhild sintió un poco de consuelo. Al menos alguien lo lloraría, además de su madre, que parecía estar de luto por sus propias decisiones, más que por su hijo.

En el día del banquete, Thorkell llegó con su pequeño *hird*, su séquito: diez hombres armados. Tres de ellos eran hijos suyos, ninguno era menor de veinte años, y todos portaban arneses y armas mucho mejores que los de los jóvenes granjeros que Olaf reclutaba cuando necesitaba hacer frente a los bandidos.

Cuando los hombres se sentaron, Svanhild, cabizbaja, llevó platos trincheros y luego jarras de cerveza; los puso en el otro extremo de la mesa, evitando que sus ojos se cruzaran con los de Thorkell. Olaf la sujetó por la muñeca cuando iba a servirle más cerveza.

—Hija —dijo con frialdad—, no has saludado a nuestro invitado. Creo que le gustaría que te sentaras junto a él.

Svanhild se ruborizó. Nunca le habían pedido que compartiera el banco de un hombre en un banquete, salvo en sus recuerdos más remotos, cuando ese hombre era su padre. Ahora aquella invitación la convertía en una propiedad que Olaf deseaba mostrar, y que Thorkell podría querer comprar. Olaf le había regalado a aquel hombre parte de la tierra que había tomado de Eystein, y ahora Thorkell era el más rico de los dos.

—Como desees, padrastro —contestó Svanhild.

Dio un rodeo para acercarse al banco de los invitados, incómoda al notar que todas las miradas se posaban en ella. Al pasar por detrás de Thorkell, vio que el cabello le raleaba. Lucía una poblada barba pelirroja veteada de canas, que ocultaba gran parte de su rostro, y era tan corpulento que parecía un poco deforme, como si cada parte de su cuerpo hubiera crecido sin tener en cuenta dónde empezaba la siguiente. Tenía los ojos más pequeños y más oscuros que los de Olaf, aunque por lo demás sus lazos de sangre los marcaba de manera similar: líneas profundas desde la nariz hasta la barbilla, un profuso bigote sobre el labio superior y una perenne mueca de enojo en el inferior. Thorkell iba vestido con una túnica de seda sobre una camisa y unos pantalones de tartán de fabricación casera, y mostraba toda su riqueza con sus anillos y broches de plata. Al mirarlo, Svanhild sintió fatiga más que miedo.

—Mi primo me honra —dijo Thorkell, mirándola de la cabeza a los pies.

Svanhild notó que se le enrojecía el rostro de nuevo y la fatiga se convirtió en rabia. Se sentó al lado de Thorkell y empezó a beber de su copa. La corpulencia de Thorkell hacía que ella se sintiera aún más pequeña y le impedía ver más allá de la mitad de la sala. Svanhild bebió profusamente; ése era su cometido, al fin y al cabo, al compartir el banco con él. Cuando vació la copa, no se sintió menos furiosa, pero sí menos cauta. Llamó a una esclava para que volviera a llenársela.

—Lamenté oír que tu hijastro había muerto —dijo Thorkell a Olaf cuando acabaron con toda la carne y arrojaron los huesos a los perros. Ahora todos empezarían a beber en serio—. Permíteme brindar para que descanse en paz, allá donde yazca. —Asió bruscamente la copa que Svanhild tenía entre los dedos, y sus uñas ásperas arañaron la piel de la joven. Svanhild trató de apartarse un poco de él en aquel banco abarrotado.

La expresión de Olaf pasó de la sorpresa al enojo y luego a una falsa piedad que enfadó todavía más a Svanhild. Levantó su copa y completó el brindis; luego propuso otro, por el nuevo nieto de Thorkell, el hijo de su hija, casada con un granjero de más al sur. Otro de los hombres de Thorkell hizo un brindis que degeneró en una competición de insultos entre dos hermanos, algo que, según dedujo Svanhild por los vítores rutinarios, solía ocurrir a menudo. Los insultos no eran muy creativos, y el entretenimiento principal consistía en intentar adivinar si los dos hermanos terminarían la tarde con un abrazo amistoso o curándose las narices ensangrentadas en rincones opuestos.

Olaf se volvió para hablar con el herrero de Thorkell, con el que se había criado. Como nadie estaba pendiente de ella, ni siquiera su pretendiente, Svanhild se bebió otra vez la cerveza que quedaba en la copa. Al dejarla en la mesa, la enorme mano de Thorkell se cerró sobre la suya. Svanhild se sobresaltó.

—Te gusta beber, ¿eh? Tal vez ya has bebido suficiente por ahora, aunque veo que tu padre...

—Padrastro —lo corrigió Svanhild.

—Padrastro, pues. ¿Significa eso que ya no me llamarás tío, como acostumbrabas a hacer?

Si fuera su tío, su parentesco sería demasiado cercano para casarse con ella. Svanhild había olvidado ese detalle. Thorkell no había visitado con frecuencia la granja de Olaf en los últimos años, ya que por lo visto prefería visitar a la rica familia de su última mujer. Sin embargo, una vez fallecida su esposa, la familia había otorgado sus favores a sus hijos, no a él. Entonces Thorkell había vuelto a dirigir su mirada hacia la tierra de Olaf, cuyo hijo era débil y cuya hijastra estaba en edad de casarse. Si Ragnvald estuviera vivo todavía, tal vez podría impedir aquel matrimonio: como primo hermano de su padrastro, el parentesco con ella todavía podría juzgarse demasiado próximo; pero, teniendo en cuenta que Svanhild no podía esperar una buena herencia ni gozaba de una buena posición en su distrito, nadie se atrevería a protestar.

—Ya veo que no te complace que mi primo te haya mandado sentarte aquí —dijo Thorkell.

—No creo que lo haya hecho para complacerme —repuso Svanhild.

Ella debería estar coqueteando, esforzándose por cautivar a su invitado. Al menos ése sería el consejo de Vigdis, por mucho que él oliera a carne y a sudor rancios. A Svanhild le costaba tanto imaginarse acostándose con él como con una de las vacas, pero estaba claro que a él, a juzgar por cómo la miraba, no le costaba nada imaginarlo.

—¿Apostarás por mí, Thorkell? —preguntó Svanhild—. No tengo ninguna moneda en mi haber. —Trató de sonreírle.

—Si tuviera un esclavo tan gordo como tú... lo vendería a un bardo para que bailara en su número del oso —le gritó uno de los hermanos al otro.

Los hombres de Thorkell se burlaron ruidosamente. Seguro que ya habían oído ese insulto antes.

—¿Qué apostarías tú? —preguntó el viejo.

—Ah, no —replicó Svanhild—. Te he pedido que apuestes por mí. No apostaré nada mío.

—¿Ni siquiera un beso? —El rostro de Svanhild debió de mostrar la repulsión que sentía, porque Thorkell se encogió de hombros y tendió su copa para que una sirvienta que pasaba por allí la rellenara—. Ya veo que no. Había olvidado lo joven que eres, muchacha. ¿A qué crees que debería apostar?

—Yo apuesto a que terminarán la noche borrachos y en paz. La cerveza que hace mi madre es fuerte.

Los hermanos parecían demasiado cansados para pelear aquella noche. La granja de Thorkell se hallaba a medio día de marcha de la de Olaf con buen tiempo, y ese día había sido demasiado frío y húmedo para un viaje así.

—Tienes razón, esta cerveza es fuerte —dijo Thorkell, levantando su copa.

Se inclinó y susurró unas pocas palabras a uno de sus hombres, al tiempo que le entregaba una pequeña moneda de plata.

Svanhild observó cómo el dinero cambiaba de manos.

—¿Quién paga tus espadas, Thorkell? —preguntó Svanhild—. Sé que no obtienes suficiente plata sólo de robar vacas.

Thorkell rió, aunque no pareció que el comentario le hiciera mucha gracia.

—¿Y esa pregunta? ¿Es que ahora trabajas para mi primo?

—¿No puedo preguntar por mí misma? —Svanhild se apartó el pelo de la cara—. Me gustaría saberlo. ¿Cómo compras las espadas?

Thorkell la miró con seriedad. A Svanhild casi le gustó, porque le pareció que la veía como algo más que un simple peón de Olaf.

—Creo que eres lo bastante lista como para saber que no me interesa responderte. —Miró hacia Olaf—. Tu padre debería armarse mejor. Cada año hay más incursiones de los ambiciosos hombres del sur. Todo aquel que no se proteja será barrido en el caos.

—¿Te estás asegurando de que nuestro invitado disfrute de la velada? —preguntó Vigdis, sobresaltándola al aparecer por detrás de ella.

Svanhild miró a Thorkell y recuperó su falsa sonrisa. Su madre no era la única que podía tomar decisiones difíciles.

—¿Lo estoy haciendo bien? —preguntó con ligereza.

—Tu hija es una muchacha atrevida —contestó Thorkell—. Estoy muy entretenido.

Vigdis dedicó a su hijastra una mirada de advertencia, antes de regresar a su sitio al lado de Olaf.

Thorkell puso otra vez la copa en manos de Svanhild, y ella tomó otro trago.

—¿Por qué me cuentas esto?

—No te deseo ningún mal.

—Antes de que tengas ocasión de causármelo tú mismo.

—No sería tan mal marido —replicó él.

Esta vez Svanhild se atragantó con la cerveza. Se aferró al borde de la mesa y carraspeó para recuperarse.

—¡Y dices que yo soy demasiado atrevida! —exclamó.

—Creo que eres lo bastante atrevida —repuso Thorkell, acogiéndose a la respuesta fácil.

—Tú ya eres abuelo y yo sólo tengo quince años —dijo Svanhild, tratando de adoptar un tono severo—. Soy demasiado joven para casarme.

—Mejor casarte ahora, mientras todavía tienes elección —repuso Thorkell con una voz tan grave que a ella le heló la sangre.

Svanhild podía contarle a Olaf lo que le había dicho Thorkell, pues en cierto modo había insinuado que pretendía tomar la tierra de Olaf. Y era muy probable que su padrastro la creyera, pero ¿por qué debería ayudar a Olaf, cuando podía ayudarse a sí misma?

—No eres el hombre que yo imaginaba cuando pensaba cómo sería mi marido —dijo Svanhild con sinceridad.

Miró a Vigdis y observó cómo entrecerraba los ojos y echaba la cabeza atrás al reír las bromas de los hombres. Apoyó una mano en el brazo de Thorkell.

—Pero, si quieres conocerme mejor, pídele a mi padrastro que me lleve al *ting*.

Allí trataría de forzar a Olaf a exigir el botín de Ragnvald para su dote. Olaf era avaricioso, y tal vez lo intentaría. Y en el *ting* ella podría ver a qué otros hombres gustaba. Ragnvald había sido la cuerda que la ataba a Ardal. Ahora Svanhild podía ser cualquier cosa, ir a cualquier parte. Olaf no la perseguiría si huía de su casa. Ella no tenía nada que ofrecer salvo su belleza, si es que tenía alguna, y su cuerpo. Además de los hijos que pudiera parir. Puesto que ya no podía avergonzar a nadie salvo a sí misma, Svanhild podría ser la segunda mujer de un rey, una concubina, una amante. Podría huir con las sacerdotisas de Freyja y jurar servir a las diosas hermanas de la fertilidad, acostarse con reyes y granjeros para propiciar buenas cosechas... La idea era extraña, pero no le resultaba tan desagradable como casarse con Thorkell.

—Así lo haré —susurró él, como si compartieran un secreto.

Svanhild se ruborizó, complacida con lo que había logrado.

Ascrida y Vigdis se pusieron en pie después de intercambiar una señal en silencio. Era hora de que las mujeres limpiaran las mesas para que los hombres pudieran continuar bebiendo y jugando a los dados. Los hombres de Thorkell caerían redondos y se dormirían allí mismo. Svanhild se levantó y siguió a Vigdis a la cocina.

—¿Tenemos un compromiso que anunciar? —le preguntó Vigdis.

Svanhild se sonrojó; odiaba que la joven esposa de Olaf la hubiera visto recurrir a esos trucos.

—¿Olaf ha llegado a un acuerdo con Thorkell respecto a mí? —preguntó Svanhild a su madre.

—Es un buen partido. Thorkell es cada vez más poderoso —dijo Vigdis, antes de que su madre pudiera responder.

—¡Sí, y quizá no debería serlo! —gritó Svanhild—. Si... —bajó la voz— si Olaf fuera la mitad de hombre de lo que lo fue mi padre, habría conservado sus tierras y a mí me prometería a uno de los hijos del rey Hakon.

Hakon gobernaba las tierras situadas al norte del fiordo de Solvi y Hunthiof, y tenía fama de ser el hombre más rico del oeste.

—Casarte con Thorkell es lo máximo a lo que puedes aspirar —contestó su madre—. Parece un hombre amable.

—Más amable que Olaf, tal vez —replicó Vigdis en voz baja, casi sacando a su hijastra de su rabieta.

Svanhild negó con la cabeza. Podía permitir que Vigdis o su madre, de una en una, le hablaran así, pero las dos juntas la hacían sentirse otra vez como una niña a la que estuvieran reprendiendo por robar miel.

—Pero ¡ha enterrado a tres esposas! —gritó Svanhild—. Y a mí también me enterrará, antes incluso de que esté muerta.

—Sus esposas eran demasiado delicadas —dijo Ascrida—. Tú eres más fuerte. Nuestra familia da a luz con facilidad.

Su madre había parido a seis hijos, aunque ninguno de los nacidos después de Svanhild había sobrevivido a su primer año. Pero ella sí había sobrevivido.

—Si me casa con Thorkell, yo... tendré un amante y haré que mate a Thorkell por mí.

Ascrida y Vigdis cruzaron otra mirada. Vigdis dio un paso adelante y puso el brazo en torno al hombro de Svanhild.

—Espera a que se negocie antes de tramar la muerte de nadie —susurró—. Sigue seduciendo a Thorkell como estabas haciendo. Y sé paciente. Aún podrías encontrar a alguien mejor.

Svanhild refunfuñó; no quería que Vigdis le diera su aprobación, ni que le leyera el pensamiento y descubriera sus planes con tanta facilidad. Aquel día no.

—Ahora —siguió Vigdis— trata de actuar como una buena chica que no piensa en otra cosa que en hilar y tener hijos. Y deja de parecer tan triste y enfadada.

Svanhild levantó la cabeza de golpe.

—No creo que eso me resulte muy fácil.

—Lo sé —dijo Vigdis con una expresión de cansancio—. Pero inténtalo.

5

Ragnvald yacía en una superficie curva e inestable. Le castañeteaban los dientes de frío. Apretó la mandíbula, y el temblor se trasla-
dó a los músculos del cuello. No podía parar de temblar. Mientras
unas manos trataban de arrancarle la ropa, oyó unas palabras en
voz baja que no pudo comprender. Sin duda, estaba otra vez en el
barco de Solvi, y en esta ocasión su daga no fallaría. Luchó con esas
manos inquisitivas, retorciéndose y pateando, y se palpó la cintura en busca de la daga, que todavía conservaba, aunque estaba tan
encajada en su funda empapada que no podía sacarla.

—Como quieras —dijo la voz, y las manos se retiraron.

Poco a poco, el temblor y el pánico que le habían atenazado los
miembros remitieron. La embarcación no se movía como un *drakkar*; un barco de guerra era demasiado grande para que las olas lo
zarandearan así. Ragnvald se sentó.

Estaba en una pequeña barca de pesca, de planchas gruesas
y rígidas, meciéndose en las pequeñas olas. Su rescatador era un
hombre robusto de cabello gris, con los nudillos hinchados por
años y años de manejar las redes en aquel fiordo. Uno de los peces
que estaban en el fondo de la barca, al que aún no habían matado
de un palazo como a los otros, saltó sobre los pies de Ragnvald. Él
se echó atrás y casi hizo zozobrar la embarcación, todavía con los
nervios crispados.

—Eres un chico nervioso, ¿eh? —dijo el pescador.

Ragnvald se agarró a la borda.

—¿Quién eres?

—Agmar, más conocido como Agi, hijo de Agmar, hijo de Agmar, hijo de... Ya ves cómo va, ¿no? A mis antepasados les gustaba la tradición. —Rió, mostrando un hueco en la dentadura.

—¿A quién debes lealtad? —preguntó Ragnvald, todavía cauteloso.

—Al rey Hunthiof.

Era el padre de Solvi, el rey más cercano a la tierra de Ragnvald, aunque su familia, los Eystein, no debía lealtad a nadie. Hunthiof nunca había intentado extender su poder tan al sur, y el abuelo de Ragnvald, Ivar, había sido el último en reivindicarse como rey de Sogn.

—Eso es bueno, sí —dijo Ragnvald—. Y me han dicho que es un buen rey...

Su castañeteo le había afectado el habla ahora, en el peor momento. Se agarró a la borda con fuerza.

Agi se encogió de hombros.

—No se preocupa mucho de los pescadores, a menos que hablen con quien no deben. Estas últimas semanas han pasado por aquí un montón de magníficos barcos llenos de guerreros... —Miró a Ragnvald con más atención.

La ropa de Ragnvald estaba empapada, y además llevaba mucho tiempo sin cambiársela, desde la última vez que se había lavado. Aun así, tenía una espada, una daga, un broche de plata para la capa y una buena dentadura. Agi no lo tomaría por un simple pescador.

—No serás un proscrito, ¿no? —preguntó Agi.

—No soy un proscrito —contestó Ragnvald.

Solvi lo había sentenciado sin siquiera decirle de qué crimen se le acusaba. Ahora podría tratar de cubrir su traición acusando falsamente a Ragnvald en los juicios del *ting*, y en ese caso él se vería obligado a escapar a otro país, o cualquier hombre podría matarlo al cruzarse con él. Sin embargo, si Solvi lo daba por muerto, probablemente la cuestión estaba zanjada.

—Entonces, ¿por qué no me dices tu nombre?

—Soy Ragn... Ragnar —contestó—. Gracias por salvarme.

—Así que eres un bastardo —concluyó Agi, gruñendo al tirar de los remos.

Ragnvald se tensó por el insulto, pero era una conclusión lógica. No le había dicho el nombre de su padre. Asintió.

—Aunque noble —comentó Agi—. Hablas como un hombre acostumbrado a los salones. Y tienes una buena espada.

—Sí —dijo Ragnvald.

No le gustaba la forma en que los ojos de Agi se posaban en su espada: lo hacían con codicia. De modo que le proporcionó algunos detalles falsos: una madre noble, un hijo nacido fuera del matrimonio... Del norte, adonde Agi nunca se habría aventurado.

—¿Y cómo has terminado en el agua con ese tajo en el cuello?

—Un juego —contestó Ragnvald con sequedad—. Caí.

—¿Y ninguno de tus compañeros fue capaz de pescarte?

—No, y responderán por ello cuando vuelva a verlos —dijo Ragnvald con el ceño fruncido.

Si se hubiera tratado de un simple juego, lo habrían sacado del agua. Tal vez no poseyera el don de Solvi para hacerse amigo de todo el mundo, pero se había granjeado el respeto del resto de los hombres. Su padrastro lo había enviado a hacer incursiones con el hijo de Hunthiof para que pudiera demostrar que era digno de tomar el control de las tierras de su padre, y el hijo de Hunthiof le había dicho que había cumplido con creces, que daría un buen informe de él a su padrastro. Pero algo había ido mal: o Solvi había cambiado de idea, o bien en ningún momento había tenido la intención de ayudarlo. Era tan injusto que se le hizo un nudo en la garganta.

De pronto, aunque ya era demasiado tarde, se dio cuenta de que la descripción de un hombre llamado Ragnar, rescatado del fiordo con una herida en el cuello, bastaría para que Solvi o cualquiera de los hombres de su barco adivinara que seguía con vida.

Ragnvald se llevó los dedos a la herida, que había empezado a sangrar a medida que su cuerpo entraba en calor. El corte no había sido muy profundo, apenas podía meter una uña en él. No quería tocarse la herida de la cara, que había empezado a gotear sangre en sus pantalones. Escurrió el agua de su camisa y arrancó una tira de tela para vendarse el cuello.

—Entonces, no eres un *draugr*, ¿no? —preguntó el pescador.

Ragnvald sonrió con tristeza. Sin duda, debía de parecerlo. Un muerto viviente, con el cuello y la cara ensangrentados, y las manos moradas por el frío.

—Todavía no —dijo—, gracias a ti.

Agi seguía observándolo. Ese hombre pescaba en aguas controladas por Solvi y su padre.

—Aunque no sé si el rey Hunthiof te lo agradecería —reconoció.

Ragnvald rebuscó bajó su túnica y se quitó el brazalete que Solvi le había dado en Irlanda. Lo sopesó un momento. Era grueso y pesado, y tan suave al tacto como el satén. El cuerpo del brazalete estaba hecho de alambre de plata retorcido, con unos filamentos más anchos que los de la cota de malla más gruesa. Los extremos estaban rematados en forma de cabezas de jabalíes, con las bocas abiertas para atacar. Era un regalo espléndido. Ragnvald se había comportado como un guerrero para ganarlo, y lo había llevado con orgullo desde el banquete en el que Solvi se lo había dado. Era la única riqueza que poseía, más allá del colgante de peltre que llevaba al cuello y el broche de la capa. La única riqueza que probablemente tendría en toda su vida si Solvi lo quería muerto.

—Gracias por sacarme del agua —dijo Ragnvald, poniendo el brazalete a la vista de Agi.

Estaba entrando en calor. Sintió un cosquilleo en la mano, como si anticipara el momento de empuñar la daga. Podía matar a Agi allí mismo si se veía obligado a hacerlo, y Agi sin duda lo sabía.

—Te estaría muy agradecido si no le contaras a nadie que me has visto por aquí —agregó.

—No era un juego, ¿verdad, joven Ragnar? —preguntó Agi. Sus ojos miraban codiciosamente la plata, pero su voz seguía siendo amable.

—Yo creía que era un juego —repuso Ragnvald. Quería contarle a aquel hombre la verdad, intentar explicarse, relatar la injusticia de lo que Solvi había hecho. Mientras no se lo explicara a Agi, a alguien, a cualquiera, seguiría sintiendo que Solvi había ganado—. Pero me equivocaba. Tengo un enemigo.

Agi levantó la cabeza y miró el rostro de Ragnvald, y a continuación posó la mirada en su mano derecha, tensa y desarmada.

—Yo no soy tu enemigo. Te dejaré en la costa y me alegraré de verte partir. No volveré a tirarte al agua, si es eso lo que temes. Puedes caminar hacia Tafjord por el acantilado. O marcharte. Al menos aún conservas tu espada.

Ragnvald puso la mano en el cuero húmedo que recubría el arma.

—Sí.

—Todavía puedes morir de frío —dijo Agi abruptamente, y empezó a quitarse la túnica.

Ragnvald tenía frío, pero pensó que Agi podría tratar de inutilizarle las manos y rechazó la oferta con un gesto.

—Como quieras.

Agi levantó uno de los remos y empezó a bogar hacia la costa.

Ragnvald se sintió avergonzado por su negativa. Vio otro par de remos bajo una red doblada y se puso a remar también, a manera de disculpa. Sentía los brazos débiles. El esfuerzo lo dejó agotado, pero lo ayudó a quitarse un poco el frío.

Cuando alcanzaron la costa, Ragnvald puso el brazalete en manos de Agi. El pescador acarició la plata con la uña agrietada de uno de sus pulgares. Tal vez era la mayor riqueza que había tenido nunca, o tal vez su choza ocultaba todo un tesoro; en ocasiones, el mar arrastraba cadáveres.

—Esto es demasiado. —Su tono era ahora más afectuoso; miró el rostro ensangrentado de Ragnvald, las heridas que todavía sangraban—. Mi hija puede curarte.

—Debo irme —dijo Ragnvald—. Quédatelo.

—Al menos llévate algo de comida.

Agi sacó rápidamente del barco un fardo con pan y pescado seco. Ragnvald lo aceptó sin decir nada.

✣

Su salvador le mostró un camino para subir por los acantilados y lo dejó con su escalada. Cuando Ragnvald llegó a la cima, estaba demasiado débil para continuar. Las estrellas ya habían empezado a parpadear en el cielo oscuro. Encendió una hoguera a resguardo de un pedregal y comió un poco del pescado seco que Agi le había dado. No había estado solo desde... Apenas podía recordarlo, desde algún viaje de infancia en el bosque, una prueba de valentía.

Contó los meses que había estado fuera, marcados con incisiones en su cinturón. Había pasado más tiempo de lo que creía. No debía de faltar mucho para el *ting* de Sogn del solsticio de verano, tal vez sólo una semana. Tenía que acudir allí. Sería mejor que ir a casa y arriesgarse a disgustar a Olaf por regresar sin ningún botín. El rey Hunthiof y Solvi siempre acudían al *ting* con la intención de reclutar hombres para sus expediciones y alardear de su riqueza. Ragnvald podría exigir allí su parte del botín y tal vez incluso un pago de compensación por la herida que Solvi le había infligido.

Cuando Eystein aún vivía, Ragnvald acudía con frecuencia a los juicios con su padre, y luego, en los años en que se había quedado a defender Ardal, cuando Olaf y Vigdis iban a la asamblea anual siempre contaban historias de cómo habían ido los litigios. Cada año, uno de los hombres destacados del distrito actuaba como portavoz legal y recitaba la tercera parte del cuerpo completo de la ley escandinava, el tercio que hubiera memorizado. A continuación, los hombres presentaban sus quejas. Las más graves eran las primeras en juzgarse. Un total de veinte hombres eran seleccionados al azar entre los que no presentaban demandas, aunque el *ting* de Song era lo bastante pequeño como para que casi todos pudieran conocer con antelación a los elegidos. Luego, una mayoría decidía cada caso, aunque a menudo los hombres votaban a favor de sus amigos y familiares —o de aquellos que les habían pagado—, más que a favor de la verdad, al menos cuando quedaba algún margen de duda.

Ragnvald estaría solo, sería su palabra contra la de Solvi, pero, si iba a aquella asamblea, el hijo de Hunthiof no tendría tiempo de enterarse de sus planes, pues debía de seguir creyendo que Ragnvald había muerto tras su ataque. Además, Egil tal vez estaría allí, le había contado que iba casi todos los años. Solvi no tendría tiempo de sobornar a los testigos y al jurado, ni de intimidar a quienes no se dejaran comprar. La herida que Solvi le había infligido serviría como testimonio. Ragnvald contuvo su deseo de tocarla con los dedos, de pasarse la lengua por la mejilla desgarrada.

Se puso la capa por encima de la cabeza y trató de dormir, pero, ahora que había pensado en ello, no podía dejar de imaginar lo que sucedería en el juicio. Le explicaría al *lagman* su intención de presentar una demanda, y el *lagman* preguntaría por qué herida u ofensa pretendía demandar. Existían varias posibilidades. Ragnvald pensó en cada una de ellas, siguiendo todos los caminos y todas sus trampas, antes de volver a empezar otra vez. Repasó mentalmente su posible testimonio, imaginándose en el círculo de testigos y jurados, contando la verdad sobre lo que Solvi había hecho. Hilda estaría allí, vería que se había hecho un hombre, un hombre capaz de tomar lo que se le debía. Un guerrero, no un cobarde.

Poco después consiguió conciliar el sueño, y más tarde le despertó la sangre que latía en las heridas de su rostro. El día se iba haciendo más cálido a medida que caminaba. La fina capa de hielo que cubría la hierba de los prados altos se fundía al contacto con el aire de la mañana. El rocío empapaba las blandas botas de cuero que usaba siempre para el barco, y tenía los pies helados. La curva del horizonte quería llevarlo más al sur, hacia su hogar. A casa, con Svanhild y su madre. A casa, con Vigdis, sus suspiros y sonrisas, y sus miradas dirigidas sólo a él. A casa, con Olaf y su decepción. Los senderos que llevaban a la gran explanada del *ting*, en Jostedal, eran más complicados: sendas de ciervos a través de los bosques que daban paso a líneas marcadas con piedras en la roca pelada.

Se había criado en ese territorio: bosques de pino y valles verdes, con el mar apenas visible a lo lejos en días claros. Las granjas eran pequeñas, y los hombres que las cultivaban nunca se aventuraban demasiado lejos de sus hogares, excepto cuando se convocaba el *ting* en pleno verano. Hombres como Agi, el pescador, que dependían de que sus reyes los protegieran de saqueadores, habían ido marchándose de Sogn año tras año. No confiaban en la tutela de Olaf.

El padre de Ragnvald había gobernado sobre todas las granjas que se alzaban en los alrededores del lago Ardal, y su abuelo había poseído todas las tierras de cultivo de Sogn. Sus cuerpos yacían ahora en el túmulo de sus antepasados, y su sangre, que era la sangre de Ragnvald, se mezclaba con la tierra. La gente de Olaf, en cambio, no había dejado sus huesos en aquellas tierras, y por eso no podían defenderla igual que Ragnvald.

El joven guerrero se comió el resto del pan de Agi mientras caminaba y continuó la marcha hasta casi medianoche, cuando el sol quedó reducido a un tenue brillo anaranjado en el horizonte y el cielo tomó un color azul profundo, tachonado de estrellas.

En la penumbra, la granja que tenía ante él era como cualquier otra: una sala comunal larga y baja, tan sólo una forma oscura un poco más consistente que los dos edificios adjuntos que la flanqueaban. Ragnvald estaba desfallecido, pero esperaría a que la granja despertara para que sus ocupantes pudieran ofrecerle algo de comer. Tenía tiempo de sobra para llegar al *ting* del verano; si hacía falta, incluso haría algún trabajo en la granja para pagar la comida, mientras planeaba una estrategia con la que conseguir lo que Solvi le debía.

Caminó por el valle en dirección a la granja, pensando en poco más que en los alimentos que pronto tomaría y en las mujeres que se los servirían: mujeres como es debido, de largos cabellos y caderas ondulantes. El viaje había sido largo, y había pasado todo aquel tiempo con guerreros jóvenes, feos y casi imberbes. Una de las esclavas capturada por Ulfarr —una chica que antes servía en una granja irlandesa— era bastante hermosa... Hasta que trató de escapar. Ulfarr la golpeó y le rapó el pelo, y a partir de entonces dejó de ser hermosa.

Más adelante no fue capaz de concretar qué lo había puesto sobre aviso; quizá la calma que flotaba sobre aquel lugar, más profunda que la del sueño. Ya tenía la mano en la empuñadura de la espada cuando oyó el gemido sordo de una mujer, un sonido desesperado.

Ragnvald desenvainó la espada. Caminó sin hacer ruido entre las pequeñas construcciones, sorteando los obstáculos del camino. El llanto de la mujer lo impulsaba a atacar de inmediato, pero no podía hacerlo sin saber con cuántos hombres iba a enfrentarse. Al acercarse un poco más, oyó con claridad los sonidos de al menos tres personas: una mujer que trataba de contener su dolor, los gruñidos de un hombre y los sollozos de un niño.

Tal vez sólo se trataba de una disputa matrimonial... Aun así, si la discusión se estuviera produciendo en el interior del salón, él no podría oírla tan bien como para tener claro que esa mujer gemía como una de las esclavas irlandesas tomadas contra su voluntad por un saqueador.

Los encontró detrás del establo, cuya entrada abierta semejaba una gran boca negra en la oscuridad. El hombre empujaba y gruñía, con las nalgas tan blancas como hongos crecidos bajo un tronco. La mujer volvió la cabeza a un lado y su asaltante la agarró del cuello para que volviera a mirar hacia él. Un hombre cruel, pues, que deseaba tanto la humillación de la mujer como su propia satisfacción. Ragnvald pisó una pequeña piedra, que crujió bajo sus pies. Se quedó paralizado. El hombre no lo advirtió, pero la mujer sí. Ella miró la espada en su mano y pestañeó lentamente.

Ragnvald tomó impulso, cargando en un solo golpe toda la rabia que sentía hacia Solvi. Golpeó demasiado bajo, pero la espada alcanzó la nuca del saqueador, clavándose en lo alto de la columna vertebral. La sangre salpicó la cara de la mujer. Ragnvald agarró al hombre y lo apartó de ella. Si todavía no estaba muerto, lo estaría pronto, con la espada de Ragnvald todavía hundida en el hueso.

La mujer gritó y luego se tapó la boca con la mano ensangrentada. Ragnvald se volvió al oír un ruido detrás de él. El miedo le dio fuerzas para arrancar la espada y blandirla de nuevo, pero entonces comprobó que sólo se trataba del hijo de la mujer, que se acercaba a ellos con sus ojos oscuros muy abiertos. Un niño valiente, a pesar de que poco antes estaba sollozando.

El hombre moribundo profirió un sonido y Ragnvald se volvió de nuevo hacia él, blandiendo la espada por si era necesario otro golpe. El asaltante se sujetaba el cuello con una mano, y la sangre se filtraba entre sus dedos. La mano no le bastaba para cubrir la totalidad de la herida.

—Idiota... No he venido solo. Mis hombres volverán —gruñó.

—Deberías estar muerto —dijo Ragnvald, con un tono entre cansado e indiferente.

—Te perseguiré —balbuceó el moribundo, escupiendo sangre—. Visitaré tus sueños y...

—Tal vez —lo interrumpió Ragnvald—. Aunque quizá tus amigos no te valoren tanto como esperas.

Ya sentía los efectos que seguían a la batalla: el ligero temblor, la extraña ligereza que hacía que todo pareciera irreal... Pisó el otro brazo del hombre, se inclinó, apartó la mano del saqueador de su herida y esperó a que la sangre se derramara y se llevara aquella vida. Bastaron unos segundos.

La mujer se incorporó y se bajó la falda para ocultar su desnudez. La sangre que le cubría el rostro hacía resaltar el blanco de los ojos. Ragnvald también tenía las manos ensangrentadas, y se las secó en los pantalones del hombre muerto. El niño se había quedado paralizado un poco más allá, mirando aterrorizado a su madre.

—Soy Ragnvald Eysteinsson —dijo—. Cuidaré de tu hijo mientras te limpias.

Habló en voz baja, tratando de calmarla a ella y a sí mismo. La mujer lo miró, inexpresiva.

—Deberías lavarte la cara y las manos —insistió Ragnvald—, para que tu hijo pueda reconocerte de nuevo.

—Es una niña —contestó la mujer con una risa amarga—. Está bien que vea lo que le espera.

Ragnvald ayudó a la mujer a levantarse, luego se volvió hacia la niña.

—Estás a salvo, pequeña.

Aun así, Ragnvald temía que el hombre al que había matado hubiera dicho la verdad, y que sus amigos regresaran si no volvía pronto con ellos. ¿De cuántos saqueadores podía proteger a esa mujer y a su hija?

—¿Cómo te llamas? —preguntó a la niña.

—Hilda —dijo ella. El nombre sorprendió a Ragnvald, aunque era muy común.

Su propia Hilda era Ragnhilda; y su hermana, Svanhild, podría haber elegido ese nombre para sí misma. «Hild» significaba «batalla», y aquella niña había visto una demasiado pronto.

—Es el nombre de mi futura esposa —le contó—. Es un nombre sonoro y de buen augurio.

La niña se limitó a mirarlo.

En la hierba que crecía detrás del establo yacían los cuerpos de varios hombres, la mayoría de ellos con las gargantas cortadas de oreja a oreja; los cortes eran más limpios que el que Ragnvald le había hecho a su adversario. Todos parecían granjeros. Las pocas armas que aún sostenían aquellas manos inertes eran utensilios de granja, no espadas. La niña los miró sin decir nada. A Ragnvald le preocupó que empezara a llorar otra vez, pero, cuando el silencio se prolongó, empezó a preguntarse si la niña había perdido la cordura durante el ataque. Deseó que la madre regresara pronto.

La mujer volvió justo cuando la niña empezaba a protestar; todavía le goteaban las manos y tenía la cara limpia, salvo en la zona del nacimiento del pelo, donde la sangre aún le teñía de rojo el cabello rubio. Ahora lo llevaba suelto, de modo que parecía una doncella, pese a su figura rolliza.

—¿Crees que volverán? —preguntó Ragnvald.

La mujer se encogió de hombros y tomó en brazos a su hija, que protestó y se retorció cuando su madre la abrazó con demasiada fuerza.

—Sólo se han llevado lo que podían cargar, y ya no queda nadie para defender esta granja.

—Yo estoy aquí —dijo Ragnvald.

—Sí, pero has llegado demasiado tarde para salvar nada. Mi hija y yo ya estamos muertas. Adelante, llévate lo que queda y deja este lugar a los muertos.

—Tú todavía no estás muerta —replicó Ragnvald, tratando de hacer caso omiso de las palabras de la mujer, que le ponían la carne de gallina. Ella no podía saber que él también estaba medio muerto, que lo habían sacado del agua y nadie sabía si estaba vivo o no—. El *ting* empezará pronto. Puedes presentar tu demanda contra estos hombres.

—¿Acaso crees que sé quiénes son estos saqueadores? ¿Qué pueden hacer por mí los hombres de Sogn, si no han sido capaces de impedir esto?

Eso era lo que ocurría en una tierra sin rey. Alguien tendría que haber protegido aquellas costas de los saqueadores. Tal vez Hunthiof... O tal vez él mismo. Esa granja habría estado bajo su protección si su padre hubiera conservado las tierras de la familia. Entonces Ragnvald podría haber proporcionado la ayuda que aquella mujer necesitaba, en lugar de llegar demasiado tarde. Ahora ella sólo disponía de la asamblea anual para buscar una reparación, y sólo si podía señalar a un culpable y contaba con testigos a los que citar.

—Si he de quedarme para protegerte, necesitaré comida —dijo Ragnvald—. He estado viajando, y apenas he probado bocado en los últimos días. ¿Tienes algo para mí?

Habló con firmeza, tratando de dejar atrás ese sentimiento de rabia y frustración.

—No quiero que nos protejas —repuso ella—. Te he dicho que mi hija y yo ya estamos muertas. Sólo nos falta una espada que lo confirme.

Ragnvald se levantó y la cogió del brazo. La niña se metió una mano en la boca, con los ojos otra vez desorbitados de terror.

—Le debes a tu hija algo mejor que eso.

La niña le recordaba a Svanhild tras la muerte de Eystein, abandonada tanto por su padre como por su madre, ya que Ascrida se había refugiado en su propio dolor.

—Cuidaré de tu hija mientras me preparas algo de comer —continuó Ragnvald—. Luego iremos juntos al *ting*. Esta granja es rica, y ahora es tuya. La próxima vez, deberías casarte con un hombre que sepa protegerte mejor. Como viuda, tienes derecho a elegir a tu marido.

—¿Y qué te hace pensar que quiero a otro hombre en mi vida, después de esto? —contestó la mujer, temblando, y dejó a la pequeña Hilda en los brazos de Ragnvald.

—No hablo de lo que quieres, sino de lo que tú y tu hija necesitáis...

Con la cara lavada, aquella mujer, que debía de tener unos treinta años, aún resultaba bastante atractiva. Tenía unas mejillas redondas y hermosas, el labio inferior se curvaba en un pequeño mohín y las cejas eran enérgicas y rectas. Un buen partido para un hombre que no fuera rico, pero sí diestro con las armas.

—...Y yo ahora necesito comida.

Solía hablar con su madre de ese modo cuando ella se recluía en sí misma, y también funcionó con aquella mujer. Refunfuñó para sus adentros, pero fue a hacer lo que Ragnvald le había pedido.

6

«Mi protector está durmiendo otra vez.»

Estas palabras se colaron a contracorriente en el sueño de riquezas y barcos en que estaba inmerso Ragnvald, y se vieron seguidas de una ligera presión en la pierna. Entreabrió los ojos y vio a Adisa erguida ante él —así se llamaba la mujer—, tocándole la pantorrilla con el suave cuero de la punta de su zapato. Y tenía razón: se había quedado adormilado al calor del sol de la mañana, que se concentraba en el lado sur del establo. Le había parecido un buen sitio para sentarse y descansar mientras seguía vigilando, aunque entonces se dio cuenta de que tal vez no había sido una buena idea.

Ragnvald llevaba dos días montando guardia en la granja de Adisa. Durante el día, la había ayudado a cavar tumbas para sus hombres y apilar piedras para formar los túmulos. Luego había susurrado las palabras que podía recordar del ritual de sepultura, mientras Adisa continuaba con la mirada perdida en sus recuerdos, que parecían materializarse en el aire, ante ella. Las noches las había pasado allí, en la parte trasera del establo, casi siempre de pie, esperando un ataque que nunca llegó a producirse.

Hasta ahora, Adisa se había mostrado melancólica y taciturna la mayor parte del tiempo, igual que su hija. La niña asistía al duelo de su madre sin apenas hacerse notar. Sin embargo, en ese momento, Adisa esbozaba una media sonrisa burlona a la que Ragnvald respondió del mismo modo.

—Ve adentro y duerme un poco —le dijo la mujer—. Los muertos están descansando, y los vivos ya se han cansado de saquear.

Ragnvald no estaba seguro de eso, pero no podía quedarse despierto otro día y otra noche enteros sin descansar. La granja todavía era demasiado tentadora para que los saqueadores no se plantearan volver. Ella aún llevaba broches de cobre para ajustarse la capa, y en los establos vacíos quedaban arreos bien trabajados, colgados de los ganchos. Y luego estaba la propia Adisa: si un hombre la raptara y la dejara embarazada, podría reclamar derechos sobre esa granja, aunque ella después se divorciara de él. Si aquella mujer no tenía ningún pariente que la defendiera, un hombre que tomara posesión de la tierra y de su señora gozaría de ciertos derechos.

Ragnvald pensó que el temor a que regresaran los saqueadores le impediría dormir cuando se tumbara en el jergón que Adisa le estaba mostrando, pero enseguida se sumió en el mismo sueño de antes, el salón dorado bajo las olas, como si nunca se hubiera marchado de allí.

Lo primero que pensó al despertar fue que apestaba a lo grande. No se había lavado en semanas, y había pasado dos días enterrando a los muertos. Adisa tenía que estarle más agradecida de lo que daba a entender si lo había dejado dormir en su cama. Cuando llegó el crepúsculo, Ragnvald calentó agua para prepararse un baño de vapor en la caseta de aseo. Aquello le dio tanto trabajo como enterrar a los muertos, y a punto estuvo de quedarse dormido otra vez cuando se sentó por fin en el banco de madera para que el sudor nuevo y el vapor desalojaran la mugre. El calor disolvió los pegotes de sangre seca de su rostro. Con el agotamiento de los últimos días casi había olvidado sus heridas, y Adisa ni siquiera había preguntado por ellas.

—Ragnvald, ¿estás dormido otra vez? —preguntó Adisa desde fuera de la caseta de aseo.

Él no respondió enseguida; no estaba dormido, pero sí disfrutando del calor y olvidándose de sus preocupaciones, como un gato tumbado al sol.

—Esta vez no —contestó—. Date la vuelta —le advirtió al salir corriendo del baño hacia el arroyo que había detrás.

No miró para ver si Adisa se había dado la vuelta. Se limitó a pasar corriendo a su lado, un tanto avergonzado, y meterse en una pequeña poza en la que el agua sólo le llegaba a las rodillas. Gritó por el frío al sumergir la cabeza para frotarse el cuero cabelludo.

Cuando dejó de chapotear, oyó a Adisa riendo tras él.

—Pensaba que sólo sabías poner mala cara —dijo la mujer.

—Me llaman Ragnvald el Adusto —repuso él, todavía dándole la espalda.

Y era cierto, los hombres de Solvi lo habían llamado así en ocasiones, y no precisamente como un cumplido. Sin embargo, las carcajadas de Adisa eliminaron el aguijón de sus palabras. Ella tenía más motivos que él para no sonreír.

—¿Quién eres en realidad? —preguntó Adisa.

El remanso de agua en el que se había sentado ya no le parecía tan frío, ahora que su cuerpo se había acostumbrado. El sol había templado el agua a lo largo de todo el día.

—Soy Ragnvald Eysteinsson —contestó—. Mi padre era Eystein Ivarsson. Mi abuelo Ivar fue rey de Sogn.

—No sabía que Eystein Glumra tuviera hijos...

Así era como habían llamado a su padre: Eystein Glumra, Eystein el Ruidoso, el que sabía contar leyendas, pero no convertía en realidad ninguna de sus fanfarronadas.

—Así que al menos hay una cosa de la que no alardeaba —replicó Ragnvald—. Es bueno saberlo. —Se levantó.

—¿Ragnvald el Adusto quiere un paño para secarse? —preguntó Adisa.

Ragnvald se echó el cabello atrás y se inclinó para volver a remojarse la cara. Aún tenía restos de sangre seca en las manos.

—Todavía no. Voy a volver a la caseta de aseo.

Al levantarse, miró de reojo y vio que Adisa se daba la vuelta para no verlo desnudo.

El fuego casi se había consumido y el único calor que quedaba en la caseta era el que las planchas de madera habían absorbido. Ragnvald se sentó y disfrutó de los restos de vapor antes de prepararse para volver a salir y afrontar una larga noche de espera. Cuanto antes pudiera llevar a Adisa al *ting*, mejor. La paz que imperaba en la asamblea la mantendría a salvo, y en adelante ella dejaría de ser su problema.

—¡Adisa! —la llamó—. ¡Ahora sí me iría bien ese paño!

La mujer no respondió, y al abrir no la vio por ninguna parte, pero encontró un paño colocado en el exterior de la puerta. Se lo envolvió en torno a la cintura y recogió su ropa, demasiado sucia para volver a ponérsela. El marido de Adisa o cualquiera de los hombres muertos habrían dejado ropa que podría usar hasta que la suya estuviera limpia.

Al caminar hacia la sala común, oyó un grito de la niña. Parecía una buena señal, significaba que había superado su miedo lo suficiente como para arriesgarse a hacer ruido. Entonces la niña gritó otra vez, un grito de horror e impotencia que alertó a Ragnvald.

Sacó su espada de la pila de ropa. Por suerte, siempre la tenía cerca de él. Dejó caer la ropa y, al cabo de un instante, también el paño. A fin de cuentas, lo único que protegía aquella prenda era su dignidad, y a duras penas. Tal vez un hombre desnudo con una espada desconcertaría a quienes hubiesen hecho gritar a la pequeña, y sería más fácil acabar con ellos.

No oyó ningún otro sonido, ni de la niña ni de Adisa. Quizá había sido una falsa alarma. Quizá Adisa se reiría al verlo, pero Ragnvald todavía llevaba la espada levantada. Cada vez que doblaba una esquina, temía volver a encontrarla como la primera vez, sometida a una cruel violación por parte de un saqueador. No creía que la voluntad de Adisa sobreviviera a otro ataque, aunque su cuerpo lo hiciera.

Ragnvald rodeó el establo principal, acechando en cada esquina. Si tenía tiempo para ser tan cauteloso, debería haberse tomado unos segundos para ponerse unos pantalones. La ropa apenas lo hubiera protegido, pero se sentía mucho más vulnerable sin ella. De todos modos, ahora ya era demasiado tarde para volver atrás. Siguió adelante y, al entrar en la sala común, encontró a Adisa acodada en un rincón de la pared exterior, con un hombre caído sobre su regazo. Un charco de sangre se estaba formando con rapidez bajo el cuello del agresor. Adisa sostenía a su hija a su lado con un brazo tenso y empuñaba una daga ensangrentada con la otra mano.

—Atrévete —gritaba justo en ese momento—. Recibirás lo mismo que él.

Ragnvald siguió la dirección de su mirada y vio a otro hombre agazapado entre las sombras de un cobertizo más pequeño. Estaba solo. Si hubiera más hombres, aquel tipo no estaría dudando. Ragnvald cargó contra él, cruzando el espacio que los separaba. El hombre vaciló y profirió un ruido a medio camino entre una risa y un grito. Ragnvald sintió que se ruborizaba, pero no dudó en perseguir al saqueador cuando salió corriendo al exterior. Lo alcanzó en la cerca que separaba el patio interior del campo exterior, y le cortó el cuello de un solo tajo, de manera que el hombre cayó hacia atrás.

Ragnvald se aseguró de que el intruso estaba muerto. Pensó en coger alguna de sus prendas de ropa para cubrir su desnudez, pero aquello iba a suponerle demasiado esfuerzo, y Adisa todavía estaba sentada con el peso del cadáver de un hombre sobre ella.

Cuando regresó a la sala común, ella ya casi había conseguido quitarse al hombre de encima, pero aún sujetaba a su hija para mantenerla a su lado. Los ojos de la niña se veían redondos como dos quesos frescos, aunque parecía querer librarse de la mano de su madre. Cuando Ragnvald terminó de sacarle de encima al hombre y se lo llevó al cobertizo donde antes se había escondido su compañero, Adisa se levantó de un salto y se arrancó la capa, gritando palabras sin sentido.

Ragnvald volvió corriendo y le cogió a la niña.

—¡Adisa! —gritó para hacerla reaccionar—. ¡Adisa!

La agarró por las muñecas y la obligó a soltar la daga. Luego la abrazó con firmeza hasta que paró de gritar. Adisa empezó a jadear, agitada, y Ragnvald la sentía rígida como un tronco entre sus brazos. Él sólo pretendía impedir que se hiciese daño a sí misma o a cualquier otro, pero en ese momento pensó que Adisa podría temer que él se hubiera convertido en otro agresor.

—Estás a salvo, Adisa —susurró—. Piensa en tu hija. Debes ser fuerte por ella. Hoy has sido una mujer valiente.

Siguió diciéndole palabras tranquilizadoras, hasta que ella empezó a respirar con normalidad. Entonces ella le arañó el brazo con el que la sujetaba, clavándole las uñas con la fuerza suficiente como para hacerle daño.

—Suéltame —le ordenó.

Ragnvald la soltó y ella retrocedió para apartarse de él. Sólo entonces pareció verlo por primera vez, y lo miró de arriba abajo.

—¿Por qué estás desnudo?

—El baño. —Ragnvald se dio la vuelta para que ella no lo viera.

—El baño... —repitió Adisa—. Necesito un baño. ¿Me ayudarás a encender fuego?

Ragnvald apenas pudo contener una carcajada.

—Si me prestas algo de ropa antes.

✛

Ragnvald y Adisa salieron hacia el *ting* a la mañana siguiente. Por el camino iban pasándose a la niña y el petate de comida para que Adisa pudiera descansar, pero Hilda quería volver enseguida con su madre. Buscaron un lugar donde pasar la noche, lo bastante alejado del sendero como para poder dormir los tres a la vez, sin que ninguno de ellos tuviera que montar guardia. Ragnvald necesitaba descansar igual que un hombre que se ahoga necesita respirar, y también Adisa debía dormir bien aquella noche.

Después de la segunda jornada de camino, ella se sintió más inclinada a hablar. Habían cenado junto al fuego, y Hilda se durmió entre ellos con la boca abierta cuando las llamas consumían las últimas brasas. La niña, recostada en el pecho del guerrero, desprendía casi tanto calor como antes el fuego. Ragnvald pensó que formaban una bonita imagen, un hombre y una mujer, al resguardo de las ramas de un árbol, con una niña entre ellos. Como los primeros mortales, recién creados por los dioses.

—Eres joven, Ragnvald —dijo Adisa en voz baja—. ¿Qué edad tienes?

—Veinte veranos —respondió él. Lo bastante mayor para ser considerado un hombre y lo bastante joven para ser considerado un muchacho.

—No tan joven, pues. Yo tengo veintitrés —dijo ella—. ¿Creías que era mayor?

—No —mintió él con rapidez. Demacrada como estaba por la pena y la rabia, y con su figura regordeta, había creído que era mayor—. ¿Hilda es tu única hija?

—La única que vive —contestó ella, con una entereza que evidenciaba que la pérdida de los otros hijos no era reciente. Fuera cual fuese la pena que arrastraba por ellos, ya había cicatrizado.

—Deberías casarte otra vez en el *ting* —dijo Ragnvald. Se aclaró la garganta y trató de hablar como un adulto—. Necesitas a alguien que proteja tu granja.

—Tú has estado protegiendo mi granja.

—Pero no puedo volver contigo —lo dijo tan alto que la niña se agitó en sueños—. Y estoy comprometido.

—Ah, sí... Con una chica que se llama como mi hija.

—Hilda Hrolfsdatter.

Su último encuentro con Hilda había sido muy formal. Hilda se vistió con sus mejores galas, y sirvió a Olaf y a los hombres que Olaf había llevado consigo para preparar la fiesta del cortejo. Ragnvald no debía hablar, sólo permitir que su padrastro llevara a cabo las negociaciones con Hrolf, mientras él observaba a Hilda. Se habían conocido de niños, porque Hrolf era primo tercero del padre de Ragnvald. Hilda jugaba a ser una princesa capturada, y Egil y él simulaban ser guerreros. Ragnvald recordaba que siempre se había tomado ese juego muy en serio, porque ya entonces sabía que él y Hilda se comprometerían, del mismo modo que sabía que Egil elegiría a Svanhild. Claro que entonces Svanhild era demasiado pequeña para jugar con ellos, y cuando fue lo bastante mayor, su padre ya estaba muerto y Ragnvald había cambiado las espadas de madera por las de acero.

En aquella fiesta de compromiso, Ragnvald pudo comprobar que la niña que había jugado con él y Egil con toda solemnidad había crecido y se había convertido en la mujer atenta y seria que lo esperaba junto a su hermano y Olaf. Era alta y de miembros largos, y se movía con seguridad por la estancia, sirviendo copas de cerveza con una larga melena ondeando a su espalda. La mirada de Ragnvald se cruzó con la de ella en una sola ocasión, y ninguno de los dos sonrió. Era un momento demasiado cargado de promesas y deberes como para sonreír.

Cuando las negociaciones concluyeron, Hilda se mostró complacida, e inclinó la cabeza en una leve reverencia, antes de retirarse detrás del muro que formaban el resto de sus hermanas. Aunque ninguna de ellas se acercaba a su altura: Hilda era un cisne entre polluelos.

Y ahora Ragnvald yacía en el bosque con otra mujer y la hija de ésta; ambas habían estado a punto de perder la vida dos veces en la última semana. Lo mismo o algo peor podría haberle ocurrido a Hilda en el tiempo que él había estado fuera. Y también Ragnvald había sufrido. Aún tenía la cara marcada por el cuchillo de Solvi.

—¿La protegerás a ella como a mí? —preguntó Adisa.

—Espero poder hacerlo mucho mejor —contestó Ragnvald—. Siento no haber llegado antes.

—Vinieron muchos hombres —dijo Adisa con voz apagada—. Tú también habrías muerto.

Ragnvald no tenía nada que decir, pues sabía que ella no quería ni oír hablar de casarse, así que fingió un profundo bostezo. La pequeña Hilda se apartó de él, todavía dormida, y se volvió hacia su madre. Adisa la abrazó y se durmió también.

✛

Al día siguiente, salieron temprano del bosque y bordearon el río. El terreno donde se reunía la gente para el *ting* abarcaba una extensión de tierra baldía en un recodo del río Moen. El agua tenía un aspecto lechoso a causa de la nieve fundida del glaciar: un torrente blanco y fantasmal que añadía su rumor al rugido del viento. Aquel espacio ancho y rocoso se veía ahora lleno de telas brillantes que cubrían las parcelas de hierba en las que se instalaban las familias, con grandes hogueras y salones de banquetes.

Ragnvald bajó a la niña de su espalda y la dejó en el suelo. Hilda se frotó los ojos y bostezó.

—Deberías quedarte con mi familia hasta que llegue la tuya —le propuso Adisa.

Sus parientes habían llegado a los terrenos del *ting* desde el norte y aún no sabían nada de la peligrosa situación por la que había pasado la muchacha. Adisa empezó a sollozar en cuanto los vio, y les contó entre balbuceos su terrible experiencia. Su madre, una versión más robusta y canosa de Adisa, la envolvió en un abrazo, mientras su padre miraba con el ceño fruncido a Ragnvald, que se quedó observando la escena en silencio. Desde la muerte de Eystein, su madre no había secado las lágrimas de nadie más, salvo las suyas propias.

El semblante del padre de Adisa se fue ensombreciendo más y más al ver cómo lloraba su hija. Dio un paso amenazador hacia Ragnvald, y luego otro, hasta que la muchacha lo detuvo. Se secó las lágrimas con el borde de su chal.

—Él es Ragnvald Eysteinsson. Llegó poco después y me salvó. De hecho, me salvó dos veces. Cuéntales, Ragnvald.

—Llegué demasiado tarde... —dijo con timidez.

Era Adisa, y no él, quien debía contárselo.

—La encontré... —empezó a explicar Ragnvald, pero Adisa lo miró haciendo un gesto de negación con la cabeza—. Cuando la encontré, maté al hombre que todavía estaba allí. Luego, cuando volvieron, maté a otro. Y también vuestra hija acabó con uno de ellos.

No lo estaba contando bien. Ragnvald no era de esos hombres que suelen alardear, y tampoco tenía el don de contar historias. Un don que sólo echaba de menos en situaciones como aquélla, cuando los ojos de toda una familia lo observaban, pidiéndole algo que él no podía darles.

—Ragnvald Eysteinsson me salvó de algo peor —dijo Adisa, secándose los ojos—. Y me salvó otra vez cuando volvieron. Debemos agasajarlo como se merece.

—Por supuesto —dijo la madre de Adisa.

Su padre le dio unos golpecitos en la espalda y lo invitó a compartir la comida del mediodía y a quedarse en su pequeño campamento todo el tiempo que quisiera.

Ragnvald comió con ellos, aunque un poco apartado, porque todos tenían noticias que compartir con Adisa que no significaban nada para él. Todos la mimaron y la dejaron llorar, y obsequiaron a la pequeña Hilda con un montón de dulces. Mientras seguían charlando, Ragnvald dejó de prestarles atención y contempló los terrenos que los rodeaban. Sus antepasados habían reivindicado con orgullo aquel lugar y habían extendido sus tiendas en aquel terreno que nunca se encenagaba, ni siquiera cuando el río se desbordaba. Ragnvald decidió que se quedaría allí a esperar a Olaf y a Vigdis. Ambos querrían saber que estaba vivo, pero con la familia de Adisa se sentiría mejor acogido que con ellos dos.

Al otro lado de la explanada vio el estandarte azul y dorado de Hrolf Nefia, agitándose en lo alto de una tienda que algunos hombres estaban apuntalando. Hilda estaría allí, y Egil también. Su amigo le habría contado ya a su familia lo que le había ocurrido a Ragnvald. Se alegrarían de verlo vivo.

El viento soplaba con fuerza en las laderas y hacía aletear las pieles de las tiendas. Gracias al ruido que hacían, Ragnvald logró acercarse a la tienda de Hrolf sin que Egil lo viera. Su amigo, con el pelo color pajizo, tenía la cabeza inclinada sobre un afilador de piel; estaba acerando su daga, y al hacerla subir y bajar producía un ruido sibilante que ponía un fino contrapunto al rugido del viento.

Cuando Egil levantó la mirada y vio a Ragnvald ahí de pie se quedó pasmado, pero al comprobar que sus ojos no le engañaban saltó a abrazar a Ragnvald, dándole palmadas en la espalda como un hermano.

—Pensaba que... —Sujetó a Ragnvald por los brazos, agarrándolo con fuerza—. ¡Estás vivo!

Ragnvald se soltó de su abrazo. Egil sonrió y le dio un golpe amistoso. Él le siguió el juego y le devolvió el golpe, pero Egil lo esquivó, impactó con el hombro en el pecho de su amigo y lo tiró al suelo. Ragnvald se incorporó, riendo.

—Estoy muy contento de verte —dijo Egil, que sostuvo la mirada de Ragnvald durante unos instantes antes de desviarla.

—Yo también me alegro de verte —contestó Ragnvald, riendo a gusto por primera vez desde su resbalón en los remos—. Pero aún estaré más contento cuando vea a tu hermana.

—Podría pelear contigo por eso —replicó Egil.

—Sólo quería decir... Ella debe de creer que...

—Estaba bromeando, Ragnvald. Veo que ese remojón no ha mejorado tu sentido del humor. Hilda se alegrará de verte. De hecho, no creo que le gustara mucho la perspectiva de... En fin, se alegrará de verte. Está aquí, con todas mis hermanas. Tienes que venir a cenar con nosotros esta noche.

Hablaron del viaje de regreso a casa de su amigo y de cómo estaba su familia. Al comprobar que Egil no quería sacar el tema, Ragnvald fue directo al grano:

—¿Qué pensaste cuando viste... lo del barco?

Egil arrancó una hoja de cebada silvestre y empezó a extraer las semillas con el pulgar.

—Pensé que Solvi quería matarte... Y que en ese barco todos eran más leales a él que a ti.

—Sí —dijo Ragnvald con voz ronca, evocando el miedo y la impotencia de aquel momento—. Supongo que es así.

Egil miró fijamente a Ragnvald.

—Me sujetaron —explicó—. Los hombres de Solvi, Ulfarr y...
—No terminó la frase, y desvió la mirada hacia los terrenos del *ting*.

Ragnvald observó a su amigo. Egil llevaba una fina túnica de gala y una hebilla de plata en el cinturón que se parecía a otra que habían ganado juntos en Irlanda. El broche que le sujetaba la capa era casi idéntico al de Ragnvald, pero no parecía fuera de lugar en aquellas lujosas prendas. Egil se levantó y se sacudió el polvo de la túnica.

—Habría hecho algo si hubiera podido. Los dioses te ayudaron mejor que yo.

Ragnvald se levantó también y puso una mano en el hombro de Egil.

—Todavía puedes ayudarme. Tengo intención de acusar a Solvi por lo que hizo. ¿Serás mi testigo?

Egil cogió la mano de Ragnvald y se la retiró con suavidad.

—Vamos, le contaremos a mi hermana la buena noticia. Ella no quiere buscar otro marido.

—Egil —insistió Ragnvald.

Su amigo parecía estar escabulléndose otra vez.

—Ragnvald —susurró con voz suplicante—. Lo haría... Voy a... Deberíamos hablar con mi padre. Él tendrá un buen consejo para ti. Para nosotros dos. —Se volvió y dijo con alegría—: ¡Mira, mi hermana viene hacia aquí!

Ragnvald miró.

—No viene hacia aquí.

—Entonces deberías venir conmigo. —Egil empezó a andar.

Ragnvald caminó tras él. Egil se movía como una grulla. Su cabeza parecía flotar sobre el cuerpo, y el cuello era tan delgado que una espada podía cercenarlo de un solo tajo. Ragnvald sacudió la cabeza para ahuyentar aquella idea. Egil era su amigo. Esas fantasías pasajeras disgustaban a los dioses; podrían convertirse en realidad.

Ragnvald lo intentó una vez más.

—Egil, debes...

Su amigo se volvió y le mostró una sonrisa llena de angustia.

—Solvi es poderoso, Ragnvald —dijo con voz entrecortada—. Faltan tres días para los juicios; serán después del banquete y los concursos. Hablemos antes con mi padre.

—No necesitas su permiso —protestó Ragnvald.

—Necesito su consejo, Ragnvald. Sé paciente. —Egil pasó un brazo sobre el hombro de Ragnvald y lo condujo hacia la tienda de Hrolf, abierta por uno de los lados.

Ragnvald se puso tenso con aquel gesto tan familiar. Se habían hecho amigos enseguida en el viaje a Escocia —los hombres estrechaban lazos cuando compartían un saco de dormir a bordo del barco—, pero ese gesto se le antojó falso.

—Espera —dijo Ragnvald—. No quiero que tu hermana me vea así.

Señaló la pequeña venda que le cubría la mejilla. No había pensado mucho en ello durante los días pasados con Adisa, y tenía la sensación de que la herida se había cerrado. Al menos así se lo parecía cuando se tocaba la cara interior de la mejilla con la lengua. Rascó los bordes del vendaje, que había pegado con resina de pino de las provisiones de la granja de Adisa. El aire le produjo una sensación extraña en la piel, después de tantos días tapada.

—¿Qué aspecto tiene? —preguntó Ragnvald.

Egil pareció a punto de marearse cuando observó el rostro de su amigo. Ragnvald se llevó la mano a la herida. No tenía suficiente barba para cubrir aquella cicatriz.

—¿Tan mal está?

—No —contestó Egil—. Es que me ha sorprendido. Cuando sane, te quedará bien. Te da un aspecto feroz.

Ragnvald esbozó una media sonrisa, controlando su gesto por miedo a que la herida se le abriera antes de ver a Hilda. Caminaron hacia la tienda. Egil se adelantó un poco.

—¡Hilda, he traído algo para ti!

Su hermana asomó la cabeza por los faldones de la tienda. Parecía enfurruñada.

—Egil, estoy... —Al ver a Ragnvald, se quedó con la boca abierta.

Salió corriendo de la tienda en dirección a él, pero de pronto se detuvo. Su mano flotó sobre el brazo de Ragnvald. Ni siquiera estaban comprometidos formalmente, así que no debían abrazarse en público; sin embargo, no hacerlo podía resultar aún más inadecuado. Ragnvald notó que se le erizaba la piel al sentir el calor de la mano de Hilda. Al mirarla a los ojos, se sintió un tanto avergonzado y se ruborizó, tratando de no sonreír como un tonto.

—Estás... —empezó a decir Hilda.

—Estoy vivo —dijo Ragnvald, permitiéndose sonreír de oreja a oreja esta vez.

Hilda exhibió la misma tímida sonrisa por un momento y luego volvió a adoptar una expresión enfurruñada, dirigiéndose a su hermano.

—Egil, me dijiste que estaba muerto.

Su hermano se quedó mirándolos un instante.

—Debería... Estoy seguro de que queréis... —Sonrió, antes de agacharse para entrar en la tienda.

Hilda estaba muy atractiva, con su larga melena cobriza sin recoger. Tenía la poderosa nariz aguileña que había dado a su padre su sobrenombre, Hrolf Nefia —Hrolf el Narigudo— y la lucía con orgullo. Su expresión tendía a ser un tanto hosca, pero eso hacía que sus sonrisas resultaran más preciadas. Ragnvald dudó unos instantes. La corrección estricta dictaba que el padre de Hilda podía desaprobar que hablasen a solas, pero, con todas las familias de Sogn como testigos, ¿a quién podía importarle? A nadie le había molestado cuando eran niños.

Además, en los días de fiesta uno podía permitirse algunas licencias, aunque precisamente en esos días solían producirse embarazos fortuitos que daban lugar a matrimonios apresurados. Ragnvald sintió que se le calentaban las mejillas. Recordaba que Hilda era muy alta, pero había olvidado que eso significaba que cuando se miraban a la cara sus brillantes ojos quedaban a la misma altura que los suyos. Ahí estaba la bienvenida que buscaba. Hilda se sentía complacida de verlo.

—Estoy vivo —repitió.

Cogió la mano de Hilda y se la llevó a la mejilla para que palpara la marca que le había dejado el cuchillo de Solvi. Notó sus dedos calientes en la piel curtida por el viento. Hilda frunció ligeramente el ceño cuando le tocó la cara. Ragnvald no respiró: sólo había querido mostrarle su herida, tener una excusa para notar su tacto, pero ahora se sentía extrañamente vulnerable.

—Sí —respondió Hilda, rompiendo el hechizo. Bajó la mirada cuando dejó de tocarlo, pero permitió que Ragnvald siguiera cogiéndole la mano, con los dedos curvados en su palma—. Egil dijo... dijo que no estaba seguro. Así que yo aún tenía esperanzas. —Volvió a bajar los ojos—. Hice sacrificios a Ran para que no te llevara consigo —añadió en voz baja.

Ragnvald se sintió a la vez complacido y avergonzado de que ella hubiera pensado en él en esos términos.

—Funcionó —dijo.

La madre de Hilda, Bergdis, asomó la cabeza desde la tienda. Lanzó una mirada escéptica a Ragnvald, luego suspiró.

—Hilda, ven aquí. Todo el mundo puede verte.

Hilda sonrió a Ragnvald antes de retirarse tras los faldones de la tienda.

Egil salió al cabo de un momento, abriendo los brazos.

—¿Lo ves?, se ha alegrado de verte.

—Sí —contestó Ragnvald—. Ahora vamos a hablar con tu padre, si es preciso. O puedes aceptar ser mi testigo ahora. Viste cómo Solvi trataba de asesinarme.

—Estoy seguro de que estará ocupado —dijo Egil—. A ver quién más hay por aquí.

Empezó a caminar hacia otra de las tiendas, dejando en manos de Ragnvald la decisión de seguirlo o quedarse solo.

7

Aquella noche, Ragnvald se unió a la familia de su amigo Egil para cenar. Era una pequeña reunión: sólo unas pocas familias además de la de Hrolf, compuesta sobre todo por sus hijas, que permanecían apartadas de los hombres presentes en el banquete. Antes de entrar en la tienda, Ragnvald lanzó una mirada al lugar que debía ocupar el pabellón de Olaf. El pabellón de su familia. Su aspecto desolado —todavía vacío, a oscuras en el crepúsculo, como la mayor parte del prado en esos primeros momentos de preparación del *ting*— había estado molestándolo todo el día como una piedra en el zapato.

—Bienvenido, Ragnvald Eysteinsson —dijo el padre de Egil, cuando el joven entró en su tienda.

El viejo Hrolf cubrió la distancia que los separaba de una sola zancada. Era alto, más alto que Ragnvald, por eso había engendrado una hija tan espigada. Sin embargo, después de una temporada batallando en el mar, Ragnvald era capaz de distinguir la diferencia entre un granjero y un guerrero. Hrolf tenía los hombros redondeados de un granjero y se movía con pesadez. Las arrugas de su rostro provenían de los desvelos por las cosechas, no de enfrentarse a los enemigos o a las olas en mar abierto. Ragnvald se irguió levemente antes de inclinarse: era la forma adecuada de saludar a su futuro suegro.

—Veo que no has sido tan vanidoso como mi hijo —siguió Hrolf—. No te has blanqueado el pelo.

Ragnvald se tocó el oscuro cabello. Muchos guerreros se blanqueaban el pelo con una pasta para infundir más miedo en los corazones de sus adversarios. Ragnvald había intentado blanquearse un mechón, pero se lo había cortado al ver que se le quedaba de un ridículo color rojo brillante.

—¿Cómo sobreviviste a ese ataque? —preguntó el viejo.

Ragnvald miró a Egil.

—Mi hijo no nos contó mucho —agregó Hrolf.

Ragnvald contó la historia otra vez, prestando especial atención a las reacciones de Egil. Hasta su encuentro unas horas antes en el campo, ni siquiera había pensado en la posibilidad de que el hijo de Hrolf no aceptara ser su testigo cuando supiera que estaba vivo. Ahora se sentía estúpido por su ingenuidad. Egil no quería irritar a Solvi. Aun así, Egil era su amigo y, probablemente, testificaría en su defensa. Sólo necesitaba que su padre lo aprobara.

Hrolf escuchó su historia hasta el final, acariciándose la barba. Cuando terminó de contarla, Ragnvald esperó, pensando que Hrolf tendría algún consejo para él, que tal vez incluso elogiaría el valor que le había permitido sobrevivir en el frío fiordo.

Sin embargo, Hrolf no hizo ninguna observación, y su mujer apareció enseguida con jarras de cerveza y copas para todos.

—Ahora bebamos por vuestro regreso a casa sanos y salvos —propuso Hrolf—, el tuyo y el de mi hijo.

Ragnvald bebió un largo trago de la excelente cerveza de Hrolf y disfrutó de la cercanía de Hilda cuando ella se inclinó para rellenar su copa. Las mujeres llevaron bandejas de comida, sirvieron a los hombres y, antes de retirarse a su propia tienda, les dejaron unos cuantos barriles para que pudieran rellenarse las copas ellos mismos.

Cuando todos estuvieron saciados, Ragnvald se puso en pie y se dirigió a Egil en términos formales.

—Egil Hrolfsson, fuiste mi hermano y estuviste a mi lado cuando luchamos en Irlanda y ganamos riquezas juntos. ¿Estarás a mi lado en el juicio, cuando luche para ganar lo que me corresponde por derecho?

Egil dio un trago apresurado de cerveza y acabó atragantándose.

—Lo que planteas no es sencillo —intervino Hrolf.

Ragnvald miró al viejo.

—Estaba dirigiéndome a Egil.

—Él es mi hijo y me obedecerá. Al menos eso supongo.

—¿Obedecerte en qué? —preguntó Ragnvald—. Estuvo allí, y me debe su testimonio.

—¿Te debe? —preguntó el viejo—. Te tienes en mucha estima.

—Creo que merezco la lealtad de un amigo, y también un juicio justo, como cualquier hombre —respondió Ragnvald con vehemencia—. Tú eres un *lagman*.

—Y tú viniste a muchos juicios cuando eras niño —replicó él—. Sabes que Solvi comprará cualquier testimonio que necesite y que no pueda conseguir con amenazas.

—Sé que Egil no es el único que vio cómo Solvi me atacaba. Mis heridas también servirán como testimonio, y con ellas y tu hijo deberán salir otros testigos.

—¿Deberán? —preguntó Hrolf—. ¿Qué hiciste para que Solvi te atacara?

Ragnvald oyó la respiración contenida de una mujer y, al volverse, vio a Hilda detrás de él, medio escondida entre los pliegues de la tienda.

—Él no... —empezó a decir la joven.

—Nada —la interrumpió Ragnvald—. No le di ningún motivo.

Hilda tenía que saber que, si lo defendía, sólo lo haría parecer más débil.

—Por lo que entiendo, causas problemas en muchos sitios —dijo Hrolf.

—No —contestó Ragnvald, lanzando otra mirada a Hilda, que parecía preocupada—. Solvi me debe mi parte del botín y el pago de compensación por el agravio de esta herida.

Hrolf se acarició el bigote.

—No todos los hombres se abren paso fácilmente, es cierto —dijo al cabo de un momento—. Pero no importa. Egil no vio nada, así que no testificará.

—Si no vio nada es porque los hombres de Solvi se lo impidieron. Podría testificar eso, al menos —repuso Ragnvald. Y, con amargura, añadió—: Me debe la verdad.

—No hables de lo que mi hijo te debe; lo único que conseguirás con todo esto es convertirlo en enemigo de Solvi. Ya es bastante malo que lo seas tú. —Hrolf se levantó y dio un paso adelante, acercándose a Ragnvald.

—Necesito reclamar mi parte del botín si tengo que pagar por... —Ragnvald miró a Hilda— la mano de tu hija. —Se volvió hacia su amigo—. Egil, hermano, hemos luchado juntos. Tu honor...

—Son los reyes y los *jarls* quienes deben preocuparse del honor —dijo Hrolf—. Mi hijo no debe arriesgar su vida por eso.

—Tu hija será madre de *jarls* —replicó Ragnvald.

—Tu padre perdió sus tierras y su vida. —Hrolf dio un paso atrás—. Tú no eres un *jarl*.

Ragnvald apretó los dientes. Hrolf no había hecho más que decir la verdad, y él no podía hacerle cambiar de opinión. Si seguía insistiendo, parecería un niño mendigando limosna. Eystein había perdido su reino, y también su vida. Antes de que muriera, Ragnvald sólo tenía buenos recuerdos de él, pero después tan sólo había sentido vergüenza. Ragnvald tal vez no fuera del agrado de Olaf, pero al menos no daría a su padrastro motivos para avergonzarse de él.

—Volveré a serlo cuando recupere mis derechos de nacimiento —dijo.

—Por mucho que llames reino a una granja, seguirá siendo una granja. —A Hrolf le brillaron los ojos—. No. Mi hija no se casará con un hombre que no hace más que meterse en problemas, y mi hijo no dará la cara por ti.

—No dirás eso cuando gobierne Sogn.

—Podrías ser el rey de todo Sogn y de Maer también, y aun así no te daría a mi hija —replicó Hrolf—. Sólo llevarías dolor y un baño de sangre a su puerta.

—Nunca haría eso —contestó Ragnvald. Sin embargo, el recuerdo de la granja de Adisa, de aquel silencio letal, le hizo preguntarse si Hrolf tenía razón, si él no había llevado consigo la muerte desde las aguas de los fiordos, si la muerte no corría delante de él—. Pero no discutiré más contigo.

Ragnvald salió de la tienda en cuanto Hrolf hizo un gesto para despedirlo.

Al otro lado de los prados de la asamblea, el espacio que debía ocupar el pabellón de Olaf seguía oscuro. Ragnvald se volvió al oír pasos detrás de él y vio a Hilda corriendo, con la melena flotando a su espalda. Cuando se detuvo tenía las mejillas sonrosadas.

—¿Por qué me sigues? —preguntó Ragnvald, apartándose de ella—. ¿No has visto lo que ha pasado?

Hilda abrió la boca para protestar, pero Ragnvald continuó:

—No es culpa mía que Solvi me atacara, dile eso a tu padre. Y yo no soy Eystein, nunca dejaría a mi familia desprotegida. Puedes decirle eso también. —Empezó a alejarse de ella.

Hilda corrió unos pocos pasos y lo detuvo poniéndole una mano en el brazo.

—No desahogues tu rabia conmigo —dijo—. Yo pensaba... que estábamos prometidos.

Ragnvald observó la mano de Hilda y luego la miró a la cara. Sí, estaban prometidos. Siempre había sabido que ella sería su esposa. Habían pasado la infancia juntos, soñando con su futuro, y ahora le correspondía a él hacer realidad esos sueños, incluso si el camino que conducía a ellos se complicaba cada vez más.

—¿Todavía lo deseas? —le preguntó.

Hilda asintió, ruborizándose.

—Lo siento —dijo Ragnvald—. Me he precipitado.

Dudó un momento antes de tomarle la mano. La había asustado con su rabia. Parecía una mujer, pero aún era una muchacha, y no tan audaz ni tan valiente como Svanhild. No debía atemorizarla. Le acarició la mano, hasta que pareció que empezaba a calmarse. Hilda le sonrió con timidez.

—Si quieres, yo... —comenzó a decir Ragnvald, sin estar seguro de lo que iba a ofrecer.

—Si me dejas embarazada, mi padre tendrá que permitirlo... —soltó Hilda de golpe. Se ruborizó y torció el gesto—. Nuestro matrimonio.

Ragnvald se echó a reír, pero enseguida se recompuso. Era lo último que esperaba de una chica tan formal. Hilda retiró la mano y se irguió cuan alta era.

—Me disculpo si te he ofendido —añadió ella con frialdad—. Tal vez mi padre tenía razón.

Ragnvald se puso serio de inmediato.

—Hilda —dijo él, cogiéndole la mano otra vez—. Me has pillado desprevenido. No quería reírme de ti. Sólo me ha sorprendido... que estuvieras dispuesta a ofrecer tanto por mí.

—No me gusta romper mis promesas —contestó ella, todavía muy seria.

—A mí tampoco. Sólo quería decir que volvería por ti. No necesitas gastar tu... —Ragnvald se ruborizó también, y la sonrisa de su rostro amenazó con regresar— moneda conmigo. Jamás te engañaría.

—¿Prefieres librarte de mí, entonces? —preguntó ella. Y no sin acritud, añadió—: ¿Sólo ha sido tu orgullo lo que ha resultado herido?

Así que Hilda no era tan inmadura como para ignorar cómo herir a un hombre con sus palabras. Con todo, Ragnvald no dejaría que la traición de Solvi se la arrebatara.

—No —contestó Ragnvald—. Quiero casarme contigo. Dime qué promesas quieres que haga.

—Eso es lo que quiero yo también. Promete regresar conmigo, pase lo que pase —dijo Hilda con voz pausada. Se acercó a él, pero se detuvo un instante, antes de tocarle la mejilla como había hecho en su reencuentro.

—Lo prometo. Te traeré la dote que mereces y una gran casa comunal que cuidar.

—Entonces te esperaré —prometió Hilda a cambio, con una amplia sonrisa que le transformó el rostro—. Mi padre no me casará contra mi voluntad, y menos cuando todas mis hermanas necesitan un marido.

Ragnvald la atrajo hacia él y la besó en los labios, un beso que Hilda no devolvió porque la había tomado por sorpresa o porque era demasiado inexperta. Cuando él la soltó de nuevo, Hilda le sonrió con placer y complicidad. Se tocó los labios al desearle buenas noches.

✝

Por la mañana, Olaf aún no había llegado, pero la noticia de que una gran procesión de caballos y carros se acercaba a los prados de la asamblea distrajo a Ragnvald de su vigilancia. Estandartes de un dorado brillante sobre un campo negro aparecieron en la cima de la colina antes que los hombres que los portaban, y Ragnvald recordó de repente su visión. Tal vez encontraría allí a su lobo dorado.

Siguió observando hasta que estuvieron más cerca y pudo ver el águila dorada del rey Hakon de Stjordal y Hålogaland. Sus sirvientes se movieron con eficiencia para delimitar con cuerdas las zonas destinadas a los caballos; luego empezaron a montar las tiendas. Con el viento, Ragnvald no podía oírlos, así que la escena parecía una enorme pantomima, demasiado bien ejecutada para ser real. La llegada de Hakon haría que las corrientes de poder se ciñeran en torno a él igual que el agua se arremolina en torno a una roca en el río.

Ragnvald todavía estaba observando a los recién llegados, cuando una figura alta vestida de verde lo saludó desde el otro lado del campo. Devolvió el saludo sin saber a quién lo dirigía, pero luego, al acercarse, reconoció a Oddbjorn, el hijo ilegítimo del rey Hakon, nacido de una campesina, no de una de sus esposas. Era primo lejano de Ragnvald, igual que toda la estirpe de Hakon, pero sólo Oddbjorn había reivindicado el parentesco. En vida del padre de Ragnvald habían sido amigos, pero llevaba años sin verlo.

—Mi señor Oddbjorn —saludó Ragnvald, cuando ya estaba lo bastante cerca para hacerse oír.

Oddbjorn lucía mechas rubias en el cabello oscuro. Ahora, con sus grandes ojos y sus pómulos marcados, era mucho más atractivo y más prudente que en su infancia, cuando era un niño con la boca demasiado grande. Aún tenía unos brazos más largos de lo normal, que habían hecho de él un luchador feroz y habían acabado convirtiéndolo en un guerrero temerario. Sonrió con picardía, mostrando los mismos dientes torcidos de cuando era niño.

—Sigo siendo Oddi, primo —dijo, riendo.

Envolvió a Ragnvald en un brusco abrazo, le dio una palmada en la espalda y luego lo sostuvo a un brazo de distancia para observar la cicatriz de su rostro.

—Nos enteramos de eso en Yrjar —dijo Oddi, aludiendo al famoso salón del rey Hakon, el Salón de los Guerreros Entusiastas.

Tiempo atrás, Ragnvald había soñado con ser invitado allí como uno de los hombres de Hakon, pero, cuando Hakon y Hunthiof, el padre de Solvi, se enfrentaron por una disputa de fronteras, Ragnvald orientó sus ambiciones hacia los barcos de Solvi.

—¿De qué te has enterado? —preguntó Ragnvald con demasiada ansiedad.

—Demos un paseo —propuso Oddi—. Si nos quedamos aquí, me harán trabajar. O, peor aún, mis hermanos acabarán involucrándome en alguna de sus discusiones.

Por encima de la llanura de Jostedal se extendía un pequeño glaciar de cuyas aguas fundidas se nutrían todos los ríos del distrito de Sogn. Caminaron hasta allí por una pendiente empinada. Una gran boca de hielo, oscura y azul en sus recovecos, se abría en el extremo del glaciar. Daba la impresión de que un gigante se hubiera congelado allí, a punto de dar un mordisco lo bastante grande como para devorar un rebaño entero. Salía aire frío de aquella boca: la respiración de un titán. Ragnvald trepó hasta la abertura detrás de Oddi. Como no quería dar la espalda a aquellas grandes fauces, tiró un guijarro a sus profundidades. Dio unos cuantos rebotes antes de caer en una honda poza.

Espíritus infrahumanos habitaban en lugares como aquél. Podría no ser la boca de un gigante, sino Niflheim, uno de los reinos de los muertos. Oddi miró al interior, pero, cuando se disponía a trepar por el último tramo, Ragnvald lo retuvo.

—Esto no me gusta.

—Antes no eras tan cauteloso —dijo Oddi.

Ragnvald se encogió de hombros, incómodo. Sin duda, había cambiado desde la última vez que vio a Oddi. En los años transcurridos, habían matado a su padre, y Solvi le había demostrado que eran pocos los hombres en los que podía confiarse. A lo mejor había cambiado tanto que Oddi ya no lo querría como amigo. Por eso accedió cuando su primo propuso que en vez de entrar escalaran hasta la parte alta de la boca. Ragnvald encontró pequeñas hendiduras para agarrarse con pies y manos, lugares donde habían caído algunas rocas sobre el hielo y lo habían derretido, formando agujeros. Trepó junto a Oddi hasta que alcanzaron la parte superior de la gruta. Debajo de ellos se extendía todo el valle, con las tiendas convertidas en meras manchitas tostadas en el campo verde.

—¿Qué estás haciendo aquí? —preguntó Ragnvald—. No esperaba volver a verte en el *ting* de Sogn, al menos mientras tu padre y Hunthiof continuaran enemistados... —Hizo una pausa y levantó una ceja, mirando a Oddi—. Supongo que los dos aún están vivos...

—Sí. Ninguna de nuestras plegarias ha sido tan bien atendida como ésta —respondió Oddi.

—¿Y no han jurado una tregua? —preguntó Ragnvald.

—Nunca. —Caminaron un rato en silencio—. Bueno, te veo muy pensativo.

—Egil dice que no hablará por mí... —dijo Ragnvald de pronto.

Luego tuvo que contarle el resto a Oddi.

—Egil Hrolfsson es sabio —comentó Oddi con solemnidad.

—¿Sabio? —se burló Ragnvald. No sabía si Oddi estaba bromeando, pero no le importaba—. Es un cobarde. ¿Cómo pude haberlo considerado amigo mío alguna vez?

—Cálmate, Ragnvald —dijo Oddi, que parecía divertirse con la grave situación de su primo.

Así que estaba bromeando. Al menos Svanhild habría compartido su indignación.

—¿Acaso esperabas que Egil corriera hacia la espada de Solvi? —continuó su primo—. ¿Sabiendo que Solvi probablemente podría llamar a una docena de testigos que os acusaran a ambos, tanto a ti como a Egil, de mentir?

—¿Con estas cicatrices? —dijo Ragnvald, levantando la barbilla. Las heridas aún le dolían.

—Podrías habértelas hecho en cualquier momento.

—Estoy prometido a su hermana.

—Eso fue sólo un pacto entre Hrolf y Olaf —repuso Oddi—. Y Olaf tiene otro hijo para una de las hijas de Hrolf. —Ante la mirada de Ragnvald, su primo continuó—. Sabes que te creo. Pero ya ves que...

Ragnvald se sacudió la mano de Oddi del hombro.

—Como quieras —dijo Oddi—. Hay un lugar para ti en el banquete de mi padre esta noche, si lo deseas.

—¿Qué noticias traes? —preguntó Ragnvald—. ¿Por qué tu padre se ha arriesgado a encontrarse con el rey Hunthiof si la tregua del *ting* le impide matarlo mientras estén aquí?

—¿No te has enterado de que el rey Harald de Vestfold ha llegado a nuestras costas, tal como se había profetizado? —dijo Oddi.

—¿Sí? ¿Ahora es rey del norte? —preguntó Ragnvald con sorna.

Al menos él y Oddi estaban hablando ahora con más cordialidad. Los bardos habían extendido por los fiordos occidentales las leyendas del joven Harald y de su habilidad con las armas.

—Tal vez vuelva a Vestfold y se autoproclame rey del norte —dijo Oddi—. Pero el motivo de que mi padre esté aquí es su alianza con Harald. Mi hermana Asa se ha casado con él. Mi padre viene al *ting* a reclutar.

—Ah... Entonces, ¿eso significa que el rey Hakon cree que Harald puede conseguirlo? —preguntó Ragnvald, tratando de digerir la noticia—. Es sólo un muchacho —añadió, sintiendo una ridícula punzada de celos por el hecho de que ese joven Harald ya lo superara; sin embargo, también experimentó otro sentimiento, una pizca de emoción que le revolvió el estómago: a través de Oddi podría ganarse la atención de grandes reyes.

—Harald todavía es joven —explicó Oddi—, pero creo que la mayoría de las leyendas no exageran. Es alto y fuerte. Lo he visto luchar contra nuestros guerreros más avezados y superarlos, al menos en los ejercicios de adiestramiento. Su madre es una hechicera, y su tío, que fue quien lo educó, es sabio y rico. Si alguien puede lograrlo es él. —Miró a Ragnvald, sonriéndole—. Y, de todos modos, creo que mi padre desea contar con el nombre de Harald para su contienda con Hunthiof. A mis hermanos no les gustará tener que repartirse Hålogaland y Stjordal entre ellos, pero la soberanía de Hunthiof sobre Maer será lo primero en caer.

Los antepasados de Hunthiof habían sido reyes al sur de Maer, mientras que los de Ragnvald habían gobernado el norte de Maer y Sogn. A lo largo de las generaciones, los reyes del sur de Maer habían mantenido su poder, mientras que el abuelo de Ragnvald sólo había sido rey del distrito de Sogn, su hijo, un *jarl* menor, y Ragnvald, nada de nada. Los hombres del norte de Maer y Sogn ya no juraban su lealtad a un rey: se defendían por su cuenta lo mejor que podían y pagaban impuestos a los *jarls* de turno, si es que los pagaban.

Un rey... Un verdadero rey de toda Noruega: Ragnvald no era capaz de imaginar lo que eso podía significar. Harald de Vestfold podría buscar aliados en Sogn, o podría ver ese territorio como un premio apetecible para los partidarios con los que ya contaba.

—Mira —dijo Ragnvald, señalando hacia los prados a sus pies—. Creo que Olaf ha llegado por fin. Tengo que ver a Svanhild, si es que ha venido con ellos. Cree que estoy muerto.

✝

Cuando Ragnvald llegó al campamento de Olaf, Svanhild estaba colocando piedras en torno a la base del espetón del que colgaba la olla. La muchacha, que se había ensuciado las manos tratando de calzar bien las piedras, estaba totalmente concentrada en la tarea, de manera que Ragnvald pudo acercarse antes de que ella alzara la mirada y lo viera. Svanhild se levantó de un salto y perdió la cofia por el camino al precipitarse hacia él. Ragnvald la alzó en volandas y, al notar el abrazo de su hermana, sintió que ya podía llorar por todo lo que había ocurrido desde la última vez que la había visto.

Cuando Ragnvald la dejó en el suelo, Svanhild todavía se aferraba a él.

—Ragnvald... Egil dijo que estabas... y Olaf... todos decían que...

—Lo sé —continuó él—. Que no estaba en este mundo.

—¡Ragnvald! —gritó Vigdis, que había aparecido de repente detrás de Svanhild, seguida muy de cerca por Olaf.

Habían pasado muchos meses desde que Ragnvald la había visto por última vez, y el recuerdo de su belleza no era nada comparado con volver a verla de nuevo. Ella lo miró detenidamente y, como suele ocurrir en estas situaciones, por un momento pareció que estaban solos el uno con el otro. Ragnvald notó que se ruborizaba y tuvo que obligarse a mirar a Olaf.

—Nos alegramos de saber que la noticia que nos trajo Egil no era cierta. Te quedarás con nosotros, por supuesto —dijo Olaf. Sus ojos grises lo miraban con una frialdad pétrea.

Ragnvald se armó de valor para oír lo que Olaf le diría a continuación: que había fallado al volver herido y con las manos vacías.

—Estoy con otra familia por ahora —respondió, sintiendo que le embargaba la misma frialdad que había percibido en Olaf—. Pero te agradezco la bienvenida.

—Tenemos que hablar —dijo Svanhild.

—Svanhild, te necesitan para montar el campamento... —repuso Olaf.

—¡Pensaba que estaba muerto! —replicó Svanhild, en tono acusador—. Vigdis, te las podrás arreglar sin mí, ¿no?

—Por supuesto —dijo su joven madrastra—. Querido esposo, puedo arreglármelas sin ella esta tarde.

Vigdis desapareció de nuevo en la tienda, y Olaf lanzó a Ragnvald otra mirada desafiante. Luego se encogió de hombros y se dirigió campo a través hacia el campamento de un vecino.

—Olaf no quería que regresaras —dijo Svanhild en cuanto se quedaron solos—. Y parece que estuvo a punto de conseguirlo —añadió, alzando el brazo para tocarle la mejilla.

Ragnvald le cogió la mano, para evitar que su hermana pudiera tocar el lugar donde poco antes se habían posado los dedos de Hilda.

—¿Cómo...? ¿Estás segura de eso?

Svanhild iba a responder, pero Ragnvald negó con la cabeza. De pronto, allí, ante la tienda de Olaf, se sentía expuesto.

—Ven. Vamos a caminar.

Condujo a Svanhild hacia el bosque de los sacrificios. Unos troncos caídos, unidos para formar unos toscos bancos, delimitaban el terreno. En aquella oscura arboleda hacía más frío y olía a tierra fértil.

Así que Olaf lo quería muerto. Olaf, que era amigo del rey Hunthiof, que había sugerido que Ragnvald zarpara en los barcos de Solvi... Eso explicaba el ataque de Solvi, para el que Ragnvald no había encontrado justificación alguna hasta entonces. Siempre se había rumoreado que Olaf había matado también al padre de Ragnvald, pero su madre le decía que no hiciera caso de esas habladurías. Él, sin embargo, las había creído en su infancia, cuando le convenía creerlas. Cuando odiaba a Olaf por castigarlo, por retenerlo, por no ser su padre.

—¿Cómo lo has averiguado? —preguntó—. ¿Estás segura?

—Sí —dijo Svanhild—. Cuéntame qué ocurrió.

Se sentaron, y Ragnvald le contó cómo lo había atacado Solvi, aunque no le dijo nada de su visión del lobo dorado. Svanhild le habría dado demasiada importancia, o demasiado poca. Ragnvald había repetido la historia tantas veces en los últimos días que ciertas escenas habían cristalizado en su mente. Trató de encontrar las palabras para describir de un modo verosímil lo ocurrido.

A cambio, ella le contó lo que había sospechado desde el principio, y cómo Einar, Sigurd e incluso su madre se lo habían ido confirmando uno tras otro. Ragnvald trató de imaginar la reacción de su madre, pero por el momento sólo podía percibir la rabia en el rostro de Svanhild.

—¿Qué dijo nuestra madre? —preguntó Ragnvald.

—Ya la conoces —contestó Svanhild con frialdad—. Se mostró ambigua y apática, como siempre. No te preocupes por ella. No está aquí. ¿Vas a acusarlo en el *ting*?

Olaf lo quería muerto y había pagado o instado a su amigo, el rey Hunthiof, para conseguirlo; su padrastro, que había sido tan responsable de su crianza como su padre.

—No lo sé.

La luz del sol penetraba entre las ramas de los árboles, aunque demasiado atenuada para que su calor llegara al bosquecillo.

—Hablaré por ti —dijo Svanhild.

—No puedes —respondió Ragnvald, sintiendo su propia voz como algo distante, como si llegara filtrada a través del agua—. «Una mujer sólo puede dar testimonio si no hay ningún hombre para hacerlo» o «si ningún hombre puede actuar como testigo», no lo recuerdo. «Ningún hombre menor de dieciocho años puede...»

De niño, Ragnvald había asistido a los juicios con su padre y había memorizado largos pasajes de la ley, con la esperanza de que un día podría impartir su propia justicia. Sólo recordaba algunos retazos.

—No hay ningún hombre para testificar —insistió Svanhild.

—Dices que Sigurd lo sabe, y él está aquí.

Svanhild lo miró burlona.

—Sabes que no lo hará.

—Tu juramento no se basaría en hechos, sólo en rumores. Y eres una mujer.

—Pero no necesitas mi testimonio —dijo Svanhild—. Al menos para acusar a Solvi. Egil lo vio todo.

Ragnvald se levantó de un salto.

—¿Te lo contó?

—Sí —confirmó Svanhild. Ella también se levantó, sacudiéndose el trasero.

—No testificará por mí, y no puedo confiar en que ninguno de los hombres de Solvi me defienda.

—¿Qué? ¿Por qué no?

Ragnvald se vio obligado a contárselo también a ella.

—¿Y qué vas a hacer? —preguntó Svanhild.

—Tú no puedes ser mi testigo, pero puedes recordarle a Egil lo que te contó y avergonzarlo para que testifique. Ven, acompáñame al campamento de Hrolf.

✝

—Lo dije —reconoció Egil.

Había vaciado un carcaj de flechas en el suelo y estaba inspeccionando todas las puntas para asegurarse de que volarían bien en el concurso de arqueros del día siguiente.

—Sí, lo dijiste. —Svanhild se plantó ante él, con los brazos en jarras.

—¿Quieres llamarme cobarde otra vez? —le dijo Egil a Ragnvald, ignorando por completo a Svanhild—. Traté de ayudarte.

—Eres un cobarde —dijo Svanhild.

Egil se estremeció.

—Quiero vivir. Solvi no perdona la traición.

—Pero no tiene ningún problema en ser él mismo un traidor —susurró Ragnvald. Luego, mirando a Egil, añadió—: Si no te importa que te llamen cobarde en privado, tal vez sí te importará que lo hagan en público.

Egil apretó la mandíbula, rehuyendo la mirada del que había sido su amigo. Ragnvald se volvió hacia Svanhild.

—Si mi amigo Egil continúa mintiendo, te llamaré como testigo. Pero Solvi podría acusarte de mentir, incluso Olaf podría hacerlo.

Svanhild levantó la barbilla.

—Pues que lo hagan. No tengo miedo de ninguno de los dos.

—Por favor —suplicó Egil en voz baja. Se puso en cuclillas para recoger las flechas y evitar así que ninguno de ellos pudiera pisarlas—. Hablaré con mi padre. Si puedo, testificaré.

Ragnvald se agachó para estrechar la mano de Egil. No era ningún compromiso firme, pero, si Ragnvald lo trataba como un amigo, Egil quizá también querría hacerlo.

—Tu hermana sigue siendo mi prometida, y tú juraste ser mi hermano de armas. Yo no haría menos por ti.

Egil sonrió, aunque su sonrisa casi parecía una mueca de dolor.

—Aún no éramos hombres cuando hicimos ese juramento.

—¿Crees que a los dioses les importa?

En las leyendas, ese tipo de juramentos duraban toda la eternidad; sin embargo, Ragnvald ya había comprobado que eso rara vez ocurría en la vida real. La fuerza de la mayoría de los juramentos se basaba en la amenaza de sangre o en la promesa de oro. O en la certeza de la vergüenza, que era lo único que Ragnvald podía ofrecerle a Egil.

Su amigo no respondió, pero tomó la mano de Ragnvald y se acercó a él hasta que sus hombros se tocaron.

—Te veré esta noche en el sacrificio —le dijo Ragnvald a Egil.

Tal vez la mirada de los dioses le daría la fuerza necesaria para testificar.

✛

Ragnvald y Svanhild se dirigieron hacia la cabaña de Olaf dando un rodeo, y ella lo cogió de la mano, como hacían de niños.

—¿Crees que se atreverá? —preguntó—. ¿Que acabará testificando?

Ragnvald suspiró.

—No lo sé. Tengo la impresión de que quiere hacerlo.

—No creo que Olaf renuncie nunca a la tierra de nuestro padre... A menos que lo mates —dijo Svanhild.

La mente de la joven saltaba con rapidez de un asunto a otro. Ragnvald lo sabía muy bien, lo había comprobado muchas veces cuando estaban juntos todos los días, cuando era capaz de anticipar las palabras de su hermana antes de que ella las pronunciara. Todavía no había tenido tiempo de pensar en lo que podía significar la implicación de Olaf en todo aquel asunto y, además, aún no contaba con pruebas, de modo que no podía acusar a su padrastro delante de todos.

—Sí, podría matarlo... —contestó Ragnvald, aunque no estaba seguro de ello—. Olaf ya es viejo.

Pero, en realidad, no era tan viejo. Además, los duelos eran imprevisibles, y Olaf había demostrado en más de una ocasión que estaba dispuesto a jugar sucio.

—¿De verdad? —preguntó Svanhild—. Es nuestro padrastro.

—Maté a otros por cosas mucho menos importantes en Irlanda —contestó en voz baja. Eso al menos era cierto—. Sí, podría matarlo. —Sería más fácil para él si Olaf no fuera quien era—. Aunque aún es un guerrero fuerte. Preferiría que simplemente me diera lo que prometió proteger.

—Podrías participar en otra expedición de saqueo —propuso Svanhild—. O irte en uno de los barcos que van en busca de nuevos asentamientos en Islandia. He oído que allí hay tierras que tomar. Un hombre fuerte puede ser señor de esas tierras.

—Es aquí donde yo tenía que ser un señor —replicó Ragnvald—. Svanhild, si no quieres testificar, puedo...

Ella lo interrumpió:

—Lo haré. Pero creía que estabas muerto, Ragnvald, y no quiero volver a pasar por eso. ¿Qué nos queda aquí? En Sogn sólo hay granjeros, viejas enemistades, sangre vieja... Todos los veranos se producen incursiones, vienen saqueadores... He oído hablar de esas nuevas tierras. Podrías llevar a Hilda allí. Y a mí también.

—El suelo de Ardal es más fértil que los páramos de Islandia. Es una tierra helada —repuso Ragnvald, aunque en realidad no tenía ni idea.

Igual que Svanhild, había oído historias de esa Islandia, con sus escarpadas montañas y sus extensos campos, con unos glaciares tan altos que las nubes los devoraban; una tierra llena de peligros y oportunidades. Pero también sentía la llamada de Ardal en la sangre. Los huesos de su padre, los de su abuelo, la estirpe de reyes que se remontaba hasta los mismos dioses, estaban allí.

—Ésta es nuestra tierra, Svanhild. Es mía, y la recuperaré para nuestra familia.

—Estuvieron a punto de matarte, Ragnvald. Sabes tan bien como yo que los juicios suelen comprarse con oro. Normalmente los gana el hombre más rico, no el más justo. Y quiero conocer nuevas tierras. Ya hemos hablado de esto otras veces.

—No poseo más que lo que llevo puesto —dijo Ragnvald, deseando que ella no lo hubiese obligado a hablar así—. Solvi tiene incluso la mitad de mi armadura en su barco. Tengo menos de lo que tenía cuando Olaf me envió a navegar. Así que no, no ofreceré mis servicios en otro barco. Y no nos aventuraremos en tierras desconocidas. El único camino posible es conseguir lo que es mío.

Ragnvald trató de hablar con Svanhild de cuestiones más ligeras, pero ella no estaba de humor para eso, y él tampoco, así que la condujo otra vez al campamento de Olaf. Mientras caminaban, Svanhild le contó que Thorkell se había presentado para pedir su mano, y que por eso ella estaba allí. Thorkell también había acudido a la asamblea, aunque con su propia familia, que por el momento lo mantenía ocupado y alejado de Svanhild.

—Había pensado en aprovechar la asamblea para huir —explicó la joven—, pero ahora resulta que tú estás vivo.

✢

Cuando el sol se hundió por debajo del horizonte, el rey Hakon encabezó la procesión al bosquecillo de pinos para celebrar los sacrificios. En el solsticio de verano, la oscuridad no duraría mucho. Ragnvald encontró un lugar cerca de Hilda y su familia. Hrolf simuló no fijarse en él, pero Egil le hizo sitio para que pudiera colocarse detrás de su hermana. Ragnvald tomó la mano de la joven antes de que empezaran los sacrificios; se sentía un poco tonto, pero era una sensación placentera: para él, la calidez y la presión de la mano de Hilda eran mucho más reales que los sonidos de la ceremonia.

Al otro lado del círculo, Olaf estaba junto a Vigdis, cuyo cabello dorado se veía carmesí a la luz del fuego. Ragnvald apartó la vista justo cuando la mirada de ella estaba a punto de cruzarse con la suya. Estando tan cerca de Hilda, no quería pensar en la belleza de Vigdis ni en sus insinuantes sonrisas. Al lado de Olaf se hallaba Sigurd, que parecía a punto de vomitar por la mera visión de la sangre. Svanhild estaba de pie junto a ellos, un poco apartada y con los brazos cruzados. Ni siquiera ella lo apoyaba tanto como él hubiera deseado.

Se oyó el lento repicar de un tambor, procedente de algún lugar más allá del círculo de antorchas. El rey Hakon dio un paso adelante. Llevaba ropa sencilla, tejida en casa y sin teñir, para que pudiera verse bien la sangre del sacrificio cuando se derramara. Pronunció las palabras rituales de agradecimiento a los dioses por la llegada del verano, por el buen tiempo y las buenas expediciones. Les pidió cosechas abundantes y éxito en los pillajes y, a continuación, levantó el hacha por encima de la cabeza y esperó. No le temblaron las manos, aunque Ragnvald sintió una punzada de compasión cuando los esclavos colocaron a la primera oveja bajo el hacha. Hakon era de la misma edad que Olaf: tenía los hombros anchos, una buena barriga, gruesas cejas rubias y arrugas en torno a la boca. Seguramente no había tenido motivos para luchar durante algún tiempo, porque llevaba la barba larga y trenzada, con pequeños anillos de oro que brillaban en el cabello canoso y rubio. Si Hakon no hubiera asistido al *ting*, Olaf o Hrolf se habrían encargado de los sacrificios y de pronunciar las bendiciones. O tal vez Hunthiof, aunque él no había venido. La exhibición de poder y riqueza de Hakon inclinaba a su favor la balanza, como un barco escorado por el viento.

Finalmente, Hakon descargó el hacha en el cuello de la primera oveja, que murió soltando un gran chorro de sangre y sin hacer ruido. A continuación, llegó el turno de una cabra y una vaca, que balaron y gimieron al ver la sangre ya derramada. Hilda observó el sacrificio sin apartar la mirada y sin moverse, aunque sus dedos se tensaron entre los de Ragnvald.

Un par de esclavos tiraron de un reticente buey hacia el círculo. El animal pateó y resopló, oliendo la sangre de los otros sacrificios. Pero los esclavos sabían cómo empujarlo hacia delante, ya engatusándolo, ya golpeándolo con varas. El hacha del rey Hakon descendió otra vez. La sangre le tiñó la cara y los brazos de rojo. Goteaba desde la barba y el cabello, y parecía uno de los guerreros enloquecidos de Odín de las viejas leyendas.

Cuando el buey finalmente se derrumbó en el suelo, Hakon levantó las manos al cielo y pronunció las últimas palabras del ritual, poniendo fin a los sacrificios del solsticio de verano. No hubo esclavos ese año: los sacrificios del cambio de año sólo requerían animales de granja, animales comestibles. A los dioses Freyr y Freyja no les gustaba que se desperdiciara la sangre derramada. Los sirvientes retiraron los animales del círculo de sacrificios y los llevaron a los grandes hoyos preparados para cocinarlos. Se hornearían bajo las ascuas calientes durante el día siguiente y, por la noche, un gran festín se extendería por toda la planicie rocosa de Jostedal.

Al terminar los sacrificios, Hakon dirigió otras palabras de súplica a Thor y a los hermanos Freyr y Freyja para que llevaran fertilidad a los campos, las suaves lluvias que harían crecer las semillas sembradas durante la primavera. Los sirvientes llenaron enormes cuernos con cerveza, y Hakon los fue bendiciendo uno a uno antes de pasarlos por el círculo. Al beber, los hombres y las mujeres susurraban sus propios deseos para el resto del año, algunos para sus adentros, otros compartiendo palabras afectuosas con los que tenían cerca.

Ragnvald cerró los ojos. Sabía que debería desear éxito en los juicios y casarse con Hilda, pero sólo podía pensar en la muerte de Olaf, y en si, llegado el caso, verdaderamente podría matarlo. Bebió —el olor de la sangre del sacrificio daba a la cerveza un gusto más acre— y pronunció la palabra «Sogn» en un murmullo inaudible para los demás. Cuando los cuernos regresaron a las manos de Hakon, el rey dio un largo trago y rugió, triunfante. La luz del fuego confería un tono dorado a su cabello. Tal vez fuera aquél el lobo dorado de Ragnvald.

Hakon invocó a Odín-Allfader, aludiendo a los hombres muertos y a los que morirían en el futuro. El viento agitó las hojas de un roble, y la mirada de Hakon pareció encontrar la de Ragnvald. La sangre le cubría las manos y tenía un ojo ensombrecido. En la noche del solsticio de verano, el velo entre el mundo de los dioses y el de los humanos era muy fino. Por un momento, Ragnvald dejó de sentir la mano de Hilda en la suya. Se asustó: las advertencias de Odín eran algo temible; sus héroes morían jóvenes y de manera dolorosa. Pero Odín era el dios de la batalla y de la prudencia, del engaño y del arte de reinar. Ragnvald necesitaba su magia, y la aceptaría fuera cual fuese el precio. Sostuvo la mirada de Hakon como encarnación de Odín, hasta que el rey volvió la cabeza y aquella temible advertencia pasó de largo.

8

A la mañana siguiente, Svanhild se quedó en el exterior de la tienda de Olaf con la esperanza de que Ragnvald la visitara otra vez. Podría llevarla a los juegos y las carreras, así se libraría de Vigdis durante un rato y disfrutaría del ambiente. O podrían dar una vuelta y hablar un poco más. No sabía nada de los viajes de su hermano, más allá de cómo habían acabado.

Desde lejos, Svanhild vio a dos hombres que practicaban con espadas de madera; ambos eran altos y atractivos, y estaban muy igualados. Se quedó observándolos, hasta que Vigdis la regañó por su mirada lujuriosa y le ordenó que recogiera los restos del desayuno.

Svanhild levantó la mirada cuando oyó que se acercaban hombres a caballo. Eran cuatro y cabalgaban por la planicie montados en caballos tan peludos como los ponis de los fiordos, pero con la altura y las largas crines típicas de las razas del sur. Todos eran guerreros. Sus pechos estaban revestidos de corazas de cuero gastado, y los destellos dorados de sus hombros, muñecas y cinturones daban testimonio de su destreza en la batalla. Hasta las bridas y los estribos de sus monturas mostraban destellos metálicos. Los caballos intentaban morderse y empujarse unos a otros mientras trotaban. Tal vez participarían en las luchas del día siguiente, un concurso prohibido a las mujeres, aunque Svanhild tenía la intención de encontrar la forma de presenciarlo.

Pensó que aquellos guerreros casi parecían salidos de una leyenda, hasta que se acercaron y vio que uno de ellos era bastante mayor y otro tenía un rostro de pesadilla, con la boca rota y mal cicatrizada, como hendida por un hachazo. Sin embargo, los rasgos del hombre que iba delante eran perfectos y simétricos, él sí podía ser el héroe de una saga.

—¿Está tu padre dentro, joven doncella? —preguntó el primer jinete al detener su caballo.

Al verlo de cerca, Svanhild pensó que nunca había visto a un hombre tan atractivo, con la barba bien recortada, del mismo color miel que el ámbar que llevaba incrustado en el broche de la capa, y con una sonrisa que centelleaba como el filo de un cuchillo.

—Mi padre está en su túmulo —respondió Svanhild, levantándose.

Se tocó el cabello. Aquella mañana se lo había cepillado hasta tenerlo brillante, y se lo había dejado suelto, sólo sujeto por una estrecha cinta de tela blanca. En aquel momento, se alegró de llevarlo así, porque vio que el hombre se fijaba en cómo su melena ondeaba tras ella y se rizaba en torno a sus caderas.

—Si buscas a mi padrastro, Olaf, no sé dónde está.

—¿Cómo te llamas?

—Svanhild Eysteinsdatter —respondió.

Uno de los caballos de los guerreros pateó con impaciencia. Una sombra fugaz cruzó el rostro del guerrero, antes de que la sonrisa reapareciera.

—Un nombre encantador para una mujer encantadora —dijo.

Svanhild ignoró el cumplido.

—Si conoces el mío, yo debería conocer el tuyo.

—Trata de adivinarlo —repuso el hombre, con una sonrisa pícara.

—¿Cómo voy a adivinarlo? —preguntó Svanhild, apartándose otra vez el cabello, y contenta de tener una excusa para mirarlo de pies a cabeza—. Te has perdido los sacrificios, así que supongo que no te preocupan mucho los dioses, y no eres de Sogn. Llevas una buena espada al cinto y te cortas la barba como un guerrero, pero hay muchos guerreros ricos en Noruega. Aun así, no llevas suficientes hombres contigo para ser un rey o un *jarl*.

—¿Ah, no? —preguntó el jinete, con un destello en las pupilas—. Ven a cabalgar conmigo y te contaré más.

Svanhild miró a su alrededor. Vigdis no estaba cerca. Sabía que no debería hacerlo, la criticarían si alguien la veía, y sin duda la verían. Pero, si le gustaba a ese joven, él podría interesarse por ella, y si tenía otras riquezas además de aquella magnífica espada, Ragnvald podría llegar a un acuerdo en su nombre. Svanhild se subió a una roca, tomó la mano que el hombre le ofrecía y montó delante de él en su caballo. Él la sujetó con familiaridad en torno a la cintura, con una firmeza que hizo que el estómago le diera un vuelco.

—¿Cómo debo llamarte hasta que adivine tu nombre? —preguntó Svanhild.

—¿Cómo quieres llamarme?

—Tienes el pelo rojo como una llama. Te llamaré Loki. Y tal vez, cuando te sientas lo bastante ofendido, me dirás tu nombre. —Le sonrió por encima del hombro.

—Nunca podrías ofenderme, Svanhild.

A ella le gustó su forma de pronunciar el nombre, como si compartieran un secreto. El guerrero hizo un gesto a sus amigos levantando la barbilla, indicándoles que se alejaran campo a través en sus monturas.

—¿Has estado en el glaciar? —preguntó el joven, señalando el muro de hielo que se alzaba en la distancia.

Svanhild negó con la cabeza. Por la noche, el glaciar emitía unos profundos lamentos que parecían los sonidos de gigantes agitándose en sueños. El temor debió de reflejarse de alguna forma en su cuerpo, porque el guerrero la atrajo hacia él y le dijo al oído:

—No te asustes, no permitiré que te caigas.

Svanhild se agarró a la crin cuando el caballo se encaramó por la pendiente rocosa que se alzaba sobre el campamento, y miró al frente para no tener que ver la altura a la que habían trepado.

—Tu caballo pisa con firmeza —dijo Svanhild—. ¿Piensas luchar con él?

—Con ella —respondió el guerrero, inclinándose hacia delante al ascender.

Svanhild sintió en su espalda la calidez del pecho del jinete.

—¿Y qué sabe una doncella de caballos de batalla?

—Sólo lo que he oído —contestó Svanhild, preguntándose si había cometido un error al llevar la conversación a un terreno impropio de una mujer.

—Entonces tengo un consejo que tal vez desconozcas: nunca luches con tu propio caballo, sólo apuesta por otros. —Se echó a reír, y Svanhild sonrió, aunque él no podía verla—. De todos modos, esta yegua es demasiado juiciosa para luchar. Sólo se puede provocar a los sementales.

—Entonces, los caballos no son tan distintos de las personas —replicó Svanhild, aunque ella misma a menudo deseaba luchar.

Cuando alcanzaron la cima, él bajó primero y la ayudó a desmontar. En el rato que habían tardado en llegar hasta allí, el cielo se había cubierto de nubes. Empezó a soplar el viento, y el aliento gélido de la cueva de hielo los alcanzó. Svanhild lamentó no haber llevado su capa.

—Eres bajo... —dijo al ponerse en pie junto a él.

Aun así, era muy atractivo y le dedicó una sonrisa cómplice, de modo que ella sólo se atrevió a mirarlo fugazmente, ahora que tenían los rostros a la misma altura. Luego apartó la mirada, sonrojándose.

—... Y lo bastante rico para tener un buen caballo y un broche de oro para la capa —añadió—. En cambio, tu coraza está gastada, así que creo que, si eres un rey, lo eres de un lugar muy pequeño.

Svanhild sonrió tras este último comentario, y él le respondió con otra sonrisa.

—También es posible que esta armadura me haya salvado muchas veces y no quiera cambiarla por otra más bonita —dijo el guerrero.

Svanhild tuvo que apartar la mirada de nuevo, y la posó por primera vez en la cueva de hielo. El azul era más brillante que una piedra preciosa.

—Cuéntame más para que pueda adivinar quién eres.

—Prefiero que me hables de ti, bella Svanhild. Lo único que sé de ti es tu nombre.

Había muy poco que contar.

—Mi padre fue un fanfarrón, mi abuelo fue rey... —Casi parecía un verso—. Mi padrastro ha intentado matar a mi hermano, y todavía podría hacerlo.

Se le formó un nudo en la garganta y se quedó callada. El aire frío de la cueva hizo que notara el calor en sus mejillas. Trató de recordar algo de lo que Vigdis le había enseñado acerca de cómo captar la atención de un hombre. Las lágrimas no servían, eso lo recordaba bien.

—¿Quiere matar a tu hermano? —preguntó el hombre—. ¿Cómo lo sabes?

—Envió a mi hermano Ragnvald a una expedición para que lo matara Solvi Klofe. Y él trató de hacerlo, pero Ragnvald sobrevivió.

—Sobrevivió... —dijo el guerrero lentamente.

Svanhild se volvió a mirarlo.

—Eso está bien —agregó él—, pero no te he preguntado por tu familia. Te he preguntado por ti.

—Soy una chica criada en una granja —contestó ella.

¿Qué más podía contarle? ¿Que se le daba muy mal hilar la lana? ¿Que golpeaba a su hermanastro con su propia espada?

—Creo que mi hermano debería navegar al otro lado del mar y llevarme con él. Me he pasado toda la vida viendo las mismas montañas.

—¿Y adónde quieres ir?

—A cualquier sitio, a todas partes.

Había pensado en ello a menudo. Se suponía que Ragnvald tenía que encontrarle un guerrero con el que casarse, uno que quisiera ir hasta Escocia y más allá, y llevarla con él para los grandes asedios del invierno. O que deseara establecerse en Islandia o en las islas Orcadas, como ella le había propuesto a Ragnvald. ¿Por qué tenía que decidir él? ¿Por qué tenía que ser él quien viajara?

—Yo podría llevarte —dijo el joven guerrero, acercándose para mirar hacia el interior de la cueva. Olía más a mar que a tierra.

—¿Debería haberte puesto el nombre de un dios del mar, en lugar del de un embaucador? No, creo que seguiré llamándote Loki, lleno de fuego y artimañas.

Sólo estaba coqueteando, pero vio, o percibió por la forma en que él se movía, que sus palabras lo habían incomodado.

—Vamos —propuso el guerrero—. Podemos caminar un poco hasta la entrada.

Svanhild miró las fauces azules del glaciar, la negra oscuridad de sus recovecos. Incluso yendo con Ragnvald, en quien confiaba plenamente, le habría dado miedo entrar allí; se dijo que no debía aventurarse en esas profundidades con un hombre cuyo nombre aún desconocía.

Él le tendió la mano.

—No tengas miedo de mí —dijo.

Apartó la mirada casi con timidez cuando Svanhild aceptó su mano. No debería haber llegado tan lejos con él, pero ya no podía echarse atrás. En los terrenos sagrados del *ting*, él nunca le haría daño aunque deseara hacérselo, y esa última mirada había hecho más para ganarse su confianza que todas las palabras que hubiera podido decir.

Alguien había estado allí antes, hollando una oscura y tosca senda en el hielo por la cual resultaba bastante fácil avanzar. No podían seguir cogidos de la mano, así que Svanhild apoyó su mano en el hombro del guerrero y él la guió por las húmedas y azules paredes del glaciar hasta que el cielo gris apenas se adivinaba detrás de ellos. Encontraron un reguero de agua que caía en cascada hasta una poza muy profunda y que iba tomando distintos tonos de azul, desde el más claro hasta el más oscuro, antes de precipitarse en la oscuridad.

—¿Estamos en otro mundo? —susurró Svanhild.

—Tal vez... Mira, ya te he llevado a un lugar diferente —susurró él a su vez.

—Es cierto.

—¿No crees que tendrías miedo en las largas travesías por mar? El viento te enredaría el cabello. —Le tocó la larga melena que le caía sobre los hombros. Svanhild se estremeció, más por el contacto que por el frío. Él aprovechó la oportunidad para cubrirle los hombros con una parte de su capa.

—El viento también enreda mi cabello en Ardal —repuso Svanhild—, y lo único que puedo ver allí son vacas y ovejas.

Sintió una punzada de nostalgia, pese a que la esperanza hacía que su corazón latiera más deprisa. Si fuera tan sencillo como eso... Si sólo se tratara de encontrar un marido que se la llevara... Se vería obligada a dejar a Ragnvald, pero de todos modos algún día tendría que marcharse de su lado. Él quería quedarse en Ardal para cumplir con el deber de generaciones anteriores. Ragnvald nunca había deseado marcharse.

—Te llevaría conmigo —dijo el joven, con una intensidad en la voz que la sorprendió—. Tengo barcos, hombres, riquezas. No soy un rey, pero mi padre sí lo es.

En su apasionamiento, Svanhild pensó por un momento que aceptaría. Lo aceptaría aunque tuviera que ser su concubina. Lo haría si él podía hacer que se sintiera así aunque sólo fuera de vez en cuando.

—El hijo de un rey... —repitió ella. Lo miró otra vez. Había algo familiar en él: era hijo de un rey, de baja estatura, con el cabello y la barba rojos...—. Eres muy bajo... —De pronto, se apartó de él—. ¡Eres Solvi Klofe, Solvi el Paticorto, el mismo que intentó asesinar a mi hermano! —Retrocedió. Había levantado demasiado la voz, y la expresión del joven guerrero le indicó que había acertado—. ¿Y ahora quieres vengarte conmigo? ¿O hacerme parecer estúpida? —No, eso había sido culpa suya—. Llévame otra vez a mi tienda.

Él se acercó a ella con una expresión afligida.

—Nunca te haría daño.

—¿Nunca? —Se apartó, horrorizada—. El dolor que ya me has provocado es muy superior a cualquier daño físico que hubieras podido hacerme. Ragnvald es mi hermano. Y espero que te mate.

—Yo no quería... —Solvi parecía turbado—. Me alegro de que esté vivo. Te prometo que... —empezó a decir, extendiendo las manos.

—¡No prometas nada! —gritó Svanhild—. ¡Tus promesas no tienen ningún valor!

—Si cualquier hombre se atreviera a decirme algo así, lo mataría sin pestañear. —La voz de Solvi se había endurecido de repente—. Ahora ya sabes quién soy, así que deja de decir sandeces.

—Un hombre te dirá en los juicios exactamente lo que acabo de decirte.

—¿Acaso eres vidente? —preguntó Solvi en un tono amenazador, ya sin tratar de aplacarla.

Aquel repentino cambio asustó a Svanhild: aquel hombre podía pasar de la broma a la amenaza letal en un instante. No era de extrañar que Ragnvald no hubiera visto venir su traición.

Svanhild retrocedió un poco más, tratando de seguir la senda marcada en el hielo, pero sin apartar los ojos de él.

Sin embargo, dio un paso en falso y resbaló, y Solvi tuvo que abalanzarse para sujetarla. Svanhild se agachó un momento antes de levantarse otra vez, parpadeando para contener las lágrimas. Le dolía el tobillo, pero no creía que fuera más que una torcedura. Se apartó de él y empezó a descender hacia el mundo de la luz diurna.

—Deja que te lleve —dijo Solvi cuando alcanzaron el borde de la cueva. Su caballo todavía estaba bajo los árboles, mordisqueando brotes tiernos.

—Si Ragnvald te ve conmigo, te matará —repuso Svanhild.

—No lo hará. Es consciente de que eso condenaría a su familia.

Parecía arrepentido, y Svanhild vio algo más en él: la verdadera fortaleza de Solvi residía en su capacidad de hacer lo que otros no harían. Él no temería las consecuencias de sus actos. Sembraría la discordia y se reiría. Svanhild desterró aquel pensamiento: no quería ver nada admirable en Solvi, ya lo encontraba demasiado atractivo.

—Y, además, mis hombres lo matarían antes de que él pudiera acercarse a mí —añadió Solvi.

—Ya lo intentaste una vez —repuso Svanhild, elevando la voz—. Tal vez seas tú quien no pueda matarlo.

Solvi sonrió sin razón aparente.

—Tú no me quieres muerto, bella Svanhild.

—Sólo yo sé lo que quiero.

—Pues yo no quiero que me odies.

Svanhild no supo qué responder a eso.

—Entonces, llévame de regreso al campamento —dijo con altivez. Le dolía el tobillo.

Solvi la ayudó a montar delante de él otra vez. Cuando empezaron a descender por la pendiente, Svanhild trató de no resbalar sobre el cuello de la yegua, intentando al mismo tiempo mantener la separación entre ella y el guerrero. Le abochornaba recordar que antes le había permitido acercarse tanto.

Svanhild mantuvo la cabeza alta mientras cabalgaban de nuevo hacia el campamento de Olaf. Su padrastro y Vigdis estaban ante el pabellón familiar, observándola.

—Quiero hablar contigo —dijo Olaf con frialdad, y Svanhild tardó un momento en darse cuenta de que se estaba dirigiendo a Solvi y no a ella.

Solvi no prestó atención a Olaf. Bajó de su yegua y tendió una mano para ayudar a Svanhild. Ella aceptó sin pensar, y él le dedicó otra de sus sonrisas, que se amplió al ver que Svanhild fruncía el ceño. Probablemente pensaba que el paseo de vuelta de alguna manera la había reconciliado con él. Bueno, pues no se ganaría sus favores con tanta facilidad.

—Teníamos un acuerdo, Solvi Hunthiofsson —le recriminó Olaf.

—¿Es éste el lugar donde te gustaría discutir nuestro acuerdo? —preguntó Solvi, mirando a su alrededor.

Estaban rodeados de miembros de la familia de Olaf, así como de otros que habían acudido a saludar a Solvi.

—No —masculló Olaf—. Vamos a mi tienda y bebe conmigo. —Miró a Svanhild, luego otra vez a Solvi—. Mi hija te esperará.

—Se ha asegurado de informarme de que no es tu hija —dijo Solvi. Sus ojos se posaron en Svanhild un momento, y ella, por más que lo intentó, no pudo apartar la mirada ni bajar la cabeza—. Pero vale, que nos espere mientras disfruto de tu hospitalidad.

Svanhild miró a los dos hombres: Olaf, alto y frío como si fuera de piedra, y Solvi, que, aunque más pequeño, llevaba las riendas del poder gracias a la fuerza de su personalidad y de su sangre, con la arrogancia de los reyes y la fortaleza de un guerrero —por corta que fuera su estatura— en pleno esplendor.

Vigdis le hizo una seña a Svanhild para que la siguiera hasta la cocina. Una vez allí, sacó dos copas de peltre y un barril de cerveza.

—Escucha, pero no hables —le dijo a Svanhild en un susurro apremiante. Detrás de ella, en el suelo, el pequeño Hallbjorn dio unos golpecitos en la tierra—. Lo has hecho bien. Este Solvi está embelesado contigo, lo he visto perfectamente. Si no quieres casarte con Thorkell, haz que Solvi te desee más.

—Solvi trató de matar...

—He dicho que escuches —la cortó Vigdis—. El resentimiento es para los hombres. Piensa en lo que podrías hacer por tu hermano como prometida de Solvi. Llévales cerveza. Y deja que tu cabello caiga sobre el hombro de Solvi. No seas demasiado audaz, pero quédate cerca cuando le sirvas y... —Hizo una pausa y sonrió—. De acuerdo, vete ya. Te has desenvuelto bien tú solita. No necesitas mi consejo.

Svanhild se sentía como un bloque de madera cuando recorrió los escasos pasos que la separaban de la tienda de Olaf. No tenía intención de seguir coqueteando con Solvi. Ya había coqueteado demasiado, y ahora se avergonzaba de ello. Si aquel hombre la reclamara —se estremecía sólo de pensarlo—, si ella daba su consentimiento... Ragnvald nunca la perdonaría por ello.

—Tu acuerdo era con mi padre, no conmigo —estaba diciendo Solvi cuando Svanhild entró con la cerveza.

Solvi hablaba en un tono desdeñoso, y el rostro de Olaf parecía una nube de tormenta. Svanhild se encogió de miedo. La rabia de Olaf gobernaba Ardal, aunque no parecía que a Solvi le preocupara demasiado.

—Ha sido tu error lo que nos ha traído hasta aquí —replicó Olaf, haciendo caso omiso de la cerveza que Svanhild había puesto delante de él—. Si hubieras hecho lo que debías, ese advenedizo no estaría ahora pleiteando contra nosotros.

A Svanhild le tembló la mano al dejar la copa de Solvi delante del joven guerrero. Él la cogió antes de que se derramara, poniendo la mano sobre la de Svanhild, que la apartó como si ese contacto le quemara la piel. Solvi levantó las cejas, con expresión traviesa, y luego se volvió otra vez hacia Olaf.

—Como he dicho, tu acuerdo fue con mi padre, no conmigo. Ragnvald se portó como un buen guerrero, pero, si decide pleitear, no cuenta más que con su palabra. Nadie alzará su espada para defenderlo. Nadie lo apoyará como testigo. Y, cuando haya terminado, habrá acusado falsamente al hijo de un rey.

—Sigue vivo —repitió Olaf.

¿De verdad a Olaf no le importaba que Svanhild pudiera oírle decir eso? ¿Creía que era tan cobarde como él? ¿O imaginaba que el temor a la furia de su padrastro le impediría contarle a Ragnvald lo que acababa de oír? Svanhild se quedó quieta, sosteniendo el barril de cerveza por si pedían que rellenara de nuevo las copas, pero apenas habían bebido.

—Es lo que yo deseaba —dijo Solvi, mirándola a ella.

—No puedes ser tan estúpido —se atrevió a decir Svanhild—, o pensar que yo lo soy.

—Entonces, digamos que los dioses frenaron mi mano —insistió Solvi, todavía dirigiéndose a ella.

Svanhild lo creyó, aunque no cambiaba nada.

—¿Así que fueron los dioses? —preguntó Olaf, mirándolos con incomodidad—. ¿Cómo se supone que debo gobernar Ardal con ese alborotador por aquí?

—No es problema mío. No tengo ningún interés en tu pequeña granja ni en tus negocios —contestó Solvi con desdén. Entonces volvió a mirar a Svanhild—. Sólo me interesa ella: dame a este cisne como concubina, y yo te cederé hombres para defender tu tierra. He oído que los necesitas.

Svanhild tuvo que contenerse. Eso explicaba que Olaf le hubiera permitido oír aquella conversación. Su padrastro se planteaba aceptar la proposición de Solvi, por mucho que el hijo de Hunthiof estuviera insultándolo al pedirla como concubina: los guerreros harían de Olaf un hombre importante otra vez, más que su primo Thorkell.

—¡Nunca lo aceptaría! —gritó Svanhild—. He oído lo que habéis dicho. Se lo contaré a Ragnvald. ¡Testificaré contra vosotros!

Solvi se echó a reír.

—¿El testimonio de una muchacha? ¿Qué valor tendría eso? —Y entonces, sin esperar respuesta, se levantó y le dijo a Olaf—: Es una auténtica salvaje. Mi oferta se mantiene. Envíame a la chica si estás de acuerdo.

—¡Nunca! —gritó Svanhild.

En cuanto Solvi se marchó, Olaf la agarró del brazo con tanta fuerza que la dejó magullada.

—Eres una chica estúpida —dijo, empujándola hacia delante—. Debería darte una buena paliza.

—No querrás dañarme antes de venderme a alguien —replicó Svanhild, temblorosa.

—Si testificas contra mí, te daré tal paliza que no servirás ni como concubina. Ningún hombre querrá mirarte cuando termine contigo.

La llevó a rastras desde la tienda hasta la zona de la cocina, donde estaba Vigdis. Su joven esposa puso cara de sorpresa al verlos entrar de ese modo: Svanhild pateando y Olaf sujetándola por el brazo.

—Mantenla atada —le dijo a Vigdis—. No quiero que vea a nadie hasta que terminen los juicios.

Y, dicho esto, lanzó a Svanhild contra un saco de grano con tal violencia que la dejó sin respiración. Los gritos de la joven quedaron ahogados por los sacos cuando Olaf le dio la vuelta y Vigdis le ató las manos a la espalda. Luego, su padrastro tiró de la cinta que llevaba en el pelo hacia delante y se la ató en torno a la boca para que no pudiera gritar. La obligó a darse la vuelta otra vez.

—No vuelvas a intentarlo —le advirtió—. Las cosas pueden ponerse mucho peor para ti.

El pequeño Hallbjorn, que estaba observando la escena con los ojos muy abiertos, se echó a llorar. Vigdis lo levantó y lo sostuvo en su cadera, meciéndolo hasta que se calmó, aunque todavía miraba asustado a Svanhild.

—Será una faena encargarme de ella —protestó Vigdis antes de que Olaf se fuera.

—Te regalaré un broche nuevo —contestó él.

Vigdis se limitó a asentir. Cuando Olaf se marchó, la joven se arrodilló al lado de Svanhild.

—Eres una chica estúpida —dijo casi con amabilidad—. Has ofendido a todos los hombres que podrían ayudarte. —Svanhild la miró—. Bueno, te queda Ragnvald, que supongo que querría ayudarte. Aunque no parece que esté en sus manos, ¿no? Además, se enterará de tu paseo con Solvi y se preguntará si le queda algún amigo en el mundo.

Dicho esto, Vigdis se llevó a Hallbjorn fuera y le pidió a Sigurd que lo vigilara durante la tarde. Cuando volvió, Svanhild pateó y la maldijo entre dientes desde detrás de la mordaza, hasta que estuvo demasiado agotada para moverse.

Poco después se durmió y, cuando se despertó, Vigdis se había ido. Intentó desatarse, pero no llegaba a los nudos y apenas podía mover las muñecas. Forcejeó un poco más y luego se derrumbó contra los sacos de grano, para ahorrar fuerzas. Todo el mundo se marcharía para el banquete de la noche; tal vez pudiera escaparse entonces.

9

La mañana siguiente a los sacrificios corrió por todo el campamento la voz de que había llegado Solvi. Ragnvald, que participaba en una competición de tiro con arco contra Egil, tenía los nervios a flor de piel. En los aledaños del terreno de la competición, Solvi apostaba y hablaba en voz alta. Ragnvald apenas podía pensar en otra cosa que no fuera su juicio inminente, y clavó más flechas en el suelo que en la diana.

Aquella misma tarde, sin embargo, su rabia por la presencia de Solvi lo estimuló para ganar una carrera a pie. Ragnvald miró para comprobar si Solvi había presenciado su triunfo, tan similar a la competición sobre los remos, pero no pudo distinguirlo entre los hombres más altos que se habían agrupado allí.

Ragnvald había oído que Hunthiof no había venido con su hijo. Mientras se recuperaba de la extenuante carrera, trató de pensar en lo que esa ausencia podía significar para él. De entrada, Solvi contaría con menos hombres para intimidar a los componentes del jurado.

Después de la carrera a pie, varios de los guerreros de mayor edad participaron en una competición de lanzamiento de hachas. El mismísimo rey Hakon se llevó el premio. Luego, una compañía itinerante llegó a mediodía con un oso amaestrado, que hizo piruetas y equilibrios manteniendo una vejiga de cerdo inflada en la punta de la nariz. Hakon regaló a todos los miembros de la compañía un puñado de piezas de plata, y Ragnvald se preguntó por qué Svanhild no había ido a ver el espectáculo. Le encantaba ver danzar a los osos.

Aquella noche, el rey Hakon invitó a todos los hombres de Sogn. El mayordomo de Hakon sentó a Ragnvald en una mesa baja, lejos de la tarima principal, un lugar de más categoría que el que correspondía a los granjeros libres, pero inferior al que ocupaban los guerreros y la mayoría de los mercaderes. Ragnvald no vio a Olaf ni a Vigdis, pero eso no le extrañó. Cada mesa estaba situada en torno a su propia hoguera, y los rostros se convertían en meras sombras en la oscuridad de la noche.

Hakon había llevado a dos de sus esposas para que ejercieran de anfitrionas, y a varias de sus hijas para que compartieran copas con sus invitados más apreciados. Las esposas de Hakon dispusieron una buena cena: enormes ruedas de queso como primer plato y miel para el pan, y, a continuación, pescado salado hervido en leche y fruta dulce, tanto fresca como confitada. Por último, se sirvió la carne del sacrificio, cocinada a fuego lento en su propia grasa y tan tierna que se deshizo cuando Ragnvald la pinchó con su daga para ponerla encima del pan. Sin embargo, como estaba sentado muy lejos del rey, la cerveza no le llegó hasta que ya había terminado la mitad de la comida, pero al probarla notó que tenía un gusto intenso, endulzado con las manzanas del verano anterior.

Los hijos legítimos de Hakon también habían acudido. Heming el Pavo Real ocupaba la mesa más alta, vestido con una túnica de seda azul y un cinturón ancho con una hebilla de oro que había obtenido recorriendo la Rus y comerciando con el rey sueco en Kiev. Él y sus hermanos menores bromeaban y charlaban sobre el entarimado; Oddi estaba con ellos, y su pelo oscuro destacaba entre todas las melenas blanqueadas. El grupo hablaba en un tono demasiado alto, pero a Ragnvald le pareció que aquello era intencionado.

Hakon puso su brazo en torno a Heming, y su hijo mayor le dijo algo que hizo que el rey se echara a reír. De repente, Ragnvald sintió que le costaba tragar la comida. Nunca contaría con los mismos favores que esos hombres. No habría contado con ellos ni aunque su padre hubiera conservado sus tierras, pero al menos podría haber empezado con algo, no sólo con la enemistad de Olaf.

Debería haber pedido que lo sentaran con la familia de Adisa. Lo habían acogido en su tienda todas las noches como si fuera uno de ellos, y lo habían animado en la carrera en la que había participado. Sin embargo, cuando llegó al banquete de Hakon, había preferido esperar a ver dónde lo colocaría el mayordomo del rey para conocer mejor su estatus.

Ragnvald volvió su atención hacia los mercaderes que se sentaban a su lado. A algunos los conocía de las asambleas de años anteriores, y escuchó mientras hablaban de los lugares a los que habían viajado. Después de que hablara uno que había llegado hasta Constantinopla, la conversación se centró en cuestiones más cercanas al hogar.

—Ya casi no puedo navegar por la costa de Noruega sin que los reyes del mar me roben toda la mercancía —protestó el hombre que había estado en Constantinopla.

—¿Por qué volver aquí? —preguntó otro—. El clima es mucho mejor en Inglaterra.

—Son pobres por la guerra —intervino un tercero—. Pero París todavía puede permitirse buenas pieles y esclavos escandinavos.

El primer mercader volvió a intervenir.

—Y Solvi es el peor de todos —insistió—. El próximo verano compraré mis pieles en Vestfold, aunque cuesten más. El rey Harald promete librar Noruega de estos reyes del mar que estrangulan el comercio.

Eso atrajo la atención de Ragnvald, y los otros mercaderes también mostraron mayor interés. Como rey, Harald buscaba establecer centros de comercio —al estilo de Hedeby, en Dinamarca— en distintas ubicaciones a lo largo de la costa escandinava, y además pensaba protegerlos de los saqueadores. No era de extrañar que el rey Hakon quisiera ser aliado de Harald: el rey que contara con un centro así en sus tierras se enriquecería gracias a los impuestos y el comercio, y Harald no podía esperar administrarlo todo por sí mismo. Ragnvald siguió la conversación con interés, hasta que los mercaderes empezaron a alardear de nuevo, comparando sus grandes ventas. Ya estaba harto de oír hablar de riquezas. Por su parte, sólo contaba con unas pocas onzas de plata y los cimientos del viejo salón de su padre, que ahora Olaf pretendía arrebatarle.

Los hombres que se sentaban por debajo de Ragnvald eran granjeros de Sogn, hombres a los que había visto en todos los *tings*, hombres que se mezclaban en su recuerdo. Hablaban del cotilleo del día: Solvi había llevado a una mujer soltera de buena familia a dar una vuelta por la llanura. Por más que lo intentó, Ragnvald no logró captar el nombre de la mujer en la conversación y, cuando preguntó, pareció que todos los granjeros tenían otras noticias que contarle. Bueno, al menos no podía ser Hilda; Solvi nunca elegiría una mujer tan alta.

Al lado de Ragnvald, un hombre cayó de rodillas y vomitó la exquisita carne del sacrificio. En la mesa principal, dos hombres desenvainaron sus espadas uno contra otro. Los guardias de Hakon no hicieron nada por interrumpir la pelea, pero condujeron a los dos guerreros a una zona adecuada para el duelo. Los bancos se vaciaron cuando la mayoría de los presentes se levantaron para presenciar la pelea.

La multitud atrapó a Ragnvald y lo arrastró hasta el centro del círculo donde los contendientes se preparaban para el duelo. Desde aquella posición privilegiada, observó cómo los dos hombres, uno moreno y otro rubio, iguales en estatura y corpulencia, daban vueltas calibrando sus fuerzas, ambos con la espada desenvainada y el escudo atado a la mano izquierda. El sol se había puesto, pero la luz del crepúsculo, que se resistía a desaparecer, teñía el cielo de un rosa grisáceo, haciendo que los luchadores parecieran sombras con los rasgos desdibujados. Como no había ninguna antorcha que iluminara el combate, hasta que se volvieron Ragnvald no pudo ver que el hombre rubio era Heming, el Pavo Real, el hijo mayor de Hakon, atractivo y altanero. Tenía la barba bien recortada, para presumir de la línea recta de su mentón. Llevaba la larga melena —que se había cepillado hasta dejarla lisa y suave como la madera pulida— recogida a la espalda con una tira de cuero. El hombre de cabello oscuro vestía una cota de malla de fabricación casera y de aros largos que entorpecía sus movimientos; las mangas de Heming, en cambio, hechas de seda importada del extranjero, se hinchaban al viento, y su cota de malla era también fina y ligera, plateada como hojas de abedul.

La primera arremetida de la pelea había dado paso a un ritmo mesurado, con Heming y su oponente moviéndose en círculos y amagando golpes tanto con los escudos como con las espadas. El hombre de cabello oscuro se movía despacio hasta que se decidía a atacar, y entonces se precipitaba hacia su oponente como un rayo. Heming, en cambio, fluía como un líquido, sin permanecer mucho tiempo en un mismo lugar y sin proporcionar nunca un objetivo fijo.

Ragnvald se descubrió deseando que ganara el hombre de cabello oscuro. Le recordaba a él: moreno, rostro serio, entre todas aquellas cabezas rubias. El ritmo de la pelea se aceleró. Heming y su oponente se golpearon con los escudos, rodeados de un silencio estremecedor. El bullicio de la fiesta se había ido apagando, y todos se habían detenido para observar a los contendientes. Al principio, la pelea parecía igualada, hasta que el escudo de Heming perdió su último trozo de madera, dejándolo sólo con el asidero de hierro en su puño enguantado. Le lanzó el asidero a su oponente, ladrando un insulto que Ragnvald no consiguió entender.

El hombre de cabello oscuro también lanzó a un lado lo que quedaba de su escudo. Era lo más honorable que podía hacer, aunque no lo más prudente. El sonido de las hojas entrechocando empezó a resonar en la planicie, y los murmullos inquietos de los presentes se sucedieron. Un duelo a muerte no era la clase de pelea que a los hombres les gustaba ver en el *ting*. Era mucho mejor un desafío a primera sangre o herida, en los que se permitía que el perdedor comprara su vida. Ragnvald se abrió paso entre la multitud para situarse al lado de Egil.

—¿Quién es el oponente de Heming? —preguntó.

—El *jarl* favorito del rey Hakon, Runolf —contestó Egil, que parecía ansioso—. Mi padre me ha dicho que esta pelea se ha estado gestando desde hace mucho tiempo.

—¿Cómo puede ganar ese Runolf? Aunque mate a Heming, se ganará la enemistad de Hakon.

Egil dio un trago a su cerveza.

—No puede ganar —convino.

Ragnvald examinó con más atención a Runolf: la tensión grabada en su rostro; la mandíbula apretada; los músculos del cuello que sobresalían como sogas... Heming luchaba con desenvoltura y gracia; Runolf lo hacía con una determinación desalentadora, atrapado en una situación imposible sin otra salida que la muerte o quedar fuera de la ley. Ragnvald miró fugazmente a Hakon. El rey observaba la disputa, atento como un halcón, frunciendo las pobladas cejas, y Ragnvald se preguntó qué resultado deseaba. Los hombres no siempre desean lo mejor para sus hijos.

Runolf tropezó y Hakon empezó a adelantarse, pero se contuvo.

—Su destino lo ha colocado en esta posición —dijo Egil—. No puede aspirar más que a morir con la espada en la mano.

Egil tenía razón. Runolf esquivó dos golpes más de Heming y trastabilló otra vez. Ragnvald dio un paso hacia él sin pensar, como si quisiera ocupar el lugar de Runolf, pero ¿quién era ese hombre para él? Un guerrero prudente se mantendría alejado de una pelea como aquélla.

Runolf hincó la rodilla en tierra, se puso en pie con dificultad otra vez y trató de levantar la espada, pero la de Heming llegó antes: un fuerte golpe contra el costado del cuello que falló y se le clavó en el hombro. El primogénito de Hakon se esforzó por liberar su espada, mientras Runolf caía y levantaba el brazo del escudo una última vez, pese a que la muerte ya lo reclamaba. La sangre en las manos de Heming se veía negra en los estertores del anochecer.

—¿Runolf tiene familia para vengarlo? —preguntó Ragnvald, conmovido.

Miró a Egil, cuyos ojos todavía estaban fijos en la herida oscura. Una mujer dio un paso, con la cara como un acantilado que se derrumba, y colocó su velo sobre los ojos de Runolf.

—¿Quién se atrevería a retar al hijo de un rey? Supongo que sólo pueden aceptar el *wergild* y retirarse —contestó Egil.

Ragnvald observó a la mujer de Runolf, cuya melena caía ahora sobre el hombre desplomado. Le pareció que preferiría sangre derramada a un simple pago del rey Hakon. El *wergild* no le quitaría el dolor ni concedería el descanso al espíritu de su marido.

—Ya veremos qué ocurre mañana —dijo Ragnvald.

Al día siguiente empezaban los juicios, y entonces también vería si Egil acababa testificando para él. Ragnvald miró de nuevo hacia la mesa, donde los hijos de Hakon habían vuelto a sentarse. Bromeaban y se jactaban como si nada hubiera sucedido, incluso cuando Heming pidió un trapo para limpiarse la sangre de las manos y la cara. Poco a poco, el resto de los comensales regresaron a las mesas del banquete.

Ragnvald se dedicó a observar a los hijos de Hakon en sus sillas de madera labrada, tratando de interpretar su personalidad a partir de su manera de comer. Heming daba bocados cuando le apetecía, usaba más la daga para gesticular que para pinchar un trozo de carne y alardeaba de su victoria de esa noche. El hijo mediano, Geirbjorn, intentaba imitar los modales de Heming, pero no tenía suficiente prestancia para ello, y la manera en que observaba a sus hermanos y a su padre delataba su envidia. El hijo legítimo más joven, Herlaug, parecía un hombre amargado y comía tan poco como sus hermanos, aunque no gozaba de las dotes teatrales de éstos. Ragnvald pensó que quizá no tenía tantos motivos para envidiarlos como había creído: podría desear tener un padre como Hakon, pero lidiar con hermanos como aquéllos sería mucho más complicado que tratar con Sigurd. Su primo Oddi, en cambio, comía con gran apetito, más concentrado en su plato que en las palabras de los demás, aunque todavía soltaba alguna carcajada cuando la situación lo exigía. Ragnvald se preguntó cómo se sentía su primo por la muerte de Runolf. Antes del duelo, en sus ojos había visto un destello de emoción; ahora parecían inquietos.

Ragnvald negó con la cabeza. Las ambiciones de los hijos de Hakon le importaban muy poco: sólo seguían el ejemplo de su padre. El padre del rey Hakon, Grjotgard, había poseído muchas menos tierras que su hijo. Hakon había pasado la juventud conquistando más territorios; territorios que ahora se extendían mucho más al norte, donde las luces del cielo invernal parecían tocar el suelo, donde habitaban los elfos y el pueblo oculto, en tierras eternamente bañadas por la niebla. Algunos hombres aún conseguían ensombrecer a sus padres.

✛

Aquella noche, la sangre bañó los sueños de Ragnvald. Se despertó en la penumbra de la medianoche, hambriento y salvaje como un lobo fuera de un salón repleto. Quería levantarse y cruzar los prados de la asamblea hasta la tienda de Olaf, y terminar con todo aquello de una vez. En lugar de eso, se sentó en la entrada de la tienda que le había cedido la familia de Adisa y se dedicó a limpiarse como buenamente pudo la túnica: se le hizo un nudo en el estómago a medida que aquel sentimiento tan salvaje iba dando paso al nerviosismo. Aquel día, en los juicios, Solvi debería entregarle al menos una parte del botín que le debía, sobre todo si Ragnvald podía usar la amenaza de lo que Svanhild sabía para forzar a Egil a testificar. Solvi incluso podría intentar librarse de la acusación señalando a Olaf; ése sería el mejor resultado, porque daría a Ragnvald ventaja para forzar a su padrastro a entregarle las tierras que mantenía en usufructo para él. Tal vez incluso se vería obligado a cederle sus propias tierras.

Mientras esperaba a que saliera el sol, se acercó un ciervo. Como Ragnvald no tenía arco ni lanzas, se limitó a observar al animal mientras pacía distraídamente, pisando con delicadeza y bajando el hocico para comer. Era un ejemplar joven, y los cuernos apenas despuntaban en la frente. Se preguntó por qué aquel ciervo estaba solo; tal vez había sido expulsado por el líder de la manada, pese a que todavía no era época de celo. El ciervo se entretuvo comiendo pequeños brotes mientras el cielo se iluminaba.

Ragnvald se quedó cerca de su tienda hasta que no pudo soportarlo más y se encaminó al claro donde se celebraban los juicios. Varios troncos cortados hacían las veces de asiento, formando un círculo para los espectadores. Los hombres se sentaban con sus hijos, enseñándoles quién era para ellos admirable y digno de ser emulado, y quién no. Ragnvald se había sentado allí en una ocasión con su padre, que pensaba que los hombres debían solucionar sus disputas con un duelo, y no mediante juicios. Olaf, en cambio, opinaba que las reyertas destruían grandes familias, y que el mundo era más apacible con el imperio de los tribunales. En cualquier caso, cabía la posibilidad de que un litigante retara a otro a un duelo si no consideraba justo el veredicto.

Los hombres que formaban el jurado de aquel año se sentaban a un lado en sillas auténticas. Veinte hombres eran elegidos al azar para ejercer como miembros del jurado y podían plantear preguntas y exigir testigos. Por supuesto, el público también tenía derecho a gritar preguntas, lo que permitía al jurado saber hacia dónde soplaba el viento antes de votar.

Solvi y sus guerreros se quedaron de pie en el exterior del círculo, detrás del público sentado en los troncos. Parecían más peligrosos que el resto de los hombres presentes, y se mantenían al margen de las conversaciones de los granjeros sobre las pequeñas preocupaciones domésticas, como las ovejas o el cercado de los prados. Solvi exhibía una sonrisa burlona.

Ragnvald paseaba cerca de donde se reunían los otros demandantes. Su expresión debía de advertir a los demás que era mejor no acercarse a él, pues bien pocos lo hicieron. Al fin, Hrolf Nefia levantó el bastón de la palabra y golpeó una piedra con él para pedir silencio. En aquella asamblea, Hrolf había asumido el papel de recitador de la ley. Cada año, uno de los *lagman* recitaba un tercio de la ley, de manera que los hombres que cumplían con su deber y acudían a los juicios la conocerían completa al cabo de tres años.

Hrolf invocó a Tyr, el provisor de leyes, pidiéndole que diera testimonio de la nobleza del jurado. En cuanto terminó de recitar el tercio de la ley correspondiente, empezaron los juicios. La familia del *jarl* Runolf presentó litigio contra Heming, hijo de Hakon, por la muerte de su señor. El tío de Runolf defendió su posición, y cada parte llamó a sus testigos para que dieran fe de la disputa entre el *jarl* y el hijo del rey. Según juraban los hombres de Heming, Runolf lo había insultado poniendo en duda su hombría, lo cual rebajaría considerablemente el *wergild* que debía pagarse como compensación. El jurado estableció el pago, poco generoso por la muerte de un *jarl*, pero la familia de Runolf lo aceptó para no enemistarse con una familia tan poderosa como la de Hakon. Se alzó un murmullo en la asamblea. Aceptar el *wergild* para evitar enfrentamientos tal vez favorecía la paz, pero no era precisamente materia de poesía. La multitud quería más sangre.

Siguieron más litigios por muertes, y hasta la tarde no se oyeron demandas menos graves.

—Pido a los demandantes de casos de herida o insulto, desfiguraciones o mutilaciones, que se presenten.

Ragnvald dio un paso adelante hacia el círculo de los testigos. Había intentado comer un poco de pan y algo de queso a mediodía, pero su garganta apenas había sido capaz de tragar, y en ese momento su estómago era un hervidero de hambre y nervios.

—¿Reclamas porque tu herida supone una ofensa? —preguntó Hrolf, antes de que Ragnvald pudiera pronunciar siquiera las palabras de acusación—. ¿O por la desfiguración?

—¿No puedo dejar que lo decida el jurado? —preguntó Ragnvald.

Hrolf asintió.

—Puedes.

Solvi se encontraba de pie fuera del círculo, detrás de un asiento vacío. Mostraba una expresión divertida, como si el hecho de que aquel joven guerrero se atreviera a acusarlo fuera una broma. Ragnvald no logró localizar a Svanhild.

Olaf estaba sentado en el círculo, un poco más allá del lugar que ocupaba Ragnvald. A su lado se hallaba Vigdis, que estaba muy pálida. Parecía tan hermosa en ese momento, con aquella expresión angustiada, como lo estaba cuando sus labios se curvaban con satisfacción. Ragnvald se preguntó si la joven esposa de Olaf temía por su posición si él acusaba a su señor, o por la suerte de su hijo Hallbjorn. Aunque él no tenía ninguna intención de perjudicar a su joven hermanastro.

Hrolf le entregó el bastón de la palabra.

—Acuso a Solvi de herirme en la cara. Lo demando para que me pague por eso, y por la parte del botín que me ha arrebatado.

La voz de Ragnvald resonó en la planicie tal como había imaginado. Se había situado frente al jurado, aunque no se atrevía a fijarse en sus expresiones, porque se habían mostrado graves e inquebrantables durante los casos presentados por la mañana. Prefirió fijar la mirada en sus vientres cuando empezó su relato; aquellas tripas bien alimentadas, sujetas por sus mejores cinturones de bronce. Los pies de Ragnvald hacían crujir la hierba seca mientras caminaba e iba narrando la expedición, y cómo Solvi le había hecho aquellas heridas.

—¿Tienes algún testigo que te respalde? —preguntó Hrolf.

—Sí —respondió Ragnvald, sosteniéndole la mirada.

No dejaría que Egil se librara de aquello tan fácilmente. Tenía derecho a llamar a sus testigos, tanto si al padre de su amigo le gustaba como si no. Si Egil prefería mentir, tendría que hacerlo delante de todos. Sólo deseaba que Svanhild estuviera allí para recordarle que, en cualquier momento, ella podría contar la verdad, aunque no fuera aceptada como testigo. El hecho de que ella no hubiera acudido lo inquietaba.

—Solicito la presencia de Egil Hrolfsson como testigo.

Egil dio un paso adelante, con la vista baja, evitando mirar a su amigo.

—Tú también participaste en ese viaje —dijo Ragnvald, acercándose a Egil—. A continuación, te dirigiste a Ardal y le contaste a mi familia que viste cómo Solvi me arrojó al agua después de intentar matarme. Mi hermana Svanhild estuvo presente cuando pronunciaste esas palabras, y jurará haberlas oído.

—¿Quieres llamar a tu hermana como testigo? —preguntó Hrolf.

Ragnvald lo fulminó con la mirada.

—No, estoy solicitando el testimonio de tu hijo.

No debería haber mencionado a Svanhild. No podía testificar bajo juramento cuando un hombre —el propio Olaf— también había sido testigo. A menos, por supuesto, que Ragnvald también acusara a Olaf. En ese caso, Hrolf debería autorizar el testimonio de Svanhild para compensar las mentiras de su padrastro. Aun así, Ragnvald temía no contar con suficientes pruebas para acusar a Olaf.

—Es una mujer —repuso Hrolf—. Sólo puede testificar si no hubo nadie más que escuchara a mi hijo. ¿Es ése el caso?

—Oigamos primero lo que dice tu hijo —propuso uno de los jurados.

Ragnvald levantó la mirada, sorprendido, y vio al padre de Adisa. Él no le había hablado de su pleito en ningún momento. En ese momento comprendió que tal vez debería haberlo hecho. Podría haber usado mejor aquella amistad.

—¿Digo la verdad, Egil? —preguntó Ragnvald—. ¿Viste lo que ocurrió?

Egil se volvió para mirar al jurado.

—Vi la danza de Ragnvald en los remos. Lo vi ganar la primera carrera. Luego supe que había caído al agua. No vi más.

—¿Y cómo me hice esta herida en la cara? Como puedes ver, no tiene más de una semana —replicó Ragnvald.

Egil miró primero a su padre, quien negó con la cabeza levemente, y luego a Solvi.

—No lo recuerdo.

Ragnvald se dio cuenta de que aquella afirmación le daba una ligera ventaja. Nadie creería eso, no del modo en que Egil había pronunciado aquellas palabras.

—Entonces, ¿por qué le dijiste a mi familia que Solvi me había apuñalado? —preguntó Ragnvald.

—No... no sé qué les dije —contestó Egil—. No lo recuerdo.

—Svanhild sí —repuso Ragnvald.

Una parte de él estaba disfrutando de aquello: Egil doblegándose, Egil flaqueando. Había considerado a su amigo como un igual, pero él no habría mentido delante de los dioses.

El padre de Adisa levantó la mano. Ragnvald lo señaló.

—¿Dónde estaba Solvi Hunthiofsson cuando el joven Ragnvald bailaba en los remos? —preguntó el padre de Adisa.

Un jurado tenía derecho a pedir que se aclarara cualquier aspecto sobre el que tuviera dudas.

Egil miró a Ragnvald y luego a su padre.

—No lo sé.

—¿Por qué estaban danzando sobre los remos? —preguntó otro jurado.

—Solvi dijo que daría un brazalete de oro al que pudiera llegar de popa a proa saltando sobre los remos —contestó Egil.

—¿Quién ganó? ¿Quién consiguió completar la prueba? —preguntó el mismo jurado.

—El hijo del piloto. Y también Ragnvald... —dijo Egil míseramente—. Hasta que cayó.

—¿Cayó? ¿Lo viste con tus propios ojos? —presionó el jurado.

Hrolf dio un paso adelante. Su hijo estaba muy cerca de que lo acusaran de mentir, y dar falso testimonio ante un jurado era una grave ofensa por la que Egil podría enfrentarse a un juicio después.

—Ya ha dicho que no lo vio —dijo Hrolf.

El padre de Adisa tomó de nuevo la palabra.

—Ragnvald Eysteinsson, ¿crees que Egil te vio caer?

Ragnvald miró a Egil. Sabía que, si no medía sus palabras, su amigo quedaría como un cobarde delante de los hombres de Sogn, y aún no quería llegar tan lejos.

—Solvi sacó su daga. Egil vio... algo. Creo que se movió para ayudarme, pero se interpusieron demasiados hombres.

—¿Es cierto? —preguntó otro de los miembros del jurado—. ¿Viste la daga?

Egil asintió, luego habló con voz temblorosa.

—Vi la daga de Solvi.

—¿Lo viste apuñalar a Ragnvald? —preguntó Hrolf.

Egil negó con la cabeza.

Hrolf se volvió hacia Ragnvald.

—¿Mi hijo ha mentido hoy? ¿Lo acusas de eso?

—No —contestó Ragnvald.

Si acusaba a Egil, Hrolf estaría en su contra, y si no podía demostrar aquella acusación, debería a Egil un pago por el insulto. Despacio, midiendo el poder que sus palabras tenían en aquel momento, añadió:

—No lo acuso.

Habló otro jurado.

—Egil Hrolfsson, ¿es posible que Ragnvald se hiciera esa herida después de caer del barco?

Egil asintió.

—Debes pronunciar una respuesta —insistió Hrolf.

—Es posible —dijo Egil.

—¿Alguien quiere seguir interrogando a Egil Hrolfsson? —preguntó Hrolf.

El jurado guardó silencio. Ragnvald miró alrededor del círculo, tratando de encontrar a alguien que se solidarizara con él, pero evitó los rostros de sus familiares.

—No —dijo Ragnvald, por fin.

—¿Quieres llamar a algún otro testigo? —preguntó Hrolf.

Ragnvald volvió a recorrer el círculo con la mirada. Seguía sin ver a Svanhild, y empezó a preocuparse. Ella no se habría perdido ese momento. Debería estar allí, reclamando a gritos la palabra.

—¿Tienes algún otro testigo, Ragnvald Eysteinsson? —preguntó de nuevo Hrolf.

—Veo a unos pocos hombres que nos acompañaban en la expedición de Solvi Hunthiofsson —dijo Ragnvald—. ¿Alguno de vosotros hablaría por mí?

Los hombres de Solvi ni se inmutaron. A Ragnvald no le sorprendió: sólo los había mencionado para asegurarse de que los otros hombres que podían hablar por él apoyaban a su señor. De hecho, dos de ellos se encontraban justo detrás de Solvi mientras éste intentaba matar a Ragnvald, impidiendo que alguien lo socorriera. No, ninguno de ellos lo ayudaría.

Ragnvald esperó, observándolos uno a uno. La multitud también miró a Solvi.

—Ninguno de ellos quiere hablar —señaló finalmente Ragnvald.

Entonces le devolvió el bastón a Hrolf, y el *lagman* de la asamblea golpeó la piedra hasta que se hizo el silencio.

—Solvi Hunthiofsson —dijo Hrolf—. Has sido acusado de herir a Ragnvald Eysteinsson en el rostro con la intención de matarlo. Ahora deberías defenderte.

Ofreció el bastón a Solvi, y el joven guerrero se subió de un salto a uno de los troncos y rechazó el bastón como si no necesitara su autoridad. Sonrió a la multitud reunida. Había sido su favorito desde que apenas era un muchacho pequeño y valiente; doblemente valiente por sobrevivir a sus quemaduras. Había sido el primero en meterse en problemas y el último en salir de ellos. Ragnvald sabía que Solvi podía atraerlos a todos a su causa con menos esfuerzo del que necesitaba para sonreírles.

Sin embargo, cuando Solvi iba a abrir la boca para hablar, un murmullo de sorpresa detrás del círculo atrajo todas las miradas. Ragnvald vio a una joven abriéndose paso entre los presentes, y por un momento no fue capaz de reconocer a su hermana, que parecía conmocionada. Svanhild dobló la cintura para recuperar el aliento, con el cabello apenas sujeto por una toca sucia y las mejillas enrojecidas.

—Solvi Hunthiofsson puede hablar ahora —repitió Hrolf en voz alta.

Ragnvald volvió a mirar a Solvi, y le sorprendió lo que vio. El joven guerrero parecía afectado por la aparición de Svanhild. Ragnvald no podía saber por qué, pero de pronto entendió que Svanhild era la joven que había cabalgado con Solvi. Por eso nadie había querido decirle el nombre. Y Solvi, sin duda, le había dicho a su hermana algo que no quería que se repitiera ante el *ting*: por eso parecía tan afectado. Ya tendría tiempo de reñir a Svanhild por haberse atrevido a cabalgar con aquel hombre, pero en aquel momento le daba la impresión de que eso podría ayudarlo.

Solvi miró alrededor. Ragnvald nunca lo había visto tan incómodo. Entonces el hijo de Hunthiof pareció tomar una decisión, sonrió otra vez, un poco avergonzado, y dijo:

—Ragnvald navegó conmigo —dijo. La voz que comandaba barcos de guerra resonaba en la planicie—. Y sí, yo le hice esa herida.

10

Solvi sonrió mientras brotaba de la multitud un rugido de asombro. Miró a Svanhild, que puso los brazos en jarras. Ragnvald daba la impresión de haber echado raíces en el suelo.

—Y ahora lamento haberlo hecho —continuó Solvi.

Volvió a dirigir su mirada al jurado; si seguía mirando a Svanhild, no podría mantener el tono ligero que le convenía. Aún podía contenerlos, cautivarlos, confiar en que lo vieran como un chico travieso, demasiado audaz para no meterse en líos, pero también demasiado honesto para no responder por ello.

—Ragnvald merece su parte del botín que conseguimos en nuestra expedición de saqueo. Y estoy dispuesto a pagar el *wergild*. —Miró a Ragnvald desde su posición elevada—. Pero si tratas de luchar conmigo... —de nuevo una sonrisa, aunque ésta fue más desafiante— a tu familia no le gustará pagar el coste.

Los ojos de Svanhild se entrecerraron.

—Lo reconoce... —dijo en voz baja, aunque lo bastante fuerte para que lo oyeran los que estaban más cerca de Solvi y Hrolf—. Pero hay más. Le oí hablar con mi padrastro, Olaf Ottarsson. Olaf pagó...

Ragnvald dio un paso adelante, sin poder ocultar su desasosiego.

—¡Silencio, muchacha! —gritó Hrolf—. Nadie te ha pedido que hables.

Ragnvald levantó una mano.

—Debo llamar a mi hermana como testigo. Ella sabe más. —Miró a su alrededor, como si buscara apoyo—. Ella testificará contra Olaf. Esto no se limita a Solvi.

—No —intervino Hrolf—. Has presentado un litigio contra Solvi y has ganado. —Golpeó su bastón en una roca para pedir silencio—. Solvi Hunthiofsson ha reconocido los hechos, de modo que no hay nada que discutir. Si el jurado no tiene nada que objetar, dictaré sentencia.

—Sí hay algo que discutir —replicó Svanhild—. Ragnvald, es tu oportunidad.

Ragnvald dudaba.

«Sé un chico listo —pensó Solvi—, acepta lo que se te ofrece y espera a conseguir más después.»

Hrolf puso precio a la herida, dos puñados de plata, un precio alto y justo al mismo tiempo. Solvi estuvo de acuerdo. Podía permitirse pagar el precio por la herida causada con el botín que había traído en sus barcos.

—¿Te das por satisfecho con esto? —preguntó Hrolf a Ragnvald—. ¿Darás por zanjado este asunto?

Ragnvald respiró hondo y alzó los hombros. La expresión de su rostro enervó a Solvi. Con eso debería bastar. Ragnvald había sido un guerrero cauto cuando peleaba junto a él. Ahora no iba a dar un paso en falso.

—Ragnvald —susurró Svanhild otra vez—. Puedo ayudarte. Por favor. Debemos hacerlo.

Su hermano miró a Solvi con una fugaz expresión de indecisión, antes de fruncir el ceño y apretar la mandíbula.

—No. Afirmo que Solvi no actuó solo —dijo con solemnidad—. Afirmo que mi padrastro, Olaf, amenazó, sobornó o pactó mi asesinato con él, ya fuera con amenazas, sobornos o por cualquier otro medio. Afirmo que lo hizo para arrebatarme la tierra de mi padre, y, ahora que soy lo bastante mayor para que se me considere un hombre, debería devolverme lo que es mío por derecho. Afirmo que mi hermana Svanhild testificará sobre lo que tramaron. —Miró a Svanhild, que asintió.

Solvi dio un paso adelante y, en voz baja, le dijo:

—Estás advertido, no dejaré que esa acusación se sostenga.

130

—¿Por qué no? —repuso Ragnvald, dando un paso atrás y hablando para que toda la multitud pudiera oírlo—. Pensaba que estabas dispuesto a decir la verdad.

—Déjalo correr —dijo Solvi, entre dientes—. Lo que ocurrirá no va a gustarte.

—Vaya, ¿ahora eres adivino? —preguntó Ragnvald.

—Se ha hecho una acusación, a menos que quieras retirarla... —intervino Hrolf.

Ragnvald se volvió hacia la multitud.

—No —dijo—. ¿Por qué quisiste matarme? ¿Por qué me tiraste al agua?

Solvi tomó el bastón de alocución, demasiado consciente de la mirada de Svanhild.

—¿Quién ha dicho nada de matar? —preguntó—. ¿No es el deber de un capitán aleccionar a sus hombres? —Puntuó sus gestos con el bastón. Los hombres que formaban el círculo asintieron para manifestar su conformidad—. Este chico, Ragnvald, cayó al agua herido y se quedó sin su parte del botín. Yo pensaba recompensarlo. Ahora, sin embargo, presenta acusaciones infundadas contra mí y su honorable padrastro. Exijo un pago por este insulto. —Entregó el bastón de alocución a Hrolf.

—Solvi Hunthiofsson no es el único insultado aquí hoy —dijo Hrolf—. ¿Quiere Olaf Ottarsson responder a estas acusaciones?

—No es un insulto si es cierto —dijo Ragnvald.

—Has tenido tu turno —replicó Hrolf, un tanto enojado.

Olaf cruzó el círculo con paso lento y firme. Tomó el bastón de Hrolf, torciendo el gesto como un padre decepcionado. En otras circunstancias, Solvi incluso habría admirado sus dotes como actor.

—Yo asumiría la responsabilidad —dijo Olaf—, pero Ragnvald ya ha visto veinte inviernos. Ahora es responsable de sus decisiones.

—¿Niegas estas acusaciones? —preguntó Hrolf.

—Por supuesto que sí —respondió Olaf—. Si mi honor está en entredicho, probablemente nadie dudará del hijo del rey Hunthiof.

—Entonces está decidido —manifestó Hrolf.

—He hecho una nueva acusación —intervino Ragnvald—. Debes permitirme llamar a mi hermana e interrogarla.

—Es una muchacha —dijo Olaf con desdén—. No puede testificar.

—Una mujer puede testificar si no hay ningún hombre que haya presenciado aquello por lo que testifica —repuso Ragnvald—. ¿Había hombres presentes que puedan dar fe de lo que viste? —le preguntó a Svanhild.

—Los únicos hombres presentes eran los acusados. —La voz de Svanhild sonó aguda e infantil—. Hablaron de lo que dice Ragnvald. Lo juro. —Su mirada abrasó a Solvi.

El joven guerrero se acercó a Ragnvald.

—Y yo lo negaré, y también tu padrastro. Tu hermana quedará avergonzada, y deberás una cantidad tan alta que nunca podrás pagarla —dijo en voz baja—. No la obligues a hacer esto.

Ragnvald se apartó de él otra vez.

—Seguramente ya sabes que nadie puede obligar a mi hermana a hacer nada.

—Sí —dijo Solvi—. Pero por un hermano al que ama...

Quería amedrentar a Ragnvald. Había visto una oportunidad de ganarse la estima de Svanhild otra vez. Cuando cabalgaban hacia el glaciar, había notado que le gustaba, no lo había desdeñado ni por su altura ni por aquellas piernas con cicatrices que le habían impedido crecer. Ahora quizá podría ganarse de nuevo el afecto de aquella joven audaz y bonita.

El juicio no llegaría a buen puerto para Ragnvald, y Svanhild nunca perdonaría a Solvi si la acusaba de mentir delante de todos los hombres allí reunidos. Ragnvald parecía un piloto atrapado entre las rocas y un mar agitado. Fruncía el ceño, y bajo sus cejas había una mirada de preocupación. Dio un paso hacia Hrolf con la mano extendida para tomar el bastón, pero se detuvo. Miró a Solvi, después a Svanhild, luego otra vez a Solvi. Su hermana abrió la boca para hablar, y Ragnvald dio un paso adelante.

—Retiro mi acusación —dijo Ragnvald finalmente— y acepto el pago que ha fijado Hrolf. —Se volvió hacia Olaf—. Todavía me corresponden las tierras. A menos que quieras retirar la promesa que le hiciste a mi padre.

Solvi soltó un suspiro de alivio.

—No lo acepto —contestó Olaf—. Dejemos que esa chica mentirosa testifique. Así todos sabrán hasta qué punto Ragnvald ha sido un hijo funesto para mí. Quiero una compensación por esta ofensa. La tierra nunca será tuya. Pertenecerá a mis hijos, Sigurd y Hallbjorn. Fui yo quien conservó la tierra cuando tu padre no pudo.

—Los huesos de mi padre yacen en esa tierra. Es mía por derecho propio —dijo Ragnvald con enojo.

—Que se pierda el derecho a esa tierra, pues —dijo Hrolf.

Solvi recordó que Hrolf era amigo de Olaf. Ambos habían preparado el compromiso entre Ragnvald y Hilda, y ahora los dos querrían anularlo.

—He retirado mi acusación —repitió Ragnvald, con los ojos abiertos de par en par por el miedo.

—Se ha pronunciado —dijo Olaf—. Exijo un pago.

—Se ha pronunciado —coincidió Hrolf—. Que el pago de Solvi por la herida vaya a Olaf Ottarsson, y que Olaf mantenga su tierra para sus hijos. Se lo ha ganado.

—No estoy de acuerdo —intervino Solvi.

Ya había lamentado la alianza de su padre con Olaf, pero que ahora ese hombre acabara cobrando un pago por ser demasiado cobarde para matar a Ragnvald él mismo le parecía excesivo.

—Es cierto que un insulto pronunciado no es lo mismo que una herida de insulto —convino Hrolf—. Que Olaf cobre un tercio del precio de Solvi y que Ragnvald no cobre nada. ¿Eso te satisfaría?

Olaf tenía aspecto de no saber a quién odiaba más, si a Ragnvald o a Solvi, y Ragnvald parecía estar sumido en un conflicto similar. Solvi, sin embargo, nunca había pensado en que él y el joven Eysteinsson se parecían, hasta ese momento de dignidad ofendida.

Miró a Svanhild una vez más. Hrolf se había sobrepasado; eso era innecesariamente cruel para Ragnvald.

—El joven Eysteinsson merece un pago por su herida —contestó Solvi—. Y no tengo nada que decir sobre el asunto de la tierra, aunque me parece injusto que Ragnvald pierda los huesos de su padre por una acusación apresurada. —La hora de las sonrisas triunfantes había pasado—. Además, las disputas de propiedad se oirán mañana, ¿no? Tú eres el que sabe de leyes aquí. —Un murmullo de acuerdo se extendió por la asamblea—. ¿Ha terminado esto ya? —preguntó, cansado.

—Entonces, que éstos sean los términos —dijo Hrolf—: Ragnvald debe entregar a Olaf un tercio del pago que reciba de Solvi. El resto puede quedárselo.

Ragnvald apretó los dientes con tanta fuerza que Solvi pensó que se rompería la mandíbula.

—¿Estáis todos de acuerdo? —preguntó Hrolf de nuevo.

Todos los miembros del jurado levantaron la mano para manifestar su conformidad.

Ragnvald y Olaf asintieron, con la misma expresión hosca.

—¿Estás satisfecho? —preguntó Hrolf otra vez a Ragnvald, en un tono que significaba que más le valía estarlo.

—Lo estoy —respondió Ragnvald. Bajó la cabeza y pronunció las palabras formales—. Juro que acepto este veredicto, en el nombre de Tyr, el provisor de leyes. No buscaré ni sangre ni más pago en recompensa por este crimen. —Señaló la cicatriz roja de su mejilla.

Solvi volvió a compadecerse de Ragnvald por un instante. Aquel joven guerrero tenía más de un motivo para sentirse perjudicado y, aun así, tenía la dignidad de emplear la fórmula adecuada, mientras que Olaf todavía parecía desairado.

—¿Qué pasa con la tierra de mi padre? —preguntó Ragnvald a Hrolf—. Te equivocas si pretendes entregársela a Olaf.

—Acordaremos eso mañana, cuando se escuchen las disputas de propiedad —contestó Hrolf.

Solvi se acercó a Ragnvald.

—Ven conmigo. Pagaré mi deuda.

Y Ragnvald lo siguió fuera del círculo.

✛

El hijo de Hunthiof caminó por delante de Ragnvald, dolorosamente consciente de su cojera, hasta que sus guerreros lo rodearon para formar un muro de protección. Podían mantenerlo a salvo de las amenazas físicas, pero no podían aconsejarle cómo proceder. Solvi les pidió que se quedaran fuera de la tienda para tener un poco de intimidad.

Era una tienda pequeña, la misma que montaba en su barco para refugiarse de las tormentas. Bastaba un solo caballo para cargar con ella y su altura le permitía permanecer de pie en su interior, aunque Ragnvald se veía obligado a encorvarse. De haber acudido en representación de su padre, Solvi habría llevado un pabellón, pero estaba allí por sí mismo, porque los juicios de la asamblea le gustaban. Y, al parecer, también porque su *wyrd*, su destino, lo había empujado hacia allí, hacia Svanhild Eysteinsdatter. O Ragnvaldssoster, pensó, sonriendo para sí.

—Tengo un brazalete como el que deberías haber ganado en la carrera —dijo Solvi—. Vale más que la plata impuesta en la sentencia de Hrolf.

Ragnvald había estado trasladando el peso de su cuerpo de un pie al otro, inquieto. De pronto, estalló:

—No consigo entenderte.

En aquel instante, Solvi se sintió mucho mayor que Ragnvald, aunque sólo le llevaba cinco años. El joven se había comportado como un insensato aquel día. Solvi habría deseado no haber oído hablar nunca de Ragnvald ni de su padrastro.

—Comprenderlo no formaba parte de tu pago... —contestó. De pronto, vio una oportunidad en todo aquello—. Pero, si quieres, considera mi... generosidad como un pago por tu buena opinión. Cuéntale a tu hermana que tú y yo hemos llegado a un acuerdo. Dile que no tiene nada que temer de mí.

—¿De verdad crees que puedes comprar su aceptación? —preguntó Ragnvald.

Solvi retiró el grueso brazalete de oro amarillo de su brazo y se lo lanzó a Ragnvald.

—¿Bastará con esto?

—Basta para mí. Tampoco es que haya perdido una gran belleza. —Ragnvald sostuvo el oro y lo acarició con el pulgar—. Le contaré a mi hermana lo que has hecho y por qué. —Tensó el lado ileso de la boca en una sonrisa a medias—. Es todo lo que puedo prometer.

A Solvi lo enfureció la expresión de Ragnvald. Había sido generoso con él, y su intervención había cambiado el destino del chico en el juicio. Ragnvald, caído en desgracia en una familia ya de por sí condenada, se empeñaba en proteger a su hermana de él, Solvi Hunthiofsson. Entre los guerreros de Solvi había pocos que no tuvieran un rey de algún pequeño distrito entre sus antepasados y, sin embargo, Ragnvald parecía pensar que su abuelo todavía lo hacía excepcional.

—Nadie te respetará después de hoy, Ragnvald Eysteinsson. ¿De verdad crees que mañana te devolverán tus tierras? No las ganarás con palabras, y no podrás hacerte con esas tierras hasta que mates a Olaf. La próxima vez trae una espada.

Con aquellas palabras pretendía enfurecer a Ragnvald, que siempre había sido rápido en defender su dignidad. Aquel jovencito no debería sonreírle de ese modo, como si conociera un secreto que él desconocía.

Ragnvald rió ruidosamente, pero no parecía muy feliz. Las palabras de Solvi habían dado en la diana.

—¿Me acusas de desear cosas imposibles? ¿Tú, que pretendes conseguir una buena opinión de mi hermana? —dijo—. No hay nada que yo pueda contarle para que te aprecie más. Svanhild toma sus propias decisiones.

—¿Se atrevería a desafiar a su hermano? —preguntó Solvi.

—Sin dudarlo —contestó Ragnvald—, por mucho que le ordene que se meta en tu cama.

Solvi tuvo que revisar otra vez su opinión de Ragnvald. Aquel joven, por lo general desdeñoso y susceptible, parecía poco preocupado por la actitud rebelde de su hermana, incluso daba la impresión de enorgullecerse de ella. Solvi, que había sido educado con pocas mujeres a su alrededor, y ninguna de cuna noble, no podía entenderlo, pero sabía que se arriesgaba a parecer aún más ridículo si le pedía a Ragnvald que le dijera algo más a Svanhild de su parte.

—¿Qué piensas hacer ahora? —preguntó Solvi.

—Todavía pretendo recuperar mis tierras —respondió Ragnvald.

—Tienes un brazo fuerte, y buena cabeza, Ragnvald Eysteinsson —dijo Solvi—. Si fracasas, te aceptaré en uno de mis barcos.

Ragnvald se rió de él otra vez, y Solvi se prometió a sí mismo que sería la última.

—No, gracias —contestó—. Esta cabeza me queda mejor si sigue unida a mis hombros.

—No era tu momento para morir. Y, cuando llegue, no será por mi mano.

—No hagas promesas que no puedas mantener.

—Pensaba que habías jurado no guardar rencor —replicó Solvi.

Puso una mano en su espada y Ragnvald hizo lo mismo.

—¿Sí? —contestó Ragnvald.

Apartó las manos y las extendió, vacías.

—He jurado que no me vengaría. —Esperó unos segundos, luego se tocó otra vez la cicatriz de la mejilla, como si fuera un talismán—. Al menos por esto.

11

Al salir de la tienda de Solvi, Ragnvald sólo podía pensar en lo estúpidas que habían sido las decisiones que había tomado en el juicio. Había visto a Svanhild apresurarse a cruzar la planicie, había oído sus palabras valientes y había visto en sus ojos la esperanza de que su hermano sería igual de valiente. El joven guerrero pensó en las historias que les habían contado de niños, aprendidas en las rodillas de su padre. En ninguno de aquellos relatos un héroe se echaba atrás ante un reto, el héroe nunca prefería el oro a la sangre o tomaba un camino prudente cuando se sentía atraído por otro más audaz.

Ragnvald se había comportado como un niño. Quería seguir el camino que marcaba la certeza de Svanhild, aunque eso condujera a la destrucción, y cuando Solvi le había ofrecido un trato justo —pago por el insulto y restauración del botín— lo había rechazado. Solvi, por supuesto, tenía razón; ahora nadie desearía que él se quedara con Ardal, y menos después de comportarse como el joven cabezota con el que Hrolf temía unir a su hija.

—¿Esta vez te ha dejado ir? —preguntó Oddi, acompasando el paso con el de su primo.

Parecía aliviado. Ragnvald no había estado tan solo como pensaba.

—Ahora debes actuar con cautela —añadió Oddi—. Ya sabes quién se venga enseguida...

El dicho era: «Sólo un esclavo se venga enseguida.»

—Sí, y el cobarde nunca se venga —añadió Ragnvald, cabezota, completando el proverbio.

Miró a Oddi con mala cara. No necesitaba un recordatorio de su insensatez. Se agarró el brazalete que le había dado Solvi, ceñido a su muñeca. Había dejado ver sus cartas, había enojado a Solvi, había enfurecido a Olaf ante todos los hombres de Sogn y había perdido el premio que buscaba de verdad.

—¿Estabas esperándome para decirme eso? —preguntó.

—Sí —contestó Oddi—. Y para decirte que llevamos un herrero con nosotros que lo dividirá para ti. Debes a Olaf una tercera parte, ¿no?

—Que tu hombre lo pese primero —dijo Ragnvald. Tocó el oro aterciopelado—. Tengo que ver si Svanhild está bien. Ella no parecía... —Negó con la cabeza.

—Tu hermana es muy valiente —comentó Oddi.

—Sí, lo es —coincidió Ragnvald, y esta vez no se alegró—. Después de esto, para ella será peligroso seguir viviendo en la casa de Olaf.

Debería tratar de casarla lo antes posible, y no con Thorkell, precisamente. Solvi era la peor de las opciones, a pesar de que le había propuesto matrimonio y no concubinato; un hombre sin honor sería un pobre aliado.

Ragnvald mantuvo la cabeza baja cuando llegaron a las tiendas de Hakon. Ser reprendido por Oddi ya era bastante malo. No necesitaba que todo el mundo encontrara una forma de decirle cómo podría haber defendido mejor su causa, y cómo debería proceder al día siguiente, cuando reivindicara sus derechos de nacimiento.

El herrero sopesó el brazalete y partió un trozo —más grande de lo que Ragnvald había esperado— con unas grandes tenazas de acero. Se ofreció a rehacerlo en un brazalete más fino, pero Ragnvald lo rechazó. Primero adornaría a Svanhild y a Hilda con oro, luego recuperaría las tierras de su padre y haría construir un barco de saqueo. Entonces, y sólo entonces, alardearía de su riqueza con joyas. Metió ambas piezas en la faltriquera que llevaba en el cinturón.

—¿Adónde vas? —preguntó Oddi cuando Ragnvald echó a andar hacia el campamento de Olaf.

—A dar a Olaf el «pago por la ofensa» —respondió Ragnvald con acritud—. Y a ver a Svanhild.

—Deja que te acompañe —sugirió Oddi.

—¿Crees que Olaf me haría daño a plena luz del día, después de la decisión de los jueces? —preguntó Ragnvald.

—Creo que esperaría hasta que le dieras la espalda —contestó Oddi—. Estabas demasiado ocupado perdiéndote en ese lodazal de acusaciones y hablando entre susurros con Solvi para ver cómo te miraba.

—¿Y cómo lo hacía?

—Como si quisiera matarte.

—Quiere matarme, lo sé.

—Pues no se lo pongas fácil —replicó Oddi—, aunque estés enfadado contigo mismo.

—¿Y a ti qué te importa? —le espetó Ragnvald.

El consejo de Oddi le había molestado más si cabe por ser tan sensato. Todo lo que le estaba diciendo tendría que habérsele ocurrido a él.

—Quiero que mi amigo siga vivo —contestó Oddi con voz pausada.

—Lo siento...

—Soy el hijo ilegítimo de un hombre que ya tiene muchos hijos. Necesito amigos tanto como tú —añadió Oddi.

Estaban llegando al campamento de Olaf y Ragnvald no tenía tiempo de averiguar nada más. Se preguntó si Heming Hakonsson tendría más reparos con la vida de un medio hermano que con la del *jarl* favorito de su padre.

Al acercarse a la tienda de Olaf se encontraron con un gran alboroto, pero había demasiada gente y Ragnvald no pudo ver qué estaba ocurriendo. Se había reunido una multitud para observar cómo Olaf arrastraba una pequeña figura —Svanhild— por el suelo, gritándole y levantándola por el pelo para abofetearla en la cara mientras se debatía.

Ragnvald corrió hacia allí, con una mano en la espada y Oddi pisándole los talones. Apartó a la multitud empujando a la gente con los hombros, y llegó hasta Olaf antes de que su padrastro pudiera golpear otra vez a Svanhild. La joven tenía la mejilla enrojecida e hinchada, y una expresión de desconcierto por los golpes.

—¡¿Qué es esto?! —gritó Ragnvald—. ¡No tienes ningún derecho!

—Es mi hija, tengo todo el derecho.

—Sólo es tu hijastra —replicó Ragnvald—. Y es mi hermana. Hasta que se case, nadie puede castigarla sin mi permiso, ahora que soy un hombre.

—No eres ningún hombre —dijo Olaf, moviéndose para golpearla otra vez.

Ragnvald empujó a su padrastro con tanta fuerza que Olaf trastabilló hacia atrás.

—He venido a pagar mi deuda, pero, como ahora eres tú quien me ha ofendido, creo que estamos en paz.

De hecho, las palabras de Olaf eran más que suficientes para que un hombre planteara un duelo.

—¿También te gustaría llevar eso a juicio? ¿No puedes solucionar nada por ti mismo? —lo provocó Olaf.

Ragnvald empezó a sacar la espada.

—Puedo solucionar esto aquí y ahora —afirmó.

El círculo de espectadores retrocedió, dejando más espacio. Svanhild se puso en pie y agarró el codo de Ragnvald.

—No lo hagas... Está desarmado, sería un asesinato.

Svanhild tenía razón; Olaf no llevaba espada en el cinturón, sólo una daga para comer.

—¡¿Lucharías en duelo conmigo, padrastro?! —gritó Ragnvald—. ¿Es así como deberíamos solucionar esto?

—Ni siquiera puedes costearte un simple escudo para un duelo —repuso Olaf.

—Mi padre lo proporcionará —intervino Oddi desde detrás de él, con voz grave y decidida—. Y yo seré su segundo.

—Podemos ir ahora mismo al terreno de duelos —dijo Ragnvald, reafirmado por el apoyo de Oddi—. Coge tu espada.

Olaf sonrió de un modo que a Ragnvald le puso la carne de gallina. Una sonrisa taimada y de suficiencia, cuya razón no supo adivinar. Luego miró al lugar donde Vigdis permanecía en pie, al borde de la multitud.

—La chica está sangrando —dijo Olaf a su esposa—. Ocúpate de ella.

Vigdis caminó hacia ellos, echándose el cabello hacia atrás para impedir que el viento se lo enredara. Incluso en aquella situación, la mirada de Vigdis cautivó a Ragnvald. Parecía ver a través de su piel, adivinar todas sus dudas, incluso cuando estaba convencido de lo que hacía.

—No —murmuró Ragnvald, mirando al suelo.

Ahora pisaba un terreno menos firme. Apenas sabía lo que iba hacer con su vida, menos aún con la de Svanhild.

—No —añadió, mirando a Vigdis a los ojos.

Era hermosa, pero pertenecía a Olaf.

—Svanhild vendrá conmigo.

—¿Contigo? —se burló Olaf—. ¿Quieres que te siga al Hel?

—Lo haría sin dudarlo —contestó Svanhild, poniéndose en pie, muy erguida, y bajando la mano con la que aún sujetaba a Ragnvald.

Tenía la cara hinchada por el golpe de Olaf, hinchada de verdad, y los ojos rojos. Ragnvald pensó que no debería haberla dejado con Olaf ni siquiera un momento después del juicio.

—Entonces, ¿nos batimos en duelo, Olaf Ottarsson? —le preguntó.

Oddi se aclaró la garganta.

—Mi padre supervisará el terreno del duelo. Antes, tengo que hablarlo con él. —Apoyó una mano en el brazo izquierdo de Ragnvald, el que no sostenía la espada—. No puedo procurar escudos ahora mismo, primo —agregó en voz baja.

—Mañana, entonces —dijo Olaf—. Nos batiremos en duelo.

—Por la tierra de mi padre —dijo Ragnvald—. ¿Estás de acuerdo?

Olaf asintió.

—Estoy de acuerdo.

✛

Cuando se alejaba de la tienda de Olaf, con Svanhild siguiendo sus pasos, Ragnvald comprendió la importancia de lo que había acordado. Había aceptado la responsabilidad de cuidar de Svanhild, y ahora su hermana caminaba con él. Una muchacha que aún no era adulta y que necesitaba protección, que necesitaba un lugar que él no podía proporcionarle. Svanhild era la más valiente de las niñas, pero seguía siendo una niña, y Ragnvald no tenía ni idea de qué hacer con ella.

—Puedes quedarte con la familia de Hrolf Nefia por ahora. Tal vez no quieran que me case con Hilda, pero debe de quedarles algún buen sentimiento.

—Tengo que contártelo, Ragnvald —dijo Svanhild.

Repitió la conversación entre Olaf y Solvi, nada que Ragnvald no hubiera sospechado, pero le enojó pensar que lo hubieran discutido tan abiertamente, más aún al recordar las mentiras de Solvi en el juicio.

—Deberías haberme dejado testificar —concluyó Svanhild.

—No. No debería haberte dejado ni abrir la boca. Te habrían acusado de mentir. Nadie creería la palabra de una mujer por encima de la de Olaf y la de Solvi.

—Eso no es justo —dijo ella en voz baja.

Ragnvald se detuvo para volverse a mirarla.

—Debería haberme contentado con el pago de Solvi. Y tú también.

—Pero ¡te corresponde por nacimiento! —exclamó entonces Svanhild—. No puedes dejarlo ganar.

—Las cosas no siempre salen como a uno le gustaría. —Ragnvald deseaba creer con tanta convicción como ella que todo terminaría bien, que el hombre más honorable siempre se impondría—. Pero mataré a Olaf mañana —le prometió— y sufrirá por lo que te ha hecho.

Svanhild le lanzó una mirada, y Ragnvald supo que estaba tratando de ser valiente por él, de guardarse las dudas para sus adentros. Él deseó poder ofrecerle tranquilidad y certeza, pero, como no las tenía, prefirió no decir nada.

La velocidad de las habladurías en el *ting* era tal que la noticia del duelo llegó al campamento de Hrolf antes que ellos. Ragnvald tenía la intención de contarle a Hilda el juicio y el reto a duelo, pero Hrolf le cerró el paso y Egil lo fulminó con la mirada.

—Sospechaba que eras un insensato —le soltó Hrolf—, y finalmente lo has demostrado.

Ragnvald no tenía mucho que decir en su defensa, porque no podía pensar en el juicio sin encogerse. Hrolf tenía razón. Sólo la rabia de Olaf y el duelo que había provocado le daban ciertas esperanzas.

—He venido a hablar con Hilda —dijo por toda respuesta.

—Mi hija y tú no tenéis nada que deciros —sentenció Hrolf.

—Nos hemos prometido.

—Ella no puede prometerse con nadie...

—¡Basta! —gritó Svanhild—. Dejad de discutir, por una vez.

Hrolf y Ragnvald la miraron. Unas cuantas chicas asomaron la cabeza desde la tienda, atentas al sonido de cualquier tipo de drama doméstico. Hilda pasó por delante de todas ellas y las fulminó con la mirada. Cruzó los ojos con los de Ragnvald y, acto seguido, se agachó y se dispuso a secar la sangre del labio de Svanhild con la esquina de su delantal.

Ragnvald tomó una profunda bocanada de aire.

—Olaf estaba golpeándola por intentar testificar en mi favor —explicó.

—Y me ha tenido dos días atada —añadió su hermana, casi escupiendo las palabras.

—Svanhild necesita un sitio para quedarse durante el resto de la asamblea —dijo Ragnvald—. ¿Podemos confiar en vuestra hospitalidad?

—Por supuesto —respondió Hilda.

Por un momento el rostro de Hrolf pareció una nube de tormenta, pero luego suspiró y dijo:

—Por supuesto. Tú y mi hija ya nos habéis arrastrado a tu enfrentamiento con Olaf. La casa de Hrolf Nefia está abierta a los necesitados.

Ragnvald agachó la cabeza. Había hecho mal en arrastrar a Svanhild a sus disputas. Hrolf la había aceptado de mala gana y trataba a Svanhild como una mendiga, pero al menos aquella noche estaría a salvo.

⁜

Oddi invitó a Ragnvald a dormir en una de las tiendas de Hakon, dentro del círculo de sus guardias y de sus riquezas, en vez de en el bosque. Ragnvald aceptó, aunque insistió en montar su propia tienda. Apenas sería capaz de dormir, y no quería molestar a nadie del séquito de Hakon con sus desvelos.

No tenía miedo de Olaf, aunque los nervios lo mantuvieron despierto hasta la parte más oscura de la noche. Nunca se había batido en duelo. Sin duda, sería algo más formal que las dagas en la oscuridad y las incursiones furtivas que había dirigido para Solvi. Por supuesto, había practicado con sus amigos, pero sería muy distinto con espadas afiladas. Al día siguiente, todo quedaría resuelto, y de forma más definitiva que en un juicio.

Se pasó la mano por el brazo con el que empuñaría la espada mientras yacía en la oscuridad. Los músculos estaban duros cuando los tensó. Era fuerte —un año de incursiones lo había fortalecido—, pero Olaf le sacaba veinte años de experiencia y probablemente no era menos fuerte que él. Ragnvald conocía bien sus propias habilidades, y sabía que era bastante listo; aun así, en disputas pasadas había visto que los jóvenes y los fuertes podían caer ante los viejos y astutos. Tendría que ser audaz y prudente en el duelo, y danzar con la misma precisión que había demostrado sobre los remos de Solvi. Con más precisión, si podía.

Y necesitaba dormir. Respiró profundamente, tratando de pensar en cosas agradables. Imaginó a Hilda en su tienda, paciente y firme... Una buena esposa para tener hijos y dirigir una granja. En ese momento, compartiría cama con Svanhild... No, pensar en su hermana no le aportaría descanso, sólo más preocupaciones. Pensó en Ardal, en los amplios lagos y las altas y verdes colinas, tan verdes en verano como el verde legendario de Irlanda. Pensó en el fiordo de Sogn, en el lugar donde estaba sepultado su padre, y en los cimientos del salón de Eystein, arrasado por el fuego. Su bisabuelo había luchado contra gigantes que descendían del Kjølen para intentar tomar su tierra, y los había hecho retroceder con un hechizo mágico... O eso le había contado su padre de niño. Incluso admitiendo alguna exageración por parte de Eystein el Ruidoso, la sangre de los antepasados de Ragnvald había regado las tierras de Sogn y de Ardal, donde habían establecido su hogar desde que los dioses crearon a los primeros hombres. Pensaría en eso al día siguiente mientras luchara. Pensó también en el lobo dorado que lo esperaba, en la vida o la muerte. Los hados ya habían decidido si viviría o moriría al día siguiente, y sólo confiaba en poder elegir cómo se enfrentaba a su destino, con valentía o sin ella.

Casi se había quedado dormido cuando el chasquido de una ramita lo alertó. Asomó la cabeza fuera de la tienda y vio a Vigdis con un vestido fino y un chal sobre los hombros para protegerse del frío. La sombra y los pliegues de la tela alrededor de su cuerpo y a la luz de la luna le daban la apariencia de un espíritu tentador.

Ragnvald se quedó mirándola. Finalmente, se levantó y, aún con la boca seca, dijo:

—Madrastra.

Ella hizo una mueca de desagrado, como él esperaba. A Vigdis nunca le había gustado que la llamara así. En las largas noches en mar abierto, Ragnvald se había atormentado pensando que había imaginado cada una de las intensas miradas que ella le había dedicado. En ese instante, Vigdis no lo miraba de ese modo. Parecía asustada.

—Ragnvald, Olaf quiere matarte —susurró.

—Sí. Mañana nos batiremos en duelo. ¿O es que piensa hacer trampa...?

—No, quiere hacerlo esta noche —lo interrumpió ella, agarrándolo del hombro—. Aquí corres peligro.

Hablaron en voz baja. Cualquier grito podía despertar a los hombres de Hakon, aunque tal vez no lo bastante deprisa.

—¿Por qué has venido a decírmelo?

La tomó del brazo. Nunca la había tocado intencionadamente, sólo había sufrido las quemaduras que los dedos de ella le provocaban desde el día en que Olaf la trajo a casa como su futura esposa. Vigdis sólo tenía unos años más que Ragnvald, aunque mucha más experiencia.

—¿Debería seguirte a algún sitio aún más expuesto?

—¿Por qué crees que te guardo resentimiento?

Ragnvald rió quedamente.

—Hay muchas muchas razones. —Incluido el hecho de que hubiera ayudado a atar a Svanhild—. Desde que apareciste en nuestra casa, siempre has puesto a Olaf en mi contra.

—Él ya te odiaba antes de que yo llegara.

Ragnvald reparó en que ella no había negado la acusación.

—¿Y qué crees que debería hacer?

—Entra en el pabellón del rey Hakon antes de que vengan a por ti. Olaf es un cobarde. Si fracasa esta noche, se marchará sin presentarse en el duelo.

—¿Por qué me estás diciendo esto?

—Porque un día vendrás a hacerme viuda, y yo daré la bienvenida a ese día y te daré la bienvenida a ti. —Se puso de puntillas y lo besó levemente en los labios.

Ragnvald se apartó, sorprendido, y ella dio media vuelta y se alejó con pisadas silenciosas sobre la hierba suave.

—¡Espera! —la llamó Ragnvald.

Vigdis no se detuvo.

Ragnvald volvió a su tienda, situada a pocos pasos del enorme pabellón de celebraciones de Hakon. De pronto, la tienda se hinchó y luego cedió hacia dentro. Ragnvald sorprendió a Olaf con su espada enganchada en la lona hundida. Sigurd estaba detrás de él, con su lacio cabello blanqueado, que brillaba en la penumbra de la medianoche. Olaf cargó entonces hacia Ragnvald por encima de la tienda caída.

El joven guerrero se apartó hacia un lado, pero una cuerda que aseguraba el pabellón de Hakon le bloqueó el camino y la espada de Olaf le hendió la carne en la parte superior del brazo, el mismo brazo que usaba para empuñar la espada, provocándole una extraña sensación de calor y frío que no le causaba ningún dolor. Sigurd iba medio paso por detrás de su padre, y la punta de su espada temblaba.

—Acaba con él —le ordenó Olaf—. Debes hacerlo.

Envalentonado, Sigurd dio un paso adelante, pero vaciló antes de atacar, y Ragnvald detuvo su impulso con una patada que lo hizo caer hacia atrás. Mientras Ragnvald se defendía de Sigurd, Olaf se abalanzó de nuevo sobre él y le hizo un corte superficial en el costado. Aquella herida le dolió de inmediato, y con cada inspiración se abría un poco más.

—¿No te veías capaz de ganar un duelo? —gritó Ragnvald, bordeando la tienda.

Tarde o temprano, alguien los oiría. Ragnvald mantuvo la atención centrada en Olaf; estaba convencido de que Sigurd tan sólo atacaría si su padre se lo ordenaba.

—No mereces un duelo —repuso Olaf.

—Aun así, ¿has pensado que no podrías matarme tú solo?

Olaf embistió de nuevo. Ragnvald lo esquivó y fue a parar cerca de Sigurd. Eludió un golpe torpe del muchacho sin mucha dificultad.

—Sólo quería que mi hijo viera lo cobarde que eres —dijo Olaf.

—Pues ya ha podido ver a un cobarde aquí esta noche. —Ragnvald miró a Sigurd otra vez.

El muchacho tenía una expresión enajenada, visible incluso en la penumbra de la noche de verano. No deseaba estar ahí. Eso podría suponer una ventaja para Ragnvald, y en ese momento toda ventaja le convenía. Los músculos de su brazo palpitaban por el primer golpe afortunado de Olaf y, además, se movía con lentitud: pronto no podría levantar la espada, y Olaf acabaría con él sin problemas.

Aun así, una arremetida bastaría. Probablemente le quedaban fuerzas para eso. Sin perder de vista a Sigurd, Ragnvald dio unos cuantos pasos laterales, hasta que quedó una cuerda entre Olaf y él. Entonces hizo una finta hacia delante, esperando con ello invitar a Olaf a lanzar otro golpe. Su padrastro dio un paso hacia él, pero no lo bastante grande como para entrar en la guardia de Ragnvald. El joven guerrero volvió a desplazarse hacia un lado.

—¿Y ahora quién es el cobarde? —susurró Olaf—. Ven y lucha.

Ragnvald se esforzó por no reaccionar a sus palabras. La rabia le serviría de poco en ese momento. Un paso más y Olaf se enredaría en las cuerdas que sujetaban la tienda si atacaba de cualquier otra forma que no fuera en línea recta. Ragnvald pasó sobre la cuerda y arremetió con su espada con ambas manos. Medio segundo más rápido y le habría arrancado la cabeza a su oponente, pero éste se tiró al suelo y sólo perdió un trozo de cuero cabelludo. Ragnvald, en cambio, se desequilibró por la fuerza de su impulso.

Olaf soltó una cuchillada hacia arriba, a través del muslo de su hijastro. Ragnvald lanzó un grito. La sangre le humedeció los pantalones, y apenas podía sostener ya la espada. La soltó y alcanzó su daga con la mano izquierda. Si Olaf se acercaba un poco más para matarlo, al menos podrían morir juntos.

Aún en el suelo, Olaf reptó hacia atrás para apartarse. Ragnvald retrocedió un paso más y tropezó con la tienda. Su visión era como un túnel negro que contenía sólo a Olaf, tratando de levantarse, y un par de zapatos bordados que acababan de aparecer en el suelo junto a él. Levantó la cabeza y vio a Oddi.

—Basta ya —dijo Oddi, hablando como su padre—. El duelo no es hasta mañana.

—Han venido a asesinarme —gritó Ragnvald, arrastrándose hasta un árbol. Otros hombres de Hakon se reunieron en torno a ellos.

—Este hombre está herido, que alguien lo atienda —ordenó Oddi a sus compañeros.

Un joven se adelantó y pidió al joven guerrero que se sentara. Le rasgó la camisa para hacer unas vendas, que ató alrededor de sus heridas por encima de la ropa. La presión hizo gritar a Ragnvald, cuyo campo de visión se estrechó aún más.

—Han venido a asesinarme... —repitió Ragnvald en un susurro ronco. El dolor crecía y luego retrocedía, al son de la marea de su sangre. Sabía que lo peor aún estaba por llegar.

—Eso está claro —dijo el rey Hakon.

Ragnvald lo miró sin entender. ¿Desde cuándo estaba allí el rey Hakon?

—Sólo quería una reparación por el insulto de hoy —adujo Olaf—. Este muchacho me ha insultado y se ha llevado a mi hija...

—Hijastra —apuntó Sigurd en voz baja.

Olaf le dirigió una mirada de desprecio.

—Teníamos un duelo mañana. —Ragnvald apenas podía hablar—. ¿Tanto temías enfrentarte a mí?

Olaf se puso de pie. Todavía respiraba con dificultad.

—No merece el honor de un duelo.

—Has intentado asesinarlo —dijo el rey Hakon, implacable.

—No era un asesinato, era mi derecho —repuso Olaf—. Solvi Hunthiofsson responderá por mí.

—No se me ocurre qué podría decir para cambiar lo que he visto —insistió el rey Hakon—, pero que alguien vaya a buscarlo, de todos modos.

Ragnvald tuvo la impresión de que había pasado poco tiempo entre que Hakon pronunció aquellas palabras y el momento en que uno de sus hombres reapareció con Solvi tras él, pero debió de pasar un buen rato. Tenía mucha sed.

—¿Por qué me has llamado? —preguntó Solvi a Olaf, antes de que nadie pudiera hablar—. No quiero saber nada más de ti.

—Sólo estaba terminando lo que tú empezaste —soltó Olaf—. Lo que no fuiste capaz de hacer.

—No pretenderás cargarme esto a mí...

Ragnvald apenas se dio cuenta de que alguien estaba abofeteándole la cara. Los vendajes, al tensarse, le enviaban punzadas de dolor por el muslo hasta la entrepierna.

—Puedes librar tu duelo con Olaf mañana... —le decía Hakon.

El rostro de Hakon se encontraba justo enfrente. ¿Estaba él de pie, o Hakon se había sentado? Ragnvald no lo sabía.

—No está en condiciones de librar un duelo —repuso Oddi—. Yo ocuparé su lugar. Con mucho gusto mataré a Olaf por él.

—No —dijo Ragnvald.

No podía permitir que Oddi hiciera eso. Ragnvald no era consciente de gran cosa en ese momento, pero se aferró a ello. Olaf era suyo.

—No —repitió—. Podría morir por mis heridas. Olaf es un cobarde, pero me está guardando las tierras. Lo mataré, si me recupero. Y, si no, que los dioses lo traten a él como él me ha tratado a mí.

El rostro de Hakon se apartó.

—Ragnvald Eysteinsson ha hablado —dijo— y yo juzgo justas sus palabras. Podrá tener su propia venganza.

Se volvió hacia Olaf y añadió:

—Te declaro proscrito en mis tierras. Cualquier hombre podrá matarte al verte y acudir a mí a cobrar recompensa.

Olaf palideció y cuadró los hombros.

—Tú no eres mi rey —dijo, mostrando valor por primera vez desde su llegada a la asamblea.

—El joven Ragnvald quiere que vivas para poder matarte él mismo. Vuélvete a Ardal esta noche, o dejaré que mis hijos hagan contigo lo que les plazca.

Tal vez dijo algo más, pero Ragnvald se desplomó hacia delante. Respiró el polvo de las hojas del año anterior y ya no se enteró de nada más.

12

Al despertarse, Ragnvald notó el sabor del alcohol en la boca. Casi podía decir que estaba borracho. El brazo, el costado y el muslo le dolían y le ardían por oleadas. Se incorporó, y la cabeza le dio vueltas. Estaba en una tienda bien decorada, sobre una cama elevada y con Svanhild sentada a su lado.

—Ragnvald —dijo su hermana, aliviada—. Iré a buscar a los demás.

Ragnvald se recostó de nuevo, pero eso no impidió que las paredes de la tienda se movieran en torno a él, como si estuviera rodando por una pendiente empinada. Necesitaba vomitar.

Oddi y el rey Hakon aparecieron poco después. Ragnvald volvió a incorporarse; no se quedaría tumbado mientras un rey le hablaba.

—Sé que ahora te sientes fatal —empezó a decir Hakon—, pero mi curandera dice que tienes mucha suerte. Tus heridas sólo son musculares. Te curarás pronto.

—Gracias —contestó Ragnvald con voz ronca. Por lo visto, hacía bastante que no abría la boca.

—Olaf y su familia se han ido, como mi padre ordenó —explicó Oddi—. Y otras familias se han ido también... Creo que son algunos de sus parientes.

—Gracias —repitió Ragnvald. No sabía qué más decir.

—Conocí a tu padre y a tu abuelo —continuó Hakon—. Tu abuelo Ivar fue un rey poderoso en Sogn. Y su hermano fue el rey de los mares más temido de la costa norte. ¿Sabes que los pescadores todavía buscan sus tesoros escondidos en las islas de la barrera?

—Sí, mi señor —asintió Ragnvald.

Había oído esas historias y se había enorgullecido de ellas. De proceder de un linaje de reyes que protegieron sus tierras y a su pueblo, y también de descender de saqueadores encarnizados, que conquistaban olas y rocas para ser llamados reyes del mar, reyes que no tenían tierra y sólo saqueaban.

—Y a tu padre lo llamábamos Eystein Glumra —añadió Hakon—. Eystein el Ruidoso. Todo fanfarroneo y bravatas, y muy poca acción.

Ragnvald se sintió levemente enojado, pero el dolor en su cuerpo era demasiado acuciante. Además, aquella rabia no le serviría de nada; Hakon decía la verdad.

—Pero tú no eres así, ¿no? —Hakon miró a Ragnvald con curiosidad, como si realmente quisiera escuchar su respuesta.

—Espero que no —contestó Ragnvald. Empezaba a desear que Hakon fuera al grano y lo dejara descansar.

—Me pareció extraño que dejaras vivir a Olaf —dijo el rey—. Prefieres matarlo tú mismo, antes que recibir su tierra con facilidad.

Ragnvald recordó vagamente que Oddi se había ofrecido a matar a Olaf y que él lo había impedido. No podía permitir que nadie se vengara en su lugar.

Hakon miró al joven postrado en su cama mientras se acariciaba la barba. Era espesa y tan larga como para que Ragnvald se preguntase si ya daba por finalizados sus días como guerrero. Unos pocos cabellos grises le oscurecían las mechas doradas, y tenía gruesas bolsas bajo los ojos. Ragnvald recordó que el *jarl* Runolf había sido amigo de Hakon; tal vez éste hubiera querido llorar por él, pero no podía hacerlo, porque fue su propio hijo quien le había segado la vida.

—¿Qué vas a hacer ahora? —preguntó Hakon.

—Estoy herido —contestó Ragnvald.

Estaba bien que Olaf viviera. No se arrepentía de esa decisión, aunque apenas había sido consciente cuando la tomó. Prefería que Olaf se quedara Ardal hasta saber si viviría o moriría, si sanaría por completo o quedaría tullido. Se lo debía a la tierra de sus antepasados. Nadie lo aclamaría como *jarl* o rey si no podía luchar. Prefería morir como un desconocido que permitir que su nombre se recordara como el de su padre.

—Pero pronto estarás bien —repuso Hakon, interrumpiendo la autocompasión de Ragnvald—. Cuando te recuperes, muchos te querrán a su lado por tus fuertes manos y tu espada poderosa.

Sí, hombres como Solvi o peores, saqueadores que exigirían un impuesto de sangre, juramentos terribles y rituales atroces para darle un sitio en un barco cuando no tuviera plata con la que comprarse ese lugar. Ragnvald había visto las cicatrices, las marcas de hermandad que unían a algunos de los guerreros de Solvi. Él sentía cierto respeto por el hijo de Hunthiof —un respeto que se mezclaba con una dosis equivalente de miedo—, pero no quería convertirse en uno de sus hombres juramentados. Esos guerreros renunciaban a sus lazos con la tierra y la familia, y no tenían hijos, más allá de los que engendraran con esclavas y cautivas contra la voluntad de las jóvenes; hijos que nunca sabrían los nombres de sus padres, a menos que sus madres los nombraran con odio.

Hakon debió de ver esos pensamientos en la expresión de Ragnvald, porque le puso una mano en el hombro y le dijo:

—No, no me refiero a la hermandad del mar. Te ofrezco un lugar en uno de mis barcos.

Un rayo de esperanza consiguió atravesar el denso aturdimiento de la mente de Ragnvald.

—Mi hermana Svanhild... —dijo, mirando al lugar donde ella estaba sentada, a su lado—. No debe volver con Olaf.

—¿Quién la cuida ahora? —preguntó Hakon.

—Se ha quedado con Hrolf Nefia y su familia —contestó Ragnvald.

—El padre de tu prometida —asintió Hakon—. Sí, es un buen lugar para ella. Hablaré con él y me aseguraré de que la trate bien.

—Quiero quedarme contigo —dijo Svanhild, levantándose de un salto—. Podría cuidar de ti hasta que estés recuperado.

El rey Hakon miró a la joven.

—Eso es muy generoso por tu parte, pero ahora toda mi gente está en movimiento. No podemos hacernos cargo de ti.

—Llévame en tus naves —propuso Svanhild—. Podría cocinar y reparar velas.

El rey se echó a reír.

—Tiene un buen espíritu —dijo—. Si Ragnvald falla, ¿te vengarás tú misma de Olaf?

—Por supuesto.

—Hablaré con Hrolf Nefia en persona. No te faltarán atenciones, jovencita.

—Gracias —dijo Ragnvald, y Svanhild hizo una pequeña reverencia para mostrar su agradecimiento.

Cuando el rey Hakon salió de la tienda, Ragnvald miró a su hermana.

—¿Debo pedirle a Hakon que ponga un par de hombres de guardia para que Solvi no se te lleve?

Svanhild dejó que su mirada se perdiera en la distancia.

—No creo que lo haga...

—¿Qué crees que dirá la gente de eso? —preguntó Ragnvald.

Los granjeros que habían estado hablando del paseo a caballo de Solvi probablemente habían pasado un buen rato riéndose de él mientras le ocultaban el nombre de su hermana.

Svanhild se levantó con rapidez.

—No mucho, creo, ya que tú le has dado muchas otras cosas de las que hablar. Si la pierna te duele tanto que has de ser cruel con quien ha estado todo el tiempo a tu lado, iré a buscar a la curandera.

Eso parecía injusto. Si estuviera mutilado, quedaría a merced de las mujeres durante el resto de su vida, como en ese momento. Mejor morir.

—Había pensado en ir a buscar a Hilda para que te consuele, pero ahora prefiero no hacerlo —añadió Svanhild, sin renunciar a usar su poder sobre él.

—¿Por qué cabalgaste con Solvi? —preguntó Ragnvald, estirándose para tocar el asiento.

No iba a disculparse, pero sabía que debía mostrarse un poco más amable, o su hermana se marcharía y pronto estarían separados muchos meses otra vez.

—Porque no sabía quién era —contestó Svanhild, mirando a otro lado—. Y quería tener otras posibilidades, además de la de Thorkell.

—Te prometo que encontraré a alguien mejor para ti. ¿Qué opinas de Oddi? Hay cosas peores que el hijo de un rey.

Svanhild hizo una mueca.

—Parece una rana. Aunque es una rana bastante apuesta. —Su expresión se tornó pensativa—. Pero encuéntrame a alguien. No creo que sea bienvenida en la casa de Hrolf durante mucho tiempo.

✞

Cuando Svanhild volvió a la tienda, llevó a Hilda con ella y los dejó solos, dedicando a su hermano una mirada cómplice al salir. Hilda llevaba un vestido de fiesta ligero; su mejor vestido, a juicio de Ragnvald, de un azul brillante que hacía que su cabello pareciera una madera noble pulida.

—Me alegro de que estés bien —dijo Hilda—. He traído un tablero de *tafl*, para que podamos jugar.

Lo puso en la mesita plegable que había junto a la cama. Ragnvald se incorporó a pulso un poco más, y eso le provocó una punzada de dolor en la pierna. Hilda situó las piezas: el rey y sus defensores en medio, los asaltantes en el exterior.

—¿Qué posición quieres?

Los asaltantes tenían el papel más fácil —sólo debían rodear al rey con cuatro piezas en cualquier parte del tablero—, mientras que el rey tenía que escapar de ellos hasta una casilla de las esquinas.

—El rey —pidió Ragnvald—, ya que Hakon me ha dado un lugar aquí.

—Eso me deja a mí como asaltante —dijo Hilda, sonriéndole con timidez—. No parece muy adecuado, ¿no crees?

La partida se desarrolló como cabía esperar. Hilda no era una jugadora muy hábil y no conocía los trucos que Olaf le había enseñado a Ragnvald para ganar dirigiendo al rey. Hubo un par de ocasiones en las que ella tomó algo de ventaja, pero no sabía lo suficiente como para convertir esa ventaja en victoria. Poco después, Ragnvald alcanzó una de las esquinas del tablero y el juego terminó.

—Podemos jugar a las tabas cuando te sientas mejor —propuso Hilda.

No era un juego muy atlético, pero Ragnvald dudaba que pudiera moverse con rapidez hasta pasados unos días.

—Hilda, si quedo tullido, tu promesa...

La curandera de Hakon había acudido a examinar su herida y había hecho un buen pronóstico, pero, sin ponerse a prueba, Ragnvald no podía estar seguro.

—Te curarás por completo —lo interrumpió Hilda—. Todo el mundo lo dice.

—Svanhild siempre cree que las cosas saldrán como ella quiere.

—Creo que esta vez tiene razón. ¿O acaso estás tratando de escapar de tu promesa una vez más? —preguntó Hilda, con una sonrisa que no alcanzaba a ocultar del todo que se sentía dolida.

—Nunca —contestó Ragnvald—. Yo cumplo mis promesas, y ésta, además, no es difícil de mantener. Cuando recupere Ardal, tú serás su señora.

Como Hilda parecía complacida, Ragnvald continuó.

—Y mi abuelo fue rey de Sogn. Quiero recuperar ese trono, y tú serás mi reina.

La sonrisa desapareció del rostro de la joven.

—No sabría cómo ser una reina.

Hilda mostró la adecuada modestia con sus palabras; la modestia a menudo elogiada en los proverbios. Las mujeres de los relatos favoritos de Svanhild, en cambio, rara vez mostraban esa virtud. Ragnvald no podía imaginar a Hilda como la princesa Unna, cuyo marido permaneció en cama todo un invierno cuando debería vengar una ofensa a su familia. Ella lo amenazó y lo reprendió, hasta que a él le hirvió la sangre y mató a su enemigo. Después él murió bajo la espada del hijo de su enemigo, lo que no hacía que a Svanhild le gustara menos Unna.

—Falta mucho tiempo para eso —respondió Ragnvald. Primero tenía que poder levantarse de esa cama para algo más que orinar en un cazo—. Vamos a jugar otra partida. Podrías haberme ganado. Te enseñaré cómo hacerlo.

✣

Una semana después del juicio de Ragnvald, el campamento de Hrolf comenzó a levantarse. Svanhild no se había sentido muy bien acogida en la tienda de su anfitrión y había pasado todo el tiempo posible con Ragnvald. Ella y Hilda intentaron que no se aburriera mucho: iban a verlo, jugaban partidas de *tafl* con él, enviaban a Oddi para que lo entretuviera un poco cuando se cansaba de jugar... Las heridas sanaron con rapidez gracias a los cuidados de las mujeres de Hakon, que sabían más de las artes curativas que Svanhild. Al final de la semana, Ragnvald ya podía caminar sin ayuda.

El día de su partida llevó a Svanhild al campamento de Hrolf Nefia y la dejó allí con el fardo de ropa que le habían regalado las mujeres de Hakon. Ella había dejado unas pocas cosas en Ardal —su huso preferido, que a nadie más le gustaba, y algunos de sus vestidos gastados—, pero se había llevado consigo sus joyas y se consoló con la idea de que recuperaría todas sus pertenencias cuando Ragnvald matara a Olaf.

Sólo esperaba que Vigdis y Olaf no maltrataran demasiado a su madre, ahora que ninguno de sus hijos estaba allí para presenciarlo. En cualquier caso, Svanhild creía que no debía preocuparse demasiado: su madre había decidido casarse con Olaf, en lugar de llevar a sus hijos con su propia familia. Y el hecho de que hubiera tomado aquella decisión para ayudar a preservar la herencia de Ragnvald sólo la excusaba en parte, sobre todo ahora que Olaf había demostrado que no tenía honor ni ninguna intención de respetar el derecho a la tierra de su hijastro.

Ragnvald se despidió de Hilda mientras Hrolf los miraba con desaprobación. Luego besó a Svanhild en la mejilla y volvió a cruzar la explanada del *ting*. Debido a la herida, caminaba despacio y con torpeza, pero su hermana pensó que muy pronto estaría recuperado del todo. Mantenía los hombros erguidos al andar y, si había sentido mucho dolor al despedirse de ella, no había permitido que se reflejara en su rostro. Svanhild sabía que estaba contento de librarse de ella, por mucho que la quisiera. En ese momento, sólo era una carga para él.

Después de que Ragnvald se alejara, Hilda abrazó a Svanhild como a una hermana, y de inmediato la puso a trabajar para recoger las tiendas de la familia. Mientras enrollaba una de las tiendas de cuero, una sombra cayó sobre la piel reseca. Svanhild levantó la cabeza y se encontró con Solvi a su lado. También iba ataviado para viajar, con la armadura y la capa que llevaba la primera vez que lo vio.

—Podrías venir conmigo —dijo Solvi sin más preámbulo.

Sabía lo que había ocurrido con Olaf, y que ella estaba con la familia de Hrolf. Los chismes viajaban deprisa por las tierras nórdicas, y nunca tan rápido como alrededor de las tiendas de la reunión del *ting*.

—¿Para ser tu concubina? —preguntó Svanhild con acritud.

Solvi se encogió de hombros y luego sonrió.

—Llámalo esposa, si quieres.

Svanhild intentó no mostrarse halagada. En la tienda de Hakon se había sentido incómoda, como si estuviera parasitando a Ragnvald, y ahora tenía la impresión de que era una carga molesta para la familia de Hrolf Nefia.

—En el campamento de Hakon sólo se habla de que el rey Harald prometió encargarse de tu padre —dijo Svanhild—. ¿Por qué debería formar mi hogar en un salón que ya tiene un lobo rondándole la puerta?

En realidad no era el verdadero motivo. Tenía razones mucho mejores para no ir con Solvi, comenzando por la enemistad entre él y su hermano. Se obligó a no apartar la mirada de su atractivo rostro. Solvi tenía unos rasgos finos y una sonrisa a la que ella deseaba responder con la suya, y sabía que, si lo miraba lo suficiente, podría acostumbrarse a esa sonrisa.

Los ojos de Solvi se ensombrecieron un momento, pero luego su sonrisa se ensanchó.

—Si fuéramos a otra parte, a otra tierra, ¿dirías que sí?

—¿Otra tierra, otra vida, otra niña o mujer cuyo hermano aún estuviera ileso? Entonces tal vez.

—¿No puedes perdonarme? Le di a tu hermano su parte del botín. Lo hice por ti.

Svanhild rió.

—Sólo por temor a lo que yo pudiera declarar en el juicio —dijo para atormentarlo—. No es ese tipo de favores lo que enciende el corazón de una doncella. Además, no dijiste toda la verdad.

Svanhild volvió al trabajo que la ocupaba, aunque deseaba levantarse y mirarlo cara a cara. Había algo indigno en el hecho de permanecer de rodillas ante una tienda enrollada mientras hablaban.

—Ayudé a Ragnvald todo lo que pude. No podía...

—¿No podías reconocer que te pagaron para matarlo? Ya, ya veo que no.

—No podía decir que mi padre ordenó un asesinato —repuso Solvi.

Svanhild volvió a mirarlo. Esperaba verlo con su sonrisa habitual, encantadora, falsa, pero en vez de eso parecía preocupado.

—¿Qué habrías hecho tú por tu padre?

Sin pretenderlo, Svanhild pensó en lo que su madre había dicho acerca de las decisiones que tomó para proteger a sus hijos. Decisiones equivocadas, tal vez, decisiones que llevaron a Olaf a sus vidas, pero decisiones tomadas por razones justas, que no podían deshacerse.

—¿Yo? Sólo soy una mujer. ¿Qué saben las mujeres del honor?

—Creo que sabes mucho —contestó Solvi.

Esta vez él sonrió, y Svanhild se enfadó por haber creído que estaba siendo sincero.

—Cuando vuelva Ragnvald, Vigdis, mi madrastra, será viuda. Puede que a ella le gustes —señaló Svanhild con mordacidad—. Está buscando cambiar a Olaf por alguien mejor. Tal vez por el hijo de un rey.

—Conozco a esa clase de mujeres. Pero yo te quiero a ti. Y te gusto un poco, creo. O al menos te gustaba antes de que supieras mi nombre.

—Sí —dijo Svanhild con sinceridad, aunque luego se reprendió por reconocerlo. No le hacía ningún bien confesárselo. Él podría acabar pensando que, tarde o temprano, aceptaría su petición—. Ahora sé quién eres. Y tú sabes lo que han provocado tus actos. —Le mostró la carne amoratada de su rostro. Las hermanas de Hilda le habían dicho que se le había puesto la mandíbula verde, aunque la inflamación ya había desaparecido.

—Lamento que te hayan hecho daño. De verdad.

—No seré tu concubina ni tu mujer —replicó ella—, pero te agradezco la oferta. —De alguna manera, pensó que al menos se merecía eso—. Ahora déjame en paz.

—No serás feliz como esposa de un granjero. Tú misma me lo dijiste.

—No seré feliz en la familia de un hombre que trató de matar a mi hermano. No me conoces. Podría ser muy feliz como esposa de un granjero.

—Puede que yo no te conozca, pero tal vez tú tampoco te conozcas muy bien todavía. Si eres infeliz en la casa de Hrolf Nefia, envíame un mensaje o ven hasta mí, Svanhild Eysteinsdatter. Si Tafjord cae, encontraremos un hogar al otro lado de los mares, o haremos del mar nuestro hogar.

Era como si Solvi no oyera sus negativas o no se preocupara por ellas, y además utilizaba sus propias palabras contra ella, aprovechándose de los sueños que le había confesado. Si al menos fuera otro el que lo hiciera... Si al menos él hubiera elegido desobedecer a su padre antes...

—Adiós, Solvi Hunthiofsson.

Svanhild se levantó y se quedó de brazos cruzados observándolo, hasta que finalmente Solvi le dedicó una leve sonrisa y se alejó.

Malhumorada, ella continuó con su trabajo. Sabía que no había aprovechado bien aquel encuentro. Debería haberle hecho comprender a Solvi que le encantaba el trabajo de la granja en Ardal: ordeñar las vacas en los establos y conducirlas hasta los pastos de la alta montaña; llevar a las ovejas a los prados por la mañana y devolverlas al redil por la noche... Le gustaban los largos días del verano pasados bajo el sol y las nubes, la desbordante belleza de la tierra de Ardal... El invierno no le gustaba tanto, atrapada en el salón con Vigdis y Ascrida y sin poder salir, pero, cuando dirigiera su propia granja, se rodearía de las hijas de los granjeros locales, chicas agradables de cuya compañía disfrutaría.

Y si su marido traía otra mujer... Bueno, eso no podía ser peor que ser concubina de un rey del mar, ¿no? ¿Cuándo vería ella a un marido como Solvi? ¿Cada medio año, cuando volviera a casa de sus pillajes? El resto del tiempo estaría atrapada en su húmedo salón, criando hijos, esperando su regreso. Aunque quisiera esa clase de vida, aunque lo quisiera a él, Solvi era un hombre sin honor, un hombre al que debía descartar.

Miró a su alrededor, a Hilda y sus hermanas, cada una trabajando en su labor. No podía imaginar que a ninguna de ellas, ni siquiera a la obstinada Hilda, le tentara una oferta como la de

Solvi. Se ruborizó, bajó la cabeza y siguió trabajando hasta que le dolieron los brazos.

✛

La granja de Hrolf se hallaba a sólo medio día a pie desde la planicie de la asamblea, en Jostedal, aunque el camino era en su mayor parte cuesta arriba. No salieron hasta después del almuerzo. Egil caminaba con la mula, que era propensa a ataques de terquedad y había que embaucarla para que continuara la marcha colina arriba. Hilda y Svanhild iban a la cabeza de las mujeres, justo detrás de Hrolf. La joven hija de Eystein tenía que caminar rápido para igualar la larga zancada de Hilda; era tan alta que a Svanhild le parecía estar siguiendo el ritmo de Ragnvald otra vez.

Hilda tenía otras cualidades que también le recordaban a Ragnvald: su silenciosa vigilancia, su manera de ocuparse de sus propios asuntos... Svanhild se había preguntado si Hilda abandonaría a Ragnvald cuando su suerte tocase fondo, pero había permanecido a su lado mientras sanaba, y ambos parecían regocijarse con las palabras que intercambiaban en voz baja.

—¡Ahora eres tú la que camina demasiado deprisa! —le gritó Hilda. Svanhild miró hacia atrás y vio que su amiga llevaba de la mano a su hermana menor—. Ingifrid no puede seguir el ritmo.

Svanhild sonrió para disculparse y aflojó el paso. Miró a su espalda, memorizando la pendiente de aquella colina, las señales del camino en los mojones que habían dejado atrás...

—¿Qué buscas? —preguntó Hilda—. ¿Temes que te persigan?

—No —dijo ella—. Mi padrastro es demasiado cobarde para eso... —Luego, con menos decisión, añadió—: Sólo quiero memorizar el camino de regreso.

—¿Esperas viajar por aquí tú sola?

—No sé lo que espero, Hilda.

Ragnvald le había enseñado a estar siempre preparada. En los bosques de Ardal, Svanhild conocía cada tocón y árbol caído, y su hermano le había mostrado hondonadas ocultas y arboledas donde las campanillas de invierno florecían en primavera bajo los rayos del sol, cuando todo lo demás seguía sepultado en la nieve. Empezaba a entender por qué Ragnvald no quería marcharse de allí.

A media tarde se detuvieron para beber agua y comer un poco. Svanhild no sabía cómo debía comportarse ante las hermanas de Hilda, cuya conversación parecía consistir en una suma de pequeñas pullas. Era incapaz de adivinar cuáles desencadenarían un silencio pétreo y cuáles un sinfín de carcajadas. Algunas de las más pequeñas también intentaron provocar a Svanhild, burlándose de su estatura, inferior a la de las tres hermanas menores de Hilda. También se burlaron de Solvi, llamándolo lisiado y retorcido, y cuando se metieron con Ragnvald, Hilda puso tan mala cara como Svanhild.

—Ahí está —anunció Hilda cuando atisbaron la granja de Hrolf, con su salón comunal.

Se alzaba en el límite del bosque, un espacio fronterizo que parecía encontrarse en otro mundo, un mundo embrujado, más gris que de color. El huerto estaba en sombra, y los retoños se extendían por el suelo, buscando la luz. Los troncos del salón comunal estaban resecos, en lugar de relucir por la grasa frotada en la madera, como los buenos salones. La granja de Ardal no era tan distinta de la de Hrolf, aunque Ragnvald afirmaba que relucía cuando él era niño. La mayoría de las granjas, salvo las más ricas, necesitaban toda la grasa para dar luz y cocinar.

Hilda cedió un espacio a Svanhild en su dormitorio. Ella, sin embargo, no estaba cansada, ni siquiera después de la larga caminata desde la planicie de la asamblea, en Jostedal.

—Me alegro de que estés aquí —le dijo Hilda—. ¿Crees que podrás dormir?

—Es mucho más silencioso que el salón de Ardal. Olaf mantiene a más hombres que tu padre.

Hilda guardó silencio y Svanhild pensó que su comentario tal vez había sonado como un reproche.

—Me alegraré de no oír sus ronquidos —añadió.

—¿Dónde crees que dormirá Ragnvald esta noche?

Svanhild suspiró. Hilda siempre hablaba de su hermano con ella, como si necesitara aferrarse a aquel único elemento que tenían en común.

—En alguna orilla —respondió Svanhild—. Ojalá estuviera allí con él. No es que no agradezca la amabilidad de tu familia por acogerme, pero...

—Te entiendo muy bien, Svanhild. A mí también me gustaría estar con él. Pero no es nuestro lugar.

No, Hilda no creía que lo fuera. Rodó para quedar de costado, formó una cálida tienda de mantas entre las dos, y se durmió mientras Svanhild imaginaba que el soplido del viento que se colaba entre las vigas del salón era el sonido de las olas, que los ronquidos de Hilda eran los de un navegante, y que aquel sólido banco se balanceaba porque las llevaba a algún lugar lejano.

13

La gran caravana de partidarios de Hakon serpenteaba pendiente abajo hacia el fiordo. Los caballos tiraban de los carros sobre un suelo desigual, donde con frecuencia las ruedas se atascaban, obligando a los animales a detenerse. Los esclavos, malhumorados, acarreaban pesados fardos por las empinadas laderas y se detenían a descansar cada cien pasos. Si Ragnvald no hubiera estado aún convaleciente, habría tardado menos de una jornada en recorrer a pie el camino hasta la costa donde Hakon había dejado sus barcos, pero en aquellas condiciones el paso lento de la caravana era de agradecer.

Las filas de Hakon se habían engrosado con hombres del *ting*, todos deseosos de ganar oro combatiendo a su lado: hijos menores de granjeros, esclavos liberados... A Ragnvald —que aún sentía dolor a cada paso que daba— aquellos hombres le parecían demasiado jóvenes o demasiado viejos, sin preparación alguna, salvo en las técnicas de lucha más rudimentarias.

Hablaban de reunirse con el legendario Harald en Yrjar, y luchar por él. A Ragnvald no dejaba de sorprenderle. No podía imaginar a un rey de dieciséis años —la misma edad de Svanhild— más que como un hombre de paja. Hakon era un verdadero rey, un hombre que había crecido en sabiduría, riqueza y tierras, y Ragnvald estaba satisfecho de seguirlo, agradecido de que lo hubiera elegido.

La ruta discurría por las estribaciones del río Moen, cuyas aguas pasaban por los terrenos del *ting*. Allí, su cauce se precipitaba sobre las rocas, volando en el aire y captando la luz del sol. Flores silvestres salpicaban las orillas. El rugido del agua que corría y del viento que soplaba desde las montañas era más ruidoso que el estruendo metálico de la caravana de Hakon.

—¿Cómo te encuentras? —preguntó Oddi acercándose a Ragnvald, que contuvo el impulso de responder de malas maneras.

Hubiera agradecido poder pasar un día sin que le preguntaran nada, pero suponía que era preferible eso a que no le hicieran caso.

—Bastante bien —respondió.

—Heming está presionando a mi padre para que prepare una flota que navegue contra Solvi. Ahora, y no dentro de un año, como habíamos planeado.

—Iría con él encantado —dijo Ragnvald, sonriendo como un lobo.

—Por supuesto, mi padre no piensa permitírselo; todavía está furioso con él por el duelo.

—¿Por qué lo hizo? —preguntó Ragnvald.

—No hubo ningún insulto, eso puedo asegurártelo. Heming está acostumbrado a hacer lo que le viene en gana, y no le gusta que nadie destaque más que... Hola, hermano.

El caballo de Heming pisó la tierra compactada del sendero.

—¿Has caminado suficiente, joven Ragnvald? ¿No preferirías cabalgar?

Ragnvald se volvió y saludó a Heming con una leve reverencia. El hijo de Hakon montaba un caballo alto y de aspecto duro, cuyo pelaje brillaba como carbón al sol, probablemente porque tenía algo de sangre española. Con una mano, Heming sostenía las riendas de una yegua, más baja y de cabello enmarañado, preparada con una silla con estribos.

—No temas por mi recuperación, mi señor —contestó Ragnvald, aunque estaba seguro de que a Heming no le importaba su herida en absoluto.

—¿Estás rechazando una oportunidad para cabalgar esta buena yegua? —preguntó Heming.

Parecía de buen humor, y si Ragnvald no lo hubiera visto matar a Runolf, tal vez no se habría mostrado tan prudente. Al ver que Ragnvald no respondía, Heming añadió:

—Es cierto, quizá su madre era un poni del fiordo, pero no desdeño montarla, y tú tampoco deberías hacerlo. Cuando este potro lleno de vida se haya quedado dormido, ella aún seguirá caminando.

Ragnvald se volvió para ver qué opinaba Oddi de aquella propuesta. No merecía un caballo, o tal vez había elegido no cabalgar, pero se había rezagado entre la marea de gente y carros.

—Gracias, mi señor —contestó Ragnvald, aceptando el privilegio.

Subir a lomos de aquella yegua fue más laborioso de lo que habría deseado, pero, una vez en la silla, empezó a notar el dolor en la pierna, como si su herida hubiera estado esperando a que él se detuviera para mostrarle cuánto podía atormentarlo.

—Gracias, mi señor —repitió Ragnvald, con más sentimiento esta vez—. No me vendrá mal el descanso.

—Eso pensaba. Mejor mantengamos las monturas al paso. Por tu manera de montar, veo que no estás muy acostumbrado a la silla.

—No —reconoció Ragnvald.

Antes de la muerte de su padre, había montado un poni del fiordo y recorrido las tierras de Sogn con él; desde entonces, rara vez había montado en el caballo de la granja.

—Parece que no se portó muy bien en eso —comentó Heming—. Como en tantas otras cosas, según dicen.

—En otro tiempo te lo habría discutido —contestó Ragnvald—, pero ahora ya no.

Olaf había considerado que no merecía la pena el gasto de mantener muchos caballos en la granja. Uno para su propio placer le bastaba. Que fueran los bueyes los que arasen, y ya los cocinarían cuando fueran demasiado viejos.

Cabalgaron sin hablar durante un rato, envueltos por el ruido de la procesión de Hakon. Aunque no daba la impresión de que fueran muy deprisa, poco a poco iban superando a los que avanzaban a pie, hasta que alcanzaron la parte delantera de la procesión y ya sólo quedaron por delante unos pocos guardias de Hakon, que cabalgaban a distancia de un grito.

—A mi padre le caes bien —comentó Heming.

—Estoy agradecido por ello. Me siento honrado.

—Sí —dijo Heming, en un tono que parecía sugerir que lo consideraba un honor excesivo—. ¿Por qué no quisiste que mi hermano bastardo matara a tu padrastro?

Así que Heming quería recordarle la posición de Oddi en su familia. Su primo no heredaría nada cuando Hakon muriera porque era ilegítimo, aunque podría ganarse cierto reconocimiento y su padre tal vez le regalara algunas tierras. Al ver que Ragnvald no respondía de inmediato, Heming añadió:

—No he visto a Oddi tan preocupado por nada en mucho tiempo.

—Es un honor para mí contarlo entre mis amigos. —Ragnvald miró a Heming y vio en su expresión un atisbo de burla.

—Tal vez estabas bajo la influencia de la fiebre cuando rechazaste su ayuda. ¿Tanto deseas la venganza que tienes que matarlo con tus propias manos?

Ragnvald dudó. Lo que le dijera a Heming sin duda llegaría a oídos de Hakon de un modo u otro. La pendiente por la que descendían sus caballos se volvió más empinada y resbaladiza.

—Algo tiene que ver la venganza —respondió Ragnvald—, pero ¿qué habría ocurrido después de que tu... después de que Oddi matara a mi padrastro? Sólo habría tenido dos opciones: o ir a Ardal, herido, y enfrentarme a Sigurd, el hijo de Olaf, o seguir a tu padre y dejar Ardal en manos de Sigurd.

Un rey, un *jarl*, y hasta un simple granjero, debía a su tierra la mejor protección que pudiera brindarle, incluso si venía de otra persona. Ragnvald se sonrojó por tener que hablar de ello, pero no quería callarse y que Heming lo tomara por necio.

—Además, nuestro vecino, Thorkell, también es primo de Olaf —continuó—. Tal vez podría comprar la paz con él ofreciéndole la mano de Svanhild, pues es astuto y holgazán, pero preferiría no correr ese riesgo.

—Eso si tu hermana estuviera de acuerdo —replicó Heming—. Parece demasiado indómita para usarla como moneda de cambio.

Ragnvald lo miró con severidad, dispuesto a comprobar si aquellas palabras escondían una ofensa, pero vio que Heming tenía una expresión cortés.

—No la forzaría a un matrimonio, ni aunque estuviera en posición de hacerlo —contestó Ragnvald, todavía más tenso que antes.

Heming sonrió.

—Tarde o temprano, tendrás que mostrarle que debe obedecerte. A las mujeres hay que manejarlas con firmeza.

Una réplica llena de enojo saltó a los labios de Ragnvald, pero consiguió contenerla.

—Bueno, ¿y qué tal lo llevas tú con tus hermanas?

Esta vez, Heming soltó una carcajada.

—Aún no lo he intentado —contestó—. Mi padre dirige sus matrimonios, y mi hermana menor, Asa, está encantada de casarse con Harald.

—¿El rey Harald? —preguntó Ragnvald.

—Sí. ¿Acaso no conoces la historia? —Y, sin esperar a que Ragnvald respondiera, continuó—: Antes de que Harald naciera, su madre, una hechicera famosa, tuvo un gran sueño en el que lo vio como un árbol con raíces ensangrentadas y hojas verdes, lo cual significaba que empaparía Noruega en sangre antes de traer la prosperidad a sus tierras.

—Supongo que es eso lo que hacen los conquistadores —observó Ragnvald.

—Sí, aunque todavía no ha conquistado Noruega. Sea como sea, ha prometido hacerlo, y entretanto se casa con cualquier mujer que le plazca y que pueda aportarle un aliado.

—Bueno, entonces tu hermana Asa tiene motivos para un buen divorcio —dijo Ragnvald con ligereza—. Una princesa debería ser una primera esposa.

Heming emitió un leve gemido.

—Así pues, ¿no casarías a tu hermana con ese Thorkell?

—No, de ningún modo. Svanhild es una chica valiente y haría lo que fuera necesario por su familia, pero no me gustaría tener que pedírselo. —Regresó a su visión sombría del futuro que había evitado al unirse a Hakon—. A Thorkell podría parecerle un buen momento para atacar y llevarse a Svanhild, si quisiera. Herido como estoy, y todavía teniendo que luchar con Sigurd, seríamos presas fáciles. Ahora Olaf puede conservar la tierra para mí y, pese a todos sus defectos, en eso es bastante competente. —Pronunció esta última frase con vehemencia, retando a Heming a cuestionarlo.

—Parece una buena razón —asintió Heming—. Empiezo a entender por qué le caes tan bien a mi padre. Si me da permiso, cuando llegue el momento cabalgaré contigo y te ayudaré a matar a ese Olaf. Es un hombre que no debería seguir con vida más tiempo del necesario.

A pesar de todas sus precauciones, Ragnvald sintió afecto por Heming. Tal vez no era más que el hijo atractivo y malcriado de un rey, pero no parecía más cruel ni peor que cualquier otro hombre de su cuna y su riqueza.

—Tengo la intención de navegar contra Solvi —dijo Heming de pronto, cuando la yegua volvió a ponerse a su altura—. ¿Vendrías conmigo?

—Con mucho gusto —respondió Ragnvald—. Si es allí adonde me envía tu padre.

—Pienso ir tanto si él lo desea como si no. Y puedes decírselo si te lo pregunta.

—¿Quieres que lo haga?

Daba la impresión de que eso era lo que quería de él: si no podía contar con la aprobación de su padre, tal vez Ragnvald la consiguiera.

—Me da igual —contestó Heming.

Ragnvald no dijo nada.

—Él desafió a su padre cuando fue a conquistar Hålogaland. A veces se le olvida. —Se volvió y miró a Ragnvald de arriba abajo, otra vez con una sonrisa burlona—. Puedes quedarte la yegua el resto del día —añadió—. Devuélvela cuando acampemos por la noche.

✝

Aquella tarde, la caravana llegó a la orilla del fiordo de Lustra, donde Hakon había dejado sus barcos. Los capataces del rey dirigieron a los hombres en la estiba, hasta que el sol se ocultó por debajo del horizonte a medianoche.

Por la mañana, Oddi invitó a Ragnvald al *drakkar* de Hakon, en el que también viajarían todos sus hermanos. Era el barco más elegante de la pequeña flota, y navegaría en primer lugar, amarrando junto a las granjas y los salones comunales de los aliados de Hakon, mientras los demás fondeaban en inhóspitos islotes, en mar abierto.

El día era gélido y húmedo, sin mucho viento, y Ragnvald cumplió con su turno en los remos hasta que empezó a dolerle la herida del hombro. El viento cobró fuerza en el punto en que el fiordo de Lustra se unía al gran fiordo de Sogn, cuyas altas paredes se perdían entre la niebla. Ragnvald observó las granjas al pasar, la mayoría de ellas situadas en riscos altos. Casi a mediodía, pasaron ante la población mercantil de Kaupanger, donde las casas formaban un círculo en la amplia playa. Ragnvald había estado allí en una ocasión con su padre; había visto esclavos de todas las razas, y hombres y productos de todos los rincones del mundo. La ciudad era lo bastante rica como para que sus ancianos pudieran contratar guerreros y no pagar impuestos de protección a ningún rey. Harald podía cambiar la situación.

Durante el viaje, Heming dejó a un lado los ropajes que hacía que lo llamaran Pavo Real y se vistió con prendas de lana y cuero tejidas en casa, como cualquier hombre de mar. A Ragnvald no se le escapó que eran de buena factura y se adaptaban a su cuerpo con una perfección indefinible. Al menos, el primogénito de Hakon tenía el pragmatismo suficiente para no llevar sus sedas a bordo.

Los hijos menores de Hakon eran más o menos de la edad de Ragnvald. El mediano, Geirbjorn, parecía una versión ligeramente mejorada de Sigurd, el hermanastro de Ragnvald. Era fornido y moreno, mientras que el hijo de Olaf era delgado y de piel rosada, pero tenían la misma cualidad obsequiosa y dubitativa. Bromeaba a menudo con su padre y, después de cada frase ingeniosa, miraba a su alrededor para ver qué efecto habían tenido sus palabras en sus hermanos, cuál sonreía y cuál no le hacía caso. El más pequeño, Herlaug, era callado y hosco, con un rostro incoloro: los ojos, los labios y el cabello se mezclaban en una unidad pálida.

Viajar hasta Yrjar podía llevar sólo dos días con buen clima, pero el viento empezó a soplar de forma irregular en cuanto salieron a mar abierto desde el fiordo de Sogn. A medida que se dirigían al norte, la luz se fue tornando más tenue y más pálida, como el suero de la leche de los quesos grasos que Vigdis elaboraba en verano. Oddi le contó a Ragnvald que, en los confines de las tierras de su padre, en lo más duro del invierno, llegaba una noche que duraba un mes. Luego añadió que las estrellas se movían de un modo diferente que en el sur, y que los fantasmas y los espíritus vagaban por esas tierras planas y frías durante la larga noche. Ragnvald no supo si Oddi estaba bromeando o no.

Hakon señalaba los fiordos y las islas en los que había combatido de joven. Parecía esperar que sus hijos y él escucharan sus historias y aprendieran las lecciones que encerraban; sin embargo, por las expresiones de sus rostros, Ragnvald se daba cuenta de que habían oído esos relatos muchas veces. Para él, en cualquier caso, todo era nuevo.

También lo era la forma en que Oddi y sus hermanastros bromeaban con su padre; a menudo terminaban las historias por él, y en una ocasión señalaron que la última vez que habían pasado por una zona particularmente rocosa había luchado allí contra un centenar de hombres, mientras que ahora eran quinientos...

—¡Al menos Ragnvald me respeta! —dijo el rey Hakon, riendo y dándole un manotazo a Oddi.

Ragnvald forzó una amplia sonrisa y envidió un juego del que no podía formar parte.

✛

En la boca del fiordo de Trond, dos días después de haber partido de la planicie de la asamblea en Jostedal, el barco de Hakon se detuvo en una granja en la isla de Smola.

—Aquí pasaba yo los veranos de niño —señaló Hakon—, aprendiendo los secretos del mar.

Cuando se acercaron a la isla, Ragnvald se situó cerca de él en la proa. Era un lugar llano y verde, con pocos árboles.

—También parece un buen sitio para cabalgar, mi señor.

—Sí —contestó Hakon—. De hecho, me encargué de que en verano hubiera aquí una feria de caballos, en la ruta de los comerciantes de caballos de Frisia. Tal vez volveré a hacerlo algún día.

El salón de Smola estaba construido al estilo antiguo, con un techo bajo cubierto de hierba para resistir los fuertes vientos. Aquella noche, la mujer del capataz les sirvió la cena alrededor del fuego central. Bebieron leche de yegua fermentada en lugar de cerveza, y Hakon explicó que el grano no crecía bien en aquel enclave tan expuesto, bajo los embates constantes de los vientos del mar.

—¿Cómo está *Erna*, mi vieja yegua? —preguntó el rey a Rathi, su capataz, mientras cenaban.

—Le ha costado mucho parir a su último potro. Puede que ya no tenga más.

Rathi tenía la espalda encorvada. Era un hombre calvo con una barbilla prominente, que daba a su rostro una expresión malhumorada.

—Reyes de toda Noruega cabalgan a lomos de su descendencia —señaló Hakon—. Probaremos a preñarla una vez más.

Siguieron hablando de otras cuestiones de la granja, y cuando las mujeres se llevaron los platos trincheros para alimentar a los cerdos, Ragnvald oyó que Rathi decía:

—Hay una cuestión más urgente que tal vez te resultará... un tanto inquietante. ¿Recuerdas a Helgunn, la mujer sabia?

Hakon asintió.

—A su hijo lo mataron hace poco en una incursión en nuestra costa...

—¿Una incursión? —lo interrumpió Hakon—. No había oído...

—Algunos de los viejos trotamundos de Hunthiof sin mucho que hacer —continuó Rathi—. Me han dicho que el rey mantiene a sus hombres demasiado cerca este verano, al parecer por temor al ataque de Harald, y eso les fastidia.

—Hunthiof y su hijo deben caer —intervino Heming—. El joven Ragnvald sabe que es cierto.

—Conseguimos rechazarlos. —Rathi clavó en Heming una mirada siniestra—. Sólo mataron al hijo de Helgunn.

—¿Y? —preguntó Hakon.

—Y ahora... no permanecerá muerto —dijo el capataz.

Un escalofrío de miedo atravesó la columna de Ragnvald, a pesar de que estaba calentándose las botas junto al fuego. Recordó al hombre de la granja de Adisa, que había vivido con el cuello cercenado el tiempo suficiente para decir unas palabras que le helaron la sangre.

—Helgunn no consintió que lo quemaran —continuó Rathi—. En vez de eso, lo enterró en un túmulo como si fuera un rey. Ahora esa criatura camina por la noche, y los campesinos están aterrados.

—Matad a la hechicera y terminad con esto —ordenó Hakon.

Ragnvald se estremeció. Había dormido mal desde su juicio, y en ese momento su imaginación le mostró la visión de una espada ensangrentada que atravesaba el cuello de una mujer con una melena negra veteada de gris. Una mujer que sólo estaba intentando salvar a su hijo. Al morir no se limitaba a gritar, sino que pronunciaba el nombre de Ragnvald. Aturdido, Ragnvald sacudió la cabeza y se tambaleó por la leche de yegua fermentada y el cansancio.

—Ya lo hemos hecho, por supuesto —dijo Rathi, y a Ragnvald le pareció que su voz se filtraba hasta él a través del agua del mar—. Pero la criatura todavía camina... La hechicera también tenía una hija, a la que no hemos encontrado.

La diosa Ran estaba arrastrando a Ragnvald a su oscuridad, con las aguas del fiordo cerrándose sobre su cabeza, para susurrarle al oído cosas que no deseaba saber. Sintió que no podía permitir la muerte de aquella joven, la hermana de la criatura.

—¿La criatura ha matado a alguien? —preguntó Ragnvald.

Rathi miró primero al joven guerrero y luego a Hakon. El rey asintió.

—No —contestó el capataz—, pero va armada. Estos seres suelen alimentarse primero de la sangre de animales, y eso los hace monstruosos. Después empezará a matar a nuestros hijos y mujeres y, cuando sea lo bastante fuerte para atacar a los hombres, será demasiado tarde para que lo detenga nadie que no sea un dios.

Hakon parecía preocupado.

—¿Cómo mataron a ese hombre? —preguntó Ragnvald.

—De un hachazo en la cabeza —explicó Rathi—. Helgunn cubrió la herida con musgo y telarañas mientras pronunciaba poderosos hechizos sobre él, y aunque la vida había escapado del cuerpo de su hijo y debería permanecer inerte, el muerto camina. Cuando le planteamos la cuestión, la hechicera dijo que sólo intentaba curarlo.

Así era como se explicaba en las leyendas, aunque Ragnvald tenía la sensación de que aquella criatura no era tan sanguinaria como las de los cuentos. Aunque quizá lo que le desagradaba era la idea de que esas mujeres, cuyo protector estaba muerto, fueran condenadas por los hombres de Smola.

Rathi soltó una pequeña carcajada. Un triste sonido.

—¡Como si se le pudiera curar la muerte a un hombre una vez que se corta el hilo de su vida!

—Alguien debería matar a esa criatura —dijo Ragnvald sin pensar—, y no a la hermana. Si la magia vive más allá de la madre, entonces matar a la hija sólo servirá para enfurecerla más.

—¿Y ese alguien serás tú? —preguntó Rathi con rudeza.

—Yo no... —empezó a decir Ragnvald, aunque su protesta se perdió cuando Heming habló por encima de él.

—Ragnvald no irá solo —anunció—. Yo mataré a esa cosa, padre, y si caigo, Ragnvald puede ocupar mi lugar.

—No... —repuso Ragnvald, aunque en voz lo bastante baja como para que cualquiera pudiera pasarlo por alto, y así lo hicieron todos. Era un honor que Heming lo eligiera para ese cometido.

Hakon negó con la cabeza.

—No voy a poner en peligro tu vida —le dijo a su primogénito.

Heming pareció perdido por un momento, y Ragnvald se apiadó de él.

El rey Hakon sopesó al joven Eysteinsson con la mirada.

—Es una propuesta valiente. Puedes ir en busca de la criatura y ocuparte de ella, pero te llevarás a mi hijo Oddi contigo.

—Yo no sugería... —empezó a decir Ragnvald, aunque fue bajando la voz sin atreverse a mostrar su desacuerdo.

En función de las decisiones que tomara esa noche, iba a caer más alto o más bajo en la estima de Hakon. Debería haber mantenido la boca cerrada. Ahora, la ambición de Heming y la hosquedad de Rathi lo habían empujado a aquella misión. Era uno de los hombres de Hakon, y Hakon protegía Smola. Oddi puso una cara que, en otras circunstancias, podría haber hecho reír a Ragnvald: como si no acabara de decidir si estaba encantado por el encargo de su padre o aterrado por la misión que les habían encomendado.

—La criatura sale en noches de tormenta como ésta —dijo Rathi—. Tal vez deberíais ir a su encuentro hoy mismo.

✢

Aunque en pleno verano el sol apenas se hundía bajo el horizonte a medianoche, la tormenta que se acercaba producía una falsa oscuridad en el páramo donde se hallaba el túmulo de la criatura. Oddi caminaba medio paso por detrás de Ragnvald cuando rodearon la sepultura y empezaron a examinarla. La tierra que la cubría estaba levantada, aunque Ragnvald no tenía forma de saber si lo había hecho la criatura o sus cazadores. Las nubes ocultaban los colores del crepúsculo en el cielo, y la tenue luz que caía sobre el túmulo parecía llegar de todas partes y de ninguna.

—Vaya manera de meterse en un lío —dijo Oddi—. ¿Por qué te has ofrecido voluntario?

—No lo he hecho —repuso Ragnvald.

—Tampoco has protestado. Y ahora ese monstruo va a matarnos. Espero que algunas de las doncellas esclavas de Rathi lloren nuestro terrible destino.

—Ya es demasiado tarde para mí, parecería un cobarde si me echara atrás... —Desde la cena, había tenido tiempo suficiente para maldecirse por haber abierto la boca—. Pero no para ti —agregó con brusquedad.

—Sabes que eso no es cierto —dijo Oddi.

Hasta ese momento, Ragnvald había visto en su primo a un guerrero tan audaz como él, y aún más sabio, pero su voz, erizada por el miedo, le hizo reconsiderar la idea. Estaba claro que Oddi trataba de pasar inadvertido; tal vez era una táctica inteligente, pero no el material sobre el que los escaldos creaban sus canciones.

—Esto es como en el juicio —insistió Oddi—. Te abalanzas por puro orgullo.

—Tu padre cree que somos capaces de hacerlo —dijo Ragnvald.

También podía ser que a Hakon no le importara demasiado si Ragnvald vivía o no, y aquélla fuera la forma más sencilla de complacer a su capataz. En cualquier caso, en las leyendas aquella criatura mataba a todos los hombres que la perseguían, y sólo caía por la espada de un héroe. Ragnvald tenía la esperanza de que sus tempranos escarceos con la muerte pudieran conferirle cierta ventaja. Una brisa alborotó los pétalos de las flores silvestres en el páramo, y las pequeñas motas blancas se perdieron en la oscuridad. Aquella extraña luz hacía que cada brizna de hierba del montículo destacara en un marcado relieve. Ragnvald tocó el pomo de su espada.

—Esto no me gusta... —susurró Oddi.

—Ya te he dicho que no tienes por qué estar aquí —repuso Ragnvald, irritado. Sabía que el miedo de su primo podía ser contagioso si, en vez de concentrarse en la tarea pendiente, se dedicaba a prestarle atención—. A lo mejor se supone que debo hacer esto yo solo.

—¿Qué significa eso? —preguntó Oddi, pisoteando el suelo con fuerza. Ragnvald también tenía frío. El viento penetraba en su jubón de cuero y le provocaba escalofríos—. ¿Es que ahora eres adivino?

Ragnvald no respondió. Su visión de aquella hechicera, que no merecía la muerte por intentar curar a su hijo, parecía una mera fantasía ahora que estaba allí, en aquel páramo, pasando frío. Él no era ningún héroe. El hecho de que un pescador lo hubiera salvado de ahogarse no significaba nada. Ahora podría estar durmiendo por fin, en una cama que no se meciera con las corrientes del mar. Aunque tal vez aquella noche estaría pensando en la criatura de todos modos, así que casi era mejor enfrentarse a ella.

—¿Y ahora qué? —preguntó Oddi, rompiendo el silencio de Ragnvald.

—Esperaremos —contestó él—. Tarde o temprano aparecerá.

No podía contar el tiempo porque no habían llevado antorchas, pero parecía que había pasado más de una hora desde medianoche, tal vez incluso dos, cuando empezó a arreciar el viento. Le alborotó el pelo en torno al rostro y le llevó una humedad salada a los labios, como si proviniera del mar y no del cielo. Ragnvald comenzó a temblar, sin poder hacer nada por evitarlo. Sabía que las hechiceras gobernaban el mar... Tal vez se había precipitado al compadecerse de la madre muerta de la criatura.

Llegó a través del viento y de la lluvia. Al principio, no era más que una silueta recortada contra el cielo gris antracita. Una criatura que se tambaleaba sobre el terreno desigual. Tropezaba a cada paso, sólo para recuperar el equilibrio justo antes de caer. Su torpeza le daba un aire aún más implacable, como si fuera a arrasar con cualquier cosa que se interpusiera en su camino. Había sido un hombre corpulento en vida, grueso y con barba. Ahora su cara se veía oscura, la barba apelmazada... A lo lejos, por detrás de él, resonaban los truenos. Ragnvald se quedó mirando a la criatura un momento, antes de recuperarse lo suficiente para desenfundar la espada.

—Es... real —dijo Oddi.

A Ragnvald le pareció que podía oír a su primo tragar saliva con nerviosismo, incluso por encima del ruido del viento.

—Un *draugr*.

—Sí —susurró Ragnvald con un valor que no sentía—, y voy a matarlo.

Ragnvald avanzó hacia el *draugr*, con la espada por delante. Al acercarse, vio que la criatura empuñaba un cuchillo en una mano y un hacha en la otra. Se movía con lentitud, pero con una determinación inquietante, como si ni siquiera viera a Ragnvald o a Oddi. El joven guerrero se acercó hasta tenerlo al alcance de la espada, y entonces pudo oler su terrible hedor. La criatura hacía pequeños ruidos guturales, como si fuera un animal, pero aún despedía el calor de un hombre. Todavía parecía ir a ciegas.

Ragnvald puso la espada a la altura del cuello del *draugr*. ¿Serviría de algo cortarle el cuello o continuaría avanzando? Su primera muerte no había detenido su camino. El miedo atemperó la mano de Ragnvald.

La criatura volvió por fin la cabeza y miró a Ragnvald con los ojos inyectados en sangre. Levantó la mano que sostenía el cuchillo y lanzó un golpe hacia él. Ragnvald se agachó hacia un lado justo a tiempo. La hoja del cuchillo le rasgó la tela de la camisa.

El joven guerrero buscó en su interior la rabia de la batalla, la determinación que dejaría atrás su nerviosismo y le daría la fortaleza necesaria para matar a aquel ser, pero sólo encontró miedo y frío. Miedo de que aquélla no fuera su batalla, de que no le correspondiera estar ahí, de estar participando en una insensatez, de no ser un héroe legendario.

Se incorporó y se fijó de nuevo en los ojos ciegos de la criatura. La frente del *draugr* estaba casi partida en dos por el hachazo que lo había matado. Sangre oscura le teñía las mejillas... La criatura se tocó la cara, como si tratara de borrarse aquellas marcas. A Ragnvald se le revolvieron las tripas al ver el blanco del cráneo a través de capas de sangre coagulada y restos de musgo. Sabía que no debería moverse con tanta lentitud —tenía que pelear, matar, hacer algo—, y, sin embargo, se quedó quieto y observó con más atención. Se notaba que alguien había intentado lavarle la piel a toda prisa; algún ser vivo se había ocupado del *draugr*, y lo había hecho recientemente. Sólo podía ser la hermana.

Con la misma lentitud pesada con que caminaba, la criatura levantó el hacha. Ragnvald logró esquivar el golpe con facilidad, pero el miedo y una extraña fascinación lo mantuvieron clavado donde estaba hasta que la hoja silbó cerca de él. El hacha golpeó en una roca. La criatura no emitió ningún sonido, más allá del que producían sus pisadas. Brazo y hacha rebotaron como si ambos fueran de piedra, insensibles al dolor.

El puño del *draugr* impactó en el hombro de Ragnvald y lo hizo trastabillar hacia atrás. La criatura blandió el hacha de nuevo, pero en esta ocasión Ragnvald levantó su espada para bloquear el golpe. El movimiento del *draugr* no se frenó y la carne de su antebrazo se clavó en el filo de la espada de Ragnvald. Esta vez, el joven guerrero, horrorizado, se movió con rapidez y retrocedió. El *draugr* no parecía sentir dolor; podía agarrarlo, servirse de él para alimentar su voracidad insaciable. Sin embargo, cuando lo tocó no llegó a agarrarlo. Se limitó a mirarlo desde arriba, inclinando la cabeza como un cuervo a punto de desgarrar la carroña.

Ragnvald se quedó paralizado. Tal vez aquella criatura no estuviera hambrienta, pero podía matarlo con su fuerza sobrehumana. Si aquel ser no sentía la espada de Ragnvald al clavarse en su brazo, ¿cómo podía aniquilarlo?

La hierba crujió detrás de Ragnvald: Oddi continuaría la pelea si él flaqueaba. No podía permitir que Oddi muriera en su lugar. Se recompuso, pero permaneció agazapado. Sujetó la espada con rigidez, como Olaf le había enseñado que no debía hacer. Si empuñaba la espada con demasiada fuerza, podía perderla con un golpe certero de su contrincante. Había que sujetarla con fuerza y delicadeza a la vez.

La criatura se acercó un poco más a él, meciéndose levemente. Ragnvald alzó la espada y se la clavó en el cuello.

El *draugr* cayó de rodillas como lo haría un hombre, llevando las manos a la espada que lo atravesaba; aunque su reacción fue muy distinta a la que tendría cualquier hombre, porque la criatura cerró las manos con fuerza en torno al arma, haciendo que el filo le cortara la carne de las palmas. La sangre de la criatura regó a

Ragnvald. Él trató de esquivarla, porque la sangre de un *draugr* era bilis fría y maldita, pero manaba de todas partes, de la boca de la criatura, de la herida del cuello, de sus palmas... Roció la cara y las manos de Ragnvald, que debido al miedo y al desconcierto estaban adheridas a la empuñadura de su espada. Los miembros del *draugr* se estremecieron en un último estertor, y Ragnvald se apartó para que no le cayera encima.

El joven guerrero se quedó en el suelo, jadeando y con las manos temblorosas, y unos segundos después se levantó. Las piernas apenas lo sostenían. Se sentía débil, como si estuviera desangrándose por una herida enorme. Pero él conocía bien esa sensación; era el momento en que el roce de Odín, la locura de la batalla que cualquier guerrero debía sentir, retrocedía para dar paso a la mera condición humana. Ragnvald se arrodilló junto al cuerpo. Probablemente, un gran guerrero habría tardado menos tiempo en levantarse, pensó con tristeza. La herida del muslo, a medio curar, le dolía.

Ya no tenía miedo de que aquel ser pudiera infectarlo con su maldición. De hecho, todo su miedo había desaparecido, dejando tan sólo cansancio tras él. Empezó la sanguinaria tarea de separar la cabeza del cuerpo, seccionando tendones y músculos, pero, cuando llegó a los huesos del cuello, se sintió exhausto y hastiado de tanta sangre. Oddi apareció tras él y se ocupó de los últimos tajos.

—Le hablaré a mi padre de tu valentía —dijo su primo, con un atisbo de asombro en la voz.

—Tú habrías hecho lo mismo —contestó Ragnvald.

La sangre de la criatura había empezado a secarse en su piel. Quizá las esclavas de Rathi calentarían un poco de agua para él, le ofrecerían vino especiado y lo ayudarían a lavarse. Quizá una esclava atractiva le calentaría la cama aquella noche. Ragnvald trató de animarse con aquella idea, pero estaba demasiado cansado para imaginarse yaciendo con una mujer. Aún sentía el sudor del miedo en la piel, aún tenía el sabor de la sangre en los labios.

—No —dijo Oddi—. No lo habría hecho. La fama no me interesa hasta ese punto.

Miró a Ragnvald como si esperase una réplica, o tal vez que retrocediera horrorizado por su falta de virilidad. Pero Ragnvald no tenía ganas de juzgar a nadie aquella noche. Él no era más valiente que Oddi. Esa criatura no era tan distinta de lo que había sido él cuando Solvi le acuchilló la cara y lo envió a la muerte. El pescador lo había llamado *draugr*.

⸙

Cuando Ragnvald y Oddi regresaron al salón, había tantas lámparas encendidas que el interior parecía un día dorado. Ragnvald dejó la cabeza del *draugr* a los pies de Hakon y trató de mantener a raya el ataque de risa que amenazaba con desatarse. No podía dejar de pensar en los gatos de la granja de Ardal, cuando colocaban sus tributos de ratones y gorriones ante Vigdis, su reina.

Mientras Oddi le contaba a Hakon lo que Ragnvald acababa de hacer, una de las esclavas más hermosas de Rathi empezó a limpiarle la sangre de las manos.

—Todavía tenemos que quemar el cadáver por la mañana —explicó Ragnvald, sin apartar la mirada del rostro de la esclava.

Hakon le ofreció una jarra de vino para que la compartiera con Oddi, y ordenó a la esclava que se lo sirviera.

—¿Debería brindar por ti? —preguntó Oddi, mientras Ragnvald vaciaba su primera copa de un trago y la sostenía para que la chica la rellenara.

Era una muchacha encantadora. Tenía el cabello oscuro y lo llevaba muy corto, como todas las esclavas. Sin embargo, cuando Ragnvald la miró sólo pudo pensar en la hermana del *draugr*, escondida en algún lugar de la isla, y en aquella extraña criatura derramando su sangre sobre sus manos y su rostro. A punto estuvo de vomitar el vino que acababa de beber.

—Veo que no —dijo Oddi al ver que Ragnvald no contestaba.

Él también vació su copa. Aquel vino no era muy bueno. Era áspero y su sabor se mezclaba con el de la arcilla tras el largo almacenamiento, pero, después de unas cuantas copas, a Ragnvald se le empezó a subir a la cabeza, y el horror de lo que había visto aquella noche retrocedió un poco. Había acabado con la vida de muchos hombres. Había matado en emboscadas, en el silencio de la noche, había matado rodeado por todos los hombres de Solvi, gritando y chillando para aterrorizar a los monjes que huían... Pero lo de aquella noche había sido muy distinto.

—¿Qué crees que se sentirá al estar así, medio muerto? —preguntó Ragnvald.

—Tú deberías saberlo, Medio Ahogado —respondió Oddi.

A Ragnvald no le gustó aquel nuevo nombre que Oddi tenía para él.

—¿Eso crees? ¿Crees que estoy medio muerto?

Tal vez lo estaba. Tal vez por eso al matar no había podido sentir el placer de cuando saqueaba en Irlanda. Tal vez Solvi le había arrebatado esa parte de él al tirarlo al mar, o se la había robado la diosa Ran en las aguas del fiordo, y lo que había emergido era ya una especie de *draugr*.

—No —contestó Oddi—. Sólo estaba bromeando... Aunque ya veo que no debería hacerlo. Esta noche has sido valiente, Ragnvald.

—¿Crees que él sabía lo que era? ¿Crees que sentía algo?

Mejor callarse: Oddi no podía conocer la respuesta a esas preguntas. Nadie podía.

—No creo que sintiera miedo ni dolor... Al menos, no lo parecía. Por eso yo... Por eso me daba tanto miedo.

—¿Crees que se encontraba con su hermana durante el día? —insistió Ragnvald.

—Basta —dijo Oddi—. No sé por qué preguntas todo eso, pero está claro que no te servirá de nada saberlo. Era una criatura maligna y has acabado con ella. Lo demás no importa.

Ragnvald bebió otro trago y decidió que su primo tenía razón. No debía seguir preguntando. Cuando la esclava fue a servirle otra copa, la tomó por la muñeca y se la llevó a un rincón oscuro del salón. Bajo las pieles, ella abrió las piernas para él y le dejó dormir y olvidar.

14

Solvi se marchó de los terrenos de la asamblea poco después de que lo hiciera la comitiva de Hakon. Había ganado el suficiente oro en las competiciones y las peleas de caballos como para compensar lo que se había visto obligado a pagar a Ragnvald, y aun así sentía que se marchaba como un perdedor.

Entre todos los hombres que regresaban del *ting* no había ninguno que no pensara que Olaf había pagado a Solvi para que matara a Ragnvald. A su padre no le haría ninguna gracia. Algunos podrían incluso sospechar la verdad —que había sido Hunthiof quien había tramado el asesinato—, y eso le haría menos gracia todavía. Cuanto más retrasara Solvi su regreso, más probable era que alguien le comunicara la noticia a Hunthiof, que así tendría tiempo de quemar su rabia antes de que Solvi volviera a verlo.

Los hombres que Solvi había llevado consigo —Snorri, Ulfarr y Tryggulf— habían sido compañeros suyos desde la infancia y lo seguirían hasta el final. Hunthiof los había asignado para cuidar de su hijo cuando de niño decidió no morir por sus heridas y no quedarse sentado en un rincón a pasar la vida como un tullido. Ni siquiera recordaba el fuego que le había robado la posibilidad de crecer y casi también la vida. Una niñera le contó que había pasado un año entre la vida y la muerte. Solvi recordaba el año siguiente a las quemaduras, viendo a otros niños caminar cuando él no podía, aprendiendo a reptar, luego a arrastrarse con bastones y finalmente a caminar de nuevo. También recordaba a su madre, que lo había querido y había deseado que viviera, pero que al principio se había sentido demasiado horrorizada por sus heridas como para pasar mucho tiempo con él. Poco después, ella falleció a consecuencia de unas fiebres, antes de que él pudiera caminar otra vez.

Hunthiof había encomendado a esos guerreros la tarea de convertir a Solvi en un hombre y de mantenerlo a salvo de problemas, pero, cuando él alcanzó la mayoría de edad, lo primero que le pidió a su padre fue que los liberara de su juramento para que pudieran jurarle lealtad a él. Aún los mantenía a su lado, y no sólo porque eran leales, sino porque le recordaban que podía ganarse a los hombres a pesar de ser un tullido.

Pasaron unas semanas visitando a sus hombres dispersos por las islas que guardaban las costas de Noruega. En ese momento se hallaban en una que sólo tenía una cabaña, y apenas hierba para alimentar a un pequeño rebaño de cabras escuálidas y desgreñadas. Tras soportar el rapapolvo de la mujer de su anfitrión, después de que Ulfarr casi derribara su choza en una competición de lucha, Tryggulf preguntó:

—¿Vamos a volver a Tafjord?

—Sí —dijo Vathi, su anfitrión, mirando con mala cara a su esposa—, id y luego venid a buscarme con más barcos y hombres.

Solvi viajaba en un pequeño esquife sólo con sus compañeros. Había dejado los caballos con un amigo en tierra firme.

—Me gustaría hacer alguna incursión este verano —añadió Vathi—. Ya veis que aquí no soy muy bienvenido.

Solvi había pasado un buen rato intercambiando noticias y rumores con los hombres que vivían allí, en medio del mar. Sus verdaderos hombres. Habitaban en construcciones toscas, de paredes gruesas —salvo la de Vathi, al parecer—, apenas lo bastante altas para que Solvi pudiera estar de pie. Pasaban los días pescando y acosando a otros pescadores, y ocasionalmente formaban pequeñas bandas para intentar cobrar un tributo a las embarcaciones de mercaderes cuando el momento y el viento eran propicios. Se enojaban con facilidad, discutían entre ellos y con sus mujeres, y todos preguntaban a Solvi cuándo reuniría otra partida para llevar a cabo una expedición de saqueo. Habían oído que Vestfold, enriquecida tras las conquistas de su señor, estaba desprotegida porque la guerra se había llevado a Harald lejos de allí.

—Tal vez, si me trajeras algo bonito la próxima vez —dijo la mujer de Vathi—, mi recibimiento sería más caluroso.

—¿Acaso quieres impresionar a las gaviotas, mujer? —Era evidente que habían mantenido esa discusión muchas veces—. Prefiero guardármelo para mí.

—¿Y para qué lo guardas? ¿Es que vas a ser príncipe algún día?

—Lo guardo para una esposa mejor —murmuró Vathi.

—¡Ja, ¿y quién te la dará?!

—Al menos podría encontrar una mujer que me dé hijos.

Esto hizo callar a la esposa, que entró en la destartalada cabaña y empezó a mover cosas ruidosamente en la cocina del interior.

—Todavía no sé si haremos alguna incursión —dijo Solvi, al mismo tiempo divertido e incomodado por la conversación.

Él también tenía una esposa en casa. Una esposa que apenas se alegraría un poco más que su padre de verlo. Si Svanhild estuviera allí, podría darle un recibimiento más caluroso y querría oír detalles de sus aventuras. O incluso participar en ellas, aunque le costaba imaginarla allí, con Vathi y su mujer, que apestaban a pescado y sudor y sólo sabían discutir.

Ojalá pudiera colarse en Tafjord y escabullirse con unos pocos barcos sin tener que enfrentarse a su padre y a su esposa.

—Tal vez sea preferible quedarse cerca de casa. He oído cosas. Cosas de reyes —comentó Vathi.

Cosas que Solvi acababa de contarle. La mayoría de sus hombres no eran muy listos. Solvi trató de mostrarse paciente e interesado cuando Vathi continuó.

—Bueno, si necesitas un buen soldado, ya sabes dónde encontrarme. Podría cargarme de valor para conseguir un pequeño botín.

Vathi parecía inquieto, y no sin motivo, porque Solvi también le había contado el resto: que el hecho de estar al lado de Hunthiof podría ponerlo en el bando perdedor. Solvi no veía escapatoria. Si todos los hombres armados de Vestfold y todas las tierras de Hakon desde Stjordal hasta Hålogaland se alzaban contra ellos, no tenían nada que hacer.

Aunque a lo mejor a Vathi sólo le preocupaba dejar a su mujer sola otra vez. Quizá no la odiaba tanto como parecía.

Aquella misma noche, Snorri se llevó aparte a Solvi. No le gustaba hablar mucho con su boca destrozada y, como solía ocurrir con los hombres de pocas palabras, valía la pena prestar atención a las que se molestaba en pronunciar.

—No puedes retrasarlo eternamente —le dijo a Solvi.

Como habían navegado juntos mucho tiempo, Solvi tenía muy claro a qué se refería su lugarteniente. Suspiró. Por supuesto, Snorri tenía razón. Tarde o temprano debería enfrentarse a su padre, y a la amenaza de Harald y Hakon.

—¿O es por la chica? —preguntó Snorri, cuando vio que su señor no decía nada.

—¿Qué pasa con ella? —protestó Solvi—. Ni siquiera está aquí.

A veces tenía la sensación de que Snorri podía leerle el pensamiento. Había soñado con ella la última noche y se había despertado feliz. Luego, al darse cuenta de que sólo había sido un sueño y de que ella estaba muy lejos, se había sentido triste y decepcionado. Además, si por un momento Svanhild pensara en él, lo haría con una mezcla de desagrado y diversión. Si se hubiera atrevido a llevársela antes de que empezaran los juicios... Pero lo hecho, hecho estaba.

—Ella no importa —añadió Solvi.

Aunque él le gustaba, de eso estaba seguro.

✝

Se acercaron a Tafjord en un día de suma calma. Tuvieron que cubrir las últimas leguas remando. Una niebla densa ocultaba los salones, y una amalgama de voces en plena discusión alcanzó el barco de Solvi antes de que se acercaran lo suficiente para ver qué ocurría. No parecía que hubiera violencia, pero se había reunido una multitud. Solvi pensó en los caballos, y envió a Snorri por delante.

Después de dejar los caballos en el establo, Solvi se dirigió al edificio principal y se encontró con un montón de granjeros apiñados ante la puerta de la cocina. Snorri se había subido a un tronco y estaba intentando que le hicieran caso con su voz quebrada. Nadie le prestaba atención. Solvi movió el brazo por encima de la cabeza y Snorri lo vio, bajó de un salto y se acercó a tomar el arnés del caballo de Solvi.

—Es la entrega de verduras de primavera —susurró Snorri, con un hilo de pánico en la voz. Podía pilotar un barco a través de las peores tormentas, pero una simple transacción doméstica lo dejaba desconcertado.

—¿Dónde está Geirny? —preguntó Solvi.

Su esposa era el ama de casa en Tafjord: debería estar ocupándose de esa entrega con su ayudante, Hunvith, y asegurarse de que todos los granjeros respondían a las exigencias de su señor.

Snorri se encogió de hombros.

—He oído que está enferma.

Solvi estaba cansado del viaje, pero prefería ocuparse de eso antes que ver a su padre o a Geirny. Tomó el lugar de Snorri en lo alto del tocón y pidió silencio. Cuando se esforzaba, su voz podía oírse de barco a barco en pleno vendaval, y estaba orgulloso de ello. Allí subido, sólo estaba medio palmo por encima de los granjeros que lo rodeaban, y eso que los hombres de campo no crecían tanto como los guerreros bien alimentados. Aun así, aquella gente sabía que era el hijo de Hunthiof, y el murmullo se detuvo de inmediato.

Solvi se había criado cabalgando por las granjas de todos aquellos hombres. Fue llamándolos de uno en uno en función de la distancia que separaba sus respectivas granjas de Tafjord, según recordaba de cuando, en los viejos tiempos, iba a saludarlos siguiendo los pasos de Barni, el antiguo capataz de su padre. Barni ya no salía del salón comunal porque le dolían las articulaciones, y se quedaba a jugar interminables partidas de *tafl* con el padre de Solvi. «Apréndete sus nombres», le decía en aquel entonces, cuando Solvi sólo quería echarse a la mar en busca de aventuras. Comparado con eso, aprenderse los nombres de los granjeros no tenía ninguna emoción.

—Humli, ¿qué nos traes este año? ¿Cómo están tus vacas peludas?

Humli cultivaba las laderas altas y criaba vacas de pieles lanudas que luego teñía para hacer tapices y alfombras, gracias a los cuales su hogar era el más cálido que pudiera encontrarse por las cercanías, aunque también el más extraño.

—Calentitas como siempre —respondió Humli, entregando un saco de cebollas tiernas, cuya fragancia atravesaba el saco tejido en casa.

Solvi nombró a unos cuantos granjeros más desde su posición elevada y luego bajó para saludarlos, estrechó manos y repartió plata entre aquellos que habían producido más de lo esperado aquel año. Habló con cada uno de ellos para conocer el estado de sus tierras, y también quiso saber si alguno de los que criaban ovejas había tenido problemas con los lobos. Un granjero le dijo que había perdido varios corderos, y Solvi le regaló un cachorro de uno de sus perros de caza.

Los granjeros alinearon sus tributos a lo largo de la pared de la cocina, y los animales vivos, incluido un ternero que serviría para un festín real aquel otoño, fueron llevados a los establos, donde uno de los esclavos se ocuparía de alimentarlos. Salvo los caballos, la mayoría de los animales no vivían mucho en Tafjord: no había espacio suficiente para ellos.

El último granjero mostró a Solvi la carga de su carro: varios sacos de nabos de la última estación. No era mucho, pero Solvi recordaba que la granja de ese hombre se hallaba en el límite mismo de la tierra arable, cerca de donde el terreno se volvía demasiado rocoso para cultivar, en los altos pasos de montaña. Podía excusarlo. Solvi mostró al granjero su palo de cómputo para comunicarle que su impuesto había sido aprobado, y lo envió a la cocina para que comiera algo.

Finalmente, Solvi había aceptado todos los tributos: quesos, coles, huevos, cestos forrados de cuero de los que goteaba el *skyr*, odres de cerveza, todo aquello que alimentaría a la corte de Hunthiof durante el verano. Invitó a los granjeros que no tuvieran que partir enseguida a quedarse por la noche para celebrar el encuentro, aunque no tenía ni idea de si habría algo preparado para ellos.

Dos grandes salones se alzaban más altos que los cobertizos y edificios exteriores que formaban Tafjord: el salón de beber, de techos altos, donde Hunthiof llevaba a cabo las celebraciones con sus guerreros y donde se contaban historias y nacían enemistades; y el salón más largo, de techos más bajos, en el que vivían el rey y su familia. Solvi entró en su hogar por la puerta de la cocina y encontró a Geirny sentada con su padre, jugando a las tabas. Geirny rió cuando Hunthiof la agarró por la muñeca para impedir que recogiera los huesos antes de que la bola de arcilla rebotara otra vez.

—Los granjeros han traído su tributo —dijo Solvi.

Geirny lanzó otra vez la bola. Solvi dio un manotazo a los palos de conteo, tirándolos sobre la mesa, entre los huesos.

—Ese deber te corresponde a ti, Geirny.

Geirny se alborotó el cabello. Solvi recordaba la primera vez que la había visto y deseado. Hunthiof había pagado al padre de la joven, el rey Nokkve, un precio elevado para comprar a esa hermosa mujer para su hijo tullido.

—Creía que mi deber era darte un hijo —dijo Geirny.

—Sí —respondió Solvi—. Y también has fallado en eso.

Lamentó sus palabras en el mismo momento en que las pronunció, porque sabía lo que ocurriría a continuación, y eso desataría las lenguas de las sirvientas.

—¿Y de quién es la culpa? —gritó Geirny con voz estridente.

Tenía que haberse divorciado de ella mucho tiempo atrás, antes de que su relación se agriara tanto como para que ella se atreviera a cuestionar su virilidad ante testigos. Sin embargo, aquel matrimonio también había procurado la paz entre Hunthiof y el rey Nokkve. La madre de Solvi era hermana de Nokkve, lo cual convertía a Geirny en su prima. Esa conexión familiar debería haber garantizado la paz por sí sola, y lo habría hecho si los dos reyes no hubieran sido tan irascibles.

Ya había pasado por aquella situación otras veces. Si Solvi le recordaba a su esposa que la ley le daba derecho a divorciarse de ella por infertilidad, Geirny aludía a sus piernas retorcidas como la razón de que ninguno de sus hijos hubiera vivido para respirar. ¿Lo atacaría también Svanhild del mismo modo? Probablemente, pensó, pero Svanhild nunca rehuiría su deber con los granjeros. Ragnvald le había hablado de ella en su viaje a Irlanda, y siempre decía que era la más enérgica de las mujeres. Y así se lo había parecido a Solvi: enérgica y encantadora.

—Llama a tu capataz para que lleve los tributos a la cocina y prepare algo de cenar para los granjeros que pasen la noche aquí —le ordenó Solvi.

Ella miró a su marido y después a su suegro, y sin pudor alguno sostuvo la mirada de Hunthiof hasta que el rey asintió para dar su permiso. Solvi pensó otra vez en Svanhild, y en el océano, y en los hombres que lo miraban a él en busca de instrucciones, de liderazgo, de vida, de cualquier cosa, para no enfurecerse con su padre ni con Geirny.

—Deberías dejar que a mi esposa la mande yo —se quejó Solvi cuando ella se marchó.

Su padre lo miró volviéndose hacia él con lentitud, como si Solvi no mereciera el esfuerzo.

—Deberías ser capaz de mandarla —repuso Hunthiof.

·⊹·

Solvi no estaba dispuesto a hablar con Geirny hasta que ella estuviera fuera del alcance de la mirada de su padre. Había ordenado construir para su esposa una habitación separada cuando se casaron; tal intimidad era rara, salvo en el caso de los reyes más ricos, pero Solvi quería alardear de su generosidad y que ella se sintiera especial. La encontró allí, sentada en la cama, cuando cualquier ama de casa medianamente competente habría estado supervisando la cena. Tenía una vela encendida, aunque aún brillaba la luz del sol, y se cepillaba el pelo muy despacio con un peine de colmillo de morsa que él le había conseguido en Dublín.

—Geirny, ¿por qué no te has ocupado de los granjeros hoy? —Habló en voz baja, como lo haría con un caballo asustadizo. Si Geirny se enfadaba, podía no abrir la boca durante días—. Eres el ama de casa, para eso te preparó tu madre. Antes de que me marchara me dijiste que estabas aburrida, por eso te busqué otras tareas.

—Tu padre me ha invitado a jugar a las tabas —explicó Geirny sin mirarlo—. Le he dicho que tenía trabajo que hacer, pero él ha insistido.

—¿Y ni siquiera has discutido?

—Él es el rey aquí, no tú.

—¿Eso te ha dicho él? —preguntó Solvi, levantando la voz.

Geirny se balanceó atrás y adelante en la cama en un movimiento sutil. Solvi ni siquiera estaba seguro de que fuera consciente de ello. Respiró profundamente para calmarse. Su esposa era difícil y lo había sido desde su llegada, pero la culpa no era suya. Hunthiof jugaba con algo más que huesos de oveja para recordar a Solvi quién mandaba allí y quién no. Juegos como hacerle matar a Ragnvald por encargo de Olaf.

—Geirny, si quieres el divorcio, dímelo. No quiero que estés donde no eres feliz.

Ella lo miró con los ojos concentrados en un punto situado justo a la izquierda de su rostro.

—Quiero un hijo, marido. Dame un hijo varón.

Solvi acudió a su habitación aquella noche. Con las luces apagadas, le pareció menos desconcertante; sólo era un cuerpo cálido en la oscuridad que se sometía a él. Geirny apenas hizo ningún ruido. Nunca había encontrado placer en el coito y, poco después de casarse, Solvi había renunciado a cualquier intento de dárselo. Se tumbó al lado de ella un rato más tras cumplir con su deber conyugal, y se quedó escuchando la callada respiración de su esposa. Tal vez la había amado al principio. Quizá no con la terrible pasión que su padre tenía por su madre —una pasión que lo abrasó todo a su paso, que quemó cualquier otro amor que Hunthiof todavía pudiera sentir, y por eso ahora se dedicaba a jugar con quienes lo rodeaban—, pero sí con el amor suficiente que un hombre debía sentir por su esposa, la madre de sus hijos.

No confiaba en que su semilla germinara aquella noche. No conocía a ninguna mujer que hubiera parido a un hijo suyo vivo. Había engendrado a algunas hijas en Irlanda y otras cortes, hijas de esclavas que crecerían para convertirse a su vez en esclavas. Tal vez Geirny tenía razón y él no era capaz de engendrar hijos varones. Le daba igual. Que su padre reconociera a otro heredero. Solvi contaba con hombres suficientes para que siguieran sus estandartes, tenía tesoros escondidos en las cuevas de algunas islas... No necesitaba el reino de Hunthiof. Pero no se iría mientras su padre todavía lo quisiera allí. Ahora lo necesitaba para defender Tafjord y para proteger su derecho a imponer tributos a la tierra de Maer frente a las garras de los hijos de Hakon.

Se acomodó en el colchón. Preferiría la tienda de su barco, con las olas moviéndose por debajo, pero aún faltaba mucho para emprender otra expedición de saqueo al otro lado del mar aquel año. O para regresar a Frisia. En años anteriores había hostigado a los pobladores de aquellas costas a conciencia, pero nadie había seguido el Rin tierra adentro más allá de Dorestad para ver qué riquezas guardaba el país: vino franco, espadas francas, bellezas francas, mujeres pequeñas y encantadoras que no lo mirarían desde arriba... También podía ir a saquear las tierras de Hålogaland. Los lapones comerciaban con pieles de reno y pescado seco, y el rey Hakon se enriquecía vendiéndolo en el sur. Solvi aún podía llevarse una parte de aquella riqueza. Si Hakon iba a Vestfold con todos sus guerreros, Hålogaland quedaría desprotegido.

·✝·

Hasta el momento, Solvi había evitado hablar con su padre del juicio del *ting*, pero no podría postergarlo mucho más. Harto de retrasar aquella conversación por miedo, a la mañana siguiente se quedó en la cocina hasta que entró su padre y se sentó a desayunar con él.

—He oído muchos rumores de nuestros granjeros —dijo Hunthiof.

La esclava que cuidaba del fuego se tensó por su tono de voz.

—Olaf está loco —protestó Solvi—. Trató de asesinar a Ragnvald justo después del juicio.

—Y tú contaste a todo el mundo que él te había pedido que mataras a Ragnvald. Peor que un loco es el hombre que se pone a su servicio.

—Eso no lo escogí yo —repuso Solvi—. Tomaste una mala decisión.

—Olaf y su primo Thorkell son lo más parecido a un gobernante que tiene Sogn. Sabes que necesitamos contar con su buena voluntad.

—Es un hombre débil y estúpido. Sus acciones en el *ting* así lo demostraron.

Ragnvald también había sido un necio, pero Olaf se había revelado como el más estúpido de todos.

—No eres quién para juzgarme —dijo Hunthiof, levantándose.

Era mucho más alto que Solvi, aunque la mayoría de los hombres lo eran. Pero no era la altura de su padre lo que lo acobardaba, sino los años de amenazas de que podría sustituirlo por otro hijo, un hijo mejor, uno que creciera hasta ser tan alto como él. Sin embargo, nunca había querido engendrarlo, porque Solvi era el único hijo vivo de su amada esposa y se lo había prometido a ella.

—Con el apoyo de Hakon, Ragnvald pronto será *jarl* en Ardal —explicó Solvi en voz baja—. Si pudiéramos hacer las paces con él...

—Y si pensabas eso, ¿por qué no mataste a Olaf para Ragnvald?

—Iba...

—Porque no pensaste, porque querías tomar el camino más fácil. Tienes que marcarte una línea clara de actuación o nunca serás un buen rey.

Hunthiof no sonaba enfadado, sólo cansado y triste. Desde que Solvi nació, había estado formándolo para que ocupara su lugar cuando el destino así lo decidiera, pero siempre parecía encontrar a su hijo mal preparado.

—No estoy seguro de que a Ragnvald le hubiera gustado, quería su propia venganza —dijo Solvi sin mucha convicción—. Y ahora se ha unido a las filas de Hakon.

—Habría estado en deuda contigo —repuso Hunthiof.

Solvi pensó que Ragnvald podría no verlo de ese modo; no, si estaba decidido a odiar a Solvi. Incluso podría usarlo como excusa para vengar a un pariente, por más que hubiera odiado a ese pariente. Era fácil perdonar a un muerto.

Iba a explicárselo a su padre, pero Hunthiof levantó la mano.

—Lo hecho, hecho está. Debemos hablar de Geirny.

—Me gustaría divorciarme de ella y casarme con otra mujer —dijo Solvi.

Hunthiof podía nombrar a otro heredero, uno de sus bastardos no reconocidos a los que enviaba a otros reyes y *jarls*. Aunque no parecía pensar nunca en esos chicos, a los que siempre apartaba de su vista y por los que no volvía a preguntar. De modo que Solvi, aunque sólo fuera por el parecido con su madre, debía de estar a la altura del heredero que su padre esperaba.

Tendría que haber decepcionado aún más a su padre: así habría podido saquear a su voluntad, tal vez incluso llevar unos pocos barcos más allá de Inglaterra para descubrir qué se extendía a lo largo de la costa oeste de Francia. O incluso llegar al mar Mediterráneo, a Constantinopla y más allá. Un hombre con un buen barco no tenía límites.

—No —contestó Hunthiof—. El padre de Geirny no lo aceptaría.

Solvi se había permitido olvidarse de eso. Probablemente la ofensa de divorciarse de Geirny provocaría la reapertura de hostilidades con Nokkve.

—Pues al menos debería tomar una segunda esposa —sugirió.

—¿Tienes a alguien en mente? —preguntó Hunthiof—. No puede ser de cuna muy noble, porque eso sería un insulto para la hija de Nokkve.

—Svanhild Eysteinsdatter, la hermana de Ragnvald.

No había hablado de ella en voz alta con nadie salvo con Snorri, Ulfarr y Tryggulf, y ellos eran como prolongaciones de sí mismo. Esperaba que su padre no viera hasta qué punto deseaba a Svanhild.

Hunthiof se limitó a reír.

—Es una forma de convertir a Ragnvald en aliado, supongo. Si puedes, hazlo.

—¿Estás seguro? —preguntó Solvi.

—Necesitas hijos y una buena ama de casa. Aun así, deberías haber matado a Olaf, pero esto podría contribuir a suavizar las cosas, tanto si es Olaf como su hijastro, Ragnvald, quien sobrevive a la disputa.

—Entonces regresaré a Sogn. —Solvi se sintió aliviado por primera vez desde que se había marchado del *ting*.

Si Svanhild volvía a rechazarlo, al menos tendría una excusa para estar fuera de Tafjord durante un tiempo. Tal vez hiciera una rápida incursión por la costa antes de la travesía a pie hasta la granja de Hrolf. Si dejaba pasar unos días, probablemente Svanhild empezaría a aburrirse, y eso quizá suavizaría su rabia contra él. La hermana de Ragnvald le había dicho que no más de una vez. Solvi no tenía ningunas ganas de volver a ser rechazado.

15

Ragnvald salió con Hakon y sus hijos para ir a quemar el cuerpo en el túmulo y enterrar los restos de la criatura junto a los de su madre. Los aldeanos también acudieron para ver cómo entregaban aquel ser al descanso. Hakon rezó las oraciones por los muertos. Ragnvald las repitió y añadió algunas propias: por esa mujer sabia a la que no conocía, que había acudido a él desde más allá de la muerte para pedirle que le concediera la paz a su hijo. Luego observó cómo la piel de la criatura se ponía negra y se llenaba de ampollas bajo las llamas, y trató de no pensar en que esa piel olía como la carne del sacrificio asada en el banquete del solsticio de verano.

Entre la multitud, algo apartada de los demás, había una mujer que se cubría la cabeza y el rostro con un chal. Estaba muy erguida y parecía agarrotada por el temor. Cuando se volvió, el chal dejó al descubierto parte de su larga melena negra, que le llegaba hasta la cintura. Poco después, cuando las llamas se debilitaron, el hechizo que mantenía a los testigos en silencio se desvaneció. Los aldeanos hablaron de ese ser malvado y de otros que habían existido antes. Criaturas extrañas surgidas de las neblinas del mar. La historia del hijo de Helgunn se uniría a todas las demás, hasta que nadie recordara la verdad.

Ragnvald se escabulló de los aldeanos que deseaban ofrecerle su agradecimiento y persiguió a la mujer.

—La hija de la hechicera —dijo, cuando consiguió darle alcance.

La agarró del brazo y la obligó a volverse. Ella se quitó el chal de la cabeza.

—¿Vas a matarme también a mí, Ragnvald Eysteinsson, exterminador de los muertos?

—¿Acaso estás muerta? —preguntó—. Sé que esa... cosa no fue creación tuya.

—No era ninguna cosa —contestó ella, levantando la barbilla. Así como en la visión de Ragnvald la madre tenía una súplica en los ojos, en los de la hija sólo había furia—. Era mi hermano.

—Sabes lo que era...

—No era un *draugr*—lo interrumpió ella, con voz temblorosa.

La chica era más joven de lo que Ragnvald había imaginado; deseó que no muriera como su madre.

—¿Qué era, entonces? —preguntó, con más amabilidad de la que pretendía.

—Lo golpearon con un hacha mientras nos defendía. Debería haber muerto del golpe, pero no fue así. Mi madre trató de curarlo. —Sus ojos se cruzaron con los de Ragnvald, esta vez sí con una súplica—. Ella trató de curarlo... pero no se curaba. Habría muerto de todos modos. Ni siquiera podía alimentarse, aunque lo intentaba.

—Entonces, ¿sólo era un hombre atrapado entre la vida y la muerte? —preguntó Ragnvald, enojado al ver que aquella joven había perdido a su madre y a su hermano por la ignorancia de los hombres. La ignorancia de Hakon y la de él mismo, la ignorancia de Rathi y de los habitantes de Smola, demasiado ciegos para ver lo que era el *draugr* en realidad—. Fue un hechizo terrible. Tu madre... —Cerró la boca para no continuar. No podía decirle a esa chica hermosa y audaz que su madre había merecido la muerte—. Debería haberlo dejado morir. Debería haberle contado a Rathi lo que había hecho.

—Se lo contó, pero ¿quién iba a creerla? —preguntó la chica, enojada—. ¿Y qué madre dejaría morir a su hijo? Ella creía que podría vivir.

—Así que no hice más que matar a un muerto. Murió con facilidad —replicó Ragnvald, en parte para sí mismo.

No había habido heroísmo en sus acciones. Había sido consciente de ello mientras bebía con Oddi. Cualquier niño con un palo afilado podría haber hecho lo mismo.

—No se lo contaré a nadie —dijo ella, interpretando mal sus palabras—. Puedes quedarte con todas las leyendas que ensalcen tu gloria.

Ragnvald se rió brevemente.

—Hoy muchos otros héroes de las sagas perderán la gloria que cantan sus canciones. Le contaré la verdad a Hakon. —La miró otra vez. Su belleza era como una roca contra la que un hombre podría romperse—. ¿Estarás a salvo aquí? —preguntó.

Ella se encogió de hombros.

—Ni más ni menos que siempre.

—Le contaré al rey Hakon que tú no hiciste nada. Y si estás en peligro, puedes venir conmigo a Ardal. Yo te protegeré. Dime tu nombre, para que pueda advertir a todos de que estás bajo mi protección.

—Mi madre me llamó Alfrith.

—Sabia y bella... —dijo Ragnvald.

Alfrith asintió.

—Aunque los hombres me llaman Groa.

Ragnvald sabía que también la conocían como una «mujer amable», además de como una hechicera. Aceptaba amantes para poder comer, y se mantenía infértil por medio de la brujería. Bueno, cuando las mujeres no tenían protectores, tomaban los caminos que podían.

—Como sólo significa «mujer», suaviza el temor que me tienen los hombres.

«Mujer de muchos», pensó Ragnvald.

—Los hombres deberían temerte...

Si fuera rico, podría quedársela como concubina, tan sólo para él.

—Me halagas —dijo Alfrith—, pero tienes razón, deberían.

⁜

Cuando la pequeña comitiva de Hakon inició el regreso al salón comunal, Ragnvald se puso al lado del rey y ambos se apartaron de sus hijos y sirvientes para caminar por la orilla. Las gaviotas buscaban almejas bajo la arena. Las olas lamían la orilla con suavidad en aquella parte de la isla. Ragnvald respiró hondo antes de hablar.

—No era ningún *draugr* —dijo—. Era un hombre al que golpearon en la cabeza con un hacha. Su madre sólo pretendía curar una herida que no podía sanar. —Frunció el ceño—. Debería contárselo también a Heming y a tus otros hijos.

La amistad ligeramente indiferente de Heming se había enfriado aquella noche, y Ragnvald no podía culparlo.

Hakon guardó silencio durante unos largos segundos.

—Eso es un *draugr* —dijo finalmente—. ¿Cuál es la diferencia? Caminaba, pero estaba muerto. Y no sentía dolor. ¿Lo consideras inferior porque murió por tu espada?

Ragnvald no respondió. En las canciones, los *draugr* tenían una fuerza sobrehumana y un tamaño superior al de cualquier hombre mortal. Hacía falta un verdadero héroe para matarlos, no sólo un poco de suerte y la voluntad de perseguirlos. Se preguntó por qué los hombres de Smola no habían podido matarlo hasta el momento, y así se lo planteó a Hakon.

—Porque no hicieron como tú. No salieron a matarlo, porque temían morir en el intento.

—Yo no me ofrecí voluntario —repuso Ragnvald. Reconocerlo le apetecía menos que señalar la verdadera naturaleza del *draugr*—. Sólo... Sólo dije que debía hacerse, y luego ya no podía negarme.

—Lo sé —contestó Hakon—. Pero eso no debe preocuparte. Sigues siendo el héroe que mis hombres creen que eres. Si les cuentas eso, lo considerarán falsa modestia. Tu padrastro no actuó como debía al obligarte a cuestionar cada paso que das. Eso te hace parecer débil. Eres más fuerte de lo que crees.

Ragnvald le agradeció esas palabras. Aunque no encontraba ningún heroísmo en todo aquello, le gustaba que Hakon pensara eso de él. Aun así, intentó reprimir su deseo de sentirse halagado. Probablemente, ese deseo era el que había hecho que su padre se ganara el apelativo de El Ruidoso, y que sus compañeros de armas se burlasen de su jactancia.

Pese a que Hakon le había aconsejado no hacerlo, Ragnvald le contó a Oddi la verdad sobre el *draugr*. No podía soportar las extrañas miradas que le lanzaba su primo, como si fuera más que un mortal. Oddi le dijo lo mismo que Hakon.

—Aun así, te enfrentaste a él. Yo tuve miedo. —Evitó mirarlo a los ojos—. Yo tuve miedo...

—Pero tú habrías hecho lo mismo —repuso Ragnvald.

Admiraba a Oddi. Le gustaba su mordacidad, su forma de desenvolverse y de caminar por la estrecha cuerda que lo unía a sus hermanos. Quería que Oddi fuera el amigo que había sido antes de su encuentro con el *draugr*.

—¿Se lo has contado a mi padre? —preguntó Oddi.

Ragnvald asintió.

—Y ha dicho...

—Lo mismo que tú —repuso Ragnvald con brusquedad.

No quería saber nada más de todo aquello.

—Ahora te valora, Ragnvald. Ahora es el momento. Pídele hombres para recuperar la tierra de tu padre. Después del servicio que le has prestado, no necesitas ir a la guerra con nosotros.

—No le he prestado ningún servicio. Si hubiera sabido... No fue más difícil que matar a un niño, y tampoco merece más honor que eso.

—Ofendes a mi padre con esas palabras —replicó Oddi—. No tienes que pedirle una recompensa, pero no le lances esas palabras a la cara.

Ese comentario pilló desprevenido a Ragnvald, que bajó la cabeza.

—Gracias —dijo—. Valoro tu consejo.

Oddi lo miró con curiosidad. Ragnvald no supo interpretar su expresión, pero al menos ya no lo miraba con aquel atisbo de asombro tan extraño.

—¿Siempre te complicas tanto las cosas? —preguntó su primo.

Ragnvald se encogió de hombros. No le gustaba esa clase de atención.

—Bueno —siguió Oddi—, en parte me alegro de que no se lo pidas, porque echaría de menos tu compañía durante el viaje.

—La tendrás —contestó Ragnvald—. Nunca me perdería esta aventura.

Esa noche celebraron la victoria de Ragnvald. Con la marea de la mañana, navegarían hasta Yrjar. Hakon le pidió a Ragnvald que se sentara a su lado y compartiera su buen vino franco.

Después de brindar con él varias veces, a Ragnvald ya no le preocupaban las miradas de Rathi ni su tristeza por la muerte de la hechicera y de su hijo. El escaldo que viajaba con Hakon se sentó a su lado para oírle narrar la historia una vez más y plasmarla en una canción. Ragnvald se lo contó lo mejor que pudo, con la cabeza flotando entre el agotamiento y la bebida. Se guardó para sí mismo lo que Alfrith le había explicado, que quizá un hechizo mantenía al joven con vida, pero que no era ningún *draugr*, sólo un hombre que había perdido la razón por un hachazo en la frente. Pero sí habló de su miedo, de cómo el viento erizaba la hierba, de cómo apareció el *draugr*. Contó que aquel ser no sentía ningún dolor, que su aliento apestaba y su sangre ardía. El escaldo se quedó más que satisfecho.

Cuando se acostó, soñó que mataba otra vez a la criatura y que ésta le hablaba. Ragnvald no logró recordar sus palabras al despertarse. Tumbado en el banco, levantó la mirada al techo de barro y se preguntó si Odín acogía a aquellos que, como el *draugr*, morían dos veces en la batalla. Tal vez al dios que se colgó por un pie le gustara ese acertijo.

✢

El clima mejoró cuando el primer barco se acercó a Yrjar, donde se encontraba la fortaleza de Hakon. Los hijos menores de éste, Herlaug y Geirbjorn, acudieron a Ragnvald cuando estaba de guardia para pedirle que juzgara quién alcanzaba la proa el primero en una carrera por las regalas. La flotilla arribó a Yrjar a última hora de la tarde, cinco días después de su partida de Smola, y el pequeño puerto ya estaba lleno de barcos.

—¿No son demasiados barcos para una incursión? —preguntó Geirbjorn a Hakon, apoyándose en la borda junto a su padre.

—¿Cuántos barcos había en tu incursión a Irlanda? —preguntó el rey a Ragnvald.

—Diez —respondió Ragnvald, escueto.

Estaba empezando a comprender por qué el *jarl* Runolf se había enemistado con los hijos de Hakon. Al rey le gustaba enfrentar a Ragnvald con sus hijos en la conversación, poniéndolo como el ejemplo que deberían seguir. Si Hakon había hecho lo mismo con él, no era de extrañar que odiaran a Runolf.

—¿Y no eran demasiados? —preguntó Hakon.

—A veces sí, a veces no —dijo Ragnvald—. Algunos puertos eran demasiado pequeños, y no resultaba fácil mantener y alimentar a tantos hombres. Pero, cuando saqueamos el monasterio, no pudieron ofrecer resistencia.

Unos pocos monjes habían empuñado las hachas, pero la mayoría de ellos murieron sin siquiera levantar una mano para defenderse. Los brutos que los acompañaban habían humillado a los supervivientes con torturas que Ragnvald no deseaba recordar.

—Dividiremos nuestras fuerzas cuando sea necesario —comentó Hakon—. Ya verás. Pero más... —extendió las manos— es más. Ahora vamos a la guerra. Todo será distinto.

Se llevó a Ragnvald hasta la proa para hablar con él en privado.

—Me has complacido —dijo.

Ragnvald bajó la cabeza y le dio la gracias. Hakon también lo había complacido a él, aunque eso le importaría bastante menos al rey.

—Ojalá mis hijos se parecieran más a ti, y ojalá te mantengas cerca como ejemplo para ellos.

Ragnvald había imaginado cómo sería él si hubiera sido uno de los hijos de Hakon. Tal vez sería tan orgulloso y fanfarrón como ellos, si no tuviera el recuerdo de su padre con el que compararse, y un padrastro vivo que había sido aun más duro y crítico.

—Creo que llegarás lejos —continuó Hakon—. Te pediré que me jures lealtad en la fiesta de bienvenida.

Ser hombre juramentado de un rey era todo un honor, por mucho que Oddi tuviera razón y Hakon se lo debiera después de que matara al *draugr*. Al jurarle lealtad, el rey le daría a Ragnvald brazaletes de oro y una parte de los tesoros que consiguieran, y a cambio Ragnvald debería alabar el nombre de su rey y luchar por él. Si traicionara a su señor, sería conocido como alguien que rompe un juramento, y ningún otro hombre confiaría en él.

—Te lo agradezco —respondió Ragnvald—. Y juraré lealtad.

✠　✠　✠

La fortaleza de Yrjar era una obra maestra de ingeniería. Un foso bordeaba las empinadas paredes de hierba que rodeaban el gran salón y los edificios exteriores, delimitando un espacio suficiente para acoger a muchas familias y a su ganado. Había cuatro entradas abiertas en los terraplenes: un embudo para cualquier ataque.

Una vez varado el barco, Ragnvald siguió a la comitiva de Hakon a través de la entrada occidental, bajo la mirada vigilante de los centinelas. Dentro de las murallas se alineaban otras zanjas con estacas afiladas que protegían a los que se encontraban en el interior de un ataque por encima de los muros de contención. Incluso con la ayuda de animales de tiro y herramientas de hierro, la construcción de aquella fortaleza se había extendido sin duda durante varias generaciones. El gran salón que protegía estaba construido con elegancia, en el nuevo estilo, con pilares de apoyo situados lo más cerca posible de los muros exteriores. Ragnvald nunca había estado dentro de un salón así, pero había oído que las proporciones eran mucho más dignas, más adecuadas para que los hombres pudieran moverse con comodidad que las de un salón a la vieja usanza, con sus vigas bajas. En el salón comunal de Olaf, el espacio estaba tan dividido en distintas estancias que no cabían tres hombres uno al lado del otro en su interior.

Ya había oscurecido y, cuando las grandes puertas del salón se abrieron, la luz de decenas de teas y lámparas de aceite se derramó sobre las sombras del exterior. Dentro, el salón estaba repleto de hombres que ocupaban bancos y mesas. Los perros reñían entre ellos, y los hombres los alentaban con huesos y palmaditas en sus lomos de pelaje rizado. Ragnvald siguió a Hakon y a sus hijos hasta el centro del salón.

En el entarimado había dos hombres imponentes. Uno era mayor, con un cabello rubio que daba paso al gris, flaco todavía como un guerrero, con largos bigotes que le caían a ambos lados de una boca severa. Una enmarañada cabellera rubia coronaba al otro. La barba dorada medio crecida apenas podía ocultar una sonrisa, que permitía adivinar los huecos entre los dientes. Aún tenía el porte de un muchacho, no de un guerrero. Ojos azules y brillantes, piernas largas que parecían a punto de desencajarse cuando caminaba... Sólo podían ser Harald y su tío Guthorm, el profetizado rey y su consejero de confianza.

Ragnvald pensó en su sueño, porque el cabello de ese muchacho mantenía el brillo de la juventud, el brillo de oro que refulge a la luz del sol, mientras que el oro de Hakon se había ido apagando con el tiempo. Aun así, Heming también lucía una larga cabellera rubia: cualquiera de los dos podía ser su lobo dorado, o ninguno de ellos.

Una mujer, que podría haber sido la hermana gemela de cualquiera de los dos, permanecía medio paso más atrás. Debía de ser Ronhild la Hechicera, vestida de azul y escarlata. Las canciones la habían ensalzado como la mujer más hermosa de todo Vestfold cuando era más joven, y todavía no era tan mayor como para ocultar la verdad de esas palabras. Su cabello rubio caía hacia los lados desde la frente alta. Tenía unos pómulos elegantes, el labio inferior carnoso. Aún podría tomar como amante a cualquier hombre que quisiera, y sin duda ya poseía las virtudes reservadas a hombres y mujeres de mediana edad: prudencia, previsión, astucia para negociar...

—Bien hallado —saludó Guthorm. Él y Hakon intercambiaron reverencias.

—¿Cuántos hombres has conseguido? —preguntó Harald con ansiedad.

—Otro centenar en el *ting* de Sogn y alrededores —explicó Hakon.

—Ahora nuestra fuerza supera a la tuya —añadió Heming.

Harald se enfureció. Su tío se abrió paso a empujones para ponerse delante de él.

—Cuanto mayor sea la fuerza, más deprisa caerán otros reyes ante nosotros...

—Sí —intervino Harald—. Como los siete reyes de Hordaland.

—Ya hablaremos de eso después —dijo Hakon—. Esta noche celebraremos la llegada de los nuevos guerreros para darles la bienvenida.

Ragnvald estaba sentado cerca del entarimado, entre los guerreros más ricos de Hakon, donde quedaba en evidencia la mala calidad de su armadura de cuero y su espada, hecha con hierro de las turberas. No había tomado conciencia de la cantidad de buenos hombres jóvenes reclutados por Hakon para su ejército hasta que los vio a todos reunidos en aquel festín. Tendría que luchar con valor para destacar entre aquellos hombres.

En comparación, la tripulación de Solvi era muy variopinta. Ragnvald ya no dudaba del poder de Hakon, pues los presentes en la reunión tenían aspecto de guerreros legendarios, con sus hombros anchos y sus excelentes armas. Los hombres de la tripulación de Solvi eran duros, pero habían envejecido demasiado pronto, con sus heridas de espada y la carga de saber que cada batalla podría ser la última para ellos. Los hombres de Hakon, en cambio, estaban en la flor de la vida, pocos de ellos habían sufrido mutilaciones o estaban desfigurados. En compañía de esos hombres, los hijos de los granjeros que engrosaban sus filas pronto se convertirían en guerreros.

Ragnvald se presentó a los hombres de su mesa, y los guerreros que estaban más cerca de él hicieron lo mismo: Dagvith, hijo menor de un *jarl* del este; Dreng, aventurero danés que hablaba nórdico con un acento que a Ragnvald le costaba entender, y Galti, primogénito de un *jarl* de la costa asesinado por Solvi Hunthiofsson. Después de decir su nombre y lugar de origen a un montón de caras nuevas, Ragnvald se acostumbró a decir que era de Sogn. Cerca del sur de Maer, si el hombre en cuestión preguntaba más. A diferencia de lo que ocurría en el barco de Solvi, nadie había oído hablar de Ardal. En Yrjar los hombres venían de lejos, desde Vestfold o incluso desde el otro lado del mar Báltico, de los asentamientos de daneses y suecos de aquellas costas lejanas.

—Voy a matar a Solvi —anunció Galti, cuando oyó el nombre de Ragnvald.

Lo dijo en tono de burla, y Ragnvald sabía que se esperaba de él que afirmase que sería él quien mataría a Solvi. No sabía si sentirse complacido o no por el hecho de que la gente conociera su historia cuando oía su nombre.

—Pues te deseo suerte —replicó Ragnvald, estirándose hacia el centro de la mesa para coger un trozo de pan de centeno—. Podrías haberlo hecho en el *ting* de Sogn. Viajaba con pocos hombres.

Galti lanzó un gruñido. Por lo visto, había esperado provocarlo, pero Ragnvald no pensaba dejarse inquietar. Su estómago exigía más atención; llevaba rugiendo por el rico aroma de la carne que llenaba el salón desde que había entrado allí. El vapor de las soperas en las mesas arrastraba hasta su nariz un aroma de especias extranjeras. Hakon tenía que estar muy bien abastecido para poder mantener a tantos guerreros en su mesa, semana tras semana.

Galti se sacó un trozo de grasa de debajo de las uñas con la daga y, después de examinarlo, se lo metió en la boca. Ragnvald cogió el cucharón de madera y se sirvió en su rebanada de pan una generosa porción de estofado de carne con col.

—Me contaron que tenías motivos para vengarte de él —dijo Dagvith, el hijo del *jarl*, de ojos grandes e ingenuos.

Era un joven gigante de rasgos sencillos pero sobredimensionados, y parecía que aún no se había acostumbrado a su tamaño. Su cabello era de un dorado natural marcado por el sol, igual que algunos de los desiguales mechones de barba que le salpicaban la barbilla.

Ragnvald se tocó la cicatriz de la mejilla. Ya apenas le dolía, pero notaba la diferencia en cada gesto de su rostro, un recordatorio constante del frío final de toda vida.

—¿Qué? ¿No te parece que soy más guapo gracias a Solvi?

Eso arrancó una carcajada a Dagvith. Ragnvald atacó su comida con placer. Era carne de cabra, la generosidad de Hakon parecía no tener límites. Grasa dorada tachonaba el caldo, y la carne bien estofada se fundía entre su paladar y su lengua.

Galti todavía miraba a Ragnvald con suspicacia.

—No —contestó.

Ragnvald decidió no perderlo de vista. Un hombre que no sabía reír era un rival peligroso. Lo había aprendido de Olaf.

—Solvi Hunthiofsson trató de matarme, pero falló —empezó a decir Ragnvald—. Y tengo razones para creer que empuñó el cuchillo en nombre de mi padrastro. Él es mi verdadero enemigo.

—Este Ragnvald es un pensador —dijo Dreng el Danés—, no un cabezota como tú que no sabe nada, Galti.

Los dos hombres se miraron ceñudos, pero Ragnvald tenía la sensación de que se conocían bien y de que aquellas palabras contaban poco entre ellos.

El salón quedó en silencio cuando el principal bardo de Hakon dio un paso adelante. Era joven para dedicarse a eso; aquella labor solía ser cosa de hombres viejos o tullidos, que no servían para el trabajo en el campo ni para guerrear. El bardo tomó la pequeña arpa que tenía a su lado, y Ragnvald se fijó en la delicadeza de sus movimientos y en el modo en que sus ojos seguían sus manos. Era ciego, probablemente de nacimiento o a consecuencia de alguna fiebre infantil, y no de una herida. Como no podía ser hombre, no podía ser guerrero, había escogido esa actividad.

El arpa también era un instrumento inusual. En Escandinavia no se hacían arpas. Ragnvald sólo las había visto entre los tesoros saqueados de Irlanda. El bardo dijo su nombre y los de sus antepasados, antes de iniciar su relato. Habló con palabras poéticas cargadas de conocimiento, con un acertijo en cada frase y acompañándose por el sonido del arpa. Contó la historia del padre de Hakon, de cómo había extendido su territorio para entregárselo a su hijo, y de cómo luego Hakon lo había extendido aún más.

Entre los reunidos en el banquete serían pocos los que no conocieran ya esa historia, pero aun así la escucharon con atención. Había lecciones en ella, enterradas en la aliteración; lecciones de venganza y generosidad, de castigos para aquellos que erraban y recompensas para los valientes. Y también lecciones de cómo se veía Hakon y cómo deseaba que el mundo lo viera. El Hakon de los relatos era prudente y reflexivo. El Hakon sentado a la cabeza de las largas mesas asentía cuando se ponía alguna frase inteligente en su boca, y torcía el gesto en los momentos que ilustraban su precipitación.

El relato contenía igual medida de ambas características. Hakon se había exiliado tres años en las Orcadas por matar a su tío, el hermano de su madre. El bardo quiso insistir en las ofensas cruzadas entre ellos, porque de lo contrario Hakon habría aparecido como el asesino de un pariente, y tres años de exilio no hubieran bastado para expiar un pecado así. El relato pasó entonces del poste de ofensa que su tío había levantado contra él al duelo en el que Hakon le cortó las piernas y lo dejó reptando para salir del círculo y morir, y se centró luego en los años del exilio: Hakon se había ganado gran fama en las Orcadas, al llevar a cabo osadas incursiones contra asentamientos escoceses en las Hébridas y ganar más tierras para los asentamientos escandinavos.

Ragnvald observó a Guthorm y a Harald mientras el bardo narraba la historia. El joven Harald prestó atención durante los primeros minutos, pero luego, sin ocultar su aburrimiento, empezó a flirtear con la mujer que compartía su copa. A Ragnvald aquella joven le recordó a Heming, así que sólo podía tratarse de Asa, la hija de Hakon con la que Harald se había casado recientemente.

Ragnvald no podía dejar de sentir cierta compasión por Heming: a la sombra de un padre tan grandioso como Hakon, sin duda tendría hambre de gloria y buscaría una forma de hacer que su nombre se recordara. Los hombres poderosos del distrito juntaban las cabezas para hablar entre ellos en voz baja. Dagvith, que los conocía bien, le explicó a Ragnvald quiénes eran y qué relaciones los unían. Cuando el bardo estaba ya terminando la canción, Heming se fue desplazando entre ellos diciéndoles cosas al oído. Algunos reaccionaban complacidos; otros, descontentos. Ragnvald pensó que tal vez estaba tratando de reunir apoyos para su ataque contra Solvi, y sin duda Hakon estaba al corriente si Heming se atrevía a hablar de ello delante de todos.

Las estrofas finales de la canción se cerraron con las clásicas palabras de alabanza a Hakon, y varios miembros de la corte se pusieron en pie para proponer algunos brindis por su grandeza. Hakon aceptó unos cuantos, y luego levantó la mano para indicar que era suficiente. Bastó otra seña en silencio para que entraran esclavos y sirvientes con cuernos de cerveza dulce de verano. El bardo cantó los primeros versos de una canción de borrachos con su voz alta y pura, y los guerreros reunidos se le sumaron.

Hakon captó la atención de Ragnvald y le indicó con un gesto que se uniera a los ricos señores, a la cabeza de la gran mesa.

—Bebe con nosotros, Ragnvald —dijo el rey.

Heming le lanzó una mirada que él no supo cómo interpretar, pero pensó otra vez en la caída en desgracia de Runolf en el *ting*, y en el duelo que nunca habría podido ganar.

Ragnvald le agradeció aquel honor al rey, pero no por ello dejó de sentirse incómodo. El salón de Hakon estaba lleno de hombres que podían considerarse superiores a él. Su abuelo había sido un rey que podía sentarse con cualquiera de ellos como un igual, pero su padre, Eystein, había desperdiciado esa herencia.

—Debes tomar el lugar que deseas, Ragnvald —le dijo Hakon, entendiendo perfectamente la incomodidad del joven.

Le puso una mano en el hombro y lo obligó a volverse y a mirar a lo largo del salón. La enorme lámpara de esteatita colgaba de una cadena, y las sombras de los hombres reunidos se movían bajo su luz, dando la impresión de que estaban bajo el agua, en el gélido salón de Ran. Ragnvald se estremeció, a pesar del calor que hacía en aquella sala repleta. Se sentó junto a Hakon.

—Te veo observar a todos con mucha atención —comentó Hakon en voz baja, para que lo oyera sólo Ragnvald— y pienso: no sé si se puede confiar en este hombre.

—No quería parecer... —empezó Ragnvald, en un tono demasiado alto.

—Es bueno mirar, para ver cómo están las cosas —lo interrumpió Hakon—, pero debes ocultar mejor tus pensamientos.

Ragnvald asintió, aceptando el consejo. Era un gran cumplido que Hakon eligiera aleccionarlo.

—Dime lo que ves en estos hombres.

Ragnvald observó aquellos rostros inclinados sobre cuernos de cerveza y platos llenos de carne. Galti miraba a los otros guerreros con envidia. La cara de Dagvith —un joven rico y de noble cuna— no parecía expresar nada, salvo placer por la buena comida y la cerveza fuerte. Dreng el Danés sonreía con malicia, riéndose de algo que Ragnvald no pudo oír. Aquel hombre sembraría discordia allí adonde fuera y culparía a Galti si podía, o a cualquier otro que tuviera la mala suerte de estar lo bastante cerca de él. Detrás de ellos, dos perros peleaban por un hueso, y uno mucho más grande merodeaba a su alrededor, gruñendo y con el pelo del lomo erizado.

Más cerca de la mesa principal vio a algunos hombres que bebían y jugaban a los dados. Un guerrero que ya no estaba en sus mejores días le hablaba insistentemente, con la locuacidad de los borrachos, a un compañero que no le hacía caso.

—Veo muchas cosas —dijo entonces Ragnvald—. ¿Qué quieres de mí?

—Puedes hacerlo mejor. ¿Quién marcará el camino y quién lo seguirá? ¿A quién cantarán mañana los bardos?

Ragnvald suspiró.

—Dreng el Danés es malvado como Loki, y no encontrará más que problemas, por muy inteligentes que sean sus tretas. Galti envidia todo lo que tienen los demás, y morirá bajo una espada u otra.

Miró entonces al joven Harald y a su tío, sentados con los *jarls* de Hakon. También se había formado una opinión de ellos, pero no se atrevía a expresarla.

—Dime qué más —insistió Hakon—. No me enojaré.

—El *jarl* Ingimarr parece preocupado por algo que nada tiene que ver con la inminente guerra, algo que está relacionado con tu hijo Heming —dijo Ragnvald, despacio.

Como si quisiera dar sentido a las palabras que Ragnvald acababa de susurrar a Hakon, Ingimarr echó un vistazo hacia Heming Hakonsson, y luego volvió a mirarse las manos, acariciando con los dedos los callos que le había dejado el uso de la espada.

—El *jarl* Hafgrim ansía riquezas y no desea entretenerse mucho en el salón. —Ragnvald inclinó la cabeza—. Aunque tal vez ansíe más todavía derramar sangre.

—¿Y el *jarl* Vekel? —le instó Hakon.

Junto a los otros dos, Ragnvald vio a un hombre joven, apenas mayor que él, tan nervioso que sus ojos se movían de un lado a otro y sus dedos danzaban sobre la mesa.

—Entre esos dos lobos, no parece que Vekel pueda retener sus tierras durante mucho tiempo, ¿no? —Ragnvald era consciente de que aquello era una simple intuición.

—¿Y qué opinas del joven Harald y su tío? —preguntó Hakon en voz muy baja.

—Harald es joven y está gobernado por su tío —contestó Ragnvald—. Guthorm es ambicioso. Aunque eso puede verlo cualquier hombre.

—¿A cuál de estos hombres seguirías? —preguntó Hakon.

—Ya he elegido a quién seguiría. —Ragnvald inclinó ligeramente la cabeza hacia Hakon.

El rey le devolvió la discreta reverencia como muestra de reconocimiento.

—Y si yo no estuviera aquí, ¿a quién seguirías?

—A cualquiera que me garantizara espacio en su barco —repuso Ragnvald—. Soy pobre.

—Y sincero —dijo Hakon.

—El halago funciona mejor con los hombres vanidosos.

Hakon echó la cabeza hacia atrás para soltar una carcajada.

—Eso ha estado bien medido —comentó—. Me halagas al confesarme que no pretendes halagarme. Escúchame: muchos de esos hombres son mis partidarios. ¿Cómo sabías qué podías contarme de cada uno de ellos esta noche?

Ragnvald se aclaró la garganta.

—Por intuición.

—Pues tu intuición es mucho más refinada que la de algunos hombres que han sido mis consejeros durante veinte años. Ingimarr es el padre de la mujer con la que mi hijo quiere casarse. Él no quiere que se celebre ese matrimonio, aunque es mi amigo y aliado. ¿Adivinas la razón?

—¿Estás seguro de que quieres que lo diga?

—Sí —contestó Hakon con gravedad.

—Tu hijo Heming es cabezota y... —Ragnvald dudó. Sus palabras sonarían demasiado interesadas. Incluso podría parecer que Ragnvald quería el lugar de Heming. Y lo quería, sí, pero eso no restaba veracidad a lo que se disponía a decir—. Me pregunto si su exceso de orgullo no le impedirá obtener el aprecio de los demás. Aunque yo no sé de esas cosas.

Hakon sonrió ligeramente ante la valoración de Ragnvald y no lo contradijo.

—Mató a un *jarl* a quien tú valorabas sólo por celos —continuó Ragnvald—. Ingimarr teme que le ocurra lo mismo a él si rechaza casar a su hija con tu hijo, pero también si acepta. Como Runolf, estará en una posición en la que no puede ganar.

—¿Y qué crees que debo hacer? Los valoro mucho a los dos.

Hakon estaba poniéndolo a prueba con aquellas preguntas, igual que con toda la conversación que estaban manteniendo esa noche.

—Envía a Heming lejos de aquí —propuso—. Tienes tierras en las islas Feroe, ¿no? —Ragnvald se había enterado de eso por el relato que había cantado el bardo—. Enviando a tu hijo allí podrías asegurarte de que esas tierras todavía cumplen con la lealtad que deben.

—No quieres ir a la guerra a su lado —señaló Hakon.

Eso no era lo que había querido decir Ragnvald. Estaba seguro de que Heming era valiente, y así se lo dijo al rey.

—Valiente y alocado —repuso Hakon—. Sé que anda buscando apoyos para una incursión que yo no he aprobado.

—Sólo quiere ganarse tu admiración.

—Pues debería hacerlo, ¿no crees? Se preocupa y hace planes como la vieja que murió de hambre porque no podía decidir qué pastel de miel comer primero. Aun así, es mi hijo. No lo enviaría lejos.

—Tienes otros —dijo Ragnvald con cautela.

—Es el único hijo de mi amada esposa Asa, que su túmulo esté caliente y descanse en paz. Ojalá... Pensaré en lo que has dicho. Temo que Heming sea como una espada en mi espalda mientras esté aquí.

Ragnvald estuvo a punto de refutar también eso: a su juicio, Heming Hakonsson podría matar a cualquiera que reclamara la atención de su padre, pero moriría antes que hacerle daño a Hakon. Y aunque Ragnvald se sentiría mucho más seguro si el rey enviaba a su hijo lejos de allí, prefirió morderse la lengua y no pronunciar esas palabras.

—Me honras al escuchar mi consejo —dijo en cambio.

—¿Y dónde estaba esa prudencia cuando te presentaste ante los jueces en el *ting*? —preguntó Hakon, riendo.

—Olaf me enfureció —contestó Ragnvald—. Fui un estúpido.

—La rabia es un piloto que siempre lleva su barco contra las rocas. Es una mala compañera.

Tal vez, pero Olaf todavía era capaz de sacar de sus casillas a Ragnvald.

—Si al menos... Si al menos hubiera hecho lo que juró hacer, yo nunca lo habría rechazado. Lo respetaba como padre.

—Ya tiene un hijo —señaló Hakon—. Dos.

Ragnvald debería haberlo previsto, por supuesto. Era la esperanza lo que le hacía creer que Olaf honraría su promesa. La esperanza y la ingenuidad.

—Tiene un hijo al que aún consiente y trata como a un niño. No lo considera un hombre capaz. Y Hallbjorn es todavía un bebé. No pensaba... —Ragnvald respiró profundamente—. Olaf nunca actuó como si quisiera que Sigurd heredara la granja de Ardal. Era amigo de mi padre.

—Tal vez creía que estaba haciéndole un favor a Sigurd siendo paciente con él —repuso Hakon—. Los hombres a menudo son imprudentes con sus hijos...

El rey frunció el ceño, y Ragnvald mitigó su rabia lo suficiente para preguntarse si Hakon estaba pensando en su padre o en él mismo y sus propios hijos.

—No bebas más esta noche, Ragnvald Eysteinsson —dijo Hakon—. Quiero que seas el primer hombre en jurarme lealtad y quiero que tus palabras sean claras.

Ante la mirada sorprendida de Ragnvald, su anfitrión sonrió, levantando los extremos de su largo bigote.

—Siéntate, come carne y prepárate.

16

Los días pasaban despacio en la granja de Hrolf. Siempre que podía, Svanhild pedía trabajar en el exterior con las ovejas y las cabras. Y aunque Hrolf tenía pocas cabras, porque el rebaño apenas prosperaba con la escasa hierba de los alrededores, Svanhild pasaba todo el día fuera. Se le estaban poniendo las manos morenas de estar tanto al sol. Sólo entraba y se exponía a las maliciosas pullas de las hermanas de Hilda cuando no le quedaba más remedio.

Cuidando de los animales, Svanhild se encontraba a menudo en compañía de Egil, el hermano de Hilda. Sin embargo, sabía que aquel joven guerrero había traicionado a Ragnvald en el juicio, y cada vez que él intentaba trabar conversación con ella, Svanhild respondía de la forma más escueta posible sin ser grosera.

—¿Por qué me tratas tan mal? —le preguntó él una noche, cuando fue a buscarla a uno de los prados más alejados para que acudiera a cenar.

Svanhild se guardó el huso en el cinturón y recogió despacio la lana que tenía enrollada en la muñeca antes de responderle. El tono de Egil dejaba claro que estaba dolido, y se acercaba a ella echando la cabeza hacia delante, con su cuello estrecho y alargado como el de un ganso.

—¿Hace falta que te conteste? Podrías haber testificado por mi hermano... Con la verdad, y no con esas medias mentiras. Pero no lo hiciste.

—Conté la verdad —dijo Egil, envarado.

—¿Y también dijiste la verdad cuando viniste antes a Ardal? El muchacho frunció el ceño.

—Me gustas, Svanhild. Ragnvald me contó lo encantadora que eras. Pensaba que podríamos encajar.

—Soy la nieta de un rey —repuso Svanhild, ahora enfadada también con Ragnvald.

Su hermano le había prometido algo mejor que ese cobarde. No podía imaginar que nadie salvo el propio Egil pudiera pensar que esa unión fuera una buena idea. Desde luego, a Hrolf no le gustaría.

—¿Por qué debería unirme a ti?

—A Ragnvald le gusta la idea de casarse con mi hermana —dijo Egil, sonrojándose.

—Eso es porque es terco y jamás rompería las promesas que se hicieron de niños. Ahora está con Hakon y sus hijos. Volverá y se casará con tu hermana, estoy segura, y será una gran muestra de cortesía hacia tu familia.

—Parece que te tienes en gran estima, Svanhild Eysteindatter. ¿Qué hombre libre no puede contar con un rey entre sus antepasados? Tu padre perdió su tierra y luego la vida.

—Y mi hermano lo recuperará todo y más, mientras tú sigues acobardándote ante las dificultades —replicó Svanhild.

Apenas conservaba recuerdos de su padre, más allá de una impresión luminosa y feliz que lo acompañaba. Se había construido una imagen de Eystein a partir de las anécdotas que le contaba Ragnvald. Recordaba muy bien la historia de cómo se habían prometido sus padres. Él había ganado a su madre, Ascrida, en una partida de dados con el padre de ésta, y, cuando trató de reclamar sus ganancias, ella enganchó un par de caballos a un trineo y huyó a las montañas. Él la siguió y, poco después, cuando la encontró en el bosque, vio que Ascrida estaba esperándolo envuelta en pieles. Le dijo que llegaba tarde, pero que un hombre que era capaz de esquiar detrás de una mujer en el bosque, en la noche más oscura del año, podía ser perdonado. Svanhild nunca pudo identificar a aquella mujer con su silenciosa madre. Olaf tenía mucho por lo que responder.

Egil apretó los puños, y, por un momento, Svanhild pensó que iba a golpearla. Enojada como estaba, casi lo habría agradecido. Si Egil la golpeaba, ella podría devolverle el golpe, y arañarlo y morderlo también. Así comprendería que no podía hablarle en esos términos. Sin embargo, Egil se limitó a dar media vuelta y alejarse para volver al salón que se alzaba sobre los campos de la granja.

Hrolf salió de la casa al cabo de unos minutos y la agarró del brazo.

—¡Respetarás a mi hijo mientras estés bajo nuestro techo! —le gritó mientras la arrastraba al salón principal.

—¡Nunca me has querido aquí! —replicó Svanhild.

Oyó que Hilda tomaba aire. Las mujeres de Hrolf andaban de puntillas cuando él estaba de mal humor, pero Svanhild había crecido junto al impredecible Olaf, así que Hrolf no le daba miedo.

—Lo cierto es que no —dijo Hrolf—. Tientas a mi hija a adoptar una actitud indecorosa. Y le impides olvidar al idiota de tu hermano.

—Mi hermano vale por diez como tú o como el cobarde de tu hijo.

—Si fueras un hombre, te mataría por eso. —Egil puso la mano en su cuchillo, como si fuera a hacerlo de todos modos.

Svanhild notó las miradas de las hermanas de Hilda clavadas en ella.

—Padre, sabes que... —empezó Hilda.

—¡Si eso es así... —gritó Hrolf, acallando la voz de Hilda—, tu guardián pagará el precio de esta ofensa!

—¿No eres tú su guardián, padre? —preguntó Hilda.

Svanhild la miró con agradecimiento.

—No... Sí... No estoy seguro. —Hrolf se mesó la barba con ademán reflexivo al plantearse una cuestión de ley—. Es una circunstancia extraña. Su hermano es su guardián, supongo. Si todavía está vivo.

—Lo está —contestó Svanhild.

—Y si no es así, supongo que es su padrastro. O incluso yo. —Volvió a centrar su atención en ella—. Svanhild, no hablarás más con Egil, salvo como una invitada educada. Ya no eres una niña. No deberías comportarte como tal. Soy lo más parecido a un guardián que tienes en este distrito, a menos que prefieras volver con tu padrastro. Y puesto que tu padrastro empezó la labor de encontrarte un marido, yo la continuaré.

✛

Svanhild yacía en la cama que compartía con Hilda e Ingifrid, escuchando la respiración de las dos jóvenes y tratando de decidir qué hacer a continuación. No confiaba en Hrolf para que le encontrara el marido adecuado. Ella quería un hombre de su posición al que no odiara y que no la maltratara. A ser posible, un hombre que pudiera ayudar a Ragnvald, un aliado y no un vasallo. Sin poder evitarlo, volvió a pensar en Solvi. Todo el mundo en el *ting* había creído que él estaba jugando con ella, mostrando su desprecio por Ragnvald y después por Olaf. Svanhild pensaba que ésa no era la razón, o al menos no la razón exacta. Solvi, hijo de un rey, le había ofrecido finalmente que se casaran. Cierto, sería una segunda esposa, y ella era nieta de un rey, pero la habían educado como la hijastra de un pequeño terrateniente, no mejor que ninguno de sus vecinos. Como no contaba con una buena dote con la que tentar a Solvi, tenía que merecerlo por sí misma. Él también era atractivo, aunque demasiado bajo para ser un gran guerrero. Además, estaba segura de que sus piernas tendrían cicatrices feas... Tal vez las mujeres lo rechazaban por eso. No pudo evitar que su rostro se ruborizara al recordar la tarde en que había cabalgado con él, antes de saber quién era. No había dejado de parecerle un hombre cuando se apretaba contra ella.

Se avergonzó de la dirección que estaban tomando sus pensamientos. Solvi era un hombre sin honor, un hombre que se ganaba enemigos con facilidad y que apenas tenía aliados. Todo el mundo en el *ting* decía que estaría en el lado perdedor en las guerras que se avecinaban. No hubiera sido ninguna vergüenza que vendiera su espada para un duelo legítimo, pero un asesinato a traición como el que había intentado era muy distinto... No, no podía pensar en aquel hombre como un posible marido. Solvi había reconocido sin pudor que había tratado de matar a Ragnvald, como si matarlo fuera una broma para él. Ahora jugaba con ella del mismo modo. No pensaría en ella más que como un premio que se le había escurrido entre los dedos, sin más valor que un mero brazalete de plata.

Svanhild se dio la vuelta, resoplando. Hilda murmuró en sus sueños y tiró de las mantas negras con las que Svanhild se había arropado. Ya nada le importaba. Que Hrolf le buscara un marido, si quería. Además, sin el consentimiento y la dote que pudiera ofrecer Ragnvald, probablemente Hrolf sólo podría disponer un compromiso previo que luego debería confirmarse. Por ley, ella podría rechazar el matrimonio, aunque, si un hombre la raptaba y la violaba, y le pagaba a su guardián el precio estipulado por la novia, estaría irremediablemente casada. ¿Podía Hrolf intentar algo así? ¿Tan poco confiaba en el regreso de Ragnvald?

Desde luego, Hrolf no estaría dispuesto a darle una dote. Podría elegir a uno de los hijos de los granjeros que conocía más al sur, con tierras cercanas a Ardal, lejos de su propia granja. Tal vez su marido estaría a menudo en tierras lejanas. Tal vez moriría y la dejaría como una viuda liberada. En ese caso, ella podría tomar amantes si lo deseaba, siempre que tuviera cuidado de no quedarse embarazada. Era extraño que no hubiera más mujeres que mataran a sus maridos. Tal vez las asustaba estar solas.

No debía contarle nada de eso a Hilda... ¡Hilda, que ni siquiera se atrevía a pensar en los placeres propios de una mujer! Le parecía sorprendente que esa muchacha hubiera encontrado el valor de reivindicar a Ragnvald de una forma tan pública. La Hilda que ahora conocía, la que vivía en la granja de Hrolf, no parecía tan audaz. Svanhild se dio la vuelta en la cama con cautela, tratando de no molestar a Hilda ni a Ingifrid, y deseó que no tardara en llegar la mañana. Por un momento, echó de menos a su madrastra. Vigdis conocía las tretas propias de una mujer en un mundo de hombres, la forma de obtener poder y cualquier cosa que deseara. Tal vez no deseara lo mismo que Svanhild, pero al menos no era pasiva como las otras mujeres que ella había conocido.

✣

—Svanhild, tu madrastra hace una torta de semillas deliciosa. ¿Sabes cómo prepararla? —le preguntó Bergdis una mañana.

Aquel día empezaba el tiempo de trillar, como habían decretado los dioses Freyr y Freyja, y por eso en la casa se celebraba una fiesta.

Svanhild le contestó que sí y le mostró cómo se hacía. Había cruzado pocas palabras con Hrolf o su mujer desde el día en que insultó a Egil.

Cuando terminaron de cocinar y empezaron a llegar los invitados, Bergdis le dijo a Svanhild que podía ir a darse un baño, asegurándole que era un regalo en el día de su fiesta. Los sirvientes habían calentado el agua, y fue muy agradable. Por lo general, Svanhild tenía que esperar a que todas las hermanas se hubieran bañado antes de que le dejaran hacerlo a ella. Se cepilló el cabello junto al fuego, observando las chispas que salían volando cada vez que una gota de agua caía en la madera ardiendo.

Cuando regresó al salón, los invitados seguían llegando desde el oeste. Svanhild reconoció a muchos de los hombres y mujeres que habían estado en el *ting*, y a otros que conocía de las granjas cercanas. Estaba a punto de regresar a la cocina para ver qué más podía hacer, cuando vio a una figura que le resultaba muy familiar desmontando de su caballo. Por un momento temió que fuera Olaf, y el peine le resbaló de la mano aún mojada, pero cuando se acercó un poco más vio que era Thorkell, alto como Olaf, y con una tez como de madera amarillenta, ataviado con una capa de color rojo intenso. Ahora entendía por qué Bergdis le había cedido el primer baño aquel día.

Hrolf no se atrevería a entregarla de nuevo a Olaf, pero sí cedería a la segunda opción. Corrió a la cocina.

—¡Thorkell está aquí! —advirtió a Bergdis y a Hilda, que estaban disponiendo la carne en las bandejas—. ¿Creéis que lo ha enviado Olaf?

—No —contestó Bergdis, colocándole el pelo por detrás de las orejas—. Mi marido decidió invitarlo. Pensó que te alegrarías de verlo.

Svanhild se apartó de Bergdis, rehuyendo el contacto.

—No puede pensar eso. Olaf quería que me casara con Thorkell.

Aquella objeción no tuvo el impacto que Svanhild esperaba.

—¿Y tú no lo deseabas? —preguntó la madre de Hilda.

—No —contestó Svanhild, enfadada.

—Pues no veo por qué no —repuso Bergdis—. Pensaba que querrías contribuir a que tu hermano y tu padrastro hicieran las paces. Ésa es la primera responsabilidad de una mujer.

Svanhild sabía que algunas crónicas hablaban de mujeres pacificadoras, pero a ella le gustaban mucho más las esposas que instaban a sus reticentes hombres a hacer la guerra y a vengarse.

—Ragnvald no querría algo así. ¿Por qué iba a quererlo Hrolf? —preguntó en voz baja.

—¿De verdad lo temes tanto, Svanhild?

La joven negó con la cabeza. No era a él a quien temía, sino a su propia impotencia.

—Entonces, recuérdalo, eres nuestra invitada, y él es nuestro huésped —dijo Bergdis con determinación—. Espero que ambos os mostréis corteses.

—Eso díselo a Thorkell —replicó Svanhild. Sería muy descortés con ella si la raptaba y se la llevaba.

✛

Como en el salón de Hrolf sobraban mujeres para servir las mesas durante el banquete, Bergdis envió a Svanhild a sentarse al lado de Thorkell, para que compartiera su copa con él igual que había hecho en Ardal. La joven se sentó con rigidez a su lado, tratando de que sus cuerpos no se rozaran, pero no pudo evitarlo cuando él se pegó a ella.

—¿Y ahora a quién tengo que pagarle el precio de la novia? —preguntó Thorkell, tratando de bromear con ella—. Parece que tienes muchos guardianes.

—Aún son pocos —susurró Svanhild.

—Espero poder poner remedio a eso.

—No pagues el precio a nadie —contestó ella con rigidez—. Sin el consentimiento de mi hermano, tengo derecho a rechazar esta unión, y lo haré.

La sonrisa de Thorkell desapareció de su rostro. Svanhild se temió lo peor.

—Hrolf envió un mensajero para decirme que estarías complacida de marcharte de aquí.

—Lo haría encantada —dijo Svanhild—, pero no contigo. Mi padrastro no nos desea ningún bien, ni a mí ni a mi hermano. Cásate con una de las hijas de Hrolf, no conmigo.

—No quiero a una de las hijas de Hrolf. Eres más bella que cualquiera de ellas.

Svanhild supuso que pretendía halagarla. Thorkell era más galante de lo que ella podía esperar de un hombre de una generación anterior a la suya, pero eso sólo hizo que se sintiera más atrapada.

—Sólo me quieres porque crees que puedes controlar a mi hermano a través de mí —repuso Svanhild—. Yo seré tu rehén contra él, cuando él venga a por Olaf.

—Tienes una mente muy suspicaz —dijo Thorkell—. Envejecerás antes de tiempo. —Se rió, aunque su risa sonó hueca—. Entrecerrando los ojos al contar pollos, acusando a los esclavos de robarlos...

—No en tu salón —replicó Svanhild, negando con la cabeza. Se le escaparon algunas lágrimas, pero se las secó—. Por favor, no me lo pidas. No le hagas pasar ese bochorno a mi anfitrión... ni lo pases tú mismo.

Él le apretó el brazo.

—Me prometieron que te tendría, Svanhild Eysteinsdatter, y quiero conseguirlo de una forma u otra. ¿Quién me detendrá aquí, si es eso lo que deseo?

Svanhild tragó saliva y miró a su alrededor, para ver quién estaba presenciando la escena. Una de las hermanas de Hilda, Malma, parecía observarlos con atención, pero en torno a ella las conversaciones continuaban y los hombres apostaban a los dados, daban grandes tragos al vino de otro hombre o coqueteaban con las mujeres de Hrolf. Svanhild estaba sola entre la multitud. Thorkell la sujetó con fuerza.

—Nadie te detendrá —contestó Svanhild, inclinando la cabeza.

Nadie lo haría. Ragnvald no llegaría a tiempo. Hilda tal vez lloraría por ella, pero no podría hacer nada. Una mujer debe casarse, pensaría Hilda, de una forma u otra.

—Bien, veo que al menos eso lo entiendes —dijo Thorkell—. No seré tan mal marido como crees. Sólo necesitas que te manejen con firmeza.

—Sí —contestó Svanhild, todavía con la cabeza baja. Tenía que hacerle creer que se sometía—. Lo entiendo.

✢ ✢ ✢

En cuanto tuvo oportunidad, Svanhild se excusó y salió a la oscuridad de la noche para hacer algunas de las tareas al aire libre que habitualmente le encomendaban, como ir en busca de agua y llevar las sobras a los cerdos. Al ver que la joven aceptaba la situación y que entendía que él podía hacer lo que desease con ella, Thorkell se mostró muy amable otra vez. «Debería casarse con Hilda —pensó Svanhild—. Al menos ella es lo bastante grande como para parir a sus monstruosos hijos.» El mero hecho de pensar en yacer con él, de imaginarse a aquel viejo tocándola más de lo que lo había hecho aquella noche, despertó en ella el mismo pánico que había sentido cuando Olaf y Vigdis la ataron. No quería estar a merced de nadie.

Los cerdos estaban en un corral de piedra cerca de la cocina. Svanhild les arrojó los restos del banquete y observó la pelea ulterior. En Ardal, dejaban que los cerdos hozaran en libertad. Allí temían a los lobos que acechaban en el bosque. Si Svanhild debía tener miedo en todas partes, si ni siquiera en aquella casa podía sentirse protegida, debería acudir a Ragnvald, que al menos no trataría de venderla a un hombre al que no quería.

Bergdis la llamó desde la puerta de la cocina. Svanhild apretó la mandíbula y cruzó el pequeño espacio de hierba que las separaba. Nada en ella debía revelar su decisión: iba a marcharse aquella misma noche, antes de que Thorkell sospechara algo y cumpliera su amenaza.

—Esta noche has sido una buena chica —dijo Bergdis, dándole un abrazo y un beso en la sien.

La esposa de Hrolf la alababa porque no había causado demasiados problemas, pero Svanhild no pudo evitar que las lágrimas acudieran a sus ojos. Podría ser amada y comprendida por esas mujeres, aunque sólo si seguía el camino que habían preparado para ella. Bergdis pretendía que aceptara la misma esclavitud a la que ella había consagrado su vida, quería disipar la amenaza de Svanhild, que otra persona asumiera la responsabilidad de cuidarla. Ella agachó la cabeza para no tener que fingir timidez. Bergdis debía creer que se sometía y que aceptaba su próxima boda.

Hilda también quiso hablar con ella esa noche, para convencerse de que Svanhild no la culpaba a ella o a su padre de lo ocurrido con Thorkell. Svanhild respondió con monosílabos a las preguntas de su anfitriona. Luego dijo que estaba cansada, y pronto oyó los ronquidos de Hilda y supo que se había dormido. Esperó hasta que la casa quedó en silencio. Todos los invitados habían caído ya en el sueño empapado en alcohol que seguía a las fiestas. Se incorporó y oyó sonidos de placer procedentes de algún lugar del salón. Un granjero y su esposa, o tal vez dos de los esclavos, estaban haciendo lo que no podían cuando sus amos estaban despiertos.

Svanhild se levantó con cuidado de la cama, y, caminando de puntillas, atravesó la cortina que ocultaba su cámara del resto del salón. Rodeó a los sirvientes que dormían en la cocina y se dirigió a un pequeño almacén lateral. Moviéndose con el máximo sigilo posible, cogió unos cuantos panes de centeno de un estante y los metió en un saco. Luego abrió la puerta del almacén y salió al exterior.

El oro de una falsa aurora brillaba en el horizonte, y las estrellas parpadeaban en el cielo. Svanhild se estremeció. Se puso la capa de viaje y se ató por encima el cinturón en el que llevaba la daga. Luego se ocultó el cabello en el cuello de la capa y se puso la capucha. Confiaba en que nadie la mirara con atención. Pocas mujeres viajaban solas durante más de un día de caminata. Cerca de la granja de Hrolf, cualquiera podría reconocerla, y eso podría protegerla de algunos peligros, pero no de que la devolvieran.

Debía dirigirse a los terrenos del *ting* y desde allí buscar el sendero que condujera al fiordo de Lustra. Si no encontraba algún pescador que la llevara con Ragnvald en Yrjar, tal vez podría viajar por tierra hasta la cercana ciudad comercial de Kaupanger. Allí, sin duda, encontraría un barco que la llevara y podría conseguir noticias. También vender sus joyas por unas monedas de plata con las que pagar el pasaje.

Los campos de la granja de Hrolf tenían un aspecto muy distinto por la noche. Cuando hicieron el camino desde Jostedal, Svanhild había tratado de memorizarlo, tal como Ragnvald le había enseñado. Incluso se había dado la vuelta varias veces para ver qué aspecto tendría al recorrerlo en dirección contraria. Aun así, los puntos de referencia que hubiera recordado fácilmente a la luz del día eran meras siluetas o se perdían por completo en la oscuridad.

Descendió por un sendero hasta que llegó a un mojón torcido que marcaba los límites de la granja de Hrolf, y desde allí siguió por campo abierto. Nadie sabría que se había escapado hasta el amanecer. Además, pensó Svanhild, Hilda no daría la voz de alarma enseguida, esperaría hasta que ya no pudiera guardar el secreto más tiempo. Y, cuando eso ocurriera, no sabía si Thorkell saldría en su persecución.

Vio otro hito en el camino, pero supo de inmediato que no era el correcto; demasiadas piedras apiladas, cubiertas de un liquen naranja. Se recordó a sí misma que, cuando uno vuelve a pasar por un camino que no conoce bien, siempre le parece más largo. A su espalda, el salón gris de Hrolf ya se perdía entre las negras siluetas de las montañas. Los muretes de piedra que separaban los campos de Hrolf de los de sus vecinos parecían criaturas negras agazapadas. Cualquier cosa podía ocultarse en sus sombras.

Ya debería haber llegado al hito que buscaba, pero no iba a retroceder. Sus pies pisaron el agua de un arroyo que no recordaba haber visto en su viaje al salón de Hrolf. ¿Había llovido lo suficiente en la última semana para que fluyera agua donde antes había un cauce seco? Cada vez estaba más nerviosa, y no era capaz de recordarlo. Empezó a caer una lluvia fina.

El sendero atravesaba un bosquecillo oscuro, y Svanhild decidió esperar hasta la mañana. El pánico la acechaba, fuera cual fuese la dirección que tomara, un pánico irracional que agotaría su energía y la conduciría en la dirección que más temiera. Ragnvald le había dicho que el pánico podía ser mortal. Consumía la energía y arrastraba a los hombres a las trampas del enemigo o a los acantilados que se abrían en la oscuridad. Se sentó a descansar.

De pronto, un rayo cayó delante de ella, a menos de seis metros. Svanhild gritó y trastabilló al retroceder, con la imagen de un roble quemado en su visión. Sonó otro rayo por detrás. La joven echó a correr sin prestar atención a las ramas que le rasgaban la ropa y con las que iba tropezando. Se enganchó en un arbusto espinoso y, al zafarse, se hizo un largo arañazo en el brazo. Su fardo de pan y su capa parecían cada vez más pesados.

Tenía frío y estaba cansada y al borde del llanto. Si no paraba, se haría daño. Era Loki —decían los hombres— quien confundía sus mentes en el bosque y les hacía dar vueltas para que no pudieran distinguir el norte del sur, ni siquiera con el sol en lo alto del cielo.

Svanhild se refugió a rastras en un tronco caído, metió el saco en la parte más seca y lo cubrió de hojas. Luego apiló el hatillo para que le sirviera de almohada. Allí podría descansar hasta que pasara la tormenta y luego continuaría hacia Kaupanger.

17

Cuando los hombres terminaron de comer, Hakon se levantó dispuesto a tomar la palabra. Su modo de acallar todas las conversaciones con su mera presencia parecía cosa de brujería. Incluso Harald dejó de flirtear con... No, ésa ya no era Asa Hakonsdatter, sino una esclava de cabello castaño y grandes pechos que se adivinaban incluso a través del tejido burdo de su vestido.

La voz de Hakon atrajo la atención de Ragnvald. Era la sangre de reyes lo que le daba ese poder, y el hijo de Eystein se preguntó si esa capacidad fluía también por sus venas. Tenía la impresión de que, en los últimos tiempos, sólo conseguía atraer la atención de los demás cuando se metía en algún problema, se comprometía como un idiota a perseguir a un *draugr* o se humillaba en los juicios.

—Doy la bienvenida a nuestras nuevas espadas, nuestros nuevos alimentadores de cuervos —empezó Hakon—. Podréis beber mucho esta noche, y vuestras espadas también beberán de la sangre de nuestros enemigos en un futuro próximo.

Continuó en ese mismo estilo, dando la bienvenida a los hombres en general y luego llamando a unos cuantos favorecidos, hijos de granjeros ricos y de *jarls* del sur de Maer. Ragnvald observó a los hombres que se levantaban para que los reconocieran y brindaran por ellos, tratando de relacionar nombres con rostros.

—Y estamos especialmente complacidos de que Ragnvald Eysteinsson se haya unido a nosotros —dijo Hakon por fin—. Ragnvald, ven y presenta tu juramento de lealtad, y luego juraréis todos.

Ragnvald se levantó y se acercó al rey.

—Dame tu espada.

Ragnvald sintió a la multitud centrada en él y calentándole las mejillas. Sacó de su funda la mitad de la espada y extendió la empuñadura hacia Hakon, que terminó de desenvainarla.

—Doy a conocer a mis antepasados —dijo Ragnvald.

Pasó a enumerar a su padre, a su abuelo y a su bisabuelo, condensando generaciones, nombrando sólo antepasados famosos, hasta que llegó a Fornjot el Gigante, casi cincuenta generaciones atrás, y, antes de eso, al propio Odín.

—Soporté... —Los labios de Ragnvald se curvaron en una sonrisa llena de ironía.

En esa parte del juramento debería enumerar sus logros heroicos, las cosas que habían inducido a Hakon a querer tomarlo como un *jarl*, un hombre leal en su séquito armado.

—Soporté el intento de Solvi Hunthiofsson y de mi padrastro de asesinarme.

Y también su propia conducta estúpida en el juicio, pensó. Mantuvo la mirada fija en la empuñadura de la espada que sujetaban sus manos y las de Hakon.

—Espero imponerme en batallas mayores que ésa al entrar a tu servicio.

Hakon soltó la espada.

—Ragnvald es demasiado modesto —dijo, volviéndose hacia la multitud, y luego, mirando a Ragnvald de nuevo, añadió—: Eso no le da ningún crédito.

El rostro ya acalorado de Ragnvald se sonrojó todavía más. No había caído en que, al negarse a mentar sus hazañas, estaba insultando a su anfitrión, el rey que lo había elegido.

Hakon continuó:

—Pedidle que os hable del *draugr* que mató hace sólo dos días. O, mejor todavía, bardo —hizo un gesto hacia el hombre que los había acompañado desde la asamblea del *ting*—, muestra a tus compañeros la canción de Ragnvald. Que se cante en tierras cercanas y lejanas, para que todos los hombres conozcan su nombre y el nombre de su rey. —Se volvió de nuevo hacia Ragnvald—. Ahora, toma esta espada.

Se la devolvió a Ragnvald con las dos manos, y el joven Eysteinsson la tomó del mismo modo.

—Acepto esta espada —continuó Ragnvald— y al señor que me la entrega. Hasta el final de mis días o hasta que me liberes de mi juramento, mi muerte se alzará entre ti y el peligro. Y, si caes, te vengaré.

Miró a Harald, que lo observó a su vez con una expresión inescrutable.

—¿Algunos de estos hombres no deberían jurarnos también lealtad? —preguntó Harald a su tío, sin molestarse en bajar la voz—. Quiero que los héroes de Noruega juren también para mí.

Ragnvald bajó la mirada, avergonzado de que otros pudieran ver cuánto disfrutaba al oír que lo describían de ese modo, aunque no le gustó nada la grosería de Harald.

—Guarda silencio —replicó Guthorm—. Cuando Hakon te jure lealtad, todos estos hombres serán tuyos también.

—Rezo por que seas para Noruega un rey al que valga la pena jurar lealtad, pero por el momento soy el rey más fuerte del norte —intervino Hakon.

Harald no ocultó su enojo, pero Hakon continuó.

—Ahora, guarda silencio. Debo jurar mi parte para que los dioses no me castiguen.

Hakon dio su versión del juramento, enumerando a sus antepasados también hasta Odín. Y se relacionó de manera explícita con Ragnvald al mencionar a su antepasado común, Sveidi, a sólo cinco generaciones. Ragnvald sabía incluso dónde estaba el túmulo funerario de Sveidi, y Hakon estaba reivindicándolo como pariente.

—Seré tu señor, hasta que me hayas prestado servicio y yo te haya ayudado a recuperar la tierra de tus antepasados, ahora en poder de tu padrastro, en cuyo momento quedarás liberado de tu juramento.

Ragnvald levantó la mirada, sorprendido. Había esperado que Hakon le exigiera tal vez la promesa de no levantarse en armas contra él en toda su vida.

Hakon se encogió de hombros.

—No es una espada tan buena como para dominar tu vida entera, Ragnvald. —El rey sonrió e hizo una señal con los dedos contra la mala suerte—. Sólo los hados hacen eso.

Ragnvald inclinó la cabeza otra vez y regresó a su mesa, sin poder evitar sentirse turbado. Hakon llamó en voz alta a otros guerreros para que le juraran lealtad. Unos cuantos más juraron individualmente, y el resto de los hombres lo hicieron en grupo. Ragnvald se bebió el resto de su cerveza, que parecía emborracharlo más que de costumbre. Uno de los bardos empezó a cantar su lucha contra el *draugr*, y el joven Eysteinsson sació su sed hasta que ya no pudo distinguir las palabras.

✝

A la mañana siguiente, con la cabeza un poco más despejada, Ragnvald bajó hasta los barcos varados en la extensa planicie para ver si podía ayudar. Estaba ansioso por luchar y reivindicarse. El primer piloto de Hakon, Grim, era un hombre bajo y taciturno, con la piel arrugada y curtida por una vida pasada en el mar. Parecía que nadie le gustaba, y menos aún Ragnvald, que recibió un golpe en las manos en cuanto intentó ayudar a cargar el barco.

—¿Sabes dónde poner los barriles de agua para que el barco no zozobre en alta mar? —preguntó Grim, y, antes de que Ragnvald pudiera abrir la boca para responder, gruñó—: Lo suponía. Deja este trabajo a los marineros de verdad.

Había muchas otras tareas para los guerreros expectantes. Ragnvald ayudó a Oddi y a Dagvith a enrollar una segunda vela para cada barco, por si la primera se desgarraba. Un mástil podía reemplazarse, pero cada vela contenía tela suficiente como para hacer mudas completas de ropa a todos los hombres que iban a bordo, y estaba teñida en un patrón de cuadros azules y blancos: los colores de Hakon. Aquella lana era muy basta; se le engrasaron las manos y terminó con los dedos llenos de unas fibras pequeñas y duras. La lana con la que se confeccionaban las velas no estaba lavada, porque los aceites naturales impedían que se empapara con la lluvia y al cargar de peso los cabos se acabara partiendo el mástil.

Ragnvald recordaba cómo le quedaban las manos a su hermana después de pasarse todo un invierno hilando aquella fibra basta. Los callos que la espada dejaba en sus manos se ablandaban en los largos inviernos en casa, mientras que las manos de su hermana se volvían cada vez más ásperas, agrietadas por el frío y aquel duro trabajo. Ragnvald susurró una oración a Ran, la diosa del mar, para agradecerle la existencia de aquella vela que los salvaba de tener que remar a lo largo de todas y cada una de las millas que los separaban del lugar donde Hakon planeaba atacar, y rogarle que les permitiera regresar a salvo sin atraparlos en su red. También le pidió que, si ella lo estaba escuchando, velara por Svanhild, aunque se hallara lejos del mar.

Cuando él y Oddi empezaron a doblar una segunda vela, Ragnvald mencionó lo de las manos de su hermana. A su primo solían gustarle las historias de Svanhild porque casi siempre se metía en problemas, y Ragnvald empezaba a tener esperanzas de que quisiera casarse con ella cuando regresaran.

—¿En tu casa no hay sirvientas para hacer ese trabajo? —preguntó Oddi.

—Svanhild lo hacía tan mal que sólo le permitían hilar lana para velas —dijo Ragnvald riendo, pero enseguida se mordió la lengua. Todo hombre quería que su mujer hilara y que hilara bien—. En realidad, creo que le gustaba hilar cosas que le permitieran estar al aire libre.

—Mi madre me hizo aprender a hilar cuando era pequeño —explicó Oddi.

Ragnvald sabía que, en las familias más pobres, sin suficientes esclavas, todo el mundo se pasaba el invierno hilando, no sólo las mujeres. Al tratar de imaginar a su hermanastro Sigurd con un huso, no pudo evitar sonreír. Le costaría utilizarlo más incluso que a Svanhild.

—¿Y se te daba bien?

—Los ha habido peores —respondió Oddi—. Pero entonces mi madre murió y mi padre vino a buscarme. Supongo que de lo contrario habría acabado en un barco con destino a Islandia. Me habría convertido en un siervo hasta que me hiciera un hombre y pudiera pagar mi pasaje.

Ragnvald gruñó para manifestar su acuerdo. Nunca habría pensado que Oddi tuviera un origen tan humilde. Cuando se conocieron, su primo ya era un chico audaz malcriado por su padre, y empuñaba una espada, no un huso. Él siempre lo había imaginado creciendo como un estorbo en la corte de Hakon; un chico que se había vuelto insensible y sarcástico por todo lo que había observado allí.

—Me alegro de que no tuvieras que vivir eso —dijo Ragnvald por fin, al ver que Oddi esperaba un comentario por su parte.

—A veces no estoy seguro de que haya sido lo mejor para mí. Sólo soy un estorbo en la corte de mi padre. Y probablemente no heredaré nada de él; tiene muchos hijos legítimos.

—Otro hombre estaría pensando en matar a sus hermanos legítimos y hacerse proclamar rey —comentó Ragnvald en broma, aunque a veces se preguntaba si Oddi no habría llegado más lejos si tuviera más iniciativa.

—Sí, es una lástima, pero no me gustan los asesinatos entre hermanos. Ni matar, ni que me maten.

Y por eso había elegido pasar desapercibido, sin mostrar ambición ni buscar favoritismos.

—Pues espero que funcione. Tomaré tu parte, si no es así.

—¿Mis partes? —dijo Oddi, al tiempo que se agarraba la entrepierna—. Mis partes son mías, y no quiero que seas tú el que las coja.

Ragnvald se rió con él, pero decidió vigilar un poco más de cerca a Heming, y no sólo por sí mismo.

✛

Aún tendrían que transcurrir algunos días antes de que los barcos y los hombres estuvieran listos para zarpar. Hakon y Guthorm pasaban mucho tiempo departiendo en privado, caminando por la playa o sentados junto a un fuego por la tarde, hablando en voz baja y con varios guardias que marcaban diez pasos de intimidad entre ellos y el resto del mundo. Harald y Heming se unían a ellos de vez en cuando, pero los dos se aburrían enseguida y buscaban pasatiempos más entretenidos: Harald se entrenaba con sus guerreros o buscaba el momento de estar a solas con su nueva esposa, y Heming apostaba en peleas de perros.

La esencia del desacuerdo era fácil de entender, aunque Hakon y Guthorm llevaran sus discrepancias con discreción. Hakon buscaba la ayuda de Harald para atacar a Solvi y a Hunthiof en Tafjord, sobre todo después de que en Smola le informaran de que los trotamundos de Tafjord se quedaban cerca de su hogar en sus incursiones de aquel verano. Guthorm, por su parte, quería que Hakon lo ayudara a conquistar Hordaland, al sur. Harald y Guthorm habían sometido a su control la mayor parte del territorio que rodeaba Vestfold, y Hordaland era el siguiente paso en su expansión. Las tensiones de poder empezaban a provocar pequeñas peleas entre los hombres de Harald y los de Hakon.

Dos guerreros estaban discutiendo en la playa una mañana, y alguien despertó a Ragnvald para que ayudara a resolver la disputa. Justo cuando llegaba allí, los dos hombres cayeron sobre un bote pequeño y partieron la borda en dos. Ragnvald se apresuró a apartar al hombre de Hakon, mientras Thorbrand, amigo de Harald, contenía al otro. Thorbrand era un hombre bajo y peleón, con una larga melena rubia. Un cabello bonito que enmarcaba un rostro que no lo era. Ragnvald lo había tomado por un tipo aburrido, hasta que reparó en su sonrisa inteligente y su humor fácil.

—¿Qué crees que deberíamos hacer? —preguntó Thorbrand, después de que los dos bravucones se retiraran a sus respectivos campamentos.

—Ponernos en marcha lo antes posible —contestó él—. Esta espera sólo genera descontento.

—No, me refería a dónde crees que deberíamos dirigirnos primero.

—Entiendo las dos posturas —se limitó a decir Ragnvald.

—He oído contar eso de ti, pero, dime, si tuvieras que decidirlo tú, ¿dónde ordenarías el ataque?

—Sirvo a Hakon —respondió Ragnvald—, y Solvi Hunthiofsson me traicionó. —Sin embargo, le apetecía compartir una confidencia con Thorbrand—. Pero soy de Sogn, y Hakon quiere instalar a Heming en Maer. Sería sólo cuestión de tiempo antes de que mirara de nuevo al sur. Sin un rey poderoso, Sogn es una presa fácil de conquistar. Así que verdaderamente soy imparcial.

—Pero eres hijo de Eystein, que fue hijo del rey Ivar, quien, a su vez, gobernó todo Sogn —repuso Thorbrand—. Tu abuelo fue un gran hombre.

—Sí —dijo Ragnvald, tratando de no mostrar su amargura—. No parece que haga falta mucho tiempo para que las fortunas cambien.

Ragnvald paseó por el campamento con Oddi, y observaron a los hombres practicando, primero por parejas y luego atacando en grupos. Cuando Harald se cansaba de las discusiones entre su tío y su suegro, se dedicaba a preparar a sus hombres. Por lo visto, aquel día estaban aprendiendo tácticas para que un hombre solo pudiera repeler el ataque de varios. Ragnvald le pidió espadas de práctica al maestro de armas de Harald, y les dijo a Oddi y Dagvith que lo atacaran. Trató de repetir lo que había visto hacer a los soldados de Harald, pero terminó mordiendo el polvo. Oddi le ofreció la mano para ayudarlo a levantarse, y lo intentaron de nuevo.

El truco de aquella técnica de lucha consistía en usar a uno de tus oponentes para entorpecer los movimientos del otro. Ragnvald estaba a punto de lograrlo cuando, de pronto, una marea de hombres empezó a moverse hacia el centro del campamento.

Él y Oddi los siguieron, y descubrieron que se estaba formando un círculo alrededor de Harald, que repelía el ataque de varios hombres armados con hachas, palos y espadas de madera. Acudían a él en grupos de cuatro y de cinco. Al lado de Ragnvald, Oddi contenía la respiración, esperando que Harald cayera en la siguiente arremetida. Sin embargo, el joven guerrero, cuya cabeza dorada destacaba por encima de sus compañeros de cabello más oscuro, se movía con agilidad, barriendo piernas, desviando atacantes y, en ocasiones, lanzándolos contra el grupo principal.

Ragnvald nunca había visto a un hombre moverse como lo hacía Harald, demasiado rápido para seguirlo y, aun así, con una destreza y una seguridad que hacía que sus movimientos parecieran perfectamente medidos, sin un solo aliento desperdiciado. Por la expresión de Oddi, él tampoco había visto nunca nada semejante. Harald no se exhibía como un guerrero orgulloso y pagado de sí mismo. Sus ágiles movimientos y su increíble habilidad no requerían ninguna pose. Finalmente, con las gotas de sudor entre el cabello alborotado, Harald levantó la mano para pedir una pausa. Los hombres que lo rodeaban aplaudieron. El joven hizo un gesto para que se apartaran y, todavía jadeando como un perro después de una carrera, llamó a un esclavo para que le sirviera más cerveza.

—Hace falta algo más que un hombre para someter tantos distritos —dijo Ragnvald sin mucha convicción.

—Mira a tu alrededor —repuso Oddi—. Si alguien puede hacerlo, es él.

En cuanto acabó con el resto de sus asaltantes, Harald subió a una piedra y se dirigió a todos en voz alta:

—¡Hombres, escuchadme! Mañana viajaremos a Hordaland. Ahora que Vestfold está bajo nuestro control, será el primer nuevo distrito de mi Noruega, un reino que se alzará contra Dinamarca, Inglaterra e incluso el imperio franco; un reino que protegerá a sus ciudadanos de los saqueadores, tanto de los de estas costas como de los de otras. Mi reino se unirá igual que vosotros estáis unidos a mí.

Los hombres vitorearon, y Ragnvald también aplaudió. Durante siglos, los reyes daneses habían estado extendiendo sus territorios, e Inglaterra se había unido bajo el rey Alfredo para rechazar a un ejército de invasores daneses. Ragnvald todavía dudaba de que Harald pudiera unir a los reinos escandinavos de los valles y fiordos rodeados de montañas con los de las tierras llanas de cultivo, pero sí creía que podía formar una poderosa confederación con alguien como Hakon. Una alianza de reyes fuertes y una visión valerosa podrían convertir a una manada de lobos en una salvaguarda que protegiera un salón, en lugar de ponerlo en peligro. Al menos, Ragnvald ya comprendía los motivos que habían llevado a Hakon a aliarse con Harald.

✝

Finalmente, después de algunos intercambios de promesas en privado, Hakon anunció también que harían una incursión a Hordaland. Era una tierra rica, y quienes lo desearan podrían quedarse durante el invierno en Vestfold, bebiendo la cerveza de Harald y preparándose para la guerra del año siguiente. Hizo que sonara como si fuera su primera opción, pero la expresión airada de Heming revelaba a todos la verdad. Harald y Guthorm habían ido al norte con palabras vacías —amenazas para Hunthiof, promesas para Hakon— y ahora proponían marcharse sin cumplirlas.

Grim, el piloto, se volvió más hablador cuando los barcos zarparon de nuevo. Se sentó al timón y empezó a señalar y a nombrar los hitos montañosos que iban pasando: el Lecho del Gigante, el

Martillo de Thor, la Mano de Tyr... Heming se pasó gran parte del viaje tratando de apostar con Ragnvald y Oddi sobre todo lo habido y por haber: cuántos saltos darían los delfines delante del barco, si Grim recurriría a los remos o alardearía de su talento para recalar el barco sólo a vela, y miles de cosas más.

Ragnvald no aceptó casi ninguna de las apuestas que le proponía; ganar implicaba enfadar a Heming, y no tenía la plata ni el estómago para perder. Oddi, en cambio, apostó en varias ocasiones, y sus guantes de piel de topo cambiaron de manos media docena de veces antes de que el barco pasara de nuevo por el fiordo de Sogn en su ruta al sur.

Harald y Guthorm navegaban en su propio barco, encabezando otra flotilla. A veces, Ragnvald se quedaba admirando las finas líneas del barco real a través de las neblinas que cubrían la proa. Se movía como una serpiente marina surcando las olas, sin bambolearse, y desaparecía como si lo impulsara un viento propicio.

Después de dos días de navegación, todos los barcos encontraron espacio para varar en una isla justo al norte de la entrada del fiordo de Hardanger, la principal vía de acceso a Hordaland.

—Sería un buen sitio para una ciudad —le comentó Harald a Hakon, cuando se acomodaron en torno al fuego de la noche—. Un puerto protegido, espacio para cultivar, montañas para defenderse...

Todas las cosas que iba nombrando se alzaban ante ellos, al otro lado de un pequeño estrecho. Las tierras más llanas ya estaban divididas en granjas. Muy por encima, un peñasco dominaba los campos, un buen punto de vigilancia. Los fuegos encendidos por los hombres de los otros barcos parpadeaban en la playa. El cielo era un crepúsculo azul sin fondo, teñido de naranja y rosa en el horizonte.

Los favoritos de Hakon y Harald —hijos, amigos y allegados— estaban reunidos en torno al fuego. Ragnvald se encontró sentado otra vez al lado de Thorbrand, que empezaba a caerle bien. Aquel guerrero enseguida se había hecho amigo de Harald, pero también tenía sus propias ideas.

Guthorm pidió silencio.

—Mañana navegaremos por el fiordo de Hardanger hasta el corazón de Hordaland. Hay una reunión de reyes del distrito. Llevaremos a nuestro ejército allí, y les haremos ver nuestra fuerza.

Entonces jurarán lealtad a Harald. Avisad a vuestros hombres para que estén preparados. Que coman bien esta noche.

Después de un día de navegación por el fiordo de Hardanger, fondearon los barcos al abrigo de un acantilado y esperaron que cayera la noche. Según la información secreta que había conseguido Guthorm, los siete reyes de la costa de Hordaland se habían reunido para solucionar algunas disputas fronterizas y discutir cómo mantener a los saqueadores alejados de sus costas. Llevarían a su guardia personal con ellos, pero no a un ejército. Las huestes de Harald tendrían ventaja.

Guthorm envió a varios exploradores jóvenes y rápidos en distintas direcciones para que se enteraran de las noticias locales y se asegurasen de que la reunión continuaba en pie. Después de una mañana de espera en los barcos, Ragnvald empezó a sentirse inquieto. Oddi y él pidieron permiso a Hakon para ir de caza y volver con la información que pudieran encontrar. Se dirigieron hacia un bosque en el que los acantilados se alzaban por encima de los árboles, hasta que llegaron a un bosquecillo en la cumbre. Allí había sólo pequeños árboles y arbustos, lo único que podía sobrevivir en la fina capa de suelo. Con tan escasa cobertura, el aire era caliente y seco. Las moscas zumbaban en torno a la savia que se filtraba de las ramas de los árboles.

Siguieron una senda de ciervos durante un rato, pisando el blando suelo cubierto de pinaza. La callada determinación y el propósito decidido de la caza aliviaban la inquietud de Ragnvald. De pronto, como un regalo de los dioses, un ciervo cruzó delante de ellos; era un macho joven, con el vello todavía despuntando en sus astas. La flecha de Ragnvald se clavó en el cuello del animal cuando el ciervo se acercó a beber en un claro iluminado por la luz del sol. Ragnvald y Oddi lo descuartizaron bajo los árboles y, como no podían arriesgarse a encender un fuego, se sentaron al lado de la carcasa, comieron la carne seca que llevaban y bebieron de un odre de cerveza que Oddi había estado guardando desde el salón de Yrjar.

—Mira, a veces no estoy seguro de que te aprecie mucho —dijo su primo con una sonrisa—. Eres demasiado afortunado, y cuando no lo eres, llamas demasiado la atención.

Ragnvald tomó una larga bocanada de aire. Oddi le gustaba precisamente porque siempre se atrevía a decir lo que otros callarían, pero en ocasiones resultaba bastante incómodo. Tomó el odre de cerveza de la mano de su primo y se acercó con cuidado la abertura a los labios, tratando de no derramar ni una sola gota. La cerveza, amarga y caliente, le atemperó la sangre y convirtió el tintineo de sus nervios en pura anticipación de lo que les esperaba aquella noche. Una noche para luchar y derramar sangre. Se lamió los labios.

—En fin, ya me entiendes, pensé que sería una buena idea llevarte a la corte de mi padre como aliado, pero ahora me preocupa estar a tu lado cuando alguien te lance un hacha —añadió Oddi.

—¿Acaso temes que me agache? —preguntó Ragnvald, riéndose.

—Eres rápido —dijo Oddi con una sonrisa.

—Soy tu aliado —repuso Ragnvald, más serio—. Espero que un día eso signifique más que ahora.

—Sí, pero ten cuidado, el *jarl* Runolf también se contaba entre mis amigos. —Runolf, cuya sangre había regado el círculo de los duelos del *ting*.

—Tal vez ser tu amigo sea peligroso... —comentó Ragnvald. Lo pensó como una broma, hasta que las palabras salieron de sus labios.

—No puedo quedarme en la corte de mi padre —dijo Oddi, asintiendo—. Ahora lo veo. Ya tiene demasiados hijos.

—¿Y adónde irás?

—Tengo un amigo que será *jarl* en Ardal, y un día tal vez rey de Sogn. Podría necesitar a un hombre que dirija a su guardia personal o a su *hird*, o que prepare a sus hijos.

—Seguro que el hijo de un rey consigue algo mejor que eso —replicó Ragnvald, un tanto incómodo por aquella muestra de afecto.

Él y Oddi habían sido amigos de niños, cuando el padre de Ragnvald estaba vivo y tenía aliados a lo largo de toda la costa escandinava. Siempre venían visitantes a Ardal, o Eystein llevaba a su hijo con sus guerreros y mujeres favoritos a visitar otros salones en cortos viajes de verano. En aquel entonces, Ragnvald también hacía amigos con más facilidad, cuando era demasiado joven para ser suspicaz, cuando Olaf no era para él más que uno de los guerreros más taciturnos de su padre.

Volvió a pasarle la cerveza a Oddi, pero, cuando su amigo cerró las manos en torno al odre, se quedó paralizado. Ragnvald levantó la cabeza y vio lo que había visto su primo: un niño, de cabello oscuro alborotado y cara con manchas, y unos ojos demasiado grandes para su rostro. Las dudas guerrearon en la mirada del niño, pero la audacia acabó imponiéndose.

—Ésta es la tierra de mi padre —dijo.

—¿Y quién es tu padre? —preguntó Oddi.

—El *jarl* Lingorm —contestó el muchacho—. Es la mano derecha del rey.

Oddi le lanzó una rápida mirada a su compañero. «¿Qué rey?», quería preguntar Ragnvald, pero no lo hizo. Eso los delataría inevitablemente.

—¿Y está en casa tu padre? —preguntó Ragnvald—. Nos gustaría conocerlo... —sonrió levemente— y pagarle por el ciervo que nos llevamos.

La expresión de Ragnvald pareció acrecentar la desconfianza del niño, que dio un paso atrás, ocultando mejor su cuerpo entre las ramas. Un chico listo.

—Está en casa —contestó finalmente, alzando la barbilla. Demasiado desafiante para que sus palabras fueran ciertas.

Ragnvald negó con la cabeza. Su gesto fue muy leve, pero esperaba que Oddi captara la señal.

Sin embargo, que Oddi la captara o no enseguida dejó de importar, porque el niño la vio y salió disparado de su escondite detrás del arbusto, corriendo hacia el bosque. Ragnvald salió tras él. El niño sabía dónde pisaba y era más pequeño, y al principio pensó que lo perdería, pero el chico empezó a cansarse y Ragnvald consiguió reducir distancias. Ya casi podía rozar su túnica con las puntas de los dedos. Apretó un poco más el ritmo y, al situarse a su altura, lo levantó agarrándolo del brazo. El niño soltó un grito. Ragnvald le tapó la boca y la nariz con la otra mano. Mejor que se desmayara que continuar armando ruido.

El niño le babeó la mano y cuando Ragnvald le apretó más la nariz, lo mordió con tanta fuerza que le hizo sangrar. Ragnvald lo maldijo entre dientes y le golpeó la cabeza contra un árbol, con la fuerza suficiente para aturdirlo. Luego regresó al lugar donde Oddi seguía sentado, junto a la carcasa del ciervo, y lanzó al niño al suelo.

—Como grites, te corto el cuello —lo amenazó.

El niño lo miró. Sus ojos todavía conservaban un brillo de rebeldía, pero estaba demasiado acobardado para intentar pedir ayuda otra vez.

—No tengo estómago para matarlo, pero tampoco quiero que vuelva corriendo a avisar a su familia —dijo Ragnvald en voz baja, sin apartar los ojos del niño.

Oddi hizo un gesto de asentimiento.

—Si las cosas van mal, un rehén podría sernos útil.

Hizo unas cuerdas con el cuero del ciervo y maniató con ellas al niño. El trapo que había estado usando para secarse el sudor sirvió de mordaza. Luego se cargó al hombro parte de la carne de ciervo y con la otra mano agarró al niño por el brazo.

—En marcha —ordenó.

Tuvo que desatarlo para llevarlo por el acantilado hasta los barcos. El pequeño, rebelde, caminaba entre ellos tropezando aquí y allá, y Ragnvald se vio obligado a agarrarlo más de una vez para impedir que cayera al vacío. Podría dejarlo caer, le susurraba su parte más innoble.

Llevaron la carne de ciervo al barco para cubrirla de sal e impedir que se estropeara, y allí Ragnvald encontró una cuerda más fuerte para atar al muchacho. Aun así, seguía sin parecerle lo suficientemente segura. Casi podía ver al niño liberándose de sus ataduras y escurriéndose para escapar —Ragnvald recordaba muy bien que, cuando tenía su edad, era capaz de entrar y salir de toda clase de espacios en los que los adultos nunca podrían meterse—, pero no tenía una forma más segura de inmovilizarlo. No podía encerrar al chico en un tonel, por más que quisiera.

La oscuridad llegó pronto a la sombra de los acantilados, y los insectos y las aves enmudecieron cuando empezó a oscurecer. Ragnvald se inclinó sobre la borda para lavarse la sangre de las manos en el agua del fiordo y Oddi se acercó a él.

—Déjala —dijo.

Ragnvald se miró las manos. La sangre se había vuelto viscosa al secarse, y ahora se le pegaban los dedos al cerrar la mano.

—Sangre derramada ahora, sangre derramada después. Te conviene que los hombres te teman.

La sangre de ciervo tenía un olor distinto al de la humana, menos metálico. Había derramado muchas veces sangre de ciervo, de hombre sólo unas pocas. En el ataque al monasterio de las Hébridas, los *ulfhednar* de Solvi se habían manchado la cara con sangre y se habían empapado el pelo con ella para que destacara en todas direcciones. Y los monjes habían huido a la carrera.

Ragnvald levantó la mirada cuando Guthorm se acercó.

—¿Cómo has terminado con un prisionero? —le preguntó a Ragnvald, que se explicó lo más deprisa que pudo.

—Supongo que tendremos hombres suficientes para vigilar al niño, además de los barcos —dijo Guthorm al final—. Pero no me gusta. ¿Y si los responsables de este niño se preguntan dónde está?

—Mejor que se lo pregunten a que sepan lo que vio.

—Podrías haberlo matado y dejarlo en el bosque. Hacer que pareciera que lo había atacado un animal.

Ragnvald se echó atrás. Aquel chico era más joven que los monjes novicios a los que había ayudado a matar en el monasterio. Sólo era un niño. Guthorm negó con la cabeza.

—Por lo que cuentan de ti, esperaba más —añadió.

—Podría volver a llevarlo allí y hacerlo —contestó Ragnvald.

—No, es demasiado tarde. Zarpamos al caer la noche. Tal vez nos sirva como rehén.

El crujido de los barcos abarloados y los susurros de los hombres que sabían que la batalla era inminente atravesaban la quietud del fiordo.

—Conocí bien a tu padre —dijo Guthorm—. Espero que no tengas sus defectos.

—Yo también lo espero —contestó Ragnvald en voz baja mientras Guthorm se alejaba.

Enfadado, fue en busca del piloto de uno de los barcos que se quedarían atrás para sacarlos de allí si los descubrían, y le prometió al hombre una recompensa en plata si cuidaba del chico y lo liberaba cuando llevaran fuera un día entero. Eso debería darles tiempo suficiente.

18

Por la mañana, Svanhild salió de su refugio y vio en el suelo la escarcha de la noche anterior. Usó el agua que se había acumulado en el hueco de un árbol para lavarse la cara. Después, sacó todo el contenido de su hatillo y lo dispuso mejor de lo que había podido hacerlo en la oscuridad de la granja de Hrolf. Tal vez debería esperar allí hasta que Thorkell se cansara de buscarla.

No, era la voz del miedo la que hablaba. Thorkell tenía perros de caza, tenía prendas con su aroma. Svanhild debía mantenerse en movimiento. Enfrentarse a desconocidos que no sabrían su nombre ni conocerían a su familia... Hombres que... ¿Habría hombres dispuestos a llevarla al lugar al que quería ir? ¿Sería capaz la descendiente de los reyes de Sogn —reyes medio olvidados y de menguada reputación— de infundir algo de respeto, incluso de comprarlo con joyas? Estaba muy bien soñar con ser una Brunhilda dispuesta a vengarse de las ofensas a su marido, pero ni siquiera era capaz de levantarse y continuar caminando.

Discutió consigo misma unos minutos más, y casi había decidido ya descansar otro día cuando oyó unos ladridos a lo lejos. Aquel sonido le infundió tanto miedo que decidió ponerse en marcha para no descoyuntarse de tanto temblar. Se colgó el hatillo otra vez a la espalda y empezó a descender por la pendiente, tratando de mantener un paso firme mientras sus pies iban moviéndose cada vez más deprisa. Las zarzas le arañaban la piel y le desgarraban la ropa, dejándola hecha un desastre.

Después de pasar otra noche a la intemperie llegó por fin a Kaupanger. Como era la única ciudad de la costa occidental, estaba abarrotada de edificaciones, muchas más de las que Svanhild había visto en su vida.

Había oído historias de ciudades de tierras lejanas en las que vivían decenas de miles de personas, pero esas poblaciones sólo podían existir donde la tierra era llana y fértil. Las granjas más ricas de Escandinavia apenas eran capaces de dar sustento a más de un centenar de personas, incluidos sirvientes y niños. Si se sobrepasaba ese número, la gente moría de hambre.

Antes de emprender la marcha, Svanhild se cepilló el cabello y se puso su vestido de fiesta. Se lo ajustó con broches de peltre y una cadena fina del mismo material y sin adornos, dejando los broches de plata, más pequeños y valiosos, en su hatillo. Eran las joyas de su madre, que sólo se las había prestado para el *ting*. Svanhild esperaba que Ascrida no se lo recriminara. Luego se recogió otra vez el pelo en una toca verde que, según Vigdis, hacía que sus ojos parecieran incluso más brillantes, y se dirigió a la ciudad.

Un pequeño arroyo separaba a Svanhild de la playa llena de barcos. Puso el pie en una roca musgosa para cruzarlo y, justo en el momento en que se abría la puerta de una choza y salían volando unos restos apelmazados de verduras, perdió el equilibrio. Unos segundos después, dos enormes cerdos llegaron corriendo a engullirlos. Svanhild frenó con los brazos su caída en el agua sucia que fluía entre el terreno fangoso.

La multitud de edificios y personas le había parecido ordenado desde lo alto de la colina, donde aún no podía oír el alboroto de las calles ni imaginar que se vería obligada a pasar por encima de la inmundicia que dejaban los animales o a cruzar aquella aglomeración de gente. Si caminaba más cerca de la costa, tendría que sortear las masas de algas en descomposición —donde se agolpaban nubes de moscas— y esquivar a los grupos de mercaderes que arrojaban sus mercancías de un lado a otro. Siguió caminando por la calle que se adentraba en la ciudad, y pronto se sintió perdida entre el tumulto.

Al menos no era la única que caminaba sin escolta masculina. Vio a varias mujeres esperando ante el puesto de un comerciante o conduciendo unas cuantas vacas por las calles. Algunas personas se saludaban con la cabeza al pasar, sin más cortesía que aquel mínimo gesto. Le pareció muy grosero. Svanhild nunca había visto que un desconocido llegara a Ardal sin que se lo recibiera debidamente y se le ofreciera comida, y en aquella ciudad ella era una desconocida. Sin embargo, recordaba que su padre les había dicho que esas personas no vivían unidas como en una granja, sino en pequeñas viviendas separadas, pasando de unas a otras como los insectos que habitan en los árboles.

Svanhild siguió a una dama vestida con elegancia hasta una zona un poco más limpia de la ciudad, donde habían cavado zanjas para las aguas residuales. Los hombres daban patadas a los excrementos de los animales al pasar, enviándolos a la zanja. Las mujeres, en cambio, se limitaban a levantarse las faldas para no ensuciarse.

Svanhild perdió de vista a la dama elegante y se apresuró a dar alcance a otra mujer con aspecto de ser una próspera granjera, que iba vestida de forma práctica y para combatir el frío. Llevaba dos pesadas cestas de verduras, una en cada brazo, y conducía una vaca.

—Disculpe —dijo Svanhild—. ¿Sabe dónde puedo vender oro o plata?

La mujer la miró con el ceño fruncido y no respondió. Svanhild se desanimó.

—Si al menos pudiera decirme a quién podría preguntar...

—Estoy ocupada —contestó la mujer—. No están lejos. —Señaló en una dirección que podía ser cualquier sitio al sur de la ciudad, y continuó su camino.

Svanhild caminó unos pasos calle abajo. Todas las casas semejaban iguales, con postigos de madera sujetos con cuerdas.

Se le acercó un hombre mayor, encorvado y apenas más alto que ella.

—¿Qué buscas, doncella? —preguntó—. Yo puedo ayudarte.

Parecía amable. Sus ojos eran azules y brillantes, y se arrugaban en las comisuras. Caminaba con la ayuda de un bastón, pero lo bastante deprisa como para mantener su paso.

—Estoy buscando a alguien que compre plata —contestó Svanhild—. ¿Puede ayudarme?

—Ah, hay unos cuantos comercios en las afueras de la ciudad —dijo el hombre, señalando las casas que empezaban a alzarse ya más dispersas, a medida que el terreno se elevaba hacia los acantilados de encima del fiordo.

Y, ante la expresión de desconcierto de Svanhild, añadió:

—Más alejados del olor de la costa. Ven, te lo enseñaré.

El hombre se volvió y empezó a caminar delante de ella, tan deprisa que a Svanhild le dio la impresión de que no llevaba aquel bastón para ayudarse. Más bien lo usaba para hacer alguna floritura con la que completaba su juego de pies, y para señalar hacia las calles empinadas, más allá del barro. Lo siguió entre edificios de madera vieja, y, mientras caminaban el hombre le contó que había nacido en aquel trozo de tierra que se había convertido en ese extraño lugar, Kaupanger, la única ciudad de la costa occidental, así que la conocía mejor que nadie. Cuando Svanhild miraba atrás para tratar de memorizar el camino, él captaba su atención con una broma o con otro floreo de su bastón.

Las casas de aquella zona parecían pequeños salones recortados, de manera que no eran más largos que anchos. Lo único que las diferenciaba eran los pequeños adornos en la fachada. Al menos aquel hombre seguía guiándola colina arriba, de manera que para encontrar el camino de regreso tan sólo tendría que bajar.

De pronto, el viejo dobló una esquina y desapareció. Cuando ella lo llamó, alguien la golpeó con fuerza por la espalda y la hizo caer al suelo. Trató de gritar, y otro empujón le enterró la cara en la tierra. Svanhild apoyó las manos para incorporarse, y entonces notó que alguien estaba hurgando en el hatillo que llevaba colgado del hombro. Oyó una daga que se desenvainaba y pasaba cerca de su oreja, y el tipo que tenía a su espalda empezó a cortar con ella las cuerdas del hatillo.

—¡¿Qué quieres de mí?! —gritó Svanhild.

—Tu plata, por supuesto —dijo el hombre que la había conducido hasta allí.

Ahora que la tenía inmovilizada, él se movía con menos rapidez.

—Vamos, danos lo que lleves o esa daga cortará algo más que tela.

—Lo necesito —suplicó ella—. Por favor, tengo que irme. Es lo único que tengo...

—Puedes trabajar para recuperarlo —contestó el del cuchillo, que seguía detrás de ella—. ¿No crees que será una buena trabajadora?

Tenía la voz de un muchacho y le clavaba unas rodillas huesudas en las costillas.

—No —dijo el hombre—. Hay un barco que está a punto de zarpar en el puerto. Átala y terminemos con esto. Tienen hombres suficientes, pero pagan el doble por las mujeres.

Una sacudida de rabia agitó a Svanhild como un trueno. Un escandinavo libre nunca permitiría que lo capturaran vivo y lo esclavizaran. Preferiría morir, y ella también. El miedo le dio fuerzas para revolverse y enfrentarse al muchacho. Ignorando la amenaza de la daga, se dio la vuelta y consiguió quitárselo de encima y lanzarlo al suelo, pero, cuando empezaba a levantarse, el chico la agarró por el vestido y tiró de ella hasta hacerla caer encima de él. Svanhild aprovechó la inercia de la caída para propinarle un rodillazo en el estómago y sujetarlo, y entonces el muchacho intentó clavarle la daga. Ella se apartó y se protegió la cara, pero el chico le hizo varios cortes en los brazos y Svanhild retrocedió aún más. Cuando por fin había conseguido zafarse de ella, se oyó la voz autoritaria de una mujer:

—¡Basta, o llamaré a los guardias!

El chico se detuvo, y Svanhild aprovechó para darle una fuerte patada en el estómago. El muchacho se dobló sobre sí mismo, como una larva expuesta a la luz del sol. Quería darle otra patada, pero antes tenía que ocuparse del hombre que la había llevado hasta allí. Sólo entonces se dio cuenta de que el viejo había desaparecido.

—Tú, ¿qué hacías siguiendo a estos bribones? —preguntó la mujer. Era la misma que había visto en el mercado, cuyas vagas indicaciones la habían puesto en aquella situación.

—No quisiste ayudarme —se quejó Svanhild—. ¿A quién iba a preguntar? No me extraña que todos los reyes quieran someteros a su control.

—Lo siento —dijo la mujer, enfurruñada—. Debería haberte ayudado. Así no tendría que haber abandonado a mi vaca para subir hasta aquí. Probablemente ya habrá hecho alguna trastada. Ven conmigo y te vendaré esas heridas.

—¿Y él? —preguntó Svanhild.

Pero, al volverse para señalarlo, vio que el chico ya no estaba allí. Tenía que haberle dado más fuerte.

—No eres de Kaupanger —dijo la mujer.

—¿Y eso qué significa?

—Significa que no pagas a los guardias para que te protejan. ¿Quién es tu protector? —La respuesta a esa pregunta era demasiado larga, y la mujer lo vio en sus ojos—. Ven conmigo.

Agradecida, Svanhild la siguió colina abajo, hasta que llegaron a la casa donde la mujer había dejado las cestas de verduras apoyadas en un alféizar.

—Lleva tú las cestas.

La vaca estaba olisqueando los restos de algo podrido en el suelo. La mujer tiró de uno de sus cuernos, pero el animal se resistió y ella suspiró resignada. Esperó a que la vaca terminara, antes de continuar caminando.

Cruzaron la ciudad y finalmente llegaron a un pequeño comercio con un patio trasero. La tienda aún no estaba abierta y la entrada permanecía cerrada con unos postigos de madera sujetos con correas de cuero. La mujer ató a la vaca en un terreno pequeño y yermo, detrás de la casa. No era de extrañar que no le importara que la vaca comiera verdura podrida. Svanhild no podía imaginar qué gusto tendría la leche de aquel animal.

—¿A quién se le ocurre ir anunciando su riqueza a gritos por la calle? ¿Es que eres boba? —le dijo la mujer, que se llamaba Gerta, cuando salieron de la calle principal.

Hizo pasar a Svanhild a la vivienda, la sentó en la cocina y le dio un trapo para que se limpiara la cara mientras le servía un vaso de cerveza.

—Lo siento —contestó Svanhild, y de inmediato las lágrimas amenazaron con derramarse por sus mejillas—. Nunca había estado aquí. Tengo un par de broches que quiero vender para comprar un pasaje en un barco que me lleve hasta donde está mi hermano. Necesito encontrarlo. No tengo otro sitio al que ir.

—¿Dónde están tus padres? —preguntó Gerta, sin poder ocultar su curiosidad.

Svanhild le explicó la historia lo mejor que pudo, pero había demasiado que contar, y empezó a llorar antes de poder relatárselo todo.

—Ahora me pregunto si he hecho lo correcto... Tal vez debería haberme casado con Thorkell, a pesar de que sus hijos, demasiado grandes y estúpidos, hayan matado a todas sus madres en el parto... Hrolf no tenía derecho a casarme con nadie, pero no me quería en su granja... Y no quiero estar donde no me quieren, aunque ahora, al parecer, no me quieren en ninguna parte.

—No voy a fingir que entiendo esa historia tuya, pero veo que sabes lo que quieres —señaló Gerta—, y eso es suficiente. Harás bien en buscar a tu hermano. Él debería cuidar de ti.

Svanhild recordaba lo aliviado que se había sentido Ragnvald al librarse de ella, pero no dijo nada.

—Voy a darte algún consejo para que puedas salir de aquí —continuó Gerta—. Vimos pasar los barcos de Hakon hace unas seis semanas, después del solsticio... Supongo que iban al *ting*, pero no los he visto volver, aunque eso no significa nada. Probablemente ya esté en Yrjar.

—¿Por qué la gente de Kaupanger no va al *ting*? —preguntó Svanhild.

Gerta se echó la trenza a la espalda por encima de un hombro. A juzgar por sus abundantes cabellos grises, Svanhild pensó que debía de ser bastante más mayor de lo que había creído en un principio; al menos diez años mayor que su madre. Llevaba bien la edad. Las finas arrugas en torno a los ojos la hacían parecer más sabia. Era alta, de pechos grandes y hombros anchos, con la corpulencia de un hombre fuerte. También se movía como tal.

—La mayoría de nosotros no nos quedamos aquí mucho tiempo, y los que lo hacen miran al mar, no a la tierra. Este año, decidimos celebrar nuestra propia asamblea para resolver cuestiones de gobierno local. A veces, el rey Hakon o el rey Hunthiof, o cualquier otro de los reyes menores, venían y nos cobraban impuestos. Trataban de decirnos lo que podíamos y no podíamos hacer, pero no han vuelto desde que contratamos algunos barcos y guerreros para que patrullasen el puerto. Eso hace que se lo piensen dos veces. Cuidamos de nosotros...

Gerta miró a Svanhild, que parecía confundida, y sonrió levemente.

—Pero ésa no es la razón de que tú estés aquí.

Svanhild asintió. Se avergonzaba de haber llorado ante aquella desconocida. ¿Cómo iba a enfrentarse a los peligros del mar para ir en busca de Ragnvald, si ni siquiera era capaz de caminar por una ciudad sin miedo? Las heridas de los brazos le escocían.

—Te estás poniendo en peligro —dijo Gerta—. Ésa es la razón.

—¿Qué debería hacer? No puedo volver. Tengo que vender mis broches y encontrar a mi hermano.

—Yo procedo de una granja como ésa. Demasiadas hijas... —Hizo una pausa, como si fuera a contar más—. Te diré lo que puedo hacer. Dentro de un par de horas, iremos a visitar a un hombre al que conozco bien y que tal vez quiera comprarte los broches. Dame un pellizquito, y me aseguraré de que consigas un buen precio.

Svanhild no sabía qué era un pellizquito, pero suponía que sería alguna fracción del precio que acordara. Esperaba que Gerta no le pidiera demasiado, pero se sintió mejor al darse cuenta de que no sólo estaba ayudándola por bondad. La bondad implicaba obligación, o algún motivo que Svanhild no podía calibrar. Sentada bajo el techo de Gerta, aquella mujer le debía comida y protección, según las leyes de hospitalidad, pero eso no significaría nada cuando volvieran a la calle.

—¿Los habitantes de Kaupanger cumplís con las leyes de hospitalidad? —preguntó con repentina preocupación.

—Sí —contestó Gerta—. Algunos de nosotros lo hacemos, y pensamos en la ciudad antes que en nosotros. No queremos enemistarnos con tu familia. Pero la hospitalidad no me impide pedirte una parte de tu plata a cambio de mi ayuda.

—¿Tienes marido...? —Svanhild se interrumpió, no sabía cómo expresarlo—. ¿O un hombre?

O cualquiera que pudiera protestar si se la encontraba allí.

—Lo tenía... Y, aunque no estoy segura de que valga la pena, quizá podría casarme otra vez si encuentro a un hombre con la cabeza sobre los hombros. El matrimonio no es tan malo cuando tienes mi edad y sabes lo que quieres. Pero una chiquilla como tú... No deberías tener que tomar decisiones de ese tipo por tu cuenta. Venga, ayúdame a cortar estas verduras para pasar el rato.

Svanhild sacó la daga de la funda atada a la cintura y cortó y troceó los enormes repollos, mientras Gerta gruñía satisfecha por su forma de hacerlo y los ponía en la olla de esteatita que colgaba sobre el fuego.

—No está mal —dijo Gerta—. ¿Qué más sabes hacer?

—Puedo cuidar vacas y ovejas, y hacer queso y otras cosas.

—¿Sabes hilar o usar un telar de tablillas?

Svanhild negó con la cabeza.

—No, hilando soy terrible... —Soltó una pequeña carcajada, pero enseguida se contuvo al darse cuenta de que había sonado más como un gemido que como una risa—. No sé por qué Thorkell quería casarse conmigo.

—De eso nada —dijo Gerta con severidad—. Por lo que he visto, los hombres se vuelven estúpidos al hacerse mayores, y las mujeres más sabias. Aunque da la impresión de que este hermano tuyo no ha tomado decisiones muy inteligentes que digamos. Bueno, también eso es algo habitual. Te llevaremos a Yrjar si quieres. Si tuvieras algún talento manual, podrías hacerme de aprendiz, pero si no sabes hilar no vas a servirme de mucho. Mejor que te cases con un granjero, un buen granjero esta vez. Alguien que elija tu hermano.

Svanhild se sentó más erguida, pero sus palabras apenas se oyeron:

—Mi abuelo fue rey...

—El mío también, o eso he oído —replicó Gerta—. Por estas tierras, si le das una patada a una piedra, te sale un rey o un aspirante a rey.

Como eso era indiscutible, Svanhild continuó cortando hierbas. Gerta dijo que ninguno de los comerciantes querría hacer negocios hasta después del almuerzo de la mañana, aunque esa noción de la mañana se acercaba mucho más al mediodía que la de Svanhild. Cuando terminaron de cortar verduras, su anfitriona la puso a preparar un estofado con unos pocos restos de carne fría y fibrosa.

—No tenemos mucha carne por aquí —explicó—, excepto en los festivales. Y leche tampoco. Además, no me gusta comprar cuando puedo abastecerme sola. Mi vaca me da lo suficiente.

Svanhild no supo qué contestar. No se le ocurría qué decirle a aquella mujer que, pese a vivir a escasos días de viaje de Ardal, llevaba una vida tan distinta de la suya que apenas podía imaginarla.

—Podría ir a Yrjar contigo —siguió diciendo Gerta—. Me juego algo a que hay montones de hombres aburridos, esperando para luchar. Aunque no han hecho incursiones todavía, así que seguramente no tendrán mucha plata que gastar. En cualquier caso, seguro que estarán dispuestos a impresionar a una dama.

Gerta se ató la urdimbre del pequeño telar al cinturón. Giraba las tablillas y pasaba la lanzadera tan deprisa que Svanhild no podía seguir sus movimientos. La mujer bajaba la mirada de vez en cuando, pero daba la impresión de que podía trabajar de memoria y al mismo tiempo observar a Svanhild y fruncir el ceño.

—Cuidado, no dejes que se derrame el estofado. No quiero echar a perder ni una pizca.

Cuando las verduras y la carne estuvieron cocidas, Gerta le pidió que le mostrara las joyas.

—Enséñame lo que tienes para vender.

Svanhild dudó. A pesar de su rudeza y de que era un poco mandona, Gerta había sido amable a su manera, pero ella no sabía nada de aquella mujer.

—Si no lo veo, no sabré cuál es el precio justo.

Svanhild abrió su hatillo y desató el calcetín en el que había escondido los broches. Eran de plata, con un fino nudo trenzado en torno a unos fragmentos de ámbar, cada uno más grande que una bellota.

—No están mal —dijo Gerta—. Pero hay que pulirlos. —Sacó un trapo que llevaba en el mandil—. Frótalos bien.

Mientras Svanhild pulía las joyas, su anfitriona se levantó y echó más leña al fuego para que no se apagara mientras estuviesen fuera. Miró a Svanhild de pies a cabeza, con ánimo crítico.

—Necesitamos que parezcas más rica, así conseguirás un trato mejor. El vestido no está tan mal...

Svanhild se había puesto su vestido más elegante antes de entrar en la ciudad y, a pesar de la caída, apenas se había manchado.

—... Pero esa toca no sirve. —Gerta levantó una pila de ropa y sacó una toca blanca como la nieve, con un lazo azul en el borde, hilvanado con hilo del color de la herrumbre—. Ésta te quedará mejor.

Svanhild se ató la toca a la cabeza sin cubrirse todo el pelo, que descendía en una larga onda por su espalda.

—Mucho mejor —dijo Gerta—. Ahora endereza bien la espalda y actúa como si hicieras esto muy a menudo. No olvides levantarte la falda en la calle, si no quieres ponértela perdida.

✣

Svanhild siguió a Gerta a la calle, y empezaron a caminar entre las casas. El sol se había elevado por encima de los acantilados del fiordo y la ciudad apestaba todavía más que por la mañana, con una mezcla de olor a restos de verdura, a residuos humanos, algas y sudor. Svanhild tuvo que contener una arcada. Gerta iba unos pasos por delante, dando largas zancadas, y ella tenía que darse prisa para no quedarse rezagada.

Cuando llegaron al centro de la ciudad, se adentraron en la multitud. Su anfitriona ralentizó el paso y se puso al lado de Svanhild. Hombres con fardos pasaban junto a ellas. La gente saludaba a Gerta, y ella respondía con una leve inclinación. Svanhild se esforzaba por mantener la cabeza alta, pero tenía que mirar dónde ponía los pies para no pisar los excrementos de los animales.

—¿Cómo conoces a tanta gente? —preguntó.

Gerta saludó a otro comprador.

—Desde que murió mi marido, me permiten hablar en la asamblea local. Es aquí, ya hemos llegado.

Se detuvo delante de una puerta de madera que parecía como todas las demás.

—Es... ¿nos verán?

—Me verá —dijo Gerta, mientras llamaba con fuerza a la puerta.

Un hombre bizco la abrió unos segundos después.

—Eh, Gerta, es temprano.

—Sí —contestó la mujer, entrando en la tienda. Svanhild la siguió al interior—. Fasti, mi sobrina Thorfrida ha venido a visitarme y está cansada de sus broches. Le gustaría vendértelos.

Svanhild trató de no quedarse con la boca abierta por las mentiras de Gerta. Aquella mujer sabía lo que se hacía.

—¿Ah, sí? —dijo Fasti—. Mi mujer, que en paz descanse, también se llamaba Thorfrida. Es un nombre afortunado. Ella también era una belleza. No me dio hijos, pero fue una buena esposa. Bueno, sentaos, sentaos.

Svanhild se preguntó hasta qué punto podía ser afortunado el nombre de Thorfrida, si la mujer estaba muerta y había sido estéril, pero se limitó a darle las gracias por el cumplido. Dentro, la estancia estaba limpia y era acogedora. El aceite ardía en pebeteros en las paredes, dando a la sala un brillo anaranjado.

—Ni siquiera he abierto todavía —comentó Fasti.

En una de las paredes, había un pequeño mostrador que daba a la calle y que se tapaba con una trampilla. Cuando Fasti la abrió, la luz del exterior llenó la estancia.

—Si eres sobrina de Gerta, sin duda serás una mujer afortunada —continuó el hombre. Su estrabismo se hizo más acusado—. Y rica.

Svanhild había visto escasas pruebas de la riqueza de Gerta. Tal vez tenía más de lo que aparentaba, o quizá se administraba bien, comía con austeridad y guardaba su riqueza para otros menesteres.

—¿Por qué no echas un vistazo a lo que tenemos en venta?

Fasti sacó una bandeja de broches, algunos trabajados en oro, otros en plata, y todos de una factura tan hermosa y cuidada que parecían invitar a Svanhild a tocarlos. La joven miró a Gerta. No estaba ahí para comprar.

—Thorfrida tal vez considere comprar algunas de tus baratijas cuando sepa lo que puedes darle por sus broches —dijo Gerta con desdén.

Hizo una seña con la cabeza y Svanhild sacó sus joyas.

Parecían muy burdas al lado de los objetos de oro que Fasti les había mostrado.

El comerciante las cogió y las observó detenidamente.

—Ámbar... —dijo sin emoción.

—Mira lo hermosas que son las piezas —comentó Gerta—. Son casi idénticas y casi transparentes.

Fasti levantó los broches a la luz que entraba por la ventana.

—Son de Dublín —dijo Svanhild—, de la corte del rey.

—Los irlandeses son conocidos por sus artesanos de la plata —añadió Gerta.

—Pon la mano —le dijo Fasti.

Sacó una bolsita de monedas de plata y las contó en la mano de Svanhild.

En aquel momento, Svanhild se dio cuenta de que no tenía ni idea de lo que podría ser razonable ni de cuánto podría necesitar para llegar a Tafjord y más allá. Tanto en Ardal como en el *ting*, las transacciones solían hacerse con un trueque, y no en monedas. Svanhild había oído la ley recitada recientemente y conocía el precio de la vida de un hombre libre, pero no el de sus joyas. Cerró la palma en torno a las monedas.

—Mis broches pesan más que esto... —dijo con vacilación.

—¿Eso es todo? —preguntó Gerta—. Vamos, Fasti, sabes perfectamente que no soy tonta. ¿Creías que mi sobrina lo sería?

Svanhild abrió la mano y la extendió. El hombre enseguida dobló la cantidad de monedas que Svanhild sostenía.

—Eso está mejor —dijo Svanhild.

Miró de reojo a su anfitriona. Aquella mujer no se mordía la lengua y, al ver que no decía nada, Svanhild dedujo que no lo estaba haciendo tan mal.

—Aun así, no sé... ¿No dijiste que había otro joyero con el que podíamos probar?

Fasti escupió en el suelo.

—¿Haki? ¿Confías más en él que en mí?

Svanhild miró a Gerta, que inclinó la cabeza como si lo considerara.

—Estoy segura de que estás haciendo todo lo que puedes por nosotras —contestó Gerta—. Son tiempos difíciles.

Captó otra vez la atención de Svanhild, y a la muchacha le pareció ver que la comisura de la boca de Gerta se curvaba ligeramente.

—Guárdanos esta plata —dijo Svanhild—. Volveremos después de hablar con Haki.

—Cinco monedas más si aceptas ahora y vuelves para ver mis joyas otra vez —regateó Fasti.

Svanhild miró a Gerta e hizo ver que se lo pensaba. Aquello parecía un juego, y estaba claro que no sólo estaba jugando bien, sino que le gustaba.

—Sí, por supuesto —contestó finalmente Svanhild—. Eres un mercader muy justo.

Gerta sacó una bolsita de cuero para que la muchacha guardara las monedas dentro y luego se la ató a su propio cinturón.

—Tal vez sería mejor que... —dijo Svanhild. No le gustaba ver sus monedas ahí.

Gerta la hizo callar con una mirada severa.

—Gracias, Fasti. Por supuesto, volveremos.

—Sí —añadió Svanhild, haciendo una reverencia—. Tus joyas son preciosas.

Siguió a Gerta a la calle y se mantuvo pegada a ella como una lapa. Si aquella mujer quería quedarse con sus monedas, poco podría hacer ella al respecto. Gerta era más alta y más fuerte, y, más que eso, contaba con el respeto de toda la ciudad, mientras que ella era una simple forastera.

Regresaron a casa de Gerta siguiendo el mismo camino. Svanhild se fijó en que los edificios, que antes le habían parecido todos iguales, mostraban ahora pequeños cambios: estandartes de colores colgados de las fachadas, puertas y ventanas abiertas...

En cuanto llegaron a la casa, Gerta desató la bolsita de cuero de su cinturón y se lo dio a Svanhild.

—Eres una cría amargada —le soltó—. ¿Creías que iba a engañarte?

—Bueno... —dijo Svanhild, sintiéndose un poco avergonzada ahora—, le mentiste a Fasti.

—Yo te ayudo y tú me ayudas —contestó—. No todo son espadas y juramentos, como en esa historia que me contaste de tu hermano. Aquí comerciamos. Y, por cierto, he llevado antes a otras sobrinas a Fasti; él sabe que eso forma parte del juego.

—¿Y todas tus sobrinas se llaman Thorfrida? —preguntó Svanhild con los brazos en jarras.

Gerta sonrió al verla así.

—No, nunca había jugado esa carta. Y sólo funcionará una vez, así que considérate afortunada. Bueno, ya he visto que tienes talento para el regateo, pero nunca lo habrías conseguido sola, así que quiero mi parte. Es lo justo, ¿no?

Svanhild se sintió mal por haber desconfiado de Gerta, y sacó unas pocas monedas más de las que inicialmente había pensado darle. Por la forma en que Gerta sonrió al cerrar la mano en torno a ellas, Svanhild pensó que ése podía ser el objetivo de toda aquella pequeña charada: aquella mujer la había empujado a desconfiar de ella, para que luego se sintiera culpable.

Svanhild echó el resto de las monedas en el calcetín que había usado para llevar los broches y lo ató con fuerza. Luego le devolvió la bolsita de cuero a Gerta.

—¿Aquí todo el mundo se dedica a estos juegos? —Señaló la mano de Gerta, que todavía sujetaba las monedas que acababa de darle.

—Sí —respondió Gerta—, y no imaginaba que se te dieran tan bien. Aunque no debes dejar que te influya una pequeña muestra de indignación de tu adversario.

—Pues gracias por la lección —replicó Svanhild con brusquedad, aunque sin mucho rencor.

Todavía necesitaba a Gerta para que la ayudara a encontrar un barco.

—¿Estás segura de que no podrías aprender a tejer en tablillas? —preguntó su anfitriona—. No es muy distinto del tejido normal. Necesito a una chica que quiera aprender mi oficio. Si te quedas, no tendrás que buscar la protección de tu hermano.

Por más que su treta la hubiera irritado, Svanhild deseó poder decir que sí. Gerta tenía toda la libertad que una mujer podía tener, comprar o conseguir. Era respetada en Kaupanger y no parecía preocuparse por el resto del mundo, salvo por las monedas que podía obtener. Pero Svanhild no tenía talento para nada que pudiera venderse allí; había nacido y crecido para llevar una casa, curar las heridas de los guerreros y repeler a los saqueadores en verano, no para manipular a los demás con argucias en los suburbios de una ciudad como aquélla.

Dijo que no con la cabeza.

—No serviría para esto.

Gerta asintió. No parecía muy sorprendida.

—Eso pensaba. Y tienes familia y sangre —dijo, reflexivamente.

—¿Aun así, me ayudarás a encontrar un barco para ir a Yrjar?

—Sí, pero acuérdate de mí cuando estés bien y te hayas casado con un rey. Bueno, ¿al menos puedes ayudarme a separar un poco el lino? ¿O su señoría tampoco sirve para eso?

—Eso puedo hacerlo —dijo Svanhild, picada por el sarcasmo.

Se sentó con Gerta el resto del día, buscando entre las fibras finas y separando los hilos cortos de los largos. Durante la tarde, algunos vecinos acudieron a hablar con Gerta sobre diversas cuestiones que afectaban a la ciudad y ella les dio su opinión. Al caer la noche, comieron el estofado que había cocinado Svanhild. Gerta sacó más cerveza y al principio, Svanhild trató de acompañarla, pero su anfitriona bebía un vaso detrás de otro, y finalmente se quedó dormida con la cabeza apoyada en la mesa de la cocina. Svanhild la cubrió con una manta y encontró un jergón de paja en el que acurrucarse.

En el exterior, los sonidos de las voces de la ciudad y de los animales de carga continuaron hasta bien entrada la noche. Gerta empezó a roncar y Svanhild trató de imaginar lo que le depararía el día siguiente, hasta que también ella se quedó dormida.

19

Antes del crepúsculo, los exploradores de Guthorm regresaron con la noticia de que la reunión de reyes se celebraría en el salón comunal del rey Gudbrand. Ya llevaban varios días juntos, y el gran banquete se celebraría al día siguiente. Probablemente estarían durmiendo la borrachera cuando llegaran las huestes de Guthorm. Todo dependía de la discreción y la velocidad con que pudieran moverse, pues de otro modo los siete reyes se dispersarían, regresarían a sus salones y prepararían a sus hombres para luchar. Guthorm incluso se había llevado con él a la madre de Harald, Ronhild, para que salmodiara sus hechizos y se asegurara de que sus guerreros permanecían ocultos. Hasta el momento, Ragnvald sólo la había visto una vez en ese viaje, sentada con las piernas cruzadas a los pies del mástil del *drakkar* de Guthorm, con su cabello largo y rubio recogido en una trenza que le caía sobre la espalda.

Ragnvald fue el último en embarcar. Empujó el barco sobre el fondo de arena, y se impulsó para saltar a la proa, manteniendo la boca cerrada para que no se le escapara ningún gruñido por el esfuerzo. Luego avanzó hacia la popa entre los hombres, que estaban tensos y silenciosos.

El barco de Harald, *Lengua de Dragón*, navegaba río arriba, con el *Muerdeosos* de Oddi siguiendo su estela. Ocultaron las cabezas de dragón de los mascarones de proa y no colgaron sus escudos de los laterales del barco.

A Ragnvald aquella tierra le resultaba insólita. Habían pasado entre altos acantilados mientras navegaban por el cauce principal del fiordo, pero las paredes del afluente decrecieron con rapidez, y las orillas en pendiente se ensancharon formando pequeños valles a medida que navegaban hacia el interior. En una de las orillas, un chico que sacudía con una vara el trasero de una oveja gruesa se quedó boquiabierto al ver pasar los barcos.

Ragnvald flexionó las manos. Había dejado que la sangre del día anterior se le secara en el dorso, y notaba un cosquilleo algo molesto. Examinó la base del pulgar, donde el chico le había mordido. La mordedura había sangrado. Tenía que prestar atención a esa herida. Había visto pudrirse algún mordisco como aquel en cuestión de días. A uno de los hombres de Solvi lo había mordido una mujer en una disputa y los curanderos habían tenido que amputarle la mano, pero ni siquiera eso lo había salvado de morir, presa de la fiebre. Ragnvald se vendó la mano con un trozo de tela y ató los extremos con fuerza.

Un poco más adelante, una muchacha guapa dejó de trabajar con la azada e irguió el cuerpo para verlos pasar. El sol iluminó su largo y despeinado cabello desde atrás, y Ragnvald tuvo la sensación de que un aura dorada le coronaba la cabeza. Oddi, que estaba a su lado, respiró profundamente, y él comprendió a la perfección el anhelo que le oprimía el pecho. Se preguntó qué estaría haciendo Vigdis en ese momento. Vigdis, la de los cabellos dorados. ¿Estaría atormentando a su madre? ¿Cómo se llevaría Svanhild con Hilda y todas sus hermanas? Levantó la mano para saludar a la chica. Ella le devolvió el saludo, y se protegió los ojos de la luz con la mano mientras el barco se deslizaba por el agua.

Dejaron atrás otras granjas y, poco después, el fiordo empezó a abrirse paso a través de un espeso bosque en el que zumbaban los insectos. Los árboles se tendían sobre el río, proyectando sombras moteadas en el agua. Los barcos redujeron su velocidad hasta detenerse cerca de la orilla. Ragnvald saltó con Heming y Oddi, y, con el agua hasta la cintura, tiraron de las sirgas hasta que el barco estuvo lo bastante cerca de la orilla para que la quilla, poco profunda, rozara el fondo de arena. Esperarían al abrigo de aquel bosque hasta el crepúsculo, luego lanzarían su ataque río arriba. Ronhild había estudiado las nubes y lanzado las runas antes de aconsejar a

Hakon, y había determinado que aquella noche el viento soplaría río abajo y no entorpecería su huida.

Finalmente, Hakon dio la orden:

—Ha llegado el momento.

Hakon había situado a Oddi y a Ragnvald en uno de los barcos que encabezarían el ataque, y había entregado el mando al primero. Los hombres que no estaban ya en las embarcaciones corrieron desde las orillas del río y subieron a bordo. Ragnvald repasó varias veces sus armas: espada en la cadera derecha, enfundada en la vaina que le caía junto al muslo; daga en la cadera izquierda, y hacha colgada a su espalda.

No soplaba viento. Ragnvald notaba el sudor que le caía por la nuca hasta humedecerle la túnica que llevaba bajo la armadura de cuero. Sintió una mano en el brazo y, al volverse, vio a Heming de pie, a su lado. El joven Eysteinsson arqueó las cejas en una pregunta. Heming sonrió y se encogió de hombros, inclinando la cabeza hacia el barco de Hakon, como diciendo, tal vez, que era su padre quien lo había puesto allí.

Los remeros más experimentados fueron los encargados de bogar aquella noche, hundiendo los remos en silencio en la suave superficie del río, y levantándolos otra vez sin que nada delatara su paso, salvo las suaves ondas que fluían hacia atrás desde la proa. Remaron durante un centenar de respiraciones y luego otro centenar más. La costa parecía deslizarse junto a ellos: árboles negros contra el cielo púrpura.

Poco después, llegaron a los campos que rodeaban el salón de Gudbrand. Los edificios exteriores apenas se veían bajo la oscura colina que se elevaba detrás de ellos, salvo por un leve círculo de luz. La proa del barco crujió al hendir la tierra de la orilla. A Ragnvald —que aguzaba el oído en el silencio— aquel ruido le pareció terriblemente escandaloso. Heming saltó por la proa, y el joven Eysteinsson lo siguió, aterrizando con suavidad en la hierba, con Oddi a su lado. Ragnvald sacó la espada del cinto y la sostuvo hacia delante, con la punta hacia arriba, pero no muy alta para que su brazo no se agotara antes de que tuviera ocasión de clavarla en la carne. A su alrededor, podía sentir la tensión vigilante de los otros hombres. Heming mantenía una respiración relajada y firme, como si estuviera haciendo algo que hacía todos los días. Al otro lado, Oddi permanecía tenso como un arco. Ragnvald se obligó a no empuñar la espada con tanta fuerza, y notó un leve cosquilleo cuando la sangre volvió a fluir por su mano.

Delante de él, en algún sitio, estaba Harald, dirigiendo al grupo de hombres que encabezaba la incursión. Ragnvald no apartaba la mirada del cinturón de cuero de Oddi, recién pulido, un punto de gris en la oscuridad. No quería pegarse demasiado a su espalda.

Hakon y sus hijos más jóvenes ascendían con el grupo principal por la pendiente abierta que llevaba al salón de Gudbrand. Ragnvald y los hijos mayores de Hakon tenían que atravesar la arboleda y atacar desde el otro lado. La intención era impedir la salida de los reyes reunidos en el salón y amenazar con quemarlos a todos dentro si no juraban lealtad a Harald.

Al grupo de Ragnvald le tocaba el recorrido más largo. Tenían que dar un rodeo y avanzar en la oscuridad por el borde del agua. Ragnvald oyó los gritos de la batalla: espada contra espada, escudos entrechocados, y luego los gritos de victoria. La voz de Harald se alzaba por encima de las demás, contando el número de sus víctimas.

Delante de Ragnvald, Oddi bajó los hombros, aliviado. Más tarde, Ragnvald le contaría que no estaba seguro de qué le había hecho darse la vuelta en aquel momento. Tal vez una rama al quebrarse atrajo su atención. En cualquier caso, Ragnvald tocó la espalda de Oddi de inmediato y, cuando Oddi se volvió, señaló con la cabeza hacia el lugar donde había oído el ruido y se llevó un dedo a los labios. Dio un paso hacia la oscura silueta de una pequeña arboleda. Tenía que ser el bosquecillo de sacrificios del salón, fértil y bien regado por la sangre de animales y hombres. Un lugar de buen augurio para que los defensores esperaran a sus enemigos: allí podrían ofrendar más muertos a los dioses.

Ragnvald se tocó el amuleto del cuello, rogando por encontrar el valor en la batalla. Si los dioses estaban a su favor, lo ayudarían cuando luchara en su terreno.

—Hombres —susurró a sus acompañantes—, entre los árboles.

Heming asintió en un movimiento que Ragnvald, más que ver, apenas percibió. No podían arriesgarse a hablar más. Sus pasos los llevaron al abrigo de una hondonada en la colina, y Ragnvald señaló con la cabeza hacia la derecha y avanzó por la oscuridad de aquel terreno bajo, esperando que Oddi y Heming lo siguieran de cerca.

Una silueta se separó de la arboleda, moviéndose de manera furtiva por sus márgenes. Ragnvald se preguntó si el plan de sus enemigos consistía en permitir que los hombres de Harald se hicieran con la granja, para luego matarlos durante la celebración. Era lo que Ragnvald habría hecho, aunque con ello pusiera en riesgo su propiedad. Sin embargo, la arboleda era pequeña, de modo que tal vez sólo se enfrentaban a unos pocos hombres, los que habían podido esconderse allí para recuperar el salón cuando los asaltantes se relajaran. Ragnvald rodeó la posición del enemigo por detrás y, justo cuando llegó a los árboles, una nube pasó sobre la luna, dejando la pequeña arboleda en la oscuridad total. El joven Eysteinsson sacó su daga con la otra mano. Podía matar con la izquierda si tenía que hacerlo.

Oddi y Heming iban unos pasos por detrás de él. El grueso de las fuerzas de Hakon y Harald había alcanzado ya la cresta de la colina y, agrandados por sus gruesas armaduras, proyectaban sus siluetas oscuras hacia el cielo. Ragnvald todavía los oía: eran sonidos de excitación, de despreocupación. Creían que habían vencido.

De pronto, el temblor de los arcos al soltar las flechas inundó la noche. Los hombres gritaron. Aquel sonido le heló la sangre. Las huestes de Hakon no habían llevado arcos... ¿Les habían tendido una trampa a todos? No volvió a distinguir al hombre al que iba persiguiendo hasta que su silueta destacó por el contraste con los árboles, más delgados. Ragnvald se había convertido en la presa, pero continuó su avance como si no hubiera visto nada.

El hombre se acercó un poco más. Estaba tan cerca de él que Ragnvald podía oler la carne de su cena. Esperó hasta que oyó la inspiración que precedía el ataque y, en ese instante, se volvió y clavó su daga en el cuello del enemigo. El hombre murió sin emitir ningún sonido, asfixiado en el acero. Ragnvald lo dejó caer al suelo y se limpió la sangre de las manos en la túnica del guerrero.

Miró entonces de nuevo hacia el edificio del salón comunal, entre los árboles. Las nubes habían seguido su camino y la luz de la luna le mostraba ahora las figuras con arcos que se agazapaban en el techo de paja. ¿Cuánto tiempo llevaban esos hombres esperando allí? ¿Acaso el niño que había capturado Ragnvald iba con un amigo que había escapado y los había alertado de su llegada?

Fuera como fuese, los hombres ocultos en la arboleda todavía no habían iniciado su ataque, y Ragnvald supuso que no lo harían hasta que cesara la lluvia de flechas. Miró a Oddi y a Heming, y les hizo un gesto para que lo siguieran. Había visto un hueco entre dos rocas grandes que sin duda servía de acceso a la arboleda: un embudo perfecto. Ragnvald les indicó de nuevo por señas que lo mejor sería trepar por ellas, y Oddi asintió y empezó a subir por una de las rocas. El sordo sonido de los dedos agarrándose a la piedra le pareció demasiado ruidoso, incluso entre los gritos de los hombres alcanzados por las flechas, pero nadie dio la voz de alarma.

En la arboleda había un semicírculo de figuras que apenas se movían. Parecían tocones de madera, más que hombres agachados frente al paso que cruzaba los dos grandes bloques de roca. En ese momento, el grupo de Ragnvald, oculto por las sombras de la arboleda, contaba con la ventaja de la oscuridad. De pronto, un ave sorprendida en su nido trinó y se alejó aleteando. Uno de los hombres que esperaban allí levantó la cabeza, pero un siseo brusco le ordenó que se agachara.

Una señal. Estaban esperando una señal. Ragnvald enfundó la daga y cerró la mano en torno a su boca, imitando el sonido de un búho. Se le desbocó el corazón. Sacó de nuevo la espada, despacio.

—Es el momento —oyó que decía una voz.

—Se suponía que Floki tenía que hacer el sonido de un cuervo —dijo una voz joven e indecisa.

—Floki es un idiota —contestó un hombre mayor.

—¿Crees que los han atrapado a todos? —susurró el joven mientras se arrastraba hacia las sombras de la roca en la que se escondía Ragnvald.

—No —contestó Ragnvald, intentando imitar la voz grave y gruñona del guerrero de más edad.

El hombre se volvió a toda prisa para enfrentarse a él, y Ragnvald vio el destello del acero justo antes de que la espada golpeara la roca en el punto exacto que ocupaba él en el instante anterior.

Entonces se desató el caos. Ragnvald ni siquiera sabía si hería a amigos o enemigos: asestaba por igual la espada y la daga, y golpeaba con la misma frecuencia árboles y cuerpos. Oyó un golpetazo y un aullido, y confió en que fuera Heming emboscando a uno de los hombres desde arriba. Aquel grito no era de Oddi ni de su hermano, así que algún daño habían hecho. Trató de mantenerse detrás de los hombres que salían de la arboleda para que su espada sólo causara daño en las carnes del enemigo, pero terminó atacando en círculos y confiando en que no estuviera hiriendo a sus amigos.

Combatió cuerpo a cuerpo con un hombre fuerte que ya tenía varios cortes poco profundos antes de que él lo apuñalara en el estómago. El hombre cayó al suelo y, cuando sus gemidos se apagaron, todo quedó en silencio. Era la clase de silencio que Ragnvald había oído antes en la batalla, un momento en el que el mundo parecía detenerse. Escudriñó la oscuridad. Nadie se movía, salvo sus amigos.

—¿A cuántos has matado, hermano? —preguntó Heming a Oddi.

—No estoy seguro... —respondió Oddi, que parecía exhausto—. Tenía miedo de heriros a vosotros.

—Yo también —dijo Ragnvald, contento de que Oddi lo hubiera dicho primero.

Oyeron unos pocos gemidos más a su alrededor, en el suelo. En lo alto de la colina, la batalla continuaba. Los silbidos de las flechas se habían detenido y ahora se oían gritos. Oddi echó a correr colina arriba y, cuando Ragnvald se dispuso a seguirlo, notó la mano de Heming en el brazo.

—Nos vamos esta noche a Tafjord —le dijo Heming—. Ésa es la tierra que quiero, no ésta. Mi padre se dispersa demasiado al perseguir el sueño del rey Harald. Haré mío el reino de Maer. Entonces, todos los *jarls* de mi padre me respetarán.

Ragnvald tardó un momento en darse cuenta de lo que le decía Heming: que estaba planeando un asalto diferente incluso mientras combatía contra aquellos hombres. Él no habría podido dividir su atención de ese modo.

—Quieres decir que lo hará tu padre —replicó Ragnvald. Más gritos sonaron desde lo alto de la colina. Necesitaba estar allí, con Hakon, a quien había jurado lealtad—. Suéltame.

—Sólo si vas a venir con nosotros —contestó Heming—. De lo contrario, morirás aquí mismo. Mi espada siempre está ávida de más sangre. Deberías jurarme lealtad a mí, y no a mi padre.

Ragnvald guardó silencio. No podía obligarse a dejar de pensar en la batalla que estaba librando, pero tenía que asimilar que sus sueños acababan de recibir un golpetazo. Ahora estaba entre Hakon y su hijo, exactamente donde había estado el *jarl* Runolf antes de morir.

Insistiendo en lo que debía de creer que era su ventaja, Heming continuó:

—Mi padre cree que rejuvenece al rodearse de hombres jóvenes. —Hablaba con rapidez, enojado, pero aquellas palabras parecían bien ensayadas—. Puedes ser uno de mis *jarls* cuando Maer sea mío.

—¿Y quieres que nos marchemos ahora mismo? —preguntó Ragnvald.

Los sonidos de la lucha en el salón lo llamaban. Su lugar estaba allí, junto a Hakon. Lo había jurado.

Heming no dio muestras de percibir el sarcasmo de sus palabras.

—No, pero no bebas demasiado cuando celebremos la victoria esta noche. Nos iremos cuando todos estén durmiendo.

—Debemos acudir en su ayuda —contestó Ragnvald, y apartó la mano de Heming con la esperanza de que no se diera cuenta de que no había accedido.

Sus piernas flaquearon ante el esfuerzo de correr colina arriba, pero al oír que se acercaban las pisadas de Heming el miedo le brindó un nuevo impulso. El primogénito de Hakon no lo mataría en campo abierto, y menos si creía que se uniría a él. Aun así, Ragnvald aceleró el paso y alcanzó el salón varios metros por delante de Heming.

Las antorchas iluminaban el claro. Algunos de los hombres habían arrastrado a las mujeres a las sombras y las habían violado. Una todavía gritaba. Las otras sólo gimoteaban. Una chica empuñaba un cuchillo de cocina, con la falda manchada de sangre, sentada con la espalda apoyada en un árbol. Cuando Ragnvald pasó a su lado, le lanzó un gruñido que le hizo pensar en Svanhild cuando se enfurecía de verdad. Pasó de largo, tratando de no verla. No iba a hacerle más daño.

Suspiró aliviado al darse cuenta de que los gritos que había oído eran los propios del pillaje, no de la agonía de los guerreros de Hakon y Harald. Algunos hombres los habían atacado con arcos desde el tejado, pero sus flechas no habían bastado para detener el ataque. Después de que cayeran los hombres, las mujeres combatieron cuanto pudieron —algunas se habían armado con dagas y cuchillos de cocina—, pero no habían sido rivales para los guerreros de Hakon.

—¿Dónde estabas? —preguntó el rey cuando vio acercarse a Ragnvald—. Pensaba que estabas justo detrás de mí.

—Había hombres emboscados en aquella arboleda —contestó Ragnvald. Sonrió y notó las mejillas tensas por la sangre que iba secándose. La sangre de los guerreros que había matado se secaba ahora sobre la del ciervo del día anterior—. Ya no queda ninguno.

—Hombres en el tejado, hombres en el bosque... Pretendían sorprendernos —dijo Guthorm—. ¿Sabían que veníamos? ¿Alguien nos traicionó?

Ragnvald se encogió de hombros.

—Tal vez tenían vigías que divisaron nuestros exploradores.

Esperaba que hubiera sido eso, y no un compañero del niño al que había capturado. Al menos no podía adjudicarle esa traición a Heming, por mucho que planeara otra para esa misma noche.

Guthorm le dio una palmada en el hombro.

—Tienes razón. Me sobresaltan hasta las sombras en estos tiempos revueltos.

—Hemos tenido pocas bajas —dijo Hakon—. Tal vez esperaban atraparnos entre la arboleda y el salón, pero hemos traído demasiados hombres para ellos. Harald y tú acertasteis al aliaros conmigo... Por cierto, ¿dónde está Heming?

—¿Heming? —preguntó Ragnvald—. Mi señor, debo hablar contigo de...

—Después —lo interrumpió Guthorm—. Tenemos trabajo que hacer.

Los hombres de Vestfold habían rodeado el salón comunal con grandes pacas de yesca y estaban listos para acercar las antorchas. Los arqueros del tejado, ya sin flechas, intentaron bajar, pero los guerreros que rodeaban el salón los obligaron a quedarse allí. Los hombres de Guthorm empezaron a golpear sus escudos hasta que Harald dio un paso adelante:

—¡Reyes de Hordaland! —gritó el joven rey, una vez que el ruido remitió—. ¡Os quemaremos en vuestro salón, junto con vuestros cuervos del tejado, si no salís y me juráis lealtad!

Las grandes puertas del salón se entreabrieron.

—Soy Harald, rey de Vestfold —proclamó con voz poderosa y grave, impostándola lo suficiente como para ocultar la voz chillona del adolescente que todavía era, y que aún se le escapaba en una conversación informal—. Soy el conquistador del rey Gandalf de Akershus, el rey profetizado de toda Noruega.

Al menos se presentaba con autoridad. Guthorm había elegido bien a su héroe.

—Si me juráis lealtad, os haré más poderosos de lo que jamás podríais haber soñado. Vuestros enemigos temblarán ante vosotros, y vuestros hijos heredarán una gran riqueza. Si no lo hacéis, perderéis la vida.

Las puertas del salón se abrieron poco a poco. Salieron dos reyes, rodeados por una escolta de guardias: se presentaron como Hogne y Frode Karusson, reyes hermanos de dos reinos vecinos de Hordaland. Los dos eran bajos y gruesos, con esa clase de corpulencia que daba sensación de fortaleza. Ambos tenían todo el aspecto de ser capaces de vencer a un oso en una lucha cuerpo a cuerpo.

—Pero... sólo eres un chico —dijo el rey Hogne.

Ragnvald no había oído hablar mucho de los Karusson, salvo que Hogne era todo jactancia y su hermano Frode, todo rabia.

—Soy lo que soy —replicó Harald—. Me haré mayor, y Noruega será mía. En cambio, tú no serás más viejo de lo que eres ahora si no me juras lealtad.

Aquellos hombres no iban a jurar. ¿Dónde se había visto una cosa igual? Ragnvald podía oír sus pensamientos como si estuvieran gritando. Harald —o Guthorm, que lo dirigía— era un loco o un visionario. Los reyes escandinavos se mataban entre ellos o forjaban alianzas entre iguales. Los hombres hacían incursiones y a veces incluso establecían nuevos asentamientos, pero ese discurso de la conquista de las tierras noruegas era un nuevo lenguaje; un lenguaje de otro mundo. Arremetieron contra el muchacho, y su reducida guardia se enfrentó a los centenares de hombres que protegían a Harald.

El joven rey dio la señal a los suyos para que incendiaran el salón. Los guerreros de Hordaland avanzaron para morir ensartados por las espadas del ejército de Harald. Ragnvald mató a unos pocos porque estaba de pie junto a Harald, donde más se condensaba la batalla, pero aquellos hombres habrían muerto de todos modos, al margen de quién empuñara las espadas, atrapados entre fuego y acero. El salón ardió mientras los hombres de los reyes de Hordaland iban cayendo. Los escaldos cantarían después que Harald mató a siete reyes aquel día.

Una vez terminados los espasmos de la batalla, el salón aún ardía. Ragnvald se alejó tambaleándose para buscar un poco de cerveza aguada con la que saciar la sed. Oddi lo detuvo para decirle que Hakon deseaba hablar con él.

—Hemos tomado estos prisioneros —dijo el rey.

Hizo un gesto hacia un pequeño grupo de hombres atados y amordazados, tumbados en el suelo. Uno de ellos se doblaba, agarrándose el vientre ensangrentado, y gemía.

—Tal vez alguno de ellos sepa adónde han ido los otros reyes de Hordaland —continuó Hakon—. He oído que Gudbrand no está aquí. Y debería estar, porque éste es su salón.

Ragnvald notaba las piernas temblorosas, las secuelas de la batalla. Algunos sólo sentían una leve sensación de mareo, y estaban listos para beber y para una mujer, pero Ragnvald estaba exhausto: sólo quería dormir y olvidar.

—Aun así, lo hemos hecho bien —siguió diciendo Hakon, dirigiéndose tanto a Ragnvald como a Oddi—. Estos reyes han disfrutado de ricos saqueos.

El rey hizo un gesto a Oddi para que diera un paso a un lado. Se agachó y recogió un pequeño cofre con bisagras metálicas, en lugar de las tiras de piel habituales, y se lo ofreció a Ragnvald.

—Ábrelo.

Ragnvald obedeció y vio que estaba lleno de trozos de plata y de monedas acuñadas con un perfil delgado y barbudo, que Ragnvald reconoció como el del rey inglés, Alfredo.

—Es parte del Danegeld... —dijo Ragnvald.

—El gran rescate pagado por los ingleses —aclaró Oddi—. Cobardes —añadió sin mucho entusiasmo.

Si los ingleses estaban dispuestos a pagar a un ejército danés para que permaneciera lejos de sus costas, otros tesoros ingleses podían acabar en el este. Y convertirse en el tesoro de Hakon.

—¿Crees que estos reyes se han aliado con los daneses? —preguntó Ragnvald.

—Es posible —contestó Hakon, aunque no parecía que le importara demasiado. Estaba seguro de su poder—. Te daría un brazalete por tu servicio en el bosque esta noche —le dijo a Ragnvald—, pero, como hemos encontrado esto, te daré también dos puñados de plata. —Sonrió al ver el gesto de preocupación de Ragnvald—. Usa un puñado para comprar una esposa. Y otro para comprar esclavos que cuiden tu tierra.

Ragnvald miró la plata, ansioso por poner su parte a buen recaudo. Agarró un par de puñados y llenó la bolsa que llevaba al cinto. No todas las monedas llevaban la cara de Alfredo. Algunas tenían letras con los ángulos del griego; otras tenían rizos de escritura arábiga. Aquel tesoro había llegado y había visto sangre mucho antes de esa noche.

—Mis hombres han apartado a unas cuantas mujeres a las que nadie ha tocado —añadió Hakon—. Quédate una y emborráchate como es debido. Mañana habrá tiempo suficiente para regalos y discursos.

—Deberías poner algunos hombres a custodiar el tesoro —dijo Ragnvald, que aquella noche no tenía demasiado interés en mujeres y celebraciones. No sabía si eso se debía a la chica que le había recordado a Svanhild o a las amenazas de Heming. Bueno, una de las dos causas posibles sí tenía solución—. Si me lo permites, yo me ocuparé de ello, pero antes debo hablar contigo... —Bajó la voz. Hakon no querría que Harald y Guthorm se enteraran de los planes de Heming—. Hay alguien que piensa traicionarte esta noche.

Ragnvald buscó a Heming a su alrededor, pero no estaba allí. Probablemente, estaría disfrutando de una de esas mujeres intactas: otra razón para que Ragnvald se quedara al margen.

Hakon mandó alejarse por señas a unos pocos hombres que tenían cerca.

—Cuéntame —dijo.

—Heming quiere partir esta noche cuando todos los hombres estén borrachos, y navegar de regreso a Tafjord para atacar a Hunthiof y Solvi.

—¿Cómo lo sabes?

—Me lo ha contado, me ha pedido que fuera con él —explicó Ragnvald.

Prefería no contarle las amenazas de Heming. Parecería que se daba demasiada importancia, y hasta podía provocar que Hakon no lo creyera.

—¿Y tú no quieres ir con él?

—Solvi siempre estará ahí —contestó Ragnvald. En realidad, no quería vengarse de Solvi, no tanto como deseaba vengarse de Olaf—. Yo ahora estoy aquí.

—Gracias por contarme esto —dijo Hakon, con una mirada triste—. Ven conmigo. Si eso es cierto, mi hijo responderá por ello.

Encontraron a Heming de pie bajo el alero de uno de los edificios externos, junto con los capitanes que probablemente habían decidido acompañarlo. Parecía tan culpable cuando Hakon y él se acercaron que Ragnvald no temió que no le creyeran.

—¿No tienes bastante con lo que pensaba darte? —rugió Hakon al ver a su hijo.

Los capitanes se miraron entre sí y, en un acuerdo tácito, se dispersaron en direcciones opuestas. Hakon entrecerró los ojos al verlos marchar, pero no los detuvo.

—Te habría hecho rey de Maer si hubieras esperado a que pasara el invierno. Y Ragnvald Eysteinsson habría sido tu consejero y compañero.

Ragnvald permaneció tan impertérrito como pudo, esforzándose por disimular lo poco que eso le habría agradado.

—¡Explícate! —ordenó Hakon.

—Ya soy un adulto, hace cinco años que lo soy —empezó a decir Heming, tocando con la mano el pomo de su espada.

Ragnvald hizo lo mismo. Había jurado defender a Hakon.

—Sin embargo, me tratas como a un niño.

—Porque te comportas como tal.

—El rey Hunthiof es tu enemigo jurado. Quiero matarlo por ti. Tú desafiaste a tu padre y conquistaste Hålogaland —replicó Heming. Su tono había pasado del enfado al agravio.

—Porque yo era un hijo menor y mi padre no pensaba darme nada que no pudiera tomar con mis propias manos. Conquisté Hålogaland antes de que mi hermano mayor pudiera hacerlo.

—Eso no es lo que dicen las canciones —repuso Heming.

—¿Me estás llamando mentiroso? —rugió Hakon—. Las canciones dicen lo que yo quiero que digan.

—Estoy seguro de que el pelele de Ragnvald también dice lo que tú quieres.

Ragnvald apretó la espada con más fuerza, por si Heming decidía desenvainar.

—Ragnvald me ha jurado lealtad a mí, no a ti. Hizo lo que todo hombre debería hacer —replicó Hakon.

Ragnvald quería alejarse de allí. ¿Dejarían de hablar de él si se marchaba? Dio un paso atrás, despacio, por si Hakon le ordenaba quedarse, pero no lo hizo. Se había presentado voluntario para custodiar el botín de aquella noche, y eso serviría para mantenerlo ocupado y alejado de Heming hasta la mañana siguiente.

✛

Oddi fue a sentarse a su lado poco después. Ragnvald daba vueltas en la oscuridad, en torno al montón de riquezas obtenidas en el saqueo. Un poco más allá, las cenizas del salón todavía humeaban. El joven Eysteinsson saludó a su amigo, que se sentó en una roca y miró hacia el río. Hacia la arboleda de la masacre.

—Mi padre se ha pasado la mitad de la noche regañando a Heming y la otra mitad torturando a los cautivos. Está enfadado.

Oddi extendió las manos. Todavía estaban rojas de sangre, punteadas con motas oscuras de algo más espeso y sólido. Tal vez eran restos de la batalla, o quizá le habían pedido que participara en el interrogatorio de los cautivos. Cuando Ragnvald navegaba con él, Solvi había dicho en una ocasión que algunos hombres tenían estómago para la tortura y otros no. El propio Solvi no lo tenía, y por eso contaba con Ulfarr para que hiciera el trabajo por él. También había dicho que no era poco viril que hombres verdaderos tuvieran sentimientos profundos. Ragnvald se había preguntado entonces qué pensaría Ulfarr de eso, pero Ulfarr parecía orgulloso de cumplir con ese trabajo sanguinario y de que lo consideraran distinto a los demás. Ragnvald tampoco creía que Oddi tuviera estómago para eso, al menos no para desearlo.

—¿Has participado en... el interrogatorio? —preguntó Ragnvald.

—No —contestó Oddi—. Bastante me cuesta tener que verlo. Le ha sacado las tripas a uno, a la vista de sus compañeros. Creo que quería asustar a Guthorm y Harald... —Meneó la cabeza como para apartar aquella imagen de su mente—. Al menos no he vomitado. Lo único que hemos averiguado es que el rey Gudbrand ha partido con sus guerreros. Se había enterado de nuestra llegada y de la de Harald. No lo vamos a atrapar si no disponemos de más información y más hombres.

A Ragnvald aquello le pareció sorprendente. Contaban con casi cuatrocientos hombres, y Harald con al menos otros tantos, sin duda más de los que podría reunir un pequeño rey de Hordaland, al menos en un plazo tan breve. Se lo dijo a Oddi.

—Gudbrand ya ha reclutado hombres para enfrentarse a Harald —explicó su amigo.

—Entonces, debería ser fácil de encontrar. Tantos hombres no pueden pasar desapercibidos. ¿Incendiaremos más salones? —preguntó Ragnvald, sintiéndose atontado por la falta de sueño.

—No lo sé —contestó Oddi, mirándolo con curiosidad—. Pareces preocupado. ¿Es que no te gusta matar? —preguntó con un matiz de amargura. Tenía las manos en una posición extraña, separadas, sin relajarse.

—Me gusta mucho —dijo Ragnvald—. Hasta la medianoche, cuando ya está hecho.

Dedicó una sonrisa a Oddi, pero a él mismo le pareció extraña. Tenía uno de aquellos estados de ánimo tan particulares que sufría después de las batallas desde que Solvi le había herido la cara. Desde entonces, había salido mal parado de todos sus enfrentamientos: la daga de Solvi, el falso *draugr* y ahora la traición de Heming.

—¿Qué crees que querrá que hagamos este rey Harald ahora? ¿Qué nos ofrece?

—Puedes adivinarlo tan bien como yo —contestó Oddi.

—Sí. Iremos en busca de Gudbrand y lo pasaremos por la espada. Mataremos a todos los hombres que se nos opongan. Abriremos más tripas. Venderemos a sus hombres lejos de sus tierras y pediremos rescate por las mujeres a sus parientes, como hemos hecho hasta ahora... Y torturaremos a algunos, si nos apetece.

—Estás cansado y borracho —dijo Oddi—. Anda, búscate una mujer y duerme un poco. Yo haré guardia aquí.

Bajó la mirada a sus manos ensangrentadas otra vez y se las limpió en la hierba.

—No, yo acepté esta tarea —contestó Ragnvald—. Estoy custodiando el oro. ¿Cuánto oro necesitan los reyes?

—¿Qué andas buscando, Ragnvald? Si quieres conocer el destino y la forma de los países, ve a hablar con un escaldo o un sacerdote, o con Ronhild, la hechicera. Si no piensas irte a dormir, lo haré yo, y no quiero que me provoques ninguna pesadilla.

Oddi se levantó y se alejó. Ragnvald enseguida lamentó haber hablado de ese modo, planteando preguntas que ningún hombre podía responder: ¿por qué algunos hombres eran reyes y otros soldados? ¿Por qué un hombre como Olaf había criado a Ragnvald como un hijo para traicionarlo más adelante? ¿Por qué Hakon enfrentaba a sus hijos entre ellos, o por qué el oro caía a raudales en sus manos, mientras que Ragnvald tenía que dar las gracias por un puñado de plata? Necesitaría más que eso para convertir Ardal en la próspera granja que debería ser, como la recordaba de niño, con vacas que al terminar el invierno estaban tan gordas como al final del verano. Y luego un centenar de veces eso para convertirse en un señor lo bastante bueno como para que los hombres de Sogn estuvieran dispuestos a aclamarlo como rey. Sí, sabía que debía toda su gratitud a Hakon, pero la responsabilidad de su juramento no hacía más que empequeñecerlo.

20

A la mañana siguiente, Gerta se levantó temprano y no parecía afectada por la bebida. Probablemente, bebía esa cantidad cada noche. Svanhild se colgó el hatillo al hombro y siguió a su anfitriona hasta la playa. A ella sí le dolía un poco la cabeza por los dos vasos de cerveza que se había tomado.

Gerta caminaba tiesa como un palo. No llevaba provisiones, aunque había insistido en darle a Svanhild un poco de pan y queso, por lo que ésta dedujo que su protectora no viajaría con ella. Sin embargo, recordaba que le había dicho que le gustaría ir a Yrjar, aunque también le había ofrecido que se quedara con ella en Kaupanger. Gerta se había labrado una vida de independencia y respeto en aquella ciudad, pero parecía estar muy sola.

Caminaron entre los barcos amarrados en la playa. Su anfitriona se levantó las faldas al pasar sobre los montones de algas viscosas, y fue estudiando con atención cada una de las embarcaciones antes de pasar a la siguiente. Svanhild veía pocas diferencias entre aquellos barcos. La mayoría eran *knarrs* anchos y profundos, sin chumaceras para los remos, y se usaban para el transporte de mercancías. No podían dejar atrás a un enemigo ni salir del puerto con rapidez, pero tenían capacidad para llevar mucha más carga que un *drakkar*, por lo que pudo ver Svanhild. Ragnvald le había dicho una vez que requerían menos talento y menos hombres para navegar que un barco de guerra.

Al final, Gerta se detuvo delante de un mercante que parecía muy bien cuidado. En cubierta, un hombre daba órdenes a dos muchachos que cargaban arcones pesados. Era de constitución fornida y más o menos de la misma edad que Gerta. Una barba perfectamente recortada, ojos pequeños y oscuros... Tenía el cabello blanco y lo llevaba corto y bien peinado, pero aún mantenía un aspecto juvenil y todos sus movimientos estaban llenos de energía. Gerta llamó al hombre para que se acercara, y los dos mantuvieron una conversación en voz baja. Luego hizo un gesto a Svanhild para que se aproximara a ellos.

—Éste es mi amigo Solmund —dijo su anfitriona.

Svanhild lo saludó con una reverencia y se presentó, mirando a Gerta antes de dar su nombre real.

—¿Qué tal se le da la costura? —preguntó Solmund—. A mi mujer le encanta la colcha que le entregaste.

Gerta asintió por el cumplido.

—Bastante bien —contestó—. La próxima vez que vayas a Birka, tal vez te acompañe.

Solmund sonrió.

—Siempre dices lo mismo, Gerta.

Ella asintió de nuevo. Era como si se negara a sonreír esa mañana: tal vez era la única prueba de que se había pasado parte de la noche bebiendo.

—Te deseo una travesía rápida —le dijo a Svanhild.

—Gracias por tu ayuda —contestó la muchacha—. Los dioses sonríen por tu hospitalidad.

A Svanhild le habría gustado abrazarla, pero la espalda erguida de Gerta parecía impedirlo. Se quedó observando a su anfitriona mientras se alejaba y, de pronto, se sintió desvalida. Allí estaba de nuevo, entregada una vez más a manos ajenas.

Svanhild se inclinó de nuevo ante Solmund cuando Gerta se perdió de vista.

—¿Puedo ayudar en algo? —preguntó.

—Ve a ver si mi mujer necesita ayuda —contestó Solmund con aire ausente, señalando con la cabeza en dirección al barco.

Svanhild se alegró de saber que habría otra mujer a bordo, aunque había decidido no dudar de la confianza de Gerta en su amigo Solmund. Cuando bajó la escalera que llevaba a la bodega, rezó una oración de agradecimiento a Freyja por su buena fortuna. Los dioses le sonreían.

Por lo que Svanhild alcanzaba a ver en la penumbra del interior del barco, la mujer de Solmund tenía una expresión más amable que la de Gerta. De haber tenido más carne en los huesos, podría haber sido incluso guapa. Sus caderas y sus hombros eran estrechos, y su vida en el mar la había despojado de cualquier resto de lozanía, dejándole unas mejillas demacradas y unos ojos hundidos en las cuencas.

—Me gusta tener compañía —comentó cuando Svanhild la saludó y le explicó adónde se dirigía—, pero me alegro de tener hijos y no hijas. Una hija podría retenerme en casa, aunque no una hija como tú, por lo que veo.

Svanhild sintió que era una invitación a que le contara su historia, y así lo hizo, al menos la parte de su huida de la granja de Hrolf.

—Es una historia audaz —comentó la mujer—. ¿Crees que esto es seguro para ti?

—¿Algún viaje por mar es seguro? —preguntó Svanhild—. Estoy más a salvo aquí que en tierra.

El barco llevaba oro y espadas francas para el rey Hakon, así como rollos de tela de Constantinopla. Svanhild y la esposa de Solmund, que se llamaba Haldora, desenrollaron la lujosa tela para que se aireara y no se estropeara durante el viaje. Luego volvieron a enrollarla y la guardaron, y de ese modo pasaron el tiempo hasta la marea alta, cuando Solmund decidió zarpar. El mercader rezó una oración a Njord y a Ran, los dioses del mar, inclinándose y señalando por encima de la proa del barco, y finalmente dio la orden de zarpar. Svanhild se sentó con Haldora cerca de la pequeña tienda de cubierta, en la que dormía toda la familia cuando tenían que pasar una noche a bordo.

Haldora entregó a Svanhild una madeja de lana y un huso vacío.

—Es difícil hilar a bordo —le dijo—, pero pronto le pillarás el truco.

Svanhild estaba demasiado ocupada observando las maniobras de Solmund y sus hijos como para explicar con mucho detalle que era una pésima hiladora.

Aquellos muchachos estaban bien criados. Eran más altos que su padre y, a juzgar por el tamaño de sus extremidades, tardarían poco en alcanzar también su envergadura. Trepaban al mástil y caminaban por las regalas con la misma facilidad que las cabras montesas por una pendiente escarpada, aunque ninguno de ellos parecía tan formidable como Ragnvald.

En los últimos días, Svanhild había pasado mucho miedo intentando escapar y apenas había pensado en su hermano. Pronto pasaría por los mismos lugares por los que Ragnvald había navegado de camino a Yrjar, y vería las cosas que él había visto y le había descrito: las zambullidas de las aves marinas, la niebla del mar, las focas que descansaban en las rocas y se llamaban unas a otras como niños juguetones...

El viento que soplaba desde el fiordo olía a limpio. Cuando Solmund y sus hijos terminaron de maniobrar para llevar el barco hasta el centro de la pequeña bahía, Svanhild cogió el huso y la madeja de lana fina.

—¿Tienes algo más basto? —preguntó—. Se me da mejor la lana para las velas.

Haldora cogió el huso de su regazo.

—No hace ninguna falta que te pongas a hilar, querida, sólo pensaba que estarías más contenta con las manos ocupadas.

Svanhild sonrió ante ese comentario.

—Podría cardar lana para ti o hacer algo más simple.

Haldora asintió mirándola de un modo extraño, pero, como la mayoría de las mujeres, detestaba la tediosa tarea de retirar palitos y suciedad de la lana, y también el interminable proceso de peinarla con agujas de hierro hasta que todas las fibras iban en la misma dirección. Al menos Svanhild podía ganarse la amistad de su anfitriona ofreciéndose a hacer ese trabajo.

✠

Aquella noche fondearon en una cala estrecha, debajo de los altos acantilados del fiordo. Los hijos de Solmund montaron una tienda en la arena, mientras ella y Haldora preparaban la cena. Svanhild contribuyó con un poco del pan de Gerta, y luego esperaron juntas a que los hombres terminaran. Cuando Solmund se reunió con ellas, Haldora se sentó en un trozo de madera de deriva al lado de su marido para comerse su pescado salado acompañado de unos puerros. Svanhild se sentó a cenar con ellos, sin esperar a que los chicos hubieran terminado.

—¿Cómo es que viajas sola? —preguntó el mercader.

Svanhild miró a Haldora y empezó a contarle a Solmund una versión breve de su huida de la granja de Hrolf. La mujer le sonrió: a ella no le importaba oír la misma historia dos veces. La joven hija de Eystein, sin embargo, añadió parte de la historia de Ragnvald, contando quizá más de lo que pretendía, y les explicó cómo Solvi había tratado de matar a su hermano para contentar a Olaf.

—Parece salido de una vieja canción... —comentó maravillado uno de los hijos de Solmund, tropezando con las palabras.

—Solvi llegó incluso a preguntar por mí —repuso Svanhild, riendo y ruborizándose—. Es demasiado estúpido para ser un relato heroico, y preferiría no figurar en uno cómico.

—Ese Thorkell no parece tan malo —dijo Haldora con amabilidad.

¿Es que todas las mujeres pensaban lo mismo? Svanhild miró a Solmund.

—¿Comercias con Solvi Hunthiofsson? —preguntó—. ¿O con su padre?

Solmund pareció pillado a contrapié, tal vez por el hecho de que una mujer le preguntara algo así con tanto atrevimiento. Svanhild se mordió el labio; debería haber seguido mejor el ejemplo de Haldora. Aquella mujer daba la impresión de ser competente y osada, pero también era amable.

Solmund terminó de masticar un trozo de pan antes de hablar.

—Antes sí. Antes de casarme, cuando ese Solvi todavía era un niño. Tafjord era un lugar duro, siempre había demasiados guerreros con poco que hacer. Cuando llevaba sirvientes para ayudarme, los hombres de Hunthiof se burlaban de ellos. Los obligaban a luchar entre ellos para poder apostar, y esa clase de cosas.

A los guerreros les gustaban los juegos crueles y solían escoger como víctimas a sirvientes y esclavos. Svanhild lo sabía. Un buen rey siempre intentaría que sus hombres no causaran demasiados daños, pero tenía que darles un poco de margen para que pasaran el tiempo de alguna manera.

—Eso fue antes de que muriera la mujer de Hunthiof —continuó Solmund—. Desde entonces sólo fui en una ocasión. Por Thor que me alegré de haber dejado a Haldora y a mis hijos en casa. Parecía un sitio embrujado. El chico estaba desbocado. Habían muerto algunos hombres en duelos... o en enfrentamientos mucho menos formales que un duelo, y sus cuerpos yacían insepultos en torno al salón. Por suerte, ese año había nevado pronto y el hedor no era tan horrible... Hasta que llegué al salón. Tendría que haber huido en ese mismo instante. «Te ofrecería mi bienvenida», me dijo el rey Hunthiof cuando llegué con mis enseres habituales, «pero aquí estamos todos muertos, y los muertos no dan la bienvenida a los muertos».

»Sus palabras me helaron la sangre. Me di cuenta de que había perdido el juicio, y de que sus hombres, los que quedaban, lo habían seguido en su locura. Su hijo, ese Solvi, se había recuperado lo suficiente de sus heridas para caminar, pero no hablaba. Sólo vagaba entre los hombres caídos, y nadie podía distinguir a los muertos de los que yacían borrachos. Comía y bebía de los restos en descomposición que quedaban en la mesa. Lo vi vomitando en una esquina antes de irme, sin ninguna mujer que lo cuidara o le limpiara la cara. Nunca supe qué había ocurrido con las mujeres que servían en el salón, pero en ocasiones sueño con eso. Si el chico no hubiera sido un tullido, si su padre no hubiera sido un rey, creo que me lo habría llevado de allí... —Solmund se estremeció—. Desde luego, ojalá lo hubiera hecho.

Svanhild pensó que, probablemente, Solmund no había pretendido contar tanto. Sin embargo, al revivir aquellos sucesos había regresado una vez más a ese mundo. El mercader agarró la mano de su mujer con tanta fuerza que su piel bronceada se puso blanca.

—Se quedó con toda mi mercancía como botín... Para el Hel, dijeron, porque nadie puede llevarse bienes del país de los muertos. Luego me dijo que se quedaría también con mis siervos; uno de ellos, Sverri, llevaba años conmigo. Había sido mi compañero desde que heredé el primer barco de mi padre, que descanse en paz en su túmulo. Hunthiof me dijo que, si iba a abandonar la tierra de los muertos, debía pagar por el privilegio de salir con vida de allí. Por supuesto, protesté y le pedí que me tomara a mí a cambio, pero dijo que no, que Sverri serviría, que si acababa con la vida de un hombre libre contraería una deuda... No podía imaginar qué quería decir con eso. Sus rituales no se parecían a nada de lo que hubiera oído hablar antes. No sé si iban dirigidos a algún dios terrible o si se debían sólo a la locura de Hunthiof. No te contaré cómo mataron a Sverri, aunque me obligaron a presenciarlo, y después de embadurnarme con su sangre me devolvieron a mi barco en medio de la tormenta y me enviaron de vuelta al fiordo con la bodega vacía.

Solmund soltó la mano de su mujer y se estremeció de nuevo.

—Tuve que pedir prestado mucho dinero a mis amigos para poder continuar comerciando, porque la única riqueza que me quedaba era mi barco. He oído que la locura de Hunthiof ya no es tan fuerte como entonces, y que vuelve a ser un gobernante astuto. Algunos comerciantes todavía van a su salón, pero yo nunca volveré allí. Y sé que no soy el único al que trató así. ¿Es de extrañar que su hijo haya crecido como un hombre cruel y caprichoso? Me alegro de que vayas en busca de tu hermano. Él querrá mantenerte lejos de las garras de Solvi.

Svanhild se sintió culpable de haber inducido a Solmund a revivir aquellos recuerdos, y se compadeció del pequeño Solvi, al imaginarlo vagando por ese salón infernal sin nadie que le contara qué ocurría.

⊹

Haldora le ofreció a Svanhild meterse con ella en su piel de dormir forrada de pelo cuando se acostaron en la tienda, de manera que pudieran compartir el calor. El viento soplaba con fuerza en aquella playa. Las altas paredes del fiordo arrastraban hasta allí las súbitas galernas del océano, y los laterales de la tienda se agitaron durante toda la noche. Se marcharon por la mañana, unas pocas horas después de que saliera el sol. Haldora pasó la mayor parte de su tiempo en la toldilla de popa, cosiendo ropa para su familia, pero Svanhild no quería perderse las vistas. Pronto estaría otra vez encerrada entre las paredes de un salón comunal, con otras mujeres. O tal vez no, tal vez Ragnvald la llevara también en sus barcos. En ese caso, necesitaría aprender a vivir en ellos.

Pasó el tiempo en la proa, donde no molestaba a los hijos de Solmund cuando hacían oscilar la gran vela para captar los vientos cambiantes. Cuando miraba la ruta que tenían por delante, su progreso parecía majestuoso. Los saltos de agua caían de las altas paredes que los rodeaban, y el fiordo se hacía cada vez más ancho. Ansiaba navegar algún día en un elegante *drakkar*, un barco de guerra, una nave que devorara las olas bajo su quilla.

Cerca de la boca del fiordo, una extraña calma los mantuvo durante dos días embarrancados en una playa expuesta. Los hijos de Solmund cogieron piscardos en los bajíos para usarlos como cebo; Svanhild y Haldora estofaron carne seca y salaron las capturas de los chicos. A la joven le preocupaba que Solmund la culpara a ella de la mala fortuna, pero el mercader se limitó a contar historias de cómo en ocasiones se había quedado atrapado así durante una semana o más. Decía que los vientos y las mareas eran siempre inciertos en lugares limítrofes como aquéllos —ni fiordo ni mar abierto, ni tierra ni océano—, y aseguraba que eso se debía a los espíritus que moraban en lugares como aquella playa.

El día siguiente amaneció gris, con el mar revuelto, pero pudieron reanudar su ruta hacia el norte. La bruma ocultaba la costa y la isla colindante, salvo en raros atisbos que confirmaban que el barco no había salido de este mundo para entrar en otro.

Svanhild miraba con intensidad a través de la neblina, buscando tierra, cuando vio el fantasma ondeante de un *drakkar* que surcaba las olas hacia ellos. Apareció tan de repente que le pareció producto de su imaginación, y desapareció casi con la misma presteza por detrás de la masa de una isla envuelta en la bruma. El banco de niebla se hizo más espeso y se convirtió en lluvia. El *drakkar* reapareció poco después al otro lado de la isla.

El viento soplaba a ráfagas: la galerna empujaba con fuerza al pequeño mercante, antes de remitir y dejar la vela lacia. El *drakkar*, en cambio, se movía con rapidez, empujado por los remos. Al principio, Svanhild ni siquiera pensó en el peligro, maravillada por la velocidad y la belleza de la embarcación, hasta que el *drakkar* se acercó más y pudo distinguir los escudos situados a lo largo de la borda. Ragnvald le había contado que sólo colgaban los escudos cuando se disponían a atacar.

Demasiado tarde para que los hijos de Solmund buscaran sus espadas.

—¡Entra y escóndete! —le ordenó Solmund frenéticamente cuando la vio allí de pie, en la proa.

Svanhild se metió en la toldilla y dejó caer la lona que hacía las veces de puerta. Lo único que podía oír era el repiqueteo de la lluvia en el cuero engrasado y el latido de su propio corazón. Haldora le puso una mano en el hombro. Svanhild dio un respingo.

—¿Qué? ¿Qué pasa? —preguntó Haldora.

—Es un *drakkar* —susurró Svanhild.

Dejó que Haldora la abrazara. El barco de guerra había avanzado muy deprisa hacia ellos; seguramente ya estaría a punto de abordarlos. ¿Podía oír algo? Tal vez habían pensado que el *knarr* no tendría gran cosa de valor para robar, o quizá ese día no estuvieran de humor para acosar a simples mercaderes. Pero no, no se alejarían al menos sin saludar a Solmund. Y habían puesto los escudos en las bordas.

Después de lo que le pareció una eternidad, mientras se esforzaba por oír algo, cualquier cosa, por encima del flameo de la vela, notó que el viento cambiaba. Las paredes de la tienda se estremecieron y le cayeron gotas de condensación en la cara. Finalmente, Svanhild oyó gritos, que vinieron acompañados del golpe de los costados de los barcos al entrechocar. Uno de los hombres del *drakkar* lanzaría una cuerda al codaste y los ataría para que el *knarr* no pudiera escapar. El capitán subiría a bordo y buscaría en todas partes. Podría matar a los hombres y vender a las mujeres como esclavas. Había mercados en Frisia donde los trotamundos podían vender a sus esclavos a mercaderes del sur. Terminarían en Bagdad o en Constantinopla, sin familia, sin saber el idioma, enterrados o quemados lejos de sus dioses. Pocos habían regresado a contar sus historias.

—¡Saludos! —gritó un hombre con voz alegre.

Era uno de los guerreros del *drakkar*. Svanhild conocía esa voz, la voz de Solvi. Su *wyrd* venía a buscarla.

—Saludos —contestó Solmund, con más cautela.

—Estas aguas me pertenecen —dijo Solvi—. Y hay que pagar un impuesto para viajar por ellas.

—Estas aguas son libres —repuso Solmund—. Y veo que eres un hombre honorable, un guerrero con la espada bien mellada. No eres de los que roban a los hombres desarmados.

—Tus hijos tienen espadas.

—Mis hijos temen por mi seguridad.

Svanhild trató de acercarse a la entrada, pero Haldora la contuvo, clavándole los dedos en la muñeca.

Fuera, los hombres cruzaron más palabras, que Svanhild no logró distinguir, y luego volvió a oír a Solvi, con su voz brillante resonando como golpes de un herrero en una espada.

—Muéstranos lo que llevas, pues, para que podamos fijar nuestro impuesto. Deberías haber dicho que la carga iba destinada a mi padre, y no al rey Hakon. Entonces, tal vez te habría perdonado.

—¿Por qué no saqueas tierras más ricas, mi señor? —preguntó Solmund.

—Hay algo que busco más cerca de casa —contestó Solvi—. Basta de cháchara. Mis hombres se llevarán su botín pacíficamente o de otro modo.

—Yo soy lo que está buscando —susurró Svanhild, deseando poder acabar con el miedo de la mujer—. Tal vez si se me lleva no os hará nada.

Apartó la lona de la entrada y se puso en pie delante del mástil. La lluvia había cesado y el viento empezó a juguetear con los mechones de cabello de su trenza.

—Solvi Hunthiofsson —dijo Svanhild, poniéndose lo más erguida que pudo—. ¿Es a mí a quien buscas?

Todos se quedaron callados. Sus palabras incluso parecían haber silenciado el batir de las velas. Svanhild miró en torno a la cubierta. Los hijos de Solmund ya estaban desarmados, y uno de los hombres de Solvi contenía al mayor con el brazo en un ángulo que parecía a punto de dislocarle el hombro. Solvi la miraba boquiabierto, pero enseguida ocultó su sorpresa con una sonrisa.

—Mi señora Svanhild... —dijo—. ¿Qué te trae aquí?

Svanhild bajó de la pequeña plataforma de la toldilla. El pulso le martilleaba en los oídos. Caminó hacia Solvi, poniendo lentamente un pie delante del otro, para no perder el equilibrio cuando el barco se balanceaba en las aguas revueltas.

En las sagas, las mujeres sólo se salían con la suya siendo más audaces que los hombres que las rodeaban. Lo que no podían hacer con acero lo lograban con voluntad. Tenía que haber una forma de salvar a Solmund y su familia, que habían sido tan amables con ella. Irguió los hombros.

—¿Mi señor es un ladrón? —preguntó, impostando la voz para que no le temblara y revelara su miedo—. No cabalgarías hasta una granja vecina para llevarte la oveja de un hombre. Entonces, ¿por qué llevarte las reservas de mi amigo Solmund? Son tan suyas como el rebaño es del granjero.

Si eso era cierto, sólo se debía a que Solvi prefería hacer sus incursiones por mar. Aun así, a los hombres les gustaba oír cosas buenas de ellos. Eso le había dicho Vigdis.

Solvi se pasó la lengua por los labios. Svanhild esperó a que hablara, pero él no respondió. La joven notó el peso de las miradas de todos aquellos hombres en ella. Quizá no estaban acostumbrados a ver a Solvi quedándose sin palabras. Cruzó los pocos pasos que lo separaban de él y le puso una mano en el brazo. Solvi tenía la manga descosida a la altura de la muñeca. Svanhild se preguntó absurdamente si la mujer de Solvi le cosía las mangas cuando él estaba en casa. Su pulgar encontró carne y notó la piel caliente de Solvi, pero enseguida desplazó su mano gélida para que la tela los separara.

—Pensaba que mi prometido era un hombre honorable —añadió a la desesperada.

Solvi se echó a reír.

—¿Tu prometido? Mi señora es de lo más audaz. Pero tiene razón. Estaba buscándote, así que eres tú quien ha puesto a esta gente en peligro.

Svanhild tomó aire. Había deseado y temido que fuera verdad, y confirmarlo sólo acrecentaba su miedo.

—El peligro eres tú, mi señor —repuso Svanhild. Ya se había arriesgado mucho e incluso había llegado a decir que estaba prometida a Solvi—. Y como no hay nada de honorable en eso, dudo que puedas ser mi futuro esposo. Porque estoy segura de que mi familia no me prometería a un hombre sin honor.

Se arriesgó a repasar con la mirada a los hombres de Solvi. Algunos de los marineros más curtidos estaban sonriendo abiertamente ante la lógica de Svanhild, mientras que los más jóvenes observaban con los ojos abiertos como platos, desconcertados por la situación.

—¿Qué sabe de honor una mujer? —preguntó Solvi, afilando la sonrisa de manera desagradable.

Svanhild titubeó, ¿había ido demasiado lejos? Apartó la mano del brazo de Solvi y se dio la vuelta como la viva imagen de una mujer despechada. Era un gesto calculado y Solvi lo sabría, pero ya no estaba actuando sólo para él.

—Una mujer puede conocer el honor —afirmó. Sus historias favoritas le habían sido útiles hasta el momento; rezó para que continuaran siéndolo—. ¿Una mujer como la sueca Gudrun, que mató a sus propios hijos porque eran los vástagos de un hombre que la había traicionado? ¿Una mujer como Unna, que alentó a su marido holgazán a vengarse? Creo que una mujer puede conocer el honor incluso mejor que un hombre.

Miró a los guerreros de Solvi. Incluso los más experimentados mostraban ahora una expresión reflexiva, como si de verdad estuvieran escuchando sus palabras. A Svanhild nunca le había prestado atención tanta gente al mismo tiempo. Era embriagador, un soplo mareante de miedo y poder.

Se volvió hacia Solmund.

—Amigo mío —dijo—. ¿Harás el favor de regalar a mi prometido algo adecuado para celebrar nuestra unión?

Solmund miró a Solvi, que se encogió de hombros y asintió. El mercader pidió a sus hijos que levantaran las tablas de cubierta que protegían su mercancía.

Svanhild volvió a poner una mano en el brazo de Solvi y le sonrió levemente.

—¿A qué estás jugando, Svanhild? —preguntó él entre dientes.

—Deja marchar a esta gente e iré contigo sin resistirme —dijo bajando la voz, igual que él.

—Vendrás conmigo tanto si te gusta como si no.

—Tus hombres tendrán que pescarme del mar si no haces lo que te pido. Y saldrán bien pateados y mordidos —repuso ella.

Nunca se había sentido tan audaz. Tenía la sensación de que podía caminar sobre aquellas olas si le apetecía.

Solmund emergió de la pequeña bodega con un hermoso collar y un brazalete, que entregó a Svanhild y a Solvi.

—¿Podemos irnos ahora? —preguntó Solvi, en voz lo bastante alta como para que todos sus hombres lo oyeran—. Haberte encontrado vale más que cualquier tesoro al que podamos renunciar.

Svanhild sonrió ante su sarcasmo. Podía burlarse de ella, pero todavía participaba en su juego.

—Solmund y su familia han rescatado a tu novia y la han llevado hasta ti —dijo—. ¿No merecen una recompensa?

Solvi se inclinó hacia delante para susurrarle al oído, como si fueran amantes.

—¿Hasta dónde piensas llevar esto, Svanhild? Tus juegos son encantadores, pero mi paciencia tiene un límite.

Svanhild se ruborizó de rabia, pero aun así sonrió, como si fueran sus palabras provocadoras lo que le hacían arder las mejillas. Algunos de los hombres de Solvi parecían empezar a perder el interés en todo aquello, porque el juego estaba terminando. Apoyaron las manos en sus espadas, flexionando las rodillas al ritmo del océano y manteniendo el equilibrio con la misma naturalidad con la que respiraban. Los jóvenes aún parecían mirar a Solvi con esperanza. Sus ojos decían que habían presenciado una escena de cuento y querían que terminara bien, con el honorable recompensado y el culpable castigado. Svanhild inclinó el rostro hacia Solvi.

—Tus hombres aman a un señor generoso, ¿no? ¿No alardean con sus amigos de los finos brazaletes que les has dado?

—Moneda inglesa —dijo Solvi finalmente, lo bastante alto como para que lo oyeran todos los que se hallaban a bordo—. Pagaré con ella por sus servicios. —Levantó la barbilla a uno de sus hombres, que fue a buscar las monedas.

—¿Podría despedirme, mi señor? —preguntó Svanhild, ahora en un tono más tranquilo.

La actuación había terminado y Svanhild había ganado. Sin embargo, ¿qué había conseguido? Libertad para la familia de Solmund y cautividad para ella. Le pesaban las piernas como si fueran de plomo. La lluvia volvía a caer y le pegaba el cabello a las mejillas. Nadie vería a una heroína en una chica bajita y empapada.

—¿Qué truco es éste? —preguntó Solvi.

—Ninguno —respondió Svanhild con brusquedad—. Soy del todo tuya.

Solvi le agarró la mano con fuerza.

—¿Lo eres, Svanhild?

Ella se soltó, asustada por la rudeza de Solvi.

—Todo lo que puedo serlo.

El viento sopló con fuerza detrás de ella y llevó sus palabras sólo hasta él.

—Si me maltratas, mi hermano me vengará. No lograste matarlo una vez. Piénsalo bien. —Le dio la espalda y se acercó a sus anfitriones.

Svanhild abrazó a Solmund y Haldora para despedirse. Solmund no tenía palabras para ella, y a Svanhild le pareció ver en los ojos del mercader el viejo salón de Hunthiof, el salón de los muertos. Se dijo a sí misma que Hunthiof tenía que haber cambiado desde entonces, o Solvi no habría sobrevivido para llegar a adulto. Haldora se inclinó hacia ella cuando se abrazaron, y le susurró al oído un agradecimiento tembloroso que casi le hizo saltar las lágrimas. Parpadeó para contenerlas antes de soltar a Haldora, y caminó con la cabeza alta hacia Solvi, quien la tomó del brazo y la ayudó a pasar por la borda hasta su barco.

21

Los hombres se levantaron poco a poco al día siguiente, después de la batalla. Con los ojos enrojecidos por la falta de sueño, Ragnvald observó cómo iban encendiendo pequeñas fogatas.

La voz de Oddi lo sacó de su ensimismamiento.

—No eres buena compañía tras una batalla, Ragnvald Eysteinsson.

Puso una mano en el hombro de su primo, un gesto amistoso, y Ragnvald sonrió agradecido.

—Probablemente, aunque sin duda soy mejor compañía que tu hermano anoche. Pero es cierto, deberás perdóname. No importa si bebí o no. Lo siento si he sido el responsable de tus pesadillas.

—No —dijo Oddi.

Tenía las manos limpias aquella mañana. Ragnvald no sabía si hablaría más de ello, de lo que su padre le había obligado a observar, pero no quería volver a preguntar.

—No —repitió—. Encontré un odre de cerveza y una chica que quería compartirla conmigo.

Ragnvald levantó una ceja.

—¿En serio?

—Bueno, ella quería un sitio caliente para pasar la noche, y yo le di calor. —Suspiró y se encogió de hombros—. Esta mañana, mi hermano está furioso.

—¿Sabes qué ha decidido hacer tu padre?

—Ha degradado a los capitanes de Heming y ha ascendido a otros para que comanden a esos hombres —contestó Oddi. Lanzó a Ragnvald una mirada burlona—. Mi hermano jura vengarse del traidor.

Ragnvald lo fulminó con la mirada.

—No le debo lealtad a él, sino a su padre, tu padre. No me gustan los hombres capaces de amenazarme para llevarme a su causa.

—Heming te matará —dijo Oddi.

Lo dijo con tal falta de afecto que sus palabras le helaron la sangre. Oddi también había sido amigo del *jarl* Runolf.

—Que lo intente —replicó Ragnvald, tratando de sonar despreocupado. No debería mortificarse por eso; desde el ataque de Solvi, daba por hecho que su vida estaba en peligro—. ¿Qué crees que debería hacer?

Oddi se encogió de hombros.

—No lo sé. Pero esperaba que tú tuvieras alguna idea.

—No es culpa mía que tu hermano se comporte como un insensato —dijo Ragnvald—. Yo no hice nada para verme envuelto en todo esto.

—Sí lo hiciste. —Oddi le mostró a Ragnvald una sonrisa algo triste—. Sé que no es culpa tuya que Heming sea un idiota, pero aceptaste estar ahí.

—Es cierto.

—No mataré a mi hermano por ti, pero te advertiré si veo que una daga te apunta al cuello.

—Trataré de no agacharme para que no acabe clavándose en ti.

—Mi padre me ha dicho que quiere hablar contigo —dijo Oddi.

Hakon desayunaba en una pequeña loma, rodeado por sus hombres. Al abrigo de uno de los graneros había varios esclavos sentados con las manos atadas y rodeados por hombres que los custodiaban. Cuando vio a Ragnvald, el rey se levantó y caminó con él hasta donde la multitud reunida no pudiera oírlos.

—Hiciste bien contándome los planes de Heming —empezó Hakon—. Aunque él no lo crea así. No sé cómo hacerle entrar en razón. Supongo que lo único que puedo hacer es ocuparme más de él, prestarle más atención.

—No. —Ragnvald miró la boca de Hakon en lugar de hacerlo a los ojos. Su gesto revelaba preocupación—. Le irrita que lleves tú las riendas. Envíalo con los capitanes de Harald.

—Se lo tomaría como una recompensa. Pero sólo te has equivocado una vez desde que te conozco. Y fue en tu juicio. Creo... —Hakon lanzó a Ragnvald una mirada penetrante—, creo que tu criterio es sensato, salvo cuando se trata de tu propia causa. Espero no equivocarme. Os enviaré a ti, a Oddi y a Heming con los capitanes de ese jovenzuelo, así le recordaré a Harald que me debe lealtad. Si nuestros ejércitos se separan al ir en busca de otros reyes a los que matar, te quedarás con ellos. —Volvió a mirar a Ragnvald, pero esta vez su mirada era distinta—. Espero que mi hijo no te mate.

Ragnvald trastabilló.

—Yo también lo espero. Si temes por eso, mantenme a tu lado.

—No —dijo Hakon—. Es posible que no le gustes, pero tal vez aprenda algo de ti, lejos de mi influjo. Contigo a su lado, quizá Heming pueda demostrarle su valía a Harald. Pero si te ataca, procura no matarlo, porque entonces tendré que matarte... —Soltó una carcajada, pero sin duda vio también la expresión de pánico en el rostro de Ragnvald, porque enseguida añadió—: También le infundiré algo de miedo a él, y todo irá bien.

—Está claro que mi criterio no es prudente cuando se trata de mi propia causa —dijo Ragnvald, enfadado—. Debería haberme mordido la lengua. ¿No podrías separarnos?

—Lo harás bien. —Era una orden—. Quiero que orientes a Heming y que consigas que Harald se fije en él. Hazlo y te recompensaré; sin duda, uno de mis hijos reinará en Sogn, y tú serás el primero de sus *jarls*, con un elegante salón de banquetes.

Ragnvald sabía que convertirse en rey de Sogn era una esperanza incierta, pero oír que Hakon planeaba alegremente entregar la tierra a uno de sus hijos —que nunca la habían visitado salvo para el *ting*— lo exasperó.

—Te doy las gracias —dijo entre dientes.

—Te encargo misiones difíciles porque sé que puedes cumplirlas —explicó Hakon—. Haz las paces con mi hijo y procúrale la amistad de Harald.

✠   ✠   ✠

Hakon y Guthorm se dividieron los esclavos a partes iguales y los enviaron al sur para que fueran vendidos en Dorestad. La muchacha violada que se había aferrado a su cuchillo, y que a Ragnvald le había recordado a Svanhild, estaba entre ellos. El joven Eysteinsson aún se sentía incómodo al verla tratada de esa forma, así que prefirió no presenciar cómo zarpaba su barco.

Ragnvald, Oddi y Heming ocuparon su lugar entre los capitanes de Harald cuando formaron filas para marchar a las tierras altas, siguiendo la senda que al parecer había tomado el rey Gudbrand. Ragnvald estaba alerta a cualquier diferencia entre su ejército y el de Hakon, pero eran muy similares, compuestos por jóvenes granjeros de cara fresca y viejos y canosos cazadores que se mezclaban con guerreros experimentados.

No sabía cómo comportarse con Heming —de haber podido, lo habría evitado—, pero imaginaba que, si lo tenía cerca, tal vez no necesitaría temer una espada en la oscuridad. Heming era un hombre honorable; Ragnvald no creía que se rebajara a asesinarlo a traición.

—Según me cuenta mi hermano, tengo que darte las gracias por esto —le dijo Heming.

Señaló hacia el lugar donde se sentaba Harald, que estaba dentro de su campo visual, pero no podía oírles. El joven rey se reía con su amigo Thorbrand y una de las cautivas. Oddi estaba ocupado supervisando a los hombres que Guthorm le había asignado.

—Sí —contestó Ragnvald secamente.

Heming se volvió hacia él. Tenía todo el aspecto del guerrero de una saga, atractivo y fuerte hasta tal extremo que Ragnvald no podía dejar de ser consciente de la marca que el cuchillo de Solvi le había trazado en el rostro, de lo delgado y ligero que era en comparación con el cuerpo musculoso de Heming. Aunque el hijo mayor de Hakon ya no parecía tan altivo como antes, sino un poco perdido.

—Pensé que a ti y a tu padre os convendría separaros un tiempo —añadió Ragnvald con reticencia—. ¿Me equivocaba?

—No lo sé. —Heming negó con la cabeza—. Quiero que piense en mí como un hombre, no como un niño.

Ragnvald se echó un poco atrás, sorprendido por esta confidencia repentina, y entonces le preocupó que Heming sólo compartiera eso con él porque planeaba matarlo y ya no importaba lo que le contara.

—Quiere que...

—Lo sé —lo cortó Heming—. Quiere que me haga amigo de Harald. ¿De qué puede servirme eso? Mi padre es el rey más poderoso del oeste. Toda amistad se basa en eso. ¿Qué tengo que hacer yo?

—Bueno —contestó Ragnvald—, tendrás la oportunidad de luchar con valor al lado de Harald, y los escaldos cantarán tus hazañas. —Miró hacia el río y añadió—: ¿No querías embarcarte para atacar a Hunthiof en Tafjord precisamente para eso?

—Debería matarte por esa traición —dijo Heming de pronto, con la voz envenenada.

Ragnvald se levantó y llevó una mano a la espada. Había confiado en que la intensidad del desencuentro se rebajaría al hablar de él, pero ahora se daba cuenta de que había elegido mal: Heming prefería que no se mencionara. El primogénito de Hakon se encaró con él, llevando también la mano a la empuñadura de su espada. Rostros iluminados por el fuego se volvieron entonces hacia ellos.

—Hace mucho que Hunthiof es enemigo de mi padre. Debería agradecerme que planeara su muerte —agregó Heming.

Ragnvald se tranquilizó un poco; por lo visto, Heming aún quería hablar, no blandir la espada.

—O podría llorar como el hombre de la canción, que mató a su enemigo y luego se quedó en cama durante un mes porque nunca más tendría ante él un reto parecido. Tal vez tu padre es lo bastante sabio como para no buscar semejante desesperación.

Ragnvald dijo esto último con cierto sarcasmo, buscando en el rostro de Heming alguna señal de que sería capaz de dejar la rabia atrás.

—¿Y tú qué sabes de eso? No has matado a tu enemigo, ese tal Olaf. El hombre que mata a su enemigo no debería lamentarlo, sino salir y encontrar otro nuevo.

Ragnvald sintió la ira que Heming estaba tratando de alimentar. Quería preguntarle si él le había hecho un favor al convertirse en su enemigo, pero no quería recordarle eso cuando los dos estaban listos para luchar.

—No soy tu enemigo, a menos que tú lo desees.

Heming estaba haciéndole sentir el cansancio de la batalla que los nervios habían mantenido a raya. Casi no había dormido nada en los últimos días.

—No, sólo eres mi niñera y el espía de mi padre —repuso Heming con amargura.

Ragnvald inclinó la cabeza.

—Lo que tú digas. Ahora quiero dormir un poco.

Heming no dijo nada, pero echó chispas cuando Ragnvald se volvió para dirigirse a la tienda que compartía con Oddi.

Se despertó cuando su amigo entró en la tienda un poco más tarde, y ya no pudo volver a dormirse. Se pasó la noche dándole vueltas a las palabras que le había dicho a Heming. Se había enorgullecido de su capacidad para influir en Hakon con consejos y observaciones inteligentes, pero no podía ofrecerle nada semejante a su primogénito. Si al menos Heming se diera cuenta de que destacar guerreando para Harald le granjearía la confianza y admiración de su padre, tal vez no lo odiaría tanto.

⁜

A la mañana siguiente, los ejércitos combinados avanzaron. El objetivo de Guthorm era la gran fortaleza del rey Eirik, en las tierras altas de Hordaland, pero cuando ya marchaban por las colinas los exploradores trajeron noticias de Gudbrand.

Durante los días siguientes, el ejército persiguió rumores por páramos y bosques. Marcharon hacia el sur, luego oyeron que el ejército del rey Gudbrand se estaba desplazando tierra adentro. La enorme compañía no lograba encontrar comida suficiente en su camino. Los ciervos y otros animales que podían cazar se asustaban al ver a un grupo tan numeroso de hombres y huían. Algunos guerreros habían ido haciendo pequeñas batidas en las primeras granjas, entre los lamentos de las mujeres y las quejas de los propietarios, hasta que Guthorm puso freno a aquellas incursiones. Ahora pasaban hambre y sólo comían lo que los hombres encontraban en sus trampas por la mañana.

Hakon y Guthorm se reunieron, y el primero decidió llevar de nuevo a sus hombres a los fiordos para proteger las tierras que ya habían conquistado. Ragnvald sabía que eso no complacía a Guthorm, pero en esta ocasión Hakon tenía sus razones, y también un ejército hambriento de su lado.

Finalmente, Guthorm decidió que continuar con la persecución no era una buena forma de utilizar sus recursos, y dio orden de poner rumbo al este para dirigirse a la fortaleza del rey Eirik. Ragnvald había oído algunas canciones sobre aquella fortaleza. Se decía que, antes de que los dioses condujeran a los gigantes de hielo a las montañas, aquellos seres la habían construido cavando zanjas y rampas con sus poderosas manos, duras como la piedra. La fortaleza dominaba un extenso altiplano cerca de las estribaciones del Kjølen, y al ver las altas rampas de tierra y las profundas zanjas reforzadas con postes, a Ragnvald no le costó creer que aquellos seres mitológicos hubieran contribuido a fundarla. Si la guarnición que la protegía estaba bien aprovisionada y tenía hombres suficientes para custodiar los muros, podría resistir fácilmente un largo asedio.

Ragnvald se alegraba de que Guthorm se hubiera decidido por un objetivo, fuera cual fuese, porque eso significaba que por fin podrían dejar de marchar. La herida de la mano no se le estaba curando bien. El joven guerrero la examinaba cada mañana, y descubría los bordes calientes y supurantes, que no acababan de cicatrizar. Se lavaba y cubría la herida con telarañas antes de envolverla con un trozo de tela limpio, como le habían enseñado, pero aun así cada día le dolía más.

El ejército acampó en una arboleda, fuera del alcance de los arqueros de la fortaleza, y Harald llevó a Thorbrand, Ragnvald, Heming y Oddi, junto con varios capitanes más, a explorar los alrededores y a buscar puntos débiles en los muros de contención. Su llegada no había pasado inadvertida. Grandes portones de madera bloqueaban cada una de las cuatro entradas, y había guardias patrullando en las cimas de los montículos excavados.

—Mi tío me cuenta que tiene una doble muralla —explicó Harald—, de modo que, si un ejército atraviesa la primera, los hombres pueden ser masacrados en el espacio que hay antes de la segunda.

La mera idea de quedarse atrapado allí, en un lugar en el que la muerte era la única salida, a Ragnvald le helaba la sangre.

—Debo preguntarle cómo pretende que tomemos esa fortaleza —agregó Harald.

En el camino de vuelta al campamento, el joven Eysteinsson se quedó atrás con Oddi, donde Harald no podía oírlos.

—Sería más rápido si su tío condujera a sus huestes —comentó—. Es estúpido pretender que este chico pueda hacer algo más que alzarse entre los hombres y pronunciar bonitos discursos.

Estaba cansado de tanta marcha, del dolor de la mano y de la precipitación con la que hasta entonces se había movido aquel ejército.

—Es joven —contestó Oddi—. Pero siento que crecerá para ser un gran rey. Su madre es una gran hechicera y así lo profetizó. ¿Preferirías que tomara decisiones estúpidas por sí mismo en lugar de seguir el consejo de su tío?

—Preferiría pensar que es algo más que un oso danzarín particularmente bien adiestrado.

No sabía por qué Harald le irritaba tanto, salvo por el hecho de que destacaba mucho y contaba con todas las ventajas de su fuerza y su origen; sin embargo, esas ventajas le parecían vacías. Cierto, su talento con las armas, sobre todo siendo un hombre tan joven, parecía no tener parangón. Harald podría ser un héroe digno, pero un rey necesitaba aptitudes diferentes a las de un héroe. Sin embargo, Ragnvald era consciente de que parte de aquel desagrado tenía que proceder de la envidia, y se conocía lo suficiente como para admitirlo. Harald había perdido a su padre y ahora tenía un tío que actuaba como un padre para él; más que un padre, incluso. Hakon estaba complacido de cuidar de sus hijos y de hombres como Ragnvald, pero sólo en la medida en que podían ayudarlo y no hacerle sombra. Harald, en cambio, no tenía hermanos con los que competir, ni tampoco hermanas de las que preocuparse.

—¿Lo comparas con un oso? —preguntó Oddi, sacando a Ragnvald de sus pensamientos—. A mí me recuerda más a un lobo bien alimentado. Ten cuidado, amigo.

Ragnvald y él se apresuraron a seguir el ritmo de las largas zancadas de Harald. En cuanto regresaron a la tienda de Guthorm, el joven guerrero le dijo a su tío:

—Desde luego, es una fortaleza poderosa. ¿Cómo la tomaremos?

—Hemos oído que no están bien aprovisionados —contestó Guthorm—. Los asediaremos durante unos días y luego plantearemos condiciones. Si eso no funciona, nos infiltraremos en una sección de la zanja por la noche, para reducir en lo posible el peligro que suponen los arqueros. Luego atacaremos las murallas. Algunos morirán en el intento, pero la mayoría no. Eirik no podrá mantenernos fuera.

—Yo la saltaré —intervino Thorbrand—, pero ¿qué pasa con la muralla interna?

Ragnvald se alegró de que Thorbrand hubiera hecho esa pregunta, así ya no tenía que plantearla él.

—Tendremos que llevar tablones para tender un puente sobre la zanja interior —dijo Guthorm—, y asegurarnos de no bloquear nuestra retirada. Tal vez nos convenga hacer alguna incursión rápida antes de llevar a cabo el asalto final, para confirmar cómo están las cosas. No sabemos lo suficiente de la disposición de los guardias.

Parecían los fundamentos de un buen plan, aunque Ragnvald no sabía cómo podía estar seguro Guthorm de que no estaban bien aprovisionados. Podrían atraer a uno de los guardias lejos de su puesto y capturarlo, pero no creía que su sugerencia fuera bien recibida después de lo mucho que se había enfurecido Guthorm con él por la cuestión del niño; el niño cuyo mordisco seguía atormentándolo.

Aquella noche, Ragnvald se sentó con Heming en la cena. El primogénito de Hakon nunca estaba contento sin público, así que se había hecho amigo de algunos de los mejores guerreros de Harald, los hijos de ricos expedicionarios, hombres que sabían lo suficiente para apreciar las bromas de Heming, pero que no podían hacerle sombra.

—¿Cómo te llevas con el rey Harald? —le preguntó Ragnvald.

Estaban comiéndose el ciervo que Dagvith, uno de los compañeros de mesa de Ragnvald en Yrjar, había cazado por la tarde.

—Como dijiste el otro día, es sólo un muchacho —contestó Heming.

Ragnvald sintió de inmediato el deseo de defender a Harald, aunque estaba de acuerdo con Heming. La actitud del primogénito de Hakon no sacaba precisamente lo mejor de él. Ragnvald tenía que controlar la irritación que se le extendía desde la mano purulenta hasta el corazón, o sería mal recibido en todas partes.

—¿Y? —insistió Ragnvald—. Tu padre desea que seas su compañero. —Esperaba que Hakon se reuniera con ellos pronto.

—Pues ya tiene un montón de compañeros. Tal vez si ese Thorbrand no sobreviviera a la siguiente batalla... —Heming le lanzó una mirada interrogativa—. Mi padre quería que me ayudaras.

—No con un asesinato —replicó Ragnvald con firmeza.

No había pasado mucho tiempo con Thorbrand, pero aquel hombre pequeño y tempestuoso empezaba a gustarle. El camino para convertir a Heming en uno de los hombres de confianza de Harald pasaba por Thorbrand, no por encima de él.

—¿Por qué no te presentas voluntario para ayudar a rellenar la zanja hasta el muro? —propuso—. Harald te admirará por eso.

—Será peligroso —dijo Heming, vacilante.

Ragnvald suspiró.

—Yo también iré contigo.

Exacto, ahora la competitividad de Heming también podría ayudarlo a él.

✢

Después de pasar dos noches construyendo la rampa, Ragnvald apenas podía sostener el mango de una pala con la mano herida. Cuando su turno de cavar hubo terminado y los hombres salieron a rastras para irse a dormir, Ragnvald anduvo hasta el bosque. Se sentó con la espalda apoyada en un árbol, se sujetó la mano y trató de contener la angustia ante lo que debía ocurrir a continuación.

El amanecer se presentaba gris y lluvioso. Debería esperar a media mañana para cuidarse la herida. Entonces podría verla mejor. Aun así, temía examinarla a plena luz del día y no quería que alguien más pudiera verla. Desenvolvió poco a poco el trozo de tela y se miró la herida. No era más que un pequeño doble arco de marcas de dientes, pero estaba roja y más caliente que el día anterior. Al pasar el dedo por la carne, sintió una punzada de dolor que se extendió por todo el brazo.

Sabía que, llegados a este punto, no tenía más remedio que abrir la herida para drenar el veneno. Lo mejor sería quemarla con un hierro candente, pero Ragnvald no creía que pudiera hacer eso él solo, y no quería que nadie más se enterara de que estaba herido. Un sanador, viendo lo que Ragnvald veía entonces, ese brillo enfermizo, probablemente querría amputarle la mano.

Mejor morir que vivir sin la mano que manejaba la espada. Oddi lo ayudaría a morir empuñando su espada si llegaba el caso, para que pudiera ir como un guerrero a las tierras de más allá de la muerte. Ragnvald descubrió que sólo soportaba pensar en esas cosas si le ocurrían a otra persona. Lo mismo con su mano. Si era capaz de arrancar de un tajo el veneno de la herida de un amigo, también podría hacérselo a sí mismo.

Sacó la daga y probó el filo pasando el pulgar por encima. Había estado lo bastante afilada para cortar la carne en la cena, ¿y qué era él, sino carne?

Limpió la hoja en su camisa. Sería mejor si pudiera limpiarla con arena, pero no había ninguna playa cerca de allí. No debía retrasarlo más. Miró a su alrededor y se aseguró de que nadie lo molestaría mientras hacía lo que debía hacer.

Todos dormían a esa hora; nadie iba a detenerlo. Encontró una roca plana que podía usar para apoyarse y presionó el dorso de su mano contra ella. Notó la roca fría: por culpa de la infección, incluso el dorso estaba caliente. «Corta y deja que salga la sangre y el pus», se dijo.

Aplicó el filo a los bordes de la herida, abriendo las partes que habían fracasado en el intento de unirse. El dolor fue como un puñetazo en el estómago, mucho peor que la espada de Olaf en su muslo o la daga de Solvi en su mejilla. La oscuridad le nubló los ojos. Esperó a que el dolor se desvaneciera y tragó la bilis que le había subido a la garganta. Tenía que hacerlo. Presionó con más fuerza.

La herida sangró sin reservas, sangre roja que parecía negra en aquel amanecer gris y que se mezclaba con los fluidos de la infección. Contó hasta doce inspiraciones mientras la dejaba correr. Eso le aportó cierto alivio, no tanto por haber dejado de clavarse el cuchillo en la carne como por la liberación de la presión. Volvió a respirar hondo y abrió con un nuevo corte la otra mitad de la herida. Esta vez fue más fácil. El dolor llegó en oleadas regulares y, después de que cada una de ellas alcanzara la cima, el punto más bajo resultaba casi placentero. Era como si su mano perteneciera a otro. Una sensación ardiente la recubría por entero, como si la hubiera sumergido en agua helada.

Contuvo una arcada. Apartó los ojos de la sangre, de su mano destrozada, y miró hacia el campamento silencioso, recorriendo con la mirada los grises montículos de las tiendas de cuero. Luego volvió a observar la herida. Sangre y pus de un blanco amarillento, no transparente. No era buena señal. Con todo, aún no olía a podrido, sino a océano y metal, como huele siempre la sangre.

Parecía imposible que pudiera haber hecho eso sin que nadie se fijara en él, porque había gritado de dolor. Cogió un pequeño odre con la mano izquierda y vertió la cerveza en la herida, sin sentirla apenas. Luego cogió una tira de tela limpia que había robado para ese propósito, se la envolvió alrededor de la mano, la apretó con fuerza y la anudó, ayudándose con los dientes. Le dio la impresión de que las tiendas de los hombres de Harald temblaban como si las estuviera mirando a través de la niebla. Vació el odre de cerveza en su garganta.

A media tarde, Ragnvald sabía que su cura no había funcionado. Tenía la sensación de estar flotando por encima del campamento. Vio a Harald moviéndose entre las tiendas y le pareció que brillaba como una antorcha, calentando los lugares por donde pasaba y provocando que todas las cabezas se volvieran hacia él. Sabía que esa sensación la provocaba la fiebre, una fiebre que lo separaba de su cuerpo y sus preocupaciones. Aún no era muy intensa, pero ya podía sentir su sombra negra en el horizonte.

Cerca del atardecer, uno de los exploradores llegó corriendo al campamento, exhausto por el esfuerzo. Tuvo que arrodillarse en el suelo unos segundos para recuperar el aliento, antes de poder decir nada. Ragnvald había pasado la mayor parte del día sentado cerca de las tiendas de Guthorm y sus hombres de confianza, a los pies de un árbol, mientras la fiebre iba y venía. Sabía que se sentiría mejor si se tumbaba en la tienda, pero temía no levantarse nunca más si lo hacía. Apenas pudo entender las palabras de aquel hombre.

—Los ejércitos de Gudbrand han acampado en las estribaciones del sur —dijo por fin el explorador.

Hizo recuento de los hombres y las tiendas que había visto, dibujando la distribución del campamento enemigo en las cenizas del fuego.

—Deberíamos ir a su encuentro —dijo Guthorm.

—Están bien posicionados en lo alto de una colina —señaló Ragnvald, en parte para sí mismo—. Y si los atraemos fuera, podríamos quedar atrapados entre ellos y los hombres de la fortaleza de Eirik.

—Aun así, los doblamos en número —repuso Guthorm.

Ragnvald no se había dado cuenta de que su voz había llegado hasta el rey, pero suponía que Guthorm estaría alerta a cualquiera que discutiera sus planes.

—Podemos atacar desde abajo y estar preparados para proteger nuestra retaguardia si es necesario —añadió Guthorm.

Ragnvald torció el gesto. Al parecer, la fiebre le había robado toda la prudencia. Harald lo miró de manera inquisitiva, y eso fue invitación suficiente para que Ragnvald se levantara y se uniera a él junto al fuego, aunque apenas podía mantenerse en pie. Curiosamente, el calor de las llamas le hizo sentir más frío y tuvo que apretar los dientes para no temblar.

—¿Qué harías tú, Ragnvald? —preguntó Harald.

—Se puede atacar colina arriba, desplegando nuestra línea con una curva en el centro. Un hueco.

Se agachó y dibujó una línea curva en el suelo con la mano izquierda, manteniendo la mano derecha junto al muslo para mitigar las punzadas de dolor. La línea se curvaba hacia dentro en el centro de la pendiente.

—Creerán que os están repeliendo —continuó—. Luego, permitís que el centro de la línea se quiebre y sus hombres correrán colina abajo, directos a la trampa. Después de eso tenéis que daros media vuelta para recibirlos cuando intenten defenderse colina arriba. Pero entonces la ventaja será vuestra.

—¿Vuestra? —dijo Guthorm—. ¿Y dónde estarás tú en esta fantasía?

Muerto, pensó Ragnvald.

—Estaré en mitad de la línea, listo para ceder y luego volverme —contestó—. Es allí donde estarán los más valientes.

Miró a Guthorm a los ojos cuando lo dijo, con la esperanza de que no percibiera su dolor ni su deseo de meterse en la tienda, tumbarse y alejarse flotando.

—Si a un hombre como tú se le ha ocurrido ese plan, ¿cómo puedes estar seguro de que Gudbrand no lo verá? —preguntó el rey.

—Mi padre confía en Ragnvald —intervino Heming.

Ragnvald ni siquiera tuvo fuerzas para mirar al primogénito de Hakon con agradecimiento. Se apoyó la cabeza en la mano.

—¿Y qué puede hacer aunque se dé cuenta? Podría tener más hombres ocultos entre los árboles, eso al menos es lo que haría yo, y atacar desde arriba en cuanto empecemos a diezmar a su fuerza principal en la colina. Pero también podemos adelantarnos a esa maniobra: nuestra fuerza debería ser lo bastante grande como para enviar a una partida al bosque y obligar a salir a cualquiera que se esconda allí. Las alas de la muralla de escudos pueden ocuparse de eso cuando nos lancemos sobre el centro de la línea.

Guthorm y sus capitanes empezaron a discutir el plan, y Ragnvald volvió al borde del círculo y se echó la capa sobre los hombros. No le importaba mucho si su plan les gustaba o no. Tal vez algún día, cuando a él ya nada le interesara, verían que era un buen plan. Escuchó sin apenas prestar atención, y empezó a adormecerse. Oddi lo despertó al cabo de un rato, poniéndole una mano en el brazo.

—Creo que lo van a hacer —dijo su amigo, esbozando una mueca—, Ragnvald el Sabio.

—Sólo he sido el primero en hablar —contestó él, encogiéndose de hombros—. Si fuera un plan tan bueno, se le habría ocurrido a cualquiera tarde o temprano.

—A veces llevas demasiado lejos la virtud de la modestia —dijo Oddi con un suspiro—. Un alarde de inteligencia también es una virtud.

—No puedo ser listo ni puedo morderme la lengua esta noche. Eso no es muy sabio... —Prefirió no seguir hablando, por miedo a desvelar la razón a su amigo.

—Entonces, mejor te dejo dormir —respondió Oddi.

22

El *drakkar* de Solvi era más estrecho y elegante que el *knarr* de Solmund, con sus costados pulidos a la perfección y su tablazón de
pino que aún olía a savia del bosque. La vela era el doble de grande que la del *knarr* y, cuando se desplegó, a Svanhild le preocupó
que las rachas de viento pudieran arrancar el mástil.

En realidad, no debería haberse preocupado, porque Solvi y
su piloto conocían aquellos vientos y aquellas aguas demasiado
bien como para cometer semejante error. Además, Svanhild no
podía desear que el *drakkar* naufragara, estando ella a bordo. Se
recordó que había sido ella misma quien se había puesto en aquella
situación. Sabía que Solvi era una amenaza para Ragnvald —que
incluso podría intentar aprovecharse de ella— y, sin embargo,
había elegido estar allí.

—¿Dónde estoy, mi señor? —preguntó.

—Puedes dejar lo de «mi señor» —replicó Solvi—. Has cumplido tu papel.

—¿Cómo debo llamarte?

—En cuanto tengamos un poco de intimidad, podrás llamarme esposo. —Le lanzó una mirada inquisitiva y pareció a punto
de decir algo más, pero sólo añadió—: Hasta entonces, no hables
a menos que se dirijan a ti.

Con el hatillo al hombro, Svanhild empezó a avanzar hacia la
popa, donde parecía haber más espacio, pero Solvi la detuvo.

—¿Es todo lo que has traído? Esperaba que vinieras a mí con una dote un poco más decente. —Torció el gesto, como si quisiera empezar algún juego con ella.

—¿Ah, sí? —Estaba agotada. Miró a Solvi y añadió—: Pues yo tenía la esperanza de conseguir un precio de novia mejor que la sangre de mi hermano. Contendré mi decepción si tú contienes la tuya.

Solvi se dio media vuelta con una sonrisa que ya no expresaba ningún júbilo.

Pasaron aquella noche en una playa rocosa. Uno de los hombres de Solvi le dio una manta de piel, para que no pasara frío con el viento que soplaba en aquella isla sin árboles. La preocupación de que Solvi se acercara a ella para reclamarla como esposa esa misma noche no la dejaba dormir. Temía su cercanía, aunque había aceptado su contacto al cabalgar con él por los prados de la asamblea. Solvi era todo fuego y energía. Imaginó tener eso concentrado plenamente en ella, sin sus hombres alrededor para distraerlo... La intensidad la hizo estremecerse, y no con la timidez placentera que él le había hecho sentir en el *ting*.

Svanhild no consiguió dormir, consciente de cada guijarro que se le clavaba en la espalda y de los hombres que roncaban cerca de ella. Habían varado el barco en la orilla, y el mar, al golpear sus costados, lo hacía crujir sobre la arena de la playa. Svanhild escuchaba los lametazos de las olas en la madera con la esperanza de que acunaran su sueño, pero cualquier ruido la sobresaltaba.

Al día siguiente, el barco de Solvi tuvo serias dificultades para poner rumbo al salón de Hunthiof, en Tafjord. Caía una lúgubre cortina de lluvia. Svanhild se envolvió en la manta y se sentó otra vez en la popa. Solvi gritó órdenes y mantuvo la vigilancia en la proa. No le había dirigido ni dos palabras en todo el día. Debía de estar hecha un espantajo: no se había bañado desde antes de marcharse de la granja de Hrolf, y ya llevaba cinco días sin siquiera cepillarse el cabello.

La lluvia los había seguido hasta el fiordo, y el agua se juntaba en su barbilla, goteaba cuello abajo y penetraba debajo de su ropa, haciendo que se sintiera más desdichada.

Uno de los guerreros la ayudó a desembarcar cuando fondearon y a saltar sobre las resbaladizas rocas.

—Solvi pide que te pongas presentable para conocer a su padre —le dijo el guerrero.

Era un hombre joven, con una mata de cabello pelirrojo y los rasgos desvaídos y como de pez que solían acompañar a ese color. Su rostro enjuto y los callos en las manos por el uso de la espada le decían a Svanhild que, si todavía no era un guerrero experimentado, era como mínimo fiero. La miró con curiosidad. Todos la habían visto confrontar su ingenio con el de Solvi y ganar, pero Svanhild ya se sentía a muchas leguas de aquella atrevida joven que había sido.

Tafjord era como cualquier otra colección de salones y graneros y nada indicaba que siguiera siendo el «dominio del Hel» que había descrito Solmund. La madera de las construcciones estaba gris y embarrada por la lluvia, la hierba pisoteada por muchos pies. Tafjord contaba con dos salones: el salón de banquetes, de techos altos y vigas decoradas con cabezas de sabuesos que lanzaban dentelladas al cielo, y el salón comunal, algo más bajo y el doble de largo. Unos pocos sirvientes se agachaban para entrar y salir de los graneros y establos para los animales.

Una mujer con los brazos cargados de quesos se inclinó al salir de uno de los edificios, una choza con el techo de hierba. Svanhild se levantó las faldas, aunque apenas importaba —estaban manchadas de barro hasta la rodilla—, y fue a ayudarla.

—¿Eres la mujer de Solvi? —preguntó.

—Soy Geirny Nokkvesdatter —contestó la mujer.

Miró a Svanhild de pies a cabeza. Era más alta que ella, probablemente también más alta que Solvi, con los ojos del color del agua revuelta del fiordo. Llevaba el cabello recogido con severidad bajo su toca, sin que escapara ni un solo mechón. Algo en su expresión le recordó a su madre, Ascrida, como si le faltara algo esencial.

—Soy la esposa de Solvi —añadió Geirny—. No eres una nueva sirvienta, ¿no? ¿Quién eres?

—Svanhild Eysteinsdatter. —Le tembló la voz y cerró con fuerza la mandíbula para evitarlo.

Los ojos de Geirny se llenaron de lágrimas; por lo visto, había reconocido el nombre. Svanhild quería disculparse por el simple hecho de estar ahí. A Geirny empezaron a resbalársele los quesos de las manos. Con un movimiento rápido, la hermana de Ragnvald consiguió atrapar dos antes de que cayeran al barro.

—Venga —dijo Svanhild, en el mismo tono que utilizaba con la hermana menor de Hilda, Ingifrid: firme pero amable—, vamos a llevar estos quesos a la cocina.

Se dirigió hacia el salón comunal y Geirny siguió sus pasos. Svanhild abrió la puerta de la cocina con la cadera y la sostuvo para que pasara la esposa de Solvi. Luego tomó el resto de los quesos de los brazos de la joven y los dejó en la mesa.

Al ver sus manos sobre el queso envuelto en tela, se dio cuenta de que estaban agrietadas y rojas por el viaje en barco, y también sucias. Se las metió en los bolsillos y dijo:

—Solvi ha pedido que me prepare para conocer a su padre. ¿Hay alguna pileta en la que pueda lavarme?

Geirny apretó la mandíbula.

—No es día de lavarse —contestó, con las lágrimas amenazando con derramarse de nuevo.

Svanhild se preguntó si aquella mujer pretendía que se presentara ante su nuevo suegro con aquel aspecto, pero sus lágrimas le hicieron pensar que Geirny estaba demasiado afectada para tramar algo así.

—Lo siento —dijo—. No pensaba que...

Geirny la interrumpió al romper a sollozar. Se sentó en un taburete y enterró la cabeza en sus manos. Su toca resbaló hacia delante, exponiendo un cabello de un rubio ceniciento, con trenzas bien apretadas. Svanhild se sentó a su lado y le puso la mano en la espalda hasta que los sollozos remitieron.

—¿Estás... enferma? —preguntó Svanhild, sintiéndose estúpida.

Geirny dejó de sollozar y levantó la cabeza, temblando.

—No sabes cómo es esto... —contestó con palabras apenas inteligibles, mientras se tragaba las lágrimas—. Sólo hay unas pocas esclavas ancianas y tengo que preparar un banquete sin previo aviso... Ni siquiera ha sido capaz de darme un hijo, y me obligó a abandonar a mis hijas nada más nacer con la esperanza de que así le daría un hijo antes y... Lamento que estés aquí contra tu voluntad, pero... —Cuando Geirny volvió a mirar a Svanhild, tenía los ojos enrojecidos.

—No llores, te ayudaré a preparar el banquete —dijo ella, abrazándola—. Todo irá mejor, te lo prometo.

Las palabras de Geirny le habían helado la sangre. No pensaba permitir que Solvi abandonara a sus hijas a la muerte nada más nacer; antes de casarse con él, le arrancaría esa promesa.

Obligó a Geirny a mirarla otra vez.

—Necesito lavarme y prepararme para conocer al rey Hunthiof. ¿Puedes ayudarme?

La esposa de Solvi le explicó dónde estaba la caseta de aseo y le prestó un cepillo. La pequeña construcción se encontraba al lado de un arroyo que conducía a las colinas. La sala estaba fría, algo que no le extrañó, pero bien aprovisionada con madera para encender un fuego. Tal vez Geirny no manejaba la casa tan mal como Svanhild había temido. Se llevó un cuenco con brasas de la cocina para prender la leña y, poco después, había conseguido que el fuego echara unas buenas llamaradas.

Svanhild se puso una túnica fina y se calentó a conciencia antes de prepararse para el baño en las heladas aguas del arroyo. El agua fría la obligó a contener un grito. El arroyo corría con rapidez en aquel punto. Tuvo que posar con firmeza sus pies entumecidos en el fondo de guijarros.

Aquél no era un lugar para ponerse a llorar. Iba a conocer a Hunthiof, el padre de Solvi, que probablemente los declararía casados sin más ceremonia. Ella debería tener doncellas, llevar velo y ser entregada por su padre a su prometido, pero la única fórmula legal requerida era que compartiera una copa de cerveza con su esposo mientras otro hombre recitaba la bendición de Frigga —la diosa del hogar— junto a ellos. A Hunthiof le ocuparía el mismo tiempo que echarle un simple vistazo.

En cuanto se lavó y se quitó el lodo de los pies, Svanhild salió del agua y se inclinó para lavarse el pelo. Luego se tomaría su tiempo para desenredárselo en la caseta de baños, más caliente. Se levantó, se echó la melena empapada a la espalda, por encima de un hombro, y se volvió hacia la orilla. A menos de tres metros, bajo el alero de uno de los graneros, estaba Solvi, flanqueado por los mismos tres guerreros que lo habían acompañado al *ting*.

El agua había dejado transparente la fina túnica de Svanhild, que ahora se ceñía a su cuerpo. La joven doncella, terriblemente consciente de que sus pezones se endurecían en el aire frío, trató de cubrirse. Los guerreros se dieron la vuelta, dos con rapidez y otro con más lentitud, pero Solvi continuó observando, ya sin sonreír, y ahora admiraba el cuerpo de Svanhild con un descaro que la hizo arder de rabia.

—¿Nadie te ha dicho que vengo a bañarme aquí después de los viajes? —preguntó Solvi.

Svanhild negó con la cabeza. Le había pedido que se aseara, ¿acaso no lo recordaba?

Solvi se aclaró la garganta.

—Volved dentro de un rato —ordenó a sus hombres.

Tendió una mano a Svanhild para ayudarla a salir, pero ella se negó a aceptarla, porque si estiraba el brazo expondría sus pechos apenas cubiertos, y no podía soportar que él la mirara de aquel modo. Solvi se encogió de hombros.

—Déjame tu capa —dijo Svanhild.

—No, mi señora. —Su voz había recuperado su tono burlón habitual—. Tengo que verte. Hablemos un poco en la caseta de baños.

Svanhild habría preferido seguirlo, pero Solvi le hizo un gesto para que pasara primero, de manera que tuvo que caminar delante de él con la túnica ceñida a las nalgas, sintiendo cómo su mirada se clavaba en ella sin poder hacer nada. En cuanto volvieron a entrar en la caseta, la delgada tela con la que Svanhild se cubría comenzó a soltar vapor. Él se quitó la capa y ella se tapó con el vestido sucio para escapar de sus miradas, lo cual le dio más calor aún. Solvi se la quedó mirando un buen rato, luego bajó la cabeza, respiró profundamente y apretó los labios.

Tenía una complexión más pequeña que la mayoría de los hombres —de hecho, sólo le sacaba un par de dedos a ella—, y Svanhild se preguntó si eso se debía a las quemaduras que había sufrido de pequeño. Era atractivo, muy atractivo, con un rostro simétrico y delgado, y ojos brillantes de un tono azul verdoso. Llevaba la barba tan recortada que apenas era más que un rastro de vello. Probablemente lo hacía por vanidad, pensó Svanhild, para exhibir su elegante y poderosa mandíbula.

—Creía que me vería obligado a esforzarme un poco más para seducirte —empezó a decir Solvi—. Me dijiste que no más de una vez.

304

Svanhild sintió frío en todo el cuerpo.

—Tú habías dicho que... volverías a buscarme —contestó sin poder ocultar su enojo—. Y estaba segura de que le robarías toda la carga a Solmund si no aceptaba venir contigo... Es lo que hubieras hecho, ¿no?

Solvi se encogió de hombros. Parecía divertirse. Svanhild no podría hallarse en una situación más incómoda, mojada, pasando calor y frío al mismo tiempo, a medio vestir y desaliñada, mientras Solvi, completamente vestido, la miraba y sonreía.

—Habría cobrado un impuesto, eso seguro. Y tal vez les habría exigido que me acompañaran a Tafjord.

—Donde tu padre podría torturarlos hasta la muerte.

—Veo que has oído viejas historias —dijo Solvi.

Svanhild se pasó la mano por debajo de la nariz y trató de sentarse más recta, todavía sujetando su vestido sucio sobre sus pechos.

—Es lo que se cuenta por ahí.

—Bueno, a veces he permitido que mis hombres se diviertan, pero no aquí, y no con un mercader que hace la misma ruta cada año y estará dispuesto a pagarme otro impuesto. Arruinarlo o matarlo no sería útil. Ya deberías saber que los rumores significan poco. Ahora la gente cuenta que tu hermano mató a un *draugr*.

—¿Ah, sí? —contestó Svanhild con cierta ansiedad—. A lo mejor es cierto.

—Los *draugrs* sólo existen en las fábulas para niños.

Svanhild cruzó los brazos con más firmeza. Estaba dispuesta a dar crédito a todas las cosas buenas que se dijeran de Ragnvald.

—¿Así que sólo estás aquí para salvar a tus amigos comerciantes de mis terribles torturas? —continuó Solvi—. ¿No piensas casarte conmigo? ¿No mantendrás tu palabra?

—¿Qué harás conmigo si me niego?

El rostro de Solvi cambió de un modo que ella no supo identificar, pero contestó a su pregunta con la misma ligereza:

—Nunca seré un peligro para ti.

—¿Y para mi hermano? Lo ayudarás, si yo... —Svanhild tragó saliva— me caso contigo.

—No buscaré hacerle ningún daño, pero no haré promesas sobre un destino que desconozco a propósito de un hombre que todavía me odia.

—Eres espantosamente sincero —dijo Svanhild—. ¿Por qué? ¿Por qué no mentir?

Solvi parecía sorprendido.

—No lo sé. Pero tienes razón, no estoy mintiendo.

Bajó la mirada hacia ella de tal modo que Svanhild temió en parte, pero también deseó en cierta medida, lo que pudiera hacer a continuación. Sin embargo, de pronto Solvi se dio media vuelta y se dirigió hacia la puerta.

—Avísame cuando te decidas.

—Espera —dijo Svanhild. No quería que se fuera—. ¿Qué pasó con Ragnvald? ¿Por qué intentaste matarlo? —Cuando Solvi se volvió, ella se ruborizó y añadió—: Ya que eres tan sincero...

—Mi padre y tu padrastro cocinaron ese plan, y son bastante inútiles en la cocina. —Soltó una risa por su ocurrencia, y se encogió de hombros—. Hunthiof quería tener aliados en Song, antes de que Harald y sus hombres llegaran aquí. Tenía la intención de desembarazarme de Ragnvald en Irlanda, pero él no dejaba de ser... útil.

—Ah —dijo Svanhild.

—Yo nunca habría hecho algo así. Fue una promesa estúpida de mi padre.

—¿Y estabas dispuesto a ser su asesino?

—Mi padre... —empezó Solvi. Sus hombros se elevaron cuando tomó una profunda respiración—. Mi padre pensó que sería lo mejor.

—¿Cambiaste tu propio juicio por el de tu padre?

—Lo hice. Y lo lamento. —Bajó la mirada otra vez y se sentó al lado de ella en el banco—. ¿Puedes perdonármelo? He pagado por ello. El asunto está zanjado.

—Es lo único que sé de ti... —contestó Svanhild con un hilo de voz.

Las lágrimas, que habían amenazado con desbordarse varias veces aquella tarde, le ardieron en los ojos y empezaron a caerle por las mejillas.

Solvi le tomó la mano.

—Eso puede cambiar.

Svanhild apartó la mano. La boca de Solvi se endureció. Se levantó.

—Si ésa es tu respuesta, pídele a Geirny que te busque un sitio para dormir. No hace falta que conozcas a mi padre.

Svanhild sabía que lo había herido, y una parte de ella sufría por ello, aunque otra disfrutaba de la incomodidad de Solvi y del poder que tenía sobre él.

—Soy fiel a mi palabra —dijo ella, antes de que pudiera arrepentirse.

Solvi era el hijo de un rey y había sido generoso con ella. Al pronunciar esas palabras, Svanhild liberó el nudo que le atenazaba la garganta.

Solvi asintió con gravedad.

—Entonces, mi padre nos casará esta noche.

✛

—Dijiste que era hermosa —dijo Hunthiof.

Estaba sentado en una silla labrada con la misma madera de la viga principal del salón, obtenida del tronco de un roble derribado por un rayo, bendecido por Odín. A Svanhild no le gustaba la expresión de ese hombre; el mismo que había planeado el asesinato de su hermano, y torturado al amigo y sirviente de Solmund. Hunthiof se había dejado crecer la barba porque ya no era un guerrero. Tenía una frente poderosa y los ojos pequeños y hundidos. Uno de ellos —Svanhild se dio cuenta al acercarse a él— estaba marcado con una cicatriz y era de un blanco lechoso, ciego. El otro brillaba como el de un ave rapaz.

Svanhild levantó la barbilla.

—No he tenido a nadie que me ayudara a prepararme, mi señor.

Se había peinado lo mejor que había podido con el pelo recogido en dos trenzas, pero seguía mojado y, probablemente, la raya estaba torcida. Se volvió hacia Solvi.

—Debes traerme esclavas en tus próximas incursiones.

—Bueno, bueno... —Hunthiof sonrió y Solvi hizo una mueca—. Creo que será mucho mejor esposa para ti de lo que ha sido Geirny. Fuego en lugar de lágrimas. Esta noche compartiréis una copa y estaréis casados. —El rey la fulminó con una mirada temible—. Confío en que no habrá más llantos ni más fugas.

—No por mi parte —dijo Svanhild, irguiendo la espalda—. No puedo hablar por tus hombres.

Hunthiof arrugó la frente y su hijo se echó a reír.

Solvi la tomó del brazo y la condujo de nuevo a la zona donde se servía la comida, para esperar a que Hunthiof reuniera copas y testigos.

—No tengo velo —le dijo Svanhild, otra vez temerosa ahora que volvían a estar solos.

Estaba resuelta a no llorar, pero Solvi la miró con amabilidad y Svanhild temió que se quebrara su firme decisión de ser valiente. Los guerreros de Hunthiof y la tripulación del *drakkar* se concentrarían en el salón de banquetes para contemplar su humillación. Cuando Ragnvald volviera a verla, ella sería la esposa de Solvi. Su segunda esposa. A ojos de su hermano, no sería mucho mejor que un concubinato.

—¿De verdad la sangre de mi hermano fue mi precio de novia? —preguntó Svanhild, tratando de contener las lágrimas y la rabia.

—No —dijo Solvi—. He elegido una parcela de tierra. Será tuya, para que la hereden tus hijas, si las tienes.

—¿No me obligarás a abandonarlas como a Geirny? ¿Cuento con tu promesa?

Solvi volvió a mirarla con firmeza.

—Te doy mi palabra. No quiero saber nada de matar criaturas... —Sus ojos brillaron de nuevo—. Ni siquiera aunque tuvieras un hijo que no fuera mío.

Svanhild negó con la cabeza. No quería pensar en eso en aquel momento, en lo que podría significar, en lo que revelaba de la personalidad de Solvi.

—Entonces, ¿quién mató a las hijas de Geirny?

Le dio la sensación de que Solvi prefería no hablar de eso, pero al fin apretó la mano de Svanhild.

—Ella dijo que había que hacerlo. Quiere un hijo varón para que gobierne Tafjord.

—¿Y no se lo impediste?

—Estaba lejos. Y Geirny me dijo que concebiría antes a un hijo si... Luego, cuando nació otra niña, me aseguró que era enfermiza. Yo estaba fuera, y ella no es fuerte... Tal vez era cierto.

El recuerdo parecía causarle daño: aquellas hijas, muertas antes de que él las conociera.

—Sigo sin tener un velo —dijo Svanhild en voz baja. Esta vez con cierta amabilidad.

Solvi se levantó y abrió uno de los armarios. Sacó una tela de lino tejida con tanta delicadeza que Svanhild apenas podía ver los hilos. Tenía gruesos bordados azules en los bordes, con pequeñas cruces trazadas con hilos de oro.

—Qué extraños, estos martillos de Thor... —comentó Svanhild.

—Son las cruces del dios sacrificado de los ingleses. Era la tela que cubría el altar de una iglesia. Los hilos son de oro auténtico.

—¿La tela de un altar? —preguntó Svanhild.

Observó con atención aquel trozo de tela, blanco y delicado. ¿Cómo podía haber aguantado la sangre de los sacrificios y seguir tan inmaculada?

—Ellos no hacen sacrificios, por eso su dios es débil y no puede protegerlos. —Solvi sonrió como un lobo—. No puede protegerlos de mí.

Svanhild se acarició el cabello.

—¿Puedes...?

Los labios de Solvi se curvaron ligeramente. No parecía avergonzarle aquella tarea tan femenina para ella. Dobló la tela y la posó sobre la cabeza de Svanhild para que pudiera colocársela bien y cubrirse el rostro durante la ceremonia. Ella tocó la tela, que era gruesa y fuerte.

—No podré ver nada a través de esto.

Solvi le tocó el codo.

—No te dejaré caer.

✢

Svanhild no recordaba gran cosa de la boda después de la celebración. El grueso velo blanco le ocultó la mayor parte de la ceremonia. Cuando Hunthiof sacrificó la cabra, ella se estremeció al oír el balido de pánico y el consiguiente borboteo de la sangre. El rojo fluido se deslizó sobre la mesa y se derramó junto a sus pies, formando un pequeño charco escarlata que se acercó a sus zapatos antes de colarse por una rendija en el suelo. Hunthiof reclamó para ellos la bendición de Frigga, para que tuvieran hijos y un hogar feliz.

Luego Solvi le levantó el velo. La luz de la lámpara que brillaba sobre la madera dorada hizo pestañear a Svanhild. La cabeza le rodaba, a pesar de que únicamente había dado unos pocos tragos de hidromiel. Solvi se sentó a su lado. En aquel banquete, y sólo en aquel banquete, ella no tendría que servir a nadie. Los esclavos, casi todos varones, sirvieron un estofado de cordero un tanto insulso, sin jugo suficiente para hacerlo apetitoso. Los hombres lo devoraron como si fuera algo digno de disfrutarse. Svanhild probó el cordero que le habían ofrecido. Pese a que hacía ya dos generaciones que nadie de su familia podía llamarse rey, le habría dado vergüenza servir algo así en la granja de Ardal.

Un escaldo cantó una historia acompañándose con el arpa. Hablaba del bisabuelo de Hunthiof, un cazador poderoso, y de la gran bestia, medio oso y medio hombre, a la que había matado y llevado al salón comunal sobre sus hombros. Una hazaña legendaria: pocos guerreros eran tan fuertes en los tiempos que corrían, y los héroes sólo vivían en las historias. Cuando terminó, los hombres de Hunthiof —o de Solvi— entonaron las canciones de boda tradicionales. Hacían falta voces femeninas entre las de todos aquellos barítonos; voces que cantaran dulces canciones infantiles y de amor. Los guerreros brindaron y contaron chistes procaces sobre lo que ocurriría esa noche. Ella era un campo que Solvi araría. Ella era la funda de su espada. Ella era el árbol que su hacha hendiría.

Svanhild siguió dando sorbos a su copa de hidromiel y trató de desaparecer. Si miraba lo suficiente la comida o la jarra enjoyada que tenía delante, no necesitaría ver ni oír. Debería haberse dado más tiempo para pensar y ver cómo se comportaba Solvi. Él no dejaba de cambiar, era un embustero como Loki, aterrador en un momento y, al siguiente, amable.

Había dado aquel paso por Solmund y su familia, para mantenerlos a salvo. Y también por Ragnvald; él no necesitaba un enemigo como Solvi. Había dado aquel paso por ella misma, para dejar de ser una carga. Ella había elegido aquel camino. A Ragnvald no le iba a gustar. Se había puesto al servicio de Hakon, enemigo jurado de Hunthiof. La moneda de cambio para la paz entre reyes no iba a ser ella.

A su lado, Solvi le impedía encerrarse por completo en sus preocupaciones. Le daba los mejores trozos de carne, preguntaba qué tal estaban los dulces... Se comportaba con cortesía, y eso no hacía más que confundirla. Svanhild soportaba sus atenciones aún menos que sus bromas.

Al lado de Solvi se sentaron sus compañeros más cercanos. Ulfarr tenía a una joven esclava en su regazo. La tenía agarrada por una muñeca, sujetándola a la mesa, y cada vez que ella trataba de levantarse para servir cerveza, la obligaba a sentarse de nuevo. Los ojos de aquella mujer parecían los de un animal atrapado. Ulfarr era atractivo, con una barba oscura que contrastaba con su cabello brillante, pero sus ojos inquietaban a Svanhild, siempre sobrevolando el banquete, nunca satisfechos, ni siquiera con las pequeñas crueldades que infligía a la esclava.

Ulfarr se dio cuenta de que ella lo estaba observando y le sostuvo la mirada mientras sobaba a la esclava en su regazo. La carne que Svanhild masticaba se convirtió en ceniza en su boca. Solvi la tocaría del mismo modo aquella noche; al menos su cuna, o tal vez su honor, le impedían exhibirse allí, delante de sus hombres. Sí, aquella noche, y cualquier otra noche que él deseara, la tocaría. Ella se había sentido orgullosa al aceptar, orgullosa del valor de su palabra, de su audacia. Ahora todo eso había terminado; era una mujer casada. No importaba lo que ocurriera, no importaba si encontraba una razón para el divorcio: esa noche tendría que pasarla en su cama.

Los párpados de Svanhild empezaron a cerrarse contra su voluntad. Si al menos pudiera mantenerse despierta y prepararse... No estaba acostumbrada a estar sentada con los hombres ni a beber tanto, y fue Ulfarr quien se dio cuenta de que se adormilaba y levantó la copa para brindar por la boda otra vez. No habían permitido que la copa de Svanhild se quedara vacía ni un momento, y ella había bebido con ganas. Las mujeres borrachas podían avergonzar a sus maridos, pero eso le importaba menos que dormirse allí mismo.

Su brindis fue lo suficientemente amable:

—¡Por la nueva esposa de Solvi, que sea aún más hermosa con el paso de los años!

Svanhild le respondió con una débil sonrisa y tomó un sorbo de su vaso. Su hidromiel tenía un sabor amargo, ahora que había bebido tanto.

—Mi esposa está cansada —dijo Solvi, levantándose.

Siguieron chistes procaces sobre lo cansada que estaría a la mañana siguiente. Solvi la ayudó a levantarse de la silla, la cogió en brazos entre los vítores de sus hombres, y se la llevó del salón. En cuanto estuvieron fuera, él la dejó en el suelo otra vez y se la quedó mirando. Svanhild mantuvo la mirada al frente, pero sus zapatos finos resbalaron en la hierba de primavera, y Solvi impidió que se cayera sujetándola con fuerza por el codo. Detrás de él, los invitados de la boda empezaron a salir en tropel. Todos eran hombres. Svanhild no tendría aquella noche a su madre, y tampoco a Vigdis, para acostarla en la cama y extenderle el cabello, de manera que estuviera atractiva para su marido; no tendría a nadie que le susurrara consejos de último momento o le dijera que centenares de mujeres habían soportado noches de boda como aquélla y seguirían haciéndolo en el futuro, ni que todo sería distinto más adelante, que sólo sería un momento. Pero de todas esas mujeres ninguna se había casado por su propia voluntad con el hombre que había intentado matar a su hermano. Eso sólo tenía que soportarlo Svanhild.

Detrás de ellos, la procesión de hombres inició otra procaz canción de borrachos sobre la afilada quilla de un barco que hendía el escurridizo océano. Svanhild se preguntó qué opinaba Solvi de todo eso, porque no lo había visto reírse ni volver la cabeza desde que habían salido del salón. Vigdis le había contado cómo eran las cosas entre un hombre y una doncella, y ella había visto a los animales haciéndolo a menudo. Las vacas y las ovejas no parecían sufrir ninguna herida al hacerlo. Vigdis, en cambio, tenía moratones en las muñecas después de algunas de sus noches con Olaf. Svanhild había visto a algunas mujeres disfrutar de las insinuaciones y los juegos que se producían en las fiestas, cuando los hombres se emborrachaban y sus dedos se volvían más audaces. Incluso recordaba haber pensado alguna vez que ella también podría disfrutarlo. Ahora se encogió al imaginar que, aquella noche, Solvi no se limitaría a poner una mano en su codo para acompañarla a la cama.

La procesión los condujo al dormitorio, y Ulfarr empezó a desatar las prendas exteriores de Svanhild. Según algunas tradiciones, los invitados a la boda podían desvestir a la novia, continuando con las bromas y la bebida hasta que el nuevo esposo los echaba. Svanhild trató de zafarse de aquellas manos crueles, y Solvi agarró la muñeca de Ulfarr para detenerlo. Empujó al guerrero con brusquedad, aunque con una sonrisa, y se inclinó para susurrar al oído de Svanhild:

—¿Crees que podrás quitarte el vestido sin ayuda?

Svanhild asintió, mirándolo un instante antes de bajar la cabeza. Sus dedos sujetaron los cierres. ¿Tenía que desnudarse delante de sus hombres? Eso era peor que dejarse arrancar la ropa. Posó los alfileres en el estante. Su peto cayó al suelo. Solvi levantó el velo de su frente y lo dobló, mientras Svanhild se soltaba las trenzas.

—¡A la cama, a la cama! —gritó Ulfarr. Sus sucias manos estaban demasiado cerca de ella.

Svanhild se apartó de él.

—Dejadnos intimidad a mi mujer y a mí —dijo Solvi.

—Debemos verte a salvo en la cama. —Ulfarr puso un brazo en torno a ambos. Olía a hidromiel y a sangre—. Hemos de ser testigos.

—Ya habéis visto suficiente —replicó Solvi—. Ahora, largo de aquí.

Ulfarr tiró del vestido de Svanhild una vez más. Solvi le lanzó una mirada de advertencia y el guerrero retiró las manos. Fue el último en marcharse, siguiendo a los otros hombres y cerrando la puerta detrás de él.

Svanhild respiró hondo. Estaban solos. Aunque Solvi nunca había intentado hacerle daño, cruzó los brazos sobre el pecho. Su piel quería estremecerse, aunque no hacía frío en la estancia. Él le puso una mano en el hombro y Svanhild notó su calor a través de la fina tela del vestido. Aun así, sintió un escalofrío y miró al frente, a la barbilla de Solvi, en lugar de inclinar la cabeza lo necesario para mirarle a los ojos. La escasa estatura de su esposo le resultaba extrañamente reconfortante, porque siempre había estado rodeada de hombres y mujeres más altos que ella, que la abrumaban cuando trataban de abrazarla. Solvi era casi de su misma altura.

—¿Crees que dejarás de odiarme tanto? —preguntó Solvi, con esa sonrisa dura y peligrosa en el rostro. A Svanhild se le heló la sangre.

—Yo no...

—No me mientas —dijo él, y al desaparecer su sonrisa su aspecto pareció aun más temible. Suspiró—. Hoy ha sido un día difícil para ti. Podemos esperar hasta mañana.

Svanhild frunció el ceño. No quería esa amabilidad de él, no le gustaba esa desconcertante volubilidad. Se sintió perpleja.

—Si no lo haces esta noche, mañana me pasaré todo el día temiéndolo —contestó con torpeza.

Apartó los ojos para no ver la mueca de dolor en el rostro de Solvi. Al día siguiente sería más consciente y no habría bebido nada. Aunque quizá también estaría más calmada. Quizá no le temblarían las manos. Se pasó los dedos por el pelo. Todavía estaba húmedo del río y debía de colgar en feas guedejas. El contacto de su propio cabello le provocó un escalofrío, y no pudo ocultarlo.

—Tienes frío —dijo Solvi—. Ven a la cama.

Svanhild le dio la espalda, recogió el peto que aún tenía alrededor de los pies, y lo colgó en una de las clavijas.

—¿Qué lado prefieres? —preguntó—. Es tu cama.

—Y ahora también la tuya.

—¿Y qué hay de Geirny?

—No quiero hablar de ella esta noche. Ahora métete debajo de las mantas y deja de temblar.

Svanhild nunca se había acostado en una cama tan lujosa como aquélla. El colchón era de plumas, grueso y suave, y parecía que uno se hundiera en una nube. Cerró los ojos para disfrutar de aquel momento, pero los abrió de nuevo al sentir la mirada de Solvi sobre ella.

—¿Qué? —preguntó.

Solvi no dijo nada. Se quitó el cinturón y las joyas: el brazalete y la torques que lo señalaba como el hijo de un rey, los anillos ganados en los saqueos... No se quitó el pantalón ni la túnica, sólo se metió debajo de las mantas con ella y la rodeó con los brazos.

Le rozó la mejilla. Svanhild apretó los dientes. Solvi recorrió el mentón con una mano y luego le alzó la barbilla para obligarla a mirarlo a los ojos.

—Svanhild... Te he amado desde el *ting*.

Ella apartó la mirada. Si Solvi hubiese sido más bruto, habría podido soportarlo, pero aquella ternura la abochornaba. Él se acercó para besarla, aunque apenas tuvo que inclinarse. Svanhild se quedó inmóvil bajo su beso. No era desagradable, sólo extraño. Era como si su cuerpo ya no le perteneciera, como si Solvi estuviera tocando a otra persona.

—Ah, no me odias —susurró él al apartarse un poco, confundiendo su inmovilidad con aceptación.

Svanhild se había prometido a sí misma que no volvería a llorar si no estaba sola, pero sus lágrimas no quisieron esperar. La embriaguez ya no le daba alivio, pero le permitía aparcar la prudencia.

—Debería haber tenido una boda... Con mi madre para vestirme y mi gente para brindar por mí. No esta... perversión.

—Podemos visitarlos —dijo Solvi. Apartó el brazo con el que la rodeaba y pareció tan abatido que, por un momento, Svanhild quiso ceder—. Sí, me odias. Pensaba que...

—No —contestó Svanhild. Estaba asustada y enojada con él, y se aferró a su rabia—. Yo no te odio.

Se quedó tumbada, quieta como una muñeca, mientras él le subía el vestido.

—Me gustaría verte, pero tal vez será más fácil para ti sin luz.

Apagó la llama con los dedos, y la habitación se llenó de un humo fragante.

Una débil luz procedente del exterior brilló a través de las rendijas del salón, convirtiendo a Solvi en una voluminosa silueta por encima de ella. Él le tocó los pechos y luego buscó bajo su vestido hasta que presionó con una mano entre sus muslos. Svanhild ahogó un ruido de sorpresa.

Las lágrimas llegaron de nuevo a sus ojos cuando él le introdujo un dedo, y cuando trató de encontrar espacio para dos, ella gritó.

—¡No! Me haces daño...

Para sorpresa de Svanhild, Solvi retiró la mano.

—Me han dicho que la primera vez es dolorosa —dijo él.

—No, así no me gusta —insistió Svanhild con un sollozo, aunque no sabía nada de aquello; sólo tenía claro que, si Solvi la seguía tocando, no sabía cómo iba a soportarlo. Si él seguía, perdería la cabeza y se convertiría en una criatura desamparada que sólo sabría gritar y llorar.

Las manos de Solvi le sostuvieron entonces los hombros con suavidad y firmeza. De no haber sido él quien era, el contacto incluso habría podido parecerle reconfortante. Las piernas de Solvi, todavía con el pantalón puesto, descansaban contra las suyas. Svanhild se apartó.

—No quiero que me toques —dijo, alzando la voz—. Ni ahora, ni nunca.

Solvi se apartó de ella.

—Como desees, mi señora.

Respiró con regularidad a su lado, como si acabara de realizar un gran esfuerzo.

—Un divorcio es bastante fácil de conseguir. Y supongo que esto me deja en mejor lugar que si hubieras rechazado casarte conmigo.

Su voz sonó tan amarga que Svanhild quiso consolarlo.

—Tendremos que esperar un tiempo —continuó Solvi—. Si te quedas hasta el próximo *ting*, podemos anunciarlo allí.

Svanhild le dio la espalda y continuó llorando, hasta que le dolió la garganta y le escocieron los ojos.

23

Harald se había quedado levantado toda la noche y ya esperaba, con la armadura puesta, a que sus hombres se reunieran. Todos se movían con discreción, y cualquiera que alzara demasiado la voz era silenciado con señas por uno de sus comandantes. Ragnvald había conseguido dormir un poco, pero sólo cuando el peso de la fiebre se impuso al miedo. Aquella mañana la mano le dolía menos, pero le ardía la cara y su mente parecía extrañamente desconectada de su cuerpo, como si flotara por encima del campo de batalla. Se había envuelto la mano con fuerza, y luego se había puesto la coraza de cuero y un yelmo que Hakon le había dado tras la conquista del salón de Gudbrand. Tenía que ser capaz de empuñar la espada, al menos hasta que el ejército de Harald consiguiera cierta ventaja. No quería mirar al futuro más allá de eso.

Se quedó cerca de Harald mientras disponían a los hombres en filas al pie de la colina, a sólo una hora de marcha desde la fortaleza de Eirik. La zona era como la había descrito el explorador, sin vegetación en la mitad inferior de la ladera, por debajo de un grupo de árboles que en la cima se convertían en un denso bosque. Los guerreros con experiencia en luchar en una muralla de escudos se situaron delante. Ragnvald levantó su escudo con la mano izquierda y pensó que tal vez debía agarrarse a los hombres que tenía a su lado. Quizá de esa forma conseguiría mantenerse en pie. Llevaba el hacha a la espalda, la espada al cinto y la daga a la izquierda.

Harald se acercó a él.

—Estamos siguiendo tu plan —dijo—. Es bueno.

Ragnvald pensó que Harald le caía mejor, aunque sólo fuera porque apreciaba su valor... O porque ya no le importaba. En aquel lugar moriría, cuando su mano se rindiera o cuando cediera con Harald y sus hombres y la batalla cambiara de signo.

—Entonces, ¿puedo estar en el centro? —preguntó Ragnvald.

Harald lo miró de un modo extraño.

—No estás bien. Quiero que salgas vivo de ésta. Hoy no necesitas demostrar tu valor. Has luchado contra un *draugr*.

—Quiero asegurarme de que mi plan funciona —repuso Ragnvald, aunque en cierto modo Harald tenía razón. Ya sólo debía reivindicarse ante Odín.

El joven Eysteinsson formó en la muralla de escudos y sólo Thorbrand se situó entre él y Harald. Cuando avanzaron colina arriba, el ejército de Gudbrand cerró filas formando otra muralla por encima de ellos, con los escudos solapados como si se hubieran convertido en un barco de guerra humano.

En torno a Ragnvald, los hombres de Harald se apretaron y avanzaron, hasta que chocaron contra la muralla de escudos que tenían delante de ellos. El hombro de Thorbrand se clavó en su hombro derecho, y otro guerrero, cuyo nombre Ragnvald no podía recordar, se apoyó contra él a la izquierda. A su espalda, un hombre apretó su pecho contra él para mantenerlo en su sitio cuando sus pies empezaron a resbalar por la pendiente, mientras uno de los guerreros de Hordaland rugía ante él, con el rostro prácticamente oculto por el escudo y el yelmo.

Lo poco que Ragnvald sabía de cómo se luchaba en un muro de escudos venía de las canciones. Por norma general, los hombres de las tierras escandinavas preferían atacar por sorpresa, hacer rápidas incursiones y escabullirse, y rara vez reunían ejércitos lo bastante grandes como para formar una muralla con sus escudos. Había oído las historias de Ragnar Lothbrok y sus batallas con largos muros de escudos en Inglaterra, pero, en aquellos combates ante los ingleses, las victorias y las retiradas promediaban por igual.

El joven Eysteinsson tuvo tiempo de pensar en todo eso porque en el muro de escudos había que empujar hasta que ardían los músculos, pero no había demasiado movimiento. Hacía mucho calor, salvo cuando la brisa matinal le daba en el rostro, y el aire en torno a él apestaba a miedo, sudor y cuero mojado. De vez en cuando, el hombre que tenía al otro lado de la línea, un guerrero con una barba pelirroja trenzada, trataba de clavar su espada por encima de los escudos o por debajo de ellos, pero allí casi no ocurría nada, al margen de los empujones y las arremetidas. Los pies de Ragnvald resbalaron, y el hombre que estaba detrás de él lo impulsó hacia arriba una vez más. Miró a izquierda y derecha y vio que, como había propuesto, la parte central de la línea se había hundido, mientras que los hombres de las alas avanzaban poco a poco.

Probablemente, debería haber pensado en alguna clase de señal, pero aquélla era la batalla de Harald, y él sólo estaba allí para sangrar y morir. Al menos, la tensión que soportaba en las piernas al empujar contra el hombre que tenía delante lo distraía del dolor en la mano. Miró a Harald, que parecía decidido a derribar al guerrero al que se enfrentaba. Probablemente podría hacerlo —tenía fuerza suficiente para ello—, pero Ragnvald negó con la cabeza. No les haría ningún bien que la muralla de escudos se rompiera hacia arriba. El joven rey perdería más hombres de ese modo que si seguían su plan.

Harald lo interpeló entonces con la mirada, y Ragnvald asintió. El rey sonrió, sólo ligeramente, y luego cayó hacia delante, aterrizando sobre el hombre que tenía ante él y haciéndole perder la espada. Una marea de hombres de Hordaland atravesó el resquicio en el muro humano, dando varios pasos colina abajo antes de darse cuenta de que lo único que tenían ante sí era una larga pendiente, y que el enemigo había ocupado el terreno de detrás. La brecha en la línea de Harald se ensanchó más aún, dejando pasar a más y más hombres de Hordaland.

Ragnvald gritó:

—¡Media vuelta! ¡Media vuelta!

Y Harald repitió la orden. Ragnvald atisbó a Oddi y a Heming, dirigiendo las alas que Harald les había encomendado, volviéndose para enfrentarse al enemigo colina abajo.

Harald se levantó del suelo con un poderoso salto y se revolvió para acabar con los pocos estúpidos que corrían hacia él. Una vez que la muralla de escudos se había roto, no volvería a formarse. Los hombres lucharían cuerpo a cuerpo. De todas partes llegaban los ruidos de espadas que golpeaban escudos y corazas, y los gritos cuando las hojas de acero encontraban carne. Una pequeña hacha pasó volando por encima de él, arrojada desde un lado u otro.

Ragnvald agarró su espada con todas sus fuerzas. Sabía que, si la soltaba, no podría empuñarla otra vez. Chocó contra un guerrero enorme que no llevaba ni armadura ni escudo; un guerrero que atacó con fiereza y murió con rapidez, atragantándose con su propia sangre cuando Ragnvald le clavó la espada en el cuello. Su valor no podía protegerlo de la certeza que Odín daba a Ragnvald.

El siguiente hombre al que se enfrentó sí llevaba armadura y era más pequeño. Le planteó una dura lucha durante unos minutos, pero Ragnvald ya no tenía nada que perder. Ya no. Cuando el hombre le hizo un corte en el hombro izquierdo, apenas lo notó. No era una herida profunda, y le dolía mucho menos que la mano, que le gritaba a cada segundo que parara. Si aquel dolor no lo detenía, nada lo haría.

El ejército de Hordaland empezó a retirarse, al menos desde un lado del campo, y sus guerreros se fueron dispersando hacia el lago. Algunos hombres de Harald les dieron caza. A Ragnvald no le parecía adecuado dividir así las fuerzas, y además había algo que no cuadraba. ¿Por qué un flanco del ejército de Gudbrand se retiraba y el otro no?

Ragnvald liquidó a su adversario con un golpe que casi separó la cabeza del cuerpo del guerrero; un golpe que asestó sujetando la espada con ambas manos, y que le irradió tal dolor por todo el brazo derecho que provocó que se le escapara la espada. Trató de arrancarla del cuello del hombre, pero le resultó imposible: no conseguía cerrar la mano en torno a la empuñadura. Lo intentó con la mano izquierda y, al ver que tampoco podía, decidió que no perdería más tiempo con eso. Era una espada de metal de baja calidad, no la necesitaría en el lugar al que iba. Podía morir fácilmente con un hacha en la mano y ganarse el favor de Odín.

Tiró del hacha que llevaba sujeta a la espalda. Podía sujetarla con las dos manos y dejar que la izquierda hiciera la mayor parte del trabajo. Buscó a Harald a su alrededor, y lo vio de pie en el centro de un círculo de hombres caídos, con la cara y el pelo empapados en sangre. Una sonrisa terrorífica le iluminaba el rostro. Parecía enloquecido, pero todavía estaba en posesión de todas sus facultades, porque, en cuanto lo vio, le gritó a Ragnvald:

—¡Era un buen plan! —Harald se echó atrás el pelo—. Ésta ha sido mi batalla favorita hasta el momento. No estás cansado, ¿no?

—¡Hemos ganado! —gritó Ragnvald al acercarse. Se preguntó si Odín lo aceptaría aunque su hacha no hubiera probado aún la sangre—. ¿No deberíamos retirarnos?

—Quiero una rendición total —contestó Harald—. ¿Dónde está ese falso rey al que llaman Gudbrand?

Un hombre se incorporó entre el montón de muertos y heridos. Lanzó un grito de guerra y se abalanzó sobre Harald, que lo mató en un abrir y cerrar de ojos.

—¡Gudbrand, rey de Hordaland! —rugió Harald—. ¡Ven a mí y te perdonaré la vida! ¡Si tengo que buscarte, morirás!

Ragnvald intuyó el peligro. Algo no encajaba. El rey Gudbrand debería estar allí. Miró hacia el bosque que tapizaba la cima de la pendiente...

Y, de pronto, vio la andanada de flechas que volaba hacia ellos, justo a tiempo de agacharse detrás de un escudo caído y protegerse. Harald, sin embargo, no tuvo tiempo de reaccionar, y recibió un impacto en el hombro. La flecha le atravesó el hueco de la armadura y llegó hasta la articulación, hiriéndolo en un punto que dejaría inutilizado el brazo con el que manejaba la espada. Una oleada de hombres descendió sobre ellos desde la arboleda. Al verlos, Ragnvald pensó que nadie había seguido su plan de despejar el bosque después de que la batalla cambiara de signo.

Trató de sostener el hacha con las dos manos, pero la derecha apenas le respondía. El hombre que encabezaba la carga era sin lugar a dudas Gudbrand. Su barba era larga y gris, y se sujetaba la melena en torno a la frente con una cinta dorada. Los guerreros que lo seguían parecían más feroces y sanguinarios que cualquiera de los que había visto en las murallas de escudos. Eran más grandes y llevaban armadura, aunque la mayoría estaban melladas por los golpes recibidos en otras batallas. Las espadas que blandían eran delgadas y tenían un brillo pulido: acero franco. Ragnvald los miró durante unos segundos de agonía. Se movían muy deprisa y parecían tener los pies clavados en el suelo.

Iban a por Harald. Ragnvald ordenó a sus piernas que se movieran, a su mano que agarrara. Tenía que blandir el hacha para proteger a Harald. Por eso los dioses lo habían puesto allí, por eso le habían enviado aquel sueño y habían impedido que muriera en el fiordo. El cuchillo de Solvi, la traición de Olaf, todo lo había conducido a ese momento, y, sin embargo, su cuerpo no le obedecía.

Se dijo a sí mismo que le quedaba una última misión antes de descansar. Cogió el hacha y corrió hacia Harald, que todavía estaba caído en el suelo por el impacto de la flecha. Había empezado a incorporarse cuando vio a aquellos guerreros corriendo hacia él, pero su brazo derecho colgaba inútil en su costado. Parecía aturdido e insensible. El fuego que acababa de mostrar unos segundos antes había desaparecido.

—Ponte detrás de mí —le gritó Ragnvald— y levántate cuanto puedas. Todavía tienes una mano para defenderte.

Ragnvald notó frío allí donde la sangre de su hombro izquierdo había empapado la camisa, y ya no sentía el calor en la mano derecha herida. Era como si estuviera muerta. Agarró el hacha con la mano izquierda y atacó al primero que llegó, y luego al segundo. No le importaba si los mataba o no, sólo tenía que apartarlos de Harald. Apenas se dio cuenta de que otros se les habían unido, de que Harald se alzaba a su lado otra vez, sosteniendo la espada con torpeza en la mano izquierda.

Entonces algo le golpeó en la cabeza y cayó al suelo.

✛

Los cuervos volaban en círculos sobre Ragnvald, como hacían en la tierra de los muertos, salvo que no podía imaginar que en cualquiera de los reinos brumosos del Hel pudiera sentir tanta sed o tanto dolor. Una mujer se alzaba sobre él: sin duda, era Urd, con su cabello oscuro y un cuervo sobre el hombro. No era una valquiria, sino una de las nornas, que acudía a contarle lo que le ocurriría a continuación o a acabar con su vida.

—Sí... —susurró Ragnvald—. Ven y acaba conmigo.

La mujer parecía no haberlo visto. Su cabello flotaba tras ella como un estandarte. Se agachó junto a uno de los hombres y le dio agua.

Agua... Ragnvald necesitaba agua más que nada en el mundo. Trató de levantar el brazo derecho, pero no le obedecía. Se movió y se zafó de algo que lo sujetaba, hasta que consiguió mover el brazo izquierdo.

—Agua... —gimió—. Agua.

Ella caminó hacia él como si fuera a dársela. Todo a su alrededor olía a sangre y a muerte, a vientres abiertos por espadas... Y a tierra. Ragnvald yacía en la tierra, en el barro revuelto por una docena de pies.

—Agua —susurró de nuevo—. Agua...

Lo repetiría hasta que muriera. Ella se volvió, se apartó el pelo que el viento le empujaba sobre el rostro y miró hacia él.

—Puede que haya uno vivo aquí —dijo en voz alta—. Y bastante noble. Lleva yelmo.

—¿Nuestro o de ellos? —gritó alguien. Era la voz de un hombre.

—No lo sé —contestó ella.

—Habrá una recompensa si es ese tal Ragnvald, el primo de ese joven señor al que llaman Heming. Lo están buscando. Quieren darle una sepultura adecuada.

Eso estaba bien, querían darle una sepultura adecuada. Eso le gustaría. Yacer por fin en un túmulo limpio y protegido, donde pudiera descansar.

Cuando la mujer se agachó a su lado, con la mano en la daga, un mechón de su cabello le rozó la mejilla. Se parecía a Alfrith, la hechicera de la isla.

—Soy Ragnvald... Puedes enterrarme... —le susurró.

—¡Dice que es Ragnvald! —gritó la mujer.

Olía a agua limpia.

—Agua... —repitió él.

Quería eso y un túmulo, un túmulo y agua o cerveza. Nada más. Eso le dijo.

—¿Eres Ragnvald? —preguntó ella, vacilante de repente.

—Sí... Ayúdame.

Llegaron manos que lo tocaron, lo levantaron. Apenas podía moverse. La mitad de su cuerpo estaba adormecida, la otra mitad gritaba de dolor. ¿Aún tenía todos los miembros? ¿Tenía una herida abierta como la del *draugr*, que le partía la cabeza en dos?

Lo recogieron, lo llevaron a una tienda llena de muertos y moribundos y lo tumbaron allí. Entonces alguien le tocó la mano y él empezó a gritar y a suplicar. Alguien más le tapó la boca.

—Compórtate con honor —dijo la voz de una mujer. Svanhild, tal vez. Ella siempre le decía lo que era correcto hacer. Ragnvald guardó silencio.

Alguien le tocó la mano una vez más y, en esta ocasión, sintió demasiado dolor para permanecer consciente. La diosa Ran y sus aguas oscuras lo estaban esperando, las profundidades del olvido, su salón de navegantes ahogados... El lugar que le correspondía.

✛

Cuando se despertó de nuevo, la tienda estaba a oscuras. Volvió la cabeza y miró hacia la puerta, donde la luz de la antorcha que se aproximaba perfilaba la figura de un hombre. Era Harald. Ningún otro guerrero era tan alto. La luz arrancaba brillos dorados del contorno de su cabello, pero dejaba el rostro en la más completa oscuridad. Un lobo dorado. En sus sueños febriles, Ragnvald había elegido a ese chico de oro, ese aspirante a rey.

—¿Qué me ha ocurrido? —preguntó Ragnvald.

Harald se sobresaltó, como si no hubiera esperado que Ragnvald hablara. Dijo algunas palabras en voz baja a sus guardias y los hombres se dieron la vuelta y se marcharon, llevándose la luz con ellos.

—Estás herido —dijo Harald.

—¿Cómo? —Ragnvald trató de sentarse, pero la cabeza le rodaba.

Harald titubeó.

—¿Has permitido que me corten la mano?

—No —contestó Harald—. Querían hacerlo cuando perdiste la conciencia, pero yo quería preguntártelo antes. Un hombre debe tener derecho a elegir.

Se apartó de Ragnvald como si sus heridas también pudieran envenenarlo a él. Aun así, no se dio la vuelta para marcharse. Eso significaba algo.

—No. Si me estoy muriendo, dejadme morir. No quiero vivir sin la mano que blande la espada. —Ragnvald dejó caer la cabeza en la almohada. Las luces que se reflejaban en el techo daban vueltas y continuaron haciéndolo incluso después de que cerrara los ojos.

—Yo tomaría la misma decisión. Un hombre que no puede empuñar una espada no puede ser rey...

Guardó silencio.

—¿Qué ocurrió? —preguntó Ragnvald—. ¿Cuánto tiempo hace que...?

—Combatiste por última vez hace una semana. Me salvaste la vida, y mi madre te la salvó a ti.

—Si muero, quiero hacerlo con mi espada en la mano.

—Se quedó en el campo de batalla —dijo Harald—. Alguien la encontrará y te la traerá. Si no, puedes quedarte con mi espada hasta que yo te consiga una. Lo prometo.

—¿Crees que iré al Valhalla? —le preguntó Ragnvald.

Él mismo no lo creía. Era Ragnvald, el Medio Ahogado; tenía que encontrar la mitad que había dejado atrás. Tal vez estaba en el agua, en el agua helada... Tenía sed otra vez. Harald le acercó una copa a los labios con tanta gentileza que Ragnvald notó el calor de las lágrimas en los ojos. No podía soportar la amabilidad en ese momento, pero quería que Harald se quedara. Un guerrero debería velar a otro guerrero.

—Serás rey —aseguró Ragnvald—. Eres poderoso.

—Estuve a punto de caer —repuso Harald. Su voz sonó insegura.

—La suerte estaba contigo.

—Tú estabas conmigo.

—Pura suerte.

Ragnvald abrió los ojos otra vez. Sintió que estaba de nuevo en un barco, pero era un barco que él no sabía cómo manejar. Un barco sin costados, sin borda, que no podía gobernarse.

—¿Te duele el hombro? —preguntó.

Harald pegó el brazo a su cuerpo y se movió con incomodidad ante la pregunta. Aquel joven dios no había sufrido heridas hasta entonces.

—Un poco. Pasarán semanas hasta que pueda moverlo otra vez. Entretanto, aprenderé a luchar mejor con la mano izquierda.

—Serás rey —volvió a decir Ragnvald—. Tienes suerte, voluntad y fuerza. Te herirán otra vez, como a todos los guerreros, pero eso no te detendrá.

Harald lo miró con extrañeza, como si Ragnvald estuviera recitando una profecía.

—¿Qué puede detenerte? —preguntó Ragnvald con creciente amargura. Harald viviría—. Tienes hombres, suerte y oro, y no puedes ser derrotado. ¿Qué pone límites a tus conquistas? ¿Qué te impide ser el hombre al que tú mismo detendrías, el hombre que mata a su vecino y toma su tierra?

—El honor —contestó Harald—. Un rey es su tierra y su gente. Tú sabes eso por tu propia tierra, tu Ardal, tu Sogn. La gente que cultiva la tierra, que entierra sus huesos en ella... Un rey puede sentir eso en sus propios huesos. Defiende la tierra, cultiva la tierra y hace que la tierra produzca cosas hermosas. No conquisto para mí.

—Sí lo haces —dijo Ragnvald—. Pero me alegro de que no sea sólo para ti.

—Cuando sea rey, reuniré a nuestros mejores artistas en una nueva ciudad, y transformarán los feos trozos de plata que tomamos en adornos para bellas mujeres. Traeré a forjadores de espadas francos que enseñarán su oficio a nuestros herreros. No habrá más reyertas, sólo mi justicia y mi ley.

—¿Y por eso quieres ser rey?

—Sí —contestó Harald. La luz que se alzaba detrás de él hacía que su cabello pareciera una corona.

—Entonces me alegro de haberte salvado. Asegúrate de que muero empuñando una espada... ¡Y no permitas que me corten la mano! —gritó Ragnvald.

—No lo haré. Descansa, amigo mío. Nos alzaremos juntos en la batalla muchas veces más, te lo prometo. —Sacudió a Ragnvald, de manera que tuvo que abrir los ojos otra vez—. Prométemelo. Te quiero como uno de mis guerreros, como uno de mis compañeros jurados. Quiero que luches a mi lado.

—Tengo que recuperar mi tierra —repuso Ragnvald.

Sogn... Descansaría allí si pudiera, y no en aquella extraña tierra meridional.

Harald apenas pestañeó.

—Serás uno de mis capitanes o uno de mis *jarls*. Te daré una tierra y la mantendrás para mí.

—Lucharé por ti —contestó Ragnvald—. Si sobrevivo.

En el Valhalla, la mano de la espada no le ardería de aquel modo. En el Valhalla, sería un compañero mejor para Harald. Al quedarse dormido, sintió algo frío apoyado contra las vendas en la palma de la mano. Una espada.

24

Cuando Svanhild se despertó, el otro lado de la cama todavía estaba caliente por el cuerpo de Solvi, pero él se había levantado y se había ido. Estaba consumida de tanto llorar. Las lágrimas la habían agotado de un modo que casi parecía agradable, hasta que recordó cómo se había comportado la noche anterior, ebria y renuente cuando debería haber sido acogedora. Había dado su palabra a Solvi y se había casado con él. Si quería huir, tendría que haberlo hecho antes.

Se colocó el delantal con cierres de hueso, que estaba entre los enseres de su boda. Solvi le había llevado algunas joyas la noche anterior; piezas labradas en espirales de animales que se devoraban las colas. Podría esperar que él le regalara joyas si hubiera sido una buena mujer para él, pero ya no. Seguramente ya estaba harto de mujeres lloricas; estaba casado con Geirny.

Como no tenía toca se cubrió la cabeza con el velo que él le había dado para la boda. Encontró a Solvi en la cocina, sentado y comiendo un cuenco de gachas. La olla colgaba sobre el fuego y olía a quemado cuando Svanhild la revolvió.

—Espero que hayas dormido bien, mi señora —dijo, inclinando la cabeza con exagerada cortesía.

Ella levantó la barbilla.

—Así es, gracias.

Svanhild quería decir algo más, salvar la brecha que los separaba, pero no conocía a ese hombre. No lo conocía en absoluto.

Confiaba en que él la buscaría otra vez, aunque quizá había perdido la última oportunidad que iba a darle.

—¿Quién es el ama de casa aquí? —preguntó.

Solvi se encogió de hombros.

—¿Tu padre no tiene ninguna mujer? ¿Tal vez una de sus concubinas?

—No sé cómo hacen su trabajo las mujeres —contestó Solvi con brusquedad—. Pregunta a Geirny, si quieres saberlo.

—¿Hay algo que desees que haga?

En Ardal, Olaf no se interponía en el camino de Vigdis, pero en ocasiones tenía instrucciones para ella.

—No. —Solvi se levantó y salió.

Svanhild se sintió abatida cuando él se fue. Las sirvientas habían entrado y salido de la cocina mientras ellos hablaban y, sin duda, estarían cotilleando, sobre todo porque ella le había pedido algo y él se lo había negado.

Añadió más agua a la cebada y rascó la olla hasta que pudo sacar los trozos quemados. Unos cuantos hombres de Solvi entraron a desayunar. Svanhild les sirvió y estuvo charlando un rato con aquellos que parecían tener ganas de hablar. Descubrió que Solvi planeaba salir a navegar durante unos días, probablemente para acosar a más mercaderes. Esperaba que no se encontrara con Ragnvald.

Geirny entró cuando todos los hombres habían acabado de desayunar. No se había puesto el mandil. Su fino vestido colgaba suelto en su cuerpo delgado.

—Espero que mi marido no te tratara con demasiada dureza —dijo con brusquedad mientras se servía un cuenco de gachas.

—¿Quieres un poco? —Svanhild sacó un tarro de miel que había encontrado y se lo entregó a Geirny—. ¿Quién es aquí el ama de casa?

Geirny bostezó.

—Yo tengo la llave de la despensa —contestó ella.

Aquel honor le correspondía al ama de casa. Sin embargo, en ese caso Geirny debería haberse levantado antes del amanecer.

—Entonces, ¿qué debo hacer hoy? —Svanhild vio la pila de cuencos sucios y empezó a limpiarlos.

Geirny la miró de los pies a la cabeza y frunció el ceño.

—¿Un vestido nuevo, quizá?

Svanhild miró la ropa que llevaba. Al salir del salón la noche anterior, se había manchado el dobladillo de barro. El vestido estaba hecho de un tejido casero de color crema, el más fino que producía la granja de Ardal. Aquel color le quedaba muy bien y hacía que sus ojos parecieran profundos y vivaces, o al menos eso le había dicho Vigdis en alguna ocasión. Geirny llevaba un vestido de seda roja el día anterior, un color demasiado intenso para su tez pálida, pero que le habría quedado muy bien a ella.

Cuando fue a la despensa que la primera esposa de Solvi había mencionado, estaba cerrada. No pensaba pedirle las llaves a Geirny. Apenas podía soportar ese lugar, y eso que sólo llevaba algo más de un día allí. No podía esperar otro año más hasta el *ting* de Sogn. Que Solvi la llevara con Ragnvald a Yrjar, si ya no la quería, o al menos que la dejara lo más cerca posible. Svanhild había encontrado la forma de llegar hasta allí; podía encomendarse otra vez a las manos del destino.

Aunque tal vez lograría que Solvi cambiara de decisión tras unos días en el mar. Svanhild había decidido ser su esposa. Había dado su palabra y luego la había retirado. Y el momento elegido había sido el peor posible, el que más daño podía hacerle a Solvi. No había podido soportar que la tocara. Ahora, si él la dejaba allí hasta la próxima primavera, tendría que pasar esos largos meses meditando sobre sus errores y sin poder rectificarlos.

No, si Solvi quería divorciarse y ella no podía hacer nada para impedirlo, prefería pasar el año con desconocidos en Yrjar que en aquel lugar.

Encontró a Solvi en su barco, supervisando la reparación de los escálamos.

—¡Esposo! —lo llamó, levantando la voz.

Él se volvió con expresión molesta y dio un paso atrás de manera involuntaria. Sin su cariño, Svanhild se sentía desprotegida.

—¿Sí? —contestó Solvi con impaciencia.

—¿Podría hablar contigo?

Solvi caminó hacia ella. Era un poco torpe en tierra, pero caminaba con elegancia a bordo del barco, como si el ligero cabeceo del movimiento del agua en el fiordo convirtiera sus pasos en una danza.

—Sí —dijo cuando estuvo lo bastante cerca para que nadie más pudiera oír sus palabras.

Svanhild observó su rostro, esperando que su expresión fuera amistosa y esperanzada, tal vez incluso provocadora, como el día anterior en la caseta de aseo. Pero la expresión de Solvi no le ofrecía nada.

—Llévame con mi hermano a Yrjar. No me quieres aquí, y yo no quiero quedarme.

—¿Y vendrás al *ting* de Sogn para el divorcio?

—¿No podemos hacerlo antes? —preguntó Svanhild.

Solvi tensó la mandíbula.

—Un poco de tiempo hará que los rumores sean menos hirientes —contestó—. Para ambos.

Incluso ese comentario le dio cierta esperanza a Svanhild: todavía estaban juntos en eso, de algún modo podría convertirlo en algo más.

—Entonces llévame a Yrjar. El tiempo pasará con más ligereza allí.

—Para ti tal vez, querida Svanhild. Pero mi tiempo es mío. Y tu palabra no tiene mucho valor ahora.

Svanhild alzó la barbilla, preparando una réplica sobre la clase de marido que había sido para ella, la clase de cortejo que había hecho, pero eso sólo los conduciría a un punto en el que ya habían estado.

—Te he dado suficiente —añadió Solvi—. Esperarás hasta la primavera, y luego tendrás tu divorcio. Entretanto, yo estaré en el mar y no tendremos que vernos. Eso es todo lo que conseguirás de mí.

Svanhild rompió a llorar, sin que le importara quién la veía. Mientras sus sollozos remitían, se preguntó si eso conmovería a Solvi o si de verdad había matado cualquier resquicio de buena voluntad que tuviera hacia ella. Le había hecho daño, y ver ese dolor la enfadó consigo misma.

—Si te ruego que me perdones... —empezó, con las palabras atascándose en la garganta. Ocultó el rostro cuando la voz le falló por completo. Debía de parecer desagradable y retorcida con esas lágrimas—. Si te lo ruego, ¿me perdonarás? ¿Qué quieres que haga? ¿Debo arrodillarme aquí? ¿Ante todos tus hombres?

Él la tomó del brazo y la hizo bajar del barco.

—No creo que mis hombres necesiten conocer nuestra situación.

—Nuestra situación es que tú eres mi marido y yo quiero que seas mi marido.

—Hasta que cambies de opinión otra vez. Ya he tenido suficiente paciencia. —Solvi la miró con tristeza—. He sido sincero contigo, Svanhild. Tú no has hecho más que mentirme.

—Lo he intentado, mi señor... —dijo ella. Quería echarle en cara su deshonestidad con Ragnvald, pero eso no le serviría de mucho en aquel momento.

—No. Has sido voluble y has mentido. Juraste delante de los dioses. Ve a pedirles perdón a ellos.

—Por favor —suplicó Svanhild.

Había llegado demasiado lejos; si ella era verdaderamente su esposa durante un tiempo y el matrimonio no funcionaba, luego podría haber un divorcio. Pero divorciarse ahora era renunciar a todo, y eso no haría más que agravar todos los errores que había cometido desde el *ting*.

—No te mentiré más, Solvi. La primera vez que te vi me gustaste. Luego supe quién eras y me odié a mí misma por eso. A mi hermano le parecerá repugnante que me haya casado contigo, y él es mi única familia ahora y... —Se atragantó con sus palabras. No podía soportar que Ragnvald se avergonzara de ella—. ¿No te das cuenta de lo difícil que es para mí?

Una serie de expresiones que ella no era capaz de descifrar fueron desfilando por el rostro de Solvi.

—Creo que... —Solvi meneó entonces la cabeza—. Eres demasiado, Svanhild. Había pensado que quizá... Pero no, no es posible. Como quieras. Vendrás conmigo ahora, no esperaré a la primavera.

—Sí —dijo ella—. Llévame en tu barco contigo. Lo que más necesito es volver a navegar.

Solvi la agarró del hombro.

—No lo hago para complacerte, Svanhild. Prepara tus cosas. Zarparemos antes del mediodía. Si no estás, me iré tan feliz.

✛ ✛ ✛

Zarparon con la marea de la tarde. Svanhild no tenía ni idea de lo que Solvi había contado a su padre o a Geirny. Sin duda, pensaban que se limitaba a seguir la dirección del viento, como una veleta.

Solvi le dijo que se instalara en la tienda de la pequeña cubierta elevada del barco, por encima de los puestos de los remeros, y le ordenó que no se moviera de allí. El primer día, Svanhild no salió en ningún momento, pero asomó la cabeza y observó la belleza del fiordo de Geiranger mientras lo recorrían en toda su extensión. Sus maravillas parecían no tener fin. Svanhild apenas les había prestado atención cuando navegaban hacia Tafjord, y además habían permanecido ocultas por la lluvia, pero en esta ocasión el sol jugaba al escondite con las nubes, haciendo que las rocas del color de la madera erosionada brillaran como el oro, allí donde las iluminaba. A cada recodo, aparecían más y más cascadas en los acantilados.

Amarraron en un pequeño embarcadero la primera noche. La mitad de los hombres de Solvi durmieron a bordo, y los que iban en los otros dos barcos, capitaneados por Snorri y Tryggulf, encontraron otros lugares donde dormir. Snorri, Tryggulf y Ulfarr eran los mejores amigos de Solvi, y Svanhild trató de descubrir qué vínculo los unía, ahora que estaba decidida a quedarse con él.

Tryggulf era delgado y de aspecto duro, de piel pálida y ojos y cabellos claros. Parecía una criatura de hielo, pero tenía un don para contar historias y su rostro casi sobrenatural se volvía animado y amistoso cuando narraba algo. Sus historias le revelaron a Svanhild que era mucho mayor que Solvi, pues había librado batallas que ocurrieron antes de que el hijo de Hunthiof naciera.

Contemplar el rostro de Snorri resultaba todavía más problemático. Un hachazo le había desfigurado la cara muchos años antes, arruinándole la boca y la nariz. Costaba mucho entender lo que decía, porque la mandíbula no se había curado bien, y para comer tenía que cortar la carne en trocitos que pudiera tragar enteros. Cuando hablaba, todo el mundo se detenía a escuchar.

En Ulfarr ya se había fijado durante la celebración de la boda. Era atractivo y cruel, y siempre estaba preparado cuando navegaban, porque era el ariete de Solvi, su guerrero más feroz, el primero en entrar en combate. Svanhild se retiraba a su refugio cuando él la miraba demasiado.

Aquella noche, Solvi plantó una tienda para ella en la piedra dura del embarcadero, y Svanhild durmió allí, escuchando el sonido del agua que lamía el muelle. Al día siguiente, ella no se retiró al interior de la tienda cuando zarparon, sino que encontró un lugar en la proa, como había hecho en el barco de Solmund. A mediodía pasaron ante una profunda garganta en el acantilado. La mayoría de las cascadas caían desde lo alto de los acantilados y cambiaban casi a diario en función de la cantidad de lluvia, pero aquella en particular quedaba tan encajada entre las rocas que el agua apenas se atisbaba. Los hombres de Solvi hicieron señales de bendición, tocando talismanes sagrados en honor a los dioses.

—¿Qué es ese lugar? —fue preguntando Svanhild a los marineros cuando pasaban a su lado.

Ellos la miraron, se miraron entre ellos y luego a Solvi.

—¿Es que nadie me va a responder?

Solvi se acercó a ella.

—Les he ordenado que no hablen contigo —dijo en voz baja—. Y a ti te he ordenado que estés en tu tienda. ¿Por qué puedo dar órdenes a mis hombres y no a ti?

Svanhild levantó la mirada.

—¿Qué es ese lugar? Parece una grieta que va hasta el Hel.

—He oído decir eso algunas veces —contestó Solvi—. También he oído que se hunde hasta Svartheim, donde los enanos trabajan con sus martillos mágicos.

—Es demasiado hermoso para conducir al Hel —dijo Svanhild. La suerte, o la mano de algún dios, los había llevado hasta allí—. ¿No podemos acercarnos un poco más?

—Esto no es un viaje de placer —repuso Solvi, irritado.

—Ya lo sé —dijo Svanhild—. Es el último atisbo de libertad que voy a vivir, al menos por el momento. A no ser que no vayamos a Yrjar y prefieras llevarme contigo en tus incursiones.

Solvi negó con la cabeza.

—Eso no es posible.

—¿Me llevarás al menos a esa garganta? Si me avergüenzas desembarazándote de mí, nunca volveré a pasar por aquí otra vez.

Svanhild suspiró y miró hacia las profundidades del barranco. No, por supuesto, no podía esperar eso de él. Pero estaba contenta de que no le hubiera pegado ni la hubiera obligado a permanecer en la tienda. Tendría que hacer algo más que pedirle favores si quería de verdad que fuera su marido.

Solvi la miró un momento más y luego dio la orden de poner rumbo hacia la garganta. Cuando se acercaron, Svanhild tuvo la impresión de que aquella grieta en el acantilado podría devorarlos. Era más ancha en la base de lo que ella había pensado. Era profunda y oscura, y permitiría el paso de un barco al menos hasta medio camino.

—Sería un lugar extraño para una emboscada —le comentó a Solvi, que estaba otra vez a su lado.

Él no dijo nada, pero hizo una serie de señas con la mano que sus hombres obedecieron. Uno de ellos saltó a la orilla y ató una cuerda en torno a un árbol que crecía casi en horizontal desde el acantilado. Una estrecha plataforma de roca conducía a las profundidades de la garganta. Svanhild no sabía por qué quería entrar. Tal vez había llegado hasta allí de la mano de un dios o un espíritu. Solvi la siguió al interior. Ella se volvió y lo miró por encima del hombro.

—Podría dejarte aquí —dijo Solvi—. Los enanos te raptarían, y serías una buena esposa para alguno de ellos.

Svanhild se limitó a sonreír, guardándose sus pensamientos sobre la escasa estatura de su marido. Caminó despacio, permitiendo que sus pupilas se adaptaran a la oscuridad. El lugar donde caía el agua de las cascadas se perdía entre las sombras del despeñadero, y sólo una extraña franja de luz marcaba la entrada por la que habían pasado. Svanhild se detuvo y dejó que Solvi chocara con su cuerpo, con el pecho contra su espalda. Así lo había sentido al cabalgar con él en el *ting*, cuando el contacto con su cuerpo y el calor de sus manos le habían provocado una respuesta acogedora. La oscuridad la liberó, en cierto modo, de sus últimas reservas.

—Tómame —dijo—. Sé mi marido al menos una vez.

—¿Por qué este cambio? —preguntó él.

La catarata oculta en la oscuridad no estaba lejos. Le enfriaba y le humedecía el rostro, y eso le hacía sentir con más intensidad el calor que desprendía él.

—¿Por qué me castigas de este modo, Svanhild?

Tenía una réplica preparada para esa pregunta. Solvi se merecía ese castigo y mucho más; al fin y al cabo, había intentado matar a Ragnvald, y tal vez podría ser el hijo de un rey, pero no era ningún premio en muchos sentidos. Se volvió a mirarlo y puso las manos en las mejillas de Solvi. Se mantuvo en silencio, hasta que sus labios casi tocaron los de él.

—Creo que nos hemos castigado el uno al otro...

Svanhild notó que le temblaban las manos. Las bajó hasta la cintura de Solvi, y empezó a levantarle el borde de la túnica. Él no la detuvo. Cuando sus manos frías encontraron la piel cálida de su abdomen, Solvi se estremeció, pero tampoco entonces se apartó.

—Enséñame, por favor —dijo ella, con voz temblorosa.

No sabía qué hacer, cómo tocarlo. Pero, igual que cuando había negociado con él para que dejara sus mercancías a Solmund, sabía que si se detenía, aunque sólo fuera un momento, fracasaría. En esta ocasión, su actuación era sólo para Solvi, y él era un juez mucho más severo que sus hombres.

—Ten cuidado —susurró él—. Terminaremos en el agua. —La fue empujando hacia atrás hasta que ella quedó apoyada contra el frío muro de piedra—. ¿Prefieres esto a una cama? —preguntó, sonando al mismo tiempo divertido y resignado.

—Ésta es la cama que tenemos ahora —contestó Svanhild.

Solvi la besó de verdad esta vez, abriéndole la boca con la lengua. Svanhild trató de no pensar; sólo quería sentir, abandonarse.

—Ayúdame...

Solvi tenía que tomar la iniciativa en algún momento. Le correspondía.

—Lo estás haciendo muy bien —susurró él contra su cuello.

—Ahora me estás castigando tú —dijo ella, provocadora.

Sus manos encontraron otra vez la cintura de Solvi. Presionó el lugar en el que Solvi ya se estaba endureciendo para ella. Al menos todavía la deseaba.

Él se apiadó entonces de su vacilación y le levantó el vestido. La presionó contra la pared del acantilado, donde Svanhild podía recostarse contra un saliente. Cuando introdujo los dedos en ella, a Svanhild le dolió como en la noche de bodas, pero se mordió el labio para no gritar. En esta ocasión, a Solvi no parecía importarle si a ella le gustaba o no. A Svanhild le pareció detectar alguna corriente subterránea de rabia en los movimientos de Solvi cuando entró en ella, o tal vez siempre era así, brusco y violento.

Sin embargo, algún placer obtuvo mientras él la penetraba, sintiendo su aliento en la mejilla, el latido de su corazón sobre su pecho. Un placer tan aterrador como su propia audacia. Svanhild quiso apartarlo otra vez, sacarlo de su interior y romper esa proximidad, pero ya había recorrido ese camino antes y tampoco había encontrado en él ninguna libertad, sólo otra clase de esclavitud solitaria.

Solvi no la abrazó después, sólo le susurró en el pelo:

—Bien, Svanhild, has conseguido lo que decías que querías. ¿Te ha gustado?

—No —dijo ella.

Hubiera querido decir algo insinuante, como «sólo lo he conseguido una vez». O algo verdadero, como «dicen que va mejorando y espero que así sea». Pero había otra verdad.

—Sólo estoy aprendiendo lo que deseo —añadió tras una pausa—. ¿Todavía quieres rechazarme?

—No me has hecho cambiar de opinión —contestó Solvi—. Hace falta algo más que abrir las piernas para eso.

Sus palabras fueron como una bofetada. Svanhild asintió en la oscuridad, con lágrimas en los ojos, sin fuerzas para hablar. Se secó la cara. No pensaba dejarle ver sus lágrimas. En ese sentido, Svanhild había triunfado, por débil que fuera la victoria. Podía hacerlo otra vez, y quizá Vigdis tenía razón y mejoraría. Había sentido placer con algunas de las caricias de Solvi. Tal vez pudiera descubrir más.

25

—La muerte no te quiere, Ragnvald, Medio Ahogado —dijo una mujer.

Le cubrió la frente con la palma de la mano. Era Ronhild, la madre de Harald. Tenía la voz tan fría como los dedos.

Ragnvald tardó un momento en darse cuenta de que ya no le ardía la mano, y se le encogió el corazón de miedo. Alguien se la había cortado; Ronhild se había llevado su mano con su magia. Viviría el resto de sus días como un tullido inútil.

Entonces movió los dedos y descubrió que seguía completo. Aún le dolía al moverlos. Sacó la mano de debajo de las sábanas. Estaba vendada.

—Debería cambiarte eso —dijo Ronhild.

Le desenvolvió el vendaje, y de la herida emanó una vaharada de olor corporal: el característico olor de la sangre y el calor de la sanación, pero no la fetidez de la carne putrefacta. Ronhild le puso la mano herida suavemente sobre el estómago, con la palma hacia arriba. Ragnvald se incorporó sobre los codos para poder mirarse la mano sin moverla demasiado, y vio una cicatriz brillante de piel marrón y ampollada. Alguien le había quemado la herida para cerrarla, y había extraído el veneno. Se recostó otra vez en la almohada y suspiró.

Sintió un leve dolor cuando Ronhild volvió a vendarle la mano. Ragnvald reconoció la sensación de mareo que padecía: ya no era por la fiebre, sino por las fuertes drogas que le habían dado para mitigar el dolor.

—Mi hilo... —susurró Ragnvald.

Apenas tenía voz. Ronhild le acercó un cuenco de agua a los labios, y Ragnvald recordó a su hijo Harald haciendo lo mismo, delicado y amable por unos instantes. Después hubo un momento de incertidumbre en el que Ragnvald expresó sus dudas, la oscuridad de sus pensamientos.

—Mi hilo debe de haberse hecho más largo. Me he salvado por tu hijo.

—Eso creo —dijo Ronhild.

—¿Has visto algo? ¿Puedes profetizar mi destino?

—He visto tu mano, destrozada, ensangrentada y llena de mal —contestó ella—. Nadie supo que estabas herido antes de la batalla. No me hace falta ninguna profecía para ver que tú mismo provocarás tu muerte, porque confías demasiado en ti y demasiado poco en tus amigos.

Eso le recordaba a algo que le había dicho Hakon. Ragnvald negó con la cabeza.

—Pero eres hechicera —insistió—. ¿Puedes tirar las runas para mí? ¿Los dioses me han salvado para que proteja a tu hijo?

—Si crees eso, no necesitas ninguna profecía, te bastará con seguir tu voluntad. Para la mayoría de los hombres, es mejor no saber qué les depara el futuro. Muchos se asustarían de su *wyrd* si lo conocieran.

—No me asusto fácilmente.

—Entonces te lo contaré: renunciarás a todo por mi hijo, y cuando no te quede nada más que ofrecer, darás también la vida. —Dobló hacia el interior el extremo del vendaje, colocó la mano de Ragnvald bajo las mantas y respiró profundamente, pareciendo terrenal por primera vez—. Eso es lo que veo para ti —añadió.

—Ya he intentado hacerlo una vez. No me sorprendería que lo hiciera de nuevo.

—Lo sé. Pero no tienes que buscar la muerte, ella vendrá a buscarte.

—Antes tengo cosas que hacer —contestó Ragnvald.

La conversación parecía en parte un sueño, y sus propias palabras tan marcadas por el destino como todo lo ocurrido antes.

—Sí —dijo Ronhild—. Tu tierra. Tu venganza. Tu esposa.

Ronhild parecía triste al nombrar esas cosas, y Ragnvald creyó saber por qué, con la clarividencia que le proporcionaba la retirada de la fiebre: ésas podrían ser las cosas que perdería al servir a Harald, antes de perder la vida.

—Bebe esto y duerme. —Ronhild le acercó un cuenco a los labios.

La poción hizo flotar a Ragnvald, esta vez por un mar en calma y alegre, un mar agradable y cálido que nunca había existido en tierras escandinavas.

✢

Cuando se despertó de nuevo tenía hambre y, en cuanto comió algo, empezó a recuperar las fuerzas. Caminó con lentitud por el campamento en compañía de Oddi, que le contó lo que había ocurrido durante la semana que se había perdido. Harald, o Guthorm, había ganado la batalla, pero Gudbrand había escapado con un buen número de sus hombres.

Como el rey Eirik, encerrado en su fortaleza, seguía negándose a parlamentar, los hombres de Harald habían terminado de construir la rampa sobre la muralla. Los guardias de Eirik nunca la atacaron en serio. Cuando estuvo completada, Thorbrand lideró un asalto a la muralla.

Las protecciones interiores eran tan amedrentadoras como las exteriores, según explicó el guerrero, con una zanja aún más profunda delante de la muralla interior, llena de pinchos y también patrullada por guardias. Lanzaron flechas al grupo que comandaba Thorbrand. Los guardias que vigilaban la muralla exterior se retiraron en lugar de atacar, algo que Ragnvald consideró prudente: los arqueros podían hacer el trabajo por ellos. Thorbrand retiró enseguida a sus hombres, que se replegaron al otro lado de la rampa.

—Tienen provisiones para resistir el asedio, pero no suficientes hombres —dijo Ragnvald casi para sí mismo—. Ni siquiera salieron para aprovechar la ventaja cuando nos estábamos enfrentando a los hombres de Gudbrand.

—Deberías contárselo a Guthorm —sugirió Oddi.

—Seguro que ya lo sabe.

—Tal vez —admitió Oddi—, pero otra voz, una voz que ya ha acertado antes, sería bienvenida.

Ragnvald dejó que Oddi lo acompañara hasta el lugar donde Guthorm estaba sentado con Harald, observando la vida del campamento: los hombres afilaban sus dagas o preparaban el rancho en calderos humeantes colgados encima de los fuegos. Después de intercambiar saludos y buenos deseos por la salud de Ragnvald, el joven Eysteinsson le comentó a Guthorm sus sospechas.

—Me parece acertado —contestó Guthorm, una vez que Ragnvald explicó su razonamiento—. ¿Qué propones que hagamos?

Era extraño ver respeto en los ojos de Guthorm, cuando sólo un día antes, al menos según la percepción del tiempo de Ragnvald, había sido tan desdeñoso.

—Demuéstrale que no tememos perder nuestras propias vidas para terminar con las de sus guerreros. No muestres ninguna clemencia. Persigue y mata.

Guthorm jugueteó unos segundos con uno de los anillos de oro de su barba. Luego entrecerró los ojos.

—Sí —dijo—, aunque no deberíamos arriesgar nuestras vidas de manera innecesaria. Aun así, el rey Eirik debe ver que no tenemos ningún miedo.

Su rostro severo se transformó por completo cuando ofreció a Ragnvald una sonrisa lenta y agradecida.

—Debe convencerse de que no dudaremos en sacrificar a todo nuestro ejército con tal de tomar su fortaleza.

—Es cierto —intervino Harald—. No pueden ver que me retiro de una batalla, y menos en esta etapa temprana. Si espero que los reyes me juren lealtad sin luchar, deben pensar que soy invencible.

✠

En la siguiente escaramuza, Thorbrand consiguió colar a algunos hombres por encima de la primera muralla. Harald estaba todavía convaleciente para luchar, pero prometió un brazalete de oro a quien le llevara la cabeza de uno de los hombres de Eirik, de modo que se desataron diversas peleas entre sus propios guerreros una vez que el combate terminó. Veinte hombres de Eirik murieron en aquella escaramuza. Los mejores hombres de Harald habían conseguido abrir una brecha entre los defensores, y sólo unos pocos habían caído.

A la mañana siguiente, el rey Eirik salió de la fortaleza con la bandera de tregua y una escolta de diez guardias. Lo acompañaba también una mujer, con un vestido tan espléndido y un porte tan altivo que sólo podía ser su hija, la famosa princesa Gyda. Se reunieron con la comitiva de Harald en campo abierto, a tiro de arco tanto de las murallas como de los hombres de Vestfold. Eirik era un hombre delgado y orgulloso, bien formado y con bellas facciones que duplicaban las de su hija. La belleza de Gyda era conocida en todo Hordaland y más allá, gracias a las canciones de los escaldos. La joven llevaba el cabello, de un rojo dorado, sujeto con una estrecha cinta, y lo dejaba caer en ondas rizadas por la espalda. Su vestido, teñido de un azul oscuro, resaltaba el color de sus hermosos ojos, que brillaban como pozas sin fondo.

—Me plantearé la posibilidad de jurarte lealtad —dijo el rey Eirik—. Aseguras haber derrotado a muchos reyes de Hordaland, y como ni siquiera han venido en mi auxilio cuando he mandado encender fuegos en las atalayas, creo que dices la verdad.

—A los hombres que guardaban esas atalayas los matamos —replicó Harald—, pero sí, digo la verdad. Nunca miento.

—¿Qué puedes ofrecerme a cambio de mi lealtad y de la entrega de la mayor fortaleza de Hordaland? —preguntó Eirik.

Llevaba los ropajes más ricos que Ragnvald había visto en su vida, con unas franjas brillantes teñidas de naranja y del blanco más puro, con oro en los hombros y en las muñecas. Estaba claro que pretendía impresionar a Harald. Ragnvald supo por esa exhibición que había acertado: Eirik tenía riquezas, pero no hombres.

Guthorm tomó la palabra:

—¿Qué puedes ofrecernos tú, además de una fortaleza construida muy lejos de las costas que hace falta proteger, y que necesita muchos hombres para defenderla, hombres que no posees?

—Ofrecemos vasallaje al rey de toda Noruega —intervino Harald—. Es lo que ofrezco a todos los reyes, y muchos se dan cuenta del valor que eso tiene.

Con aquellas palabras, podría parecer que el joven guerrero ya hubiera conquistado muchas tierras, y la princesa se adelantó para hablar.

—Es una idea maravillosa que un hombre reivindique el mando de toda Noruega. Me gustaría ver que eso sucede. —Gyda tenía una voz clara, como un repique de campana.

Harald sonrió.

—¿Te gustaría ser reina de Noruega?

Ella lo miró con firmeza. Otros hombres se acobardarían ante una mirada tan directa y franca, o incluso buscarían castigar a la mujer. Harald parecía embelesado.

—Sí —contestó Gyda.

—Excelente —dijo Guthorm—. Los dos se casarán esta noche, y entonces tú serás rey juramentado de Harald, recaudarás los tributos de su tierra, impondrás sus leyes y obtendrás los beneficios de su amistad.

—He dicho que me gustaría ser reina de Noruega —repuso Gyda—. Pero no puedo hacerlo sin un rey de Noruega con el que casarme. —Se volvió hacia su padre—. ¿Me encontrarás un verdadero rey, padre?

Eirik sonrió con soberbia.

—Ahí tenéis vuestra respuesta, mis señores. Ella únicamente se casará con el rey de Noruega, y ante mí sólo veo a un muchacho herido y ambicioso.

—¿Harás caso a las palabras insensatas de una chiquilla? —preguntó Guthorm—. Cuando podemos matar a todos los hombres, mujeres y niños de tu fortaleza con la misma facilidad con la que podemos cruzar este campo. Es una vergüenza que un hombre dispuesto a hacer algo así controle una fortaleza como ésta.

—Me limito a seguir un consejo sabio —replicó el rey Eirik—, tanto si viene de una muchacha como si lo trae el viento que sopla. Vuelve cuando seas rey de Noruega.

El rey y su hija se dieron la vuelta y caminaron con majestuosa tranquilidad hacia su fortaleza, sin volver la vista atrás en ningún momento.

—¡Qué insolencia! —exclamó Guthorm en cuanto ellos ya no podían oírlo.

—Tiene razón —dijo Harald—. Todavía no soy rey de Noruega.

Ragnvald lo miró. Harald aún observaba a la joven y parecía embelesado, como si pensara que todo aquello no era más que un juego. Ragnvald bajó los hombros. Había caminado demasiado ese día y aún se sentía debilitado por la fiebre.

—Deberíamos tomar esta tierra por la fuerza y convertir a esa chica en tu concubina —dijo Guthorm—. Esta tierra, este rey no son nada para nosotros. Sólo posee campos llenos de granjeros. Una gran fortaleza que no custodia nada no tiene valor estratégico.

—¿Acaso los granjeros no son nada? —preguntó Ragnvald.

—Poco más que nada —contestó Guthorm.

Ragnvald apenas pudo ocultar su enojo.

—Un ejército no avanza sin comida —dijo, tratando de encontrar una justificación a sus palabras, más allá de la irritación que le producía su debilidad—. Hordaland no está lejos de Vestfold, y tiene más terreno cultivable. Si controlas estos campos y a un rey voluntarioso, tu ejército nunca pasará hambre.

Harald miró a Ragnvald y luego a su tío. Guthorm asintió lentamente.

—Eso es cierto —dijo al cabo de un momento—. Y por eso debemos derrotar a este Eirik.

—O hacerlos tan felices a él y a su hija que no nos nieguen nada —replicó Ragnvald. Recordó lo que había dicho el propio Guthorm sobre la fortaleza de Eirik—. Tú mismo dijiste que esta fortaleza fue el centro de poder de Hordaland en los primeros tiempos, ¿no? Todos los reyes de Hordaland deben vasallaje a Eirik por derecho ancestral, o se lo deberían si él decidiera imponerlo.

—Eso fue hace siglos —repuso Guthorm—. Ahora todo está disgregado y confundido, como puedes ver, y hace falta un rey para unirlo. Harald.

—Convierte a Eirik en rey de todo Hordaland —dijo Ragnvald—. Si a los demás reyes no les gusta, que se mueran. De todos modos, sólo te juraron lealtad a regañadientes. Eirik tendrá una gran deuda contigo y hará mucho por ti.

—¿Y su orgullosa hija? —preguntó Thorbrand.

—Entonces no le importará casarse con mi sobrino. —Guthorm sonrió a Harald.

—No —intervino Harald—. Ella desea casarse con el rey de Noruega y sólo con él, y así será. Voy a jurar ante ella que no me cortaré el pelo ni me afeitaré la barba hasta que sea rey de toda Noruega y ella consienta ser mi novia.

—Es demasiado orgullosa —dijo Guthorm—. Debes humillarla.

—No —contestó Harald—. Mis esposas deben ser lobas para ser madres de lobos. Como mi madre y esta joven llamada Gyda. No hay que humillarla, hay que alabarla. Mis escaldos entonarán canciones sobre su belleza y repetirán mi juramento.

Una idea propia de la juventud, pensó Ragnvald, sintiéndose décadas mayor que Harald. Aquella idea podría haberle gustado a él mismo, antes de que las viejas canciones le parecieran estúpidas por culpa de las traiciones sufridas.

—Que así sea —dijo Guthorm—. Mandaremos un emisario al rey Eirik por la mañana. Muchacho, entre la astucia de Ragnvald y tu talento, no me necesitarás mucho tiempo.

✛

Al día siguiente, Harald y Guthorm fueron a parlamentar de nuevo con el rey Eirik. Él accedió a su propuesta sin más dilación, y Ragnvald predijo que, a menos que se dedicara a traicionar a los demás por puro gusto, sería un buen aliado. Entre las razones para elevarlo sólo podía contarse la audacia de su hija, la calidad de su fortaleza y el hecho de que Harald había proporcionado a todos los demás reyes de Hordaland buenos motivos para ponerse en su contra.

El rey Eirik invitó a todos los hombres de Harald al banquete de compromiso, y Ragnvald se convenció aún más de su lealtad. Tal vez pretendía alardear de su riqueza, pero no perpetrar un asesinato. De hecho, tenía tan pocos hombres que no hubiera podido matar ni a una cuarta parte del ejército de Harald, al menos sin un hechizo que los durmiera.

Mientras se servía cerveza por las mesas, Eirik recitó las palabras de compromiso y pronunció los juramentos que Harald y Gyda debían aceptar. Cuando Harald tomó la palabra, juró que no se cortaría el pelo ni regresaría a reclamar a Gyda como esposa hasta que hubiera puesto a todas las tierras de Noruega bajo su ley. Ella sonrió al oírlo, con aspecto tan complacido como un gato suelto en una granja lechera. Los escaldos entonarían canciones sobre su belleza más allá de las fronteras de Noruega. Ella y Harald intercambiaron sólo unas pocas palabras al sentarse juntos en el banquete. Gyda no se acostaría esa noche con Harald, ni con ningún otro hombre. Ragnvald se preguntó si aquella joven no sería una de esas mujeres que temían el lecho matrimonial, y si con aquella treta había encontrado una forma inteligente de mantenerse alejada de él, tal vez para siempre.

La hermana menor de Gyda miraba con picardía a Harald. Tenía el cabello más oscuro y era un poco más rolliza, pero sus labios se curvaban de una forma tan sensual que cualquier hombre desearía besarla. Su belleza era cálida, mientras que la de su hermana era fría. Si la joven no hubiera puesto toda su atención en Harald, Ragnvald incluso habría intentado festejarla. Algo en aquella chica le recordaba a Vigdis, aunque parecía mucho más ansiosa por complacer a un hombre, no simplemente para atormentarlo.

Pasaron unos pocos días más en la fortaleza de Eirik, en las tierras altas de Hordaland. El rey prometió enviar a algunos de sus hombres con Harald como muestra de buena voluntad. Él no tenía hijos, sólo a sus dos hijas, pero algunos de sus sobrinos actuarían como rehenes para Harald y de paso lo ayudarían. El joven guerrero dejó a Eirik el encargo de someter a Gudbrand y a las escasas fuerzas que le quedaban, ya fuera matándolo o consiguiendo que le jurara lealtad. Ragnvald no creía que Eirik pensara salir de su fortaleza para intentarlo, pero al menos eso significaba que Harald y sus hombres podían regresar por fin a Vestfold.

Ragnvald observó a Harald con atención durante esos pocos días. Se había acostado con la otra hija, de eso estaba seguro, pero aquello no tendría efectos negativos para su alianza o su pretendido matrimonio con Gyda. Había caminado por las almenas con su prometida, seguido por Ragnvald y unos cuantos guardias a pocos pasos. La joven señaló las virtudes defensivas de la fortaleza, que por fortuna no habían tenido que afrontar durante su ataque. El terreno entre las dos murallas estaba lleno de trampas, cubiertas con hierba para camuflarlas. Los hombres de Harald habían tenido la fortuna de no tropezar con ellas en sus escaramuzas, otro signo del favor de los dioses.

Gyda era una mujer distante, con buen ojo para las tácticas defensivas, al menos en lo referente a su fortaleza. Después, cuando ella y Harald jugaron al *tafl* para pasar la tarde, Gyda lo ganó, incluso cuando le tocó el lado defensivo, la posición que más dificultaba la victoria.

El ejército de Harald salió de la fortaleza de Eirik en una mañana clara. El aire tenía un gusto otoñal, Ragnvald iba delante, caminando junto a Harald, y detrás de ellos se extendía una larga fila de guerreros, ya bien alimentados y descansados.

Mientras caminaban, Harald le dijo a Ragnvald:

—Sabes, creo que debería seguir el consejo de mi tío y mantenerla en Hordaland incluso después de casarme con ella. Gyda debería quedarse y defender estas tierras para nosotros.

A Ragnvald le preocupaba que Harald le pidiera que le jurara lealtad, como había hecho cuando yacía en la cama, consumido por la fiebre. Tal vez había sido sólo una especie de bálsamo para un moribundo.

—¿Eso piensas? —preguntó.

—¿Tú no? Mi tío cree que ella no desea tanto el matrimonio como el poder. Sería una tirana con mis otras esposas. Dejemos que tiranice a los hombres y disfrutemos de los beneficios.

A Ragnvald lo sorprendió esa perspectiva. Guthorm había enseñado bien a su sobrino, pero aquel joven no era una simple urraca que repetía todo lo que le habían dicho. Tenía su propio criterio. Cuando los dioses hacían a alguien tan perfecto, un hombre sólo tenía dos opciones: dejarse llevar por la envidia o seguir al elegido.

—¿Qué es lo que inquieta a tu Heming y a mi Thorbrand? —preguntó Harald a continuación.

No era tan perfecto, al fin y al cabo. Harald tendría que haber visto qué empujaba a Heming a ser tan problemático: la envidia. Acaso por lo bendecido que estaba, Harald nunca sentía celos y por eso no era capaz de imaginarlos en los demás.

—Heming...

Ragnvald se interrumpió. Quería complacer a Hakon y conservar la amistad de Harald. No sabía si debía pronunciar esas palabras.

—Heming anhela reivindicarse. Es el hijo del mayor rey de Occidente y, sirviéndote, espera conseguir que los escaldos de Hålogaland hablen tanto de él en sus canciones como han hablado de su padre.

Ragnvald buscó a su alrededor a Heming, que caminaba cerca de sus nuevos amigos. Thorbrand se mantenía también a pocos pasos de Harald y Ragnvald, fuera del alcance de sus palabras.

—Todos los hombres a mi servicio quieren ser héroes de sagas. —Harald miró a Ragnvald con astucia—. ¿Acaso tú no deseas esa gloria para ti?

—Deseo riqueza y hombres suficientes para recuperar mi tierra, convertirla en lo que debería ser y recuperar el nombre de mi familia.

—¿Sólo eso? —dijo Harald—. ¿No te parece acaso un sueño modesto?

Ragnvald quería hablarle del lobo dorado, del sueño que había tenido, del líder al que merecía la pena seguir, que haría brillar a Ragnvald y a los hombres que lo siguieran. Ése era el verdadero sueño de Ragnvald y, si alguien podía comprenderlo, era Harald. Sin embargo, si Harald se reía de él, Ragnvald sabía que no podría soportarlo. Mientras el sueño fuera sólo suyo, nadie podría burlarse.

—Soñaré más cuando mi tierra sea mía otra vez y Olaf esté muerto —dijo en cambio.

—Te daré hombres hoy mismo si lo deseas... Y si me juras lealtad.

—Recuerda que soy un hombre juramentado del rey Hakon, al menos mientras dure esta temporada.

Los términos del juramento establecían que Ragnvald debía servir a Hakon hasta que hubiera cumplido un servicio para él, y hasta que el rey le hubiera entregado hombres para recuperar Ardal y matar a Olaf. Hakon podía postergar eso de forma indefinida, pero si lo hacía sería conocido como un rey miserable y poco generoso.

—Hasta que le haya prestado un servicio, como conseguir que su hijo Heming alcance el prestigio que busca, y después de que él me haya ayudado a matar a mi padrastro.

—No aceptaría el juramento de un hombre que ha jurado a otro —dijo Harald—. Ningún hombre capaz de romper un juramento entra a mi servicio. Pero cuando Hakon te libere, seguiré queriendo que me jures lealtad. Quiero que seas uno de mis capitanes, uno de mis consejeros y, algún día, uno de mis reyes. Si me juras lealtad, un distrito será tuyo, Ragnvald Eysteinsson. Eso te lo prometo.

Las imágenes de un gran salón en Sogn, con vistas imponentes del fiordo, se alzaron en la mente de Ragnvald. Vio a Hilda coronada de oro, llevando ricos colores y un puñado de llaves en el cinto. Vio un ejército de hijos aferrados a sus faldas, niños sanos y fuertes.

—Se lo pediré —respondió Ragnvald—. Yo también lo deseo.

26

Aquella noche, Solvi acudió a la tienda de Svanhild y la tomó de nuevo con escasos preliminares. Ella estaba tan dolorida de la vez anterior que sólo pudo soportarlo, escuchando los sonidos del agua y deseando que Solvi terminara pronto. Svanhild lo había invitado, lo había rechazado y lo había vuelto a invitar. No lo apartaría una vez más, pese a que sentía que había perdido la extraña guerra que libraban entre ellos. Sabía que había renunciado a algo —a su virginidad, a su orgullo—, y él no había renunciado a nada. Quizá debería haber dejado que la llevara con Ragnvald.

Al pasar los días, Svanhild se acostumbró a la vida en el mar, y poco después dejó de dolerle cuando Solvi acudía a ella por la noche. Seguía sin disfrutarlo, y tampoco parecía que él quisiera procurarle placer, pero, cuando se despertaba en la oscuridad y lo veía durmiendo a su lado, le gustaba sentir su calor.

En cuanto el fiordo dio paso al mar abierto, Solvi dirigió sus barcos al sur, lejos de Yrjar. Así que al menos él había aceptado que calentara su cama durante el viaje. No hablaba con ella más que antes, y ella se esforzaba por disimular que deseaba que lo hiciera.

Ahora sus hombres sí contestaban a las preguntas que ella les hacía. Tryggulf, el que parecía un pescado hervido, se mostraba más amable, al menos más de lo que cabía esperar por su aspecto. Capitaneaba uno de los otros barcos durante el día, pero cuando amarraban por la noche se aseguraba de que Svanhild tuviera la mejor comida que llevaban en los tres barcos. Le señalaba las aves que veían en la costa y le mostraba las pequeñas criaturas que reptaban por la arena, igual que Ragnvald había hecho con los animales de los bosques de Sogn. Tryggulf había estudiado cómo caminaban las aves en los bajíos: qué les gustaba comer, los trucos que usaban para capturar su alimento... Y esos conocimientos lo ayudaban ahora a acecharlas y atraparlas para que les sirvieran de cena, aunque no dejaba de sentir verdadera pasión por los pequeños dramas de sus vidas.

Ninguno de los hombres de Solvi, salvo tal vez sus capitanes, conocían sus planes en ningún momento, aunque eso no les molestaba. La confianza que los hombres depositaban en su líder le decía mucho de él, aunque Svanhild no sabía muy bien si debía admirarlo por eso o no. Algunos lo temían, otros lo adoraban. Algunos sólo parecían tolerarlo y, sin embargo, lo seguían.

Al menos durante el día, Svanhild podía disfrutar de estar allí, en el océano. Entre la tripulación, había incluso niños de sólo diez años. Usaban pequeñas hachuelas y trepaban como ardillas a lo alto de los mástiles. A los hombres les resultaba entretenido; los preparaban y los provocaban, y a veces los empujaban a pelear entre ellos. Aquellos muchachos eran muy útiles a bordo. Eran pequeños espíritus del viento capaces de trepar al mástil más resbaladizo pese a las inclemencias del tiempo. Adoraban a Svanhild. Le contaban historias de batallas y triunfos y, en ocasiones, al anochecer, incluso sus pequeños temores.

—Los consentirás y los harás débiles —le soltó Ulfarr una noche, después de que Vigulf, uno de los chiquillos, hubiera llorado en sus brazos.

Vigulf se había roto la muñeca y tenía miedo de que los otros se hicieran más fuertes que él mientras se curaba.

—Son chicos valientes —dijo Svanhild.

Ulfarr seguía sin gustarle, aunque se había comportado con corrección con ella desde las procaces provocaciones de su noche de bodas. Ahora, cuando la miraba, actuaba casi como lo hacía Solvi durante el día: como si apenas le importara.

—¿Quién es más valiente, el chico que dice que no tiene miedo o el que tiene miedo y lo domina? —preguntó Svanhild a Ulfarr. Lo miró hasta que él desvió la mirada.

—Yo no tengo temores —murmuró él.

Svanhild se preguntó si era cierto. A los dioses no les gustaban los mentirosos, y ella no creía que los dioses hubieran creado a un hombre sin miedo a nada. Decidió que Ulfarr temía lo que no podía controlar, y por eso mantuvo las distancias después de aquella conversación.

A pesar de que los barcos se dirigían al sur, los días se hicieron más cortos a medida que avanzaba la estación. Svanhild abrazó a Solvi aquella noche para compartir su calor. Él solía hablar en sueños. Murmuraba palabras llenas de miedo y gritos ahogados de dolor. A veces, parecía volver a ser aquel niño que se había quemado, el niño que había flirteado con la muerte durante días. Tryggulf le había contado que Solvi se había negado a morir y que luego se había negado a ser un tullido.

Por la noche, Svanhild había pensado más de una vez en usar con él las artes de seducción que Vigdis le había enseñado para ganárselo, pero, cuando Solvi acababa, ella no podía ni flirtear ni charlar, por temor a que la rechazara. Solvi no había vuelto a besarla después de aquella primera vez. Y cuando ella lo pillaba observándola, él apartaba la mirada. Svanhild continuó su amistad con Tryggulf, con la esperanza de que su marido se pusiera celoso y la tratara mejor, o de que al menos le dirigiera algunas palabras. Pero él seguía ignorándola.

A los diez días de trayecto, Solvi interceptó un barco mercante. Era el primero que habían visto, y Svanhild se metió en la tienda, asomando la cabeza mientras los *drakkar* maniobraban en la brisa para rodear a su presa. Los tres barcos de Solvi eran como una pequeña manada de lobos, moviéndose en grupo, jugando y flotando sobre las olas, dando bordadas para cortar el paso al barco mercante.

El *knarr* le recordó al de Solmund, aunque los hombres de a bordo no eran una familia, sino mercaderes de tez oscura, de rostros demasiado distintos para ser hermanos. Cuando se situaron en paralelo, Ulfarr lanzó un gancho para acercar el barco de Solvi al de los mercaderes, y lo abordaron con facilidad. El viento arrastraba las voces lejos de donde estaba ella, pero Svanhild vio lo que estaba ocurriendo e imaginó las palabras de Solvi, cuyos hombres regresaron a bordo con una bolsa de tortas de avena y varios rollos de tela.

—Mi señora —le dijo Solvi, animado—. ¿Qué tela prefieres para hacerte un vestido?

Svanhild miró su vestido, que estaba lleno de manchas tras varios días en el mar. No había tenido tiempo de hacerse uno nuevo después de la boda y debía de parecer una pordiosera. La tela era muy fina y Svanhild se moría de ganas de tocarla.

—La roja —dijo—. Y necesitaré una aguja y un poco de hilo, si es que tienen.

Solvi asintió y saltó de nuevo al otro barco. Cuando regresó con hilo de seda y una pequeña aguja —de hierro y no de hueso, distinta de todas las que Svanhild había visto antes—, lo colocó todo a sus pies con una reverencia triunfante.

—Gracias, mi señor —le dijo ella—. Esta tela es muy hermosa. Demasiado hermosa para estar a bordo. También me haría unos pantalones y un abrigo de cuero como el que llevan tus hombres, para poder estar más cómoda. Me temo que, en cubierta, mi nuevo vestido me haría tropezar.

Estaba sentada ante Solvi, que permanecía de pie. Levantó la mirada hacia él: no estaba tratando de parecer especialmente suplicante, pero se dio cuenta de que debía dar esa impresión, como si utilizara uno de los trucos de Vigdis. Bajó la mirada.

—Si lo crees conveniente, claro —añadió al ver que Solvi no decía nada.

Después de tantos días de combate silencioso, de rendición nocturna, ya no quería adularlo.

—Tendrás lo que necesitas —dijo por fin Solvi—, veremos lo que podemos encontrar por el camino. Entretanto, parece que la madre del pequeño Vigulf le ha sobreabastecido de ropa, y además le queda demasiado grande. Mis hombres ya se la habrían agenciado hace tiempo, pero tampoco es tan grande como para eso... —Soltó una carcajada, y Svanhild le sonrió con vacilación—. ¡Aunque supongo que a mí me iría bien! Te conseguiré las prendas que requieres.

A Vigulf no pareció importarle desprenderse de ellas. De hecho, le iba lanzando a Svanhild pequeñas miradas de orgullo, contento de poder hacer algo por ella. Poco después acamparon en una cala y Svanhild se lavó el vestido sucio con agua de mar hirviendo y lo extendió sobre la hierba que crecía en la isla. El vestido quedó lleno de marcas de sal marina, y Svanhild se pasó todo el día siguiente frotando las marcas con una piedra mientras continuaban hacia el sur.

·↟·

—Cruzaremos a Frisia mañana —le comunicó Solvi la noche siguiente, mientras descansaban en una playa rocosa, comiendo bacalao salado cocido con puerros y bebiendo agua fresca de una poza de lluvia que Svanhild había encontrado en la isla.

—Frisia... —dijo Svanhild.

Ragnvald le había hablado de ese lugar, y también algunos viajeros que venían a Ardal.

—¿Cuánto tardaremos?

—Un día o dos —contestó Solvi—. Tendremos que dormir en mar abierto —agregó con un hilo de tensión en su voz. Ni siquiera a los mejores marineros les gustaba pasar mucho tiempo sin ver tierra—. Con viento favorable, cruzaremos deprisa y veremos el delta del Rin. Pero si hay calma o tormenta...

Svanhild susurró un hechizo para ganarse el favor de la diosa Ran, y luego preguntó:

—¿Qué hay en Frisia?

Solvi sonrió, lanzándole una mirada.

—Es la tierra que queda al norte de los germanos. Nuestro amigo Rorik impone su ley en Dorestad. Ahora mismo necesitamos amigos.

—Por Harald —dijo Svanhild sin alzar la voz.

—Mi padre no cree que sea una amenaza —explicó Solvi—. Sostiene que no cambiará nada, que nuestra tierra siempre será un lugar de guerra, de reyes menores y saqueadores... —Mientras hablaba, iba trazando líneas en la arena con la punta de la daga, pequeños surcos que parecían formar un dibujo, hasta que pasó demasiadas veces por el mismo sitio y la imagen se convirtió en caos otra vez—. Pero tú no opinas lo mismo, ¿verdad? ¿Crees que ese Harald va a conseguirlo?

—Sólo sé lo que he oído —contestó Svanhild.

Parecía una labor digna de un dios; unificar la península escandinava y todos sus pequeños reinos enfrentados. Un rey debía permanecer cerca de sus tierras para mantener a saqueadores como Solvi alejados de granjas como la de su familia, igual que habían hecho las gentes de Kaupanger. Ésa era la responsabilidad de todo rey, y Sogn no había tenido ninguno en dos generaciones.

—¿Tú lo crees?

—Creo que es una amenaza para Tafjord y mi padre. Creo que impondrá demasiadas reglas y no dejará espacio para que un hombre sea libre.

—¿Tan libre eres ahora? —preguntó Svanhild casi para sí.

—Comerciaremos en Dorestad y conseguiremos espadas y acero franco.

—Todavía no me has dado una espada —dijo Svanhild, tratando de poner una nota de esperanza en su voz para no sonar resentida.

No se había acordado hasta ese momento. Supuestamente, eso debía formar parte de la ceremonia de boda, la espada que su marido ponía en su regazo y que ella entregaría a su primogénito, un símbolo de la transmisión del honor familiar que pasaba tanto a través de ella como a través de él.

—Dame un hijo y yo te daré una espada —dijo Solvi con brusquedad. Se levantó y se alejó. Al menos, ahora volvía a hablar con ella.

✢

Llegaron a Dorestad después de navegar unos días por el Rin. El aire se volvió más caliente al viajar tierra adentro, como si se hubieran adelantado al otoño que llegaba. Dorestad hacía que Kaupanger pareciera poco más que una granja grande. Sus calles embarradas olían peor y el río apestaba. El agua bajaba turbia entre ruedas de molino, pero las mujeres la utilizaban igualmente para lavar. Un viejo edificio de piedra dominaba la ciudad: el hogar del vikingo cristiano llamado Rorik. Solvi le había contado que Rorik tenía un pacto con el rey de los francos para mantener a los saqueadores lejos de la costa frisia. Se había convertido al cristianismo cuando pactó su alianza con el emperador franco y, aunque le servía bien, mantenía su amistad con saqueadores como Solvi, que le llevaban noticias y comerciaban con él.

El círculo de afiladas estacas que formaban la empalizada exterior del fuerte encerraba una red de construcciones en el interior.

Trozos de corteza de árbol colgaban del muro; no hacía mucho que lo habían levantado y desprendía un olor intenso y fresco que contrastaba con el hedor de la ciudad. A Svanhild le parecía extraño caminar entre aquella gente y descubrió que, de hecho, no era más baja que la mayoría de las mujeres, incluso había algunos hombres de menor estatura que ella. Sin duda, Solvi se sentiría a gusto allí, pero al mirarlo vio que caminaba con cautela entre la gente de aquella tierra. Incluso tomó la mano de Svanhild en una ocasión, para apartarla del camino de un carro al cruzar el portón del fuerte.

Rorik los esperaba en la entrada de su salón. Era un hombre corpulento como un oso, alto y vestido al estilo escandinavo, lo cual lo distinguía de los frisios que lo protegían.

—¡Solvi Klofe! —gritó, cruzando el terreno embarrado con rapidez para darle un abrazo que lo levantó a medias del suelo.

—Ésta es mi esposa, Svanhild —dijo Solvi.

Ella hizo una profunda genuflexión. Todavía no estaba segura de que el tal Rorik le gustara. Había algo en su actitud que la molestaba, cierta agresividad en su jactancia y, además, no sabía muy bien qué pensaba Solvi de él. Su esposo se guardaba sus opiniones. No era de extrañar que hubiera conseguido cruzar el océano con Ragnvald en ambas direcciones y que lo hubiera apuñalado al final sin que su hermano lo sospechara.

—¿La hija de Nokkve? —preguntó Rorik—. No es como me la habían descrito.

—No —contestó Solvi—. Svanhild es la hija de Eystein de Sogn. Me gusta más que la hija de Nokkve, aunque creo que esta unión le conviene menos a mi padre.

—Conocí a Eystein —comentó Rorik, sorprendiendo a Svanhild al hablar directamente con ella—. Me caía bien. Hablaba demasiado, pero los hombres como él son mejor compañía que los que hablan demasiado poco. Fue una pena que no tuviera a nadie para vengarlo del hombre que lo traicionó.

De pronto, a Svanhild le empezó a caer mejor ese Rorik. Adoptó una postura más erguida.

—Ahora hay alguien para vengarlo, mi hermano Ragnvald.

—He oído algo de eso. Ahora está haciendo la guerra al lado del rey Harald, con los hijos de Hakon.

—¿En serio? —preguntó Svanhild, ansiosa por saber más.

Solvi carraspeó, y Rorik dio un paso atrás.

—Bienvenidos a Dorestad, Solvi Hunthiofsson y Svanhild Eysteinsdatter. —Extendió los brazos para abarcar también a los hombres que acompañaban a Solvi, que esperaban detrás de él—. Tú y tu tripulación disponéis de mi hospitalidad mientras la necesitéis. —Sonrió de oreja a oreja.

—Aceptamos tu hospitalidad —contestó Solvi—. Tenemos mucho de qué hablar.

Svanhild miró a Solvi. Sonaba más tenso de lo que cabría esperar de alguien que iba a comerciar con espadas con un viejo amigo.

—Ya hablaremos de negocios mañana. Por ahora, mi hospitalidad incluye un baño. —Hizo ademán de olisquear a Solvi—. Estoy seguro de que tu mujer agradecerá que huelas un poco mejor.

—Lo que agradecería de verdad es un baño para mí —dijo Svanhild con una sonrisa—. Mi marido puede hacer lo que le plazca.

Una de las mujeres de Rorik acompañó a Svanhild a la casa de baños que se alzaba sobre un afluente de aguas claras del Rin. Los esclavos ya habían calentado agua en calderas de hierro y, cuando Svanhild terminó de empaparse entre vapores, se sintió limpia y caliente por primera vez desde que había iniciado aquel viaje. Se cepilló y se desenredó el pelo, y lo dejó suelto para que al secarse formara las suaves ondulaciones que solía adoptar cuando se daba la ocasión.

En cuanto acabó de lavarse, habló con las mujeres de Rorik, que acudieron a disfrutar de los vapores con ella.

—¿De verdad has venido en un barco con todos esos hombres? —preguntó Lena.

Svanhild dedujo que era la favorita de Rorik en ese momento. Tenía una cara bonita y un porte altivo, y ponía una voz susurrante que la hacía parecer medio tonta. Las otras mujeres entornaron los ojos.

—Sí —contestó Svanhild, convencida de que Lena podría estar simulando en parte su bobería—. Aunque... no era mi intención. Solvi iba a enviarme otra vez con mi hermano, pero...

Se dio cuenta de que tal vez no debería dar tantas explicaciones. Era un asunto entre ella y Solvi. Sin embargo, esas mujeres estaban siendo muy amables, y le pareció adivinar cierto desamparo en ellas. Tenía la impresión de que Rorik se cansaba de sus mujeres con rapidez, y sus vidas no eran tan cómodas cuando eso ocurría. Svanhild tenía que hablar despacio con algunas de aquellas mujeres, cuyo dominio del nórdico no era perfecto y estaba salpicado de palabras frisias que ella no conocía.

—¿No estaba preocupado por tu seguridad? —preguntó Lena.

—No —contestó Svanhild, despacio—. No... Yo no fui una buena esposa al principio. Todavía no estoy segura de serlo.

En realidad, había sido una estúpida y se había comportado como una niña en su noche de bodas. En lugar de revivir aquella humillación, contó a las mujeres de Rorik cómo Solvi había intentado matar a su hermano —aunque luego había pagado por ello en el *ting*— y finalmente la había capturado a ella. Las mujeres expresaron asombro y desconcierto al ver que Svanhild parecía aceptar su situación. Estaban en lo cierto, su historia no sonaba precisamente como la de una canción. Lena se inclinó hacia delante, llena de curiosidad.

—¿Solvi está... completo? —preguntó.

Otra de las mujeres le recriminó la pregunta, pero Svanhild sonrió con malicia.

—Oh, sí. —Svanhild sabía cumplir con su papel, aunque no comprendía por qué a Lena le podía importar eso.

Si Solvi no estaba completo, en el sentido al que ellas se referían, no podía imaginarse qué significaba estar completo. En sus manos, comparado con otros hombres que había visto, se lo había parecido.

—¿Es verdad que tiene las piernas retorcidas y con cicatrices de... de lo que le ocurrió? —preguntó Kolla, una mujer mayor que parecía un tanto arrogante.

A Svanhild le caía bien de todos modos, tenía que ser lista para mantener su lugar allí, después de haber perdido su belleza.

—No me las deja ver.

—¿Y crees que no te ama como debería? —preguntó Lena—. Yo creo que sí te ama. He visto cómo te miraba cuando habéis llegado, como si fuera a matar a cualquiera que te hiciera daño y deseara tomarte allí mismo. Y eso que tú parecías un chico, con todo el pelo enredado.

—Lena —la amonestó Kolla con brusquedad.

Svanhild rió.

—No me importa. Tiene razón. No iba muy bien vestida, precisamente. A lo mejor eso le gusta.

—Le gustas tú —dijo Lena—. Has de hacer que te lo demuestre. Pídele que te regale joyas...

—No la escuches —la interrumpió Kolla—. Tiene miedo de darte asco, por eso nunca te ha mostrado las heridas. Si le ves las cicatrices y le muestras amor de todos modos, será tuyo para siempre.

Svanhild no quería pensar en esas cosas. No había tenido mucha suerte siendo franca con Solvi. Pero ahora habían empezado a estar más cerca el uno del otro, y eso podría alejarlo otra vez. Además, sus cicatrices, fueran como fuesen, le repugnarían. Al menos Snorri tenía su peor deformidad en la cara, a la vista de todo el mundo. Las cicatrices de Solvi permanecían. Aunque tan mal no debía de estar, sin duda. Solvi podía caminar e incluso luchar.

—Lo pensaré —les dijo.

Aquella noche, Rorik les ofreció un banquete a todos. Svanhild se puso el vestido rojo que se había hecho con la tela nueva, aunque por lo visto no había calculado bien las medidas al tomarlas sobre el vestido sucio que había llevado a bordo, porque le quedaba demasiado ajustado sobre los pechos. Parecía de seda, lujosa y resbaladiza sobre la túnica interior que Lena le había dado. Le había dicho que tenía muchas, todas hechas de un lino muy suave y casi transparente, importado. Rorik y Solvi hablaron de ejércitos y de hombres, y Svanhild trató de enterarse de alguna noticia relacionada con Ragnvald, que al parecer viajaba con Harald.

—Harald no ha venido a buscar una alianza, aunque tenemos primos en común de hace sólo tres generaciones —explicaba Rorik.

—Creo que está demasiado ocupado con las tierras más cercanas —dijo Solvi—. Necesita una base fuerte, si pretende ir en busca de otras conquistas. Pero vendrá a buscar espadas... —Solvi parecía preocupado—. Ha declarado la guerra a mi padre.

—Hunthiof nunca tuvo mucha mano haciendo amigos —comentó Rorik—. Cree que, si se sienta en su salón y no hace nada, nada le ocurrirá.

Solvi se enfureció. Rorik levantó una mano para aplacarlo.

—Era un guerrero encarnizado, pero nunca se recuperó de la muerte de tu madre, y lo sabes. No hablemos de eso ahora. Este banquete es en tu honor.

Solvi parecía frustrado. Sí, aquel encuentro tenía que ver con algo más que con espadas. Quería hacer de Rorik un aliado. Svanhild se acercó a él y se apretó contra su costado hasta que Solvi se relajó. El banquete, por supuesto, derivó en una competición de insultos de borrachos y unas cuantas peleas, y Kolla levantó a Svanhild de su asiento.

—Vamos, estás medio dormida —le dijo.

Svanhild siguió a Kolla desde el salón. Los sirvientes de Rorik habían preparado para ella y Solvi una habitación con una cama de verdad con colchón de plumas, más cómoda que cualquier cosa en la que ella se hubiera tendido desde que partió de Tafjord. Le llegaban los ruidos de los hombres en el salón, hablando y bromeando. Cuando el ritmo de las voces regresó al de los brindis —un discurso seguido por vítores, seguidos por el silencio—, Svanhild se quedó dormida. Solvi estaría demasiado borracho como para unirse a ella, así que no tenía que preocuparse por poner en práctica las sugerencias de Kolla, al menos esa noche.

27

A Ragnvald, Vestfold le pareció una tierra devastada por la guerra. En el trayecto desde Hordaland por el extremo sur de Noruega, empezó a hacer más frío y llegaron lluvias acompañadas de fuertes vientos que tan pronto los empujaban hacia su destino como los desviaban del rumbo. Cuando los barcos de Harald navegaron entre las islas bajas del fiordo de Oslo, los granjeros hicieron una pausa en sus labores para verlos pasar. Miraban, y Ragnvald les devolvía la mirada. En una ocasión, saludó con la mano a uno de los granjeros. El hombre no respondió, pero caminó al ritmo del barco hasta que alcanzó el margen de sus campos. Esperó allí, hasta que Ragnvald lo perdió de vista en un recodo. Al adentrarse en el fiordo, los campos quemados y las ruinas ennegrecidas de salones y edificios más pequeños ofrecían testimonios de la guerra que los había asolado. Comunidades alzadas en defensa de Harald, o contra él, y castigadas luego por un lado o el otro.

Los campos pelados dieron paso a bosques de pinos, al tiempo que el fiordo se iba estrechando. Al doblar un último recodo, el paisaje se abrió de nuevo, con amplios prados que se extendían desde el agua. Ese flanco oriental de la península escandinava parecía una planicie comparado con las escarpadas montañas y los profundos fiordos de Sogn. Los pinos crecían más altos allí que en cualquiera de las pronunciadas pendientes de Ardal. Las vacas que en Song había que atar para que no se cayeran por los barrancos pacían a sus anchas en aquellas pendientes tan suaves. Se le antojó extraño que un guerrero tan poderoso como Harald hubiera salido de una tierra tan apacible.

Al anochecer, alcanzaron el mítico fuerte del padre de Harald, Halfdan el Negro. Heming ordenó arriar las velas, y los hombres remaron hasta el puerto natural en la cola del fiordo. Los embarcaderos de piedra destinados a los barcos de guerra ya estaban ocupados, de modo que los *drakkar* de Harald tuvieron que amarrarse a los que habían llegado antes. Ragnvald se puso nervioso al ver el barco de Hakon. En compañía de Harald había podido sacarse de la cabeza aquella reunión, pero había llegado la hora: debía pedir a Hakon que lo liberara.

En la fiesta de aquella noche, las mesas se combaban bajo el peso de la comida: jabalí al espetón, buey estofado, un ciervo entero abierto en canal... Ronhild mandó a sus mujeres servir vino franco, y proporcionó una chica a cada guerrero para que compartieran la copa con ellos. Ragnvald creyó un poco más en la magia de aquella mujer. Una tierra tan empobrecida por la guerra como la que habían visto desde los barcos no parecía capaz de ofrecer tanta riqueza.

Hakon contó lo que había hecho desde que se separó de las fuerzas de Harald, acosando a los *jarls* de Hordaland en los campos y granjas, persiguiéndolos entre las islas, hasta que quienes se negaban a jurar huyeron a mar abierto.

—Tendrán que encontrar otra tierra —dijo Hakon—. Noruega no está hecha para hombres que no se inclinan ante su rey.

—Es una gran victoria —lo felicitó Guthorm—. Nosotros también hemos conseguido algunas desde la última vez que hablamos. Todos tus hijos son motivo de orgullo: Ragnvald, Oddbjorn y Heming... —Guthorm y Harald intercambiaron una mirada—. Bueno, sé que Ragnvald no es tu hijo, pero su valentía también te da méritos.

Uno de los escaldos del salón de Harald ofreció su interpretación de las escaramuzas llevadas a cabo en las tierras de Hordaland, destacando en gran medida lo poderosa que era la fortaleza del rey Eirik, así como la belleza y la arrogancia de su hija y la gallardía del juramento de Harald. Ragnvald se ganó su propia estrofa, por haber estado a punto de morir para salvar a su rey, según aseguró el escaldo. Ragnvald se puso nervioso al oír las palabras que señalaban a Harald como su rey, y trató de no establecer contacto visual con ninguno de los miembros del grupo de Hakon que se sentaban entre ellos. Poco tiempo atrás, estar sentado con ellos le habría llenado el corazón de orgullo y felicidad; en ese momento, sólo hacía que se sintiera culpable.

—Siempre he pensado que las mujeres de Vestfold son las más hermosas de la tierra, pero he descubierto que Hordaland disfruta de otras igual de bellas —dijo Harald cuando terminó la canción, al tiempo que levantaba su copa.

Los guerreros respondieron al brindis y el salón quedó unos instantes en silencio mientras los hombres vaciaban sus copas de cerveza. Cuando el repiqueteo del peltre en la madera confirmó que el brindis se había completado, Heming miró a Thorbrand, que estaba sentado frente a él.

—Este Harald se ha casado también con mi hermana. No debería decir que las mujeres de Vestfold o las de Hordaland son más hermosas. Mi hermana es de Hålogaland, y es más bella que cualquiera de esas sucias campesinas.

—Mi mujer es de Vestfold —dijo Thorbrand en tono suave—. Así que estoy de acuerdo con Harald. Los hombres suelen preferir a las mujeres de sus regiones.

—¿Acaso tu esposa es más bella que Gyda? —preguntó Ragnvald, porque sabía que a Thorbrand le encantaba hablar de su mujer.

—Erindis es más bella para mí, porque es mía —contestó Thorbrand, que la saludó y la hizo venir—. Estaba hablando bien de ti.

Erindis se ruborizó. Era tan bajita que podría pasar bajo el brazo extendido de Ragnvald. Gyda eclipsaba a cualquier mujer que Ragnvald hubiera visto, salvo tal vez a Vigdis. Cuando él matara a Olaf, Vigdis sería viuda, libre para entregarse a cualquier hombre que deseara. Ragnvald se movió en su asiento y prefirió pensar en Hilda, con su porte serio y su lealtad inquebrantable. Hilda, a la que se había prometido cuando eran niños, que se había mantenido leal a él incluso cuando no tenía nada que ofrecerle... La consideraba mejor que todas aquellas mujeres que se canjeaban por poder, que estaban dispuestas a ser una esposa entre muchas si podían atarse a un rey.

Se había distraído, y por eso no oyó lo que hizo que Heming se levantara de un salto, enviando estruendosamente al suelo el banco en el que se sentaba. Thorbrand mostraba los dientes como un oso enfadado. Los hombres a su alrededor vitorearon, porque todos disfrutaban de una buena pelea. Incluso algunos guerreros que habían estado discutiendo y preparándose para sus propias peleas detuvieron sus riñas para observar.

Ragnvald, sin embargo, ya había visto a Heming luchar en un banquete, y no quería que esa disputa terminara así.

—Mi señor Heming —dijo muy despacio—, estás borracho y buscas razones para luchar. —Se lo quedó mirando, hasta que el primogénito de Hakon bajó la mirada.

—Sí —contestó Heming—. Necesito despejarme un poco. —Se levantó y salió trastabillando.

Ragnvald se acercó a hablar con Harald.

—No vendrían mal algunos juegos —propuso—. Hay mucha tensión donde estoy sentado.

—Buena idea —dijo Harald.

Harald miró a Guthorm, que se levantó y anunció una serie de concursos y pidió que se abriera otro barril de cerveza. Dividió a algunos de los hombres para que fueran las piezas vivas de una partida de *tafl*, que él jugaría contra Hakon. Al final no pudieron terminar la partida, porque los hombres estaban demasiado borrachos para quedarse en los sitios donde habían sido colocados, pero Guthorm lo declaró un triunfo del entretenimiento de todos modos, tal vez más que si hubiera terminado.

—¿Y ahora? —preguntó Harald, con el rostro brillante por la bebida.

—¡A echar pulsos! —anunció Heming—. Vamos a ver quién es el más fuerte entre los guerreros de Harald y los de mi padre.

Esa clase de sugerencia siempre encontraba aprobación en una fiesta. Una fila de hombres formaron para retarse entre ellos. Heming enseguida organizó el torneo, separando a los hombres en dos grupos que enfrentarían a los contendientes de dos en dos. Ragnvald se preguntó si de verdad Heming estaba ebrio. La borrachera sería una buena excusa para empezar la clase de trifulca que parecía buscar con Thorbrand, mientras que una cabeza clara sería una buena forma de ganarla.

—¿Harás tú de juez, señor Guthorm, como nuestro anfitrión? —preguntó Heming—. ¿O prefieres unirte a la competición?

Guthorm accedió a ser el juez siempre y cuando Harald no compitiera. Ragnvald también prefirió no participar, porque aún le dolía la mano.

Los hombres se sentaron unos frente a otros a la cabecera de la mesa para turnarse en el reto. Los soldados de a pie se mezclaron con los capitanes, aunque eran más pequeños y no tan fuertes como los hijos de los nobles, que se habían alimentado bien durante toda su vida.

Los dos bandos fueron reduciéndose a medida que los perdedores se retiraban con los brazos doloridos, hasta que sólo quedaron unos pocos. Ragnvald vitoreó a Thorbrand, Oddi y Heming cuando participaron. Cada vez que el joven Eysteinsson vaciaba su copa, una encantadora esclava joven de cabello corto y oscuro se la llenaba de nuevo, dejando que sus dedos rozaran un instante los de él. Aquella noche, cuando la competición terminara, la tendría sólo para él.

Heming derrotó con facilidad a todos los que lo retaron, pues tenía brazos largos y mucha fuerza. Además, atacaba deprisa, antes de que sus oponentes pudieran tomarle la medida.

Por fin, en la tercera ronda, cuando sólo quedaban unos diez hombres, Heming se enfrentó a Thorbrand. Uno de los hombres de Harald pasó la correa de cuero en torno a las manos de los dos contendientes y la ató sin excesiva fuerza. Heming dobló la muñeca de Thorbrand y consiguió que su brazo descendiera un poco. El hombre de confianza de Harald hizo una mueca de dolor por primera vez desde que había empezado la competición. Heming tenía que estar apretando fuerte.

Thorbrand, sin embargo, logró equilibrar los brazos en la vertical. Entonces Heming sonrió y apretó hasta que los dedos se le pusieron blancos. A Thorbrand se le marcaron los músculos de la mandíbula al resistir el empuje de Heming. Empezó a temblarle el brazo, primero en la muñeca y luego hasta el hombro. Le caía sudor de la cara, mientras que la sonrisa de Heming se iluminó aún más que su barba dorada; una sonrisa feroz y depredadora.

Thorbrand luchó hasta el final, con el rostro colorado y lágrimas de esfuerzo resbalándole por las comisuras de los ojos, pero finalmente Heming consiguió llevar la mano de su contrincante contra la superficie de la mesa, y Thorbrand levantó la otra mano para mostrar que se rendía. El hombre de Harald volvió y desató la correa que los mantenía unidos.

—Déjame ver eso —ordenó Thorbrand.

El hombre miró a Heming, que asintió.

—Sí, muéstraselo —dijo Heming con orgullo—. Deja que vea que lo he batido con justicia y en buena lid.

Thorbrand pasó los dedos por la correa y se miró las manos. Ragnvald se acercó y trató de ver lo que estaba mirando. Había una marca roja en medio de la palma de su mano, como si algo afilado en la correa hubiera estado a punto de hacerlo sangrar.

—¿Y bien? —preguntó Heming—. ¿No puedes reconocer que he ganado?

Thorbrand lanzó la correa al suelo y agarró a Heming por el cuello de su túnica de seda.

—Has hecho algo con el cuero —dijo en voz baja—. Lo juraría. He notado como si un cuchillo se me clavara en la palma de la mano.

—¿Jurarías por tu propia debilidad? —preguntó Heming, resistiéndose a que Thorbrand siguiera tirando de él—. Puedo sufrir un pequeño dolor sin quejarme. ¿Tú no?

—Has hecho trampas —replicó Thorbrand—. No sé cómo, pero lo has hecho.

—¿Me estás retando? —preguntó Heming—. He librado siete duelos y siempre he matado a mi oponente. Me encantaría que fueran ocho.

Thorbrand apretó los puños y tensó la mandíbula, con la cara aún colorada por el esfuerzo de la competición.

—No —dijo por fin—. Tu padre es un aliado importante para Harald, y soy más leal a él que eso. —Se lanzó hacia delante y agarró otra vez a Heming, obligándolo a bajar la cara hacia la suya—. Pero entérate de esto: enfréntate otra vez a mí, y tu padre tendrá que buscarte un reino que acepte un rey tullido. Tampoco pierdo duelos, pero eres demasiado guapo para que te mate. Preferiría estropear esa cara bonita, para que las mujeres echen a correr gritando al verte.

Ragnvald buscó a Hakon a su alrededor. Había estado conversando con Guthorm cerca de una chimenea en silencio, lejos de la competición. Se levantó y cruzó el salón.

—Podría retarte por esto —repuso Heming—. Me has amenazado y me has insultado. Sería un duelo legal.

—Hazlo —dijo Thorbrand.

—Hijo —intervino Hakon—, no lo hagas.

Heming se zafó de las manos de Thorbrand, negando con la cabeza, y gritó con voz clara:

—Thorbrand Magnusson me ha insultado, ha amenazado con mutilarme y me ha llamado tramposo. Exijo un duelo para defender mi honor.

Harald levantó la cabeza.

—Tal vez no hayas oído, Heming Hakonsson, que tengo intención de ilegalizar los duelos cuando sea rey. Son ineficientes y conducen a enemistades familiares que dejan distritos enteros sin sus mejores guerreros. No, si tú y Thorbrand tenéis una disputa, contadme la causa y dictaré una sentencia.

—Sí —dijo Thorbrand—. Hagamos un juicio. Heming ha hecho trampas en la competición. —Hizo un gesto hacia el guerrero que había cumplido con el cometido de atar las muñecas de los contendientes con la correa—. Llamo a tu hombre a declarar ante los dioses, su *gothi* y su rey, que no puso nada en la correa para que me causara más dolor al agarrarla y perdiera.

—Que Heming decida si quiere seguir adelante con esto —intervino Harald—. Él no sabía cómo gobernaba mi corte hasta ahora.

Heming miró con furia a Ragnvald y a Hakon, y luego volvió a mirar a Thorbrand. Ragnvald dijo que no con la cabeza.

—Retiro mis exigencias —dijo Heming por fin.

—Eso está bien —dijo Thorbrand.

Heming se abalanzó hacia él con la daga en la mano, pero se detuvo en el último instante, riendo, cuando Thorbrand se apartaba con un respingo.

—Sí, escóndete detrás de tu rey —dijo Heming, en voz demasiado baja para que Harald lo oyera, pero lo bastante alto para que pudieran oírlo Ragnvald y otros hombres que estaban alrededor—. Sólo un cobarde rechaza un duelo. Encontraremos un momento y un lugar para esto, lo prometo.

—Te tomo la palabra —contestó Thorbrand.

Hakon hizo sentar a Heming a su lado en el banco y pidió más cerveza. Si bebía hasta desmayarse, pondría final a la disputa, al menos por esa noche.

—¡Más historias! —dijo Harald—. ¿Quién no ha oído aquí la leyenda de Ragnvald el Medio Ahogado, que mató al *draugr* de Smola?

Se alzaron vítores, y Ragnvald se estremeció. Bueno, los hombres de Hakon y Harald necesitaban distracciones para cerrar la herida que Heming había abierto.

—Hakon, he oído que llamaste a Ragnvald el Exterminador del Draugr —dijo Thorbrand—. Cuéntanos la historia.

Ragnvald miró a Heming, que en ese momento descansaba la cabeza en una mano con todo su peso.

—Debería haber sido Heming quien lo matara, pero su padre no quiso que su primogénito se arriesgara. Si hubiera sido una saga, yo debería haber muerto y dejar a Heming como héroe vivo.

Heming sonrió sin poder ocultar que estaba borracho.

—Ragnvald casi nunca hace lo que se espera de él, sobre todo morir cuando otros lo desean.

Todos rieron, y Ragnvald se sintió más cómodo.

—Nunca me he enfrentado a un *draugr* —dijo Harald—. Ni siquiera sabía si eran reales.

Oddi lanzó a Ragnvald una mirada de advertencia que él entendió a la perfección. Podía contar a Harald en privado la verdad sobre el *draugr*, o lo que él sospechaba que era la verdad, pero no debía hacerlo en público. Tal vez Oddi tenía razón, y la historia era más importante que la verdad.

—Todavía no sé si son reales —explicó Ragnvald—. Lo único que sé es que había sido un hombre fuerte. —«En vida», quiso añadir, pero se contuvo—. Y conservaba su fuerza. No sentía ningún dolor.

Contó la historia lo mejor que pudo, destacando el poder de la hechicera y la belleza de su hija, pero, cuando llegó a su enfrentamiento con la criatura, no supo encontrar las palabras para convertirlo en algo heroico. Había sido temeroso, había tropezado, había sido demasiado débil después para cortar la cabeza de aquel ser y separarla de su cuerpo... Oddi puso los ojos en blanco.

—¡No lo está contando nada bien! —exclamó Oddi—. Un guerrero debería tener la misma valentía con la lengua que con la espada.

—¿La tienes tú? —preguntó Harald.

Oddi aceptó la invitación para lanzarse con una historia descabellada —que parecía inventar en el acto— de una giganta a la que había enamorado. Ragnvald reconoció en la historia fragmentos de cuentos narrados en las fiestas del Yule, aunque Oddi imprimió su propio sello, pero terminó riendo de las caras que ponía su primo cuando hablaba de pasarle el arado a aquella giganta insaciable. Harald lanzó una carcajada cuando Oddi terminó su relato.

—Pero los fanfarrones acaban cansando —dijo Heming—. Ragnvald hace bien en no alardear.

A Ragnvald lo sorprendió aquel comentario elogioso de Heming, hasta que el primogénito de Hakon añadió:

—Su padre era conocido como Eystein el Ruidoso, Ragnvald controla los defectos que ha heredado.

—Sí, así es —intervino Harald—. Su familia tiene muchas virtudes. Debería contar una historia ahora, una que acabo de oír, y otorgar a los hijos de Eystein la justicia que merecen.

Ragnvald y el resto de los hombres de Hakon se inclinaron para escuchar.

—Conocéis a ese tal Solvi Hunthiofsson mejor que yo, de manera que sabéis que es cojo. Estaba casado con la hija del rey Nokkve, pero a ella le resultaba desagradable y, en su orgullo, Solvi la apartó para tomar a otra muchacha. —Harald hizo una pausa, y agregó—: Dicen que ella lo sedujo. Solvi estaba haciendo incursiones y abordó el barco en el que ella navegaba. La joven se levantó en la proa del barco y se ofreció a él para que no hiciera daño a la familia del mercader que la llevaba. Solvi se sintió tan conmovido por el valor de aquella muchacha que la hizo su esposa y dejó de lado a su otra mujer. Aseguran que ella lo cautivó tanto que él no podía separarse de ella. La joven lo invitó a alejarse de su padre y ahora están navegando juntos, él y ella, como piratas.

—Suena como si lo admiraras —dijo Heming—. Pensaba que Solvi era tu enemigo.

—Lo es —contestó Harald—. Buscaría a esa chica para mí y se la arrebataría a Solvi. Tal vez no permitiría que una mujer me dominara de ese modo, pero me gustaría conocer a la joven que le hizo eso a Solvi Hunthiofsson. —Sonrió a Ragnvald—. Tal vez me haya prometido a muchas mujeres para ganar aliados, pero me casaría con esa muchacha por sí misma.

—¿Y quién es esa muchacha? —preguntó Ragnvald, estremeciéndose—. ¿Qué tiene que ver esto con mi padre?

—Pensaba que lo sabrías —dijo Harald, frunciendo el ceño.

—¿Quién es? —insistió Ragnvald.

—Svanhild Eysteinsdatter. —Harald buscó la mirada de Ragnvald—. Tu hermana. Pensaba que lo sabrías, y que por eso Solvi era tu enemigo.

—Solvi es mi enemigo porque me hizo esto —dijo Ragnvald, señalando la cicatriz que tiraba de la comisura de su boca con cada gesto que hacía.

—¿No era por tu hermana?

—No —contestó Ragnvald.

Harald rió, aunque su expresión era de incertidumbre.

—Está bien llamada: Svanhild, Cisne de Batalla, porque ha ganado su propia batalla en la ruta marina del cisne. Debería pedir a mi escaldo que hiciera una canción de eso.

—¿Y aumentar así la vergüenza de mi hermana? —preguntó Ragnvald. Su rabia era tan profunda que la sentía como una calma perfecta, aunque frágil—. No lo hagas, te lo ruego. —Se levantó y salió trastabillando del salón sin pedir permiso para ausentarse.

✛

En el crepúsculo, Ragnvald vomitó la pesada carne del festín sobre la hierba. Las arcadas se sucedieron hasta que no le quedó nada en el estómago, y todavía sintió náuseas al ver lo que había vomitado. Nadie le prestó atención, aunque era pronto para que un hombre se emborrachara tanto como para no poder aguantar la comida en su estómago.

Caminó aturdido hacia la parte de atrás del salón, estirando la mano para apoyarse en los postes altos de vez en cuando. Podía oír las risas y los cantos del interior, y pensó que se reían de él y que ya cantaban una canción a costa de Svanhild.

La luna se había alzado sobre el horizonte, un fantasma pálido en el cielo azul oscuro. Oddi apareció detrás de él y se puso a su lado.

—¿Cómo puede estar seguro el escaldo? ¿Cómo puede saber algo así? —preguntó Ragnvald, aunque su estómago ya sabía que era verdad—. Hace meses que nos marchamos de Sogn. Estaba a salvo con la familia de Hilda, lejos de las rutas marinas de Solvi.

Oddi dio una patada a una piedra que tenía junto a los pies y la piedra rebotó hasta las sombras.

—Ya sabes lo rápido que viajan los rumores, con tantos barcos navegando de un lado a otro. —Miró de reojo a Ragnvald—. Pero se lo he preguntado. Lo he hecho por ti, yo tampoco quería creerlo.

—¿Y?

—El escaldo me ha contado cómo recibió la noticia. Un pescador en una isla, donde Solvi suele acampar, lo supo por uno de los hombres del hijo de Hunthiof, un hombre joven al que le gustaba la historia. El pescador se lo contó al siguiente mercader que pasó. Creo que Harald quería hacerte un cumplido. No pensaba que te estuviera contando algo nuevo.

—Lo sé —contestó Ragnvald, incómodo.

—Iré contigo para vengarla. Heming también lo haría, aunque por sus propias razones.

—Debería haber ido con Heming a Tafjord —dijo Ragnvald—. Tu padre podría habernos perdonado si vencíamos, y ahora Solvi podría estar muerto y Svanhild se habría salvado de todo esto.

—O podrías no haberlo encontrado allí, y habrías enfadado a mi padre por nada —replicó Oddi—. Vamos, Ragnvald, sabes que nunca lo habrías hecho.

—Porque no soy lo bastante valiente, quieres decir.

Ragnvald dio una patada a una piedra del sendero, imitando a Oddi, y la piedra salió despedida a la tienda vecina. El hombre que dormía en ella gritó y asomó la cabeza. Ragnvald se agachó y se alejó de allí.

—No —contestó Oddi—, porque no estás loco.

—He hecho más de una locura. Demasiadas veces.

—Pues haz una más. Pídele hombres a Harald para perseguir a Solvi. Pídele a mi hermano que vaya contigo ahora.

Era algo tentador, pero Ragnvald conocía a Solvi mejor que cualquiera de los hombres allí presentes que juraban ser su enemigo. Los barcos de Solvi navegaban tan deprisa como si se transportaran por acto de magia. Era bien recibido en hogares tan distantes que podía ir de Islandia a Bretaña sin provisiones. Tenía amigos en los territorios vikingos del Báltico y podía esconderse en cualquier sitio al que pudiera llegarse en barco.

—No, si está viajando con Solvi podría estar en cualquier parte —le dijo a Oddi—. Y tu padre no me daría precisamente las gracias por hacer lo que pretendía impedir que hiciera Heming.

—Veo que ya le has dado muchas vueltas —comentó Oddi—. Si fuera mi hermana, tomaría el primer barco y cumpliría con mi deber.

—¿Qué deber? ¿Navegar por el mar del Norte hasta ahogarte? Háblame de las hermanas a las que irías a rescatar. ¿En serio harías eso por las hijas de Hakon? Nunca las habías mencionado antes.

—Bien —dijo Oddi—. Es cierto, no tengo hermanas verdaderas. Estoy tratando de ponerme en tu lugar. Hablas de Svanhild como la mayoría de los hombres hablarían de la más amada de las mujeres o de su amigo del alma. Sé que harías cualquier cosa por ella... —Hizo una pausa—. Y yo te ayudaré.

—Gracias —contestó Ragnvald—. De verdad. Haría cualquier cosa, pero no puedo hacer nada en este momento. Y ahora he jurado lealtad a medias a ese chico ingenuo, y lealtad completa a tu padre, y he perdido a Svanhild.

—Tienes razón en llamarme ingenuo —dijo Harald desde detrás de él—. Tengo que disculparme, Ragnvald. Como he dicho, Solvi y su padre son nuestros enemigos, así que puedes estar seguro de que tu hermana será vengada. Y lo he dicho en serio: la tomaría como una de mis esposas o concubinas.

—Mi hermana no está hecha para ser una esposa secundaria...

Ragnvald no deseaba la compasión de Harald; quería que Harald borrara su terrible historia, que devolviera a Svanhild al lugar donde él la había dejado, a salvo junto a Hilda, su prometida. Oddi le apoyó una mano en el hombro para tratar de calmarlo.

Harald se puso tenso. El joven gigante se alzó ante Ragnvald.

—Ninguna de mis esposas será secundaria —dijo—. Ten cuidado. Seré el primer hombre de Noruega, y mis mujeres las primeras del reino.

—Seré, seré —le soltó Ragnvald, burlón.

Harald puso la mano en la espada.

—Aceptarás mi disculpa. He cometido un error. No pretendía insultarte, pero, si me retas, te mataré.

Ragnvald dio un paso atrás.

—Ningún hombre puede retarme y vivir.

—Sí —dijo Ragnvald a regañadientes—. Acepto tu disculpa y... —Apretó los dientes—. Te doy las gracias por darme esta noticia. Espero que sigamos siendo amigos. He hablado sin pensar. Ahora te pido permiso para no volver a tu mesa esta noche.

—Por supuesto —contestó Harald. El temible guerrero se ocultó otra vez bajo el rostro del joven amistoso—. Es un golpe duro. Cuenta con mi hospitalidad si la necesitas. Cuando estés calmado, debemos hablar de cómo arrebatarle tu hermana a Solvi el Paticorto. No la merece.

Ragnvald le dio las gracias otra vez y Harald regresó al salón. El joven Eysteinsson y su primo caminaron hasta su barco para recoger los sacos de dormir de piel de la tienda que habían compartido. Era una noche agradable; una noche de final de verano. En el cielo brillaba la aurora boreal, y una brisa suave acariciaba el agua lisa del fiordo.

—Me quedaré contigo —dijo Oddi—. No será ningún problema dormir fuera esta noche. Además, con tanta comida y tanta bebida, el salón apestará.

Sus palabras hicieron que Ragnvald sintiera náuseas otra vez, y Oddi rió hasta atragantarse también él.

Ragnvald le sonrió con asco.

—No hables más de comida, te lo ruego... —Empezaron a montar la tienda—. Al menos Solvi la ha hecho su esposa.

—Y una heroína —añadió Oddi—. Ojalá le hubiera prestado más atención en el *ting* a esa tal Svanhild, la amada de reyes. Deberías dejar que Harald encargue su canción.

—A Svanhild le gustaría —dijo Ragnvald.

Se sentó en el suelo y apoyó la cabeza entre las manos. Estaba temblando. Al respirar profundamente, su propio olor le llegó a la nariz. Aún podía percibir el sudor agrio de la enfermedad, por no mencionar el de la suciedad acumulada en una semana en el mar.

—Busquemos la casa de baños —propuso—. Nadie la usará durante una fiesta.

28

Svanhild se amodorró y fue durmiéndose y despertándose a ratos hasta que, a la mañana siguiente, Solvi la rodeó con sus brazos. Sus movimientos eran lentos y adormilados, así que ella no sabía si estaba del todo despierto.

Finalmente, Svanhild se levantó de la cama y lo miró. Una puñalada de luz solar procedente de un hueco cerca del tejado iluminaba el cabello y la barba dorada de Solvi. Su boca esbozaba la sombra de una sonrisa. Era atractivo —ya lo había pensado la primera vez que lo vio— y tenía los hombros fuertes. Tal vez debería pensar en él como una criatura marina, como un tritón, hombre por encima de la cintura y extraño por debajo de ella.

Solvi abrió los ojos y la sonrisa desapareció de su rostro.

—¿Por qué me miras así? —preguntó.

—Estoy pensando en nuestro primer encuentro. —Bajó la mirada.

—Entonces te gustaba —dijo Solvi.

Svanhild sonrió y asintió, temiendo que, si decía algo, tendría que mentir para mantenerlo feliz. También le gustaría ahora, si él se lo permitiera.

Solvi se incorporó sobre sus codos e hizo una mueca de dolor.

—Rorik tenía aguardiente de Irlanda... —Echó la cabeza hacia atrás y frunció el ceño otra vez—. Uf, no mejora. Ve a pedir un poco de cerveza y un cubo.

Svanhild fue en busca de lo que le pedía, pero Solvi no necesitó el cubo, aunque estuvo muy pálido durante un buen rato. Le pidió que se sentara con él en la cama, y Svanhild se sintió cohibida de repente. No charlaban mucho cuando estaban a solas. En privado, Solvi se limitaba a usar su cuerpo. En público, ella se esforzaba por ser su esposa aventurera y disfrutaba del papel.

—Sé que todavía eres medio enemiga mía —le dijo él, acariciándole las puntas del cabello.

Sentados de ese modo, sus cuerpos se tocaban y Svanhild no tenía que mirarlo. Dijo que no con un gemido.

—No sé a qué estás jugando conmigo —continuó Solvi—. Y no estoy seguro de que tú lo sepas tampoco. Pero le gustas a Rorik, y debes quedarte aquí conmigo.

Svanhild se mordió el labio inferior. Quedarse con él... Con eso no se refería a quedarse allí, en aquella habitación. Sus palabras tenían algún objetivo político. Ragnvald estaba con Harald, y Solvi se oponía a Harald. Tal vez los rumores que habían oído no significaban nada, y Ragnvald sólo seguía a ese joven rey porque lo hacía Hakon. Su hermano regresaría a Ardal, y Hunthiof —y algún día también Solvi— sería su rey vecino. Tal vez en un futuro próximo Ragnvald podría considerar a Solvi como un aliado.

—Lo haré —dijo ella—. Y si me cuentas más, tal vez incluso pueda ayudarte.

Los dedos de Solvi se tensaron en el cabello de Svanhild, tirando un poco de él.

—No, lucharás contra mí.

—No lo haré —protestó ella.

Se había mordido la lengua muchas veces en esas semanas de viaje, cuando deseaba replicar con dureza a algún comentario desagradable. Se preguntó si él sabía lo mucho que se había esforzado.

—Lo harás o desearás hacerlo. No tengo estómago para discutir contigo ahora. Continúa fingiendo que eres mi esposa fiel. Me lo paso bien.

Svanhild le tomó la mano y desenvolvió de ella los mechones de su cabello.

—Seguiré haciendo lo mismo —dijo—. Ahora bébete la cerveza.

Rorik volvió a hablar de Harald aquella noche, y con gran admiración. Cuando su anfitrión explicó que la madre de Harald había tenido visiones en las que su hijo sometía toda Noruega a su poder, Svanhild observó a Solvi para ver cómo reaccionaba.

—Y ahora cuentan que Harald ha prometido no cortarse el pelo ni afeitarse hasta que lo haya logrado —agregó Rorik.

—Debe de parecer un espantajo —dijo Svanhild—. Al menos tú te peinas la barba.

Se rió y captó la atención de Solvi. Él asintió, así que no debía de importarle ese flirteo.

—Eso lo hago porque sé que a las doncellas les gusta. —Rorik le lanzó una mirada lasciva—. Pero dicen que Harald parece un dios de todos modos, y no importa si se peina o no. Es más alto que yo, y cualquier mujer haría lo que fuera por estar en sus brazos.

—Estoy segura de que yo no —repuso Svanhild con arrogancia—. No me gustan los hombres tan altos.

Esas palabras iban dirigidas a Solvi, que sonrió por el cumplido, y cuando Rorik fingió sentirse ofendido, ella le tocó el hombro y añadió:

—Salvo algunas excepciones, claro.

Aquella noche, en la cama, cuando yacían juntos dándose calor en la oscuridad, Solvi volvió a hablar con ella.

—Si admira tanto a Harald, me sorprende que no se haya pronunciado por él.

—¿Y por qué debe pronunciarse por alguien? —preguntó Svanhild—. Aquí, en Dorestad, es libre de hacer lo que quiera. ¿Por qué alguien iba a seguir a un rey, si puede serlo él mismo?

Todos los reyes que seguían a Harald sin duda discrepaban de esa idea. Ragnvald había jurado lealtad a Hakon, y daba la impresión de que ahora estaba siguiendo a Harald, atándose a una jerarquía de obediencia de la cual Solvi y Rorik se mantenían al margen.

—Eso, ¿por qué? —dijo Solvi—. Yo no lo haría. No lo haré.

—Pero Harald está dispuesto a tomar tu tierra, tú mismo me lo contaste. Y Hakon también parece seguir a Harald.

—Hakon sólo se sigue a sí mismo —comentó Solvi con cierto desdén. Pasó un dedo por el hombro de Svanhild—. ¿Crees que

Rorik me apoyará, que tal vez me prestará algunos barcos para defender Tafjord?

Svanhild percibió la tensión en el cuerpo de Solvi. Así, pues, a eso se refería precisamente al decir que quería que Svanhild se quedara con él.

—¿Crees que Harald volverá a Tafjord? —preguntó—. ¿O sólo era una fanfarronada? Sólo ha conquistado Vestfold y Ringerike, según cuenta Rorik.

—Dijo que volvería. Pero no creo que lo haga, salvo que ese canalla de Hakon lo haya convencido. Hakon le contará que Tafjord está maduro para caer.

Svanhild no respondió, porque había oído lo mismo en el *ting*. Ella no podía ofrecer consuelo. Aunque tal vez había alguna esperanza. Muchos hombres se reunían bajo los estandartes de Solvi en sus expediciones. Y Hunthiof parecía tan rico como Hakon, aunque desdeñaba alardear de ello de otra forma que no fuera amontonando el botín de sus saqueos. Hakon había hecho ostentación de su fortuna en el *ting*, apareciendo con más oropeles que nadie y convirtiendo su presencia en una exhibición de riqueza y elegancia. Ése no era el estilo de los reyes del mar originarios de Tafjord, que valoraban el oro y una pequeña y leal hueste de saqueadores más que una gran corte.

—Mi padre fue un gran rey —dijo Solvi—. Desde pequeño, he oído las historias de sus conquistas. De Tryggulf y de sus escaldos. Pero no ha hecho mucho por mantener contentos a los granjeros de Maer. Si Harald va a Maer, no sé quién se pondrá del lado de mi padre y quién del lado de Harald. —Acarició la piel de su esposa con la mano. Su piel era dura y estaba llena de cicatrices de los años pasados en el mar.

Svanhild se estremeció.

—¿Qué harías si no tuvieras necesidad de complacer a tu padre? —preguntó ella en voz baja—. Si no tuvieras necesidad de complacer a nadie, salvo a ti mismo.

—Fletaría tres barcos —respondió Solvi—. Haría incursiones y saquearía, me gastaría las monedas durante el invierno, y luego saquearía otra vez al año siguiente. Moriría en una batalla en el mar, y los peces se comerían mis huesos. No soy ningún granjero para tener tierra y ser enterrado en ella. Sólo soy...

Solvi se quedó callado. Svanhild no necesitaba preguntar qué iba a decir a continuación. Él era un rey del mar, mientras que en su casa sólo era el decepcionante hijo de su padre. En tierra, caminaba renqueante y malhumorado; no tenía escapatoria.

—Pero no puedo hacerlo —dijo con brusquedad—. Harald y su tío vinieron a mi casa e insultaron a mi padre. Le dijeron que podía largarse sin luchar. Eso no puede quedar sin respuesta.

—Así que se trata de una cuestión de honor. —Svanhild podía entenderlo, por mucho que eso lo enfrentara a Ragnvald.

—Tengo la obligación de mantener Tafjord. Se lo debo a mi padre y a su padre, y al padre de su padre.

No lo dijo, pero Svanhild podía percibirlo claramente: deseaba un hijo que gobernara Tafjord y Maer después de él; un hijo que continuara con ese deber. Svanhild se tocó el vientre, tenso y duro por las penurias del último mes. Había tenido una falta, pero era demasiado pronto para decir nada. ¿Sería ella la mujer que daría a Solvi aquello que ni se atrevía a nombrar, de tanto que lo deseaba?

⊹

Al día siguiente, una gran tormenta mantuvo a los hombres entre los muros de la casa. Algunos se adormilaron y bebieron, otros apostaron y otros se desahogaron con las esclavas de su anfitrión. Solvi jugó a los dados con Rorik aquella noche y perdió unos pocos lanzamientos usando unos dados que, como Svanhild sabía bien, estaban trucados.

—He oído que Harald pretende impedir las incursiones en toda la costa de Noruega e imponer tasas a todo el comercio que salga o entre del país —le dijo a Rorik sin rodeos.

Svanhild se tensó. Rorik tenía que darse cuenta de que Solvi pretendía llevarlo a alguna parte.

—¿Cómo lo sabes? —preguntó Rorik.

—Es eso lo que él y su tío dijeron cuando vinieron a amenazarnos.

—No se saldrán con la suya —dijo Rorik, incómodo.

—No, si los reyes que pretenden conquistar permanecen unidos frente a ellos. Tu comercio sufriría un buen revés. Envía a tus hombres conmigo o ven tú mismo. Mis capitanes conocen la costa occidental mejor que nadie. Navegaremos para encontrar a Harald allí donde ataque.

Solvi se levantó y empezó a pasear por delante de la silla de Rorik. Svanhild habría sonreído de no haber estado preocupada. Su marido tenía un don para la teatralidad.

—¿Y qué íbamos a ganar? He oído que marchan cinco mil hombres con él —dijo su anfitrión.

Solvi se sentó a su lado.

—Habrá diez mil hombres contra él, si alguien los dirige.

—¿Y tú eres ese hombre? ¿Cuántos has traído contigo? ¿Un centenar? ¿Qué sabes de las batallas como las que libra Harald? Miles de hombres en campo abierto, una muralla de escudos que se extiende más allá del horizonte...

—Para luchar contra él no necesitamos nada de eso. Necesitamos flotas de saqueadores, hombres que puedan esconderse en islas desiertas y navegar bien. Enfrentarse a los ejércitos de Harald en campo abierto es una locura.

—Y hombres de las montañas —dijo Svanhild—. Tramperos y cazadores. Ellos tampoco querrán el gobierno de Harald. Pueden hacer en tierra lo mismo que los saqueadores en las costas.

Solvi y Rorik se volvieron a mirarla.

—Mi mujer tiene razón —señaló Solvi—. Con tu apoyo, otros reyes me escucharán. Tú puedes conducirnos. Yo te seguiré.

—Eres mi amigo, Solvi —dijo Rorik con una risa incómoda—, pero no.

Solvi se levantó de un salto.

—Ofréceme entonces algunos hombres, espadas, todo lo que puedas.

—No puedo tomar partido.

—¿Y si consigo otros aliados? Si Harald consigue su objetivo, en todas partes los reyes reforzarán su control. Si prohíbe los saqueos en Noruega, ¿cuántos incursores más acudirán a las costas que debes proteger?

—El emperador de los francos me deja hacer lo que quiera, siempre que no lo moleste demasiado. Le pago algunos impuestos y le presto hombres y barcos para protegerse cuando quiere parecer temible. Harald no se fijará en mí, a menos que sea para comprarme espadas Ulfberht.

—¿Y qué sacarás tú de eso? —preguntó Solvi—. Ahora es el momento de atacar a Harald, antes de que consiga más aliados.

—Te daré espadas.

—Espadas que terminarán en manos de Harald, si no tengo hombres que las empuñen.

Rorik levantó una mano para calmarlo.

—Tienes razón, Solvi. A mí me conviene una Noruega dividida. Si eres capaz de conseguir más aliados, te daré hombres también.

—¿Y tú vendrás conmigo? —preguntó Solvi.

—Mis días de guerrear han terminado. Pero tengo una buena espada para ti, y otra para el primer hijo de tu mujer.

—Bebamos por eso —dijo Solvi—. Si consigo otro aliado, tendrás hombres para mí.

—Un aliado fuerte —precisó Rorik—. Otro rey.

Bebieron y brindaron, y los hombres de Solvi y los de Rorik los oyeron.

⊹

—Rorik podría reunir a un millar de hombres de las costas de Frisia —dijo Solvi esa noche, cuando se preparaban para acostarse—. Harald mirará hacia aquí, y también lo harán los *jarls* daneses si Harald los expulsa de sus posesiones escandinavas.

—Y esos mil hombres serán tuyos si consigues otro aliado...

—Sí, pero ¿y si el próximo rey dice lo mismo al que le pregunte, esperando cada uno a que sea otro el que dé el primer paso? —Solvi se sentó en la cama e inmediatamente se levantó otra vez.

—¿Y tu padre no puede conseguir aliados?

Svanhild había oído hablar de la amistad de Hunthiof con el rey Nokkve, reparada por el matrimonio de Solvi con Geirny. Sin embargo, no sabía si esa alianza se mantenía desde que ella ocupaba el lecho de Solvi.

—Mi padre no está... Él preferiría que me quedara en Tafjord con mis hombres para defenderlo allí. Está enfurecido por el insulto de Harald, pero no hará nada.

«Pues que no haga nada», quiso decir Svanhild, pero no quería alentar a Solvi a abandonar el honor que le quedara.

—¿No se pondrían de tu lado los reyes de Hordaland, o cualquier otro rey escandinavo?

—Tal vez —contestó Solvi—. Si pudieran dejar atrás sus propias disputas. Pero me temo que el tío de Harald pretende enfrentarlos.

—Siempre puedes preguntar...

—¿Y rebajarme otra vez? —dijo Solvi.

Svanhild se sintió avergonzada; él podía estar hablando de sus relaciones, y no precisamente de las políticas. Solvi no daba la impresión de esperar una respuesta a esa pregunta, así que se limitó a tenderle la mano.

—Ven a la cama.

Él la miró un momento, luego detuvo sus idas y venidas. Se volvió para apagar la luz de mecha de junco, pero Svanhild se puso de rodillas y le retuvo la muñeca.

—No, déjame verte.

Solvi tensó la mandíbula y apretó los puños. Parecía que iba a pegarle, y una parte de ella lo deseaba, así no tendría que pasar por aquello.

—Eres muy hermosa... —Su tono era acusador, no de sorpresa como en su noche de bodas. Era como si su belleza fuera una afrenta para él.

—Y tú eres fuerte —dijo Svanhild—. Valiente y un líder para tus hombres. Y un guerrero honorable.

A su manera, Solvi ponía a la familia y a la tierra por encima de todo, como había hecho Ragnvald. Y tal vez comprendía el mundo mejor que Ragnvald.

—Quiero ver al hombre con el que me acuesto —pronunció aquellas palabras consciente de que evocaban la ley que prohibía a un hombre engañar a una mujer simulando ser otro, para tener relaciones sexuales con ella—. Es mi derecho.

Solvi no podía ocultar su desconcierto. No parecía a punto de hacer ninguna de las cosas que ella esperaba: reprenderla, tomarla o castigarla. Svanhild avanzó de rodillas y tiró de la camisa de Solvi. Tomó las tijeras de la mesita de noche y cortó los hilos con los que había cosido los puños de su camisa aquella mañana para que no pasara frío. Deslizó las manos por debajo del borde de la túnica y se la subió desde la cintura para quitársela por encima de los hombros. Tocó su piel descubierta. Esa parte era bastante fácil. Así, lo encontraba bello.

Svanhild respiró hondo, desató el cordón de los pantalones de Solvi y se los bajó, sin dejar de mirarlo a los ojos. Él dirigió la mirada hacia abajo, al lugar donde los pechos de su esposa rozaban con su cuerpo. Ella besó el pecho de Solvi y se sentó en sus talones, delante de él, ahora mirando hacia abajo para ver lo que tanto había temido. Las piernas de Solvi estaban cubiertas de cicatrices y escorzadas. Cicatrices blancas y brillantes que se entrecruzaban sobre la piel sana de los muslos. La pantorrilla derecha tenía la mitad de músculo que la izquierda y era todo tejido cicatrizado. En ese pie faltaban todos los dedos, mientras que el otro tenía sólo tres. No era de extrañar que Solvi caminara con dificultad en tierra, incluso con sus botas altas y resistentes.

Se le revolvió el estómago, como le sucedía siempre que veía una herida. Quiso tocarse sus propias piernas, atrapada por un extraño instinto que la empujaba a asegurarse de que continuaban completas. Sintió el calor de las lágrimas en los ojos. Qué duro tenía que haber sido para él aprender a caminar otra vez, a luchar, siempre demasiado bajo, siempre tullido. ¿Qué clase de hombre podía conseguir algo así? Ninguno que ella hubiera conocido, salvo quizá Ragnvald, aunque incluso él estaba demasiado condicionado por la noción de cómo debían ser las cosas para enfrentarse al destino como lo había hecho su esposo.

Las piernas de Solvi eran más cortas por las cicatrices, y sus proporciones eran más reducidas que las de la mayoría de los hombres, como si las quemaduras hubieran atrofiado todo su crecimiento. Solvi era casi tan bajo como ella: su Loki, su marido embustero, nacido del fuego. Svanhild le pasó las manos por las cicatrices de los muslos, tanteando los músculos fuertes debajo de su palma, y levantó la mirada a él. Parecía afligido.

—¿Qué intentas hacer, Svanhild? —susurró Solvi.

—Conocerte. Mostrarte que no deberías dudar de mí.

—Quieres debilitarme.

Svanhild apartó la mano. Si él seguía odiándola ahora que lo había visto entero, se echaría a llorar. Kolla se había equivocado; o tal vez ella no lo había hecho bien.

—No habría mejor marido para mí que tú —dijo—, si no te enfrentaras a mi hermano. —Parpadeó ligeramente y las lágrimas le resbalaron por las mejillas. Se las secó de inmediato, enfadada—. Tú me has dado el mar, la libertad, la aventura... Me has dejado navegar contigo. Él me recluía. No quiero que luches contra mi hermano, pero soy tuya.

Svanhild inclinó la cabeza. Solvi apagó la luz y la tumbó boca arriba. La tocó despacio, sin decir nada, con más suavidad esta vez que nunca, hasta que ella hizo que la penetrara y cruzó las piernas en torno a su espalda.

Él la abrazó y la besó en el cuello después, presionando todo su cuerpo contra el de ella, pegados por el sudor.

—¿La próxima vez dejarás que la vela siga ardiendo?

—Lasciva —dijo Solvi—. Eso tendría que pedirlo yo.

—Pero soy yo quien lo pide —replicó ella, volviéndose para mirarlo.

Solvi la besó otra vez y la atrajo hacia él, de modo que ella tuvo que volver a poner una pierna en torno a su cintura.

—¿Y si no puedo darte un hijo? —preguntó Solvi en voz baja y ahogada, porque tenía el rostro enterrado en su pelo.

—Pues será una hija —contestó Svanhild—. Creo que sería muy atractiva, ¿no? Aunque no demasiado alta.

Aun así, ella sólo podía ver un hijo. Un hijo que tendría el atractivo rostro de Solvi. Un hijo que heredaría Tafjord, y que tal vez sería el rey que le faltaba a Maer desde que Hunthiof había dejado de cumplir con su deber.

—Svanhild... —Su voz sonó quebrada.

Ella sabía que Solvi temía que su semilla no fuera buena para engendrar hijos, o para nada.

—No hables de malos augurios esta noche —lo interrumpió ella—. Es una noche para la buena magia.

Solvi permaneció tanto rato en silencio que ella pensó que se había quedado dormido. Finalmente la besó otra vez y dijo:

—Sí, lo es.

Entonces la abrazó y pasó una pierna desnuda por encima de la de ella. Svanhild se sentía plena en la oscuridad, piel contra piel.

Se quedó dormida pensando en su hijo, en que sería un rey del mar como su padre y un granjero como su tío, con lo mejor de todo lo que Maer y Sogn podían ofrecer. También soñó con su hijo, pero en lugar de ver a un niño con el pelo dorado que corría por las colinas de Tafjord, parecía que lo buscaba en un llano sin árboles y envuelto en la niebla. Una montaña escupía fuego a lo lejos, y bajo sus pies había hielo. Se despertó, inquieta, y el roce adormilado de Solvi no pudo calmarla para que volviera a dormirse.

✛

—Eres peligrosa para mí, Svanhild. —Solvi trazó la silueta de su pecho a través del fino vestido que ella se había puesto en plena noche.

Svanhild pensó que debería cubrirse, pero parte de ella disfrutaba de su audacia y del lujo de estar tumbada en la cama por la mañana. El consejo de Kolla sobre cómo conquistar a Solvi había dado resultado a fin de cuentas, pero no le había dicho que el hechizo funcionaría en los dos sentidos. Estaba deseosa de que la tocara otra vez.

—¿De verdad? —preguntó, recostándose en un codo.

El cabello le caía en cascada sobre el rostro. Svanhild rió y lo envolvió también a él con su melena, moviéndola para que se deslizara sobre su piel. A Solvi le gustaba, se lo notó por su manera de entrecerrar los ojos.

—Sí —dijo él.

Svanhild se pasó una mano por el vientre, todavía plano. Si le daba un hijo a Solvi, él no le negaría nada. Y tampoco le negaría nada a Ragnvald.

—Siempre estás pensando en algo más —dijo ella—. Te observo y lo veo.

—Yo también te observo —replicó él—. Pero cuando lo hago, no puedo ver nada más.

Svanhild se tendió boca arriba otra vez.

—O sea que soy peligrosa...

En esta ocasión, sin embargo, no quería parecer insinuante. Estaba complacida, pero también triste, ¿la culparía él por su atractivo?

—¿No deberías alejarme de ti?

—Podría dejarte en casa, donde estarías más segura. ¿Te quedarías en Tafjord a criar a nuestros hijos mientras yo sigo con mis saqueos lejos de ti?

Svanhild no podía saber qué deseaba por su tono de voz. En las últimas semanas —incluso al principio, con la crueldad e indiferencia que él le mostraba— había disfrutado más que en cualquier momento anterior de su vida. No le importaba estar siempre moviéndose, ni dormir cada noche en una playa diferente. Sabía lo que diría Vigdis, que el cabello y la piel se le pondrían ásperos, que ningún hombre la desearía más, pero eso no la preocupaba si cada día traía un horizonte nuevo y nuevas aventuras.

—¿Dejarías morir a tu padre en su salón? ¿Dejarías a Harald con sus conquistas y navegarías por los mares conmigo? —preguntó Svanhild—. ¿Permitirías que mi hermano obedeciera a sus reyes y a su destino sin tu interferencia?

—Svanhild —dijo Solvi con un matiz de súplica en su voz—, sabes que no puedo hacer eso.

—Ni yo podría quedarme en un salón infeliz a esperar un destino infeliz, por mucho que me lo ordenaras. —Lo miró directamente a los ojos y con la misma intensidad que cuando habían estado haciendo el amor; cuando él le había dado un placer que la hacía sentirse como un animal tumbado al sol, completa y desinhibida—. Si la guerra llega a Tafjord, no estaré más a salvo allí que en tu barco.

—La guerra ya está llegando a Tafjord. —Solvi se miró los dedos en el pecho de ella otra vez, en lugar de mirarla a la cara—. Ahora no hay ningún lugar seguro. Y prefiero tenerte a mi lado.

Svanhild no respondió. Había hecho lo que quería hacer. Si podía retener el amor de Solvi como quien sostiene en la mano un pájaro con delicadeza... Era un amor poderoso, pero frágil también. Svanhild no quería dañar esa confianza recién conseguida.

29

Ragnvald durmió profundamente y se despertó contento, limpio y descansado... Hasta que recordó lo que había descubierto: Svanhild estaba con Solvi, y todos los hombres lo sabían. La historia que le habían contado, sin embargo, no aclaraba cómo había pasado ella de la granja de Hrolf al lecho de Solvi. Le helaba la sangre tratar de adivinar qué había ocurrido en la granja de Hrolf para hacerla huir. Si Svanhild no había estado a salvo allí, ¿lo estaría Hilda? Era su prometida. Sería una doble vergüenza para él si le ocurriera algo.

Se sentía impotente al pensar en ello. Solvi se vengaba de él por no haber muerto, y no podía dejar de pensar que a lo mejor Svanhild disfrutaba de ser su amante o su esposa, al menos en parte. Ragnvald no había podido darle la vida y las emociones que ella anhelaba.

Esa noche, mientras cenaba en un rincón del salón con Thorbrand y su esposa Erindis, Oddi se acercó a la mesa y le contó que Hakon quería hablar con él al día siguiente.

—Cree que has estado evitándolo —le explicó Oddi.

De pronto, a Ragnvald le pareció que la carne estofada que estaba masticando tenía mal sabor, pese a que las cocinas del salón de Harald no producían más que platos ricos y bien condimentados.

—Por supuesto que no —contestó, después de tragar—. Estaré encantado de oír lo que tenga a bien decirme.

Dio las buenas noches a Thorbrand y a su mujer, y siguió a Oddi al exterior.

Era una noche gélida. Una ligera brisa rizaba la superficie del fiordo y hacía que los barcos abarloados se golpearan al mecerse.

—Temes contarle a mi padre que Harald te quiere entre sus hombres —dijo Oddi—. Tienes un problema terrible: demasiados reyes desean tu juramento. Todos los guerreros de ese salón quisieran tener la misma preocupación.

—Tú no —repuso Ragnvald.

—Yo soy un bastardo sin ninguna ambición, salvo la de complacer a mi padre. Eso me hace la vida más fácil.

—También yo quiero complacer a mi padre —contestó Ragnvald.

—¿Es que los muertos hablan contigo, Ragnvald el Medio Ahogado?

Ragnvald dijo que no con la cabeza. Dejar el servicio de Hakon tal vez significaría dejar también a Oddi, y lo echaría de menos. Su primo siempre le ponía de buen humor.

—¿Qué crees que dirá tu padre? —preguntó Ragnvald.

—No creo que vuestro encuentro sea agradable. Está celoso. Del poder de Harald, de la grandeza que acumula su nombre, de muchas cosas. Mi hermano Heming adquirió esos defectos de él, eso está claro.

Ragnvald había visto esos defectos, incluso cuando buscaba las virtudes de Hakon.

—Saberlo no me ayudará a dormir —dijo sonriendo.

—Lo sé —contestó Oddi—. Pero inténtalo de todos modos. Por mí bien, al menos.

✢

El joven Eysteinsson tuvo la oportunidad de hablar con Hakon a la mañana siguiente. El salón de Harald y el paisaje que lo rodeaba le parecía restringido, como acosado por campos que él no conocía y por responsabilidades que le impedían explorarlos. Se dio cuenta de que Hakon compartía esa sensación. En Yrjar tenía una larga costa por la que caminar, desde la que podía contemplar su fuerte y todos sus barcos amarrados, como perros durmiendo unos junto a otros delante de un cálido fuego. Allí, en cambio, los barcos se agolpaban en el pequeño puerto, casi amontonados.

—Creo que, si va a ser rey, Harald necesitará una nueva capital —comentó Ragnvald—. Aquí podría quedar fácilmente atrapado.

—Si va a ser rey... —repitió Hakon—. ¿Todavía lo ves con la misma claridad que cuando te envié con mi hijo? ¿Quieres contarme algo que deba saber de Harald?

Ragnvald dudó, pese a que había jurado lealtad a Hakon y hasta el propio Harald le había dicho que cumpliera su primer juramento. Esas palabras, sin embargo, lo habían inquietado: el idealismo estaba muy bien, pero un joven rey que apenas empezaba a acumular poder no podía ser tan quisquilloso con sus aliados. Tal vez algún día necesitaría los servicios de alguien capaz de incumplir sus promesas para servirlo.

—Es joven —respondió Ragnvald con precaución—. Debo contarte que... me ha pedido que le jure lealtad, que sea su capitán para siempre.

—Y te halaga con canciones —añadió Hakon—. A ti, que dijiste que odiabas la adulación.

—Los escaldos cantan la verdad de esa batalla, nada más —dijo Ragnvald con timidez.

Él no odiaba la adulación. No, de hecho, la anhelaba con tal intensidad que desconfiaba de ese anhelo. Se quedó medio paso por detrás de Hakon cuando llegaron a la playa.

—Entonces, ¿debería desconfiar de tu consejo? —preguntó Hakon.

—No —contestó Ragnvald—. Nunca te mentiría, ni siquiera forzaría la verdad. Me he dado cuenta de ciertas cosas: tú deseas los distritos de Noruega para tus hijos; Harald desea los distritos de Noruega para sus aliados y para él por encima de todos. Aunque eso no supone necesariamente un conflicto.

—Eso ya lo sé —dijo Hakon con impaciencia.

Ragnvald se puso rojo de rabia y vergüenza. Sólo quería que Hakon supiera que él también lo veía.

—¿Y ya te has decidido...? ¿O quieres que vuelva a comprar tu favor?

—De todos modos, tiene otros aliados, aparte de tus hijos —dijo Ragnvald, en un intento de dirigir la conversación de nuevo hacia el asunto de su juramento.

—Sin embargo, te quiere a ti. Aunque no le aportas nada, salvo... —Hakon apretó los labios.

Ragnvald podía imaginar lo que Hakon había decidido callar: le había caído bien mientras lo tenía bajo su instrucción, pero ahora que había superado a sus hijos ya no le caía tan bien.

—Bueno, ¿y qué me vas a contar de Harald?

—Es joven e inexperto. Es demasiado idealista, y eso no le conviene.

Hakon asintió.

—Sin embargo —continuó Ragnvald—, es un hombre bendecido por los dioses. Y sabe luchar. Las historias no mienten sobre eso. Sólo por esa cualidad podría llegar a ser un líder formidable. Guthorm dirige su estrategia, pero Harald es algo más que un pelele. Es inteligente y tiene criterio propio. Excita la imaginación de los hombres, y es lo suficientemente rico para mantenerlos a su lado. Cuenta con la bendición de los dioses y tiene buena suerte.

—Esperaba algo mejor de ti —dijo Hakon, enojado—. Eres joven, pero nunca has sido crédulo. ¿Dónde está tu perspicacia? Había esperado que me contaras que era sólo un pelele en manos de Guthorm.

—Veo lo que veo.

Hakon miró a Ragnvald como si pudiera leerle la mente.

—¿De verdad crees que puede hacerlo? ¿Poner a toda Noruega bajo su mando?

—Sí. —Ragnvald respiró hondo—. Si tú no estás a su lado, será más difícil. Incluso podría ser imposible. Y si te enfrentas a él, os destruiréis el uno al otro. Juntos, en cambio, podéis forjar una gran alianza.

Pero Harald sería el rey de Hakon, y sus hijos tendrían que ser súbditos de Harald. Tal vez Hakon no pudiera tragar con eso.

El rey apretó el paso a lo largo de la orilla pedregosa. El terreno se volvía pantanoso por los juncos muertos.

—¿Y qué hay de mis hijos? —preguntó—. ¿Cómo los pongo en su camino?

—He hecho lo que he podido por Heming.

Ragnvald se tocó el borde de la túnica, pasando el pulgar por el dobladillo, que brillaba de tan desgastado. Consejero de reyes, pero vestido con andrajos caseros. Debería gastar parte de la plata que había ganado en la batalla en una nueva túnica, para tener un aspecto acorde con el papel que deseaba desempeñar.

—Si no me hubieras aceptado, habría tenido que...

Ragnvald había intentado no pensar en ello. ¿Qué habría hecho? ¿Ir a la granja de Hrolf con Svanhild? ¿Viajar con Solvi de nuevo, emprender otra incursión a mar abierto, condenado a mirar constantemente por encima del hombro por si acaso a Solvi le apetecía intentar matarlo otra vez? En ese caso, no habría conocido a Harald.

—... No estaría aquí —continuó—. Y sería más pobre. Te debo lealtad durante el resto de mi vida, y siempre podrás contar conmigo como aliado.

Hakon hizo un gesto de desprecio con la mano.

—Habla claro, Ragnvald. La adulación te sienta fatal.

—Es gratitud.

—Sí, con tu ambición y tu orgullo, la túnica de la gratitud te queda pequeña. —Miró la ropa de Ragnvald y él se ruborizó—. En tu corazón, ahora eres un hombre de Harald.

Ragnvald asintió.

—Pero a tu Harald no le gustan los guerreros que incumplen sus promesas.

—No he incumplido ninguna promesa. Soy tu hombre. Y he hecho lo que me pediste.

—Y ahora quieres ser liberado. —La mirada de Hakon no le dio ninguna pista de cuál quería que fuera la respuesta de Ragnvald.

Allí donde los reyes buscaban su interés no había libertad, sólo poder y favores.

—Quiero demasiadas cosas —dijo Ragnvald—. Solvi Hunthiofsson es tu enemigo y el mío. Y también el de Harald. Ahora que has ayudado a tus aliados en Hordaland, ¿nos darás permiso a mí y a Heming para ir tras él y recuperar a Svanhild?

—¿Qué pasa con la tierra de tu padre, Ragnvald Eysteinsson? ¿No quieres que te sea restituida?

—Sí —contestó Ragnvald—. Pero primero está el honor de mi hermana.

—Si me hubieras pedido una mesnada para navegar contra tu padrastro, te la habría concedido. Así quedó dicho en tu juramento. No, lamento que Solvi se haya llevado a tu hermana, pero no puedo poner a mi hijo y a mis barcos a perseguirlo por todo el mar del Norte, con el invierno pisándonos los talones.

—Entonces, aquí tienes la respuesta —dijo Ragnvald, enfadado—: Si me liberas de mi promesa y dejas que le jure lealtad a Harald, creo que puedo convencerlo de que convierta a Heming en uno de sus capitanes, uno de sus compañeros.

—¿Es así como te venderías? —preguntó Hakon—. ¿Sólo porque no enviaré a mis hombres a morir en el mar por tu hermana? ¿Por qué Harald te valora mucho más que a mi hijo? Acudo a él con barcos y riquezas incontables, y tú acudes a él sin nada. ¿Qué es lo que tienes, aparte de tu don para no equivocarte nunca? A los reyes no les gustan los hombres que nunca se equivocan.

—Lo sé muy bien —contestó Ragnvald, cada vez más exaltado—. Es una de las maldiciones que arrastro. Pero Harald parece valorarlo. Como tú en otros tiempos. En cuanto a tus hijos... —Se quedó callado. Ya le había hablado otras veces de sus hijos, pero siempre con precaución, nunca con rabia.

—¿Qué ocurre con mis hijos? —La voz de Hakon tenía un tono peligroso.

—Sólo conozco a Heming. Es un hombre valiente, pero envidioso e imprudente. Lo que más desea, por encima de todo, es merecer tu aprobación. Y tú lo mantienes tan pegado a ti que no puede ganársela. Quiere pensar en sí mismo como un hombre. Tú lo atas a ti con tanta fuerza que apenas puede respirar. Harald se da cuenta de que la única valía de Heming es la que tú le aportes, porque no ha ganado nada por sí mismo.

Hakon se puso rojo de ira. Dio un paso adelante y abofeteó a Ragnvald en la cara, como si sólo se tratara de un niño.

—He matado a hombres por hablarme de este modo.

Y Ragnvald tenía motivos para un duelo con ese bofetón. Se alegró de que no hubiera nadie allí para presenciarlo, así no debería enfrentarse a un rey.

—Si matas al hombre que te dice la verdad, sólo estarás rodeado de mentirosos. Soy fiel a mi juramento hasta que me liberes. Yo no incumplo mis promesas. Haz según sea tu voluntad. —Se dio media vuelta y se marchó.

✢

—¿He oído que quieres a ese Ragnvald para ti? —le dijo Hakon a Harald en la cena de esa noche, mientras esperaba a que los esclavos sacaran los platos—. ¿No te basta con mi hija?

Ragnvald se ruborizó, enfadado, mientras el resto de los hombres reían. Era una broma que se aproximaba mucho al insulto.

—Sí —dijo Harald.

Hakon hizo una pausa, esperando una explicación o una defensa. Al ver que no recibía ninguna, sonrió.

—Mis guerreros son tuyos. Este Ragnvald es de una vieja familia gobernante, igual que la tuya o la mía.

Ragnvald se incorporó, sorprendido. No había pensado que iba a oír elogios en boca de Hakon en ese momento.

—No puedo entregárselo a nadie como si fuera mío —continuó Hakon—. Su juramento habrá llegado a su fin cuando lo envíe con mis hombres a matar al usurpador de su padrastro.

—Eso está bien —dijo Harald—. Después de eso Ragnvald puede jurarme lealtad, antes de que salgamos a guerrear en primavera.

—Pero... dime una cosa. ¿Le ayudarás a recuperar a su hermana? —Hakon sonrió con desprecio—. Yo me he negado a ayudarle en eso, así que desea encontrar otro señor. Le he explicado que no debería venderse por tan poco.

Ragnvald se levantó, listo para luchar. Era lo mínimo que debía hacer por Svanhild, pero Hakon lo pintaba como un mercenario por hacerlo.

—¿Es así? —preguntó Harald.

Ragnvald miró a Hakon y a Harald. El primero parecía entretenido, esperando a ver cómo se desarrollaba el drama que acababa de poner en marcha. Harald parecía a punto de ofenderse.

—Solvi tiene muchos enemigos —argumentó Ragnvald, todavía de pie. Si Hakon quería una representación dramática, la tendría. Sonrió levemente—. Y muchos de ellos están aquí esta noche. Sé que todos vosotros me ayudaréis a recuperar a mi hermana tarde o temprano.

—Sí —dijo Harald—. Solvi pasará el invierno en alguna parte, y procuraremos enterarnos dónde. Entonces enviaremos barcos y hombres allí a luchar con él. Pero no estoy cambiando el honor de tu hermana por tu lealtad. Cuando pido un juramento, es para toda la vida. Una nueva nación no puede construirse sobre menos.

Ragnvald asintió; Harald había usado esas palabras antes al contarle sus planes, su visión.

—No deseo jurarte lealtad por eso —contestó Ragnvald.

Los hombres de todo el salón se volvieron hacia él para observarlo. Ragnvald miró las caras de los guerreros, al otro lado de la gran fogata. Un murmullo de anticipación recorrió la multitud. Había un precedente para eso: un hombre de pie para alabar a su señor, para dar un ejemplo que todos los hombres seguirían.

—¿Podéis ver todos esta cicatriz en mi mejilla? —preguntó Ragnvald.

Harald asintió.

—Solvi Hunthiofsson me regaló esto, pero también me regaló algo más. —Miró a Oddi—. No, un sobrino no, Oddi. Deja de sonreírme.

Aunque le dolía hacer un chiste a costa de Svanhild, los hombres de Harald y Hakon le rieron la gracia. Hakon incluso parecía divertirse. Probablemente, no había esperado que Ragnvald soltara un discurso, que convirtiera su propia historia en un arma. No era una de las virtudes que Ragnvald había cultivado, pero había oído hablar a los escaldos y había guardado ese relato para el momento en que pudiera servir más a sus intereses.

—Cuando Solvi me tiró al agua, empecé a hundirme. Los helados dedos de las doncellas de Ran me arrastraban al fondo y, mientras me hundía, tuve una visión.

La describió entonces, el salón dorado que refulgía bajo el agua, el fuego que no daba calor...

—Y en ese salón apareció un lobo, cuyo pelaje dorado brillaba en algunas partes y estaba apelmazado en otras. Algunos de los hombres que se atrevían a tocarlo ardían en llamas, como el rey Gandalf, el rey Frode, el rey Hogne. Otros se iluminaban, como el rey Eirik... —Ragnvald tragó saliva—, y el rey Hakon Grjotgards-son.

Ragnvald empezó a pasearse, prolongando el relato.

—Entonces toqué su pelaje. No pude contenerme, me daba igual si ardía o no. —Hizo una pausa otra vez—. Allí donde lo toqué, el pelaje apelmazado se iluminó, la suciedad se volvió brillante... Y yo no ardí. Desde que tuve esa visión, he estado buscando a ese lobo dorado. Pensé que... —En ese punto titubeó; no podía decir que Hakon o sus hijos le habían fallado—. Pensé que podría pasarme la vida entera buscándolo, pero lo he encontrado mucho antes de lo esperado. El rey Harald es el lobo dorado que vi. Con él, los hombres de Noruega brillarán... o arderán, pero no podrán ofrecerle resistencia. Juraré lealtad al rey Harald, como deberían hacerlo todos los hombres de esta gran península. Él es mi rey.

—Mucho me complace —dijo Harald—. Ragnvald es un hechicero, además de un guerrero. —Pronunció aquellas palabras en voz baja, pero, en la quietud de la sala, su voz llegó a todos y cada uno de los presentes—. Incluso has vaticinado mi renuncia a cortarme el pelo o peinármelo. ¡Y por supuesto que se apelmazará!

Ragnvald respiró aliviado. Los hombres empezaron a hablar en voz baja, hasta que Harald levantó la mano. En el silencio, tomó la palabra su madre: Ronhild, la hechicera, versada en profecías.

—Los sueños de Ragnvald son ciertos —dijo—. Cuando nació Harald, yo también tuve un sueño, como todos sabéis, y ahora he soñado con un hermano que se quede a su lado.

—Tengo muchos hermanos. Me los traen los dioses.

—Y todos ellos te harán brillar, hijo mío —convino ella—. Porque los eliges bien.

Harald se levantó y atrajo a Ragnvald a un abrazo cordial.

—Ragnvald será el primero de mis capitanes jurados en la primavera. Ahora pasaremos el invierno haciéndonos fuertes para la guerra.

Ragnvald se sentó, aturdido. Entonces empezaron los vítores, se gritó el nombre de Harald, y unos pocos gritaron también el de Ragnvald, mientras otros hombres vitoreaban a sus propios capitanes, hombres que ya habían jurado su lealtad a Harald. Alzaron todos sus copas para brindar. Todos salvo Hakon y sus hijos legítimos.

Las primeras tormentas del invierno arrastraron con su soplido la nieve, el hielo y los barcos que trasladaban al resto de la corte de Hakon desde Yrjar. Entre los que viajaron hacia el sur estaban sus esposas, su hija Asa, casada con Harald, y sus hijos menores, Geirbjorn y Herlaug. A Ragnvald le sorprendió que Hakon se aprovechara de la generosidad de Harald durante todo el invierno, pero al joven rey no parecía importarle. Los inviernos se hacían más largos y aburridos para los hombres atrapados en el interior de sus salones comunales, siempre viendo las mismas caras.

Harald tenía muchos planes para mantener a sus hombres ocupados cuando las horas de luz diurna se acortaron. En días despejados, Ragnvald practicaba con Harald y sus capitanes. Se esforzaba al máximo, para asegurarse de que no se le anquilosaba la mano. La cicatriz era ahora una gruesa línea en la palma y, pese a estar curada, todavía conservaba la forma de un mordisco. Se ponía sebo por la mañana y por la noche, y estiraba la palma hasta que le dolía, para que el tejido cicatrizado se volviera más flexible. En sus momentos de ocio, pensaba en encontrar al chico que le había mordido y en ponerlo al servicio de Harald. Sería una buena historia.

Pensaba también en Svanhild y deseaba que al menos estuviera a salvo aquel invierno, aunque lo pasara en la cama de Solvi. Les llegaban historias de que Solvi continuaba viajando y reuniendo aliados para enfrentarse a Harald. Guthorm aseguraba que el hijo de Hunthiof no era capaz de unir a nadie, pero Ragnvald no lo tenía tan claro. Solvi siempre se había salido con la suya, y tenía hombres que lo seguían allá donde fuera. Si había decidido dedicar todo su talento a reunir más guerreros de los que se necesitaban para una expedición de saqueo, podría formar una verdadera rebelión contra Harald. Podría ser sólo un simple mensajero, dando un buen uso a su atrevimiento contra los severos vientos del invierno.

El día anterior al Yule fue gris y tempestuoso. La ventisca levantaba la nieve, que se colaba por las rendijas de las planchas de madera del salón. Los aliados de Harald que podían viajar hasta Vestfold en menos de un día se apiñaron en los salones. Llevaron consigo esposas e hijas, que llenaron las salas con el ruido del parloteo femenino que tanto había escaseado hasta entonces. Eso hizo que Ragnvald echara de menos su hogar y sobre todo a Svanhild. Se prometió que celebraría un gran banquete del Yule en cuanto se casara con Hilda.

Guthorm y Harald habían preparado varias competiciones: las habituales pruebas de velocidad y puntería. Una carrera con esquís, una carrera con raquetas, dianas para flechas y hachas... Los hombres libraron un remedo de gran batalla con las espadas de madera que usaban en las prácticas, y el premio para el ganador fue una vejiga de cerdo. El equipo de Harald, que incluía a todos sus capitanes, se impuso con facilidad al de los capitanes de Hakon y sus hijos menores. Ragnvald lamentó que no hubiera sido una batalla más igualada, pero tal vez un resultado así zanjaría cualquier cuestión sobre quién ganaría una batalla verdadera.

Guthorm explicó que la última de las competiciones era una vieja tradición de Vestfold; una tradición que había costado vidas cada vez que se había disputado. Se había hecho de noche ya cuando terminaron los otros juegos, aunque sólo habían pasado unas pocas horas desde el almuerzo. Los hombres estaban cansados por el ejercicio de los últimos días y muchos estaban borrachos después de saciar la sed durante todo el día con la fuerte cerveza afrutada de Ronhild.

—La última prueba es una carrera —anunció Harald, de pie en uno de los muelles de piedra.

Varios hombres gruñeron. Una carrera no les parecía demasiado emocionante.

—Tenemos que romper el hielo del puerto antes de que se haga demasiado grueso. Y esta vez no lo haremos con hachas. Correremos por encima. Los hombres me han preguntado en muchas ocasiones cómo me hice tan ágil, y así es cómo lo conseguí, corriendo por el hielo quebradizo todo el invierno, por gusto y para ser cada vez más rápido. Y vosotros haréis lo mismo.

—¿Cuáles son las reglas? —gritó alguien.

—La única regla es ésta: no hay armas, salvo las que encontréis en el camino.

Harald sonrió cuando sus hombres empezaron a hablar entre ellos, entusiasmados.

Guthorm tomó la palabra.

—Dispondremos algunos botes en la bahía para sacaros del agua, si caéis, o para rescataros, si quedáis aislados.

—¡Un bote me rescatará! —dijo Oddi, que había avanzado para situarse al lado de Ragnvald—. Pero ¿qué pasará con mis pobres pelotas congeladas?

Ragnvald rió, aunque al anticipar la tensión de la carrera había empezado a temblar ligeramente. Aquellas aguas estarían mucho más frías que las del fiordo de Geiranger, donde había estado a punto de ahogarse aquella primavera. Ninguna visión lo esperaría esta vez, sólo la muerte.

—El premio es una espada franca para todos los que me superen —dijo Harald—. Y ésta será para el primer hombre que alcance la otra orilla.

Guthorm le entregó una espada en su funda, y Harald la desenvainó. El filo brilló a la luz de las antorchas. Toda la hoja estaba decorada con runas, y en la empuñadura brillaban cabujones de rubí. Aun así, lo que más llamaba la atención no era la decoración, sino su forma y su sencillez. Los forjadores de espadas francos guardaban celosamente sus secretos y hacían espadas ligeras e irrompibles. Aquella espada podría ser la dote de una princesa o servir para pagar el rescate de Svanhild al hijo de un rey.

Los hombres se agolparon en la orilla. Ragnvald se abrió paso a empujones para situarse junto a Harald.

—Si ganas, debes prometerme que alardearás de tu victoria durante todo el invierno —le dijo Harald esbozando una sonrisa.

Ragnvald sonrió con amargura.

—Eso es cruel. Ahora ya no quiero ganar.

El fiordo era una masa de hielo irregular que parecía inmóvil en ese instante, pero que se rompería bajo el peso de los corredores. Ragnvald sabía que tal vez no sería el más rápido de aquellos hombres, pero seguía siendo un poco más ligero que los guerreros hechos y derechos. Había ganado el brazalete de Solvi danzando sobre los remos, y esa prueba exigiría la misma seguridad, los mismos saltos rápidos y certeros.

La carrera empezó con el estruendo del cuerno, los hombres más importantes primero, seguidos por oleadas de guerreros. Ragnvald saltó con ligereza sobre los témpanos de hielo flotante, cubiertos de nieve. En cuestión de segundos, él y Harald se pusieron en cabeza. Harald mostraba los dientes en una sonrisa feroz. Su cabello destacaba como un halo en torno a su cabeza.

Ragnvald redobló sus esfuerzos. No podía superar a Harald en ninguna otra competición, pero con un poco de suerte podría conseguirlo en ésa. El hielo empezó a estremecerse bajo los pies de los hombres que los perseguían, y empezaron a abrirse grietas delante de Ragnvald. La suerte estaba favoreciendo a Harald, porque las grietas aparecían con más frecuencia en la línea que había elegido Ragnvald, unos pocos largos de brazo más al exterior. ¿O acaso Harald había sido más astuto al tomar el camino interior? Ragnvald se había movido hacia el exterior para escapar de la luz de las antorchas, que lo expondría a los proyectiles que lanzaban los hombres que iban por detrás.

Erró un paso y el pie se le zambulló en una grieta que se ensanchó al instante. Todavía tenía suficiente equilibrio para recuperarse, y el agua no le alcanzó el pie de inmediato a través del cuero. Cuando ocurrió, notó las cuchilladas del frío.

A Ragnvald casi se le helaba la respiración en la garganta. Con razón a Harald le gustaba aquella competición: un hombre no podía simplemente entregarse al esfuerzo físico y olvidarse de pensar, y Ragnvald comprendió al instante que no podía dejarse llevar. No debía dejar de pensar ni un instante. Al otro lado del fiordo los esperaban Guthorm y Hakon. Se habían nombrado a sí mismos jueces de aquella carrera, la más importante.

Ragnvald iba un paso por delante de Harald cuando dio su último salto hasta la orilla, pero resbaló en los guijarros y se zambulló en el agua hasta los muslos. El salto de Harald encontró tierra sólida, antes de que Ragnvald, maldiciendo el frío que le mordía las piernas, consiguiera trepar de nuevo hasta la orilla.

Por encima del castañeteo de los dientes, oyó a Guthorm y Hakon discutiendo sobre si había ganado él o Harald.

—El joven Eysteinsson ha alcanzado la orilla antes —dijo Guthorm.

Ragnvald aún tenía la respiración entrecortada. Se golpeó con suavidad los muslos y los pies, tratando de sacudirse el frío.

—Creo que la regla... era que debía estar de pie en la orilla —repuso un Ragnvald decepcionado—, no resbalar en ella.

—Un perdedor elegante —dijo Harald.

Ragnvald hizo una mueca.

—Yo he sido más rápido, pero tú tienes a los dioses de tu lado.

—Es mejor ser afortunado que hábil —replicó Harald con voz neutra.

Nunca cuestionaría los dones de los dioses.

—Y aun mejor si uno tiene las dos cosas —respondió Ragnvald.

Las crecientes grietas habían frenado a los otros competidores. Thorbrand y Heming iban en cabeza. Se movían más despacio que Harald y Ragnvald, sobre todo porque no dejaban de darse codazos, pero también porque no eran tan hábiles.

Thorbrand no estaba hecho para aquello, era demasiado fornido y fácil de desequilibrar. Daba la impresión de que la contienda debería favorecer a Heming, pero él se mostraba mucho más cauto. Quizá era la primera vez en su vida que mostraba cautela.

Heming empezó a cobrar ventaja, encontrando un camino de témpanos flotantes que lo conducían hacia la orilla. Alcanzó una placa más grande, cruzada por una red de grietas y resquicios, pero Thorbrand saltó con violencia hasta el mismo témpano en el que se alzaba Heming, y su empuje envió al primogénito de Hakon al agua. El impulso y el agotamiento hicieron que Thorbrand aleteara con los brazos y se inclinara hacia atrás sobre el témpano de hielo. El extremo frontal se levantó, escupiendo agua como una catarata. Thorbrand se lanzó hacia delante y casi hizo volcar la placa de hielo hacia el otro lado, hasta que cesó el balanceo y consiguió mantener el equilibrio. Ragnvald miró al agua oscura en busca de la cabellera dorada de Heming, sintiendo cuchilladas de frío solidarias en sus propias extremidades.

—Sal de ahí... —susurró Hakon desde detrás de donde se hallaba Ragnvald.

Heming movió los brazos en el aire, aunque su cabeza seguía debajo de la gruesa placa de hielo a la deriva. Un bote se acercó a ofrecer ayuda, pero, cuando llegó a Heming, él ya había reunido las fuerzas necesarias para subirse a otro témpano de hielo tan grande como la mesa de festejos de Harald. Rechazó la ayuda de los hombres del bote, con sus finos labios negros brillando a la luz de la luna.

—¡Thorbrand, cobarde! —gritó a través del hielo.

Thorbrand dio los últimos pasitos que lo separaban de la orilla y se dobló con las manos en las rodillas, jadeando. Heming empezó a caminar hacia él, pero apenas era ya capaz de controlar los espasmos: el frío estaba haciendo mella en su cuerpo.

Entretanto, Thorbrand recibió las afectuosas felicitaciones de Harald.

—¿Cuál de los dos ha ganado? —preguntó Thorbrand—. No he podido verlo.

—Harald —contestó Ragnvald con aire ausente.

Como Hakon, todavía observaba a Heming para ver qué iba a hacer.

—¡Cobarde! —volvió a gritar éste.

Se estaba acercando, con la cara como una máscara de hielo y la barba congelada. No parecía un héroe en ese momento.

—Estaba permitido —replicó Thorbrand—. Si no mejoras tu equilibrio, acabarás siempre bajo el agua.

Heming, casi en la orilla ya, rugió de rabia mientras se abalanzaba hacia Thorbrand y lo tiró al agua del fiordo. Thorbrand gritó cuando las frías aguas le mojaron las partes nobles, un ruido afeminado que obligó a Ragnvald a ahogar una risa.

—¡Salid del agua! —ordenó Harald—. Moriréis congelados, y os necesito a ambos.

Ragnvald ayudó a Heming a salir del agua, mientras Harald hacía lo propio con Thorbrand. El hielo estaba ya demasiado roto para permitir que cualquiera de los otros contendientes continuara. Los que estaban más cerca del embarcadero regresaron en fila india por los márgenes de hielo de los extremos, mientras los botes rescataban a los más aislados.

—Es un cobarde —murmuró Heming cuando Ragnvald lo ayudó a volver hasta el salón.

—No seas estúpido. Formaba parte del juego. Tú le habrías hecho lo mismo si hubieras podido.

Una vez dentro del salón, sus ropas empezaron a desprender vapor. Heming se retiró a su cámara y regresó vestido con pantalones de lana gruesa y una pesada túnica de seda.

En cuanto Thorbrand apareció, también vestido con ropa seca, Heming se le echó encima.

—¡Eres un cobarde! —dijo de nuevo—. Te reto a un duelo esta misma noche.

—Las reglas lo permitían —repuso Harald—. Y he prohibido los duelos.

Thorbrand miró a su señor.

—No, necesitamos arreglar esto de una vez por todas.

Ragnvald se sorprendió. Thorbrand era el servidor más fiel de Harald, y sabía que su rey lo necesitaba para llevar a cabo su ambición de pacificar Noruega. Sin duda, había llegado al límite con Heming.

—No habrá ningún duelo —insistió Harald—. Os necesito a los dos como mis capitanes.

Lo dijo de memoria, como si Guthorm lo hubiera adiestrado.

—Estaba dentro de las reglas —dijo Thorbrand—. Pero, si quieres, puedes considerarlo una venganza por lo me hiciste en el pulso.

Heming se enfureció.

—No —contestó mirando a Harald—. Exijo satisfacción. Mi padre es tu aliado más importante, y este granjero engreído ni siquiera es un noble. No seré tu capitán con este cobarde a mi lado.

Harald entornó los ojos.

—Muy bien. No seas mi capitán. Vuelve con tu padre.

—Deberías valorar más a mi padre —replicó Heming.

Ragnvald dio un paso adelante. Heming parecía tan enfadado aquella noche que podía retar a cualquiera, incluso a Harald, y en ese caso sin duda moriría.

—Si lo valorara menos —contestó Harald—, sería mucho peor para ti.

—Ven, Heming —le pidió Ragnvald—. Estoy seguro de que alguna mujer de por aquí querrá asegurarse de que no te falte calor esta noche.

Se llevó a Heming lejos de Harald y de Thorbrand, y consiguió bebidas calientes para los dos. Tenían que quitarse del cuerpo el frío de las gélidas aguas del fiordo. Heming no recurriría a la violencia; no aquella noche, al menos.

30

Era el momento de marcharse de Dorestad. Solvi no iba a obtener nada más de Rorik. Había dejado pasar demasiados días buscando excusas para no poner a sus hombres a preparar los barcos.

—Parece que por fin has descubierto cómo complacer a Svanhild —dijo Tryggulf.

Se había acercado a Solvi, que estaba sentado y observaba embelesado a Svanhild, que departía con las mujeres de Rorik. Ella tenía un carisma y una capacidad de liderazgo que a él le gustaría ver en cualquiera de sus hijos.

Solvi sonrió y bajó la mirada a los juncos del suelo. Nunca había sido de los que alardeaban de sus conquistas, y Tryggulf tampoco; eso era cosa de Ulfarr. Era cierto que Svanhild parecía disfrutar, y no era precisamente silenciosa. En una casa con cortinas a modo de paredes entre las distintas estancias, todos tenían que saberlo.

—Empieza a hacer frío, Solvi —añadió Tryggulf.

—Sí —contestó el hijo de Hunthiof.

Sabía que debían seguir adelante, resolver algunos asuntos antes del invierno y encontrar un lugar para pasar los meses más fríos, donde Svanhild pudiera estar a salvo. Viajar significaba pasar noches enteras en el océano —sin siquiera la intimidad de las cortinas— y navegar en aguas inciertas, donde las cosas no habían ido muy bien entre ellos. Viajar también significaba visitar los salones de todos los reyes que debía cortejar y convertir en aliados, si quería navegar contra Harald. Si Rorik le hubiera prestado guerreros o hubiera estado dispuesto a acompañarlo, Solvi podría visitar los salones de otros reyes y reírse si lo rechazaban. No podía seguir con aquel cuento que había tejido para Svanhild de una vida de libertad pura, pero si se quedaba allí demasiado tiempo ya no tendría otra cosa.

Era cierto que no necesitaba reunir una fuerza equivalente. Solvi y los reyes en los que había pensado como posibles aliados contaban con partidarios que vivían la mitad de sus vidas en los barcos, y en una batalla en el mar deberían superar a los hombres de Harald con facilidad. Todas las canciones hablaban de batallas campales, de guerreros en murallas de escudos y del fragor de la refriega en la tierra ensangrentada. No lucharían tan bien cuando cada mal paso significara caer al agua. Aun así, parecía que los dioses sonreían a Harald, mientras que Solvi había tenido que batallar contra su destino desde la infancia. Y los enfrentamientos en el mar dependían aún más de la suerte que los que se libraban en tierra.

Solvi mandó a sus hombres preparar los barcos para remontar el río desde Dorestad, pero aún se entretuvo unos días cuando el trabajo estuvo hecho, tumbado en la cama con Svanhild por la mañana y buscando el lecho por la noche, antes de que sus hombres terminaran de beberse la cerveza de Rorik.

—¿Crees que Rorik está cansado de las trifulcas de tus hombres en su salón? —preguntó Svanhild cuando yacían juntos aquella noche. Su cabello flotaba sobre la piel de Solvi como un arroyo oscuro.

—Tryggulf también me ha dicho esta mañana que deberíamos marcharnos antes de que el invierno nos lo impida.

—¿Y tiene razón?

—Sí, tiene razón. Pero también te veo disfrutar tanto de tener un techo y un baño que no te lo quiero quitar.

Svanhild no respondió. Los silencios no le resultaban cómodos. Daban voz a la reserva que todavía se interponía entre ellos: Svanhild callaba cuando no podía decir nada agradable sin mentir.

—¿En qué estás pensando, mi señora? —preguntó Solvi.

Svanhild se volvió, de manera que su cabeza dejó de descansar en el brazo de él. Ya sólo su cabello tocaba a Solvi.

—No puedo aconsejarte cuándo luchar con Harald, porque es allí donde estará mi hermano —dijo despacio.

Solvi apartó el cabello de su esposa y se sentó.

—No he pedido tu consejo —dijo Solvi, aunque en parte estaba mintiendo.

Svanhild no era sofisticada, pero era lista. Su consejo sería sabio aunque no fuera del todo correcto.

Ella también se sentó, y le puso las manos en los hombros.

—Yo te soy leal. Nunca te traicionaría. Lo juraría por la vida de... —Tragó saliva—. De cualquier niño que podamos tener. Y eso que para mí tendrán mucho más valor que para Geirny los suyos.

Solvi no dijo nada. Empezó a pensar en las hijas a las que nunca había puesto nombre. Reconocer a sus hijas o dejarlas morir debería haber sido su elección. Pero Geirny —y probablemente su propio padre— había tomado esa decisión por él. Nunca más permitiría que eso ocurriera. Él y Svanhild no habían vuelto a hablar de sus hijos o hijas desde aquella noche mágica. Solvi no podía pensar en ello sin sentir un anhelo de esperanza que trataba de mantener a un brazo de distancia. Nunca había temido cruzar el mar abierto entre Frisia y Noruega, ni siquiera en otoño —al menos cuando navegaba sólo con sus hombres—, pero ahora debía temer por Svanhild y por el hijo que ella le daría.

—Por favor, siento haber dicho eso —dijo Svanhild, interpretando mal su tenso silencio—. A veces me da miedo decir algo que te haga daño a ti o a él. No me lo perdonaría. Te contaré lo que pueda, pero lo que quiero decirte ahora es que deberíamos marcharnos de Noruega y no volver nunca. Mientras estemos allí, mi corazón siempre estará dividido.

—Entonces, Tafjord y Maer caerán en poder de Harald —dijo Solvi. En ese momento comprendió las dudas de Svanhild y la abrazó—. Pese a todo lo que haya podido hacer... el que está en Tafjord es mi padre. Me dejó vivir cuando debería haberme dejado morir.

—He oído que...

—No recuerdo esos tiempos —la interrumpió Solvi de inmediato.

También él había oído aquellas historias. Hablaban del salón oscuro de su padre, de los ritos al Hel, de torturas. Pero él era demasiado pequeño. Igual que era demasiado pequeño para recordar el día en que se quemó, salvo en sueños. Sólo se acordaba de cuando su padre volvió a dirigirle la palabra y le entregó a los hombres que lo habían acompañado desde entonces. Ya estaba harto de hablar de la locura de Hunthiof, por muy cierta que fuera. Defendería al padre que le había dejado vivir, que había hecho de un niño tullido su heredero.

—Lo defenderé, pero eso no significa que vaya a quedarme sentado en Tafjord esperando a morir. Plantearé la lucha lejos de su puerta.

Demostraría de una vez por todas que su padre no se había equivocado en su decisión.

—Y yo estaré a tu lado —dijo Svanhild—. Lo juro.

✙

A la mañana siguiente, Solvi cerró sus negocios con Rorik añadiendo unos rollos de tela y otros tesoros a su bodega: regalos, tal vez, para reyes.

—Tres espadas mágicas —dijo Rorik, en su despedida—. Mi regalo para ti y tu encantadora esposa. —Hizo un guiño a Svanhild—. Tal vez tengas dos hijos.

Solvi notó que, a su lado, Svanhild respiraba profundamente. Intentó no mirarla. Dio las gracias a Rorik y desenvolvió la primera de las espadas.

—Es una espada Ulfberht —explicó Rorik—, hecha del metal de las estrellas del Lejano Oriente y forjada por nuestros mejores herreros.

Solvi ya tenía una espada que era hermana de la que empuñaba Rorik en ese momento, pero por muchas que tuviera nunca estaban de más. Con una espada así podía comprarse la alianza con un rey y el apoyo de todos sus hombres.

—Otras espadas se romperán contra ellas —continuó Rorik—. Están hechas para reyes y para hijos de reyes. No olvides nunca que soy tu amigo. Si Harald tomara Tafjord, aquí serás bienvenido.

—No lo tomará —dijo Solvi, mientras envolvía la espada otra vez.

—Si consigues otros aliados, házmelo saber y te enviaré más hombres para que luchen a tu lado. Que los cuervos de Odín me arranquen los ojos si miento.

✣

El día era tormentoso cuando los barcos de Solvi alcanzaron la desembocadura del Rin; el agua caía en trombas sobre un mar revuelto, una tras otra. Pasaron una noche fría en la orilla del río, con Svanhild temblando a su lado, antes de partir al día siguiente hacia la costa escandinava.

La bruma y las borrascas se abalanzaban sobre el agua, marcando el ritmo de los barcos. Solvi mantuvo la pequeña flota unida y, cuando alcanzaron el fiordo de Hardanger, en Hordaland, los pescadores les contaron que Harald había estado allí y había conseguido que varios reyes le juraran lealtad antes de marcharse otra vez. Solvi rió al escucharlo.

—Viene y les pide su palabra, luego se marcha de nuevo —le dijo a Tryggulf y sus hombres—. Es como si nunca hubiera estado aquí.

Durante una pausa en la navegación, cuando el rugido del viento impedía que sus voces llegaran a otros oídos, Svanhild le preguntó:

—¿Crees que estos reyes no cumplirán su palabra? Me asombra que tus hombres te sigan, cuando crees tan poco en los juramentos.

Solvi se dio cuenta de que Svanhild parecía un poco sorprendida de su propia brusquedad.

—Echo de menos tus silencios —contestó Solvi con sarcasmo—. Mis hombres me siguen porque los conduzco a un botín y eludo los peligros. Me siguen porque confían en mi juicio. Ésa es la única razón por la que un hombre debería seguir a otro. Este Harald es joven y demasiado estúpido si cree que el juramento de un rey con una espada al cuello significa algo.

Lanzó una mirada penetrante a Svanhild. Lo único que ella conocía del mundo más allá de su granja y del viaje que la había puesto en manos de Solvi era lo que había aprendido de las canciones. La mezcla de inocencia y crueldad de Svanhild le resultaba encantadora, y nunca conseguía aclarar si prefería que ella mantuviera sus bellas imágenes del mundo o que aprendiera sus propias lecciones crueles.

—Svanhild, me pregunto qué estarías dispuesta a hacer para salvar la vida o para salvar la vida de tu hijo.

Otra mujer podría haberse doblegado entonces, admitiendo que él sabía cosas que ella desconocía. Svanhild levantó la barbilla y dijo:

—No creo que puedas imaginar siquiera lo que una madre está dispuesta a hacer, lo que muchas madres han hecho, para salvar las vidas de sus hijos. Mi madre... —Meneó la cabeza—. Mi madre sacrificó su espíritu para que la tierra de Ragnvald estuviera protegida hasta que él se hiciera mayor. Me pregunto si se justificaba el coste, su matrimonio con Olaf.

—Era su destino.

Solvi no quería que ella pensara en matrimonios y en sus costes. Le tocó la mejilla antes de volver al trabajo.

✛

Solvi llevó sus barcos por la ruta de las islas exteriores, buscando el abrigo y la protección del fiordo de Hardanger. Cuando veían algún campesino en la costa, se detenían para preguntar y escuchaban historias de saqueadores. Los que tenían noticias las intercambiaban como moneda, y así Solvi logró forjarse una idea de lo que había ocurrido durante el otoño.

—Nos dirigiremos al salón de Gudbrand por la mañana —anunció Solvi a sus hombres—. Es el rey más fuerte que queda y odia a ese advenedizo de Harald.

Según decían, Harald había matado a siete reyes, pero Gudbrand no había estado entre ellos. De hecho, se contaba que Harald había luchado con Gudbrand en dos ocasiones y en ninguna de ellas había conseguido matarlo. Aquél podría ser el rey que derrotara al joven príncipe de Vestfold.

Los hombres de Solvi le eran leales, pero aun así hablaban de la otra historia, de la del rey Eirik de las tierras altas, de su poderosa fortaleza y su arrogante hija. Cuando se acostaron aquella noche, Svanhild le contó que se había enterado del juramento de Harald a Gyda. El viento sacudía las paredes de la tienda.

—Harald se casará con todas las mujeres de las tierras escandinavas si eso le ayuda a gobernar —repuso Solvi.

—Es la historia, y no el compromiso, lo que le hará ganar más hombres —dijo Svanhild—. No olvides cómo me ganaste tú.

—Sí. A mis hombres les gustas por eso.

—Y a ti también —dijo ella, acercándosele.

Solvi la besó en la frente como respuesta y siguió hablándole del rey Gudbrand. Se habían visto en un par de ocasiones. Gudbrand había enviado a algunos de sus hijos con Solvi en años pasados, y esos hijos se habían establecido en Islandia, donde tendrían tierras que cultivar.

—Podría volver a llamarlos —añadió Solvi—. Ahora aquí hay más tierras para ellos, con tantos reyes muertos.

—Así que Harald le ha hecho un favor a Gudbrand —dijo Svanhild.

—Y también lo humilló. Espero que ese sentimiento prevalezca.

—¿Es así como quieres ganártelo?

—Sí —contestó Solvi—. Pero también le ofreceré la riqueza de Vestfold. Sabe que yo conozco el mundo mejor que él. Le contaré que Harald es joven y que aún no ha sido puesto a prueba verdaderamente, y Vestfold caerá con facilidad si reunimos suficientes aliados.

—¿Y eso es cierto?

Solvi se encogió de hombros. Svanhild cogió las mantas y se tapó a sí misma y a Solvi con ellas. Luego apretó las piernas con suavidad contra las de él. Las cicatrices impedían que se calentaran con facilidad.

—Es bastante creíble —contestó él—. Sus victorias no son tan notables como dicen las canciones. Harald siempre ha tenido muchos más hombres de su lado que sus adversarios, y a menudo ha contado con la ventaja del factor sorpresa. En cuanto llegue la primavera, navegaremos contra él con todas nuestras fuerzas antes de que haya podido reunir a los hombres, que se habrán retirado a sus hogares durante el invierno. Podemos derrotarlo en su propia casa.

—Fuerza contra fuerza —dijo Svanhild—. Supongo que es más honorable que una emboscada.

—Esto no tiene nada que ver con el honor. Es un engaño que sólo funcionará una vez, y únicamente en este momento, antes de que él consiga demasiado poder. Si perdemos, sólo nos quedarán las incursiones... —Solvi bostezó—. Cuando ganemos, te llevaré a Dublín y te colmaré de joyas irlandesas.

—No me importan mucho las joyas, y preferiría no verte luchar.

Porque en ese caso lucharía contra Ragnvald, supuso Solvi. Mientras ella siguiera pensando en Ragnvald, no podría ser verdaderamente suya.

✝

Una vez que estuvieron al abrigo del fiordo de Hardanger, el viento amainó y la temperatura cayó en picado. Solvi navegó río arriba hacia el salón de Gudbrand. Cuando por fin fondearon, estaba cayendo la noche. El salón estaba arrasado; sólo quedaban postes calcinados que asomaban de una fina capa de nieve temprana. «Nieve temprana, invierno suave», decía el refrán, pero ningún invierno era suave en realidad.

—Un salón incendiado —dijo Solvi, mientras caminaban alrededor de los cimientos calcinados—. Pero, observa, no lo han quemado con gente dentro.

Svanhild lo seguía sin decir nada. Ahora lamentaba no haberla dejado en Dorestad. Ella no debería haber visto eso. Se dirigieron al bosque sagrado, que se alzaba en lo alto de una pendiente resbaladiza por el hielo y las hojas caídas. Había runas grabadas en la corteza de los árboles. Cuando llegaron allí, algo se aplastó bajo el pie de Solvi; algo que no parecía madera. Solvi se agachó y cogió una pálida astilla de hueso. Se secó las manos en los pantalones. Los cadáveres no enterrados daban mala suerte.

—Si la fuerza de Harald ha pasado por aquí, ¿seguirá vivo Gudbrand? —preguntó Solvi, más para sí mismo que para los hombres que lo seguían.

Encontraron un pequeño campamento en otro calvero. Algunas tiendas habían volado con el viento, pero no había nadie allí para volverlas a levantar. Bajo las mortajas de cuero de aquellas tiendas yacían los cuerpos de ancianos y niños, todos ellos demasiado viejos o demasiado jóvenes para ser vendidos como esclavos.

Habían comido animales pequeños, a juzgar por las pieles y los pequeños huesos descartados aquí y allá, y luego, por horrible que pudiera parecer, habían empezado a comerse entre ellos. Esa gente había estado esperando el rescate de unos hombres que nunca llegaron.

—Este lugar está maldito —dijo Svanhild.

Solvi se alegró de que lo dijera ella. Como mujer podía expresar su temor, y así sus hombres no tenían que hacerlo.

—Debemos irnos.

—Sí —convino Snorri con su boca destrozada—. Estos muertos caminarán.

Solvi dijo a sus hombres que levantaran una enorme hoguera para consumir a los muertos, y ordenó que la hicieran con madera de la misma arboleda envenenada por sus terribles últimos días. Una vez consumido el fuego, cerca del amanecer, condujo a sus hombres otra vez a los barcos. Harald había prometido paz y seguridad, pero no había logrado impedir que aquellas familias murieran de hambre, aunque fueran sus enemigos.

A medida que se adentraban en la tierra, encontraron unas cuantas granjas más, todas abandonadas. Cerca del extremo del fiordo, algunos supervivientes se habían reunido para levantar una serie de cobertizos y pequeñas construcciones temporales en torno al núcleo del salón. La comunidad estaba desorganizada y casi todos eran refugiados, sobre todo mujeres y niños, y algunos hombres demasiado mayores o tullidos para luchar.

Solvi encontró a un guerrero que les contó lo que había ocurrido.

—Fueron los hombres del rey Hakon —explicó—. Vinieron y saquearon. Nos pidieron que jurásemos lealtad a su rey. Dijeron que, si lo hacíamos, sólo se llevarían la comida, y que si nos negábamos, nos matarían y lo quemarían todo.

—¿No fue Harald? —preguntó Solvi.

—Hakon dijo que conquistaba en nombre de Harald.

—¿Y tú qué hiciste? —preguntó Svanhild—. ¿Juraste lealtad a Hakon?

—Me negué —respondió el hombre con orgullo.

—Y, sin embargo, estás vivo —repuso ella—. Este salón sigue en pie.

El hombre se puso huraño.

—Nos dejó el salón para que pasáramos el invierno. Vekel, el *jarl* que gobernaba esta tierra, se llevó a sus hombres y sus barcos, y fue con su primo a Rogaland. Según él, allí aún no había combates.

Solvi fulminó al hombre con la mirada.

—Responde a su pregunta. Si te negaste a jurar, ¿por qué sigues con vida?

El guerrero se miró los pies.

—Vekel me había proscrito. Hakon me dijo que podía hacer de *jarl* para él aquí. No quería morir. Nos reunimos. Esta gente me eligió... Pero si vuelve Hakon me alzaré contra él. —Llevó una mano a la espada.

Solvi negó con la cabeza. Esa gente habría elegido a cualquiera lo bastante fuerte para levantar una espada, aunque no supiera manejarla.

—Aquí no hay nadie que pueda ayudarnos —dijo en voz baja a Snorri.

Habló con el nuevo *jarl*, tratándolo como si mereciera ese título, como si fuera a sobrevivir al invierno para disfrutarlo, y el hombre le confirmó el rumor de que Gudbrand se había marchado a su isla en la boca del fiordo de Hardanger. Su ubicación la hacía casi impenetrable, protegida por altos muros de roca y con atalayas naturales desde las que controlar los accesos. Era un buen lugar para pasar el invierno. Quedándose allí, Gudbrand tampoco tendría que ver a su gente morir de hambre, ni cuantificar los costes de su enfrentamiento con Hakon y Harald.

Durmieron en tiendas instaladas en círculo, en torno a una hoguera alimentada toda la noche por un hombre al que Solvi había asignado esa tarea. Aun así, le dolía la pierna más débil por el frío del suelo. Ni siquiera en la noche más fría en el mar la había sentido así, rígida y sin vida.

—Esto no me gusta —susurró a Svanhild en la oscuridad de la noche. Tal vez ella ni siquiera estaba despierta para escucharlo: la mejor clase de confesión.

—¿Qué? —murmuró ella.

—Alianzas y reyes. Vekel tenía muchos hombres, y ahora sus salones están en ruinas.

—Hakon debía de tener más.

—Y tendrá todos los distritos que pueda conseguir —añadió Solvi con amargura—. Su ambición no tiene límites. Si él domina el norte y Harald el sur...

Antes que a Svanhild, podría haber expresado esos temores a Tryggulf o Snorri, aunque no debía olvidar que éstos se encontraban bajo su mando y que ellos tenían que confiar en sus decisiones.

—Salgamos ya del fiordo de Hardanger al océano abierto y continuemos navegando como querías —dijo, y la rodeó con sus brazos.

—Creo que quieres que te recuerde tu deuda de honor. —Svanhild se pegó más a él—. ¿En eso quieres convertirme, Solvi Hunthiofsson? ¿En la guardiana de tu honor?

—Tal vez.

—No puedo serlo. Veo lo que la guerra ha llevado a Hordaland. Si tu deseo de escapar es mayor que el de salvar a tu padre...

Solvi se sentó y se retiró las mantas.

—Prefiero que me reprendas a que hables así.

Svanhild también se incorporó. Solvi esperaba que ella lo tocara. Se había acostumbrado a sus caricias en el último mes, como si sus primeras peleas nunca hubieran existido. Ella bajó la cabeza. En la oscuridad, lo único que Solvi podía entrever era su larga cabellera, que le desdibujaba la silueta de los hombros.

—Si quieres que nos hagamos a la mar, estoy dispuesto a hacerlo —añadió Solvi—. Al menos, me lo plantearía. No quiero esto, y tú tampoco. Sólo que mi padre...

¿Podría mirar a los ojos a su padre en las tierras de más allá de la muerte, después de dejar Tafjord desprotegido?

Svanhild guardó silencio.

—¿Dónde está tu certeza ahora? —le susurró Solvi—. Ahora que la necesito.

—No tengo ninguna certeza para ti ni para mí. Sólo tengo esto.

Se abarcó a sí misma en un abrazo, un gesto que a Solvi le pareció extrañamente familiar, aunque nunca se lo había visto hacer a ella. Las mujeres del salón de su padre —su esposa Geirny entre ellas— habían hecho el mismo gesto en alguna ocasión.

—Svanhild... —dijo, acercándose a ella.

—Estoy embarazada. Ahora estoy segura, aunque todavía es demasiado pronto. Así que no, no te reprenderé. Quiero a este niño a salvo. No quiero que nazca en la guerra. No quiero que su padre lleve la guerra a nadie más... En este momento, preferiría que fueras un granjero al que nadie quisiera molestar, y no el hijo de un rey.

Solvi la atrajo hacia él, pero ella se quedó rígida en sus brazos.

—Svanhild, ¿crees que es un niño?

—Sí. No quiero tentar a los dioses con conjeturas, pero sí. He soñado con él.

—Pero no te has mareado...

Eso era una bendición demasiado grande para aceptarla.

—No —contestó ella—. Y eso me preocupaba, pero ahora estoy segura. Debe de haber prendido pronto.

Solvi sintió una punzada de decepción por el hecho de que su hijo se hubiera engendrado en uno de sus primeros y bruscos apareamientos, y no en uno de los recientes días de miel. Aun así, aquello era sólo una pequeña nota amarga.

—Nuestro hijo heredará Tafjord —dijo—. Si huyo, nunca lo hará. Mi padre podría no valorar mi ayuda, pero él... —Puso una mano sobre el vientre de Svanhild—. Él lo necesita. Le daré a nuestro hijo un reino que gobernar.

El cuerpo de Svanhild permaneció tenso.

—Svanhild, ¿me harías abandonar a mi padre, evitar esta guerra?

—No lo sé.

—Yo sí —dijo él—. Los reyes escandinavos odiarán a Harald y Hakon por tomar su tierra y pretender que su robo se considere legítimo. Se unirán.

—Ahora estás muy seguro. —Svanhild negó con la cabeza, con el cabello ondeando sobre los brazos que la sujetaban.

—Tú me has dado seguridad —dijo Solvi.

Qué frágil se sentía Svanhild entre sus brazos, con sus hombros delgados, su piel fina y suave. Svanhild tenía que proteger a su hijo, y Solvi debía protegerla a ella.

✛ ✛ ✛

Una niebla fría se formó en torno a los barcos de Solvi cuando alcanzaron la isla del salón de Gudbrand, en medio del fiordo de Hardanger. Habían pasado por delante unos días antes, pero ignoraban que allí viviera alguien, porque el salón estaba escondido en un bosque alto, muy por encima del agua. Uno de los pilotos de Solvi, sin embargo, sabía dónde amarrar para encontrar la pequeña senda que subía por los acantilados.

Mientras trepaban por un sendero que los dejaba expuestos a cualquier ataque desde arriba, pasaron junto a una serie de barcos escondidos entre los árboles. Solvi ordenó a sus hombres que dejaran espacio entre ellos, para que ninguna emboscada pudiera matar a muchos. Las rocas estaban resbaladizas por el hielo, con grietas grises y negras. El terreno era demasiado empinado para que hubiera vida. Si de verdad Gudbrand estaba allí, y no era un mero rumor, se había atrincherado bien para el invierno.

Cuando Solvi alcanzó la cresta del acantilado, vio luces tenues a través de los árboles y lo que parecía un penacho de humo que enseguida se unió a las nubes bajas. Al menos podían exigir alguna clase de bienvenida por derecho de viajero.

Un centinela salió a su encuentro desde el bosque, con la espada desenvainada.

—Mis hombres piden hospitalidad —dijo Solvi—. Reivindico al rey Gudbrand como amigo. ¿Está aquí?

—Si eres un amigo, me darás tu espada.

—Soy Solvi Hunthiofsson —replicó Solvi—. Ve a decirle eso a tu señor, y a ver si todavía exige que te dé mi espada.

El centinela levantó la barbilla. Uno de sus compañeros apareció de entre la niebla sólo para desaparecer otra vez, perdiéndose en las sombras del bosque.

A Solvi se le enfriaban los pies de quedarse quieto. El resto de sus hombres superaron la cresta del acantilado de uno en uno y llegaron hasta ellos. Solvi notó la calidez de Svanhild al acercarse a él. Iba vestida con sus pantalones de viaje y envuelta en una capa, con lo cual el centinela probablemente la tomaría por un muchacho, no por su mujer.

Poco después, regresó el otro guardia.

—Gudbrand te da la bienvenida —dijo.

—¿Y a mis hombres?

—Gudbrand es generoso repartiendo brazaletes —contestó el guardia—. Por supuesto, también recibirá a tus hombres.

Solvi aún temía una trampa, hasta que estuvo dentro del salón brillantemente iluminado, lleno de hombres alegres, y vio al rey Gudbrand sentado junto a un fuego, jugando a dados con uno de sus hombres. El rey pidió vino tibio y comida para calentar los huesos congelados de Solvi y los suyos.

✝

—Es un joven estúpido —dijo Gudbrand cuando Solvi apuntó el tema de Harald en la cena.

El rey habló de la fuerza abrumadora de Harald, y de cómo Eirik había permanecido cómodamente entre los muros de su fortaleza mientras los hombres de Gudbrand morían bajo las espadas del invasor.

—Sin embargo, te venció —dijo Solvi.

—Nunca llegamos a luchar frente a frente —repuso Gudbrand, levantando la mano—. Y su tío no es ningún estúpido. Harald tuvo suerte, y más hombres de los que yo podía reunir en tan poco tiempo.

Gudbrand tenía una figura desproporcionada, con brazos demasiado largos, vientre demasiado abultado, dientes prominentes y cabello gris muy corto sobre una barba larga y enmarañada. Sus dientes desiguales, sin embargo, lucían blancos y fuertes, y parecía la clase de hombre que daba órdenes eficaces sin discursos deslumbrantes ni gestos grandilocuentes. A Solvi le gustaba eso de él.

—Sí, y al menos has podido escapar de él —dijo Solvi. Gudbrand pareció ofendido, de modo que el hijo de Hunthiof añadió—: Bueno, eso es mejor que perder una batalla. Puedes vivir para luchar otra vez.

—Sí —dijo Gudbrand, golpeando con el puño el brazo de su silla, adornada con incrustaciones—. ¿Has venido a ofrecer ayuda, Solvi, Rey del Mar?

—Es el momento —respondió Solvi—. Debemos unirnos o todas nuestras tierras caerán en manos de Harald y sus aliados.

—¿Qué me importan tus tierras?

—Si te importan mis tierras, me importarán a mí las tuyas. Y si no te importa eso, Vestfold es rico.

—¿Quieres atacar Vestfold?

—Sí —dijo Solvi—. No podemos ayudarnos si estamos defendiendo nuestras propias tierras, pero si llevamos la lucha hasta Harald...

—Estoy de acuerdo —contestó Gudbrand—. Le daremos una lección a ese Harald.

—Desde luego —coincidió Solvi con suavidad, como si hubiera esperado desde el principio la rápida aceptación de Gudbrand.

—¿Quieres dirigir esa fuerza tú mismo? —preguntó entonces Gudbrand.

—No estoy tan loco por el poder como Harald. Pero si prometes aliarte conmigo, entonces Rorik de Dorestad también enviará hombres y espadas.

—¿El viejo y rico Rorik está dispuesto a dejar su agradable nido por ti? Me arriesgaría a decir que muchos de los hombres de Rogaland también se unirán a nuestra causa. —Gudbrand volvió a golpear la silla con el puño—. Sólo partí un día por delante de la fuerza de Harald, pero los otros reyes no creyeron las noticias que llegaban y se quedaron. Luego presenté batalla y eso fue una estupidez. Permití que ese Harald me sorprendiera... Tú, sin embargo, te mueves de un modo imprevisible y arrancas promesas a hombres como Rorik. Y conoces bien Vestfold. Deberías dirigirnos.

—Me concedes un honor que no merezco —dijo Solvi con indiferencia.

Probablemente estaba mejor preparado para capitanear su tropa que Gudbrand, al que Harald ya había batido una vez. Los hombres tendrían más confianza en él. Pero tenía dudas. Tal vez, si aceptaba esa responsabilidad, ya nunca podría abandonarla.

—¿Podemos tentar también a tus hijos de Islandia? —preguntó—. Si Vestfold cae, la riqueza debe compartirse.

—Desde luego... —Gudbrand parecía muy satisfecho con la perspectiva. Pidió más cerveza, elaborada con una mezcla de frutas del verano—. Serás un hombre más grande que tu padre si los dioses son justos. Bebamos y hagamos nuestros juramentos, y luego podemos hablar de quién más se une a nosotros.

✛ ✛ ✛

Svanhild no había dado mucho crédito a los cuentos de su madre y de las mujeres de la granja, que le contaron cómo una mujer podía volverse hacia dentro y pensar sólo en su hijo durante el embarazo, pero descubrió esas tendencias en ella. Quería a Solvi a su lado, se reconfortaba más que nunca con su contacto, pero no podía tratar de disuadirlo de su rumbo cuando éste podría significar riqueza y seguridad para su hijo. Después de concluir su negociación con Gudbrand, Solvi la envió de regreso a Tafjord en el barco de Tryggulf.

Ya entrado el invierno, se sintió llena de energía una vez que los primeros días de su embarazo habían pasado. La dedicó toda a reconstruir Tafjord para que se pareciera más a lo que debería ser un salón, y empezó por el almacén de provisiones. Llevó a cabo un inventario de todas las reservas de comida, e hizo cálculos y planes para mantener la casa y que todos los guerreros comieran bien. Tafjord tenía suficiente comida por los tributos que recibía de las cosechas, pero no estaba bien administrado. Había que alimentar a los esclavos para que trabajaran. Incluso el más humilde de los granjeros que poseyera al menos un esclavo lo sabía. Hunthiof debería avergonzarse por ignorarlo.

Svanhild echaba de menos la aventura, el barco y las incursiones, pero al menos sabía cuál era su lugar allí. Geirny había vuelto con su padre en algún momento del otoño, de manera que Svanhild se ahorró la extraña sensación de compartir con ella aquellas tareas... y cualquier culpa que pudiera sentir por ocupar el lugar de la primera esposa del hijo de Hunthiof.

Solvi regresó a Tafjord antes del Yule, con las promesas de Rorik y del rey danés, que había decidido enviar barcos para luchar contra Harald. Él tampoco quería un rey escandinavo fuerte.

Un escaldo que viajaba de salón en salón se unió a la casa durante el invierno y, gracias a él, Svanhild tuvo noticias de Vestfold, de Harald, de Hakon y sus hijos y, por supuesto, de Ragnvald. Oyó que su hermano había estado a punto de morir, y que había arriesgado su vida para salvar a Harald. Y se enteró también de que Ragnvald, liberado por Hakon, había jurado lealtad a Harald.

Ragnvald era el compañero más cercano del joven rey, su consejero, según el escaldo. Svanhild sabía que su hermano estaría feliz por eso, al menos tan feliz como se permitiera estarlo. Ragnvald no era ni un granjero ni un simple guerrero. Era un hombre inteligente y ambicioso, y a Svanhild no le extrañó que hubiera buscado un rey al que pudiera respetar. Deseaba poder alegrarse por él. Pero sabía que su hermano y Solvi iban directos a una colisión, como dos barcos en un pasaje estrecho, sin espacio para que escapara ninguno de los dos.

—Estás agotada de tanto trabajar —le dijo Solvi cuando entró en la cocina para desayunar una mañana.

Y era cierto. Svanhild ni siquiera sabía cómo pasaba su tiempo Solvi esos días, estaba demasiado ocupada controlando el salón. La cocina era su lugar favorito, porque la había recreado a imagen de lo mejor de Ardal. Otro año más y podría tener también todos los ingredientes que quería.

—Hay mucho que hacer. Este descontrol que tu padre ha permitido es penoso.

—No es penoso —dijo Solvi defendiendo a su padre, como siempre hacía—. Somos reyes del mar, no granjeros. El oro fluye a nosotros y a través de nuestros dedos. No servimos a los hombres, ni esperamos que ellos nos sirvan.

Solvi podía decir eso, por supuesto, pero alguien tenía que alimentar y vestir a sus hombres. Aunque sabían cuidar de sí mismos cuando estaban en el mar. Solvi se enorgullecía de aprovisionar bien a sus barcos, y, cuando se quedaban sin suministros, sabían cómo reabastecerse.

—Un salón se parece a un barco —argumentó Svanhild—. Vive por su estómago.

—Es cierto —dijo Solvi—. ¿Qué necesitas?

Le puso la mano en el vientre abultado y ella estuvo a punto de evitar el contacto, llevada por un instinto de protección hacia esa nueva vida. La protegería incluso de Solvi. Incluso de Ragnvald. Protegería a su hijo de cualquiera, porque era suyo.

—Aunque no permitiré que pongas en riesgo a nuestro hijo para alimentar a hombres curtidos que deberían saber lo que les conviene —agregó Solvi.

Svanhild sonrió ante aquellas palabras, como probablemente pretendía su marido.

—Sí que necesito ayuda —concedió—. Tal vez algunas chicas de los alrededores quieran pasar algún tiempo en el salón. Seguro que alguna familia cercana tiene más hijas de las que necesita.

Aquel comentario le hizo recordar a Hilda... Hilda, que esperaba a Ragnvald y soñaba con su regreso. Y ahora ella estaba ayudando a Solvi a arrebatarle ese sueño. Suspiró.

—Trabajo tanto que no tengo tiempo ni de pensar en la primavera.

Puso una mano sobre la de él para que no la moviera. Sentía los latidos de su sangre en los dedos de Solvi y en su vientre.

—Tendrás todas las atenciones que necesites, lo prometo. Superarás este parto y vivirás para darme muchos más hijos. Eres fuerte.

Svanhild nunca lo había dudado. Sin duda, Solvi estaba expresando sus propios temores.

—Temo por Ragnvald —dijo ella.

Solvi trató de apartar la mano, pero Svanhild se la retuvo con fuerza. Una de las esclavas de la cocina los estaba observando.

—Déjanos —ordenó Svanhild.

—Deberías temer por mí —le dijo Solvi cuando estuvieron solos.

—Tú no tienes hermanos. Si los tuvieras, lo entenderías. Si lo perdiera, sería como perder una parte de mí. Y tú vas a enfrentarte a él.

Era cierto, pero era más cierto aún que su creciente atención por ese niño y por su esposo la hacía sentirse culpable. Debería pensar más en Ragnvald.

—Sí —contestó Solvi retirando la mano—. El filo de esa espada siempre estará entre nosotros. Ragnvald ha elegido. Tú has elegido.

—Él no quiere vengarse de ti.

—¿Cómo puedes estar segura de eso? Le robé a su hermana. Le corté la cara.

Así que también Solvi había estado pensando en ello. ¿Qué significaba para él que Ragnvald hubiera ascendido tanto desde que intentó acabar con su vida? ¿Le temía? Conocía un aspecto de Ragnvald que Svanhild nunca conocería. Conocía al guerrero, incluso tal vez también al líder que escondía en su interior.

—Lo sé —contestó ella—. Aun así, si te enfrentas a él... Haz algo por mí en nombre del hijo que llevo en el vientre.

La expresión de Solvi era tensa. Svanhild sabía que sólo podía usar al niño de aquella forma una vez.

—No lo mates. Si puedes. Si él no está tratando de matarte... Si puedes capturarlo, si puedes separarlo de Harald, hazlo por mí. Sólo tengo un hermano. No tengo padre. Sólo tengo a mi hermano, a ti y a este niño...

—Svanhild —dijo Solvi—. No sabes lo que pides. Somos enemigos. No lo deseo, pero son nuestros destinos. Debes aceptarlo. El destino nos ha puesto en este camino con la misma certeza con la que te ha puesto a ti entre nosotros.

—Prométemelo —insistió Svanhild—. No te pido que te pongas en peligro por eso, pero si hay una forma de hacerlo prisionero en esta batalla en lugar de matarlo, por favor, inténtalo.

Solvi no respondió y Svanhild siguió insistiendo con la esperanza de hacerle ver la solución con sus palabras, de pasar el hilo a través de la aguja.

—Harald lo valora. Sería un buen rehén. No sabes cómo acabará la batalla. Podría ser útil como moneda de cambio.

Solvi guardó silencio, pero Svanhild se había quedado sin argumentos. Finalmente, la miró a los ojos.

—Si te lo prometo, ¿te portarás bien y descansarás? ¿Dejarás de preocuparte?

—Un millar de cosas pueden ocurrir en una batalla —dijo Svanhild—. Soy consciente de ello. También sé que te he elegido a ti. Fue una elección que me costó mucho y me costará más en el futuro. No busques aumentar el precio, te lo ruego.

—No ruegues, Svanhild. —Le tomó la mano y se la llevó a sus labios—. No quiero eso de ti. Te prometo que, si puedo encontrar una forma de que Ragnvald sobreviva a esta batalla, respetaré su vida. Se lo diré a todos mis guerreros. Castigaré al hombre que trate de matarlo y recompensaré al que lo capture. ¿Es suficiente con eso?

—Sí —respondió Svanhild—. No puedo pedirte más.

—Sí —dijo Solvi, con una voz que hizo saber a Svanhild que ya le parecía demasiado, que esa carga le resultaba muy difícil de llevar—. Si es que hay una batalla y si vienen mis aliados. ¿Quién sabe qué nos deparará la primavera?

31

A medida que los días se alargaban, Ragnvald empezó a sentirse como un oso en primavera: llevaba mucho tiempo encerrado, aunque él tenía hambre de venganza y de acción, no de comida. Estaba demasiado bien alimentado. Todos lo estaban, con poco más que hacer salvo comer y beber. Al menos se había fortalecido con todos los combates de preparación con Harald, gracias al entrenamiento que Guthorm había preparado para él y adaptado a todos sus hombres. Cargaban piedras pesadas, corrían por las pendientes empinadas y se enfrentaban al mal tiempo, hasta que sus dedos empezaban a correr peligro por el frío. Pero Ragnvald también comía y bebía en abundancia, y se quedaba jugando hasta bien entrada la noche. Estaba cansado de ver las mismas caras, cansado de estar encerrado en los salones, cansado del hedor de los guerreros que no se bañaban con suficiente frecuencia.

Las tensiones entre los hombres de Hakon y los de Harald habían ido en aumento desde el Yule. Ragnvald y Oddi aún visitaban los dos salones, pero Hakon rara vez lo hacía, y tampoco sus hijos legítimos. Ragnvald no sabía si Hakon todavía pensaba honrar su promesa y enviarlo con algunos hombres a acabar con Olaf. Tenía que irse y liquidar esa tarea con rapidez, y así podría regresar a tiempo para las batallas de la primavera.

Cuando el invierno llegó a su fin, y el hielo dio paso a la lluvia y al aguanieve, llegaron los rumores. Solvi había muerto. Solvi había huido a buscar la protección del rey danés. Solvi había movilizado a todos los reyes de Noruega contra Harald, incluso a Hakon y sus hijos... Ragnvald sabía que eso último era falso, pero los hombres de uno y otro bando no dejaban de repetirlo en los salones.

Él y Harald treparon a lo alto de las colinas que se alzaban por encima del salón de banquetes. El día era inesperadamente luminoso, y Ragnvald tenía que esforzarse para mantener el ritmo, agarrándose a las ramas de los árboles.

—¿Qué crees que debería hacer? —preguntó Harald, con una cierta frustración.

Se había desatado una pelea la noche anterior entre un hombre de Harald y uno de Hakon. Harald les había dejado pelear, animando a otros hombres a hacer apuestas. Al final había elogiado al ganador y al perdedor por su técnica.

—No puedo convertir todas las peleas en competiciones.

—¿Qué dice tu tío? —preguntó Ragnvald tras esquivar una rama que Harald había dejado rebotar hacia su rostro.

Harald se detuvo y esperó a que Ragnvald le diera alcance. Parecía irritarle que no pudiera seguir su ritmo.

—Dice que debo tener paciencia y esperar a que pare de nevar y luego ir a la guerra otra vez. La guerra contra un enemigo común hará que olvidemos nuestras diferencias.

—O al menos las camuflará durante un tiempo —repuso Ragnvald—. Tu tío tiene razón. El buen tiempo y hacer la guerra serán de ayuda.

Oddi llegó corriendo hasta ellos, apenas sin aliento. Las desavenencias entre Harald y Hakon habían puesto a su primo en una situación peor que la de Ragnvald, pero Oddi tenía un sexto sentido para desaparecer de repente cuando alguna discusión estaba a punto de estallar. Ragnvald lamentaba no tener ese don. Probablemente, su primo lo había ido perfeccionando tras pasar largos años conviviendo con los hijos de Hakon.

—¿Qué pasa? —preguntó Ragnvald.

—Heming y Thorbrand van a batirse en duelo... En el campo de entrenamiento.

Harald echó a correr colina abajo, y Oddi y Ragnvald lo siguieron.

—¡Detened esto de inmediato! —rugió Harald en cuanto estuvo ante ellos.

Heming y Thorbrand habían delimitado un espacio de duelo reglamentario. Tenían que haberlo planeado en secreto, sin que Ragnvald ni nadie se enterara. Cada uno había dispuesto los tres escudos requeridos contra la valla, y cada uno había elegido a un segundo. Una cuerda señalaba el límite del terreno de duelo. Si alguno de ellos sobrepasaba esa frontera, sería declarado perdedor.

—No puedo, mi rey —dijo Thorbrand. Él y Heming se limitaban de momento a trazar círculos uno en torno al otro, con los escudos todavía enteros y la respiración acompasada—. Esto ha llegado demasiado lejos. Debemos solucionarlo ya de una vez por todas.

Los hombres de alrededor seguían el duelo con rostro pétreo, mirando con decisión a cualquier sitio menos a Harald.

—Tu niño rey no puede salvarte esta vez —susurró Heming a Thorbrand.

—¡Os ordeno que os detengáis ahora mismo! —repitió Harald—. O el vencedor será proscrito. Nunca volveréis a poner los pies en tierras que yo gobierne durante el resto de vuestras vidas.

—¿Y el perdedor? —preguntó con ánimo beligerante Herlaug, el hijo menor de Hakon. Era bajo para su edad, y siempre parecía enfermizamente inquieto, buscando pelea—. Sólo luchan a primera sangre.

—El perdedor también será proscrito si sobrevive —contestó Harald—. Debéis detener esto. —Miró a Ragnvald con desesperación.

Ragnvald meneó la cabeza y se encogió de hombros. No había nada que hacer allí. No se detendrían por el simple hecho de que Harald no lo aprobara, y cuanto más les ordenara parar, más débil parecería.

Harald pareció comprenderlo. Tendría que hacerles sentir el aguijón de su ira para demostrar que ni siquiera la amistad era más fuerte que su ley. Para Ragnvald casi suponía un alivio que por fin se celebrara el duelo. Heming tenía que aprender que no podía resolverlo todo con el nombre de su padre y su habilidad con la espada. Si la lección tenía que llegar a costa de Thorbrand, no podía hacer nada por evitarlo. Y una parte indigna de él sabía que estaría incluso más cerca de Harald si desaparecía aquel amigo con quien tanto había compartido.

Heming y Thorbrand describían círculos uno en torno al otro y lanzaban amagos con las espadas, pero ninguno atacaba con fuerza plena todavía. A primera sangre, pensó Ragnvald; al menos habían mostrado cierta contención ahí.

—¿Me acusarás de hacer trampa esta vez? —preguntó Heming.

Thorbrand aprovechó el momento en que la atención de su adversario estaba más centrada en el insulto que en el manejo de la espada para lanzar un ataque que partió la fina seda de la manga de color azul pavo real de su adversario.

Heming retrocedió, riendo.

—Tengo muchas túnicas —dijo—. Puedes hacerlas trizas todas si quieres, pero no tocarás mi piel.

Heming estuvo más cerca de conseguirlo cuando lanzó su ataque, embistiendo a Thorbrand tan deprisa que su espada silbó en el aire. En el último instante, sin embargo, Thorbrand levantó el escudo y la espada de Heming impactó en él y arrancó un trozo de madera de fresno que repiqueteó al caer al suelo.

Habían medido un círculo despejado en el centro del terreno de duelo, aunque todavía quedaban zonas con nieve cerca del límite que marcaba la cuerda. Thorbrand obligó a Heming a retroceder hasta el margen, donde el pie le resbaló, pero levantó el escudo hacia la barbilla de Thorbrand, cuya cabeza retrocedió con un ruido de dientes rotos. Si hubiera sido la espada de Heming, el compañero de Harald ya estaría muerto.

Heming recuperó la posición y atacó con rapidez, antes de que Thorbrand tuviera tiempo de hacer algo más que sacudir la cabeza para tratar de recuperarse del golpe. El primogénito de Hakon lo estaba llevando cada vez más cerca del límite, retando a su adversario a salir del círculo y a perder de la forma más vergonzante de todas.

Thorbrand no iba a permitirlo. Se revolvió para alejarse del alcance de Heming y logró colocarse detrás de él. Dio la impresión de que su espada encontró piel entonces, porque Heming se encogió de dolor, pero no cayó sangre del brazo en el lugar en que lo había tocado.

Ragnvald no supo determinar cuál era el objetivo de Heming en la siguiente acometida. Lo único que vio fue un movimiento hacia arriba de la espada de Heming, tal vez con la intención de abrirle la mejilla a Thorbrand, de arrancarle un ojo o de borrar para siempre la sonrisa de su rostro.

La punta de la espada de Heming, sin embargo, entró por debajo de la barbilla de Thorbrand, y subió a través de su garganta con tanta facilidad que incluso Heming pareció asombrado. Bajó la espada y retrocedió. La herida sólo podía ser mortal, pero Thorbrand agarró la espada de todos modos, como si pudiera arrancársela y salvarse. En cuanto sus manos tocaron la espada, se derrumbó en el suelo.

Ragnvald oyó el grito que salió de la muchedumbre; un grito tan agudo y salvaje que sonó más como un animal torturado que como algo humano. Erindis, la mujer de Thorbrand, cruzó el círculo y se arrojó sobre el cuerpo de su marido, ignorando la espada que seguía clavada en él.

Cuando trató de arrancarla cogiéndola por el filo con las manos desnudas, Harald corrió hacia ella y la apartó. Erindis tenía las manos manchadas con la sangre de Thorbrand y con la suya. En brazos de Harald, la mujer dejó de llorar y emitió un gemido agudo, ahogado por las pieles de Harald, cuyos ojos estaban desorbitados de asombro. Su legendario aplomo, su confianza sobrehumana, se había desvanecido. Era sólo un muchacho en ese momento, un chico que había perdido a su amigo y aún no podía creerlo.

Hakon no había presenciado el duelo. Llegó corriendo con uno de sus hijos menores, que había ido a buscarlo. Harald llevó a Erindis al salón y luego salió otra vez. Los guardias lo flanqueaban.

—Prendedlo —ordenó Harald, señalando a Heming—. Atadlo y no lo soltéis.

—¿Qué es esto? —preguntó Hakon, dando alcance a Harald.

—Tu hijo —pronunció aquellas dos palabras como si apestaran—. Tu hijo ha matado a mi mejor amigo y mejor capitán en un duelo ilegal. Exijo su vida a cambio. —Se negó a mirar a Hakon a los ojos.

Ragnvald resopló, tan asombrado como el resto de los hombres allí reunidos. Hakon dio un paso atrás cuando Harald se levantó sobre él.

Los hombres de Harald ataron a Heming de pies y manos.

—¿Dónde lo dejamos? —preguntó el jefe de los guardias.

—Lo mataré ahora mismo —dijo Harald.

—¡No! —gritó Ragnvald cuando los hombres de Hakon empezaron a rodear a Harald—. Está atado. Esto no debe resolverse de manera precipitada. Heming Hakonsson ha violado tu ley. Querías que fuera proscrito por esto y así debe ser.

Hakon miró a Ragnvald con los ojos entrecerrados.

—Ése es el castigo que Harald prometió para los dos participantes en el duelo —explicó Ragnvald en voz alta para los que habían llegado tarde.

—Ha matado a Thorbrand —repuso Harald—. Su mujer...

—Mi rey —lo interrumpió Ragnvald—. Por favor, piensa esto detenidamente. Ahora estás de duelo. Todos lo estamos. Pero la muerte no puede deshacerse. Algunos hilos no pueden volverse a unir cuando se cortan.

Harald parecía estar escuchándole y Ragnvald continuó:

—Llora a Thorbrand como se merece. Ofrécele un festejo fúnebre y mantén a Heming bajo custodia si debes hacerlo. Pero espera hasta que puedas alcanzar un veredicto justo. Un rey le debe eso a su pueblo.

A Harald no le gustaron aquellas palabras. Parecía agitado por lo que había ocurrido, por la fuerza de su rabia. Ragnvald buscó a Guthorm a su alrededor. Él le ayudaría a hacer entrar en razón a Harald. Guthorm estaba junto a Hakon, tenso como si se dispusiera a contener físicamente a su aliado más importante si se llegaba a ese extremo.

—¡Que todos vuelvan a sus salones! —gritó Ragnvald. Aquél no era su cometido, pero nadie más parecía dispuesto a tomar el mando—. Ningún hombre tiene permiso para marcharse, y cualquier acto violento será castigado con severidad.

Captó la atención de Guthorm y éste asintió lentamente. Thorbrand había sido como un hijo para él, pero Guthorm era más viejo y más sabio que Harald. Esperaría a que los ánimos se calmaran, antes de tomar ninguna decisión.

—Es nuestra orden —dijo Guthorm—. Nadie debe salir de aquí. Nadie debe fletar los barcos. Esto se arreglará pacíficamente. Ya se ha derramado bastante sangre por hoy.

Los hombres de Harald obedecieron la orden y llevaron a Heming hacia el salón de su señor. Hakon reunió al resto de sus hijos, incluido Oddi, y se dirigió al pequeño salón que ocupaban sus hombres.

Ragnvald esperó hasta que todos se alejaron del terreno de duelo: soldados rasos, guardias, incluso sirvientes... Aún era por ley un hombre de Hakon, pero también de Harald porque el destino y su corazón así lo habían dictado, y sabía que el joven rey debía cumplir la regla que él mismo había establecido. Además, nunca sería rey de Noruega si se enemistaba con Hakon. Y, aunque Solvi no hubiera conseguido los aliados que los rumores decían, sin duda podría aprovecharse de una enemistad entre Hakon y Harald... Y entonces Ragnvald nunca podría recuperar a Svanhild. Se rehízo y caminó hacia el salón de Hakon.

—Tú, Ragnvald Eysteinsson —dijo Hakon con voz envenenada en cuanto Ragnvald salió de las sombras de la puerta—, ya no eres bienvenido aquí, hombre de Harald.

—Sólo quería hacerle entrar en razón —repuso Ragnvald.

—Aquí ya sólo eres un espía.

—¿Un espía? ¿Acaso planeas aquí algo que Harald no deba saber...? —preguntó Ragnvald, enfadado. Se detuvo. La rabia no iba a servirle de nada—. ¿Aceptarías que se proscribiera a Heming? Harald siempre ha dejado claro que ése sería el castigo por cualquier duelo que no contara con su aprobación.

—No aceptaré nada, salvo que se me devuelva a mi hijo —contestó Hakon—. Pagará el *wergild* de este capitán y yo lo enviaré lejos de la corte de Harald. —Entrecerró los ojos—. Harald me necesita más que yo a él.

Ragnvald no estaba nada seguro de que eso fuera cierto, pero sabía que no convencería a Hakon aquella noche.

—Se lo haré saber a Harald, si tengo tu permiso para irme.

—De entrada, no te he dado permiso para estar aquí —respondió Hakon—. No vuelvas.

✠ ✠ ✠

Guthorm juzgó que los ánimos debían enfriarse al menos durante una semana. Él y Ragnvald colaboraron para que Harald jurara no hacerle ningún daño al primogénito de Hakon durante ese período. Ragnvald temía que hablar con Heming acabaría socavando su posición a ojos de Harald, pero lo mantuvo bajo su vigilancia siempre que le era posible, para impedir que cualquiera de los hombres del joven rey le hiciera daño. De vez en cuando, al mirar a Heming, le parecía adivinar el miedo en su mirada, y veía en él una expresión desesperada que nunca le había visto antes.

Harald y Guthorm celebraron un funeral por Thorbrand y lo enterraron. Erindis apareció en el salón de Harald sin pronunciar palabra, con profundas sombras azuladas en torno a los ojos. Lo mejor sería que Guthorm la sacara de en medio, que la enviara con un familiar cercano —la rabia de Harald podría enfriarse sin tenerla siempre allí como recordatorio—, pero el clima había empeorado otra vez, y una tormenta de primavera imposibilitaba cualquier desplazamiento.

Transcurrida la semana, Guthorm fue en busca de Hakon y lo acompañó al salón de Harald para hablar del destino de Heming. El rey entró en el salón con sus hijos y un gran contingente de guardias. Harald, sin embargo, seguía sin estar dispuesto a considerar otra cosa que no fuera matar a Heming. La paciencia de Ragnvald y Guthorm se estaba agotando.

—Fue un error —dijo Hakon en cuanto entró, como si las palabras no pudieran esperar más.

Se encaminó directamente a la cabeza del salón, donde Harald paseaba de un lado a otro, esperándolo.

—Eso no importa —dijo con voz aguda—. Nunca deberían haberse retado en duelo.

—Quieres hacer un reino de hombres sin honor —replicó Hakon—. No es un reino para mí ni para mis hijos.

Estaban frente a frente otra vez, y Ragnvald pensó que podrían llegar incluso a las manos. Guthorm se interpuso entre los dos y los separó.

—Has venido aquí hoy para determinar el destino de Heming —dijo con formalidad—. Esto debe solucionarse. —Se volvió hacia Harald—. Los hombres deben poder solventar sus diferencias.

Harald no quiere ilegalizar los duelos, sólo poner requisitos para que no conduzcan a enemistades familiares. Y no quería ver a dos de sus más valiosos capitanes heridos o muertos.

Harald puso cara de desprecio por la inclusión de Heming en esa descripción, pero no dijo nada.

—Ahora que estáis los dos aquí, ¿hay alguna forma de que podamos hacer las paces? —preguntó Ragnvald—. Tenemos un enemigo común en Solvi Hunthiofsson y sus aliados.

—Tú... —dijo Harald, enfadado—. Tú y mi tío habéis impedido que me vengara a lo largo de estos siete días. El espíritu de Thorbrand no descansará hasta que lo haga.

Guthorm se volvió hacia Hakon, ignorando tanto a Harald como a Ragnvald.

—Heming fomentó este conflicto a cada paso, y Thorbrand estaba deseando ponerle un final. Tu hijo, sin embargo, mató a un hombre en un duelo a primera sangre, cuando hubiera podido limitarse a hacerle sangrar con mucha más facilidad.

—En un duelo puede ocurrir cualquier cosa —repuso Hakon—. Pagaré el precio de este capitán. No querrás pagar mi precio si haces daño a mi hijo.

—¿Me estás amenazando? —preguntó Harald, acercándose otra vez a él.

—¡Basta! —rugió Guthorm—. Llegaremos a un acuerdo.

Hakon se burló.

—¿Contigo de mediador? Tengo muy claro cómo querrías que acabara esto.

—¿Y a quién aceptarías de mediador? —preguntó Guthorm—. Aquí ningún hombre está por encima de esta reyerta.

Ése podría ser el propósito de Hakon al plantear aquella cuestión. Podía rechazar cualquier acuerdo si no le gustaba la forma en que se alcanzaba.

—A Ragnvald Eysteinsson —contestó Hakon después de una larga pausa.

Ragnvald ni siquiera reconoció su nombre al principio, hasta tal punto le parecía inverosímil aquella decisión. Miró a Hakon fijamente.

—Sí —continuó Hakon—, Ragnvald siempre me ha parecido un hombre justo.

—Te juró lealtad —repuso Harald—. Su justicia sería sospechosa.

—Ragnvald es un hombre de honor —insistió Hakon—. Y todos saben que prefiere ser capitán bajo tu mando que bajo el mío.

—Debo lealtad al rey Hakon —intervino Ragnvald—. No puedo ser el juez.

Guthorm se llevó a Harald a un lado y discutieron la situación en voz baja. Cuando el joven rey volvió a acercarse a Ragnvald y a Hakon, aún parecía estar furioso, pero no tan salvajemente contrariado.

—Debes hacerlo —dijo Harald—. Hakon no puede elegir a ningún otro hombre cuya palabra me parezca también aceptable.

Ragnvald miró a Guthorm con la esperanza de que él hablara y terminara con aquella situación descabellada. Para trazar un camino entre esos dos gigantes sin ser aplastado por ellos iba a necesitar la lengua de plata de Loki.

—Según juzgues esta disputa, te juzgarán los dioses a ti —dijo Guthorm.

Ragnvald inclinó la cabeza.

—Os debo lealtad a los dos. Haré todo lo que pueda para conseguir un pacto justo.

Caminó de un lado a otro por el salón. No podía pensar más que en los juicios del *ting*, donde quien administraba la ley tenía que llamar a los testigos, y el veredicto y la decisión debían al menos parecer justos para que todos lo aceptaran. Se acercó al fuego y cogió un atizador de hierro grueso y retorcido que colgaba cerca de las brasas.

—Será nuestro bastón de la palabra —dijo—, si tiene algo que objetar.

Nadie lo hizo.

—No creo que ninguno de los presentes tenga duda alguna a propósito de lo ocurrido —continuó Ragnvald—, pero como Hakon no estuvo en el duelo, vamos a repasar los hechos.

Una vez más, nadie protestó. Ragnvald describió lo que él había visto y luego llamó a testigos que habían estado presentes cuando Heming y Thorbrand preparaban el duelo. Los hombres explicaron que habían oído tanto a uno como al otro amenazar a cualquiera que se atreviese a contárselo a Harald o Hakon. Todos los testigos manifestaron que ambos hombres habían deseado el duelo.

A continuación, Ragnvald llamó a Heming para que diera su propia versión de los hechos. Su historia no se desvió mucho de lo que habían dicho los testigos.

—Thorbrand me envió a sus hombres para proponerme un duelo —explicó Heming—. Lo arreglamos a través de esos hombres. —Miró a Ragnvald con una súplica en los ojos—. No los castiguéis. Sólo hicieron lo que se les pedía.

—Eso se decidirá después —contestó Harald.

Ragnvald le miró a los ojos para tranquilizarlo.

—Yo no quería matar a Thorbrand —dijo Heming por fin.

Un duelo a primera sangre siempre podía llevar a la muerte a uno de los contendientes con un golpe desafortunado, pero Heming aseguró que ésa no había sido su intención. Lo juró por todos los dioses que conocía.

Bajó la cabeza. Parecía exhausto después de pasar una semana atado en el salón de Harald. El cabello le colgaba lacio, y tenía la barba sucia con trozos de comida. Ragnvald había visto que lo desataban con suficiente frecuencia para que no sufriera heridas, pero los hombres de Harald habían encontrado otras formas de torturarlo.

—¿Y qué pretendías hacer? —preguntó Ragnvald.

—Quería marcarlo para siempre, dejarle una cicatriz terrible. —Heming dedicó a Ragnvald una sonrisa ínfima—. Como la tuya, pero mucho peor. —Miró a su alrededor a todos los hombres allí reunidos para juzgarlo—. Si pudiera cambiar lo ocurrido, lo haría. No quiero morir, pero aceptaré ser proscrito...

—¡No! —gritó Hakon.

—No —repitió Ragnvald con más calma—. Aún no estamos hablando del castigo. —Levantó el atizador otra vez—. Rey Harald y rey Hakon, los dos hombres más poderosos de la península escandinava. Cuando un jurado da un veredicto en el *ting*, los hombres del distrito juran respetar la sentencia. Aquí, sin embargo, nadie puede haceros cumplir la decisión que se tome, salvo vuestra propia voluntad y la de los dioses. No pretendo decidir por vosotros. Sólo espero que alcancéis un acuerdo y que juréis aceptarlo.

Ni Harald ni Hakon contestaron a eso.

—Rey Harald —continuó luego Ragnvald—, Heming, hijo de Hakon, mató por error a Thorbrand, tu capitán. Has exigido su muerte. ¿Te darías por satisfecho con algún otro pago o castigo? Entregó el atizador a Harald. El joven rey pareció dudar. Miró a Guthorm y bajó los hombros.

—Heming debe ir al exilio y no regresar jamás a Noruega. El rey Hakon debe entregar el mando y los impuestos de todas las tierras escandinavas, salvo de Hålogaland y Stjordal. Yo mismo nombraré a los reyes que gobernarán Hordaland y Maer cuando los tome. Por último, Hakon debe pagar el *wergild* de Thorbrand: su peso en oro.

Hakon había ido enrojeciendo a medida que Harald hablaba y, cuando terminó, puso la mano en su espada.

—¡Jamás! —replicó Hakon—. Mis hijos deben tener tierras. —Apartó a Ragnvald y se colocó pecho con pecho con Harald—. Nunca gobernarás el oeste de Noruega. Ni siquiera saldrás con vida de aquí.

Harald había entregado el atizador a Ragnvald, y éste golpeó con él el suelo de piedra.

—¡Esto es una negociación! —gritó Ragnvald, y luego añadió con la voz más calmada—. El rey Hakon debe hacer ahora una contraoferta.

Entregó el atizador a Hakon.

Hakon lo arrancó de la mano de Ragnvald y habló mirando sólo a Harald.

—Tomarás el pago común por un hombre de la estatura de Thorbrand y dejarás a mi hijo conmigo; sólo entonces olvidaré el insulto que has hecho al mantenerlo cautivo. Si tienes fuerza para eso, puedes compartir el mando de Noruega con mis hijos.

Ragnvald alargó la mano para recoger el atizador.

—¿No vas a ofrecer un pago más generoso al rey Harald por la pérdida de su capitán y amigo? —preguntó, empezando a desesperarse.

Al menos Harald ya no quería matar a Heming, pero a Ragnvald le preocupaba más la alianza que la vida del primogénito de Hakon.

—No matarlo aquí mismo por cómo ha tratado a mi hijo es pago suficiente.

—Rey Harald, ¿permitirás que el rey Hakon extienda su territorio si te paga impuestos por las tierras? —preguntó Ragnvald.

—Pensaba que tratarías de ser justo —le dijo Hakon a Ragnvald, antes de que Harald pudiera responder—. Me juraste lealtad.

—¿Justo sólo contigo? —replicó Harald—. Heming debería morir por lo que hizo.

La rabia que Ragnvald había estado tratando de contener necesitaba una vía de escape.

—Deberías haber educado mejor a tu hijo —le dijo a Hakon. Se volvió para hacer frente a Harald—. Y tú deberías contentarte con el *wergild*. —Con todo el mundo mirándolo, Ragnvald sonrió sin alegría—. Un rey no sólo debe pensar en su propio dolor. ¿Preferís haceros daño mutuamente que gobernar Noruega?

Por un momento, Harald pareció avergonzado, pero Hakon se abalanzó hacia Ragnvald y se detuvo a un palmo de él.

—¿Cómo te atreves a hablarme de este modo? ¡Me juraste lealtad!

—Nunca fue tuyo —replicó Harald—. Pero tampoco es leal conmigo.

—Juré defender tus intereses —dijo Ragnvald, contestando a Hakon. Luego, dirigiéndose a Harald, añadió—: Eres mi rey. Necesitas a Hakon y podrías perderlo para siempre.

—Aparta de mi vista —contestó Harald—. Juro que mataré a Heming esta misma noche.

—Entonces eres un insensato —dijo Ragnvald con frialdad.

Dejó caer el atizador. Había sobrepasado el calor de la rabia para llegar a algún lugar estéril donde ya no sentía ninguna emoción. Lo agradeció: ya habría tiempo para enfados y aflicciones.

—¿Tengo tu permiso para irme, mi rey?

—Vete —contestó Harald—. Vete y no vuelvas.

Ragnvald salió del salón.

32

Como el salón de Harald estaba lleno a rebosar, Ragnvald había mantenido sus escasas pertenencias bien empaquetadas para ocupar el menor espacio posible. En ese momento, poseía unos cuantos conjuntos de ropa más que cuando había partido y un buen puñado de plata. De hecho, tenía plata más que suficiente para contratar a algunos hombres en Dorestad o Kaupanger que le ayudaran a recuperar Ardal. No requeriría una gran fuerza. Y en cuanto hubiera recuperado sus tierras, podría pensar en ocuparse de Svanhild y Solvi.

Algunos botes de pesca todavía navegaban por las aguas del fiordo de Oslo para vender su pescado a los salones de Vestfold. También había mercaderes que se acercaban a ofrecer sus productos a los guerreros aburridos y a sus esposas. Ragnvald encontró a un hombre llamado Frost que había vendido toda su mercancía y deseaba zarpar de inmediato, antes de que se reanudaran las guerras. Frosti contaba con una pequeña tripulación y estaba dispuesto a llevar a Ragnvald adonde deseara. Incluso la marea parecía querer que se marchara aquella misma noche.

Ragnvald estaba ayudando a Frosti a embarcar algunos paquetes en el barco, cuando oyó pisadas a sus espaldas. Al volverse vio a Oddi en el muelle.

—¿Nos dejas? —preguntó Oddi—. No ha sido una buena jugada.

—He hecho lo que he podido —contestó Ragnvald, cortante.

—Me refiero a mi padre y a Harald. No tengo ganas de seguir a ninguno de los dos ahora mismo.

—No puedo ayudarte. Me voy con la próxima marea.

—¿Solo? ¿Intentarás recuperar Ardal tú solo? ¿Por qué hacer eso cuando aquí hay hombres que te seguirían? —Miró hacia otro lado—. Cuando yo te seguiría...

—No puedo seguir siendo tu única vía de escape de la corte de tu padre —dijo Ragnvald—. Ganaré Ardal y seré granjero.

—Serás más que eso.

Ragnvald se estremeció en el aire húmedo de la tarde. Había sonado como una maldición.

—¿Qué hombres? —preguntó.

—Dagvith, por supuesto —dijo Oddi.

Nombró a otros, tanto del campamento de Hakon como del de Harald. Hombres con los que Ragnvald había entrenado y sangrado.

—También ellos han perdido su admiración por Harald y Hakon. Les haces un mal servicio al dejarlos atrás.

A Ragnvald le dolía la cicatriz de la mano. Ronhild le había regañado, mientras yacía recuperándose, por no contarle a nadie que estaba herido, por resistir solo con orgullo. Quería marcharse, pero le agradaba que Oddi y otros pudieran desear luchar a su lado.

—Entonces no lo haré —respondió Ragnvald—. ¿Qué...? ¿Cómo crees que debería pedírselo?

Oddi rió.

—Yo se lo he pedido por ti. Espera unas horas y tendrás veinte hombres en el *drakkar* que me dio mi padre, listos para tomar Ardal contigo.

✢

Tardaron casi una semana de navegación en alcanzar el extremo occidental del fiordo de Sogn. El clima era gélido y amenazador, pero no impidió su cauto progreso. Ragnvald se mantuvo vigilante, atento a las turbonadas y otras amenazas del mar mientras repasaba en su mente el juicio de Heming. Recordaba todas sus palabras como si estuvieran grabadas en piedra, pero cada vez se imaginaba diciendo algo distinto, algo que sirviera para mantener la paz entre Hakon y Harald. Parte de él quería dar media vuelta para ver si podía encontrar una forma de arreglarlo, de pronunciar alguno de los mejores discursos que había preparado desde entonces. Luego recordó a Harald diciéndole que se marchara, y eso alimentó la rabia que lo conducía al norte.

Oddi era el piloto más capacitado del grupo, pero empezaba a cansarse y se ponía cada vez más nervioso con el transcurso de los días. Varaban el barco en la playa para acampar al abrigo de alguna isla, antes de que se hiciera oscuro.

La última noche, acamparon en una playa rocosa desde la que se alzaba una pendiente que conducía a los lagos y las colinas de Ardal. Ragnvald miró a su alrededor. Sus ojos se tranquilizaron al ver aquellas colinas cuyos contornos conocía tan bien. Había pisado esos senderos muchas veces, y atravesado esas montañas y esos campos en infinidad de ocasiones. Miró a los hombres que lo acompañaban, sin poder creer todavía en la suerte que había tenido por el hecho de que hubieran elegido seguirlo. A él y a Oddi. Su primo era de esos hombres que hacían amigos con facilidad. Ragnvald estaba todavía más agradecido por eso.

A algunos no los conocía demasiado; sólo había empezado a saber más de ellos durante el viaje. Todos tenían criterio propio, y no les había gustado la forma en que Harald y Hakon habían tratado a Ragnvald. Él recordaba a algunos por su bravura en la batalla de Hordaland, y muchos compartieron con él sus historias y peripecias durante el viaje.

—Olaf tiene pocos hombres a su servicio —les explicó Ragnvald después de haber comido—. Los hijos menores de una docena de granjeros, que están mucho más acostumbrados a sostener una azada que un arma.

Esto provocó algunas risas.

Ragnvald describió entonces la disposición de Ardal, usando piedras en el suelo para indicar el lugar que ocupaba cada edificio. No expresó su temor de que Solvi pudiera haber enviado refuerzos a Olaf.

—No estarán preparados para luchar, y la mayoría de ellos me prefieren a mí. El único pariente que tiene Olaf es su hijo Sigurd.

Ragnvald trató de visualizar el rostro de Sigurd en el otro extremo de su espada, y sólo consiguió recordar un mechón de pelo rubio y su postura encorvada.

—Sigurd no es un hombre de espada, y no quiero matarlo. A menos que insista en ello...

El ruido de las olas en las rocas de la costa casi ahogó sus últimas palabras. Ragnvald carraspeó y procuró hablar más alto.

—Medio día de caminata, quince minutos de lucha y un banquete para festejarlo. Dormid bien esta noche. Tenemos que estar descansados para la celebración.

—Quieres a Olaf para ti, si no recuerdo mal —dijo Dagvith, el gigante justo y amable que había conocido en Yrjar.

El afecto que sentía por Dagvith y por todos aquellos hombres casi le parecía ridículo, pero era una sensación agradable.

—Sí —contestó Ragnvald—. Ya he tragado con el recuerdo de sus insultos durante bastante tiempo.

Él, por supuesto, no consiguió pegar ojo aquella noche. Estuvo revolviéndose y dando vueltas hasta que Oddi lo echó a patadas de la tienda que compartían. Entonces fue a sentarse junto a la orilla, y luego se dedicó a pasear por la playa cuando le entró frío. Al ver el primer brillo naranja en el cielo meridional, reavivó el fuego en el que habían cocinado y calentó unas frutas secas y carne para que desayunaran sus hombres. Comieron deprisa y, cuando el sol apareció por el horizonte, ya estaban pisando los campos congelados del valle que se extendía hasta Ardal.

El sendero ascendía por una pendiente empinada, hasta que llegaron a la altura de las cimas de los acantilados que bordeaban el fiordo de Sogn. Debajo de ellos, un saliente ocultaba su barco. Por el cielo se deslizaban nubes grises que anunciaban una nevada. Aunque apenas había empezado la primavera, había unos cuantos granjeros en los campos, inspeccionando las cercas. No había ninguna posibilidad de que no identificaran a los guerreros de Ragnvald como lo que ciertamente eran —hombres dispuestos a matar y a destruir—, pero nadie dio la voz de alarma. Observaron el paso del grupo de Ragnvald y luego reanudaron sus labores. Al ver aquella actitud, decidió que, cuando gobernara esas tierras otra vez, exigiría a sus arrendatarios que encendieran fuegos de faro si veían saqueadores. Olaf debería haber pensado en ello.

Ragnvald imprimió un ritmo más intenso del que debería, ansioso por encontrarse con lo que el día quisiera depararle. Le caía el sudor por el cuello y se le congelaba en la espalda, y al volverse vio que había dejado a los otros hombres atrás. Los esperó y poco después alcanzaron la base de la última colina que los ocultaba del salón de Ardal. Allí les pidió que caminaran más separados, para poder dar la alarma si se metían en una trampa.

La granja de Ardal se alzaba apacible a la luz de media mañana. Salía un penacho de humo de la forja —Einar estaba trabajando— y otro de la cocina. Ragnvald desenvainó la espada.

Había perfeccionado tanto la práctica de evitar a Olaf que imaginaba que podía sentir dónde se encontraba en ese momento. Estaría regresando de su paseo matinal en su preciado y único garañón, *Sleipnir*. Ragnvald tenía ganas de quedarse con ese caballo. Huellas de barro a través de un campo cubierto de nieve mostraban el camino que había seguido Olaf.

No vio a ningún hombre montando guardia. Esperó hasta que sus hombres le dieron alcance otra vez y, en un susurro, les ordenó esconderse cerca del muro de piedra que rodeaba el patio donde se hallaba el establo de *Sleipnir*. Olaf regresaría allí muy pronto. Al acercarse, sorprendieron al joven Svein, uno de los hombres de Olaf, que estaba llevando las zanahorias y la cebada con las que el padrastro de Ragnvald alimentaría a *Sleipnir* a su regreso. Svein abrió la boca para dar la voz de alarma, pero Ragnvald lo agarró enseguida por el cuello y le tapó la boca con la mano, sujetándole la mandíbula con el antebrazo para que el chico no pudiera morderle.

—No grites, soy yo. Guarda silencio.

Svein continuó pataleando.

—Te partiré el cuello si gritas, Svein —dijo Ragnvald, aumentando la presión en el cuello del muchacho para reforzar su advertencia. Poco a poco, sacó la mano de la boca de Svein, pero continuó agarrándolo del cuello.

—Olaf dijo que nos guardáramos de ti...

Ragnvald sonrió despacio.

—¿Ah, sí?

Por supuesto que sí, Olaf había intentado matarlo. Ahora que Ragnvald estaba rodeado por hombres dispuestos a matar para defenderlo, el miedo de Olaf sería como una brisa agradable para él.

—¡Cuidado! —gritó Svein a voz en cuello.

De pronto, el patio de prácticas, que estaba cubierto de nieve, se llenó de muchachos desgarbados que empuñaban espadas de hierro malo. Ragnvald contó al menos quince, pero ninguno de ellos parecía mayor de edad.

—¡No los matéis si podéis evitarlo! —gritó Ragnvald por encima de la refriega. Eran los hijos de granjeros locales, a los que querría de su lado cuando gobernara allí.

Vio a Dagvith sujetar a uno de los muchachos por las muñecas y sacudirlo hasta que soltó la espada. Ragnvald luchó contra otro un poco más habilidoso durante un minuto o dos, antes de conseguir acercarse lo suficiente para poder golpearle en la cara con la empuñadura de la espada. El chico cayó de espaldas con la nariz chorreando sangre. Se llevó la mano a la cara y miró a su agresor con hostilidad.

Ragnvald buscó a su alrededor en busca de alguna otra amenaza, pero Oddi y el resto de sus hombres parecían tener a los chicos controlados, de modo que se limitó a golpear en la cabeza al muchacho, que se derrumbó en el suelo.

—Tú, tú y tú —dijo Ragnvald señalando a tres de sus hombres al azar—. Llevadlos al granero y atadles las manos. El resto esperaremos a Olaf.

—¿Es éste tu hermanastro? —gritó Oddi.

Estaban a la sombra del granero, y Ragnvald sólo alcanzó a ver la silueta oscura de Oddi y el cabello brillante de Sigurd.

—Sí —contestó Ragnvald—. Átalo bien. No quiero hacerle daño.

Había esperado alguna muestra de desafío por parte de Sigurd, pero éste obedeció con docilidad a Oddi y pareció contento de que lo ataran de pies y manos y lo metieran en el granero con los otros chicos de la granja, atado como un ave para asar.

Mirando alrededor en busca de alguien más con quien luchar, Ragnvald vio que casi todos los chicos habían sido desarmados. Uno sostenía con cautela un brazo roto por el golpe de una espada. La cabeza de otro colgaba en un ángulo extraño, probablemente muerto, pero por accidente. Ragnvald pagaría al padre del chico el *wergild* correspondiente.

Una vez pasada la excitación de aquel pequeño enfrentamiento, Ragnvald se apoyó en una pared. Si Olaf hubiera estado allí, al menos podría haberlo matado mientras todavía estaba en tensión. Ahora tendría que esperar y preocuparse.

De pronto, vio salir a Ascrida por la puerta de la cocina, seguida de Vigdis. Las manos de su madre estaban cubiertas de harina; Vigdis, en cambio, estaba resplandeciente, elegante como si se hubiera vestido para una fiesta.

—¡Ragnvald! —dijo su madre, corriendo hacia él con los brazos abiertos—. Es... es peligroso que estés aquí.

—Deberías entrar, madre —contestó él—. Olaf podría volver en cualquier momento y tengo intención de matarlo.

Ella le lanzó una mirada ardiente —de orgullo, pensó Ragnvald, un orgullo que rara vez había visto en ella—, luego le agarró el brazo a Vigdis y se lo dobló detrás de la espalda.

—Mi hijo va a matar a tu marido —oyó que le decía, triunfante—. Tú ven conmigo.

Ragnvald sonrió al pensar en lo que Ascrida podría hacerle a Vigdis cuando volviera a tener el control de la granja. Por ahora, al menos, impediría que la joven avisara a Olaf. Quizá trataría a Vigdis como ella había tratado a Svanhild, atándola y tapándole la boca.

El vocerío atrajo la atención de los sirvientes y esclavos, que ahora estaban observando por encima del muro. Vio a Oddi cargando con uno de los chicos inconscientes al hombro, como un fardo.

—No te quedes ahí mirando, tráeme un poco de agua —ordenó Ragnvald a uno de los esclavos que lo miraban embobados.

El sol alcanzó su cénit, y una ráfaga de viento hizo que Ragnvald sintiera un escalofrío bajo su coraza de cuero. La espada le pesaba. La limpió en la nieve y la enfundó otra vez. Continuó examinando el horizonte, en busca de la silueta de Olaf a caballo viniendo en pos de su destino.

Pero en vez de Olaf, fue Einar quien apareció de pronto, corriendo hacia Ragnvald desde la puerta de su herrería. Gritaba y agitaba la espada por encima de su cabeza, sonando más asustado que amenazador. Algunos de los hombres de Ragnvald rieron ante el paso renqueante de Einar. Más tarde, Ragnvald se preguntaría cuánto tiempo habría permanecido sentado en la herrería, desde donde seguía la batalla y oía cómo Ragnvald amenazaba con matar a Olaf. Sin duda, habría estado un buen rato sopesando su amistad con Ragnvald y su deber con Olaf, antes de armarse de valor y salir.

Ragnvald se incorporó y recibió a Einar sobre la nieve embarrada del patio de prácticas, donde los dos habían luchado de niños. Esquivó su primera arremetida con facilidad. Einar era mayor que él y era un hombre fuerte que trabajaba cada día en la herrería, pero era cojo y nunca había estado en una incursión, nunca había ido a la guerra. Y nunca había matado a un hombre.

—No tienes por qué hacer esto, Einar —le dijo Ragnvald—. Olaf trató de matarme. Lo sabes. Seguro que te lo han contado.

Las salvajes arremetidas de Einar le asustaban más que las de un enemigo experimentado. La espada de Einar podía herirlo, mientras que un guerrero más prudente en sus movimientos estaría más pendiente de defender su propia piel. Ragnvald lanzó un ataque bajo el brazo levantado de Einar. Una línea roja le dividió la manga. No llevaba armadura.

—¡Tengo que defender a Olaf! —replicó entonces Einar—. ¡Es mi deber!

Ragnvald trató de meterse en la guardia de Einar lo suficiente para golpearlo en la cabeza, como había hecho antes con el muchacho. Tal vez, cuando se calmara, Einar aceptaría vivir y dejar que Ragnvald viviera también.

—Me atacó de noche en el *ting*, aprovechando la oscuridad —dijo Ragnvald a la desesperada—. ¿No te enteraste?

Einar tenía la respiración entrecortada. Ragnvald, en cambio, pese a que el corazón le martilleaba, todavía respiraba con facilidad.

—Sí, me lo contaron —contestó Einar.

—Entonces sabes que no tiene ningún honor.

—¡Te lo habrías merecido! —gritó Einar, retrocediendo ante Ragnvald—. Él me acogió, es el único padre que he conocido.

—También es mi padrastro, pero es un hombre que no merece ningún respeto.

Einar bajaría la espada, pensó Ragnvald, y serían amigos otra vez.

Pero mantuvo la punta levantada y avanzó otra vez hacia Ragnvald. Sus pasos se parecían a los que Olaf les había enseñado de niños, y él sabía cómo defenderse contra eso. Apartó la espada de Einar con la suya.

—Él nunca me traicionó. Mi deber es defenderlo —repitió Einar.

Se lanzó hacia Ragnvald de cabeza, y él se apartó, pero no antes de que la espada de su contrincante le hiciera una herida superficial en la parte superior del brazo. No podía consentirlo. Necesitaba estar descansado e ileso si quería matar a Olaf. Ése sería un combate más difícil, y quería librarlo sin ayuda.

Sabía que Einar nunca le perdonaría lo que iba a hacer. Levantó la barbilla hacia Oddi y Dagvith.

—Ayudadme a desarmarlo.

—¡No! —gritó Einar.

Corrió otra vez hacia Ragnvald con el arma levantada, como si fuera un hacha y pretendiera partirlo en dos. Él levantó también su espada para defenderse, pero Einar no se detuvo y el arma atravesó su hombro. La sangre cubrió la hoja y las manos de Ragnvald, y Einar se derrumbó en el suelo.

—¡Ayudadme! —gritó Ragnvald.

Corrió hacia él y presionó la mano en la herida de Einar. La sangre fluyó entre sus dedos. ¿Por qué no acudía nadie?

—Por favor, que alguien me ayude.

Oyó una lucha tras él, y entonces Vigdis apareció en su campo de visión.

—Déjame a mí —dijo.

Ragnvald se apartó. Vigdis se sacó la toca y apretó con ella el hombro de Einar. La tela se tiñó inmediatamente de sangre roja, y el joven Eysteinsson observó la larga melena dorada de la joven. Liberada de sus ataduras, se arrastraba ahora por el barro y se manchaba con la sangre de Einar. Parecía la diosa Freyja cuidando a los caídos, mientras trataba de contener la hemorragia. Einar era sobrino de Vigdis, recordó Ragnvald.

—He visto a muchos hombres sobrevivir a heridas así...

Einar había corrido hacia él, y Ragnvald se había defendido. No había pretendido matarlo, pero la muerte parecía acudir con facilidad a sus manos. El *draugr* había caído con la misma facilidad.

Vigdis negó con la cabeza.

—Einar no. Mira como burbujea la sangre.

De hecho, la toca de Vigdis no bastaba para frenarla. La hemorragia parecía no tener fin. Ragnvald recordó la leyenda que decía que un cadáver sangraba de nuevo en presencia de su asesino. Tenían que llevarse a Einar lejos de él, o su sangre formaría un nuevo lago en aquel valle. El rostro del herrero estaba pálido como el de un cadáver ahora, con la cabeza inclinada hacia atrás y la mirada perdida en algo que sólo él podía ver.

—Tenía que detenerlo... —dijo el joven Eysteinsson en voz baja.

Einar había corrido hacia su espada, pero Ragnvald la había puesto allí para enfrentarse a él. Había venido a matar y lo había hecho.

Vigdis no dijo nada, se limitó a arrodillarse. Ella y Ascrida prepararían aquel cadáver durante la noche, como harían con el de Olaf.

Ahora el patio apestaba a muerte, y Ragnvald era el causante. Paseó bajo el sol, tratando de mantener los brazos calientes. Una esclava le llevó un cuenco de agua para que se limpiara la sangre de Einar de las manos.

✠

Olaf llegó cuando el estómago de Ragnvald empezaba a rugir exigiendo la cena. Sólo era una silueta en el horizonte cuando su caballo olió el peligro y se encabritó. A partir de ese momento, su padrastro se acercó más despacio, pasando sobre las pequeñas hondonadas y montículos de los campos. Ragnvald olvidó todo su cansancio.

Olaf desmontó de su caballo justo al otro lado del muro. No llevaba armadura, pero tenía su espada al cinto. Ningún hombre salía de casa desarmado.

—La muerte te sigue, hijo mío —dijo Olaf mirando a su alrededor—. Serás un buen rey.

—No soy tu hijo —contestó Ragnvald.

Fue vagamente consciente de los ojos que los observaban —las siluetas de guerreros y sirvientes, hombres y mujeres de la casa—, pero mantuvo su atención fija en Olaf.

—No. Ya sabía que eras una serpiente cuando maté a tu padre.

Eso no debería haber hecho mella en él. Ragnvald sospechaba desde hacía mucho tiempo que su padre había muerto a manos de aquel hombre. Olaf sólo se lo recordaba para enfurecerlo, y había logrado su propósito.

—Tú eres el hombre que pagó a otro para que me matara —dijo Ragnvald—. Ven. Si me quieres muerto, hazlo tú.

—Lo haré —replicó Olaf, justo antes de abalanzarse hacia él.

Se movía con lentitud, como si lo hiciera a través del agua. Ragnvald tuvo todo el tiempo del mundo para esquivarlo.

No había visto luchar a Olaf en años; tal vez no había luchado de verdad desde el último ataque de los saqueadores en Ardal, cuando Ragnvald había matado por primera vez. Los movimientos de Olaf eran predecibles y poco hábiles. Ragnvald había luchado contra guerreros mucho mejores que él en el tiempo que había pasado con Hakon y Harald.

Olaf lanzó otro golpe y expuso su costado. Ragnvald le hizo un corte en la parte trasera de la pierna, desgarrando carne con la punta de la espada, y su padrastro trastabilló hacia delante. Trató de mantenerse en pie, pero le falló la pierna. Le había seccionado el tendón de la parte de atrás de la rodilla.

Después de eso, el fin de Olaf llegaría con rapidez. Se propulsó con la pierna buena para cubrir la distancia que los separaba, pero Ragnvald lo apartó propinándole un codazo en la nariz, que se rompió con un crujido húmedo. Entonces le hizo otros dos cortes, uno a lo largo del hombro y otro más, por rencor, en la mejilla, y finalmente golpeó la mano de Olaf con la empuñadura de la espada y consiguió desarmarlo.

Ragnvald apartó la espada de Olaf de una patada, y apuntó con la suya al cuello de su padrastro.

—De rodillas —ordenó.

Oddi lo obligó a ponerse de rodillas dándole una patada por detrás.

Olaf se quedó allí, con la espalda recta, orgulloso pese a que sangraba por media docena de heridas. Tenía la nariz amoratada por el codazo de Ragnvald, y el pecho le subía y le bajaba por el esfuerzo de permanecer erguido. Mantuvo la mirada fija en Ragnvald, que se movía delante de él. El joven Eysteinsson bajó la espada. No había ninguna posibilidad de que Olaf huyera. Aunque Ragnvald no lo hubiera herido, no tenía adónde huir.

—¿Sabes por qué tu tío Gudrod nunca vino a vengarse de mí? —preguntó Olaf.

Gudrod era el hermano de su madre, y también amigo de Eystein, o eso había dicho siempre. Ahora Ragnvald levantó la espada y colocó la punta bajo la barbilla de su padrastro. Olaf escupió en la tierra sangre y saliva, y casi ensució la bota de Ragnvald. Después presionó su cuello contra la punta de la espada.

—¿Crees que me importa? —preguntó—. Ya sé que no me dejarás vivir.

—No, no te dejaré vivir —dijo Ragnvald—. Pero podría dejarte morir de pie con una espada en la mano. Tal vez los dioses pasen por alto que se te haya caído antes.

Ragnvald se lo debía por todo lo que le había enseñado Olaf con la espada.

—Entonces hazlo —contestó su padrastro.

Se balanceó, de rodillas, al tratar de levantarse. Oddi corrió para ayudarlo.

—No aguantaré de pie mucho tiempo.

—Dime —le apremió Ragnvald—, ¿por qué no se vengó?

—Gudrod sabía que, si venía contra mí, el rey Hunthiof lo quemaría en su salón y no dejaría vivo a ningún descendiente de Eystein.

—¿Y esperas que todavía haga eso por ti? —preguntó Ragnvald—. Antes que el rey Hunthiof venga en tu auxilio, es más fácil que un gigante de hielo baje desde las montañas de Kjølen y ofrezca intercambiar su vida por la tuya. Morirás ahora, Olaf Ottarsson.

—Tu padre no merecía que nadie lo vengara —dijo Olaf, sonando más desesperado—, pero mis hijos sí lo harán por mí.

A Ragnvald le pareció gracioso.

—¿Dónde está Sigurd? ¿Por qué no te está defendiendo ahora?

Ragnvald levantó la barbilla hacia Oddi, que se acercó con la espada de Olaf. Se la puso en la mano y, antes de que éste tuviera ocasión de levantarla, Ragnvald asestó un golpe poderoso que le arrancó la cabeza. El cuello segado soltó un chorro de sangre por un momento. Era una visión extraña y a Ragnvald le dio ganas de reír, aunque no le parecía divertido. El cuerpo cayó hacia delante y empapó el espacio en que la sangre de Einar ya casi se había secado.

Ragnvald miró a Ascrida y Vigdis, que estaban a un lado. No se tocaban, pero se habían vuelto la una hacia la otra, como si desearan protegerse de la muerte que el joven Eysteinsson había traído.

Ragnvald imaginó a la hechicera Alfrith entre ellas, de un modo tan vívido que tuvo que sacudir la cabeza para apartar la imagen. Se preguntó si volvería a verla alguna vez.

—Puede tener una pira —dijo Ragnvald— y un *cairn* que señale su defunción. Pero no habrá ningún túmulo para él. Ningún hijo de Olaf Ottarsson reclamará el dominio de estas tierras. Las runas dirán la verdad: «Olaf Ottarsson, usurpador de Eystein, cayó aquí.» Nada más.

—Yo haré el *cairn* para él —dijo uno de los sirvientes de más edad.

Ragnvald pensó que a lo mejor Olaf y él habían realizado alguna incursión juntos en el pasado, aunque no había intentado hacer nada por defenderlo.

Ascrida dio un paso adelante.

—Y yo lavaré su cuerpo —dijo, con la voz ronca por la emoción.

En los diez años transcurridos desde la muerte de Eystein, Ragnvald rara vez había visto pena en el rostro de su madre, pero en ese momento vio en él tristeza y una rabia profunda.

—Te ayudaré —dijo Vigdis acercándose a Ascrida—. También era mi marido.

—¿Estás segura de que no prefieres dar la bienvenida a tu nuevo señor? —preguntó Ascrida con malicia—. Siempre se te ha dado bien someterte a los hombres.

Ragnvald se acercó a ellas.

—Madre, no tienes por qué hacer esto.

—Sí —repuso ella.

Ascrida pasó junto a Ragnvald y caminó hasta el lugar donde la cabeza de Olaf yacía boca abajo en el suelo, con un hilo de sangre goteando del cuello. La levantó por el pelo, y los ojos del cadáver miraron a Ragnvald por un momento antes de que los pasos decididos de Ascrida lo ocultaran de su vista.

Dos de los sirvientes recogieron también el cuerpo y la siguieron. Olaf había sido un hombre fuerte en vida, pero transportado así, en la muerte, su cuerpo parecía un muñeco abandonado.

Vigdis dio medio paso hacia Ragnvald. Le pareció insegura por primera vez desde que la conocía.

—Ahora eres el señor aquí.

—Lo soy —dijo Ragnvald, con la esperanza de que su voz transmitiera la suficiente autoridad—. Mis hombres tienen hambre y sed. Prepara un banquete.

Sin embargo, aún tenía otras cosas que hacer. Ragnvald se dirigió al establo para desatar a Sigurd él mismo. Necesitaba ver cómo reaccionaba su hermanastro.

—Yo también necesito cerveza —dijo Sigurd con voz triste—. Todos nosotros. Nos has dejado atados todo el día.

—Eso os hará más duros —contestó Ragnvald, sosteniendo la mirada de su hermanastro.

Sigurd no pudo soportar la mirada y bajó la cabeza, pero levantó el brazo hacia él como si esperara que Ragnvald lo ayudara a levantarse.

Divertido, Ragnvald le cogió la mano.

—Siento que se haya llegado a esto —dijo, llevando a su hermanastro al patio trasero.

Ragnvald había esperado que Sigurd intentara detenerlo, pero el único que se había atrevido a hacerlo era Einar. Tal vez el hijo de Olaf sólo estaba esperando su oportunidad.

—Si tu padre me hubiera devuelto lo que me correspondía por nacimiento, podría haberlo convertido en mi hombre de confianza mientras salía a aumentar nuestra riqueza.

Mientras lo decía, su rabia hacia Olaf dio paso a la tristeza: tanta desolación, la sangre de los cuerpos caídos de Einar y Olaf empapando la tierra...

—¿Qué vas a hacer conmigo? —Sigurd miró a Vigdis, que ahora sostenía al joven Hallbjorn en brazos. El pequeño había crecido bastante, y sus piernas blancas danzaban por debajo del brazo de Vigdis—. ¿Qué vas a hacer con nosotros?

Ragnvald no lo había decidido todavía, pero si de verdad había terminado con Harald y Hakon, se quedaría allí y tendría tiempo suficiente para educar a Hallbjorn y que fuera amigo de los hijos que él engendraría.

Apoyó una mano en el hombro de Sigurd con cierta comodidad, pero con la esperanza de que aquel gesto de camaradería transmitiera a su hermanastro que no le guardaba ningún rencor. Tragó saliva. Al menos podía decir eso.

—No te guardo ningún rencor —dijo despacio—. Ardal es mío ahora. Hiciste lo que debe hacer un hijo; obedeciste a Olaf, e intentaste cumplir con sus deseos en el *ting*. Haberlo hecho te honra, igual que te honra no haber entregado la vida por un hombre que ya había perdido todo rastro de honor.

Sigurd parecía ansioso por poner su vida y sus decisiones al cuidado de Ragnvald. Así que gobernar consistía en eso, en cuidar de las vidas de los hombres inferiores que uno tenía en sus manos. Ragnvald tenía que agradecer la debilidad de Sigurd, porque significaba que no se veía obligado a matar a un muchacho que había sido su hermano, pero al mismo tiempo lamentó que no fuera más fuerte. Olaf debería haberlo enviado con los sacerdotes de Freyr, en lugar de obligarle a calzarse las botas de guerrero, aunque probablemente Sigurd tampoco tenía ninguna inclinación mística.

—Esta noche velarás el cuerpo de Olaf y el de Einar, y rezarás tus oraciones cuando los quememos. Mañana hablaremos del futuro.

33

Aquella noche, Ragnvald y sus hombres celebraron un banquete en Ardal, aunque no fue la clase de celebración que se relataría más adelante en las canciones de los escaldos. La carne no se había cocinado lo suficiente y requería una masticación heroica para tragarla, pero los hombres de Ragnvald bebieron en abundancia y se comportaron como debían hacerlo los guerreros en los banquetes, peleando y jugando a los dados, lanzando huesos a los perros que daban vueltas en torno a las mesas, y apostando por el resultado de sus riñas. Ragnvald explicó algunos de sus éxitos, como correspondía al anfitrión, pero nadie alardeó de haber derrotado a una banda de muchachos de quince años.

—¿Estás seguro de que no deberías matar a tu hermanastro? —preguntó Oddi en voz baja, al oído de Ragnvald.

Se sentaba al lado de su amigo durante el banquete; de hecho, no se había alejado de él desde que había terminado la lucha.

Una sombra cayó sobre el plato de Ragnvald, y él levantó la mirada y se encontró a Vigdis. La joven le colocó en la mano la copa que le había llevado, y Ragnvald pudo probar por fin el mejor vino de Olaf, del cual nunca había tomado más de un sorbo hasta entonces. Se le calentó la cara. Esperaba que Vigdis no hubiera oído la pregunta de Oddi.

—Hallbjorn es sólo un niño —dijo Ragnvald, malinterpretando a propósito lo que había querido decir su primo—. Sí, estoy seguro.

Vigdis le dedicó una pequeña sonrisa. No solía delatar sus emociones a menudo, pero amaba a su hijo.

—Me refiero al mayor, Sigurd —repuso Oddi.

—Sigurd no ordenó mi muerte, y está aprendiendo a manejar bien la espada.

Era mentira, pero Ragnvald ya no podía pensar en más matanzas. Miró a Vigdis, que se había desplazado a la cabecera de la mesa. Debería estar con Sigurd, velando a su marido y derramando lágrimas por él. Aunque nunca lo hubiera amado, pensó Ragnvald, había sido su favorita durante muchos años. Incluso Ascrida respetaba el duelo aquella noche.

En ese momento, Vigdis levantó la cabeza y se encontró con la mirada de Ragnvald. Oddi los miró a ambos y sonrió. Cuando Vigdis recorrió la mesa para servir a otro de los hombres de Ragnvald, Oddi arqueó las cejas.

—Estará en tu cama esta noche, a menos que me equivoque.

Ragnvald miró a su amigo con el ceño fruncido por leerle el pensamiento, y tomó otro trago de aquel vino dulce y delicado.

—No lo creo. Es mi madrastra.

—Ya no. —Oddi sonrió—. Si la echas, empújala en mi dirección. Parece una mujer que sabe lo que quiere de un hombre. —Dedicó a su amigo una mirada cómplice y Ragnvald se sonrojó.

No tenía ni idea de la clase de mujer que era Vigdis. Podía contar con los dedos de una mano las mujeres con las que había estado —todas sirvientas y esclavas, mujeres sin poder de elección—, y nunca más de unas pocas veces. Pensó en Alfrith, la hechicera de Smola. Parecía menos peligrosa que su madrastra.

Sin embargo, no soportaba la idea de que Vigdis estuviera con otro. Si ella acudía a su cama aquella noche, la enviaría a cumplir sus deberes con el marido fallecido, para que Olaf no caminara con inquietud desde su tumba.

—No la eches —añadió Oddi—. No es bueno pasar la noche solo después de una batalla.

—¿Ahora eres un alcahuete? —se burló Ragnvald.

—No, pero no quiero que vengas a buscarme para manifestar tus amargos pensamientos una vez más. Posee a una mujer y quédate dormido. Así debe ser.

En cuanto Ragnvald se sintió lo bastante borracho para acallar el recuerdo de la cabeza de Olaf cayendo en el polvo, se levantó de la mesa. Hizo un breve discurso, dando las gracias a Oddi y al resto de sus guerreros, y a continuación acompañó a su primo a su antiguo dormitorio, ya vacío sin Einar ni Sigurd: uno muerto y el otro velando a su padre. Ragnvald trató de convertir su dolor en rabia. Einar no debería haberlo atacado. Tenía que haber sabido que no sobreviviría. Ragnvald habría cambiado a Sigurd por Einar sin dudarlo. Había muerto el hermano que no debía.

El aposento de Olaf estaba en el lado sur del salón, lo bastante lejos de la cocina como para que el calor no fuera excesivo, pero lo bastante cerca como para que se filtraran hasta allí los olores de la carne cocinada. La cama era grande, más grande que todas en las que él había dormido solo. Aunque suponía que Olaf no dormía solo a menudo.

En esa estancia, Olaf conservaba un arcón cerrado con sus tesoros. Ragnvald lo abrió y encontró la esperada plata, junto con unas pocas piezas de oro y algunos broches de bronce finamente elaborados, aunque nunca los había visto en el pecho de su madre o de su madrastra. Decidió que serían para Hilda.

Cogió una de aquellas piezas y empezó a admirarla a la luz de una vela, que dibujaba ondas sobre la superficie bruñida y hacía centellear el ojo granate de la figura de un sabueso, cuya boca se abría para tragar las piernas de su compañero. De pronto, la luz de la vela osciló cuando Vigdis entró en la habitación. Llevaba el cabello suelto, todavía húmedo en las puntas. En un fogonazo, Ragnvald la vio tendida sobre el cuerpo de Einar, arrastrando su cabello por la sangre.

—Se me había ocurrido que tal vez vendrías a verme —dijo Ragnvald.

Había imaginado ese momento desde que fue lo bastante mayor como para desear a una mujer. No de ese modo, por supuesto. En aquellas fantasías, él no había matado a Olaf, aunque por lo general en ellas su padrastro estaba muerto y muy lejos de allí, y Vigdis acudía a él con el cabello suelto y una sonrisa en el rostro, y diciendo que lo deseaba.

—Todos esos hombres del salón sabían que acudiría a ti —dijo Vigdis, como si eso no la avergonzara.

Ragnvald guardó silencio. La deseaba y tal vez tenía derecho a tomarla, pero había sido durante tanto tiempo una madre y una diosa para él que le resultaba extraño.

—Y aquí estoy... —Ella también parecía desconcertada.

—¿Por qué has venido, Vigdis? —el nombre le sonó extraño al pronunciarlo—. No voy a hacer daño a Hallbjorn. Sólo es un niño.

Ella bajó la mirada.

—¿Quieres que me vaya?

—No —dijo Ragnvald con brusquedad.

Debería haberla echado, pero, cuando ella le dedicó aquella sonrisa cómplice y satisfecha, supo que no lo haría. Le tomó la mano con suavidad durante unos instantes y luego la acercó a él de un tirón. ¿Por qué debería ser diferente de una esclava? ¿Por qué debería importarle lo que pensara de él? Ahora tenía poder sobre ella. Se sentó y la colocó sobre sus muslos, para que Vigdis se lo ganara, para que demostrara que estaba ahí por propia elección, aunque cuando el peso de ella lo empujó sobre el colchón de plumas, con sus senos suaves contra su pecho y su mano entre sus piernas, temió que todo terminaría demasiado pronto.

—Espera —dijo Ragnvald, y se incorporó para apagar la vela.

—¿Es que no quieres verme? —preguntó Vigdis—. Ahora soy tu botín.

Ragnvald la colocó boca arriba y le estiró los brazos por encima de la cabeza, dejando la vela encendida.

—¿Te burlas de mí? —preguntó, aunque decidió que no le importaba.

Ella estaba allí, y eso significaba más que cualquier cosa que pudiera decir.

—¿Por qué debería burlarme del joven que ha llegado a ser más hombre de lo que lo era mi marido?

—No me halagues.

Vigdis inclinó la cabeza a un lado.

—¿Por qué no? A los hombres jóvenes les gustan los halagos... —Le acarició otra vez la entrepierna, por encima de los pantalones.

—A mí no.

—Yo creo que a éste sí.

—Le gusta una mano firme —respondió él—. Quítate el vestido.

Vigdis le lanzó otra mirada divertida y se quitó el vestido por encima de la cabeza. Luego ayudó a Ragnvald a quitarse la túnica y le desató los pantalones. Tiró de él para que la penetrara en cuanto estuvieron los dos desnudos, y se quedó irritantemente quieta mientras Ragnvald se derramaba en ella.

Después, cuando se tumbaron, él jugó con uno de sus pechos y observó cómo el pezón se le endurecía entre los dedos, hasta que Vigdis se apartó.

—¿Ha sido como lo imaginabas? —Vigdis se pegó a su costado otra vez, como si no acabara de apartarse.

—Como muchas cosas, era mejor en mis fantasías que en la realidad. Imaginaba que te esforzarías más en simular que me deseabas.

—Creía que no te gustaban los halagos.

Su sonrisa aún conservaba la misma magia que había tenido antes de que copularan, una sonrisa provocadora y alentadora, como si nada hubiera cambiado entre ellos en absoluto.

—No me gustan. Pero creía que algunas mujeres lo disfrutaban.

—Tal vez sí... ¿Te gustaría complacer a tu esposa? ¿Darle algo más que joyas y sirvientas?

—Sí —contestó Ragnvald con voz tensa, aunque no quería pensar en Hilda de ese modo, no cuando el cabello de Vigdis todavía se adhería a su piel sudorosa y su pecho se apretaba en su brazo.

Ella dudó, y a Ragnvald le preocupó haber cedido todo su poder sólo por haber deseado algo de ella. Vigdis se apoyó en los codos. Su cabello le enmarcaba el rostro, y la luz de la vela le doraba la piel. Ragnvald le notaba todos los músculos del cuerpo cansados, pero quería recorrer cada surco de su piel con el pulgar, tocarla y hacerla gemir y gritar de placer. Llegar a ella de alguna forma que fuera más allá de pegar su cuerpo al de ella.

—Has empezado bien —dijo Vigdis— al no quedarte dormido de inmediato. Te enseñaré más si quieres, pero... ¿puedo pedirte que no sea hoy? —El dolor le tensó las facciones—. Hoy no ha sido un día fácil para mí.

Ragnvald la amó un poco más en ese momento, más que en ningún otro. A su manera, Vigdis había sido valiente al presentarse allí de aquel modo, después de que él matara a su marido. Como un hombre, como su propia madre incluso, ella había hecho lo que le había parecido necesario.

—Sí —contestó Ragnvald, complacido de poder darle algo que ella quería de verdad.

+

Se despertó con los hombros doloridos en el lecho de Olaf, y vio que Vigdis seguía a su lado. Bajo su mirada, ella se movió y abrió los ojos con recelo. Por un momento, Ragnvald tuvo la sensación de que se miraban como si fueran dos animales extraños que se encontraban en el bosque y se disponían a luchar, pero luego la sonrisa de ella se volvió más amable, suelta. Una sonrisa en la que no podía confiar.

—¿Por qué me miras así? —preguntó ella—. ¿Qué quieres hacer conmigo, ahora que Olaf no está?

No está... porque está muerto. Muerto después de que Ragnvald lo matara como a un animal, como si fuera un carnicero. Al menos había muerto con la espada en la mano.

—Lo decidiré mañana —contestó Ragnvald—. Después de esa lección que me has prometido. —Arqueó las cejas y Vigdis sonrió maliciosamente—. Es un intercambio, ¿no? ¿Qué deseas? Podría enviarte con tu familia al Kjølen y dejar que te llevaras contigo a Sigurd y Hallbjorn.

—Sigurd no es hijo mío —dijo—. ¿Para qué querría yo a ese enclenque?

Ragnvald negó con la cabeza. Ya no tenía que mostrar piedad por Sigurd.

—Podrías ir con Thorkell. Creo que busca una esposa.

—Tú has conocido a reyes —repuso ella—, y creo que un día serás un buen *jarl*. Tal vez incluso un rey. Prefiero ser amante de un rey que esposa de un granjero. Una viuda es una mujer afortunada.

Había citado mal el proverbio.

—Una viuda rica —la corrigió Ragnvald.

Vigdis como su concubina... A Hilda no le gustaría eso cuando viniera, al menos hasta que le hubiera dado varios hijos. Vigdis nunca podría vivir con otra mujer sin competir con ella.

—Por el momento, no tenemos muchas mujeres aquí, ahora que mi hermana no está —dijo Ragnvald—. No deberías quedarte tanto rato en la cama.

Se sentó y cogió su túnica del suelo, sacudiendo el polvo antes de ponérsela por encima de la cabeza. Olía al sudor y a la sangre de la batalla del día anterior.

—Obedecerás a mi madre en todas las tareas de la granja.

Vigdis se incorporó y le dedicó una mirada que Ragnvald no supo interpretar.

—Veo que te gusta dar órdenes, Ragnvald Eysteinsson.

—Soy quien gobierna esta granja —replicó él, con la sensación de que ella lo había tratado como un muchacho otra vez—. Harás lo que te ordene.

—Por supuesto —dijo ella con una sonrisa misteriosa, dejando que parte del pelo le cayera sobre el rostro.

«Por supuesto —pareció decir la voz de Vigdis—, yo te gobernaré a ti.» Ragnvald se levantó de la cama y se puso el pantalón y el peto de cuero. Las cosas no serían así. Debía llevar a Hilda allí cuanto antes. Debía dejar de pensar en las ricas recompensas que Hakon y Harald le habían ofrecido. Tenía que poner Ardal en orden para que cuando un rey —cualquier rey— acudiera a conquistar aquellas tierras le pidiera un juramento de obediencia, no su rendición.

✣

Vigdis tenía buena mano para gobernar la granja y, a pesar de que el control de Olaf sobre las tierras de Eystein se había ido diluyendo con los años, la granja en sí estaba lo bastante bien abastecida para alimentar hasta el verano a los hombres que Ragnvald había llevado consigo. Cuando la nieve empezó a derretirse en las pendientes más bajas de las montañas, Ragnvald se concentró en sus planes para la primavera. Oddi y los otros hombres estaban dispuestos a trabajar a cambio de comida y de turnarse con las esclavas. Algunos incluso empezaron a entrenar a los muchachos que habían sido la única defensa de Olaf.

—¿Qué piensas hacer? —le preguntó Ragnvald a Oddi.

Era un día frío, y amenazaba con nevar otra vez. Las vacas abrían huecos con la nariz en la nieve helada para alcanzar la hierba seca de debajo. Probablemente, se harían cortes en el hocico y necesitarían salvia. Ragnvald incluso pensó en preguntar a su madre si tendrían suficientes reservas en el almacén.

Pronto debería enviar a alguien a buscar a Hilda, pero aún tenía dudas. Una vez que lo hiciera, estaría verdaderamente resignado a ese destino. Un granjero rico, propietario de Ardal. Durante algún tiempo, había sido su única aspiración, pero en ese momento le parecía muy poca cosa.

—Supongo que tendré que regresar con mi padre, tarde o temprano —contestó Oddi. Frunció el entrecejo y dio una patada a una mata de hierba—. La guerra está al caer. La guerra que barrerá toda esta tierra. Tal vez pueda convencer a mi padre de que me envíe a las islas Feroe hasta que todo esto acabe.

—¿Crees que aceptaría algo así? —preguntó Ragnvald.

Recordó que, en una ocasión, le había propuesto a Hakon que enviara a Heming allí. Las Feroe estaban en los confines del mar del Norte, más al norte incluso que las Orcadas, lejos de cualquier guerra escandinava.

—No —dijo Oddi—. Por eso voy a quedarme aquí.

·⊹·

La primera brisa de la primavera, con olor a brotes verdes, trajo consigo un mensajero de Heming. Era un hombre joven, casi un niño, que llegó a mediodía con noticias del mundo exterior. Ragnvald lo reconoció, y Oddi lo saludó:

—Arnfast, el que llega con la velocidad de las águilas —dijo bromeando con el significado de su nombre—. ¿Qué has venido a contarnos?

El chico era delgado, un corredor nato. Lo habían visto correr por la colina con rapidez, cubriendo el terreno a veloces zancadas. Su respiración todavía era pesada cuando respondió.

—Nada muy urgente. Es que me apetecía correr.

—No corriste en el *ting* —dijo Ragnvald, recordando la carrera que él mismo había ganado.

—El rey Hakon no quería que nadie supiera lo rápido que soy. —Arnfast sonrió—. Dame un poco de cerveza y te contaré las noticias.

Les explicó que, no mucho después de que Ragnvald se marchara, Hakon se había llevado a Heming con él y había regresado a Yrjar. La grieta entre Hakon y Harald se había vuelto insalvable. Después de unas semanas en Yrjar, Heming estaba cansado de las reprimendas de su padre.

—Hakon culpa a Heming de truncar su alianza con Harald —dijo Arnfast.

—Eso me sorprende —contestó Ragnvald con acritud—. Tarde o temprano, habría encontrado algún pretexto para romperla.

—Ragnvald... —lo amonestó Oddi.

—¿Acaso me equivoco?

—Arnfast es demasiado joven para una conversación como ésta —protestó Oddi, poniendo una cara tan seria que Ragnvald supo de inmediato que bromeaba.

Arnfast continuó:

—Heming ha reunido a todos los hombres del rey Hakon a los que ha podido convencer, y está planeando hacerse a la mar contra Tafjord... —Y, mirando a Oddi, añadió—: Tu padre está furioso contigo. Deberías haberte quedado en Vestfold para partir con ellos.

—Tú no eres quién para darme lecciones —replicó Oddi, un poco airado—. Estás con Heming ahora, ¿no?

—Estaba aburrido —contestó Arnfast, encogiéndose de hombros—. Creo que a tu padre no le importa mucho el plan de Heming.

—¿Qué has oído de Solvi? —preguntó Ragnvald—. ¿Regresó a Tafjord?

—Hemos oído muchas cosas. Algunos dicen que pasó el invierno en Dorestad o incluso con el rey danés. Otros dicen que regresó a Tafjord. —Rió—. Supongo que Heming lo descubrirá, tarde o temprano.

—Heming es tan insensato como siempre —le dijo Ragnvald a Oddi entre dientes.

—Me envió aquí para que averigüe si os uniríais a él —dijo por fin Arnfast. Se incorporó y continuó con formalidad—. Oddbjorn Hakonsson y Ragnvald Eysteinsson, Heming Hakonsson solicita vuestra ayuda para derrotar a un enemigo jurado: el rey Hunthiof y su hijo Solvi. Me pide que diga a Oddbjorn que los hermanos deberían permanecer juntos. A Ragnvald le dice que has sido su amigo cuando menos lo merecía, y desea que estés a su lado. Si ayudas a Heming a incrementar sus territorios, también él te ayudará a aumentar los tuyos. ¿Te unirás a él?

Ragnvald soltó una carcajada, tanto por el mensaje como por la comunicación formal de Arnfast. Así pues, Heming por fin había conseguido lo que deseaba: navegar contra Solvi.

—No intenté salvar la vida de Heming por amistad —dijo.

Arnfast se encogió de hombros.

—Él te lo agradece de todos modos.

—Podrías recuperar a Svanhild —señaló Oddi—. ¿No vale la pena soportar a mi hermano por eso?

De todos los hombres que habían pedido su lealtad, Heming era al que Ragnvald menos deseaba seguir, y sin embargo ahí estaba su oportunidad. Svanhild podría encontrarse en Tafjord, y si Heming tenía éxito, se ganaría el favor de su padre, de modo que Ragnvald podría ganarse la gratitud de un rey otra vez; un rey que nunca confiaría en él como antes, pero eso sería mejor que su enemistad.

—Me gustaría disponer de un poco de tiempo para decidir —contestó Ragnvald.

—Heming está esperando en las islas de barrera del fiordo de Geiranger —explicó Arnfast—. Esperará otra semana y luego continuará sin ti.

—Un día —dijo Ragnvald—. Tendrás mi respuesta mañana.

⊹

—¿Dudas por mi hermano? —preguntó Oddi acercándose a Ragnvald, sumido en sus pensamientos junto al fuego.

Ragnvald recordó que, de niño, observaba el fuego mientras los adultos hablaban por encima de su cabeza y él trataba de ver formas en las llamas. Ahora, allí donde miraba, sólo veía imágenes de su visión de Harald.

—No —contestó.

—Porque podríamos recuperar a tu hermana; no veo ningún motivo para esas dudas.

Dudaba porque ambicionaba demasiado. Quería creer que Heming podría triunfar en su empresa, y que ese triunfo implicaría un ascenso para él. Harald podría entonces considerarlo como alguien digno de ser tenido en cuenta. El joven rey había preferido vengar a Thorbrand antes que mantener a Ragnvald a su lado, a pesar de que él había aceptado retrasar su venganza de Olaf por el bien de Harald, o al menos eso le parecía en ese momento.

—Temo por Ardal si voy —dijo Ragnvald—. He matado a su protector.

—Tafjord no está lejos de aquí. Volverás antes de que empiece la temporada de saqueos.

—Y tengo a Sigurd —dijo Ragnvald con sarcasmo—. Será una gran ayuda.

—Tal vez lo estás subestimando —repuso Oddi—. He hablado con él. Quiere responsabilidad.

—¿Para que pueda apuñalarme por la espalda?

—Mi padre se equivocó al mantener a Heming bajo su protección durante todos estos años. Tú mismo se lo dijiste cuando todos los demás temían hacerlo. No cometas los mismos errores con tu hermano.

—Hermanastro —aclaró Ragnvald; pero sabía que Oddi tenía razón.

Una vez, Hakon le había comentado a Ragnvald que era capaz de valorar con lucidez todas las causas ajenas, pero no la suya propia. Tal vez debería seguir el consejo de Oddi.

—He recuperado Ardal y he matado a Olaf —le dijo a su amigo—. ¿Significa eso que estoy liberado de mi juramento a tu padre?

—Yo diría que ahora mismo estás libre de todos los juramentos —contestó Oddi—. Puedes hacer lo que te plazca.

✣

Después de desayunar, Ragnvald despertó a Sigurd en el banco del salón en el que había dormido. Sigurd se frotó los ojos y Ragnvald lo llevó a la cocina para ir a buscar la leche y las gachas.

—¿Oddi no te deja compartir su habitación? —preguntó Ragnvald.

El muchacho suspiró.

—Tenía a Thora con él anoche —explicó Sigurd, refiriéndose a una de las esclavas—. Antes ella compartía mi lecho.

—Pronto se habrá ido. Vamos a caminar por los campos, a ver si el heno necesita otra siembra.

El sol brillaba y una brisa fría soplaba desde las montañas. En el cielo, las nubes blancas parecían velas de barco. Un día prometedor. Caminaron un rato en silencio, hasta que llegaron al muro de piedra que marcaba el extremo occidental de las tierras de Ardal. Desde allí, en un día como aquél, podían verse la aguas del fiordo de Sogn, centelleando bajo el sol en la distancia.

Ragnvald había pensado mucho en cómo resolver el problema de sus hermanastros, Sigurd y Hallbjorn. Las canciones hablaban de muchachos que se hacían hombres, esperando vengar las muertes de sus padres. El propio Ragnvald había hecho algo así. Nadie componía canciones sobre muchachos que al hacerse mayores se limitaban a batallar en incursiones ajenas y permitían que los asesinos de sus padres murieran en sus camas. Tal vez Oddi tenía razón, y la mejor forma de hacer de Sigurd un amigo era darle responsabilidades y pedirle aquel favor. Tal vez pareciera que debía interpretarse al contrario, pero a los hombres no les gustaba que les hicieran favores y, en cambio, se enorgullecían de hacerlos.

Ragnvald se detuvo y miró hacia el fiordo lejano. Sigurd hizo lo mismo, pero observaba a su hermanastro con cautela, fijándose sobre todo en su mano derecha, que no estaba muy lejos de la empuñadura de la espada. Dio un paso atrás.

—No quiero que me maten —dijo con tristeza—. No es culpa mía que...

—Necesito tu ayuda, Sigurd.

Ragnvald lo cortó antes de que el muchacho pudiera avergonzarse más. Luego tendría demasiado tiempo para pensar en lo que hubiera dicho, y odiaría más a Ragnvald por haberlo oído.

Sigurd estableció contacto visual con Ragnvald un instante, antes de mirarse los pies.

—Vigdis te necesita —continuó Ragnvald, y lamentó haberlo dicho de inmediato.

Vigdis también era la madrastra de Sigurd, y él le había demostrado lo que era capaz de hacer con tal de conseguir lo que quería.

—Y mi madre también —añadió apresuradamente—. Ardal te necesita. Yo debo navegar al norte para rescatar a Svanhild de las garras de Solvi, con la ayuda de los hijos de Hakon. Necesito que custodies Ardal por mí. Deja que Fergulf te ayude a convertir a estos chicos de granja en guerreros para defender Ardal de los saqueadores. No quiero que seamos enemigos, Sigurd. ¿Me ayudarás?

El joven observó a Ragnvald y le lanzó una mirada pícara que Ragnvald recordaba muy bien de su infancia. Era la misma mirada que ponía cuando molestaba a Svanhild o encontraba alguna forma de eludir su deber.

—¿Qué harías si no lo acepto? —Entrecerró los ojos contra la luz del sol.

—Puedes ir adonde tu *wyrd* te lleve, por supuesto —contestó Ragnvald.

Todas las opciones que en su día había tenido Ragnvald para encontrar tierras al otro lado del mar se ofrecían a Sigurd ahora si deseaba tomarlas. Tal vez debería animarlo a elegir ese camino. Eso podría ser más seguro.

—¿Por qué debería ayudarte? —preguntó Sigurd—. Mataste a mi padre.

—Tu padre mató a mi padre —replicó Ragnvald, exasperado—. ¿Quieres continuar esto? ¿Quieres luchar cuando volvamos a Ardal, en el *holmgang*, con testigos? ¿Qué es lo que quieres, Sigurd?

Para sorpresa de Ragnvald, la cara del muchacho se arrugó en una mueca.

—Mi padre está muerto... —dijo con voz quebrada—. Y siempre te quiso a ti más que a mí.

Ragnvald lo negó con un gemido que Sigurd no pareció oír.

—Mi madre está muerta y no la recuerdo —continuó el chico—. No quiero matarte y no quiero morir.

Ragnvald tocó el hombro de Sigurd con cautela. No deseaba sentir esa culpa otra vez: la había sentido por Einar, y ahora amenazaba con desbordarse a propósito de Olaf, o al menos de lo que la muerte de Olaf significaba para Sigurd.

—No tienes que hacerlo, Sigurd. Tu padre cometió muchos errores. Puedes ser mi hombre de confianza en Ardal, mientras yo voy a saquear, y si lo haces bien, tus hijos podrían heredar ese título. Estaré en deuda contigo por proteger mis tierras.

—¿Crees que puedo protegerlas?

El rostro de Sigurd estaba surcado de lágrimas, y a Ragnvald se le retorció el estómago por algo parecido al asco.

—Mi padre siempre me dijo que era débil...

—Son tus acciones las que te hacen débil o fuerte —dijo Ragnvald, aunque ni él mismo acababa de creérselo. Olaf también lo había llamado débil a él—. Toma una decisión ahora y sé fuerte. Fergulf es un buen hombre de armas y puede darte buenos consejos. Deberías seguirlos cuando puedas, y también aprender a guiarte por tu propio juicio.

34

Ragnvald y Oddi se reunieron con Heming en la pequeña playa de Alesund, entre un laberinto de islas y cuevas resguardadas. Los árboles que coronaban las suaves colinas de la península empezaban a verdear.

Heming celebró la llegada de su barco y sus veinte guerreros con tanto entusiasmo como si hubieran llevado cinco veces más.

—¡Ragnvald, me alegro de verte! —dijo, dándole un fuerte abrazo y una palmada en la espalda—. ¿Por fin has matado a ese padrastro tuyo?

—Sí.

—Te debo mucho por ponerte de mi parte en Vestfold, y mi padre también. Él es demasiado inflexible como para darte las gracias, pero yo no.

Ragnvald estaba sorprendido de que las cosas le hubieran parecido así a Heming. Asintió con incertidumbre.

—Sólo pretendía ser justo.

—¡Anímate! —exclamó Heming—. Estoy vivo, y tú también. —Parecía complacido consigo mismo—. Ahora vamos a recuperar a tu hermana y a matar a Solvi.

—Sí —dijo Ragnvald—. ¿Sabes dónde está?

—Si no está aquí, tomaremos su salón y nos quedaremos hasta que regrese. He oído que Tafjord es fácil de defender.

—Sí, y difícil de atacar.

—Claro, ¡fuiste tú quien me lo contó! —dijo Heming.

El primogénito de Hakon quería zarpar con la marea de la mañana siguiente, de manera que, con la luz celeste de antes del alba, sus barcos salieron a la red de canales que rodeaba Alesund. Ragnvald navegó con Heming en el *drakkar* que comandaba la expedición. Conocía esos canales mejor que nadie, ya que había navegado por ellos con Solvi y sus expertos pilotos.

Los barcos tuvieron que fondear una o dos horas cerca de Alesund y esperar a que en un complicado tramo la corriente circulara en el sentido adecuado para pasar a través de un hueco estrecho entre dos islotes. Ragnvald observó un pequeño esquife escorándose a través de la loma de agua formada por el encuentro de las dos corrientes, un esquife que agitó sus recuerdos.

—Vamos a interceptar a ese pescador, a ver qué sabe —propuso Ragnvald—. Estaría bien confirmar si Solvi está en casa.

Hizo una seña al esquife para que se acercara y lanzó un cabo al pescador. Se quedó pasmado, aunque no sorprendido, cuando el hombre inclinó el borde de su gorro y vio que se trataba de Agi, hijo de Agmar, pescador del fiordo de Geiranger.

—¡Ragnar! —exclamó el hombre con felicidad al ver a Ragnvald.

Heming arqueó las cejas al oír el nombre, pero no dijo nada.

—Se te ha curado bien esa herida de la cara. Y veo que has encontrado algunos amigos.

—Sí —dijo Ragnvald—. No esperaba verte por esta zona, tan lejos de casa.

—Ayer llegaron un montón de barcos y se llevaron todo lo que había pescado —explicó Agi—. Y asustaron a todos los peces. A mi mujer no le gusta que vuelva de vacío.

—¿Un montón de barcos? —preguntó Ragnvald.

—El rey Hunthiof y su hijo Solvi, el Paticorto. —Agi soltó una carcajada—. Él mismo se llevó todo mi pescado. Y su nueva mujer, que lo acompaña.

—¿Cuántos barcos? —preguntó Ragnvald, tensando la espalda por la mención de Svanhild.

—Dos manos al menos —contestó Agi. Más de diez, y Agi podría no haberlos visto todos.

—Hemos oído algo de eso... —comentó Ragnvald, mirando a Heming—. Algunos rumores dicen que estaba reuniendo aliados para luchar contra Harald este invierno. —Se volvió hacia Agi—. ¿En qué dirección navegaron?

—Hacia el sur —contestó el pescador—. Se quedaron en el canal. Por lo general, ponen rumbo al oeste.

Al oeste para hacer incursiones al otro lado del mar, en Irlanda. Al sur para saquear las costas escandinavas... O las de Frisia, aunque Solvi era amigo de Rorik de Dorestad, y acababa de estar allí. No, eso sólo podía significar que los rumores de que Solvi había reunido aliados eran ciertos, y por lo visto en ese momento comandaba una fuerza hacia el sur para librar la guerra en el mismísimo Vestfold. Sin el apoyo de Hakon, las huestes de Harald serían demasiado pequeñas para defenderse.

Ragnvald tomó algo de plata de su bolsillo y la contó en la mano agrietada de su salvador.

—Gracias, Agi Agmarsson...

—Ragnvald, debemos zarpar, ya ha subido la marea —lo interrumpió Heming.

—¿Ragnvald? —dijo Agi al volver a echar el cabo—. He oído hablar de ti.

—Ragnvald Eysteinsson, de Sogn —aclaró Ragnvald, orgulloso de su nombre por una vez—. Mi salón y mi hospitalidad siempre serán para ti.

Agi hizo media reverencia y luego maniobró su bote con pericia sobre las olas y cruzó con facilidad entre los arrecifes.

—¡Ragnvald, la marea! —repitió Heming.

—No —dijo Ragnvald—. Solvi navega para atacar a Harald. —Su voz sonó ahogada en sus oídos.

—¿Y qué? Mucho mejor, Tafjord estará desprotegido. Siento que tu hermana no esté allí, pero todavía sigue valiendo la pena saquearlo.

Expoliar Tafjord, llevarse su oro a Ardal, vivir para convertir ese oro en más hombres y más tierras. Era la decisión obvia. Las aguas oscuras del fiordo lamían el casco del barco. Ragnvald sentía la piel fría, como si estuviera en el agua otra vez. Incluso cuando ya no estaba con Harald, siempre le había reconfortado saber que el joven rey seguía en su salón de Vestfold, con su futuro dorado todavía garantizado. Sin embargo, las cosas habían cambiado. Si Solvi y Hunthiof podían acabar con ese futuro, entonces los dioses eran verdaderamente crueles y la visión de Ragnvald había sido falsa. No podía ser falsa. La hechicera Ronhild había dicho que era cierta. Ragnvald había sentido que era cierta.

—No —dijo Ragnvald, en parte para sus adentros, y luego, mirando a Heming, añadió—: Tenemos que ir a ayudar a Harald.

Oddi había maniobrado con su *drakkar* para situarse junto al de Heming mientras hablaban con Agi. En cuanto las bordas de los dos barcos estuvieron lo suficientemente cerca, saltó a la cubierta de su hermano.

—¿Por qué estamos esperando? —preguntó.

—Ragnvald ha encontrado un amigo —comentó Heming con sarcasmo—. Aunque no conocía ni su nombre.

—Ese hombre fue el que me rescató de las aguas del fiordo cuando Solvi me tiró por la borda —explicó Ragnvald—. En ese momento, pensé que no era muy prudente dar mi verdadero nombre tan cerca del hogar de Solvi. —Le contó rápidamente a Oddi lo que Agi había dicho—. Harald necesita nuestra ayuda.

—¿Y a ti qué te importa? —preguntó su primo—. Se nos va a pasar la marea.

—No —dijo Ragnvald. Los barcos empezaban a elevarse a medida que se acercaba el cambio de marea, con el agua arremolinándose en torno a ellos—. No podemos ir a Tafjord. Solvi no está allí. Svanhild no está allí. Yo no iré.

Oddi miró el agua arremolinada.

—Harald ya no es el aliado de nuestro padre.

—Porque Heming rompió la alianza —repuso Ragnvald—. Ahora Solvi derrotará a Harald y volverá más fuerte que nunca. —Se volvió hacia Heming—. Si te sientas en su trono en Tafjord, sólo será para mantenerlo caliente hasta que vuelva.

El agua empezaba a retroceder, empujando los barcos de nuevo hacia el canal. Oddi y el piloto de Heming intercambiaron una mirada de exasperación. Ragnvald insistió:

—Es demasiado tarde. Amarremos y pensemos en un nuevo plan.

Siempre podían utilizar la siguiente marea, al atardecer.

Heming hizo señas a los barcos que esperaban tras ellos. Los hombres tomaron los remos. Cabalgaron por la masa de agua del canal hasta llegar otra vez a aguas abiertas. Cuando la flota de Heming fondeó de nuevo en la playa, sus capitanes corrieron hacia él exigiendo respuestas.

—Preguntadle a Ragnvald —contestó Heming.

—He tenido una visión —dijo Ragnvald, pensando en el lobo dorado. Esa visión debía guiarlo.

—Y las visiones de Ragnvald son importantes —añadió Heming, dirigiéndose a los hombres que los miraban—. Aprendí eso no hace mucho. Mi hermano y yo hablaremos con él en privado, y luego esperaremos a la siguiente marea.

Ragnvald miró a Heming para saber si estaba siendo sarcástico, aunque parecía completamente sincero. Cuando los capitanes se dispersaron, sin embargo, prefirió morderse la lengua. No sabía cómo interpretar las palabras de Heming, pero tenía claro que no debía mostrarse inseguro si quería convencer al primogénito de Hakon.

—¿Cuál es tu visión? —preguntó Heming.

—Que conseguirás la gratitud de un rey si navegamos en su ayuda ahora.

—¿Por qué estás tan seguro de que tu dorado Harald perderá sin nosotros? —preguntó Oddi.

—Porque no conoce las batallas marinas tan bien como las de tierra, porque será un ataque sorpresa y no estará preparado. Y si pierde una batalla...

Ragnvald guardó silencio. El joven rey de Vestfold no debía perder ni una sola batalla, o nunca sería rey de toda Noruega. Harald era el *wyrd* de Ragnvald, su destino, la fuente y el objetivo de su visión. Y Harald sería quien unificaría Noruega y la mantendría unida contra las presiones del resto del mundo, contra el rey Gorm de Dinamarca, que pretendía incorporarla a un imperio danés que ya incluía todo el norte de Inglaterra gracias a Ragnar Lothbrok y sus hijos.

Ninguna de esas razones impresionarían a Heming y Oddi.

—Pongamos que Solvi tiene veinte barcos —dijo Ragnvald—. Tiene más aliados en Dorestad y a saber dónde más. Harald sólo cuenta con sus fuerzas de invierno, que apenas superarán el centenar de guerreros. Sus hombres se irán reuniendo poco a poco a lo largo de la primavera, hasta que esté listo para atacar otra vez. Nunca ha tenido que defender Vestfold.

Como Heming y Oddi lo escuchaban muy serios, Ragnvald optó por continuar antes de que se decidieran a discutir.

—Heming, tú rompiste la alianza de tu padre con Harald, una alianza que os habría enriquecido a todos. Si haces esto, si ahora llevamos nuestros barcos al sur en auxilio de Harald, repararás la alianza y someterás a Solvi. —Vio que Heming dudaba, e insistió—: ¿No crees que tu padre te admiraría mucho más por eso que por tomar un salón vacío?

La rabia y la vergüenza marcaron el rostro de Heming.

—Mi padre... —empezó.

—Olvídate ya del sur —intervino Oddi con impaciencia—. Ningún rey puede gobernar al mismo tiempo el sur y el oeste de Noruega, ni Harald ni nadie. Defender a Harald no os ayudará. —Negó con la cabeza—. Solvi podría humillar a Harald, y bienvenido sea si lo hace.

—Pero luego volverá a Tafjord... —dijo Ragnvald.

—Sí, pues entonces limitémonos a saquearlo —replicó Oddi—. Podemos navegar hasta allí y marcharnos, dejando los salones quemados hasta los cimientos.

—Sí —convino Heming—. Mi padre nos admirará por eso. Luego podemos mandarle un emisario y, con su ayuda, retendremos las tierras de Hunthiof, y tal vez incluso conquistemos las de Sogn para ti. Eso es lo que te ofreció Harald, ¿no?

Ragnvald dijo que no con la cabeza. A Hakon no le gustaría que Heming entregara el territorio de Sogn, aunque si su hijo gobernaba Maer desde Tafjord y valoraba a Ragnvald, Hakon podría cambiar de opinión. Un rey fuerte que debiera un servicio a Hakon sería una opción sabia para Sogn. Ningún rey había reinado allí desde el abuelo de Ragnvald.

—Harald te echó de sus tierras —le dijo Oddi—. No te valora.

Esta vez le tocó titubear a Ragnvald. Harald no le entregaría Sogn, al menos en ese momento. Tenía la oportunidad de redimirse de los errores de su padre, pero ¿cómo? ¿Tomando Tafjord? ¿O llevando un ejército a Harald cuando más lo necesitaba? Si Solvi ganaba Vestfold, regresaría con diez veces más fuerzas a Tafjord y desbarataría los planes de Heming.

—Es cierto, me echó —dijo Ragnvald. Y entonces el destino le envió otra vez a Agi para recordarle su visión. Eso era lo que debía recordar—. Tal vez fue la voluntad de los dioses. Para que pudiera acudir a ti y llevarte a él.

—Los dioses te sonríen —dijo Heming con una sonrisa extraña y retorcida.

Ragnvald no podía interpretar su significado; nunca había oído a Heming hablar de ese modo ni le había visto esa expresión.

—Si esto es la sonrisa de los dioses, no me gustaría conocer su hostilidad —murmuró Ragnvald.

Nunca se le había ofrecido Sogn, ni siquiera una parte de ese territorio, salvo un momento antes de que se lo arrebataran. En el juicio, con Harald, y ahora con Heming. Seguir ese cebo siempre lo había conducido al peligro.

—Yo conozco bien la hostilidad de los dioses —dijo Heming en voz baja.

Ragnvald miró al primogénito de Hakon y vio oro y buena suerte, un hombre bendecido por los dioses.

—¿De verdad crees que ése es su plan? —preguntó Heming.

—Creo que restaurar la alianza entre tu padre y Harald te será más útil que saquear Tafjord para obtener la bendición de tu padre —contestó Ragnvald—. Si no te importan mis planes o mis visiones, al menos créeme en eso.

—Creías que mi padre pretendía traicionar a Harald —dijo Oddi.

Ragnvald estaba sorprendido de que Oddi le lanzara esas palabras delante de Heming.

—Y tú me dijiste que quería hacerlo a su debido tiempo —repuso Ragnvald—. No sé lo que ha planeado tu padre, Heming, pero sé que estaba enfadado por romper la alianza. Si navegas al lado de Harald, él te dará tierra y hombres. Y te apreciará por lo que vales.

Heming dedicó a Ragnvald una mirada de última esperanza, casi idéntica a la que le había lanzado en el salón de Harald, cuando su destino se hallaba en la cuerda floja. Hakon tenía que haber sido muy severo con su hijo después de partir de Vestfold.

—He sido un estúpido. Desde mi duelo con Runolf en el *ting* de Sogn, o incluso antes —dijo con un suspiro—. A menudo yo me equivocaba y tú tenías razón, y te he odiado por eso.

—No te equivocabas tanto —repuso Ragnvald—. ¿Hasta qué punto sería todo distinto ahora si hubiéramos navegado contra Solvi después de saquear Hordaland? Tenías razón entonces, y yo me equivocaba.

—Tal vez tuviera razón, pero no por el motivo conveniente —contestó Heming—. Haré lo que me aconsejas. Si crees que conquistar Tafjord sería una victoria vana, sigamos tu visión hasta Vestfold.

Ragnvald lo miró en busca de alguna señal de que pudiera estar gastándole una especie de broma extraña, pero parecía sincero. Si era cierto, si Heming de verdad había cambiado, podría ganarse el respeto de Ragnvald. Ese hombre sería un digno sucesor de Hakon, con su prudencia obtenida a fuerza de golpes.

Oddi los seguía observando, cada vez más incrédulo, hasta que por fin estalló:

—¡No puede ser que estés dispuesto a ayudar a Harald, hermano!

—Piensa en la gloria de las canciones, comparadas con las que compondrían si saqueáramos un salón vacío —dijo Heming, con un atisbo de su antigua ligereza. Luego, con más firmeza, añadió—: Los barcos son míos, y yo los gobierno.

Oddi se encogió de hombros.

—Al menos mataremos a los hombres de Solvi.

—Esta vez, los dos tenemos razón —dijo entonces Ragnvald a Heming—. Tu padre quedará satisfecho si recupera la amistad de Harald, Solvi sale derrotado y todos sus aliados se dispersan.

—Si ganamos —repuso Oddi con seriedad.

—Ganaremos —dijo Heming—. Habla con los capitanes, Ragnvald. Este plan es tuyo.

⊹

Oddi todavía insistió en enviar mensajeros a Hakon para que le contaran lo que habían hecho.

—Había pensado entregarle Tafjord y a Solvi como una victoria hecha —dijo Heming cuando su hermano se lo planteó.

—Tal vez envíe ayuda —dijo Ragnvald.

Dudaba de que Hakon lo hiciera, pero sólo tenían que arriesgar un pequeño barco y los hombres necesarios para tripularlo. Aún tenían que esperar la marea para zarpar. Ragnvald temía que nunca darían alcance a Solvi, con sus barcos veloces y su conocimiento sobrenatural de las corrientes y de las inclemencias del tiempo. Cabía la posibilidad de que los barcos de Heming llegaran demasiado tarde, cuando la batalla ya hubiera terminado.

Finalmente, zarparon a media noche. Ragnvald se sumó a la tripulación capitaneada por Grim, el mejor capitán de Hakon. Oddi y Heming habían querido zarpar con él, pero Ragnvald convenció a Oddi de que comandara el siguiente barco, aquel cuyo trabajo consistía en permanecer siempre a la vista de Ragnvald y Grim, sin dejar que ninguno de los barcos de Solvi lo viera.

Heming se situó detrás. Ragnvald se alegró de estar lejos de los dos y de haberlos convencido de separarse también entre ellos. Probablemente, Oddi continuaría dándole vueltas a la decisión que habían tomado, y no le costaría mucho hacer cambiar de opinión a su hermano. Estando solo, en cambio, tenía que mostrarse bravo ante sus guerreros.

Grim fue más agradable con Ragnvald de lo que lo había sido de camino a Hordaland el último verano, aunque tenía el mismo aspecto: el del primer hombre que Odín había labrado de un fresno.

—Tu plan es inteligente —dijo cuando Ragnvald se acercó al timón, para ver qué opinaba el piloto.

El joven Eysteinsson repasó las palabras en su cabeza, buscando cualquier rastro de sarcasmo. Al no percibirlo, asintió.

—¿Qué marcha llevamos?

—Buena —contestó Grim—. La vela se mantiene fría y húmeda con este tiempo, así que no se hincha tan fácilmente y eso frena nuestro avance, pero tenemos un buen viento.

Ragnvald le dio las gracias y se volvió para caminar hacia la proa otra vez. No podía hacer nada para avistar los barcos de Solvi, salvo esperar y confiar en la capacidad de Grim y en los dioses que dirigían los vientos, y luego confiar más todavía en la capacidad de Grim para que los mantuviera cerca de los barcos de Solvi sin ser vistos.

La primera noche fondearon en una playa donde Ragnvald había descansado varias veces antes. Sabía que la arena ocultaba charcos de agua de lluvia fresca para beber y estofar un poco de carne seca para convertirla en algo más digerible.

—Mirad esto, mis señores —dijo Grim, mientras discutían sus planes para la navegación del día siguiente. El piloto dibujó un mapa burdo en la arena gruesa—. Solvi se ceñirá al pasaje interior, aquí, entre las islas de la barrera, para proteger sus barcos.

—¿No crees que intentará evitar como sea que sus fuerzas sean avistadas? —preguntó Ragnvald—. ¿No se mantendrá en mar abierto?

—No —contestó Grim con seguridad—. A estas alturas del año es pronto aún para confiar en el tiempo que hará en mar abierto, y en esta zona hay muchas más playas donde acampar. Nosotros sí que nos enfrentaremos al mar abierto y lo alcanzaremos aquí. —Señaló un lugar entre sus arañazos, donde emergerían los barcos de Solvi—. Luego lo seguiremos a Vestfold desde allí.

Ragnvald dio su aprobación, y Oddi y Heming lo secundaron. Sin embargo, al día siguiente, cuando el viento los salpicaba con agua pulverizada y apenas podían oírse si no levantaban la voz, Ragnvald quiso volver a hablar con Grim.

—Confío en ti y en tu conocimiento del mar —empezó—, pero quiero comprender mejor tu idea.

Grim lo miró con sarcasmo.

—Atribuyes a Solvi Hunthiofsson unos poderes sobrenaturales como piloto y comandante, pero yo los conozco a él y también a su padre. Es más cauto de lo que piensas. Si sus hombres confían en él para que los dirija en el peligro es porque rara vez lo hace cuando no está seguro de salir airoso.

Ragnvald pensó otra vez en el tiempo que había pasado con Solvi y le pareció una valoración acertada. Valoró a Grim con su mirada. Hakon tenía un tesoro en él. Ragnvald se preguntó si el rey lo sabía. Miró otra vez hacia el barco de Oddi, apenas una silueta gris al norte, entre la fina bruma marina. El resto de barcos que iban detrás bien podrían ser volutas de nubes, en lugar de estar formados por planchas sólidas y llenos de hombres armados. Ragnvald meneó la cabeza para deshacerse de aquella visión. Se estaba acercando el momento de hacer otra señal a Oddi y esperar una respuesta, para asegurarse de que los dos barcos permanecían a la vista.

—Si los rumores del invierno son ciertos, podría haber reunido suficientes aliados como para derrotar a Harald tres veces —dijo Ragnvald.

—Y si las brujas del mar encantan nuestros barcos, podríamos volar —replicó Grim con su sarcasmo de siempre—. Escucha esto: si partió de Tafjord cuando dijiste, deberíamos navegar durante una noche entera para darle alcance. Debes preparar a los hombres para la navegación nocturna.

Los dioses estaban con ellos, se recordó Ragnvald. De lo contrario, nunca se habría atrevido a salir a mar abierto de noche y a finales de invierno, cuando el tiempo era imprevisible. Al menos la luna brillaba, pero se ponía pronto en esa época del año, y luego pasarían horas en el océano sin más compañía que las estrellas y las aguas oscuras.

—Si esto funciona, serás recompensado como mereces —le dijo Ragnvald a Grim.

—Supongo que todos lo seremos. Sobre todo tú, Ragnvald, el Medio Ahogado.

Ragnvald se estremeció por su sobrenombre de mal augurio. Se había esforzado por no pensar en el botín o los honores que podrían concedérsele, porque temía que los dioses lo castigaran por este motivo.

—Gracias por tu consejo —añadió tras una pequeña pausa—. Lo valoro mucho.

—Me consta, mi señor.

Grim miró más allá de la proa y ajustó ligeramente el rumbo. Tenían un buen viento que hinchaba la vela, empujándolos casi en línea recta. Ragnvald se encaramó al codaste de popa y encendió la señal para Oddi. Al cabo de unos momentos, éste le devolvió la señal, y Ragnvald lanzó un suspiro de alivio. Si se perdían unos a otros en mar abierto, podrían no volver a encontrarse nunca.

✛

Ragnvald pensó que los hombres descansarían mejor sin pensar en ello, así que esperó hasta la mañana siguiente, justo antes de zarpar, para darles la noticia de la navegación nocturna. Dejó que los hombres más firmes echaran alguna cabezada durante el día, porque los necesitaría por la noche. Como él no podía dormir, y sabía que su presencia perturbaba el sueño de los demás, se situó en la popa hasta que se puso el sol.

Entonces, como estaba planeado, los barcos navegaron en bloque para no perderse de vista durante la noche. Seguía soplando una brisa suave que arrastraba las nubes. Necesitaban que el viento se mantuviera estable para que su plan funcionara. Ragnvald se situó en la proa para mantener la vigilancia durante la noche. Los hombres compartieron pequeñas porciones de carne seca y pescado entre ellos, y bebieron cerveza para cenar. Nadie habló en voz más alta que un susurro.

Las horas pasaban lentamente. Una luz tenue llegaba por todas partes, el brillo de la luna a través de las nubes, tal vez, aunque parecía surgir del mismísimo mar. Ragnvald asumió la labor que se había impuesto para pasar el tiempo: engrasar los cabos de piel de foca del barco, una tarea interminable, porque el sol y la sal acababan con su flexibilidad a diario. Tenía que mantenerse ocupado. Era demasiado fácil ver las siluetas de sus miedos e imaginaciones en las formas imprecisas de las olas y las nubes: el lobo dorado, el salón oscuro de Ran...

Ragnvald se fue poniendo cada vez más tenso a medida que avanzaba la noche. En el mar sin sendas que se extendía hacia el oeste, vio que las nubes se congregaban, más densas. Una tormenta. Miró la superficie del agua para ver cómo la hacía temblar el viento. La brisa que los empujaba estaba cobrando fuerza. Recordó su caída del barco de Solvi, un tirón de frío en la cicatriz del rostro. El miedo, el suyo y el de sus hombres, le hizo ajustarse más la capa en torno a los hombros.

Si aquella tormenta era el fruto de un hechizo, tenía que ser de la diosa del mar, que trataba de recuperarlo. Ragnvald casi había sido suyo; tal vez no estuviera dispuesta a dejarlo escapar. Algo quería, algún premio por permitir que sobrevivieran a aquella noche, por impedir que los barcos se dispersaran, por llevarlos hasta Solvi sin ser vistos.

Ragnvald mantenía sus tesoros favoritos en el cinto, entre los que se encontraban los dos trozos del brazalete de oro que había recibido de Solvi como precio de compensación por su ofensa.

Sopesó las piezas de oro en las manos, una más pesada que la otra. Una tenía que haber sido el pago por insultar a Olaf, pero Olaf había hecho que ese insulto fuera irrelevante. Ahora estaba muerto, y con sus cenizas fertilizaba la tierra de Ardal mucho mejor que en vida con su indiferencia. Ragnvald se puso en pie. Habría preferido que aquél fuese un momento privado entre él y la diosa que lo había reclamado a medias, medio ahogado, pero sabía que a los hombres les gustaría verlo.

No tuvo que decir nada para llamar su atención. Todos los que permanecían despiertos temblaban en su vigilancia, atentos a cualquier movimiento. Se volvieron a mirarlo. Incluso los ojos hundidos de Grim se posaron en Ragnvald, hurtando sólo miradas ocasionales a la línea oscura del horizonte.

—Esta noche estamos en manos de Ran —dijo Ragnvald, sin levantar la voz por encima de su tono habitual. Con el mar todavía en calma y aquel aire pesado, sus palabras se oirían bien—. La conozco desde hace tiempo...

Su boca se curvó en lo que quería pasar por sonrisa apocada, aunque él sabía que se trataba de algo mucho menos reconfortante.

—Quiere un sacrificio para mantenernos a salvo, y yo le ofrezco esto.

Levantó las dos mitades del brazalete.

—¡Gané este oro gracias a ti, diosa del mar y los náufragos, y a ti debe regresar! Te prometo mucho más oro si pasamos a salvo por tu océano oscuro.

Levantó las piezas por encima de la cabeza y las lanzó al agua. Sólo brillaron un instante en el aire, antes de desaparecer.

Al cabo de una hora, tenían la tormenta encima.

35

Los hombres más despiertos arriaron la vela, y los seis más fuertes ocuparon sus puestos en los remos. Tal vez perdieran los remos esa noche, pero sin la vela eran imprescindibles para maniobrar el barco en las olas.

Grim ordenó que todo quedara bien atado y, en la medida de lo posible, cubierto con pieles. Posicionó a algunos hombres con cubos para achicar agua en el centro del barco. Ragnvald se situó cerca de Grim para ayudarlo a gritar las órdenes en caso de necesidad. Entonces la tormenta golpeó con toda su furia: estallaban los relámpagos en torno a ellos, la lluvia torrencial empapaba las capas de piel engrasada y se colaba a través de las juntas solapadas de la cubierta del *drakkar*. Ragnvald apenas podía ver los otros barcos, lo cual era un consuelo; debían mantener la distancia suficiente para no chocar entre ellos en el caos. Y, aquella noche, al menos, tenían un lugar donde reunirse: el cabo que Grim había indicado.

Ragnvald achicó agua hasta que sintió que no le quedaba fuerza en los brazos; sólo entonces pasó su cubo a otro hombre. Casi se adormeció, aferrándose a la borda para no caer al mar. El ruido de las olas y la lluvia se combinaron para aislarlo en una especie de silencio, hasta que alguien le sacudió el hombro y le entregó otra vez el cubo.

Ya ni sabía cuántas veces había repetido ese ciclo cuando llegó el amanecer, gris y temible, y el viento y las olas amainaron. Estaba aturdido y agotado. A su alrededor, los hombres tenían los labios azulados y la opacidad de los ojos de los pocos que no temblaban revelaba que habían pasado de los temblores a las peligrosas costas de más allá. Su barco había sobrevivido, pero Ragnvald ignoraba si los otros lo habían hecho.

No lo descubriría hasta esa tarde, cuando Grim avistó por fin el cabo. Después de que el sol pasara su cénit, las nubes se levantaron y los rayos de luz se proyectaron delante de ellos. Ragnvald se volvió y vio que una fila de barcos de Hakon, los barcos de Heming, sus barcos, se extendía detrás de ellos. Casi lloró de alivio. Rezó otra bendición a Ran. La diosa merecía un cofre de oro, animales, vidas humanas, todo lo que quisiera. Pero su vida no, todavía no.

✝

Poco después, los barcos fondearon en una cueva oculta situada cerca del cabo de Grim. Algunos hombres sestearon o descansaron hasta que llegó la noche. Entonces Ragnvald puso a los que todavía estaban despiertos a ocultar los barcos lo mejor que pudieren, cubriéndolos con hierbas o tirando de ellos en pequeñas ensenadas o río arriba, para esconderlos entre colinas más altas. Grim mandó desarbolar los mástiles.

Ragnvald envió corredores a los puntos de vigía para mantener la vigilancia. Siguió a Arnfast hacia la cresta del cabo, a través de la maleza y los arbustos, para comprobar si los barcos de Solvi ya estaban llegando allí. Si es que llegaban. Ragnvald ya se había decidido a no esperar más de un día y una noche enteros. Si no localizaban a Solvi, lo habrían perdido y sería demasiado tarde. Planeaba empujar a Heming a Vestfold ocurriera lo que ocurriese, aunque Heming podría recuperar su criterio y resistirse.

Arnfast tenía diecinueve años. Era mayor, se acordó Ragnvald, que su rey Harald, y sólo un año menor que él. En cambio, parecía aún un muchacho, delgado y desgarbado, sin nada destacable salvo un paso rápido y ojos de águila. Esperó a que Ragnvald le diera alcance en el mejor punto de observación de la cima, con vistas a algunos de los canales interiores. El hielo se aferraba a las rocas en la parte más alta, pero por debajo corría el agua. Desde allí podía incluso ver otro canal interior más adelante; tal vez los barcos de Solvi se reunirían en aquellas aguas.

Arnfast se puso en cuclillas y escudriñó el horizonte junto a Ragnvald, pero poco después se levantó otra vez. Estaba demasiado inquieto para mantenerse inmóvil.

—Tengo que ver si...

Ragnvald no sabía adónde pretendía ir, pero aquel chico era capaz de recorrer grandes distancias y observar desde distintos puestos de avanzada. Asintió con la cabeza para darle su permiso y se sentó a esperar. Ahí, en la cresta de aquella colina, el viento soplaba con fuerza; un viento húmedo de primavera que se congelaba tan deprisa como una tormenta de invierno. Ragnvald se frotó las manos, luego caminó sin rumbo por la lisa cumbre, pisando con fuerza.

Para pasar el tiempo, empezó a descender por la pendiente empinada hacia el pasaje interior. Desde allí podría ver mejor el canal, y concentrarse en dónde pisaba lo ayudaba a olvidar el frío que tenía, así como lo mucho que estaba apostando a la remota posibilidad de haber superado a los hombres de Solvi y de poder continuar siguiéndolos sin ser observados.

La flota de Solvi era demasiado grande para pasar desapercibida. Ragnvald se quedó sin aliento cuando los vio doblar el recodo. No cabía duda de que el hijo de Hunthiof había conseguido más aliados desde que Agi lo vio saliendo de Tafjord. Ahí había más de veinte barcos. Sus velas multicolores brillaban contra el gris del acantilado y el cielo. Ragnvald se levantó y corrió en dirección a su campamento. Tenía que contarles la noticia.

Corrió unos pocos pasos, pero entonces se le ocurrió que el barco que comandaba su expedición tendría que seguir al que cerrara la flota de Solvi, y debía saber cuál era. No había discutido eso con Grim, pero no había otro modo. De manera que volvió sobre sus pasos y se sentó a esperar, mientras el flujo interminable de barcos pasaba en fila a través del canal. ¿Estaría Svanhild en uno de ellos, o Solvi la habría dejado atrás, a salvo y bien custodiada? Le preocupó que Solvi pudiera haber dividido sus fuerzas. El último barco podía estar a un día o más de distancia. Ragnvald quería tenderles una trampa, pero él podría quedar encerrado en otra.

Al final, cuando ya se le entumecían las manos y los pies por quedarse quieto abrazándose las costillas, se abrió un hueco entre los barcos. El último era largo, un *drakkar* merecedor de ese nombre, con una vela enorme, casi tan ancha como la propia eslora del barco. Lucía rayas azules y amarillas, con tintes tan caros que a Ragnvald le resultaba difícil imaginar que pudieran gastarse en teñir velas. El hombre que cerraba la flota tenía que ser un señor importante. No era probable que lo siguiera un barco más pequeño, con la vela teñida de un solo color. Solvi había reunido aliados ricos. Después de observar un rato más para asegurarse de que no se equivocaba, se lanzó colina abajo hasta el campamento.

Aún temía que Solvi diera la vuelta en busca de un sitio para acampar y que se topara con su pequeña flota. Les explicó a Oddi, Grim y Heming lo que había visto, y les dijo qué barco pensaba que era el último.

—Nada de fuegos esta noche —ordenó—. Si los hombres tienen frío, que compartan los sacos de dormir o se queden despiertos.

Los hombres sentados a su alrededor protestaron, pero ninguno de ellos levantó demasiado la voz.

—Lo harán —dijo Oddi—. Todos oyeron cómo aplacaste a Ran...

Ragnvald hizo un gesto con la mano.

—Temo que me tendrá algún día. Pero no hasta que sea una captura más rica.

—Da igual, estos hombres harán lo que les pidas. Fue una buena idea.

Ragnvald estaba agradecido por eso. Había hecho lo correcto. Pero también se sentía aliviado de que Oddi se hubiera resignado a seguir esa senda. Sabía que las cosas le habían ido demasiado bien hasta entonces y temía que los dioses le debieran algo de mala suerte por todo lo bueno que le había ocurrido. Aunque todo aquello lo hacía por servir a Harald. Y estaba claro que los dioses amaban a ese muchacho.

Pasó aquella noche gélida como pudo, bajo las mantas, compartiendo su lugar con Oddi como había hecho en Hordaland, para tener calor y compañía. Se despertó sobresaltado varias veces, temiendo haber dormido demasiado y que la fuerza de Solvi se les hubiera adelantado en exceso.

Al amanecer, sin embargo, cuando se lo comentó a Grim, se dio cuenta de que sólo debían preocuparse de guardar la distancia necesaria por detrás de Solvi para no ser detectados. Al fin y al cabo, Solvi iba a Vestfold y ellos también.

✝

Los días invertidos en el intento de atrapar a Solvi le habían alterado los nervios, pero no eran nada comparados con el constante esfuerzo de mantenerse lo bastante lejos de él para no ser vistos, sin quedarse demasiado atrás. De tanto entrecerrar los ojos para escudriñar el horizonte, le dio dolor de cabeza. Incluso cuando cerraba los párpados, el mundo permanecía dividido en luz y oscuridad.

El viento, al menos, los favorecía. Sólo un día y medio después de salir del cabo meridional, la pequeña flota entró en el fiordo de Oslo en dirección a Vestfold. Ragnvald ordenó reducir la velocidad. Si la fuerza de Solvi se volvía y se enfrentaba a ellos antes de llegar a Vestfold, serían aniquilados sin haber conseguido nada. Ragnvald se sentó cerca de la proa, a observar y a esperar.

Sin el efecto moderador del océano, la tierra de Vestfold seguía llena de nieve. Después de que Ragnvald se marchara de allí, una tormenta había dejado a su paso una buena nevada, y la nieve llegaba a la altura de las rodillas. En cada recodo del fiordo temía encontrarse con los barcos de Solvi.

En el último giro, Ragnvald puso a Arnfast en tierra.

—Vestfold está justo al otro lado de esa colina, sólo hay que bajar al valle.

Sacó del bolsillo un broche que Harald le había dado y se lo entregó a Arnfast.

—Dale esto a Harald o a su tío Guthorm, y dile que viene de mí. Dile que la flota de Solvi y sus aliados está en camino, y que yo lo sigo con ayuda.

Le dio los números de las fuerzas de Heming, demasiado pequeñas para que Ragnvald se sintiera cómodo, pero sería de ayuda si conseguía mantener el factor sorpresa.

Luego le pidió a Arnfast que le repitiera el mensaje varias veces antes de dejarlo marchar. El joven se movía entre los árboles como un pez plateado en el agua, y enseguida se perdió de vista en el bosque.

—¿Qué deberíamos hacer ahora? —preguntó Heming.

—Esperar —contestó él—. Debemos esperar hasta que los barcos de Solvi se enfrenten a los de Harald y no puedan darse la vuelta y escapar con facilidad; entonces atacaremos.

Ragnvald no sabía cuánto tiempo faltaba para eso. El fiordo trazaba otra curva antes de alcanzar Vestfold, una hora a remo, e incluso menos tiempo a vela. Se preguntó si podrían oír algo, y después, cuando pasó un poco de tiempo, si el silencio se debía a una batalla ya librada y perdida. Debería haber enviado a otro corredor con Arnfast, para que volviera con noticias. ¿Cuántas cosas distintas podían ocurrir aún? Los hombres de Solvi atacarían a los de Harald, por tierra o por mar. Ragnvald pensó que su enemigo podría preferir una batalla en el mar. Harald conocía su tierra y sabía cuáles eran sus puntos fuertes. Solvi, además, no caminaba precisamente con destreza.

Ragnvald oyó algo que podría ser el fragor de la batalla. Si su mensajero había llegado, si Harald lo había escuchado, si los hombres de Harald habían tenido tiempo de reaccionar, habrían presentado batalla con sus barcos. Ragnvald ordenó que la flota avanzara. No podía decir qué clase de batalla era, pero la angustia de los últimos días de espera —de las semanas desde que había abandonado a Harald— le impedía esperar más. Los barcos levaron anclas y los hombres empezaron a remar hacia el ruido, en el que parecían mezclarse los gritos de la batalla, el choque de los costados de los barcos y el sonido de las espadas al impactar en los escudos. O al menos eso es lo que imaginaba Ragnvald. En aquellos momentos, era demasiado fácil fantasear.

Cuando su barco superó el último recodo, Ragnvald vio que los barcos de Solvi habían podido amarrar y que sus hombres fluían hacia el salón de Harald, agolpándose entre los edificios. Los tejados de varias estructuras humeaban, pero ninguna de ellas estaba todavía en llamas. Los guerreros de Harald irrumpieron de pronto entre los edificios para enfrentarse a los de Solvi; un momento de sorpresa. Pero serían muy pocos para derrotar a las fuerzas que había conseguido reunir el hijo de Hunthiof, a menos que Harald hubiera convocado a sus aliados antes de lo esperado.

Ragnvald vio estandartes de Frisia, Islandia y Dinamarca entre las enseñas escandinavas: Solvi había reunido fuerzas de cerca y de lejos. Ragnvald no sabía qué hacer. Había esperado una batalla de barco a barco. Aun así, algunos de los barcos de Solvi no habían amarrado aún, de modo que ordenó a Grim que abordara a uno de los que se mantenían en retaguardia y gritó a los otros que hicieran lo mismo.

Su barco se acercó a uno todavía lleno de guerreros que esperaban su momento para desembarcar. Con la atención de los hombres del barco enemigo centrada en la batalla que se libraba en tierra, Grim consiguió acercarse sin que se diera cuenta nadie. Sus hombres lanzaron ganchos, y ambos barcos quedaron juntos, formando una plataforma en la que luchar.

Ragnvald saltó la brecha antes de que se cerrara. En cuanto pisó la cubierta del otro barco, se enfrentó con un guerrero canoso con mechas grises en la barba rubia y un cementerio de dientes medio podridos en la boca. Ragnvald atacó. El guerrero era un combatiente firme, pero más bajo y menos preparado que él para una batalla a bordo de un barco. Ragnvald combatió con aquel guerrero hasta el borde de su barco y, finalmente, lo liquidó con un tajo en el cuello. Empujó al hombre al agua antes de que cayera él solo. Su cuerpo en cubierta sólo sería una molestia. Que alguien lo pescara después si querían su espada y armadura. O, mejor todavía, que Ran lo tomara como un sacrificio.

Su siguiente oponente, un joven de cabello oscuro y mejillas picadas por la viruela, abrió los ojos de miedo al ver avanzar a Ragnvald. El joven Eysteinsson lo mató también con la máxima rapidez posible, sin pensar en su edad. Necesitaba mantener un paso firme y constante si no quería cansarse; su cuerpo se daría cuenta de que la persecución, los días de tensión y clima terrible habían hecho mella en él. La empuñadura de la espada le enfriaba la cicatriz y le dejaba la mano entumecida. Agarró con más fuerza el arma, para que no le resbalara con la humedad del sudor y la sangre.

Tuvo un respiro antes de que el siguiente guerrero lo atacara y, en la extraña clarividencia que a veces obtenía en la batalla, se dio cuenta de que su trampa aún podía funcionar. Lucharían a través de los barcos de Solvi que esperaban para desembarcar, y luego enviaría hombres a la costa para atrapar a los invasores entre ellos y los guerreros de Harald. La trampa funcionaba, pero en tierra.

Ragnvald y sus hombres terminaron con los guerreros que quedaban en aquel barco. Por sus extraños gritos, imaginó que eran daneses. No eran los guerreros de Solvi, curtidos en el mar y endurecidos en un sinfín de batallas. Morían con demasiada facilidad.

El barco de Oddi y el de Heming se habían enzarzado con otros, y parecían estar derrotándolos también. Los que quedaban atrás solían ser los más débiles. Solvi debía de haberlos puesto allí porque no creía que llegaran a luchar.

Ragnvald ordenó que soltaran los ganchos entre su embarcación y el ya vacío barco enemigo, y remaron hacia delante para embestir a otro. También terminaron con ése, y la marea creciente los empujó más allá, hacia un grupo de barcos vacíos.

El ataque de los barcos de Ragnvald se trasmitió entre los hombres de Solvi más despacio de lo que él había imaginado. Al verlos venir, los guerreros abandonaron el siguiente barco frente a su fuerza abrumadora, pero el que estaba un poco más allá aún se escurría hacia la orilla de Vestfold, sin ser consciente de la amenaza que tenía detrás.

Ragnvald y sus hombres se dieron cuenta y empujaron a los barcos de Solvi ante ellos, dispersando algunos al costado. Cuando su embarcación se acercó a la costa, Ragnvald atisbó a Harald en el lugar donde la lucha era más intensa, con su cabeza rubia destacando sobre las de otros guerreros. Lucía la misma sonrisa salvaje que durante su carrera sobre el hielo, atreviéndose a avanzar más y más deprisa, para alcanzar la divinidad. En tierra, los hombres de Solvi superaban en número a los de Harald en una proporción de al menos de dos a uno.

—¡A tierra! —gritó Ragnvald—. ¡A Harald!

Saltó sobre el caos de barcos que se hallaban entre él y tierra firme. Los hombres de Heming, sus hombres, los hombres de Harald, rugieron detrás de él, meciendo los barcos bajo los pies.

En tierra, las fuerzas de Solvi habían conseguido rodear a Harald y a sus hombres en un círculo que se iba cerrando a medida que luchaban hacia dentro, mientras otro grupo de invasores levantaba una barricada alrededor del salón y empezaba a llevar leña desde el cobertizo para quemarlo. Habría hombres, mujeres e incluso niños atrapados dentro, pero Ragnvald tenía que salvar antes a Harald. Tardarían un buen rato en encender el fuego.

—¡A Harald! —gritó de nuevo a los hombres que estaban detrás de él—. Atacad desde la costa. Proteged nuestros flancos. No dejéis que vengan por detrás.

Soltó un grito, un grito de guerra sin palabras, y cargó hacia los hombres que rodeaban a Harald, que estaban de espaldas al agua.

Un guerrero se volvió, sorprendido, y Ragnvald lo mató sin darle tiempo siquiera a colocar la espada en posición. El siguiente hombre presentó más oposición, hasta que Ragnvald le asestó un golpe que le desgarró el muslo y lo hizo caer al suelo gritando. Entonces le propinó una fuerte patada bajo la barbilla, mientras daba un paso adelante para enfrentarse al siguiente enemigo.

Los guerreros de Solvi, o de quien fueran —Ragnvald se negaba a creer que Solvi comandara él mismo a ese enorme contingente, y menos aún en tierra—, iban volviéndose poco a poco para enfrentarse a sus nuevos atacantes. Los hombres de Heming siguieron las órdenes de Ragnvald y se replegaron hacia el exterior, impidiendo que los guerreros de Solvi se situaran entre ellos y la costa, lo cual liberó a Harald y a sus guerreros del cerco de hombres en el que habían estado atrapados.

La batalla cambió de signo. Los aliados de Solvi se esperaban una victoria fácil, un combate sin apenas oposición para empezar su temporada de saqueos. No contaban con una auténtica batalla. En cuanto vieron que sus compañeros empezaban a morir, algunos hombres corrieron a sus barcos. Ragnvald vio al rey Hunthiof entre ellos llamando a retirada, antes de que un hacha se le clavara en la espalda y lo tumbara hacia delante en el agua de la orilla del fiordo.

Ragnvald combatió para situarse al lado de Harald, atravesando filas de hombres que, más que enfrentarse a él, se dispersaban al verlo llegar. Harald estaba cubierto de sangre; tenía los dientes rojos cuando sonreía. Ragnvald no mostraba la misma alegría en la batalla, pero saber que terminaría pronto le infundió energías renovadas.

—¡Sabía que volverías, Ragnvald Eysteinsson! —le gritó Harald cuando sus enemigos empezaron a retirarse.

Ragnvald se ofendió, pero sólo un instante. Claro que Harald no dudaba; su madre habría profetizado el retorno del joven Eysteinsson. Pensó que tal vez le convendría un poco más de incertidumbre.

—¡Tenemos que salvar el salón! —gritó Harald.

Ragnvald se concedió unos segundos para recuperar el aliento, con la punta de la espada apoyada en el suelo.

—Tú primero —contestó, invitándolo por señas a adelantarse.

Harald echó a correr. Muchos de los hombres que intentaban prender el fuego vieron a Harald y a sus guerreros gritando hacia ellos y se unieron a la marea que regresaba a los barcos, pero algunos cerraron filas.

Harald juntó las manos en torno a la boca y gritó:

—¡Hombres de Solvi, daneses, habéis venido aquí a atacar, pero habéis visto que los dioses me otorgan su favor y me dan aliados en momentos de necesidad! ¡Tirad las espadas ahora y podréis ser míos en lugar de ser de estos reyes que sólo saben saquear! ¡Yo os haré ricos más allá de lo imaginable, pondré a salvo a vuestras mujeres e hijos, y os daré tierras que cultivar!

Era una oferta generosa. Ragnvald vio que unos pocos hombres intercambiaban miradas, y los que estaban más cerca de Harald empezaron a dejar caer las espadas.

—¡No lo hagáis! —gritó Solvi—. ¡Harald os convertirá en esclavos!

Tenía también una voz poderosa y llegaba hasta ellos con facilidad. Debía de estar al otro lado de la línea de guerreros que rodeaban a Harald, cerca de la costa, listo para escapar en un barco. Cuando los hombres de Solvi pasaron junto a él para correr hacia el agua, Ragnvald se quedó observándolos como un estúpido. Ahora que el peligro parecía haber pasado, sentía el cansancio de la persecución de la última semana y de las horas de batalla. Los músculos flaqueaban.

—¡No lo dejes escapar! —le gritó Harald—. Hazlo por tu hermana.

Ragnvald miró a los hombres que lo rodeaban: eran aliados de Solvi, cansados y sudorosos por una batalla que ya daban por perdida; y no la habían perdido por carecer de ventaja, sino porque les faltaba voluntad.

—¿No me necesitas aquí?

—¡No te lleves demasiados hombres!

Cerca de la costa, los guerreros de Solvi aún se defendían, aunque habían perdido su energía. Ninguno de ellos parecía recordar por qué peleaba.

—¡Oddi, Heming, Dagvith, Arnfast! —los llamó Ragnvald.

Y añadió otros nombres que recordaba de entre sus hombres y los de Heming. Solvi huía ante él. Corría mal en tierra, y uno de sus hombres —Ragnvald reconoció a Ulfarr— lo levantó como si fuera un niño y corrió cargando con él. Ragnvald rió y empezó a insultarlo, pero se detuvo enseguida. Eso lo retrasaría. Ya se aseguraría después de que los escaldos mencionaran la huida de Solvi cuando escribieran la canción de aquella batalla.

Ulfarr llevó a su señor a su barco, el *drakkar* rápido y elegante desde el que Solvi había lanzado a Ragnvald casi un año antes. Los hombres ya estaban sentados a los remos, listos para llevarse a su señor. El joven Eysteinsson ordenó a sus compañeros que subieran a otro barco, eligiéndolo al azar, y todos se pusieron a los remos. Cada segundo que pasaba daba a Solvi una ventaja mayor.

Los hombres del *drakkar* de Solvi remaron para alejarse del grupo de barcos que se amontonaban en el muelle, luego izaron la vela y captaron una brisa que no llegaba al lugar donde se hallaba la embarcación de Ragnvald. Para cuando él y sus hombres empezaron a remar, el barco de Solvi ya había desaparecido detrás del primer recodo. Aun así, Ragnvald ordenó a sus compañeros que remaran e izaran la vela en cuanto pudieran.

Él se había puesto al timón. Al doblar el recodo vio el barco de Solvi y a éste de pie en la proa: una pequeña figura con cota de malla, yelmo y la espada en alto.

Parecían desventados y apenas empezaban a sacar los remos, mientras que los compañeros de Ragnvald todavía remaban con fuerza.

—¡Remad, remad! —gritó—. Podemos alcanzarlos.

Se aproximaron al barco. No era el *drakkar* en el que Ragnvald pensaba que había huido Solvi, sino uno mucho más corto y robusto. Aun así, Solvi iba en él y observaba su aproximación. Ragnvald debía de haberse equivocado antes.

Él y sus hombres lanzaron ganchos y tiraron de los cabos para unir los dos barcos. Ragnvald fue el primero en saltar con la espada desenvainada.

El barco estaba casi vacío, salvo por unos pocos hombres con el cabello corto de los esclavos. Y no era Solvi, sino su hermana Svanhild, quien se alzaba en la proa con una armadura que no era de su tamaño y el rostro manchado de barro.

—¡Tú! —gritó Ragnvald, sin estar seguro aún de si debía enfadarse o no—. ¿Solvi te manda en su lugar?

Svanhild lo miró, con el rostro sereno bajo la suciedad.

—No me ha enviado él. Yo estaba esperando en ese recodo para hacer esto por él... Para que pudiera escapar. Se enfadará conmigo, pero merecía la pena. —Hablaba muy deprisa—. Ahora debes negociar con Solvi y ofrecerme a cambio de una alianza. Hunthiof está muerto. Solvi no necesita ser enemigo de Harald.

Ragnvald la agarró por el codo.

—Si crees que es así como funciona el mundo, te han enseñado mal. Ven conmigo. No volverás a ver a Solvi.

—Sí que lo veré —dijo ella, siguiéndolo—. Él ganará por mí o yo ganaré por él. Ya lo verás, hermano.

36

Los aliados de Solvi se habían dispersado ya cuando Ragnvald regresó al salón de Vestfold. Harald no les había dado caza. Sus hombres estaban demasiado ocupados desarmando a los que se habían rendido y matando a los que se resistían a hacerlo.

En cuanto se vio liberado de esas tareas, Ragnvald buscó el lugar donde Ronhild había llevado a Svanhild, un rincón tranquilo de una habitación de mujer con tantas madejas de lana cardada que parecía llena de nubes. El embarazo de Svanhild ya era claramente visible, aunque Ragnvald no habría sabido decir de cuántos meses estaba. Lo enfermaba ver su vientre abultado con el hijo de Solvi, y más aún que ella se mostrara complacida por ello, con las manos apoyadas en el vientre, una mirada contenida y cara de satisfacción.

—¿Cómo pude...? Debería haberte llevado conmigo, Svanhild.

Ragnvald se dejó caer de rodillas. Había pensado censurar su actitud con severidad; ella había preparado la huida de Solvi, pero era Svanhild, su hermana. No podía ser severo.

—Debería haber permitido que Hakon te llevara a Yrjar con nosotros. Hrolf Nefia pagará por esto, lo prometo. Solvi pagará por esto.

—No —dijo ella—. Solvi es mi esposo.

—Svanhild, no importa que estés... —Tragó saliva—. Embarazada. Muchos hombres buenos me han mostrado su deseo de unirse a ti.

—¿Y mi hijo? —preguntó Svanhild.

Hablaba con una extraña suavidad que le recordó a Vigdis. En su rostro no se apreciaba ninguno de los sentimientos que embargaban a Ragnvald al volver a verla. Esa tormenta de rabia y arrepentimiento era sólo de él.

—Harás lo que tú desees, hermana. Puedes criar al niño. Puedo llevarlo a Ardal, podemos volver los dos a Ardal. Olaf está muerto. He recuperado nuestras tierras.

—¿Tu señor te permitirá hacer eso? —Svanhild cogió un trozo de lana y lo frotó entre los dedos.

—¿Qué señor?

—Sí, ¿qué señor? —repitió Svanhild—. Porque he oído que sirves a Hakon y Harald, o a ninguno de los dos.

—Eso no importa —contestó Ragnvald—. ¿Por qué estás discutiendo conmigo, Svanhild? ¿No ves que hemos ganado?

—Casi. Habremos ganado cuando conviertas a Harald en un aliado de Solvi.

—Él te raptó —dijo Ragnvald, lamentando no encontrar mejores palabras para convencerla.

—Solvi es un buen esposo. Es mi esposo. —Se dejó caer para sentarse en uno de los fardos de lana.

Ragnvald la miró frunciendo el ceño.

—Un buen esposo no arrastraría a su mujer embarazada al centro de la batalla.

—No le habría dejado irse sin mí. Debo estar a su lado.

—No pienso escucharte —dijo Ragnvald—. Antes no tenías elección, pero ahora sí.

—No... —empezó Svanhild.

—Los escaldos de la corte de Harald cantan canciones para elogiar tu valor —continuó Ragnvald—. El rey Harald cree que eres valiente y te haría su esposa. —La miró hasta que ella sonrió con remordimientos. Sí, le había gustado—. No vas a caer en desgracia por eso... —Señaló su vientre—. Todavía puedes casarte bien.

—No, no he caído en desgracia. Estoy orgullosa de llevar el hijo de Solvi Hunthiofsson, poderoso rey del mar.

—Un hombre sin ningún honor —dijo Ragnvald—. Un hombre que trató de matar a tu hermano.

—En el *ting* aseguró que lo lamentaba —argumentó Svanhild—. Y te pagó. —Ya volvía a parecer una niña.

Ragnvald se dio media vuelta para marcharse. Ella no atendía a razones todavía, pero tarde o temprano lo haría. Y, si no, siempre podía retenerla el tiempo suficiente para que no tuviera elección.

—Svanhild, piensa en esto. Los partidarios de Solvi han huido. No tendrá a dónde ir. Tu hijo no tendrá hogar.

—Tendrá hogar suficiente para mí. —Cruzó los brazos—. Puedes hacerme prisionera, pero no dejaré de ser su esposa por eso. Mi hogar está con él.

✛

Al día siguiente, Ragnvald anduvo con Harald y Guthorm para ver quién había sobrevivido a la batalla y quién había muerto. Esa noche había dormido como uno de aquellos cadáveres sin enterrar.

Svanhild no había hablado mucho más con él. Insistía en que la enviara otra vez con Solvi, y Ragnvald sabía que nada la disuadiría, salvo el tiempo.

—No deberíamos haber ganado —le dijo a Harald mientras examinaban los daños en el muelle.

Varios barcos todavía flotaban a la deriva. Harald tendría que ordenar a sus hombres que los acercaran a remo y los amarraran. Aquel joven tenía tanta suerte que ahora contaba con más barcos que antes de la batalla.

Alguien había encontrado el cuerpo del rey Hunthiof flotando en las aguas de la orilla. Se decía que el rey Gudbrand también había muerto aquel día, aunque su cuerpo yacía en el fondo del fiordo. Las esclavas lavaron el cadáver de Hunthiof y lo tendieron en el granero para enterrarlo o canjearlo por los cuerpos de otros. Porque nadie sabía si Heming se encontraba entre los cadáveres o era uno de los rehenes de Solvi. El ambiente estaba cargado de alegría en Vestfold, y Ragnvald quería celebrar la victoria con sus hombres, pero no había forma de calmar a Oddi. Hakon no tardaría en llegar, y Oddi había perdido al hijo más preciado de su padre. Temía que la ira de Hakon encontrara en él un objetivo fácil.

—Esperaban derrotarnos con facilidad —dijo Guthorm—. Tú te aseguraste de que no lo consiguieran. Las expectativas son peligrosas. Recuerda eso.

Parecía una reflexión prudente, sin embargo Ragnvald no podía pensar en lecciones en aquel momento. Tenía a Svanhild, pero la había perdido. Harald casi había sido derrotado, y no era capaz de darse cuenta de que sus sueños habían estado muy cerca de morir.

☩

Hakon llegó aquella misma noche. No esperó a que sus hombres reunieran una guardia en torno a él para cruzar los terrenos caminando sobre los cadáveres que aún yacían en el barro y el heno pisoteado.

Harald, Guthorm, Ragnvald y Oddi salieron a recibirlo. Hakon parecía más enfadado que nunca. Su rostro estaba rojo de ira antes de decir ni una palabra.

—He venido para transmitir un mensaje de Solvi Hunthiofsson, que me ha dejado pasar sólo a condición de que comunique estas palabras —dijo—. Solvi tiene a mi hijo Heming, y me lo devolverá si se le devuelve a su esposa. Me ha dejado ver a Heming. Tiene una herida infectada. —A Hakon se le quebró la voz. Apretó la mandíbula—. ¿Por qué capturaron a mi hijo?

La guardia de Harald se cerró en torno a Hakon. Seguía siendo un enemigo, por mucho que sus hijos se hubieran aliado con Harald. Oddi juntó los brazos en torno al pecho, como para darse consuelo. Dio un paso adelante con la barbilla baja, y le contó a Hakon lo que había ocurrido. Le explicó que Ragnvald los había convencido, a Heming y a él, para que abandonaran su ataque planeado sobre Tafjord y regresaran a Vestfold.

—¿Heming aceptó esto? —preguntó Hakon—. Qué bien te va tener una excusa.

—Él quería venir —contestó Oddi—. Ragnvald... Heming quería que su nombre fuera recordado por esta batalla contra Solvi, y también reparar la alianza que había roto.

—Ragnvald lo convenció, por supuesto —adivinó Hakon. Miró al joven Eysteinsson—. Maldigo el día en que te acepté entre mis guerreros. No me has traído más que mala suerte.

Eso era injusto, aunque Ragnvald pensó que no dejaba de ser cierto, al menos desde el punto de vista de Hakon.

—Aun así, ¿tienes a la chica? —preguntó Hakon—. Al menos podrá ser útil.

—Solvi la raptó —dijo Ragnvald—. No puedo permitir que se la fuerce a ir con él. Sabes dónde está Solvi. Debemos reunir a los hombres para luchar con él.

—Solvi tiene a mi hijo —contestó Hakon con escasa energía—. Ha sitiado Vestfold sin que os dierais cuenta. No he venido a luchar ni a hacer la paz. He venido a sacar a mis hijos del peligro, y así lo haré.

✢

Cuando entraron en el salón, Ragnvald pasó ante la habitación donde había estado hablando con Svanhild. Había un guardia apostado junto a la puerta.

—¿Qué ha pasado? —preguntó—. ¿Quién te ha ordenado quedarte aquí?

—La señora Ronhild —contestó el guardia—. La dama de dentro trató de escapar.

Embarazada y sola, por supuesto que lo intentaría. Entre la voluntad de su hermana y las necesidades de Hakon, Ragnvald se sentía impotente. Sin duda, convencerían a Harald de que la enviara con Solvi, y todo el mundo conseguiría lo que quería salvo Ragnvald. Svanhild terminaría por lamentar su decisión. ¿Qué otra cosa podía ocurrir?

Harald y su grupo iban por delante, y Ragnvald se apresuró a darles alcance. Se sentaron junto al fuego para comer un poco de pan con queso. Una esclava llevó jarras de cerveza rebajada.

—Tu hijo se comportó —estaba diciendo Guthorm.

—Es cierto —dijo Harald, mirando a su tío—. Sigo lamentando que matara a mi amigo Thorbrand y que su esposa quedara viuda, pero al final Heming fue un verdadero guerrero y un amigo para Noruega.

—Noruega... —susurró Hakon—. ¿Qué es eso? Vistes tu propia falsa ambición con estos colores falsos. Noruega no existe. Hay tierras separadas por reyes y valles, tierras que nunca se reconciliarán entre sí. Tu Noruega será una tierra débil con un rey débil.

—Percibo tus miedos en tus palabras —señaló Guthorm.

—Mi Noruega tendrá muchos reyes —dijo Harald—. Tú y tus hijos entre ellos, si vuelves a ser mi aliado. ¿Debemos enfrentarnos entre nosotros otra vez? Recuerda que derroté a Solvi con una fracción de mi ejército habitual.

—Porque mis hombres te ayudaron —repuso Hakon.

—Y muchos de ellos murieron, mientras que los míos no. Siguen en sus granjas.

—¿Qué clase de rey se jacta de dejar que otros hombres luchen por él? Deberías avergonzarte por decirme esto.

—No es jactancia —dijo Guthorm, interponiéndose entre ellos como había hecho en el juicio por la vida de Heming—. Sólo es la verdad. Harald tiene ahora más hombres que tú, si se llega a una lucha. Además, tus guerreros han peleado a su lado, igual que Ragnvald, que los ha comandado, y tus hijos. ¿Estás seguro de que te serán leales?

Uno de los hombres de Hakon, que había entrado con él en el salón, se movió con incomodidad. A ningún hombre le gustaba ser acusado de deslealtad, y en realidad Ragnvald no pensaba que fueran a seguirlo a él más que al rey al que habían jurado. Sin embargo, daba la impresión de que la certeza llena de furia de Hakon se había apagado en parte. Se alisó la barba con el pulgar y el índice.

—Ayúdame a recuperar a mi hijo —dijo, con un tono cansado esta vez—. Él te ayudó; ahora tú debes ayudarlo a él. —Miró a Ragnvald con desdén—. A Ragnvald no le importará cambiar a su hermana por él, si es tan leal a ti como asegura.

—Navegaremos y lo atacaremos. Quiero casarme con la chica —contestó Harald, antes de que Ragnvald pudiera protestar.

—Es el precio de mi amistad —dijo Hakon con firmeza.

—Tu amistad es muy valiosa —le aseguró Guthorm. Miró a Harald y a Ragnvald—. Debemos pensar en esto.

✢

Harald y Guthorm consideraron la situación durante unos días, mientras la nieve se fundía y el cuerpo de Hunthiof se descomponía. El joven rey quería hablar con Svanhild, pero Guthorm no pensaba dejar que la viera hasta que hubieran decidido qué era lo mejor. Harald podría dejarse llevar por el heroísmo de luchar contra Solvi por Svanhild, y Guthorm no pensaba permitirlo. Al final, llamaron a Ragnvald para que los ayudara a decidir.

Harald tenía una habitación que compartía con la mujer que le apetecía —antes de que Heming se batiera en duelo con Thorbrand, esa mujer había sido la hija de Hakon, Asa—. En aquella estancia, había una cama, además de algunas sillas y una mesa, en torno a la cual estaban sentados Guthorm y Harald cuando el sirviente trajo a Ragnvald. Nunca lo habían invitado allí hasta entonces. Existían círculos dentro de los círculos de pertenencia a Harald.

—El rey Hakon siempre ha dado más problemas que otra cosa —empezó Harald.

—Ahora tiene pocos guerreros con él —dijo Guthorm—. Pero todavía puede reunir hombres de todo el norte y gran parte del oeste.

—Ragnvald, ¿tú qué opinas? —preguntó Harald.

—Svanhild es mi hermana. ¿Cómo puedo dar una respuesta justa?

—Siempre das una respuesta justa.

Ragnvald suspiró.

—Déjame hablar con ella otra vez.

—¿Qué le dirás? —preguntó Guthorm.

Ragnvald no lo sabía. Agradeció que Harald tomara la palabra.

—No quiero devolverla contra su voluntad —dijo—. Tal vez podamos cambiar el cadáver del rey Hunthiof y algunos prisioneros por Heming.

Si es que todavía estaba vivo. Hakon parecía hundido y preocupado, y había hablado de una herida infectada. Si Harald y Guthorm esperaban demasiado, sin duda convertirían a Hakon en un enemigo.

Guthorm negó con la cabeza.

—Hakon jura que Solvi sólo lo cambiará por ella. Dice que no le importa dónde pueda yacer su padre.

A Ragnvald lo inquietó esa blasfemia. No quería que el cuerpo de Hunthiof descansara en Vestfold.

—¿Crees que puedes convencerla? —preguntó Guthorm.

Ragnvald suspiró.

—No creo que eso vaya contra su voluntad. Ojalá fuera así.

Harald le dio permiso para que fuera a hablar con su hermana, y Ragnvald se dirigió a la habitación donde la mantenían vigilada. Svanhild había compartido aquella habitación con la madre de Harald durante los últimos días.

—Ragnvald, no quiero estar aquí —dijo Svanhild en cuanto entró su hermano—. Tienes que dejarme volver con Solvi.

—Siempre cantas la misma canción, querida hermana. —Se sentó a su lado—. He hecho lo prometido y te he encontrado un buen marido. Si te negaras a irte, podría convencerlos para que te defiendan.

—Me niego a quedarme.

—Al menos, ayúdame a comprenderlo. ¿Qué representa Solvi para ti? ¿Por qué lo valoras más que a mí?

Svanhild levantó las rodillas y se bajó la falda del vestido sobre ellas, de manera que quedó sentada como en una tienda. Estuvo un rato sin decir nada, pero luego inclinó la cabeza y miró a su hermano.

—Solvi es mi libertad. ¿Alguno de los que me has elegido como marido me llevará a hacer incursiones con él? ¿O me tendrá encerrada en salones, rodeada de niños y de primeras esposas cuya palabra es ley? ¿Me va a dejar en casa, mientras mis hombres salen y viven?

—La granja de Ardal te encantaba.

—No tanto como esto. No tanto como él.

Ragnvald no quería oír nada más al respecto. Se levantó y caminó por la habitación; esa habitación de mujeres donde no le correspondía estar.

—¿Y qué hay de ti, hermano? ¿Te contentas con ser el mensajero de los reyes, siempre dependiendo de su voluntad? Siempre me he preguntado por qué no te vas y forjas tu propio reino.

Una senda se cerró para ambos en ese momento. Ragnvald no preguntó si Svanhild lo seguiría al otro lado del mar. Ella había elegido.

—Los huesos de nuestros antepasados yacen en la tierra de Sogn —contestó—. Nacimos para mantener esa tierra a salvo y, con Harald como rey, lo conseguiremos.

—Además, es tu lobo dorado —dijo Svanhild. Ante la expresión sorprendida de Ragnvald, tendió la mano hacia él—.

Ronhild y yo hemos hablado. Ahora cuéntame qué has venido a decirme.

Ragnvald tomó la mano de Svanhild en la suya.

—Esto es lo que está ocurriendo: Harald, Guthorm y Hakon están de acuerdo. ¿Sabes a cambio de qué te están vendiendo?

—Del hijo de Hakon.

—Sí. Y de una alianza renovada entre Hakon y Harald, una alianza que sólo puede dañar a tu Solvi. —Miró a su hermana para ver cómo reaccionaba.

Svanhild frunció el ceño y retiró los dedos.

—Vaya adonde vaya... —dijo—. Siempre hago daño a alguien.

—¿Por qué te marchaste de la granja de Hrolf? —preguntó Ragnvald.

Con la voz entrecortada, Svanhild explicó la visita de Thorkell, su sensación de estar atrapada en la granja. Después le habló de los días que había pasado en el mar con Solvi, y su voz se tornó más clara.

—Solvi ya debe de saberlo —dijo finalmente—. Debe de saber que, al permitir a Hakon acudir a Harald para que puedan canjearme por Heming, podría causar la restauración de la alianza entre ellos. ¿Y qué puedo hacer yo, si no es ir con él? —Se secó las lágrimas, y miró a Ragnvald—. No quiero propiciar una alianza que le haga daño. Es mi marido. —Puso una mano en el brazo de Ragnvald—. Sácame de aquí, hermano. Llévame con Solvi. Nada de intercambios. Ven con nosotros. No tienes por qué atar tu vida a la ambición de Harald. Sigue tu propia ambición.

Ragnvald le dio la espalda. Era un camino. Podía incumplir sus promesas y dejar a Harald otra vez como enemigo de Hakon. Pero recordó que Ronhild había predicho que se sacrificaría por Harald. Ahí había algo de eso, una valiosa primera renuncia.

—Harald es mi ambición —dijo.

—Todavía no le has jurado lealtad. Eres libre.

—Nadie es libre. Todavía no he jurado, pero lo haré.

—Dijiste que me cuidarías cuando nuestro padre muriera, y lo hiciste. Me cuidaste. ¿Ahora qué?

Aquellas palabras le dolieron menos de lo que él pensaba. Eran la última arma de Svanhild. Ragnvald se levantó y se frotó la cicatriz de la cara.

—Has tomado tu decisión, Svanhild. Si quisieras quedarte aquí, abandonar a Solvi, yo trataría de ayudarte, pero no favoreceré a Solvi. ¿Deseas quedarte o ir con él?

Ella sólo dudó un instante.

—Quiero irme.

⁙

Svanhild parecía tranquila cuando Ragnvald la ayudó a subir al barco. ¿Cómo podía Solvi haber abierto semejante brecha entre ellos? Ella era su Svanhild, la mejor y más encantadora de las hermanas, la más valiente. Y la que más se equivocaba. Pudiendo ser la esposa de un rey, prefería ser la mujer de Solvi.

Lo encontraron con algunos barcos al doblar el recodo del fiordo. Cuando Solvi vio a Svanhild, Ragnvald casi lo comprendió. Aquel hombre era el mentiroso más consumado que Ragnvald conocía, capaz de mentir no sólo con sus palabras, sino también con cada uno de sus movimientos, con cada expresión. Incluso sus ojos podían mirar con intención de mentir. Pero no podía enmascarar su amor por Svanhild, o al menos el deseo que sentía por ella y el niño que llevaba en el vientre.

—Ragnvald Eysteinsson —dijo entonces Solvi mientras ayudaba a Svanhild a cruzar de un barco al otro. El tiempo se había vuelto más cálido, y de las copas de los árboles caían gotas de nieve al fiordo—. En una ocasión me dijiste que nadie podía convencer a Svanhild de nada contra su voluntad. He visto que tienes razón.

—Te ama —dijo Ragnvald, empujándola hacia él sin contemplaciones—. Aunque no alcanzo a entender por qué.

Solvi lo miró con vanidad.

—Svanhild, pase lo que pase, siempre tendrás un lugar a mi lado —continuó Ragnvald—. Y tu hijo también. No hace falta que vayas con él ahora. Encontraré una forma...

—Esto es lo que quiero, hermano.

Incluso con el peso de su embarazo, Svanhild se movió con ligereza, con la seguridad propia de los navegantes más expertos. Aunque ahora sabía que el suelo que pisaba podría ceder en cualquier momento. Que, junto a Solvi, cedería seguro.

—Quieres encadenarte a un proscrito, a un hombre sin tierra, sin país.

Svanhild levantó la barbilla.

—El mar es nuestro país. Nuestra tierra es cualquier lugar en el que descansamos. ¿No es mucho mejor eso que las cadenas con las que tú te atas a una tierra, a un rey?

Ragnvald dijo que no con la cabeza. No quería envidiarla, no envidiaría ese cuerpo tomado por la semilla de Solvi; ésa era la atadura de su hermana, una atadura mucho más fuerte que cualquier juramento que él pudiera hacerle a Harald. No, lo único que envidiaba Ragnvald de Svanhild era su certeza. Había creído que su hermana nunca amaría a nadie más que a él; incluso cuando se casara iba a hacerlo con alguien elegido por Ragnvald, y eso lo ataría aún más a él, en vez de separarlos.

Hakon carraspeó con aspereza.

—Solvi Hunthiofsson, prometiste entregarme a mi hijo a cambio. Tu esposa y tú ya tendréis tiempo más adelante para haceros pasar por héroes de alguna canción antigua.

Svanhild se ruborizó, pero Solvi se limitó a encogerse de hombros. Se llevó dos dedos a la boca y silbó. Poco después, varios de sus hombres se acercaron a los dos barcos en un pequeño bote de remos. Dentro, el pelo rubio de Heming asomaba sobre una mordaza. Su cabeza se inclinó hacia delante, y el hombre que iba detrás tiró de él para que no se cayera. Parecía muy débil.

—Puedes quedarte el bote junto con el rehén —dijo Solvi—. Gracias por devolverme a mi mujer.

—Probablemente se lo habrás robado a algún pescador de Vestfold —dijo Ragnvald.

Solvi sonrió.

—Así es.

Los hombres de Harald se hicieron con el bote.

—¿Hemos terminado? —preguntó Solvi.

—No —dijo Harald—. Te declaro proscrito, Solvi Hunthiofsson. Pongo a los dioses por testigos. Tu padre está muerto. Tus tierras, perdidas. Cualquier hombre que te vea podrá matarte sin castigo. De hecho, si viene alguien a mi corte con tu cabeza, lo recompensaré.

Solvi empalideció —ningún hombre podía pensar con ligereza en el exilio o la proscripción, ni siquiera Solvi Hunthiofsson—, pero enseguida sonrió otra vez.

—Nunca he querido ser rey —contestó—. Ven, Svanhild.

Ella dio los últimos pasos hacia él y se quedó a su lado tomándole la mano, como si no le importara que Harald hubiera declarado que Ragnvald o cualquier hombre libre podía matar a su marido al verlo. Podía ser que nunca volviera a ver a su hermano, pero no parecía importarle.

El grupo de Harald regresó a su barco. Ragnvald observó cómo los barcos de Solvi iban alejándose. Svanhild miró atrás y le dijo adiós con la mano —un destello de su muñeca blanca— cuando los hombres de Solvi levantaron la vela.

Harald se acercó a Ragnvald.

—No hacemos más que pagar una y otra vez por esta alianza con Hakon —dijo, casi en un susurro, bien bajo para que no lo oyera Hakon, que estaba de pie en la proa—. Me pregunto cuándo será suficiente. Has hecho grandes sacrificios, Ragnvald. Ningún hombre me ha servido tan bien como tú. Deseo que estés a mi lado durante el resto de nuestros días, y por ello deseo recompensarte como gustes.

—Me echaste de tu lado —dijo entonces Ragnvald. Era algo que aún le dolía.

—Si vuelvo a hacerlo, puedes reírte en mi cara —contestó Harald, ahora en voz más alta—. Pongo a todos los presentes por testigos. Serás el primero entre mis capitanes y consejeros, con la única excepción de mi tío Guthorm. Ningún hombre ha sido nunca un amigo más verdadero que tú.

Los hombres del barco aplaudieron, todos salvo Hakon.

—Me has contado que tu abuelo fue rey de Sogn —continuó Harald—, y sus padres y antepasados antes que él. Debes ser rey, mi rey, ahora. Es primavera, los mares están abiertos. Iremos a Sogn y reclamaremos un reino para ti.

—Gracias, rey Harald. Me haces un gran honor.

—No me des las gracias —replicó Harald—. No es más de lo que te debo. Soy yo quien debe mostrarse agradecido.

Ragnvald no podía hablar. Harald se volvió en aquel momento hacia Hakon.

—Después iremos a Tafjord y ganaremos los reinos de Maer para tus hijos. Construiré mi capital del norte allí. Juntos gobernaremos esta nueva tierra.

Una tierra donde la hermana de Ragnvald no sería bienvenida; la había sacrificado, tal como había predicho Ronhild, la hechicera. Presionó con los dedos la cicatriz de la palma de la mano mientras caminaba con Harald por la playa, hacia el salón. El sol iluminó el cabello enmarañado y resplandeciente de Harald.

Personajes y lugares

Maer. Distrito gobernado por la familia del rey Hunthiof, en ocasiones dividido entre Maer del Norte y Maer del Sur.

Tafjord. Sede del poder del rey Hunthiof en el extremo del fiordo de Geiranger.

Geiranger. Fiordo en Maer.

Sogn. Distrito de la parte occidental de Noruega, al sur de Maer, anteriormente gobernado por Ivar, abuelo de Ragnvald, pero ahora sin rey.

Ardal. Una rica granja de Sogn, antes propiedad de Eystein, padre de Ragnvald, y ahora propiedad del padrastro de Ragnvald, Olaf.

Fiordo de Sogn. Fiordo en el que se encuentra Sogn.

Kaupanger. Ciudad-mercado al norte del fiordo de Sogn; una de las pocas ciudades de la Noruega de la época vikinga.

Kjølen. La cordillera montañosa que recorre Noruega, dividiendo el este del oeste.

Hålogaland. Distrito del noroeste de Noruega gobernado por el rey Hakon.

> **Yrjar.** Sede de poder del rey Hakon en Hålogaland.

> **Smola.** Isla cercana a Yrjar.

Vestfold. Distrito del sureste de Noruega, gobernado por el rey Harald.

Hordaland. Distrito del suroeste de Noruega, gobernado por varios reyes: los hermanos Frode y Hogne; Gudbrand y, en las tierras altas, Eirik.

Frisia. País del mar del Norte, gobernado por el vikingo Rorik, cuyas tierras forman parte de Alemania y Holanda en la actualidad.

> **Dorestad.** Centro comercial de Frisia.

PERSONAJES

Olaf Ottarsson, padrastro de Ragnvald.

> **Ascrida**, esposa de Olaf, viuda de Eystein Ivarsson.

> **Ragnvald Eysteinsson**, hijastro de Olaf.

> **Svanhild Eysteinsdatter**, hijastra de Olaf.

> **Vigdis**, esposa favorita de Olaf, madrastra de Ragnvald.

> **Hallbjorn Olafsson**, hijo menor de Vigdis y Olaf.

> **Sigurd Olafsson**, hijo de Olaf de un matrimonio anterior y hermanastro de Ragnvald.

> **Einar**, hijo adoptivo de Olaf y sobrino de Vigdis.

> **Fergulf**, hombre de armas en Ardal.

Agi, pescador de Tafjord.

502

Hunthiof, rey de Maer del Norte, con trono en Tafjord.

    Solvi Hunthiofsson, hijo de Hunthiof.

        Geirny Nokkvesdatter, esposa de Solvi.

        Snorri, navega con Solvi.

        Tryggulf, navega con Solvi.

        Ulfarr, navega con Solvi.

        Barni, capataz de Hunthiof.

Harald Halfdansson, rey de Vestfold, aspirante a rey de Noruega.

    Guthorm, tío de Harald.

    Ronhild, madre de Harald.

    Thorbrand Magnusson, capitán de confianza de Harald.

Hrolf Nefia, granjero de Maer.

    Bergdis, esposa de Hrolf.

    Ragnhild Hrolfsdatter, llamada Hilda, hija de Hrolf.

    Malma e Ingifrid, otras hijas de Hrolf.

Hakon Grjotgardsson, rey de Hålogaland.

    Heming Hakonsson, hijo legítimo de Hakon.

    Geirbjorn Hakonsson, hijo legítimo de Hakon.

    Herlaug Hakonsson, hijo legítimo de Hakon.

    Oddbjorn (Oddi) Hakonsson, hijo ilegítimo de Hakon.

Rorik de Dorestad, rey de Frisia.

    Lena, esposa favorita de Rorik.

    Kolla, esposa de Rorik.

Eirik, rey de Hordaland.

    Gyda, hija de Eirik.

Hogne y Frode, reyes hermanos de Hordaland.

Gudbrand, rey de Hordaland.

Nota de la autora

HISTORIA

El rey medio ahogado es una obra de ficción inspirada en Harald Cabellera Hermosa, de la saga *Heimskringla*, de Snorri Sturluson.

A finales del siglo IX, Noruega apenas empieza a emerger del mito para pasar a la historia escrita. La mayoría de las fuentes existentes de la vida de Harald y sus contemporáneos se escribieron muchos siglos después. La Noruega del siglo IX no tenía lenguaje escrito más allá de las runas, la escritura angular hallada en estelas rúnicas, como las piedras de Jelling danesas, que se levantaban en recuerdo de grandes gestas y de la familia que partía. Las runas en la Noruega de la era vikinga se usaron para leer la fortuna, así como para señalar algunos monumentos religiosos y otros lugares sagrados, pero no para mantener el registro histórico.

En el siglo XIII, el islandés Snorri Sturluson, historiador, poeta y político, escribiría la *Heimskringla* y muchas otras sagas, lo cual equivaldría más o menos a escribir hoy la historia de la fundación de Estados Unidos sin contar con más referencia que la tradición oral. La *Heimskringla*, sin duda, tiene lagunas e imprecisiones. Además, muchos eruditos creen que Snorri Sturluson utilizó la saga para destacar ciertos argumentos implícitos sobre la situación política de Islandia en su momento, lo que lo condujo a ensalzar algunas historias y dejar de lado otras. Las obras de Saxo Grammaticus, historiador danés del siglo XII, e *Historia Norwegiae*, una historia de Noruega escrita en el siglo XIII por un monje escandinavo anónimo, también dan testimonio de la conquista de Noruega por parte de Harald y de su reinado, aunque se centran en aspectos distintos de los hechos que describe la *Heimskringla*.

Para escribir *El rey medio ahogado* he usado las historias de la *Heimskringla* como punto de partida, y también me he preguntado cuáles podrían haber sido los hechos reales que hay detrás de las historias que Snorri Sturluson y otros transmitieron y registraron. Mis fuentes mencionan a Ragnvald, Harald, Svanhild, Solvi y muchos más, pero he inventado aspectos de las relaciones entre estas figuras —como la relación amorosa entre Svanhild y Solvi—, y también he creado algunos personajes nuevos, como el padrastro de Ragnvald, Olaf, y la madrastra, Vigdis.

Sea como sea, quienes deseen evitar *spoilers* para posteriores novelas, probablemente deberían evitar la Wikipedia y la *Heimskringla*.

NOMBRES

Como hay tantos nombres y partes de nombres que se repiten en la historia de Harald Cabellera Hermosa, he tenido que tomar algunas decisiones difíciles. Por ejemplo, el hermano de Ragnvald, Sigurd (al que aquí he convertido en hermanastro), comparte su nombre con otros muchos Sigurds, entre ellos un hijo de Hakon Grjotgardsson. Como resultaría terriblemente confuso tener dos personajes importantes llamados Sigurd en la misma novela, el hijo mayor de Hakon toma el nombre de otro de sus hijos, Heming.

De manera similar, el prefijo *Ragn-* (que significa «consejo», «sabiduría» o «poder») aparece en muchos de los personajes de la saga de Harald. Igual que he hecho con Sigurd, he usado la forma «Ronhild» en lugar de la de «Ragnhild» para la madre de Harald. También he abreviado el nombre de la prometida de Ragnvald, Ragnhild(a), a Hilda.

El nórdico antiguo —similar a los idiomas escandinavos modernos— es un lenguaje flexivo, lo que significa que los nombres se declinan. Los nombres en nórdico antiguo en caso nominativo, el caso usado cuando una persona es sujeto de una frase, terminan con el sufijo «-r», así que Ragnvald sería Ragnvaldr (en ocasiones trasliterado como Ragnvaldur). Para una pronunciación más fácil en la mayoría de los casos, he omitido el sufijo «-r» y he usado versiones más familiares en inglés de los nombres sin diacríticos, por ejemplo, uso Solvi en lugar de Sölvi.

FUENTES

He aquí unos pocos libros, pero no todos, que me han parecido valiosos en la investigación de la Noruega de la era vikinga y la Europa de la Baja Edad Media. La página web Viking Answer Lady de Christie Ward (www.vikinganswerlady.com) es también una fuente útil.

Bauer, Susan Wise: *The History of the Medieval World: From the Conversion of Constantine to the First Crusade*, Nueva York, W. W. Norton, 2010.

Davidson, Hilda Ellis: *Gods and Myths of Northern Europe*, Nueva York, Penguin, 1990.

—— *The Roles of the Northern Goddess*, Londres, Routledge, 2002.

Fitzhugh, William W., y Elizabeth I. Ward (eds.): *Vikings: The North Atlantic Saga*, Washington, D. C., Smithsonian, 2000.

Foote, Peter G., y David M. Wilson: *The Viking Achievement: The Society and Culture of Early Medieval Scandinavia*, Londres, Book Club Associates, 1974.

Griffith, Paddy: *The Viking Art of War*, Londres, Greenhill, 1995. [Versión en español: *Los vikingos. El terror de Europa*, Barcelona, Planeta, 2004.]

Jesch, Judith: *Women in the Viking Age*, Woodbridge (Reino Unido), Boydell, 1991.

Jochens, Jenny: *Women in Old Norse Society*, Ithaca (Nueva York), Cornell University Press, 1995.

Jones, Gwyn: *A History of the Vikings*, Oxford (Reino Unido), Oxford University Press, 1984.

Larrington, Carolyne (trad.): *The Poetic Edda*, Oxford (Reino Unido), Oxford University Press, 2014.

Lindow, John: *Norse Mythology: A Guide to Gods, Heroes, Rituals and Beliefs*, Nueva York, Oxford University Press, 2002.

Sturluson, Snorri: *Heimskringla, or The Lives of the Norse Kings* (trad. Erling Monson), Nueva York, Dover, 1990.

Wells, Peter S.: *Barbarians to Angels: The Dark Ages Reconsidered*, Nueva York, W. W. Norton, 2009.

Agradecimientos

La redacción de este libro me ha llevado mucho tiempo, y no habría podido acabarlo sin la ayuda de mi marido, Seth Miller; mis padres, Mark y Karen Hartsuyker, que me inspiraron el amor por los mitos y la historia; mi hermana, Julianna Lover, que creyó en mi camino, y un gran número de amigos y animadores. Mis primeras lectoras —Diana Spechler, Diana Fox, Caroline Burner, Beth Derochea, Elena Innes y Margo Axsom— me ofrecieron valiosos consejos y comentarios, y dejaron su huella en toda la obra acabada. Patrick Arrasmith, Milan Bozic, Fritz Metsch, Jillian Verrillo y Miranda Ottewell hicieron un trabajo maravilloso para dar a este libro su forma final. Por último, muchas gracias a mi agente Julie Barer y a sus colegas en Book Group, así como a Terry Karten, de HarperCollins, por creer en este libro y traerlo al mundo.